Wer ist Fabian Oberdieck? Ist er wirklich der liebevolle Vater und Ehemann, für den alle ihn halten? Oder ist er ein eiskalter Mörder und Identitätsschwindler, der noch ein ganz anderes Leben lebt? In ihrem neuen Fall muss Ann Kathrin Klaasen sich nicht nur den Sorgen einer verängstigten Ehefrau annehmen, sondern auch einen vielfachen Mörder zur Strecke bringen.

»Es macht einfach riesigen Spaß, deshalb schreibe ich oft stundenlang. Das ist mein Hobby, meine größte Leidenschaft, mein Glück.«
Klaus-Peter Wolf im Interview mit Aike Sebastian Ruhr, NWZ

Klaus-Peter Wolf, 1954 in Gelsenkirchen geboren, ist freier Schriftsteller und lebt mit seiner Frau, der Kinderbuch-Autorin und Liedermacherin Bettina Göschl, in Norden, in der Stadt, in der auch seine Kommissarin Ann Kathrin Klaasen lebt. Seine erste Geschichte schrieb er mit 8 Jahren und verkaufte sie sofort für zehn Pfennig. Er hat zahlreiche Auszeichnungen und Preise erhalten, seine Bücher wurden insgesamt über 15 Millionen mal verkauft und in 26 Sprachen übersetzt, die Verfilmungen der Ann-Kathrin-Klaasen-Romane sind Quoten-Renner zur besten Sendezeit. Klaus-Peter Wolfs Romane sind nicht nur spannende Erzählungen, sondern auch Röntgenbilder einer Gesellschaft, oft liegen Gut und Böse sehr nah beieinander und sind nicht immer eindeutig zu trennen. Als Schirmherr für den Förderverein Stationäres Hospiz Norden e.V. engagiert er sich ehrenamtlich. Wenn der Autor nicht am nächsten Roman schreibt, dann kann man ihn in seiner neuen Rolle als Teebotschafter und ehrenamtlicher Tortentester vor Ort in Norden treffen.

Weitere Informationen finden Sie auf www.fischerverlage.de

KLAUS-PETER WOLF

Ostfriesen NEBEL

Kriminalroman

Der neue Fall
für Ann Kathrin Klaasen

FISCHER
TASCHENBUCH

MIX
Papier | Fördert gute Waldnutzung
FSC® C083411

Originalausgabe
Erschienen bei FISCHER Taschenbuch

Satz: Dörlemann Satz, Lemförde
Druck und Bindung: CPI books GmbH, Leck
ISBN 978-3-596-72021-7

»Es ist besser, am Valentinstag verliebt zu sein
als am Totensonntag tot.«
Hauptkommissar Rupert, Mordkommission Aurich

»Wenn du für jede Frau, mit der du geschlafen hast,
einen Schnaps trinken müsstest, Weller …
könntest du noch fahren – aber ich läge im Koma.«
Hauptkommissar Rupert, Mordkommission Aurich

»Der ist Praktikant bei der Spurensicherung.
Der sieht ein knuspriges Spanferkel und glaubt,
das Schwein sei am Apfel erstickt.«
Hauptkommissar Rupert, Mordkommission Aurich

Normalerweise war es hier oben im Flur der Polizeiinspektion ruhig. Wenn mal eine Tür geknallt wurde, waren es entweder der Durchzug oder Kommissar Rupert.

Beim letzten Mal war es hier vor ein paar Jahren laut gewesen, als ein Serienkiller versucht hatte, aus Ann Kathrin Klaasens Büro zu fliehen. Er hatte Marion Wolters in die Hand gebissen und war direkt in Jessi Jaminskis Faust gelaufen.

Jetzt tobten zwei Grundschulkinder durch den Flur und kegelten einen Stuhl gegen Ruperts Tür. Der wurde bei seinem Versuch, sich hochzuschlafen, gestört.

Er hatte davon geträumt, zum Polizeichef ernannt worden zu sein. Der Lärm hatte nicht nur ihn, sondern auch Marion Wolters aus ihrem Büro gelockt. Rupert und Marion sahen sich feindselig an.

Ein blonder Junge zerrte seinen zwei Jahre jüngeren Bruder über den Boden. Der Kleine versuchte sich zunächst an der Tür festzuhalten, dann an Rupert.

»Na«, fragte Rupert verständnisvoll lächelnd, »spielt ihr Cowboy und Indianer?«

»Nein«, konterte der Ältere, »wir spielen Klimakleber und Polizei.«

Ein Seufzer entfuhr Rupert: »*Was* macht ihr?«

Marion Wolters giggelte: »Sie spielen Klimakleber und Polizei. Ich glaub es nicht!«

Ihr schien das zu gefallen.

Der Kleinere klammerte sich immer noch an Ruperts Bein fest. Rupert bückte sich, löste die Hand des Jungen und schlug ihm vor, sich gefälligst woanders festzukleben. Dann drehte Rupert sich kopfschüttelnd um und verschwand mit dem Satz: »Was ist nur aus dieser Welt geworden?«, in sein Büro.

Marion Wolters versuchte, beruhigend auf die Kinder einzuwirken. Mit ihrer leisen, warmen Stimme gelang ihr das sogar: »Ihr seid doch bestimmt nicht alleine hier, oder?«, fragte sie und versuchte, Blickkontakt aufzunehmen, erst zu dem Älteren, dann zu dem Jüngeren. Der Große reagierte nicht, sondern zerrte an seinem Bruder herum. Der Kleine zeigte auf Ann Kathrins Tür und rief: »Wir sind mit unserer Mama da!«

Drei Stühle waren zu einer Pyramide aufgebaut, ein anderer lag quer im Flur, nahe bei der Treppe. Marion ordnete die Stühle wieder und stellte so im Flur eine Wartezimmeratmosphäre her.

»Setzt euch mal brav hier hin«, schlug sie vor. »Ich kann euch gerne Papier bringen und Stifte, dann könnt ihr etwas malen.«

»Au ja! Ein Atomkraftwerk, und das legen wir dann still«, forderte der Kleine.

Der Große rief: »Nee, wir lassen es explodieren!« Er machte eine Bewegung, als würde er es bereits in die Luft sprengen: »Boouuuwww!«

Marion Wolters, die den Umgang mit Kindern in dem Alter nicht gewohnt war, öffnete die Tür zu Ann Kathrins Büro. Die zwei sahen sich nur kurz an. Blicke genügten oft zwischen ihnen.

Ann Kathrin hatte diesen *Bitte kümmere dich, ich schaffe es gerade nicht*-Augenaufschlag. Sie wirkte angestrengt.

Ihr gegenüber saß die Mutter der Jungs. Sie hatte lange blonde Haare bis zu den Ellbogen. Sie redete verzweifelt auf Ann Kathrin ein: »Mein Mann war immer ein zärtlicher Liebhaber. Jetzt ist er ganz anders: Fordernd. Dominant. Egoistisch.«

»Ja«, sagte Ann Kathrin, »so etwas gibt es, Frau Oberdieck. Menschen verändern sich.«

Marion Wolters mischte sich ungefragt ein: »Das kenne ich. Am Anfang sind sie immer alle charmant, liebevoll, lesen einem die Wünsche von den Augen ab und später dann ...«

Carina Oberdieck funkelte Marion Wolters an. Sie fühlte sich keineswegs von ihr bestätigt und verstanden. »So ist das aber nicht!«, behauptete sie.

Marion zuckte mit den Schultern und machte eine Geste der Ratlosigkeit.

Ann Kathrin erklärte: »Frau Oberdieck glaubt, ihr Mann sei gar nicht ihr Mann.«

Die Kinder sangen jetzt im Flur:

»Zickezacke Hühnerkacke,
unser Nachbar hat 'ne Macke,
immer wenn wir spielen wollen,
will er gleich die Bullen holen!«

Die Mutter stöhnte: »Ich weiß, dass Finn und Leon nicht einfach sind. Die Situation ist auch für die Kinder schwierig. Ich wollte sie nicht mitbringen, aber die Babysitterin hat mich im letzten Moment draufgesetzt, und ich ...«

»Schon gut, ich kümmere mich«, sagte Marion und ließ Ann Kathrin mit der aufgebrachten Mutter allein.

»Mein Fabian«, behauptete Carina Oberdieck, »lebt nicht

mehr. Da können Sie mir erzählen, was Sie wollen, Frau Kommissarin.«

Ann Kathrin wollte wissen: »Wann haben Sie denn zum ersten Mal Zweifel bekommen, dass Ihr Mann nicht Ihr Mann ist?«

»Wir haben eine schwierige Phase hinter uns. Ich will nicht sagen, dass alles an den Kindern lag, aber das hat es nicht gerade einfacher gemacht ... wir haben uns auf Probe getrennt, also, wir wollten mal eine Pause einlegen.«

»Und wie lange hat die Pause gedauert?«

»Ziemlich genau ein halbes Jahr. Fabian hat sogar eine Therapie angefangen. Wir haben uns geschrieben, und je weiter wir voneinander entfernt waren, umso näher sind wir uns gekommen. Plötzlich war es fast wieder wie am Anfang. Wir haben zunächst eine Fernbeziehung geführt. Zwischen uns lagen fast immer vier-, fünfhundert Kilometer. Wir haben uns aufeinander gefreut und dann, am Wochenende ...«

»Ihr Mann hat also nie viel von der Erziehung der Kinder mitbekommen?«

»Nein. Aber wir haben uns dann in Norden ein Haus gekauft. Wir wollten hier leben. Am Meer. Wo andere Urlaub machen.«

Ann Kathrin trank aus ihrem Kaffeebecher warmes Wasser. Sie hatte plötzlich das Gefühl, sich der Frau gegenüber erklären zu müssen: »Ich würde Ihnen auch gerne etwas anbieten, aber das ist kein Kaffee. Manchmal trinke ich einfach gerne heißes Wasser. Es hat so etwas Klärendes. Wollen Sie vielleicht auch?«

Carina Oberdieck nickte. Ann Kathrin erhob sich, als sei das bereits eine Anstrengung für sie. Stumm ermahnte sie sich selbst, in Zukunft mehr Sport zu machen. Sie ging zum Wasserkocher, griff dann aber zur Thermoskanne. Daraus goss sie einen blauen Kaffeebecher voll.

Auf dem Becher stand: *Nimm dir Zeit für Meer.*

Frau Oberdieck nahm ihn gerne. Sie schlug die Beine übereinander und stellte den Becher auf ihren Knien ab, wo sie ihn mit beiden Händen festhielt. Sie trank aber nichts davon.

»Es ging immer so hin und her. Wir wollten das Haus schon wieder verkaufen und uns scheiden lassen … Aber ich hatte immer das Gefühl, unsere Ehe sei noch nicht wirklich gescheitert.«

Ann Kathrin befürchtete, die Frau könne noch Stunden so weiterreden, und da das Geschrei im Flur ziemlich laut wurde, versuchte sie ganz gegen ihre Gewohnheiten, das Gespräch abzukürzen: »Sie haben sich also entschieden, wieder zusammenzuziehen?«

»Ja. Zunächst vor allen Dingen auch wegen der Kinder. So waren wir zumindest gemeinsam in einem Haus, aber in getrennten Schlafzimmern.«

»Und wann haben Sie bemerkt, dass etwas nicht stimmte?«

Carina Oberdieck sah zur Tür, als müsse sie sich vergewissern, dass ihre Kinder noch nicht hereingekommen waren. Sie flüsterte: »Er wollte ständig Sex … er hatte im Bett andere Vorlieben und überhaupt … Fabian war im Essen ganz etepetete. Alles musste immer bio sein, höchstens einmal in der Woche Fleisch und dann natürlich ganz ausgesuchtes vom Biobauernhof. Und plötzlich geht der mit den Jungs ins Fußballstadion und Pommes essen …«

Ann Kathrin machte ihr ein Angebot: »Vielleicht hat Ihr Mann sich ein wenig verändert und kommt jetzt mehr aus sich heraus. Gerade wenn Sie sagen, dass er eine Therapie begonnen hat. Dazu die Trennungszeit …«

Frau Oberdieck ließ das nicht gelten. Sie tippte sich gegen die Stirn und verschüttete etwas von dem warmen Wasser, schien das aber gar nicht zu bemerken: »Plötzlich fährt der mit denen nach Köln zum 1. FC! Dabei war er doch Werder-Bremen-Fan. Nein! Das ist nicht mein Fabian! Ich spüre das ganz genau. Mein Fabian ist tot!«

Ann Kathrin war ein wenig ratlos. Sie nahm noch einen Schluck Wasser, lehnte sich in ihrem schwarzen Bürosessel zurück, versuchte, ruhig zu atmen und beide Fußsohlen fest auf den Boden zu drücken. Diese Frau war fest davon überzeugt, dass ihr Mann ermordet worden war und ein Fremder sich bei ihr eingenistet hatte. War sie ein Fall für die Psychiatrie?

»Ich bin«, sagte Ann Kathrin, »bei der Mordkommission.«

»Ich weiß. Deswegen bin ich ja zu Ihnen gekommen.«

»Wenn wir keine Leiche haben, dann ist es natürlich schwierig, von einem Mord zu sprechen. Sie reden von einem Mann, der sich verändert hat. Mal ehrlich, Frau Oberdieck, wenn jemand – gesetzt den Fall, es ist wirklich so – so tut, als sei er Ihr Mann, dann muss er ihm schon verdammt ähnlich sehen. Aber spätestens wenn Sie mit ihm ins Bett gehen, werden Sie doch bemerken, ob ...«

»O nein. So einfach ist das nicht, Frau Klaasen. Das ist Fabians Zwillingsbruder.«

»Er hat einen Zwillingsbruder?«

»Ja. Sie sind eineiige Zwillinge.«

Das ließ die Geschichte in einem anderen Licht erscheinen. Ann Kathrin machte sich Notizen. Nicht etwa, weil sie sich wirklich etwas aufschreiben wollte, sondern damit die Frau das Gefühl bekam, ernst genommen zu werden. Oft veränderte es ein Gespräch, wenn sie begann, mitzuschreiben.

Dabei spielte es gar keine Rolle, ob sie es wirklich tat oder nicht.

»Und Sie glauben also, dass sein Zwillingsbruder ihn umgebracht hat und jetzt statt seiner bei Ihnen wohnt?«

»Das glaube ich nicht, das weiß ich.«

Frau Oberdieck und Ann Kathrin sprangen gleichzeitig hoch und waren bei der Tür. Selbst Rupert trat erneut in den Flur, um zu gucken, was los war. Er verschränkte die Arme vor der Brust und amüsierte sich.

Marion Wolters saß auf einem Stuhl. Ihr linkes Handgelenk war mit einer Handschelle an der Lehne eines anderen Stuhls festgemacht. Die beiden Kinder liefen johlend in Richtung Treppe.

Marion versuchte, sich zu erklären: »Ich wollte sie beschäftigen. Wir haben doch kein Spielzeug hier. Sie haben mich gefragt, ob ich eine richtige Polizistin bin, ob ich Handschellen habe und …«

»Dann hast du sie ihnen gezeigt«, feixte Rupert. »Mariönchen, Mariönchen, du musst noch viel lernen.«

Die Mutter versuchte, ihre Kinder zu beschützen: »Die meinen das nicht böse. Die sind ein bisschen wild, aber sonst eigentlich ganz in Ordnung.«

»Ja, ganz goldige Kerlchen«, lachte Rupert, der froh war, dass der Kinderwunsch, den seine Frau Beate lange gehegt hatte, niemals in Erfüllung gegangen war.

Vielleicht hat mich das davor bewahrt, zum Kindsmörder zu werden, dachte er und zuckte plötzlich zusammen, weil er nicht wusste, ob er das nur gedacht oder laut gesagt hatte. Heutzutage wurde ja jedes Wort auf die Goldwaage gelegt, da konnte man sich leicht um Kopf und Kragen reden.

Ann Kathrin wollte Marion aus der misslichen Lage befreien und fragte sich, warum Marion es nicht selbst längst getan hatte. »Haben die Kinder etwa auch den Schlüssel?«, fragte Ann Kathrin.

Marion antwortete nicht, sondern presste ihre Lippen fest zusammen.

»Kommt sofort zurück!«, rief Carina Oberdieck hinter ihren Söhnen her.

»Früher«, behauptete Rupert, »hat man mit Taschengeldentzug gedroht, Stubenarrest oder dass es keinen Nachtisch gibt. Heute, habe ich gehört, soll es ausreichen, wenn man das WLAN-Passwort verändert, damit die Kleinen nicht mehr ins Netz kommen ...«

»Ja«, fauchte Frau Oberdieck zurück, »herzlichen Dank für die Erziehungstipps!«

»Vielleicht hilft mir mal einer?«, fragte Marion und versuchte aufzustehen.

Polizeidirektorin Elisabeth Schwarz kam die Treppe hoch. Ihr Gang hatte etwas Erhabenes an sich, und sie strahlte eine Autorität aus, die keine lauten Worte nötig hatte. Geradezu ängstlich wichen die Kinder zurück und flohen zu ihrer Mutter.

Frau Schwarz erfasste die Situation sofort. Sie musterte Marion Wolters, verzog den Mund und sprach dann schmallippig Ann Kathrin an: »Wie ich sehe, haben Sie mal wieder alles im Griff.«

Ann Kathrin Klaasen wunderte sich. Manchmal konnte Rupert wirklich ein netter Kerl sein. Er hatte eigentlich Dienstschluss, schlug aber vor, mit den beiden Jungs was zu unternehmen. Er versprach ihnen: »Wir drei Männer werden uns prächtig amüsieren«, und flüsterte dann Carina Oberdieck und Ann Kathrin zu: »Dann habt ihr ein bisschen Zeit, in Ruhe miteinander zu reden.« Er fügte hinzu: »Keine Angst, ich bringe sie wohlbehalten zurück«, und zwinkerte in Richtung der Mutter.

Man konnte das so verstehen, dass sie sich ruhig auf ihn verlassen sollte, vielleicht war es aber auch ein Flirtversuch. Bei Rupert wusste man ja nie.

Marion Wolters schaute brummig drein: »Ist das jetzt die Belohnung für die Kids, dass sie mit dir Abenteuer erleben dürfen?«

»Vielleicht«, konterte Rupert, »ist das auch eine besonders raffinierte Bestrafung.« Dann zwinkerte er Marion zu, die so etwas überhaupt nicht mochte und ihm als Antwort die Zunge rausstreckte.

Der kleinere Junge knuffte seine Mutter: »Siehst du, die Bullen machen das auch, Mama.«

Rupert konnte sich den Spruch nicht verkneifen. Er zeigte auf Marion: »Die ist kein Bulle. Guck sie dir doch an. Die ist eine Kuh.«

Er sprach das Wort *Kuh* so aus, als hätte er den Zusatz *blöde* verschluckt.

Die Jungs fanden ihn witzig und gingen mit ihm.

»Spielen wir jetzt in unserer Dienstzeit auch noch Babysitter?«, rief Marion Wolters hinter ihm her. Sie rieb sich die Handgelenke. Die silberne Acht hatte Spuren hinterlassen.

Rupert zeigte ihr den Stinkefinger, ohne sich zu ihr umzudrehen.

Ann Kathrin beschwichtigte Marion: »Nein, das macht er in seiner Freizeit.«

»Ach, tobt der jetzt seine Vatergefühle aus?« An die Mutter gewandt, mahnte Marion: »Passen Sie bloß auf. Der bringt denen nur Mist bei.«

»Ich finde«, konterte Carina Oberdieck, »er ist ein sehr netter Mensch. Wenn alle Polizisten so wären …«

»Über das Stöckchen springe ich nicht«, sagte Marion Wolters, reckte das Kinn vor und verschwand zu ihrem Arbeitsplatz am Eingang der Polizeiinspektion. Hinter der Glasscheibe – mit Blick auf die Tür – fühlte sie sich gleich besser.

Ann Kathrin schlug Frau Oberdieck vor, ins *Café ten Cate* zu gehen und bei ein, zwei Tässchen Tee weiterzusprechen.

Rupert versuchte erst mal, die Namen der Kinder herauszubekommen. Der Kleine nannte sich Luke Skywalker, der Größere Darth Vader.

»Und wie heißt du?«, fragte Luke.

Rupert überlegte noch, ob er die Filmnamen der beiden akzeptieren sollte oder nicht. Testeten die Kinder ihn gerade, wie locker er in Wirklichkeit war und ob man Spaß mit ihm haben konnte?

Noch bevor Rupert sich eine Antwort zurechtgelegt hatte, tönte Luke: »Er ist der fette Jabba!«

Damit brachte er Darth Vader zum Lachen.

Rupert plusterte sich auf und sprach mit verstellter Stimme: »Niemand würde es wagen, Jabba fett zu nennen! Mein Name ist Jabba the Hutt! Ich bin ein König. Ein Verbrecherkönig!«

»Ja«, freute Darth Vader sich, »und Luke Skywalker hat ihn umgelegt.«

Der Satz saß. Rupert holte tief Luft: »Ihr kennt euch also mit den Star-Wars-Filmen gut aus.«

»Ja, wir haben sie alle geguckt.«

Darth Vader zeigte auf Luke: »Er kann viele Dialoge auswendig.«

Der behauptete: »Alle!«

Rupert wollte mit den beiden Minigolf spielen, weil er sich dachte, dass sie auf dem umzäunten Platz nicht gut ausbüxen könnten, und als Kind hatte er Minigolf sehr aufregend gefunden. Er wollte ihnen ein paar Tricks zeigen.

Die beiden erklärten ihre Golfschläger allerdings sofort zu Lichtschwertern und begannen zu fechten.

Er versuchte, das zu verhindern, wobei er über der Augenbraue getroffen wurde. Es tat gar nicht weh, doch für einen Moment gingen die Lichter aus. Er lag auf der Bahn, und die beiden weckten ihn, indem sie ihre Bälle zwischen seine weit gespreizten Schenkel schossen.

Eigentlich hatte Rupert sich nur bereit erklärt, etwas mit den Kindern zu unternehmen, weil heute seine Schwiegermutter zu Besuch war. Sie hatte einen Kochkurs besucht und wusste jetzt, wie man veganes Essen glutenfrei zubereiten konnte. Da waren Rupert zwei Rüpel, denen er bei Gitti eine Bratwurst ausgeben konnte, wesentlich lieber.

Inzwischen bereute er seine Idee. So schlimm war seine Schwiegermutter ja im Grunde auch nicht. Wenn er vorher ein, zwei Whisky trank, ließ sie sich vielleicht ertragen.

Polizeidirektorin Elisabeth Schwarz passte das alles überhaupt nicht.

»Hier macht wohl jetzt jeder, was er will?! Wir sind«, stellte sie fest, »die Mordkommission.«

Sie musterte Ann Kathrin kritisch, die dabei war, mit Frau Oberdieck die Polizeiinspektion in Richtung *Café ten Cate* zu verlassen.

»Mooordkommission!«, rief sie noch einmal laut. »Weder Babysitter noch Ratgeber für alleinerziehende Mütter!«

Ann Kathrin kümmerte sich gar nicht darum, doch Carina fuhr herum, weil sie das Gefühl hatte, sich verteidigen zu müssen: »Ich bin nicht alleinerziehend! Bei mir wohnt nur der falsche Mann!«

Elisabeth Schwarz winkte ab und sagte leise zu sich: »Ja, damit stehen Sie vermutlich nicht alleine da. Den Satz würden viele Frauen unterschreiben ...«

Als Ann Kathrin und Carina das Café betraten, sah Monika Tapper sofort, dass es Ann Kathrin nicht darum ging, mit einer Bekannten einen netten Plausch bei Kaffee und Kuchen zu halten. Manchmal nahm Ann Kathrin Zeugen oder auch Opfer, die von der Atmosphäre in der Polizeiinspektion zu sehr eingeschüchtert wurden, mit ins Café. Im hinteren Raum, dem sogenannten *Zweiten Café*, gab es dafür eine extra stille Ecke.

Ann Kathrin saß immer so, dass sie die Tür und den Raum beobachten konnte, während die zu befragende Person – meist waren es Frauen oder Kinder – sich immer mit dem Rücken zu allen anderen befanden. Das Gesicht sollte geschützt werden, denn manchmal flossen auch Tränen.

Das hier sah genau nach so einem Gespräch aus.

Monika legte vorsichtshalber eine Packung Papiertaschentücher auf den Tisch, die sie dann aber sofort gegen zwei weiche Servietten austauschte. Das sah doch unverdächtiger aus.

Die beiden bestellten eine Kanne Tee für zwei, und Monika, die sich sonst oft dazusetzte, fragte: »Ich nehme an, ihr beiden wollt allein sein?«

Ann Kathrin nickte kurz. Carina Oberdieck reagierte fast verängstigt auf die Frage. Sie wollte auf keinen Fall, dass sich jemand zu ihnen an den Tisch setzte.

Monika verstand. Sie schloss die Tür zum *Zweiten Café* und sagte ihren Servicekräften: »Wir besetzen jetzt erst einmal alle Tische hier vorne und bei dem schönen Wetter auch draußen. Ich glaube, die beiden brauchen ein bisschen Ruhe, um ungestört reden zu können.«

Sie legte auf einen Teller Baumkuchenherzen, Deichgräfinkugeln und einen Marzipanseehund, ohne dass die beiden es bestellt hatten. »Etwas Süßes für die Seele«, sagte Monika freundlich und verschwand gleich wieder.

Das Teegeschirr *Ostfriesische Rose* und der aus der Kanne strömende Duft schienen Carina zu beruhigen.

»Sie müssen sich«, begann Ann Kathrin das Gespräch, »um die beiden Kleinen keine Sorgen machen. Rupert hat zwar keine eigenen Kinder, aber ich glaube, die Jungs werden ihn mögen.«

Carina Oberdieck veränderte ihre Sitzhaltung und verschränkte die Arme vor der Brust, als müsse sie sich verteidigen: »Denken Sie bloß nicht, dass ihnen der Vater fehlt! Früher war das vielleicht mal so, weil mein Mann ewig unterwegs war. Aber jetzt … der hockt ja nur noch zu Hause herum, als sei er Rentner. Aber er versucht, den Kindern echt was zu bieten. Ausflüge, Spaßbad und so … Ich bin nicht immer einverstanden mit dem, was er macht. Erst hat er mit ihnen alle Folgen vom *Weißen Hai* geguckt, und jetzt sind sie bei *Star Wars.*«

Ann Kathrin, die keine Ahnung hatte, ab wie viel Jahren die Filme freigegeben waren, aber wusste, wie sehr kleine Jungs darauf abfuhren, Dinge zu tun, die eigentlich in ihrem Alter noch nicht erlaubt waren, beruhigte Frau Oberdieck: »Es ist doch schön, wenn er sich um sie kümmert und mit ihnen eine Ebene findet. Vielleicht will er ja einiges wiedergutmachen …«

Carina Oberdieck antwortete nicht, sondern goss sich Tee ein, der eigentlich noch ein bisschen hätte ziehen müssen. Dann warf sie Kluntjes hinterher und träufelte schließlich etwas Sahne in die Mitte.

Ann Kathrin konnte das gar nicht mitansehen. Sie schüttelte den Kopf: »Nein, eigentlich macht man das gar nicht so. Der Tee braucht noch ein, zwei Minuten, und dann …«, Ann Kathrin machte es vor, »kommt zuerst Kandis in die Tasse. Der Zuckerstein zerplatzt, wenn der heiße Tee darauf trifft, und die Sahne gießt man nicht in die Mitte, sondern lässt Wölkchen hereintropfen. Am Rand. Und zwar gegen den Uhrzeigersinn.«

»Gegen den Uhrzeigersinn?«

»Ja, so hält man in Ostfriesland die Zeit an.«

Mit dem Teeritual hatte Ann Kathrin schon so manchen Zeugen aufgelockert. Es vermittelte eine gewisse Sicherheit. Die Welt, die oft so düster und gefährlich erschien, verlor an Bedrohung, während sich die Sahnewölkchen auflösten.

Ann Kathrin forderte Frau Oberdieck auf: »Jetzt erzählen Sie doch mal von Anfang an. Ganz in Ruhe. Wie hat das alles angefangen?«

Carina Oberdieck seufzte. Sie unterstrich ihre Worte mit Gesten. Ihre Finger wurden lebendig, als seien es eigenständige Personen. Mit der rechten Hand unterstrich sie Worte, mit der linken wehrte sie Falsches ab.

Ihre Hände sagten mehr als ihr Gesicht. Diese Frau zu lesen, schien ganz einfach zu sein, trotzdem war es schwer, aus ihr schlau zu werden.

»Mein Mann wollte irgendwie sein Leben wieder auf die Reihe kriegen. Beziehungen kitten und so. Der war ja von seinem Beruf vollständig aufgefressen worden. Ehrgeizig, karrieregeil …«, sie winkte mit der Linken ab. »So gar kein Familienmensch. Nie Zeit für Freunde. An seinem Gesicht konnte ich unseren Kontostand ablesen. Wenn was schiefging, war er unerträglich.«

Ann Kathrin verkniff sich die Frage: *Was macht Ihr Mann denn beruflich?* Sie hielt es für klüger, die Frau einfach reden zu lassen und dann später das Wesentliche für sich herauszufiltern. Die meisten Menschen hatten, wenn sie einmal begannen, ein großes Mitteilungsbedürfnis. Wer wollte nicht gern verstanden werden? Ann Kathrins aktive Zuhörmethode hatte schon oft zum Erfolg geführt.

»Plötzlich sollte dann alles wieder gut sein. Wir haben uns hier das Haus gekauft und versucht, unsere Ehe zu retten. Wegen der Kinder. Aber«, sie überlegte einen Moment, »aber nicht nur.«

Sie packte eine Deichgräfin aus dem rosa Stanniolpapier, betrachtete die Kugel eine Weile und biss dann, neugierig geworden, die Hälfte ab. Sie wollte nicht nur schmecken, sondern auch sehen, was drin war. Wollte sich nichts mehr vormachen lassen. Die Praline schien ihr Kraft, ja Lebensmut zu geben. Sie fuhr fort: »Er wollte auch das Verhältnis mit seinem Bruder wieder auf die Reihe kriegen. Die beiden hatten sich ja richtig voneinander entfernt. Nicht verfeindet, mehr so einfach verloren.«

»Hatte es Krach gegeben?«

»Nein, ich glaube nicht. Die haben sich einfach verloren. Sie wollten gemeinsam Urlaub machen, um sich wiederzufinden.«

Die Worte *wiederzufinden* unterstrich sie mit beiden Händen. Dann ließ sie den Rest der Deichgräfin unter ihrem Gaumen schmelzen und genoss das Himbeermarzipan in Prosecco-Ganache. Sie deutete auf die anderen Kugeln und sprach es fast wie eine Warnung aus: »Die können süchtig machen, Frau Kommissarin.«

»Ja«, sagte Ann Kathrin, »ich weiß.«

»Die sind dann Hals über Kopf nach Lanzarote.«

»Was meinen Sie mit Hals über Kopf?«

»Na ja, so spontan. Aber zurückgekommen ist nur einer. Und der behauptet, mein Mann zu sein. Ist er aber nicht. Es kam nicht Fabian zurück, sondern Florian.«

Erstaunt fragte Ann Kathrin: »Die Eltern haben die Zwillinge Fabian und Florian genannt? Selbst die Namen klingen ja zum Verwechseln.«

Carina zuckte mit den Schultern und breitete die Hände aus, als müsse sie ihre Unschuld beweisen: »Ja, so sind die. Die fanden das witzig. FF – Fix und Foxi, wenn Sie so wollen.«

»Und wo ist Ihrer Meinung nach Ihr Mann?«

Carina Oberdieck fischte ihr Handy aus der Tasche und zeigte Ann Kathrin ein paar Fotos: »Hier, das sind die letzten Bilder, die die beiden mir geschickt haben. Sie besichtigten den Vulkan Timanfaya. Haben wir auch mal gemacht, hier, sehen Sie, da essen sie Würstchen, die über Vulkanfeuer gebrutzelt wurden.«

»Ja, ich kenne den Ort«, sagte Ann Kathrin. »Ich war auch schon mal auf Lanzarote und habe natürlich den Timanfaya besucht. Er hat etwas Magisches. Ich fand es besonders beeindruckend, als Wasser in die Felslöcher geschüttet wurde und der heiße Berg es wieder ausspuckte wie ein Geysir. Ich bin damals schreiend zurückgesprungen und hätte mich fast verbrüht.«

Ann Kathrin ärgerte sich über sich selbst. Ich rede zu viel, dachte sie. Wir können jetzt nicht in Urlaubserinnerungen schwelgen, obwohl es vielleicht gut ist, wenn sie merkt, dass ich mich auskenne. Aber ich muss ihr mehr Raum geben. Es geht hier nicht um mich. Es ist immer schwierig, eine Balance zu finden. Es ist wichtig, sich als Kommissarin zu zeigen, aber auch als Mensch greifbar zu werden. Niemand vertraut einer anonymen Person, die einfach nur Kommissarin ist. Man will den Menschen dahinter sehen, glaubte Ann Kathrin.

Sie kam zum Wesentlichen zurück: »Was ist dort mit Ihrem Mann passiert?«

»Ja, Frau Klaasen, es tut mir leid, aber ich kann Ihnen nicht mit einer Leiche dienen. Der eine behauptet, der andere sei in den Vulkan gefallen.«

Ann Kathrin zuckte zurück. Sie hatte ja schon viele ungewöhnliche Geschichten gehört, aber das hier war doch ziemlich hart. »In den Vulkan gefallen?«

»Ja. Man darf da zwar nicht so nah ran, und es ist abgesperrt, aber der Mann, der jetzt so tut, als ob er mit mir verheiratet sei, behauptet, dass sein Bruder dort ein Selfie machen wollte, um seine Schüler zu beeindrucken. Angeblich hat er ihn noch gewarnt, aber er sei trotzdem hochgeklettert. Ja, und das war's. Da kommt kein Rettungswagen. Man löst sich einfach in seine Bestandteile auf, verpufft wie Wasser.«

Carina Oberdieck musterte die Kommissarin mit nachdenklichen Blicken. Um ihre Geschichte glaubhafter zu machen, versicherte sie: »Das ist da nicht zum ersten Mal passiert, und es ist bestimmt auch nicht das erste Selfie-Unglück.«

Eins ist mal klar, dachte Ann Kathrin, die beiden waren wirklich dort und haben Fotos gemacht.

»Und Sie glauben«, sagte sie, »dass Ihr Mann dort in den Vulkan gefallen ist, und Florian kehrte zurück und hat sich als Fabian ausgegeben?«

»Ja. Und zunächst habe ich das auch gar nicht gemerkt. Wir waren ja alle unheimlich traurig und standen unter Schock. Er hat mich getröstet und ich ihn natürlich auch. Immerhin hatte er seinen Bruder verloren.«

»Sie dachten also, Ihr Mann sei zurückgekommen.«

»Ja klar, sonst wäre ich doch nicht mit dem ins Bett ...« Zu ihrer Entschuldigung fügte sie hinzu: »Wer denkt denn auch so was?«

Ann Kathrin nahm einen Schluck Tee und aß vom Baumkuchen.

Carina Oberdieck klagte: »Plötzlich fingerte der dauernd an mir herum. Erst habe ich gedacht, na ja, er braucht jetzt besonders viel Liebe, und ich habe auch versucht, sie ihm zu geben. Aber das fühlte sich nicht wie Liebe an. Mehr wie einfach ...« Sie suchte Worte, wedelte mit der linken Hand über ihrer Tasse herum und sagte: »Mehr wie einfach nur Sex. Auf eine gewisse Weise kalt. Als ginge es darum, möglichst viele Stellungen auszuprobieren. Erst dachte ich, er hätte im Urlaub vielleicht eine andere kennengelernt und mit der neue Erfahrungen gemacht ...«

»So was soll schon vorgekommen sein«, sagte Ann Kathrin ruhig. »Vielleicht verändert Ihr Mann sich ja einfach ein wenig, auch durch den Schock, seinen Bruder verloren zu haben. Solche einschneidenden Ereignisse sind oft wie ein Paradigmenwechsel für Menschen. Einige kündigen ihre Arbeitsstellen, starten etwas Neues. Plötzlich wollen sie sinnvollere Dinge mit ihrem Leben anfangen oder es wenigstens in vollen Zügen genießen. Scheidungen sind nicht selten nach schlimmen Unfällen oder Krankheiten.«

»Ja, ja, das habe ich mir auch alles gesagt. Aber Sie würden es doch auch merken, wenn Ihr Mann gegen einen anderen ausgetauscht worden wäre, oder, Frau Klaasen?«

Bei dem Gedanken begann Ann Kathrin zu frieren. Sie schüttelte sich. »Ich vermute, ja. Aber mein Mann hat zum Glück keinen Zwillingsbruder. Da kann das wohl nicht passieren.«

Monika Tapper sah herein und fragte: »Kann ich noch was für euch tun?«

»Ja«, sagte Ann Kathrin, »ich glaube, ich brauche ein Glas Wasser.«

»Ich auch«, bat Carina Oberdieck.

Ann Kathrin suchte einen neuen Ansatz. Sie fragte: »Und wie ist es mit den Arbeitskollegen Ihres Mannes? Haben die nichts gemerkt? Was macht er überhaupt beruflich? Oder ist er seit dem Unfall krankgeschrieben?«

»Mein Mann war Location-Scout«, sagte sie nicht ohne Stolz. Und weil sie daran gewöhnt war, dass die wenigsten Menschen damit etwas anfangen konnten, erklärte sie: »Der berät Filmproduktionen, wo man was am besten drehen kann. Der kennt jeden Quadratmeter, alle Hotels, weiß, wo man am besten parken kann. Der hat Fotos vom ganzen Land. Soll ich

Ihnen mal sein Archiv zeigen? Der war natürlich ständig unterwegs, immer auf der Suche nach noch besseren Drehorten, in ganz Europa, und auf den Kanaren hat er viel gemacht. Die wollen dort etwas für den Tourismus tun und wissen genau, was es bringt, wenn ihre Landschaft in Spielfilmen zu sehen ist. Bei den Summen, die dort fließen, fragt man sich, warum überhaupt noch jemand in Deutschland dreht – zumindest hat sich mein Mann das immer gefragt.«

»Er war also freiberuflich tätig?«

»Ja. Freiberuflich und wahrlich gut beschäftigt. Er hat auch eine eigene Firma. Er musste sich nicht mehr um jeden Mist kümmern. Drei Mitarbeiter.« Sie schluckte und sprach es aus: »Mitarbeiterinnen.«

Ann Kathrin spürte, dass ihr das nicht so gefiel. Mitarbeiter wären Carina Oberdieck lieber gewesen. Ann Kathrin hätte ein Monatsgehalt darauf gewettet, dass es junge, hübsche Frauen waren, mit denen Carina Oberdiecks Mann sich umgeben hatte.

Monika brachte eine große Flasche Mineralwasser und zwei Gläser.

Ann Kathrin goss sich eine zweite Tasse Tee ein. Monika sah ihr an, dass es gerade nicht ganz einfach war. Misstrauen und Verständnis rangen hier um die Vorherrschaft. Monika wusste nicht, worum es ging, doch sie mochte die Frau und hatte das Gefühl, sie würde die Wahrheit sagen. Mit einem Blick gelang es ihr, Ann Kathrin ihre Meinung zu vermitteln. Mehr war zwischen ihnen auch gar nicht nötig.

»Danke, Moni«, sagte Ann Kathrin, und nachdem Monika Tapper sie wieder allein gelassen hatte, formulierte Ann Kathrin es vorsichtig: »Wenn Ihr Mann davon gelebt hat, Fotos zu machen, Schauplätze auf ihre Verfilmbarkeit zu überprüfen, dann erklärt das vielleicht, warum er auf den Vulkan geklettert ist, um ein …«

Carina schlug mit der Faust auf den Tisch. Ihre leichte, kleine Teetasse hüpfte hoch und fiel um. »Nein, verdammt, das hat er nicht getan! Das ist ein richtiger Beruf, und, glauben Sie mir, mein Mann wusste, wie er den zu machen hatte! Er war einer der Besten!«

»Und jetzt merkt niemand, dass ein anderer den Job macht?«

»Wie denn? Er hat sich doch erst mal zurückgezogen. Hatte jeder Verständnis für. Der Bruder ist in einen Vulkan gefallen, da kann man sich schon mal ein paar Tage aus seinem Beruf verabschieden, oder? Die Mädels schmeißen den Laden wohl auch ganz gut ohne ihn. Der telefoniert zwei-, dreimal die Woche mit denen und lässt ihnen ansonsten freie Hand. Ich glaube, denen gefällt das sogar. Akquise macht er gerade nicht. Darin war er früher besonders gut, er konnte sich bei Filmproduktionen unentbehrlich machen. Aber im Grunde hat er das ja auch in den letzten Jahren gar nicht mehr nötig gehabt. Sie haben ihm die Bude eingerannt. Der wusste, wie man an Drehgenehmigungen kommt, kannte Gott und die Welt. Was glauben Sie, was alles möglich wird, wenn man der untalentierten Tochter des stellvertretenden Ministerpräsidenten oder Oberbürgermeisters eine kleine Rolle verspricht. Mein Fabian kannte die Tricks …«

Kritisch fragte Ann Kathrin: »Und wie ist es mit seiner Unterschrift? Kann sein Bruder die perfekt fälschen, oder stimmt damit auch etwas nicht? Wir haben Schriftsachverständige, die …«

Carina Oberdieck winkte ab: »Das haben die schon als Kinder geübt. Die Handschriften kann man nicht voneinander unterscheiden. Nicht nur die Unterschriften sind identisch, sondern das gesamte Schriftbild.«

Ann Kathrin staunte: »Der könnte Ihnen also einen Liebesbrief schreiben, und Sie würden höchstens an den Formulierungen merken, dass …«

»Fabian war kein Süßholzraspler. Seine Liebesbriefe hat Florian oft geschrieben. Zumindest war das so in ihrer Jugend. Das haben sie mir beide lachend erzählt. Sie fanden das komisch. Dafür hat Fabian Florians Bilder für den Kunstunterricht gemalt und ihm in Mathe geholfen. In Deutsch und Sprachen war Florian der Bessere.«

Ann Kathrin fragte: »Weiß Ihr Mann von dem Verdacht?«

»Er ist nicht mein Mann! Und ich hoffe, er hat es noch nicht gemerkt.«

»Warum?«

»Glauben Sie, ich will auch sterben?«

»Fürchten Sie um Ihr Leben?«

»Ist der Papst eine Frau?«

Ann Kathrin kündigte an: »Ich muss ihn aber befragen. Wie soll ich sonst weiterkommen? Wir können Ihnen Schutz anbieten. Ein Zimmer im Frauenhaus oder …«

Carina Oberdieck hob beide Arme hoch und ließ die flachen Hände auf den Tisch klatschen, als hätte sie vor, die Tasse diesmal noch höher springen zu lassen: »Ja, herzlichen Dank! Frauenhaus? Der wohnt in meinem Haus! Soll ich es ihm überlassen?«

»Sie können selbstverständlich auch in ein Hotel, oder wir helfen Ihnen, einen Ort zu finden, der …«

»Ich hatte eigentlich mehr die Hoffnung, dass Sie ihn verhaften würden und ich in Frieden weiterleben könnte. Stattdessen soll ich das Feld räumen??«

»Na ja«, erklärte Ann Kathrin, »wenn es wirklich nicht Ihr Mann ist, sondern, wie Sie vermuten, sogar der Mörder Ihres Mannes, dann wollen Sie doch sicherlich nicht länger mit ihm unter einem Dach wohnen oder das Bett mit ihm teilen, oder?«

»Darauf können Sie Ihren Arsch verwetten! Aber geht das denn nicht irgendwie anders?«

»Wie, anders?«

»Na ja, so, dass Sie mich raushalten.«

Ann Kathrin naschte noch mal vom Teller, um Zeit zu gewinnen. »Sie machen es mir nicht leicht, Frau Oberdieck. Ich könnte ihn natürlich zum Tod seines Bruders befragen, aber im Moment ist nichts wichtiger als Ihre Aussage.«

Carina Oberdieck brauchte jetzt wirklich die Serviette. Sie wischte sich zwei Tränen ab. Ihre Unterlippe zitterte, als sie die Bitte aussprach: »Helfen Sie mir, Frau Klaasen! Ich bin wirklich in Not. Mir brennt der Rock. Ich weiß nicht, was ich machen soll und auch nicht, wie ich es den Kindern erklären soll. Die finden ihren neuen Papa nämlich ganz toll.« Sie holte tief Luft: »Das geht so weit, dass ich mich inzwischen fremd in meiner eigenen Familie fühle. Ich bin der Fremdkörper, nicht er, verstehen Sie? Das geht so nicht weiter!«

Rupert schickte eine Nachricht auf Ann Kathrins Handy: *Seid ihr so weit? Kann ich die Monster zurückbringen?*

Ann Kathrin zögerte noch mit der Antwort, da schickte Rupert schon seine philosophischen Gedanken: *Kinder sind kein Geschenk des Himmels. Sie sind eine Strafe für Leute, die Fehler bei der Verhütung gemacht haben.*

Sekunden später kam eine dritte Nachricht hinterher: *Aber sag ihr das bitte nicht. Sie hat so traurige Augen.*

Ann Kathrin tippte in ihr Handy: *Ja, und du bist bestimmt bereit, sie zu trösten, oder?*

Klar!

Wehe …

Es wurmte Carina Oberdieck, dass Ann Kathrin sich mit ihrem Handy beschäftigte statt mit ihr: »Ja, dann danke ich Ihnen für Ihre Zeit, Frau Klaasen.«

Ann Kathrin steckte das Handy weg: »Mein Kollege bringt gleich Ihre Söhne zurück. Ich glaube, sie haben sich gut amüsiert. Unser Rupert ist ein ganz netter, kinderlieber Hauptkommissar. Ich glaube, er leidet ein bisschen darunter, selbst keine Kinder zu haben.«

Auch wenn Carina Oberdieck sehr mit sich selbst beschäftigt war, hörte sie doch den deutlich ironischen Unterton.

Als Rupert Luke Skywalker und Darth Vader zu ihrer Mutter zurück ins Café brachte, sah er aus, als hätte er einen 24-Stunden-Dienst hinter sich und gerade eine schwere Grippe überlebt.

Monika fragte freundlich: »Erst mal einen Kaffee, Herr Kommissar?«

Rupert ließ sich auf einen Stuhl fallen und streckte die Beine von sich. »Nee. Ich brauch 'n Schnaps!«

Darth Vader stand vor der Kuchentheke und forderte: »Ich will so 'n Stück da. Aber mit viel Sahne!« Luke Skywalker fragte: »Gibt's hier auch Eis?«

Rupert hatte die Befürchtung, seine Bestellung könnte gleich untergehen, deshalb bekräftigte er: »Einen doppelten!«

Monika sah ihn an. Er stöhnte: »Ich brauche dringend Alkohol. Schokolade hilft jetzt nicht mehr. Pass auf, dass die beiden dir nicht das Café zerlegen.«

Auf den ersten Blick sah es für Karl-Heinz Alberts aus, als hätte jemand eine schlecht angezogene Schaufensterpuppe aus dem fahrenden Auto geworfen.

Er nahm die gut erhaltene blaue Schirmmütze der Deutschen Bundesbahn vom Kopf und beugte sich im Stellwerk näher zur Glasscheibe vor.

Als er die Treppe herunterlief, hatte er noch die Hoffnung, es könnte sich um eine Schaufensterpuppe handeln. Doch dort lag keine Puppe. Puppen bluten nicht.

Der Nordwestwind spielte mit ihren blonden Locken und machte aus ihrer zerfetzten Sommerkleidung flatternde Fähnchen. Sie lag auf den Gleisen der Museumseisenbahn, kurz hinterm Stellwerk, neben alten, rostenden Metallteilen, Holzschwellen und Schienenstücken.

Die junge Frau trug ein buntes Sommerkleid. Sie war barfuß. Und sie war tot.

Karl-Heinz Alberts hatte sich diesen Tag wahrlich anders vorgestellt. Er wollte seine Begeisterung für alte Eisenbahnen mit einer Schulklasse teilen.

Er beschloss, zuerst die Polizei anzurufen und dann den Lehrer. Das hier wollte er den Schülern gern ersparen.

Das Haus der Familie Oberdieck lag im Neubauviertel im Norden von Norden, keine zweihundert Meter Luftlinie von Ann Kathrins Haus entfernt. Manchmal, wenn sie mit dem Rad zum Deich fuhr, war sie daran vorbeigekommen.

Im Vorgarten stand ein Trampolin, damit die Brüder sich richtig austoben konnten. Sie hatte sie dort hüpfen sehen und kreischen hören.

Hier wohnten viele Familien mit Kindern im Grundschulalter. Die Hecken und Bäume waren noch nicht größer als die Kinder. Gemeinsam wuchsen sie langsam zu prachtvoller Größe heran.

Im Distelkamp, wo Ann Kathrin wohnte, waren die meisten Kinder schon groß und zogen langsam aus, so wie damals ihr Sohn Eike. Zurück blieben die prächtigen Bäume, Hecken und Rosensträucher.

Bäume, dachte sie, gehen nicht fort, wenn sie erwachsen sind. Ihre Wurzeln werden immer tiefer, und sie spenden Schutz.

Dieser Gedanke stimmte sie fröhlich und traurig zugleich. Sie war in einem merkwürdigen Gefühlszustand.

Einen Moment zögerte sie noch. War sie in der Lage, jetzt so ein Gespräch zu führen? Trotzdem klingelte sie bei den Oberdiecks. Es kam ihr fast so vor, als hätte der Finger es selbsttätig gemacht, ohne sie vorher zu fragen.

Herr Oberdieck öffnete persönlich. Er trug ein weißes T-Shirt und eine verwaschene Jeans. Er war barfuß und sah sie auf eine durchdringende Art an.

Manchen Menschen, dachte Ann Kathrin, guckt die Blödheit aus den Augen. Bei dem hier ist es umgekehrt.

Er vermittelte seinem Gegenüber den Eindruck, es mit einem gebildeten, hochintelligenten Menschen zu tun zu haben. Dazu kamen ein gewisser Charme und gute Manieren.

»Entschuldigen Sie meinen Aufzug«, sagte er, »ich habe nicht mit Besuch gerechnet. Was kann ich für Sie tun?«

Sie stellte sich vor: »Ann Kathrin Klaasen, Mordkommission.«

Ihm war zum Scherzen zumute. Er hob die Arme und beteuerte grinsend: »Ich war's nicht.«

»Ich würde Ihnen gerne ein paar Fragen stellen.«

»Gern. Worum geht's denn?«

Er öffnete die Tür, ließ sie herein und entschuldigte sich für die Unordnung. In der sehr gemütlich eingerichteten Wohnung lagen überall Comichefte, Legosteine, Kinderschuhe, Plastikhelme, Schwerter und Pistolen herum.

»Ich habe viel von Ihnen gehört, Frau Klaasen.« Er breitete die Arme aus und deutete eine Verbeugung an: »Ich fühle mich tief geehrt, Sie in meiner bescheidenen Hütte begrüßen zu dürfen. Sie sind, wenn ich mir die Bemerkung erlauben darf, eine Ikone. Ich habe Sie mal im Fernsehen gesehen, in einer Talkshow zum Thema Serienkiller. Also, wenn es nach mir ginge, würde Ihr Leben mal verfilmt werden. Aber ich bin ja nur ein kleiner Location-Scout.«

Dass die Familie, die hier wohnte, eine Nähe zu Film und Fernsehen hatte, war nicht zu übersehen. Die Lampen waren alte Scheinwerfer, die Couchgarnitur im Wohnzimmer bestand aus Kinosesseln.

Gegen Wellers Protest hatte Ann Kathrin sich entschieden, Herrn Oberdieck allein zu besuchen. Das entsprach zwar nicht den Dienstvorschriften, aber sie hatte die Erfahrung gemacht, dass Menschen weniger eingeschüchtert waren und freier sprachen, wenn sie nicht gleich zwei Kripobeamten gegenübersaßen.

Jetzt kam es ihr so vor, als würde sie damit mal wieder recht behalten. Sie musste nicht erst durch eine Wand von Abwehr. Stattdessen zeigte sich Herr Oberdieck sehr gastfreundlich. Sie standen jetzt gemeinsam in der Küche vor seiner neuen Kaffeemaschine, auf die er sehr stolz war. Er zählte auf, was für Möglichkeiten er hatte, ihr frischen Cappuccino, Espresso, Latte macchiato zuzubereiten, oder auch einfach einen Kaffee Crema.

Er tänzelte vor der Kaffeemaschine herum, als würde er mit ihr flirten, und war ein bisschen enttäuscht, als Ann Kathrin um ein Glas heißes Wasser bat. »Zu viel Koffein putscht mich zu sehr auf ...«

Natürlich hatte seine Kaffeemaschine auch einen Knopf für heißes Wasser.

Er selbst machte sich einen Cappuccino, betonte aber, dass er dafür keine Kuhmilch verwendete, sondern Hafermilch.

Sie fand dieses Vorgeplänkel ganz gut. Sie setzten sich in die Kinosessel, und Ann Kathrin konfrontierte ihn direkt: »Es gibt Zweifel an Ihrer Identität. Können Sie beweisen, dass Sie sind, wer Sie sind, Herr Oberdieck?«

Entweder war er ein geborener Blender, hatte eine super Schauspielausbildung genossen, oder er war wirklich überrascht und amüsiert. Er hielt sich eine Hand vor den Mund, als hätte er Angst, sonst seinen Cappuccino quer über den Tisch zu prusten. Er wirkte dabei ein bisschen mädchenhaft.

Er schluckte, stellte seine Tasse ab, wischte mit den Fingern über seine Hosenbeine und stellte eine Gegenfrage: »Können Sie beweisen, dass Sie sind, wer Sie sind? Ann Kathrin Klaasen?«

Sie zeigte ihre Polizeimarke vor: »Selbstverständlich kann ich das beweisen.«

Er lachte: »Das ist jetzt nicht Ihr Ernst. Einen Ausweis habe ich auch.«

Er zog seinen aus der Jeans und legte ihn auf den Tisch. »Da – Fabian Oberdieck.«

Der Punkt ging an ihn.

»Es gibt das Gerücht«, sagte Ann Kathrin, »dass bei dem Unfall auf Lanzarote Fabian Oberdieck gestorben ist und Sie seine Rolle eingenommen haben.«

Er verzog grinsend das Gesicht. »Aber ich bitte Sie, Frau Klaasen! Welchen Grund sollte es dafür geben? Und spätestens meine Ehefrau hätte das doch gemerkt. Sie ist mit den Kindern unterwegs, aber falls Sie zum Abendessen bleiben wollen, können Sie gerne mit ihr und mit den Kindern sprechen. Es gibt getrüffelten Kartoffelstampf mit geröstetem Blumenkohl und Broccoli. Ich versuche, für meine Familie gesund und schmackhaft zu kochen.«

»Und fleischlos?«, hakte Ann Kathrin nach.

Er ahnte, dass sich hinter der Frage mehr verbarg als ein Gespräch über gute Ernährung.

»Ja, ich versuche, so viel wie möglich vegetarisch zu kochen und zu leben. So können wir doch alle etwas zum Erhalt unserer Welt beitragen. Aber ich mache keine Religion daraus. Alles Hundertfünfzigprozentige ist mir verhasst. Wenn Sie aber zum Abendessen bleiben, werden Sie nichts vermissen. Es sei denn, Sie mögen keine schwarzen Trüffel. Doch Sie sehen aus wie eine Frau, die so etwas zu schätzen weiß.«

Irgendwie erinnerte er sie an ihren Mann Frank Weller. Auch dessen Augen bekamen so einen Glanz, wenn er darüber sprach, was er kochen wollte. Genau wie Weller hatte dieser Mann Kochen zu einer Art Kunst erhoben. Zumindest sprach er so darüber.

»Wer verdächtigt mich denn, nicht ich zu sein?«, fragte er jetzt amüsiert, nahm noch einen Schluck aus seiner Tasse und wischte sich Milchschaum von der Lippe.

Plötzlich wehrte er ab: »Nein, lassen Sie mich raten: Ilona Meisenknecht. Stimmt's?«

»Wie kommen Sie darauf?«

Er deutete Ann Kathrins Frage als Bestätigung: »Herrje, es stimmt also.«

Er stand auf, ging zum Aquarium und fütterte die Skalare. Sie schwammen zur Oberfläche und fraßen ihm praktisch aus der Hand. Der bunte Schwarm Neonfische erhielt nur, was die Skalare runterfallen ließen.

»Warum«, hakte Ann Kathrin nach, »hätte Frau Meisenknecht einen Grund, das anzunehmen? Haben Sie eine Erklärung dafür?«

Er setzte sich anders hin, legte den Arm weit von sich weg und legte die Hand über den zweiten Kinosessel, so als hätte er eine unsichtbare Freundin neben sich sitzen. Seine Finger schienen mit ihren Haaren zu spielen.

Er ist durchaus eitel, dachte Ann Kathrin. Er gibt sich Mühe, mich zu beeindrucken. Er will von mir gemocht werden.

Das Gespräch drohte eher in einen Flirt als in eine Verhörsituation zu kippen.

»Mein Gott, das ist alles ewig her. Wir waren in der Pubertät, wie Jungs halt so sind. Florian war mehr extrovertiert, ein Mädchenschwarm. Ich eher zurückhaltend. Bei Frauen hatte er immer einen besseren Schlag als ich. Ilona war seine erste feste Freundin – also, was damals so als fest galt. Sie sind vielleicht zwei Monate miteinander gegangen oder drei. Dann verliebte er sich neu und hatte keine Lust mehr. Er schaffte es aber nicht, mit ihr Schluss zu machen, und dann …« Er sprach nicht weiter.

»Und dann?«, fragte Ann Kathrin.

Er lächelte sie breit an und heischte mit den Augen um Entschuldigung: »Herrje, ich war gerade solo. Er wollte sich mit seiner neuen Flamme treffen, ich hab den Namen vergessen, aber ich sehe sie noch vor mir. Ein elfenhaftes Wesen, lange Beine, schmale Hüften. Er war mit ihr verabredet und schaffte es nicht, Ilona zu enttäuschen. Sie war doch sowieso immer so hysterisch eifersüchtig.«

Er sprach nicht weiter, sondern beschäftigte sich wieder mit seinem Cappuccino.

»Und dann haben Sie ihm zu einem freien Abend verholfen?«, kombinierte Ann Kathrin.

Er nickte. »Das haben Sie schön gesagt. Sie hat nichts gemerkt, und sie war im Bett eine ganz andere Liga als die Mädchen, die ich vorher gehabt hatte. Nicht so schüchtern und verklemmt, sondern die ging richtig ran ...« Er versuchte, das Gespräch aufzulockern und Ann Kathrin für sich zu gewinnen: »Also, was heißt schon im Bett ... im Bett waren wir natürlich gar nicht. Weder sie noch ich hatten eine sturmfreie Bude. Damals haben wir es auf Parkbänken getrieben, im Stadtwald und in abbruchreifen Häusern. Sie kennen das doch bestimmt noch?«

Dazu sagte Ann Kathrin nichts. »Sie haben also mit ihr geschlafen und so getan, als seien Sie Ihr Bruder.«

»Ja, das war schon komisch. Wenn sie kam, stöhnte sie immer: *Florian, Florian* in mein Ohr. Ich konnte ja schlecht sagen: *Ich bin Fabian.*« Er klopfte sich auf die Schenkel, als sei das ein toller Witz gewesen.

»Und sie hat das nicht gemerkt?«

Er zuckte mit den Schultern. »Vielleicht hat sie es ja gemerkt, aber es hat ihr gefallen. Wer weiß? Ich habe es genossen, solange es eben ging.«

»Und dann haben Sie mit ihr Schluss gemacht?«

»Ja, nicht ganz. Eher sie mit mir. Also, das Ganze ist aufgeflogen. Er kam mit seiner – jetzt weiß ich es wieder, sie hieß Jutta Kiesel – aus dem Kino, und Ilona und ich standen an der Kasse und wollten rein. Die beiden hatten hinten auf Loge gesessen und die ganze Zeit geknutscht. Diese Jutta hatte immer knallrote Lippen. So sah er auch aus. Das Gesicht voller Lippenstift und den Hals voller Knutschflecken. Er hat mich umarmt und gesagt: *Fabian, der Film wird dir gefallen. Ich hab zwar kaum was mitgekriegt, aber die Musik ist geil.* Ilona war furchtbar verletzt, schockiert, wütend. Sie hat einen unheimlichen Tanz daraus gemacht, was wir für Schweine wären. Sie verfolgt mich immer noch mit ihrem Hass.«

»Wie macht sie das?«

»Wenn irgendein Filmprojekt läuft, an dem ich mitgewirkt habe, taucht sie garantiert in den sozialen Medien als Kritikerin auf und macht das Ding runter. Natürlich macht sie das nicht unter ihrem eigenen Namen. Sie nennt sich dann *Knutschmaus17* oder *Flittchen13*. Unter verschiedenen Namen hat sie auch immer wieder versucht, mir auf Facebook eine Freundschaftsanfrage zu stellen. Aber ich überprüfe natürlich die Profile, bevor ich die Freundschaften annehme, und man merkt ja sehr rasch, was ein Fakeprofil ist und was echt.«

»Sie nutzen also Facebook?«

Er breitete die Arme aus: »Na klar! Ich bin in der Filmbranche. Ohne Facebook, Instagram und so geht bei uns gar nichts. Man ist halt vernetzt und nutzt die Plattformen, um für seine Produkte zu werben.«

Ann Kathrin fragte sich, ob er die gleiche Geschichte erzählt hätte, wenn Weller dabei gewesen wäre.

»Haben Sie dieses Spiel nur mit Ilona Meisenknecht gespielt oder sind auch andere darauf hereingefallen?«

Er antwortete nicht direkt, sondern überlegte: »Ach, kam die Anzeige nicht von ihr?«

Bevor Ann Kathrin darauf eingehen konnte, heulte der Seehund in ihrem Handy jämmerlich auf.

Ann sah das Bild von Marion Wolters: »Entschuldigung«, sagte sie, »da muss ich rangehen.« Sie nahm das Gespräch an, stand auf und ging in den Flur. Dabei trat sie aus Versehen gegen Darth Vaders Schutzhelm. Mit röchelnder Stimme stöhnte der Satz aus der Sprechmuschel: »*Ich bin dein Vater …*«

Ann ging vor die Tür. »Was ist los, Marion? Du weißt doch, dass ich bei Oberdiecks …«

»Ann, wir haben einen richtigen Mordfall. Du musst zur Museumseisenbahn. Da haben sie eine Leiche gefunden. Die Kollegen von der Spusi sind schon unterwegs.«

Dass Marion von *einem richtigen Mordfall* gesprochen hatte, deutete für Ann Kathrin darauf hin, dass auch sie den Fall Oberdieck nicht ernst nahm.

Oberdieck erschien jetzt in der Tür und brachte Ann Kathrin das heiße Wasser. »Ich dachte, falls Sie noch Durst haben, Frau Kommissarin. Und Sie können auch gerne bei mir oben im Arbeitszimmer in Ruhe telefonieren …«

»Nein, danke, das ist sehr nett von Ihnen. Aber ich muss jetzt dringend los. Ich hoffe, ich darf noch mal wiederkommen, um mich weiter mit Ihnen zu unterhalten.«

Er verbeugte sich wie ein Schauspieler vor dem begeisterten Theaterpublikum: »Jederzeit gerne, Frau Klaasen. Es war mir eine Ehre und ein Vergnügen.«

Ann Kathrin ging zu Fuß zum Distelkamp zurück und stieg dort in den froschgrünen Twingo, doch der sprang nicht an.

Vermutlich, dachte sie, bin ich mit dem Rad schneller da, als wenn ich jetzt einen Dienstwagen rufe. Sie überlegte, ob sie Carina Oberdieck anrufen sollte, um sie zu beruhigen. Offensichtlich ahnte der Mann, mit dem sie im Moment zusammenlebte, nichts von ihren Verdächtigungen.

Aber Ann Kathrin zögerte. Hatte er das nur sehr überzeugend gespielt?

Warum hat er mir ohne jede Not von dieser Ilona Meisenknecht erzählt? Ich wusste nichts von ihrer Existenz. Er hat ziemlich viel ausgepackt, ja er war geradezu redselig. Sprach das nicht für seine Unschuld? Wäre er der falsche Ehemann, hätte er diese alte Geschichte, von der sie nichts wusste, doch gar nicht ausgeplaudert. Denn wessen er jetzt verdächtigt wurde, das hörte sich ja fast nach einer Wiederholung an.

Er war ihr auch überhaupt nicht erschüttert vorgekommen, so als würde er am Tod seines Bruders noch leiden und hätte den Schock nicht verarbeitet, ihn in den Abgrund des Vulkans stürzen zu sehen. Im Gegenteil, er hatte ganz auf *easy living* gemacht, offensichtlich ohne jede Angst, dadurch verdächtig zu werden.

Er verhielt sich wie jemand, der unschuldig war: Freundlich, kooperationsbereit und ein bisschen empört über den Verdacht. Aber man spürte doch die Gewissheit, dass er an den Rechtsstaat glaubte und deswegen davon ausging, dass ihm als Unschuldigem nichts passieren konnte.

Als Ann Kathrin bei der Museumseisenbahn eintraf, waren ihr Mann Frank Weller und drei Leute von der Spurensicherung bereits da. Zwischen ihnen tobte unausgesprochen wieder der ewige Kampf, wer den Tatort als Erster betreten durfte und wer ihn wie warum verunreinigen könnte.

Zu den dreien von der Spusi in ihren weißen Ganzkörperkondomen zählte auch Helmut Bent, der zwar als Spezialist für forensische Biologie, DNA-Analysen und Bodenuntersuchungen da war, den aber Ann Kathrin nicht leiden konnte. Seinen Umgang mit Toten fand sie respektlos. Einige behaupteten, das müsse so sein und Leute wie er seien eben abgehärtet. Um bei dem Job seelisch nicht völlig draufzugehen, hätten sie eine Mauer aus Kaltschnäuzigkeit um sich herum gezogen.

Ann Kathrin ging durch den großen Lokschuppen. Sie ließ sich von den historischen Eisenbahnen nicht ablenken, sondern versuchte, sich ganz auf die Situation zu konzentrieren. Wenn sie sich nicht täuschte, fotografierte dieser Helmut, dessen Nachnamen sie immer vergaß, der Toten unter den Rock.

Natürlich musste er Aufnahmen vom Tatort machen. Aber ihr kam das Ganze suspekt vor.

Vielleicht, dachte sie, bin ich auch einfach nur schrecklich ungerecht, und etwas an dem Typen regt mich total auf, zum Beispiel seine Art, über Frauen zu sprechen. Er macht sie zu Objekten.

Dass sie sich seit Jahren seinen Nachnamen nicht merken konnte, deutete Rupert als beginnende Demenz, doch sie wusste, dass es eher ein psychisches Problem war. Sie hasste den Typen so sehr, dass sie ihn ständig aus ihrer Kollegenliste strich. Heimlich wünschte sie sich, dass er vom Dienst suspendiert werden würde.

Einmal war sie ihm mit Weller gemeinsam in der Sauna im *Ocean Wave* begegnet. Sie hatte sich eigentlich sehr auf den Wellnesstag gefreut, doch die Anwesenheit von Helmut verdarb alles.

Sie hatte Weller zugeflüstert: »Wie guckt der mich an? Als würde er mich mit Blicken ausziehen!«

Weller hatte geantwortet: »Aber Ann, abgesehen von den Badelatschen bist du bereits nackt.«

Sie waren dann nach Hause gefahren. Weller hatte versucht, sich die Enttäuschung nicht anmerken zu lassen, und sich zu Hause angeboten, ihr die Füße zu massieren oder den Kopf. Da sie sich nicht entscheiden konnte, machte er dann beides.

»Ich hab so einen guten Typen wie dich gar nicht verdient«, hatte sie damals gesagt. Es war der Tag, an dem sie sich eine Fasssauna für den Garten aussuchten. Inzwischen war das Teil schon ein paar Jahre alt, und auf dem Dach wuchs Moos.

Sie ging neben den Schienen entlang. Das Stellwerkhäuschen sah für Ann Kathrin wie ein Tower aus vergangenen Zeiten aus, nur dass von dort keine Flugzeuge bei Landung und Abflug dirigiert wurden, sondern Züge. Wellers Gesicht nach zu urteilen, hatte er Lust, Helmut eine reinzuhauen. Die beiden waren also schon aneinandergeraten.

Helmut ignorierte Ann Kathrin völlig. Sie räusperte sich, aber er bemühte sich, ihr immer den Rücken zuzudrehen, während er weiter die Leiche fotografierte.

Sie tippte ihm von hinten auf den Rücken. Er fuhr herum, als hätte sie ihn mit einer Messerspitze gestochen.

Weller kam einen Schritt näher, bereit, seine Frau zu verteidigen. Die forderte: »Darf ich mal Ihr Handy sehen?« Sie hielt ihre offene Hand hin, doch Helmut schüttelte den Kopf.

»Später. Noch sind wir hier nicht fertig. Dies ist ein frischer Tatort.«

»Ja«, konterte Ann Kathrin, »und ich leite die Ermittlungen.«

»Irrtum. Das macht die Oberstaatsanwältin. Aber die ist noch nicht hier.«

Das Gerede wurde Weller zu viel. Er nahm Helmut das Handy einfach ab und reichte es an Ann Kathrin weiter.

Weller und Helmut Bent standen sich wie zum Duell gegenüber. Beide Männer blähten ihre Brust auf und machten sich größer.

»Eigentlich schlage ich keine Mädchen«, provozierte Weller, »aber ich könnte heute ja mal eine Ausnahme machen.«

Ann Kathrin wusste, dass er nur versuchte, Helmut hinzuhalten, damit sie ein paar Sekunden Zeit hatte, sich die Bilder auf dem Handy anzuschauen. Sie wischte mit dem Finger drei, vier Bilder weg und schon fand sie, was sie befürchtet hatte. Die Oberschenkel und die Pobacken mit einem Rockfetzen.

»Sie scheinen sich ja mehr für ihren nackten Hintern zu interessieren als für Wunden oder die Tatwaffe.«

Er riss Ann Kathrin das Handy wieder aus der Hand, schaltete es aus und steckte es ein. »Der Hintern ist nicht nackt. Sie trägt einen Stringtanga!«

Weller feuerte seine Faust ab.

Ann Kathrin blockte seinen Unterarm in der Luft und bewahrte diesen fragwürdigen Helmut so vor einem blauen Auge und ihren Mann vor einem Disziplinarverfahren.

»Können wir uns jetzt«, sagte Ann Kathrin streng, »unseren Aufgaben widmen?!«

»Wer hat denn hier den Stress angefangen?«, fauchte Helmut Bent.

Dr. Anika Scholle kam mit großen Schritten über die Gleise angelaufen. Sie hatte ihre Praxis verlassen, um behilflich zu sein. Sie winkte Ann Kathrin zu.

»Was will die denn hier?«, maulte Helmut Bent.

Weller bekam schon wieder das Flackern in der Pfote. Er sang leise vor sich hin: »Meine Faust will unbedingt in sein Gesicht.« Mit links hielt er die Rechte fest, als hätte er Angst, sie könne sich selbständig machen.

Ann Kathrin belehrte Bent: »Man braucht eine Ärztin, um den Tod festzustellen, oder falls noch etwas zu machen ist, lebensrettende Maßnahmen einzuleiten. Schon mal davon gehört?«

Patzig antwortete Helmut Bent: »Die ist tot. Aber so was von! Schade drum. War ein schönes Gerät.«

»Gerät?«, wiederholte Ann Kathrin, als hätte sie es falsch verstanden.

Weller erklärte ihr: »Das ist ein Synonym für Fuckmachine.« Vorsichtshalber steckte er seine rechte Faust jetzt in die Tasche und befahl ihr, drinzubleiben. Er kontrollierte sie mit kritischen Blicken, denn er traute ihr nicht so ganz.

»Hatten Sie mal was mit ihr?«, fragte Ann Kathrin.

»Nee. Aber ich kenne sie. War ein heißer Feger. Hat in der Disco gern Männer heißgemacht und, wenn sie so richtig scharf waren, im Regen stehen lassen.«

Weller reagierte schadenfroh: »Ach, ist dir das so passiert?«

Ann Kathrin wurde jetzt richtig wütend. »Soll das eine Rechtfertigung für eine Vergewaltigung oder Tötung sein?«

Helmut zuckte nur mit den Schultern. »Warum sie jetzt so vor uns liegt, weiß ich nicht. Ich habe lediglich eine Frage wahrheitsgemäß beantwortet.«

Anika Scholle und Ann Kathrin umarmten sich kurz, aber herzlich. Anika wollte sich zu der Toten bücken, doch Bent hielt sie auf. Weller stieß ihn zur Seite, so dass Anika einen freien Weg hatte. Weller machte das mit links, seine Rechte blieb weiterhin fest in der Hosentasche.

Helmut Bent maulte: »Wenn die erst mit irgendwelchen Rettungsaktionen anfangen, ist für die Spusi immer so gut wie alles erledigt. Der Tatort wird verunreinigt und ... hinterher liegen überall Schläuche herum, Pflaster, Verbandszeug, alles ist niedergetrampelt und …«, er hob die Hände zum Himmel, »so kann ich nicht arbeiten, verdammt!«

»Ja«, sagte Ann Kathrin, »wir haben alle unsere Probleme. Aber so wurde auch schon mancher Mensch gerettet, den wir sonst verloren hätten.«

»In dem Fall sind wir leider zu spät«, sagte Anika Scholle.

Helmut Bent guckte, als hätte er gerade einen wichtigen Punkt gemacht.

Ann Kathrin drehte ihm den Rücken zu und sah sich die Gegend rund um den Fundort an. Solche Streitigkeiten und emotionalen Dinge konnten schnell dazu beitragen, dass man etwas übersah und vom Eigentlichen abgelenkt wurde. Zwischen Federringen, Klammplatten, Hakenschrauben und Signalbauteilen fand Ann Kathrin einen roten Damenschuh, Größe 37. Der Absatz war so lang wie ihr Zeigefinger. Heute nannte man die *High Heels*, Ann Kathrin war noch mit der Bezeichnung *Pumps* oder *Stöckelschuhe* aufgewachsen. Sie selbst konnte darin nicht laufen. Sie hatte es ein paarmal versucht, aber sie kam sich vor wie auf Stelzen.

Ann deutete auf den Schuh und sagte zu Frank Weller: »Wo einer ist, da wird wohl auch noch ein zweiter zu finden sein. Sie ist mit den Schuhen sicherlich nicht hier über das Gelände gelaufen. Dann wäre der Absatz tief in den Boden eingesackt. Jemand hat die Leiche dort abgelegt und dann die Schuhe hierhin geworfen. Irgendwo muss der zweite sein.«

Weller entdeckte ihn zwischen Schienenstücken und Holzschwellen im Schotter. Er vermutete, dass sich daran die Fingerabdrücke des Mörders befanden. Er machte Fotos und sicherte dann das Beweisstück.

Die Tote hieß Annalena Walchum. Sie war erwürgt worden. Der Fundort konnte als Tatort aber ausgeschlossen werden. Irgendjemand hatte sie dorthin gebracht und verrenkt, als sei sie aufs Rad geflochten worden.

Rupert sah das alles ganz anders. Er vermutete ein Eifersuchtsdrama, irgendeinen sexuellen Hintergrund. Vermutlich war es ihr aktueller Freund gewesen oder ein Ex-Liebhaber.

Er hatte Ann Kathrin den Vorschlag gemacht, ihren Freundeskreis zu durchforsten: »Mädels erzählen sich doch alles. Lasst mich mit ihren drei, vier besten Freundinnen reden. Ich wette, sie liefern uns den Täter auf dem Silbertablett.«

Stattdessen hatte Ann Kathrin ihn dazu verdonnert, sich im Leben von Florian Oberdieck umzugucken, der ja angeblich auf Lanzarote in den Vulkan gefallen war.

»Vielleicht«, hatte Ann Kathrin orakelt, »findest du ja Auffälligkeiten. Möglicherweise gab es gute Gründe für ihn, zu verschwinden. Vielleicht ist etwas im Leben der Brüder passiert, wodurch die Karten neu gemischt wurden. Dass er tot ist, wissen wir nur, weil sein Bruder das behauptet. Die Fotos, die sie auf dem Timanfaya-Vulkan gemacht haben, beweisen nur, dass sie da waren. Mehr nicht.«

Rupert hatte ihr recht gegeben: »Wenn ich versuchen würde, für immer von der Bildfläche zu verschwinden, wäre das auf jeden Fall ein guter Vorschlag. In den Vulkan gefallen … puff, und man ist weg.«

Florian Oberdieck hatte auf Lehramt studiert, mit den Schwerpunkten Englisch, Philosophie, evangelische Religion und Geschichte. Er unterrichtete an einer Gesamtschule in Bremen-Mitte. Es war eine UNESCO-Projektschule für Frieden, Freiheit, Demokratie und die Umsetzung der Menschenrechte.

Wenn Rupert auf etwas keine Lust hatte, dann darauf, sich mit Lehrerinnen und Lehrern zu unterhalten. Er bekam dann immer das Gefühl, alles falsch zu machen. Solche Jobs überließ er lieber Weller oder Ann Kathrin. Dafür kam er besser mit jungen Frauen klar, dachte er zumindest.

Er saß schon mit Jessi Jaminski im Auto und wog ab, was dagegensprach, bei Gitti noch eine Currywurst zu essen oder bis Bremen zu warten. Er kannte dort zwei gute Imbissstuben. Nicht so toll wie bei *Gitti* oder im *Hafengrill* bei *Pommes Peter* in Dorum, aber heiß, scharf und würzig waren sie auf jeden Fall.

Da kam ihm eine Idee: »Weißt du, Jessi«, sagte er, »man muss ja heutzutage auch an das Klima denken, die Umweltverschmutzung. Was ist das wieder ein CO_2-Ausstoß, wenn wir für nichts und wieder nichts nach Bremen fahren und natürlich wieder zurück, nur um mit ein paar Lehrern zu reden und uns Personalakten anzugucken.«

Jessi war begeistert, dass Rupert plötzlich so umweltbewusst wurde, und gab ihm recht. Sie wusste aber noch nicht genau, worauf er hinauswollte.

»Das wäre doch mal eine tolle Gelegenheit«, sagte er, »um zu beweisen, dass es auch anders geht.«

»Du meinst, wir fragen einfach die Kollegen in Bremen, ob sie das für uns übernehmen?«, fragte Jessi und machte gleich eine abwehrende Geste. »Du kennst doch Ann Kathrin. Das ist für die dann nur Hörensagen. Infos aus zweiter Hand will die nicht.«

»Nee«, lachte Rupert, »viel besser. Wir machen das direkt. Heißt, du machst es. Du hast die Möglichkeit, zu beweisen, was du draufhast, Jessi. Du rufst die einfach an. Erst den Schulrat oder wie die Pfeifen heutzutage heißen, die da den

Hut aufhaben, da fragst du nach Auffälligkeiten in der Personalakte. Am besten lässt du sie dir gleich rüberfaxen und dann …«

»Heute faxt kein Mensch mehr, Rupert! Wenn überhaupt, würde ich die als E-Mail-Anlage kriegen. Aber das verstößt garantiert gegen den Datenschutz.«

»Datenschutz«, dozierte Rupert, »ist oftmals nicht mehr als Täterschutz. Wenn dir einer so kommt, dann setz dich durch. Frag ihn, ob es nicht besser wäre, wenn wir den Mörder fangen, als wenn der weiter herumläuft und sich das nächste Opfer aussucht.«

»Nächstes Opfer? Gehst du von einer Serie aus?«

»Nö, warum?«, antwortete Rupert. »Aber damit kommt man immer gut an. Keiner will ja schuld daran sein, dass noch ein Mensch stirbt.«

»Clever«, lobte Jessi ihn. »Und warum soll ich das machen? Wir können es doch zusammen erledigen.«

»Ich habe einen anderen Plan.«

»Und? Darf ich den wissen?«

»Ja, aber Pschschscht …« Rupert legte den Zeigefinger über seine Lippen und schaltete den Motor des Dienstwagens aus. Das kam umweltbewusster rüber.

Jessi lächelte erfreut. In ihren Augen entwickelte er sich ganz vorbildlich. Sie spürte, dass sie sanften Einfluss auf ihn hatte, und das gefiel ihr.

Er wollte gern von ihr bewundert werden, und sie musste ihm nur zeigen, für welche Dinge sie einen Mann bewunderte. So fühlte er sich gut, und sie hatte ihn an der Leine.

Er erklärte Jessi seinen Plan: »Weißt du, was Ann Kathrin da abzieht wegen dieser Familie Oberdieck, das funktioniert nicht. Diese Frau …«

Jessi nannte ihren Namen, damit es keine Missverständnisse gab: »Carina Oberdieck.«

Rupert nickte. »Genau. Die macht auf mich einen ziemlich hysterischen Eindruck. Und die braucht Aufmerksamkeit, und aus dem kleinsten Furz, den ihr Mann lässt, macht sie ein ganzes Weltraumabenteuer, um ein bisschen Spannung in ihre Ehe zu bringen. Die führt unsere Ann Kathrin ganz schön an der Nase herum, und die Superkommissarin geht dann zum Verdächtigen und spricht mit dem, so von Frau zu Mann.« Rupert winkte ab: »Das kann doch nicht gutgehen. Der erzählt ihr irgendeine stumpfe Geschichte, für die es keine Zeugen gibt, und sie hat dann nur zwei Möglichkeiten: Sie glaubt ihm den ganzen Mist oder nicht.«

»Ja …«, sagte Jessi, »und was würdest du an ihrer Stelle tun?«

Rupert trommelte einen Takt aufs Armaturenbrett. So, wie er dasaß, hatte er vor, gleich ein Schlagzeugsolo zu spielen, ohne das nötige Schlagzeug, und Jessi vermutete, auch ohne Talent.

Er war nicht besonders musikalisch. Der Norddeicher Shantychor hatte es jedenfalls abgelehnt, ihn aufzunehmen.

»Bei mir«, feixte Rupert, »ist das was ganz anderes. Weißt du, ich kann mit denen von Mann zu Mann reden.« Rupert machte eine kleine Pause, holte Luft und erklärte Jessi: »Männer reden, wenn sie unter sich sind, einfach ganz anders miteinander als im Beisein von Frauen. Das ist bei euch Mädchen doch bestimmt nicht anders, oder?«

Jessi fand es süß, dass er erwachsene Frauen manchmal *Mädchen* nannte. Das hatte gar nichts Abwertendes an sich, sondern klang nach Verehrung, denn er tat es auf eine merkwürdig respektvolle Art. Wenn er zu mehreren Männern gleichzeitig sprach, sagte er manchmal auch *Jungs* zu ihnen, selbst wenn sich unter ihnen ein Landrat, ein Gerichtspräsident oder ein Boßelmeister befand. Rupert war nicht der Typ, der *Sehr geehrte Damen und Herren* sagte. Der sagte: *Jungs und Mädels, hört mal zu.*

Er kontrollierte den Polizeifunk und flüsterte dann, als hätte er Angst, irgendjemand könnte zuhören: »Ich mache das nach einer ganz eigenen, von mir entwickelten Verhörmethode.«

»Echt? Die kenne ich ja noch gar nicht.«

»Siehst du, das funktioniert immer. Ich werde mich mit ihm besaufen.«

Jessi wusste nicht, ob das ein Scherz oder sein Ernst war. Bei Rupert konnte man sich nie sicher sein. Manchmal sagte er Sachen, die zogen ihr die Stöckelschuhe aus, in denen sie ohnehin nicht gut laufen konnte.

»Das ist dein Plan? Du willst dich mit ihm besaufen?«

»Ja, das ist doch auch eine alte Volksweisheit: Im Wein liegt die Wahrheit. Also, es muss natürlich nicht unbedingt Wein sein. Ich vertrag Wein sowieso nicht so gut, da ist mir ein Bierchen und ein Scotch lieber. Ich wette, der alte Oberdieck weiß einen guten Whisky zu schätzen. Eigentlich müsste ich auf Staatskosten ein Fläschchen kaufen und langsam mit ihm leeren. Am Ende wissen wir dann mehr.«

»Glaubst du echt, dass der dir dann gesteht, gar nicht der Richtige zu sein, sondern an Stelle seines Zwillingsbruders bei dessen Frau zu wohnen?«

Rupert verzog stolz das Gesicht. »Oh nein, Jessi. Er wird es nicht irgendwie gestehen, oder ich quetsche es aus ihm raus. Nach dem vierten oder fünften Whisky, weißt du, so zwei Fingerbreit hoch, wird er damit angeben. Spätestens nach dem dritten Whisky fangen alle an, mit ihren sexuellen Abenteuern anzugeben.« Rupert hob die Hände: »Also, wenn keine Frauen dabei sind natürlich, verstehst du? So eine wie Ann Kathrin, die versaut einfach das ganze Gespräch.«

Jessi atmete tief durch: »Und du willst dann ernsthaft bei der nächsten Spesenabrechnung auch eine Flasche Scotch absetzen? Die Schwarz flippt aus!«

»Nicht irgendeinen Whisky, Jessi. Es muss schon ein edles Tröpfchen sein. Wir wollen ja auch nicht irgendeine Wahrheit, sondern die richtige. Das kann dir jeder BWL-Student erklären: Wenn man Gewinne machen will, muss man erst mal investieren.«

»Lass uns ein paar Meter gehen«, schlug Jessi vor. »Das muss ich erst verdauen.«

»Ja,« freute Rupert sich, »so was lernt man nicht auf der Polizeiakademie. Aber dafür hast du ja mich, Jessi. Ich weihe dich in die tiefen Geheimnisse des Polizeidienstes ein.«

Weller und Ann Kathrin nahmen den schweren Gang auf sich. Sie besuchten Annalena Walchums Eltern, um ihnen die Nachricht vom gewaltsamen Tod ihrer Tochter zu überbringen, und sie hofften auf ein paar Informationen.

Rolf und Marlene Walchum betrieben eine kleine Pension in Norddeich. Sie waren gerade dabei, eine Ferienwohnung, die in ziemlich verwüstetem Zustand verlassen worden war, für die nächsten Gäste herzurichten. Manche Touristen verließen ihre Wohnungen besenrein und schon schön aufgeräumt, dass man kaum sehen konnte, dass hier jemand gewohnt hatte. Sogar die Betten waren frisch gemacht. Andere wiederum richteten ein Chaos an, das an Zerstörung herankam. Da verschwammen die Grenzen zwischen Putzen und Renovieren schon mal. Heute war es ganz extrem.

Im Kühlschrank lag noch eine halbvolle Flasche Jägermeister, neben dem Bett stand ranziger Nudelsalat, auf dem sich schon wieder neues Leben entwickelte, darin ausgedrückt eine filterlose selbstgedrehte Zigarette. Da es sich um eine Nichtraucherwohnung handelte, gab es natürlich keine Aschenbecher. Das verleitete die Raucher dazu, ihre Zigaretten in Tassen, Untertellern und Blumentöpfen zu entsorgen. Es roch nach Alkohol und kalter Asche und verdorbenen Speisen. So konnte die Ferienwohnung nicht übergeben werden, und die nächsten Gäste hatten sich schon angekündigt.

Rolf und Marlene Walchum standen also unter ziemlichem Druck. Das Ganze sah für Frau Walchum mächtig nach Drogenkonsum aus, und sie hatte schon zweimal wütend zu ihrem Mann gesagt: »Man müsste die Polizei rufen!« Als diese dann plötzlich vor der Tür stand, staunte er. Hatte sie es wirklich getan?

Er öffnete die Tür. Noch bevor Ann Kathrin oder Weller etwas sagen konnten, wusste er Bescheid. Es war ein Schmerz, als würde ein Magengeschwür platzen. Gleichzeitig war da ein ohrenbetäubender Lärm, der aus dem Inneren seines Kopfes kam.

Er sah die Frau sprechen. Ihre Lippen bewegten sich, doch ihre Worte drangen nicht zu ihm durch. Er knallte die Tür zu und drehte sich um, als könne er so alles ungeschehen machen. Dann brüllte er nach seiner Frau, wie er es noch nie zuvor im Leben getan hatte. Es war ein verzweifelter Hilferuf.

Sie stürmte die Treppe hinunter, doch er brach zusammen, bevor sie ihn stützen konnte.

Ann Kathrin und Weller standen ratlos vor der Tür. Sollten sie noch einmal klopfen? War es vielleicht sogar richtig, die Tür gewaltsam zu öffnen, um Herrn Walchum zu helfen?

Dann hörten sie Frau Walchum: »Oh mein Gott, oh mein Gott, Rolf!«

Kurze Zeit später saß Rolf Walchum mit grauer Gesichtsfarbe und blassen Lippen auf dem Sofa. Mit beiden Händen hielt er ein Wasserglas fest, das seine Frau ihm gebracht hatte. Er trank in kleinen Schlucken und sagte es wie ein Mantra immer wieder: »Nein, das ist nicht wahr. Nein, das stimmt nicht. Lieber Gott, lass alles anders sein.«

Rolf Walchum war für Ann Kathrin und Weller nicht ansprechbar. Marlene Walchum riss sich zusammen, kümmerte sich liebevoll um ihren Mann und behandelte Ann Kathrin und Weller wie Gäste, die sie zum Kaffee oder Tee eingeladen hatte.

Ann Kathrin kannte solche Reaktionen von Menschen auf katastrophale Nachrichten. Manche versuchten, für kurze Zeit ihren Alltag aufrechtzuerhalten, als sei nichts geschehen. Sie brachen erst später zusammen. Vorher schafften sie es noch, den Rollbraten aus dem Backofen zu nehmen, mit dem Hund Gassi zu gehen oder die Rosenhecke zu beschneiden. Um sich weiterhin zu spüren, brauchten Menschen oft eine Aufgabe.

In Jever hatte mal ein älterer Herr, nachdem Ann Kathrin ihm vom gewaltsamen Tod seiner Ehefrau berichten musste, angefangen, seine Schallplattensammlung neu zu sortieren und alte LPs zu entstauben. Die Menschen brauchten etwas, das sie in der Welt hielt, damit das Grauen sie nicht über den Rand in den Höllenschlund stürzte.

Von Frau Walchum bekamen Ann Kathrin und Weller nicht

nur einen ziemlich guten Filterkaffee, sondern auch ein paar wichtige Informationen. Annalena hatte in Emden Biotechnologie studiert, aber nach zwei Semestern abgebrochen und gemeinsam mit einer Freundin eine Firma für Webdesign gegründet.

Frau Walchum hob abwehrend die Hände: »Fragen sie mich nicht, was die da wirklich machen, ich hab's nie genau kapiert. Das Internet ist nicht so meine Sache. Aber es lief wohl ganz gut. Sie hat in Aurich direkt neben dem Büro eine Wohnung, da schläft sie manchmal, wenn dort die Nächte lang werden. Aber hier hat sie selbstverständlich auch noch ein Zimmer. Die meiste Zeit war sie bei uns. Sie wusste Mamas Küche zu schätzen. Ich habe auch ihre Wäsche gewaschen.«

Weller und Ann Kathrin durften sich Annalenas Zimmer ansehen. Das Zimmer erinnerte Weller an die seiner Töchter Jule und Sabrina, als sie noch zusammengewohnt hatten. Man hatte immer das Gefühl, in ein Schuhgeschäft zu kommen, das gerade geplündert worden war.

»Ihre Tochter mochte Schuhe«, sagte Weller. Frau Walchum verstand das als Aufforderung, Ordnung zu schaffen. Ann Kathrin stoppte sie und legte eine Hand auf ihren Unterarm: »Lassen Sie bitte, Frau Walchum. Es kann sein, dass sich später noch jemand von der Spurensicherung hier umgucken möchte.«

Erst jetzt schien die Information, dass ihre Tochter ermordet worden war, wirklich zu Marlene Walchum durchzusickern. Sie setzte sich aufs Bett, auf dem ein Paar High Heels lag, und bekam einen Weinkrampf.

Weller ließ Ann Kathrin mit ihr alleine und ging zu Rolf Walchum. Er bot ihm an, seinen Hausarzt anzurufen oder den psychologischen Dienst, doch Herr Walchum hörte ihm nicht zu. Stattdessen führte er das Glas an seine Lippen, verschluckte sich aber und hustete.

Vielleicht lag es daran, dass die Lehrer, mit denen Jessi sprach, den Grundsatz beherzigten, man solle über Verstorbene nicht schlecht reden. Möglicherweise waren sie auch einfach nur sehr höfliche, gebildete Menschen. Jedenfalls lobten sie Florian Oberdiecks Kollegialität, sein pädagogisches Geschick und sein freundliches Wesen.

Es widersprach Jessis Erfahrungen, dass es in einem großen Kollegium keine Konflikte gegeben haben sollte. Sie wusste, dass sie mit dem Ergebnis vor Rupert nicht bestehen konnte und in einer großen Dienstbesprechung sowieso nicht.

Wenn man las, was sie aufgeschrieben hatte, wäre Oberdieck eine gute Partie gewesen. Ein Mann zum Verlieben. Einer, der das Leben durchaus genießen konnte und seine Ferien dazu nutzte, die Welt kennenzulernen und die spannendsten Museen zu besuchen.

Jessi empfand sich nach vielen freundlichen Gesprächen als Versagerin. Vielleicht war diese Aktion am Telefon doch nicht so effektiv. Ann Kathrin bestand ja immer darauf, dass man Menschen in die Augen sah, ihren Körper las und sie in ihren eigenen Räumen aufsuchte, um ein Gefühl für sie zu bekommen. Über Home-Office und telefonische Befragungen konnte sie nur spöttisch lächeln. Langsam begriff Jessi, warum.

Bei dem Versuch, an Florian Oberdiecks Personalakte zu kommen, blitzte sie ebenfalls ab. Ohne richterlichen Beschluss lief hier gar nichts.

Ruperts Methode, sich einfach mit dem Menschen, von dem man etwas wissen wollte, zu betrinken, erschien ihr langsam gar nicht mehr so abwegig. Rupert war ja auch nicht so geboren, sondern durch gemachte Erfahrungen, Zurückweisungen und Verletzungen zu dem geworden, der er jetzt war.

Eine Neuerung, die der Mann initiiert hatte, der aus Lanzarote zurückkommend behauptete, Fabian zu sein, nach Carina Oberdiecks Meinung aber Florian war, war der gute Kontakt zu den beiden Söhnen.

Carinas Mann, der vermutlich von seinem eigenen Bruder auf Lanzarote umgebracht worden war, hatte schon Mühe, mal einen für sie freien Abend zu organisieren, weil die Kinder dann jedes Mal rebellierten, wenn sie mit ihm alleine bleiben sollten.

Die neue Version ihres Gatten dagegen kam mit den beiden blendend klar. Er lud sogar noch andere Kinder aus der Nachbarschaft ein, zeltete mit ihnen, mal im Garten, mal im Wohnzimmer, und machte mit den Eltern einen Deal: »Eine Nacht schlafen eure Kinder bei uns, und dann tauschen wir mal.«

So hatten sie sogar als Paar mehr Raum, konnten mal wieder zusammen im Reichshof essen gehen oder sich ein Theaterstück anschauen. Sie hatten es sogar schon geschafft, in Wilhelmshaven im Pumpwerk richtig abzurocken und die Nacht im *Hotel Atlantic* gegenüber zu übernachten.

Zunächst war Carina von diesen Veränderungen begeistert gewesen, ja hatte sich fast neu verliebt in ihren Mann. Doch dann war sie zunehmend misstrauisch geworden.

Heute war so ein Abend, den sie als Paar für sich alleine hatten, weil ihre Söhne bei den Nachbarn schliefen.

Es lief ihr jetzt noch ein Schauer den Rücken runter, wenn sie daran dachte, wie dieser Gedanke zum ersten Mal in ihr aufgestiegen war, dass ihr Mann möglicherweise gar nicht ihr Mann war. Sie hatte leise die Tür zu seinem Arbeitszimmer geöffnet. Sie wollte ihn nicht stören, sondern einladen, zu ihr herunterzukommen, um den frisch gemachten Dattel-Nuss-Zimtkuchen zu probieren. Er saß vor seinem Computer und war ganz vertieft in etwas. Sie kannte das. Wenn er arbeitete und sich verschiedene Locations anguckte, beamte er sich manchmal geradezu dorthin. Er war dann zwar körperlich anwesend und saß in seinem ergonomischen Bürostuhl, war aber mit all seiner Aufmerksamkeit an dem Ort, den er für einen möglichen Filmdreh in Erwägung zog.

Doch diesmal sah er sich nicht irgendein Hotel an. Kein Bergmassiv. Kein leerstehendes Gefängnis. Keinen seiner beliebten Lost Places. Sondern auf seinem Bildschirm sah sie Frauen in Dessous.

Der Mann, mit dem sie zwei Kinder hatte, hätte verschämt den Computer zugeklappt und behauptet, er sei versehentlich auf diese Seite gekommen.

Nicht so der, der jetzt bei ihr lebte. Er winkte sie heran und sagte: »Schau mal, das würde dir doch bestimmt gut stehen. Dafür hast du genau die richtige Figur.«

Er wollte ihr Dessous zum Geburtstag schenken. Aus der Überraschung würde jetzt wohl kaum noch etwas werden.

»Das ist ja wohl eher ein Geschenk für dich als für mich«, hatte sie gesagt, doch er sah das völlig anders: »Es ist für uns beide. Ich möchte, dass du dich schön fühlst. Solche Wäsche kann das Selbstwertgefühl enorm steigern.«

Sie fragte sich, woher er plötzlich eine solche Erkenntnis nahm.

Sie sah die Preise. Das war nicht gerade irgendein billiges Plastikzeug. Es war ihm ernst. Er bestellte in ihrem Beisein für knapp 600 Euro sexy Unterwäsche.

»Aber das ist doch viel zu teuer«, hatte sie zu ihm gesagt, und er widersprach: »Will ich der reichste Mann auf dem Friedhof werden? Jetzt ist unsere Zeit!«

Sie versuchte, sich das Ganze schönzureden. Vielleicht brauchte er solche Aufheiterungen, wollte sich mehr vom Leben gönnen, weil er gesehen hatte, wie schnell ein Menschenleben zu Ende sein konnte. Der Tod seines Bruders hatte tiefe Spuren hinterlassen. Aber gleichzeitig wuchs ihr Misstrauen.

Nein, heute Abend würde sie diese scharfen Sachen garantiert nicht tragen, um ihm eine Freude zu machen.

Sie hatte Angst vor dem Abend. Irgendwie waren ihre beiden respektlosen Rabauken ja auch ein Schutz für sie.

Er wollte heute nicht mit ihr ausgehen, sondern hatte grün-weißen Spargelsalat zubereitet, als Hauptgang Chili con Tofu und zum Dessert eine vegane Mangomousse mit einem Hütchen aus Brombeeren und roten Johannisbeeren.

Wenn er Lunte gerochen hat und ahnt, dass ich bei der Polizei war, wird er mich vielleicht einfach vergiften und dann noch den Helden spielen, der versucht, mir das Leben zu retten.

Fabian hatte im Laufe der Zeit ein ganz schönes Vermögen angehäuft. Sie waren vielleicht nicht reich, aber doch wohlhabend. Dieses Haus hier war bereits abbezahlt, und bestimmt fände sich schnell eine Frau, die bereit war, den alleinerziehenden Vater zu unterstützen, der von solch harten Schicksalsschlägen gebeutelt worden war. Erst der Bruder, dann dessen Ehefrau ... Da ging doch bestimmt vielen das Herz auf.

Sie fragte sich, ob vielleicht nicht schon bald eine andere ihre Luxusunterwäsche tragen würde.

Er hatte im Esszimmer den Tisch gedeckt und sogar Rosenblätter aus dem Garten geholt. Einige lagen auf dem Tisch, und eine Spur der Rosenblätter führte vom Esszimmer ins Schlafzimmer. Auch dort hatte er Rosenblätter verstreut. Er wusste schon, wie man eine Frau becircte, aber es war alles ein bisschen zu viel, alles ein bisschen zu dick, um für sie noch glaubhaft zu sein.

Er hatte den Weißwein im *Kontor* geholt und perfekt auf elf Grad gekühlt. Er probierte einen Schluck und war zufrieden: »Dieser Wein hat eine wunderbare Struktur.« Er hielt das Glas hoch und ließ ihn darin kreisen. »Wenn der Zimmertemperatur hat, schmeckt er soßig – ja marmeladig.«

Sie hatte keine Lust auf Alkohol, aber sie nahm auch einen Schluck, um die Stimmung nicht zu verderben.

Der Spargel schmeckte knackig. Sie pikste ein paar Stückchen mit der Gabel auf und versuchte, ihn nicht anzuschauen, sondern auf ihren Teller zu blicken.

»Die Polizei war heute hier. Stell dir vor, sie verdächtigen mich, dass ich nicht der bin, für den ich mich ausgebe.« Er lachte herausgestellt. »Ist das nicht komisch?« Spargel fiel von seiner Gabel auf den Teller zurück und hopste von dort auf den Tisch. »Hast du etwas damit zu tun? Die Jungs haben erzählt, dass du heute auf der Polizeiinspektion warst. Was war denn da los?«

Ihr wurde ganz anders. »Ich? Wie kommst du denn da drauf? Natürlich nicht. Ich hab dir doch erzählt, dass ich wegen der geklauten Fahrräder da war. Aber die können wir abschreiben, die werden wir nicht wiederbekommen. Aber sag mal: Da erlaubt sich doch jemand einen Scherz mit dir, nicht wahr?«

»Nein, das war kein Scherz. Die Dame war von der Mordkommission. Wir haben uns nett unterhalten, aber ich fürchte, sie verdächtigt mich, meinen eigenen Bruder getötet zu haben.«

Sie legte die Gabel beiseite, nahm aber das Messer spielerisch in die Hand. Sie hielt es wie eine Waffe, versuchte aber, dies nicht so aussehen zu lassen.

Es fiel ihr schwer, die Worte auszusprechen. Sie wollte lustig klingen, aber das misslang: »Du machst dir einen Scherz mit mir.«

»Nee, das ist deren Ernst. Irgendjemand will uns da was ans Zeug flicken. Die werden dich bestimmt auch noch befragen. Und auch die Kinder …«

Empört rief Carina: »Die Kinder! Die sollen um Himmels willen die Jungs da herauslassen!« Sie versuchte, sich mit zum Opfer zu machen: »Irgendjemand schwärzt uns an? Aber warum?«

»Ich denke«, sinnierte er, »das ist neidgetrieben. Wir haben dieses wunderbare Haus mitten im Weltnaturerbe. Wir sind ein liebendes Ehepaar. Wir haben tolle Kinder, und ich verdiene mit meiner Arbeit, die mir Spaß macht, richtig Geld.« Er breitete die Arme aus: »Guck dir doch an, was um uns herum los ist! Da gehen Ehen auseinander, da brechen Firmen zusammen, Leute gehen pleite, und uns geht's gut. Das halten nicht alle aus.«

Sie stießen noch einmal mit ihren Weingläsern an, dann holte er das Chili con Tofu und sagte: »Ich hoffe, es ist nicht zu scharf geworden!«

Weller brauchte, je intensiver die Ermittlungen wurden, immer eine kleine Auszeit. Er las dann gern Kriminalromane, um sich von den Kollegen inspirieren zu lassen. Im Moment beneidete er Lukas Hammerstein, denn der ermittelte zwar in den Kriminalromanen von Lars Haider, doch er war kein Polizist, sondern Journalist bei den *Hamburg News*. Befreit von Dienstvorschriften und Standards, die einzuhalten waren, konnte sich ein Journalist viel freier bewegen, fand Weller. Außerdem gab man dem auch lieber Auskunft.

Wie oft hatten ihn Gespräche mit dem Journalisten Holger Bloem oder mit der Journalistin Rebecca Kresse von den *Ostfriesischen Nachrichten* weitergebracht.

Es war ja ein Unterschied, ob jemand auftauchte und sagte: »Ich möchte gern ein Porträt über Sie schreiben«, oder ob man das Gefühl hatte, verhört zu werden.

Haiders Roman hieß *Einer muss den Job ja machen*. Und genauso fühlte Weller sich. Der Satz brachte es auf den Punkt.

In letzter Zeit dachte Weller allerdings wieder öfter darüber nach, den Polizeidienst zu quittieren und in Norddeich eine Fischbude aufzumachen, mit richtig guten Matjesbrötchen. Wenn er ehrlich zu sich war, musste er zugeben, dass er nur noch bei der Truppe blieb, weil Ann Kathrin auch dabei war und er befürchten musste, völlig den Kontakt zu ihr zu verlieren, wenn sie sich so sehr in Fälle verbiss.

Jetzt gerade geschah das wieder. Zwei Fragen nahmen Ann Kathrin völlig gefangen: Wer hatte Annalena Walchum umgebracht, und war der Mann, der mit Frau Oberdieck lebte, Florian oder Fabian?

Er musste in diesen Phasen dann dafür sorgen, dass sie überhaupt genug aß und Schlaf bekam. Sie spürte sich selbst nicht mehr richtig, bis der Fall gelöst war.

Er hörte sich selbst ständig Sätze sagen wie: »Trink mal einen Schluck« oder »Hast du schon gegessen, Ann?«

Jetzt saß sie gerade mit Rupert auf der Terrasse und diskutierte. Eigentlich hatte Weller ein Abendessen für sie zubereitet. Nichts Besonderes, einfach nur Schwarzbrot von *ten Cate* und darauf Nordseekrabben, Zwiebeln, kleingehackte Tomaten und zwei Spiegeleier. Genug Vitamine und Eiweiß für den Körper.

Rupert zankte mit Ann Kathrin: »Ja, was soll das denn bedeuten, du hast mit ihm geredet, aber kennst seine Stammkneipe nicht? Ich will ihn zufällig dort treffen, verstehst du? Ich will mich da mit ihm betrinken!«

»Betrink dich doch, wo du willst!«

»Ja, ich muss ihn doch irgendwo treffen! Worüber hast du mit ihm diskutiert? Über Literatur? Kochrezepte? Mensch, die wichtigen Eckpunkte im Leben eines Mannes sind: Wie heißt seine Stammkneipe, sein Fußballverein und seine Geliebte? Und was hast du stattdessen herausgekriegt?«

Weller brachte die Teller mit den Krabbenbroten hinaus und fuhr Rupert an: »Halt die Fresse, Rupert!«

Der empörte sich: »Ich versuche hier, gute Polizeiarbeit zu machen, und du …«

Weller spottete: »Du suchst bloß einen Grund, um dich zu besaufen, und willst das gerne als Dienstzeit abrechnen!«

»Jedenfalls kommen wir mit den Ermittlungen unserer Meisterkommissarin nicht weiter«, stichelte Rupert. Er deutete auf die beiden Teller: »Als wir noch Freunde waren, hast du mir auch immer was angeboten.«

Ann Kathrin schob ihren Teller zu Rupert: »Ich hab sowieso keinen Hunger.«

Weller machte den Vorgang sofort rückgängig und baute

den Teller wieder vor Ann Kathrin auf: »Du musst aber was essen. Das hältst du nur ein, zwei Tage durch, dann bist du völlig energielos.«

Weller teilte sein Brot und schob eine Hälfte mit einem Ei zu Rupert rüber. Der aß mit den Fingern. Mit vollem Mund sprach er: »Das ist gut. Das ist wirklich verdammt gut! Dazu passt eigentlich ein Bier, findet ihr nicht?«

»Im Grunde«, bestätigte Weller Ruperts Ansinnen, »ist die Idee gar nicht so blöd, diesem Oberdieck anders gegenüberzutreten. Nicht als Kommissar. Ich lese da gerade einen Roman, da ermittelt ein Journalist.«

Schon bei dem Wort *Roman* verdrehte Rupert die Augen und stöhnte: »Wir lösen Fälle aber immer noch in der Realität!«

»Ja, aber vielleicht kann uns ein Journalist dabei helfen. Zum Beispiel Holger Bloem. Wenn der für uns Oberdieck besucht, um ihn zu interviewen – immerhin ist sein Bruder auf eine sehr originelle Art verstorben –, dann redet der bestimmt viel freier. Wenn ich den Leuten als Polizist gegenübersitze, werden sie immer gleich so verstockt und denken an die juristischen Konsequenzen. Wenn aber ein Journalist kommt, wollen sie glänzen und freuen sich darauf, was für tolle Sachen später über sie in der Zeitung stehen.«

»Es sei denn, sie haben Dreck am Stecken«, sagte Ann Kathrin und schob sich eine Gabel Krabbenbrot in den Mund.

An Ruperts Lippe hing eine Krabbe fest. Während er sprach, wippte sie auf und ab. Er bemerkte das aber nicht. Weller musste grinsen. Das Ganze erinnerte ihn an Loriot.

Carina Oberdieck strich sich die langen Haare aus dem Gesicht und probierte von dem Nachtisch.

Er sah sie fragend an, als sei ihr Urteil wirklich wichtig für ihn. Dabei bewegten sich seine Lippen, als würde er nachspüren wollen, was sie gerade im Mund hatte und herunterschluckte.

Sie rang sich ein Lob ab, aber es kam wohl nicht mit genug Begeisterung rüber. Er blickte sie enttäuscht an: »Es schmeckt dir nicht.«

»Doch, das ist gut. Das ist wirklich gut! Ich mag das Fruchtige.«

»Oder ist dir die Mousse zu süß geworden?«

Der will nicht einfach nur Lob, dachte sie, der interessiert sich plötzlich wirklich für meine Meinung. War das früher nicht so, oder merke ich das erst jetzt? Und warum, verdammt nochmal, stößt es mir übel auf?

»Du siehst traurig aus«, sagte er. »Stimmt was nicht? Hab ich was falsch gemacht?«

Sie schüttelte den Kopf.

Er bot ihr eine Massage an und zeigte ihr ein Öl, das er gekauft hatte. Es sollte belebend und aphrodisierend wirken. So wie er *Massage* sagte, klang es nach Vorspiel.

Sie hatte ihrer Freundin Jasmin von ihren Problemen mit Fabian erzählt. Jasmin Bergmann lebte gerade in Trennung und steckte in einem heftigen Rosenkrieg. Es ging um das Einfamilienhaus, um Möbel, das Auto, das Sorgerecht für ihre Tochter Jana und einen Kredit, den keiner von ihnen haben wollte, der aber nun mal da war.

Carina hatte Jasmin in der Trennungsphase sehr unterstützt, bekam aber von ihr kaum Verständnis zurück. Jasmins Reaktion grenzte an ein Auslachen. Beleidigt hatte Carina sich abgewandt. Jasmin versuchte, sich zu erklären und die Missstimmung zwischen ihnen aufzulösen, doch das war völlig schiefgegangen.

»Was beschwerst du dich eigentlich, Liebste?«, hatte Jasmin gesagt. »Dein Mann ist in Therapie, und dein Mann verändert sich. Besser geht's doch gar nicht! Er daddelt nicht morgens beim Frühstück mit seinem Handy herum, während du ihm etwas erzählen möchtest.«

»Nein, im Gegenteil, er schaut mich die ganze Zeit an, als wolle er mich aufessen. So war das früher nie. Höchstens ganz am Anfang ...«

Jasmin hatte weiter aufgezählt: »Er kommt blendend mit den Kindern klar und schenkt dir viel Aufmerksamkeit. Mädchen, was willst du mehr?«

Teile des Gesprächs waren Carina noch bestens in Erinnerung. Sie hatte sogar mal davon geträumt.

»Er will ständig Sex«, hatte sie geklagt und hoffte bei ihrer Freundin auf Verständnis, doch die hatte ihre Hände zum Himmel gereckt und rief: »Ja, und da beschwerst du dich? Schau mich an! Ich bin ein ständiges Angebot, für das es keine Nachfrage mehr gibt. Dein Mann interessiert sich für dich. Meiner interessiert sich für andere. Der hat sich in jedem Verein herumgetrieben, immer auf der Suche nach Frischfleisch. Am liebsten hätte er die Basketballmannschaft der Frauen trainiert, aber von Basketball versteht er halt nichts. Jetzt hat er ja endlich seine Traumfrau gefunden. Natürlich zwanzig Jahre jünger als ich. Das ist alles so sehr Klischee! Wenn du wüsstest, wie ich dich beneide, Carina! Dein Mann arbeitet an sich, entwickelt sich ...«

»Und jetzt hockt er auch noch ständig zu Hause«, beschwerte Carina sich und handelte sich auch dafür von ihrer

Freundin nur Schelte ein: »Wer hat denn immer gestöhnt, weil er ständig unterwegs war? Der hat deine Kritik eben ernst genommen. Du hast doch immer erzählt, ich fühle mich wie eine alleinerziehende Mutter, weil er ständig zu irgendwelchen Filmorten unterwegs war und sich mit Schauspielerinnen herumtrieb. Jetzt wird er ruhiger, kümmert sich um dich, schenkt dir Aufmerksamkeit, und du weißt das alles nicht zu schätzen.«

Während des Gesprächs hatte Carina sich zunehmend schlechter gefühlt, und Jasmin hatte der Sache bei der Verabschiedung die Krone aufgesetzt, indem sie ihr sagte: »Du denkst die ganze Zeit, dass mit deinem Mann was nicht stimmt. Aber vielleicht stimmt ja mit dir was nicht …«

Das hatte weh getan. Seitdem hatten sie sich nicht wiedergesehen.

Jasmin hatte noch mehrfach versucht, anzurufen, und auch ein paar WhatsApp-Nachrichten geschickt: *Lust auf einen Kaffee?*

Aber Carina hatte einfach nicht reagiert.

Als Nächstes kam: *Ich kann dir neue Schoten von Matteo erzählen, das glaubst du nicht! Jetzt dreht er völlig durch!*

Wir haben eine komische Beziehung, dachte Carina. Eigentlich ging es immer nur um Jasmin und ihre Probleme in Ehe oder Beruf. Ich selbst habe gar keine Rolle gespielt. Und wenn ich mit etwas kam, dann wurde ich sehr schnell abgespeist, weil bei ihr doch alles viel schlimmer und viel dramatischer war. Da hatte ich von vornherein verloren. Wenn ich eine Erkältung hatte, krachte Jasmin mit einer schlimmen Grippe auf. In der Coronazeit, als ich darunter litt, mit den Kindern eingesperrt zu sein, während Fabian sogar beruflich in Hotels wohnen durfte und viel unterwegs war, hatte Jasmin mit dem Satz reagiert: »Ach, das ist doch noch gar nichts! Ich bin nur knapp um das Beatmungsgerät herumgekommen.«

Es war für Carina nicht leicht, weiter mit Jasmin befreundet zu sein. Ein paarmal war sie kurz davor, alles zu beenden, doch jetzt, als sie dem Mann gegenübersaß, der behauptete, ihr Fabian zu sein, fragte sie sich, ob Jasmin nicht vielleicht recht hatte. Seit Lanzarote, seit dem Vorfall auf dem Timanfaya, war der Mann, mit dem sie zusammenlebte, ein anderer geworden. Im wahrsten Sinne des Wortes. Aufmerksamer, freundlicher, ein guter Vater, ein Hobbykoch mit originellen Ideen …

Wieso, fragte sie sich, genieße ich es nicht einfach? Ist da etwas in mir – so eine alte Stimme, die mir sagt, der ist zu gut für dich, den hast du nicht verdient? Gönne ich mir selber nicht so einen Ehemann? Wieso nehme ich die angebotene Massage nicht an?

Sie aß das Dessert, er schenkte ihr Wein nach und bot ihr einen Espresso an. Er erzählte ihr irgendetwas Tolles über die Bohnen. Sie hörte gar nicht hin. Sie war zu sehr mit sich selbst beschäftigt. Plötzlich schämte sie sich, bei der Polizei gewesen zu sein. Am liebsten hätte sie alles ungeschehen gemacht.

Sie kämpfte mit sich. Sollte sie ihm die Wahrheit sagen? Wusste er es sowieso längst? Behandelte er sie so freundlich, obwohl sie ihn angeschwärzt hatte?

Vor Lanzarote hatte Fabian ihr auch manchmal den verspannten Nacken massiert. Auf ihr Bitten hin. Sie blieb dabei auf dem Stuhl sitzen, und er stellte sich hinter sie.

Die Neuausgabe ihres Ehemanns hatte eine zusammenklappbare Massageliege gekauft. Er baute sie im Wohnzimmer auf, überzog sie mit einem kuscheligen weinroten Laken und suchte jetzt die passende Musik aus.

»Klassik? Meditationsmusik? Oder lieber …«

»Such du aus«, bat sie.

Er entschied sich für André Heller. Sie wunderte sich kurz, fragte sich dann aber, ob er damit vielleicht an ihren gemeinsamen Wien-Besuch erinnern wollte, als sie über den Naschmarkt geschlendert waren, Musicals besucht hatten und … ach, es kam ihr vor, als sei das eine Erinnerung an ein anderes Leben. Es war schon so lange her.

Die Kinder waren damals noch nicht einmal geplant, sondern höchstens eine schöne Vorstellung, eine romantische Idee.

Er drehte die Musik leiser, damit sie André Heller zuhören, sich aber gleichzeitig auch unterhalten konnten. Er sprach immer nur bei den musikalischen Zwischenspielen, nie, wenn Heller sang. Sie registrierte das als sehr achtsam und tat es ihm gleich.

Er machte das Öl in einer Schale über einem Teelicht warm, weil er wusste, dass sie Berührungen durch kalte Hände nicht mochte.

Vielleicht, dachte sie, sollte ich all meine Zweifel, all mein Zaudern und Zögern, für eine Weile vergessen und es einfach genießen.

Sie zog sich im Schlafzimmer aus und schlüpfte in den flauschigen Bademantel.

Genieß es, sagte sie sich, genieß es. Und hatte doch das Gefühl, völlig zu verkrampfen.

Jasmin, dachte sie, wäre jetzt gern an meiner Stelle. Die würde meinen neuen Ehemann sofort nehmen.

Als Carina mit seiner Hilfe auf die Liege stieg, sang André Heller gerade: »Die wahren Abenteuer sind im Kopf …“

Die Neuausgabe ihres Ehemanns schob ihr eine Rolle unter die Beine, damit sie bequemer lag. Er begann mit ihren Füßen und arbeitete sich langsam zu den Waden hoch. War das Zufall, oder hatte er das Lied speziell für sie ausgesucht, um sie noch mehr zu verunsichern? Oder geheimniste sie nur in jede kleine Handlung etwas hinein?

Später dann kippte alles um. Er wurde fordernd und herrisch.

Manchmal kam es ihr so vor, als würde der Mann, mit dem sie jetzt zusammenlebte, den anderen nur imitieren, aber alles größer machen, übertreiben. Bigger than life ...

Jetzt lag sie neben ihm. Er lobte sie, das sei ja wohl ganz großartig gewesen. Mit ihr, behauptete er, habe er den besten Sex seines Lebens.

Das hörte sie nicht zum ersten Mal von ihm. Nach Lanzarote war es fast zu einem Standardsatz geworden. Als sie ihrer Freundin Jasmin davon erzählt hatte, guckte die nur genervt und fragte: »Glaubst du, dass viele Frauen so etwas nach zig Ehejahren noch von ihrem Mann hören? Aber die eigentliche Frage ist doch: Wie geht es dir damit?«

Sie hatte damals nicht darauf antworten können, und selbst jetzt konnte sie sich keine klare Antwort geben. Ja, dachte sie, wie ist das eigentlich für mich? Sie schwankte zwischen grässlich und zauberhaft. Sie fühlte sich gewollt, verehrt, und gleichzeitig widerte es sie an, dass sie sich von ihm befriedigt fühlte.

Habe ich nur Probleme mit meiner Sexualität, wie Jasmin so gerne behauptet? Projiziere ich das alles auf meinen Mann? Externalisiere ich meine eigenen Schwierigkeiten?

Ja, sagte sie sich selbst, während sie ihn anlächelte, er tut alles, um ein guter Ehemann zu sein. Er strengt sich wirklich an. Aber er ist nicht dein Fabian.

In der Nacht träumte sie, Fabian sei plötzlich nach Hause

gekommen. Er verlangte, sie solle sich entscheiden. Im Wohnzimmer stand sie zwischen den beiden. Jeder behauptete, ihr wirklicher Ehemann zu sein. Es lag an ihr, einen zu umarmen und den anderen rauszuschmeißen. Sie konnte doch schlecht beide behalten, und sie war erschrocken aufgewacht. Klatschnass. Sie fühlte sich so elend wie damals, als sie Corona hatte. Sie bekam kaum Luft. Ihr Atmen war ein Röcheln.

Er bekam von alldem nichts mit. Er schlief auf dem Rücken, mit einem fast seligen Lächeln im Gesicht.

Sie konnte jetzt nicht länger neben ihm liegen. Leise stand sie auf, duschte so heiß, dass ihre Haut rot brannte, und legte sich dann im Kinderzimmer im Stockbett ihrer Söhne schlafen. Sie rollte sich zusammen und deckte sich mit den Laken beider Kinder zu, atmete den Duft ihrer Söhne vom Kopfkissen ein und weinte ihre Angst in Darth Vaders schmutziges T-Shirt. Es war die Angst, an sich selbst zu scheitern. Die Angst, verrückt zu werden.

Morgens vor Dienstbeginn alleine auf der Deichkrone spazieren zu gehen, bedeutete Ann Kathrin viel. Sie konnte weit ins Land schauen und den Nebel auf den Feldern sehen wie heruntergefallene Wolken, die sich im Erdkontakt auflösten.

Dieses Erwachen im Osten! Im Leben fühlte sie sich manchmal eingemauert von Bürokratie, Vorschriften und Regelwerken. Die Naturgewalten stellten das alles in Frage, und die Vogelschwärme über ihr lachten darüber. Egal, welche Formulare sich die Sesselpupser als Nächstes ausdachten, die Sonne würde wieder pünktlich im Osten auf- und im Westen untergehen.

Der Bahnstreik zur Ferienzeit behinderte zwar die Touristen auf ihrem Weg in die Hotels, aber nicht den Vogelflug zu den Brutplätzen.

Sie konnte Juist und Norderney sehen. Wenn sie zu Hause an ihrem Salzstreuer roch, war da nichts. Keine Spur von einem Geruch. Es hätte genauso gut Zucker sein können. Doch hier, nahe der Wasserkante, wo die Gischt auf den Wellen tanzte, bevor sie an Land zu Schaum wurde, hier roch sie das Salz.

Vielleicht, dachte sie, rieche ich es gar nicht, sondern schmecke es auf der Zunge.

Die Luft war auf dem Deich viel salzhaltiger als hundert Meter weiter landeinwärts. Zumindest kam es ihr so vor. Sie leckte sich über die Lippen. Ja, die Luft schmeckte salzig und metallen.

Zwei Enten liefen hinter ihr her und schnatterten, als müssten sie ihr dringend etwas erzählen. Es hörte sich für sie intelligenter an als das, was Rupert oder Frau Schwarz manchmal so von sich gaben.

Ann Kathrin wunderte sich über sich selbst, dass sie die beiden in einen Topf warf.

Vielleicht ahnte sie, dass es ein schwieriger Tag werden würde. Hier draußen tankte sie erst mal auf. Es war, als würde die Meeresluft wie eine Frischzellenkur wirken. Irgendetwas passierte in ihrem Körper und ihrer Seele gleichzeitig. Sie fühlte sich schon nach ein paar hundert Metern widerstandsfähiger, als würde sie ein Schutzschild gegen Viren und Bakterien einatmen. Gleichzeitig machte das Ganze wacher, um nicht zu sagen, intelligenter. So manches Problem hatte sie schon am Meer gelöst, so manche Schwierigkeit eingedeicht.

Die Gewissheit, dass Weller im Distelkamp das Frühstück

zubereitete, trug auch zu ihrem Wohlbefinden bei, obwohl sie gar keinen Hunger spürte, als würde dieser Spaziergang sie auf eine völlig kalorienfreie Art satt machen.

Sie drehte sich zu den Enten um und flatterte mit ihren Händen, als seien es Flügel. Sie versuchte, die Laute der Tiere nachzumachen, und bückte sich zu ihnen. Die reckten ihre Hälse und staunten Ann Kathrin an. Sie schienen zu verstehen, was Ann sagte, und antworteten laut.

Ann musste lachen. Wenn mich jemand sieht, wie ich hier auf der Deichkrone mit den Enten rede, erklären die mich doch für bekloppt. Aber was soll's?

Sie ließ die Gedanken, wie sie kamen, einfach zu. Dieser Fabian Oberdieck ging ihr nicht aus dem Kopf. Was er über sich und seinen Bruder erzählt hatte, beschäftigte sie sehr. Es fiel ihr schwer, sich in Zwillinge hineinzudenken. Ist es, als sei man zweimal da? Wie eine Kopie? Gab es bei denen auch die normalen Konkurrenzkämpfe, die Geschwister miteinander führten? Waren sie vielleicht noch viel heftiger?

Die beiden Brüder hatten sich nicht einfach nur eine Freundin geteilt, sondern, wenn sie es richtig verstanden hatte, gab der eine dem anderen auch ein Alibi für einen Seitensprung.

Sie lachte über sich selbst, und die Enten stimmten fröhlich mit ein.

Nannte man das in dem Alter überhaupt schon Seitensprung?

Kurz vor ihrem siebzehnten Geburtstag hatte ihre damals beste Freundin während einer Kellerparty in der sturmfreien Bude ihrer Eltern mit Ann Kathrins Freund geknutscht. Ann spürte die Verletzung noch heute. Es war ein Schock gewesen.

Sie hatte sofort Schluss gemacht. Mit beiden. Und kam sich gleichzeitig spießig vor, denn die machten auf freie Liebe und taten so, als sei das doch völlig normal, und sie solle sich nicht so haben.

Jeder Fall, dachte sie, konfrontiert einen auch immer mit sich selbst. Manchmal wächst man daran, manchmal beginnt man zu schrumpfen oder droht zu zerbrechen.

Ihre Wut auf Helmut Bent war immer noch frisch. Er stand für viele Männer, von denen sie sexistisch behandelt worden war. Vielleicht vergesse ich deshalb immer seinen Nachnamen, dachte sie, weil er für mich mehr ist als nur er selbst. Es ist ein Typ, der mich oft an meine Grenzen gebracht hat.

Ihre Anfänge bei der Polizei waren nicht leicht gewesen. Einerseits war sie immer die Tochter von Kommissar Karl-Heinz Heidrich, der bei einem Undercovereinsatz in einer Sparkasse in Gelsenkirchen erschossen worden war. Damals gingen viele noch davon aus, dass der Polizeidienst, besonders die Mordkommission, nichts für Frauen sei. Einige Männer hatten sie überhaupt nicht ernst genommen. Ihre Arbeit wurde belächelt.

Nein, das war keineswegs der *Altherrenclub*, es waren eher die jungen Kollegen, die wohl gleichzeitig auch eine Konkurrenz durch die nachrückenden Frauen befürchteten.

Sie war damals oft auf ihre Sexualität reduziert worden und hatte dreimal mit Ohrfeigen geantwortet. Zweimal war das unter den Tisch gekehrt worden, weil es wohl für alle peinlich gewesen war, einmal aber ging es den Weg durch die Instanzen und tauchte in ihrer Personalakte auf.

Sie hatte eine Beschwerde über Helmut Bent geschrieben und an Polizeidirektorin Elisabeth Schwarz geschickt. Heute, bei der Dienstbesprechung, würde das garantiert Thema werden.

Wieso, dachte Ann Kathrin, habe ich jetzt das Gefühl, dass

ich mich warm anziehen muss? Er müsste doch eigentlich Schiss haben, nicht ich.

Eine der Enten zupfte jetzt an Ann Kathrins Hosenbein. Ann Kathrin zeigte ihre leeren Hände vor: »Ich hab euch nichts mitgebracht. Tut mir leid.«

Die Enten verstanden und drehten, beleidigt mit ihren Hintern wackelnd, ab.

Weller hatte Schwarzbrot mit Tomaten, Spiegeleiern, Krabben und kleingehackten Schalotten zubereitet. Das nannte er: *einen soliden Start in den Tag.*

Dazu einen starken Kaffee. Schwarz. Tee gab es später bei der Dienstbesprechung sowieso.

Als Ann Kathrin in den Distelkamp zurückkam, war es, als würde sie die Meeresluft mit in die Wohnung bringen. Da war ein Rauschen um sie herum und eine Frische.

Weller staunte sie an. Er war immer noch verliebt in diese Frau, nach all den Jahren, nach all den Krisen. Und sie überraschte ihn immer wieder. Jetzt zum Beispiel mit der Aussage: »Nur weil niemand Frau Oberdieck glaubt, heißt es ja noch lange nicht, dass sie lügt oder völlig verrückt ist.«

»Du denkst, da ist was dran?«

»Ich schließe es nicht aus.«

Weller aß mit Lust und Gier, bei Ann Kathrin war er sich nicht einmal sicher, ob sie registrierte, was er da gezaubert hatte. Ihr wäre ein Käsebrötchen genauso recht gewesen.

»Als Koch«, sagte er, »braucht man ein ziemliches Selbstbewusstsein, wenn man mit dir zusammenlebt.«

»Ich ... oh, entschuldige ... ja, schmeckt ganz toll, Frank.«

»Das sind nicht irgendwelche Eier, sondern die habe ich aus ...«

Sie unterbrach ihn und versuchte, ihn um Verzeihung zu

bitten: »Ich habe wirklich selten einen besseren Strammen Max gegessen, Frank.«

»Das ist kein Strammer Max. Du hast auf dem Teller weder Schinken noch ...«

Sie stand auf, ging um den Tisch herum und nahm ihn in den Arm: »Verzeih mir.« Sie hauchte einen flüchtigen Kuss auf seine rechte Wange. »Ich fürchte«, gestand sie, »dass es heute sowieso nicht um den Fall Oberdieck gehen wird – sofern das überhaupt ein Fall ist –, sondern um den Mord an Annalena Walchum.«

»Nee«, sagte Weller, »das sehe ich anders. Ich glaube, das nehmen uns die Freunde vom BKA ab.«

So, wie er *Freunde* sagte, hatte Ruperts ablehnende Haltung dem BKA gegenüber auf Weller abgefärbt. Rupert hatte sich immer wieder dort beworben, war aber nie genommen worden. Wenn er BKA nur hörte, hatte er schon den Kaffee auf.

Weller lehnte sich jetzt zurück, pustete in seine Tasse, schlürfte und sagte: »Wir werden ja sehen. Hauptsache, der Deich hält.«

Ilona Meisenknecht saß in ihrem Garten und sah den Schmetterlingen zu, die in ihrem Schmetterlingsfliederstrauch ihre Tänze aufführten. Ein Admiral mit weißen Flecken auf den dunkelbraunen Vorderflügeln setzte sich auf ihre rechte Hand. Sie betrachtete ihn ganz still. Seine zittrigen Beinchen konnte sie auf der Haut spüren.

Gestern am späten Nachmittag hatte sie ein Abendpfauenauge gesehen. Sie war richtig stolz darauf, so vielen Schmetterlingen ein Zuhause zu bieten. Eine Art, die sie früher *Schorn-*

steinfeger genannt hatte, die aber in Wirklichkeit Brauner Waldvogel hieß, hielt sich gern beim Himbeerstrauch auf. Am schönsten aber fand sie den Großen Schillerfalter mit seinen schwarz umrandeten tiefblauen Flügeln.

Vier Weißlinge saßen auf dem hellblauen Sommerflieder. Sie nahm ihr Handy ganz vorsichtig mit der linken Hand, um den Admiral nicht zu vertreiben. Doch sie wollte gerne die Weißlinge fotografieren.

Da stand plötzlich jemand neben ihr. Sie hatte die Person nicht kommen hören.

»Na, *Knutschmaus17*? Oder soll ich lieber *Flittchen13* sagen?«

Vor Schreck fiel ihr das Handy aus der Hand. Der Admiral flatterte davon. Das Tier fand die Situation wohl genauso bedrohlich wie sie.

Sie wusste nicht, ob Fabian oder Florian vor ihr stand. Wer immer es war, er trug leichte Sommerkleidung. Einen hellen Leinenanzug, dazu blank gewienerte braune Lederschuhe.

Er bückte sich und hob ihr Handy auf: »Wolltest du Hilfe rufen?«

»Ich wollte«, antwortete sie, »die Weißlinge fotografieren«, und zeigte auf die Schmetterlinge, die sich immer noch am Flieder labten.

»Was willst du hier?«, fragte sie. »Das ist Hausfriedensbruch.«

»Na, na, na«, lachte er, »nun wollen wir mal nicht mit Kanonen auf Spatzen schießen. Ich gehe hier spazieren, sehe eine alte Freundin, die ihr Handy verloren hat, laufe hin, um ihr zu helfen, und werde gleich so beschimpft ... Ich hatte die Hoffnung, auf eine Tasse Kaffee eingeladen zu werden, vielleicht gar auf ein Stückchen Kuchen.«

Sie fing sich langsam wieder. Sie sah zur offenen Terrassentür. Mit zwei, drei Schritten wäre sie im Haus. Sie überlegte, ob es klug wäre, ins Haus zu fliehen, sich dort zu verbarrikadieren und die Polizei zu rufen. Gleichzeitig kam sie sich aber lächerlich dabei vor. Sie wollte nicht hysterisch reagieren, sondern ruhig.

»Was willst du von mir?«, fragte sie, im Grunde ohne zu wissen, mit wem sie es zu tun hatte.

»Hast du der Polizei erzählt, ich sei jemand anders? Hast du ihr von unseren Spielchen damals erzählt?«

»Ich? Wieso? Wie kommst du denn da drauf? Glaubst du, ich renne jetzt zur Polizei und zeige euch an, weil ihr euch vor zwanzig Jahren verhalten habt wie die letzten Schweine?« Sie trat fest mit dem Fuß auf und schimpfte. Je wütender sie wurde, umso angstfreier war sie. »Das war damals ganz schrecklich für mich! Weißt du eigentlich, was ihr mir da angetan habt?! Das war im Grunde Missbrauch! Vergewaltigung!«

»Vergewaltigung? Ich hatte das Gefühl, es hat dir Spaß gemacht. Großen Spaß! Wer war denn hier unersättlich? Du oder ich?«

»Wer bist du überhaupt?«

»Ich bin Fabian.«

»Ja, sagst du! Hau ab und lass mich in Ruhe! Ich versuche, das alles zu vergessen. Ich habe eine Menge Geld für Therapiesitzungen ausgegeben, um mit dem Mist fertigzuwerden. Ich war richtig beziehungsunfähig und konnte mich auf keinen Mann mehr einlassen. Überhaupt war mir jedes Vertrauen in die Welt verlorengegangen. Das habt ihr angerichtet!« Sie stieß zornig gegen seine Brust.

Er trat einen Schritt zurück, sprang dann aber nach vorne,

packte sie bei der Gurgel und würgte sie. Er machte das nur mit einer Hand, die andere hielt er, als wolle er sie ohrfeigen.

»Was willst du von mir?«, fauchte er. »Geld?«

»Ich will von dir in Ruhe gelassen werden«, keuchte sie.

Er ließ sie los und lachte demonstrativ: »Wenn du von mir in Ruhe gelassen werden willst, dann hör doch einfach auf, als *Knutschmaus17* oder *Flittchen13* jeden Film schlechtzumachen, an dem ich mitgewirkt habe. Merkst du gar nicht, wie bescheuert das ist? Die warten in den Redaktionen doch schon darauf, dass du aus dem Loch kriechst und losschießt mit deinen unqualifizierten Äußerungen. Du bist so peinlich!«

Jetzt glaubte sie wirklich, Fabian vor sich zu haben.

»Ich hab deinen Bruder geliebt!«, schrie sie. Sie schüttelte sich: »Na ja, wenigstens einen von euch beiden. Ich weiß ja nicht mal, wen ich wirklich geliebt habe, das war doch alles nur ein einziges Trauerspiel mit euch! Eine Riesenverarsche!« Sie ballte eine Faust und schlug damit gegen seinen linken Oberarm.

Er blieb stehen und steckte den Fausthieb einfach ein. Stoisch erwartete er den nächsten und sagte kalt: »Was geschehen ist, ist geschehen. Aber wenn du die ganze Geschichte aufwärmen willst und jetzt den Bullen erzählst, ich sei Florian und hätte Fabian getötet, dann sag ich dir eins: Dieses Land hat Gesetze. Für falsche Anschuldigungen muss man sich verantworten.« Er richtete den Zeigefinger wie eine Pistole auf sie und brüllte: »Meine Anwälte werden dich fertigmachen! Fertig! Bei der Vorgeschichte, bei alldem, was du in den asozialen Medien über mich geschrieben hast, hättest du keine Chance! Wenn ich dich auf Schadenersatz verklage, dann wird dieses schöne Haus schon bald mir gehören!«

»Das ist nicht mein Haus, das gehört meinen Eltern!«

Es war ein Bluff. Sie wollte ihm weismachen, dass sie nicht alleine war und jederzeit ihr Vater im Türrahmen erscheinen konnte. Doch er wusste mehr über sie. Natürlich hatte er Erkundigungen über seine schlimmste Gegnerin eingezogen.

»Deine Eltern sind längst tot. Das Ding hier hast du geerbt. So was neu zu bauen oder zu kaufen, kann man sich mit deinem mickrigen Gehalt nämlich nicht leisten.«

Auf dem Weg zur Dienstbesprechung kamen Weller und Ann Kathrin am Büro der Polizeidirektorin vorbei. Ihre Tür stand offen. Elisabeth Schwarz saß hinter ihrem Schreibtisch und beobachtete von dort aus den Flur. Sie winkte Ann Kathrin zu sich herein.

Weller kam mit, obwohl er an Frau Schwarz' Gesicht sehen konnte, dass sie nur Ann Kathrin hereingebeten hatte.

»Ich muss mit Ihnen reden, Frau Klaasen«, begann sie das Gespräch.

In der Ecke saß ein übergewichtiger Mann in einem verschlissenen Straßenanzug, der ihm viel zu klein war. Den Knopf überm Bauch bekam er garantiert nicht mehr zu. Die Waffe hatte die rechte Jackentasche ausgebeult und eingerissen.

Auf seiner billigen Krawatte hatten Ketchup und Mayonnaise Flecken hinterlassen. Aus seinen zu kurzen Hosenbeinen ragten weiße Frotteesocken. Seine Füße steckten in schwarzen Lederschuhen, die schon lange keine Creme mehr gesehen hatten. Der Mann sah übernächtigt und strubbelig aus.

Ann Kathrin wunderte sich, dass er nicht vorgestellt wurde und auch selbst keine Anstalten machte, sich ins Gespräch zu bringen. Stattdessen lümmelte er sich auf dem Stuhl vor dem

Schachbrett herum und studierte die Verteidigungsstellung des Königs. Schwarz hatte einige Figuren verloren, Weiß war klar im Vorteil.

»Sie haben versucht, dem Kollegen Bent das Handy abzunehmen und ihn beleidigt. Er hat sich über Sie beschwert«, sagte Elisabeth Schwarz nun.

Ann Kathrin bekam den Mund nicht mehr zu.

Weller war sofort auf hundert: »Er hat sich über sie beschwert? Das wird ja immer schöner!«

»Ich weiß, dass Sie Probleme mit Herrn Bent haben, Frau Klaasen. Ich habe Ihre Anschuldigungen gelesen. Ich muss Sie bitten, sich zu mäßigen. Wir sind ohnehin unterbesetzt. Das muss ich Ihnen doch wohl nicht sagen. Und Herr Bent ist ein hervorragender Spezialist für forensische Biologie.«

Der Mann in dem schlechtsitzenden Anzug meldete sich vom Schachbrett aus, ohne den Kopf zu heben. Er brummte: »Der hält Vorträge in Wiesbaden, über DNA-Analysen und neue Methoden der Bodenuntersuchung. Der kann aus Insekteneiern Rückschlüsse ziehen …« Er klatschte sich auf die Oberschenkel und lachte: »Aus der Brut von Krabbeltierchen macht der praktisch Zeugen.«

Ann Kathrin folgerte aus seinen Worten, dass dort ein Kollege saß und nicht einfach irgendein Freund aus dem Schachclub.

»Ich habe nicht Herrn Bents berufliche Qualifikation angezweifelt, sondern seine menschliche. Mir wird schlecht, wenn ich seinen Umgang mit toten Frauenkörpern sehe. Lebendige können sich ja wenigstens noch wehren, aber …«

»Ich kann das nur bestätigen. Der ist eine Schande für die Firma«, bekräftigte Weller.

»Stimmt es, dass Sie ihm mit körperlicher Gewalt gedroht

haben?«, fragte Frau Schwarz Weller und sah ihn durchdringend an.

Weller schüttelte den Kopf: »Nein. Aber ich hätte ihm am liebsten eine reingesemmelt. Er lässt den Opfern gegenüber jeden Respekt vermissen.«

Ann Kathrin unterstütze Weller und versuchte, auf Frau Schwarz einzuwirken: »Gerade Sie als Frau müssten doch …«

»Papperlapapp! Kommen Sie mir jetzt nicht so. Das ist ein hartes Geschäft, Frau Klaasen. Wir sind hier in der Mordkommission, nicht in einer katholischen Mädchenschule. Natürlich vergreift man sich da mal im Ton oder härtet ab.«

Der Mann am Schachbrett mischte sich ein: »Wer kann es ihm verdenken?« Er bewegte einen schwarzen Läufer, machte den Zug aber gleich wieder rückgängig.

»Wer sind Sie überhaupt?«, fragte Ann Kathrin.

Er erhob sich schwerfällig und schnaufte: »Wollenweber.« Er hielt Ann Kathrin die ausgestreckte Hand hin. Sie nahm sie.

Frank Weller staunte: »*Der* Wollenweber?«

Er lächelte verschmitzt: »Wenn Sie so wollen …«

»Ich habe Sie mir ganz anders vorgestellt«, staunte Weller.

»Das«, grinste Wollenweber, »ist auch gut so. Als Zielfahnder ist man geliefert, wenn einen jeder kennt.« Er zeigte auf Ann Kathrin: »Das ist übrigens Ihr Problem, Frau Klaasen.«

»Was für ein Problem?« Ann Kathrin sah ihren Mann an: »Habe ich ein Problem?«

Weller zuckte mit den Schultern.

Wollenweber trumpfte auf: »Jeder kennt Sie, Frau Klaasen. Wo Sie auftauchen, weiß man gleich, oh ja, die berühmte

Kommissarin. Da gehen die richtig bösen Jungs doch gleich auf Tauchstation.«

»Hinter wem sind Sie her?«, fragte Ann Kathrin. »Können wir Ihnen behilflich sein?«

»Ich jage den Eisenbahnmörder.«

»Eisenbahnmörder?«, fragte Weller. »Davon habe ich noch nie gehört.«

»Wir nennen ihn intern so«, gab Wollenweber zu und klatschte in die Hände, als hätte er ein großes Geheimnis verraten und habe nun Angst, dass die ganze Welt davon erfahren könnte. Er hielt einen Zeigefinger vor seine Lippen und fuhr sich mit der anderen Hand durch die verwuschelten Haare: »Vier Frauen im ganzen Land. Also mit Annalena Walchum sind es fünf. Sie liegen jedes Mal auf den Schienen, als seien sie aus dem Zug gefallen. Sind sie aber nicht. Er hält sie ein, zwei Tage fest, erwürgt sie und legt die Leiche dann auf den Gleisen ab. Er hat in Süddeutschland begonnen, vor zwei Jahren. Und jetzt ist er wohl hier bei Ihnen im beschaulichen Ostfriesland. Deshalb bin ich hier. Ich bin da, wo er ist. Sein letztes Opfer hat er in Schwerte getötet. Da hätten wir ihn fast gehabt.«

Weller hakte nach: »Fast?«

»Ja. Wir haben zum ersten Mal den Ort gefunden, wo er sie gefangen hielt. In den Kellerräumen eines leerstehenden Geschäftshauses. Er war gerade dort und wollte wohl die letzten Spuren vernichten. Er hatte die Teppiche bereits mit Benzin getränkt und überall Brandbeschleuniger ausgelegt.«

»Sie haben ihn gesehen?«, fragte Ann Kathrin.

Wollenweber schob seine Krawatte zur Seite und öffnete sein Hemd. Als würde er einen Orden vorzeigen, legte er seine Wunde frei.

»Er hat auf Sie geschossen?«, fragte Weller.

»Ja, glauben Sie, er hat mit Wattebäuschchen geworfen?«

Jetzt verstand Ann Kathrin, warum Wollenweber einen so verwahrlosten Eindruck machte. Das Ganze war für ihn längst zu seinem persönlichen Ding geworden. So wie Käpt'n Ahab Moby Dick gejagt hatte, so war er hinter dem Eisenbahnmörder her. Und es wirkte auch nicht so, als würde Wollenweber dabei eine sehr glückliche Figur abgeben. Dieser Mann wurde längst selbst von Dämonen verfolgt. Hass und Wut waren eine enorme Antriebskraft, machten aber oft blind.

Der Seehund in Ann Kathrins Handy jaulte. Obwohl jeder im Raum den Klingelton kannte, zuckte Marion Wolters zusammen, und Polizeidirektorin Schwarz verdrehte genervt die Augen.

Ann Kathrin nahm das Gespräch an, verließ aber, noch während sie sich meldete, das Büro, um auf dem Flur ungestört zu telefonieren. So entstand bei Elisabeth Schwarz einerseits das Gefühl, Ann Kathrin nehme alles wichtiger als dieses Gespräch hier, sie setze die falschen Prioritäten, und andererseits, sie habe wohl Geheimnisse und wollte verhindern, dass sie dieses Gespräch mitanhören könnte.

»Moin, Ann Kathrin Klaasen, was kann ich für Sie tun, Frau Oberdieck?«

»Nichts.«

»Nichts? Ja, warum rufen Sie mich dann an?«

Die Kommissarin spürte die Not der Frau, als würde die Energie aus dem Handy kriechen. Ann Kathrin erschrak ob des heftigen Gefühls. Sie guckte ihr Handy an, als sei eine

Schlange herausgeschlüpft, die sich nun um ihr Handgelenk wickeln wollte.

Ann Kathrin schloss für einen Moment die Augen und atmete tief durch. Sie bemühte sich um sicheren Stand. Als sie die Augen wieder öffnete, war alles ganz normal. Sie stand im Flur und hielt ihr Handy in der Hand. Da war nichts seltsam. Keine Schlange. Keine komische Energie.

Es tat ihr fast gut, Rupert am Ende des Flurs beim Kaffeeautomaten zu sehen. Er glotzte belämmert in seinen Becher und stöhnte: »Och nö! Nicht schon wieder ... das ist doch Gemüsesuppe!«

Er guckte sich um und überprüfte die Bilder an der gegenüberliegenden Wand. »Ist das hier *Vorsicht Kamera*? Legt ihr mich rein? Glaubt ihr, ich merke das nicht?!«

Er hob eine Tuschezeichnung von Gölzenleuchter an und überprüfte, ob sich hinter dem Rahmen ein Aufnahmegerät befand.

Ann Kathrin mochte dieses Bild. Der Künstler hatte es mit einer Möwenfeder, die er in Norddeich gefunden hatte, gezeichnet. Dadurch enthielt das Bild so viel Küste, fand sie.

Es war fast erlösend, auf die Zeichnung und den verwirrten Rupert zu schauen, der das Bild nicht verstand und die Welt auch nicht mehr. Für Ann Kathrin war es, als sei ein Fluch gebrochen worden. Sie war jetzt wieder in der Realität zurück. Zurück aus einer anderen, dunklen Dimension.

Jetzt hörte sie Carina Oberdiecks Bitte. So überdreht, wie Frau Oberdieck klang, äußerte sie die Bitte gerade mindestens zum zweiten Mal: »Ich möchte meine Anzeige zurückziehen! Also – falls ich überhaupt eine gemacht habe. Ich ... das tut mir alles so leid ...«

Ann Kathrin drehte sich um. Rupert lenkte sie im Augenblick zu sehr ab. Er glaubte, eine Kamera an der Decke bei einer Neonröhre entdeckt zu haben und kletterte auf einen Stuhl, um sich das Ding näher anzusehen. Es entpuppte sich als vertrocknete Schmeißfliege. Rupert goss sich heiße Gemüsesuppe über die Hose und sah nun aus, als hätte er sich bepinkelt.

»Setzt man Sie unter Druck, Frau Oberdieck?«, fragte Ann Kathrin.

»Nein. Ganz sicher nicht. Eher im Gegenteil!«

»Im Gegenteil? Wie darf ich mir das vorstellen?«

Die Frau schluckte und hustete: »Nun … Er … er ist ganz liebevoll … zärtlich …«

»Sie glauben also jetzt, das ist Ihr richtiger Mann und auf Lanzarote ist sein Bruder Florian in den Vulkan gestürzt und nicht Ihr Mann Fabian?«

Ann Kathrin glaubte, Frau Oberdieck weinen zu hören.

Rupert fluchte: »Heute ist ja echt mein Glückstag! Fehlt nur noch, dass meine Schwiegermutter kocht …«

»Ich … ich weiß es nicht …«, stöhnte Carina. »Vielleicht spinne ich ja. Meine Freundin Jasmin hat schon recht. Ich selbst bin das Problem. Ich muss mir Hilfe suchen, aber nicht bei der Polizei.«

»Frau Oberdieck, Sie hören sich an wie ein Mensch, der Angst hat.«

Carina seufzt: »Hab ich auch. Ich habe Angst, durchzudrehen.«

»Ja, ich verstehe …«, sagte Ann und äußerte gleichzeitig einen Verdacht: »Können Sie frei sprechen? Ist jemand bei Ihnen?«

Es gab einen Knall. Frau Oberdieck schrie: »Nein! Um Himmels willen!«

Ann Kathrin rannte in Richtung Ausgang und rief: »Bleiben Sie am Apparat! Ich komme!«

Rupert turnte noch auf dem Stuhl herum und zupfte an seinem Hosenbein, wo die heiße Brühe auf der Haut brannte. Er versuchte, sich herauszupellen.

Ann touchierte ihn, als sie vorbeirauschte. Rupert suchte in der Luft Halt, fand aber keinen. Er krachte hinter Ann Kathrin gegen den Kaffeeautomaten, der jetzt einen doppelten Espresso ausspuckte, allerdings fehlte der Becher.

Ann hörte, während sie die Treppe herunterlief und sich das Handy gegen das Ohr presste, nur Krach und Schreie.

»Geben Sie ihm das Telefon! Lassen Sie mich mit ihm reden!«, forderte Ann. Sie hoffte, Einfluss auf ihn zu haben oder ihm wenigstens Angst machen zu können.

Rupert rief hinter ihr her: »Ja, danke für die Hilfe, Prinzessin!«

Ann Kathrin blieb unten im Eingang stehen. Sie lauschte. Waren das Schüsse? Peitschenhiebe? War die ganze Geschichte wahr? Brachte Florian Oberdieck gerade die Frau seines Bruders um, weil sie sein Spiel durchschaut hatte?

»Frau Oberdieck?! Frau Oberdieck?!«

Ann Kathrin bekam keine Antwort mehr. Sie hörte nur Ächzen und Gerangel. Da fand ein Kampf statt.

»Aufhören!«, forderte Carina Oberdieck mit erstickter Wut in der Stimme. Sie keifte Unverständliches.

Dann hörte Ann Kathrin eine Kinderstimme: »Ich war das nicht. Das war Darth Vader!«

»Stimmt gar nicht! Stimmt gar nicht!«

Carina Oberdieck schimpfte: »Ihr könnt doch in der Wohnung nicht mit euren Erbsenpistolen herumballern! Die Aquariumscheibe hat Risse bekommen! Guckt euch das mal an!«

»Das sind keine Erbsenpistolen! Das sind Laserkanonen vom Todesstern!«

Ann Kathrin fragte sich, wer ihr den Zettel zugesteckt hatte: *Norddeich, Yachthafen, 15 Uhr.* Keine Unterschrift, keine Telefonnummer, nichts.

Die Buchstaben sahen aus, als hätte ein Grundschüler sich viel Mühe gegeben, schönzuschreiben. Es war ihm allerdings misslungen.

Sie war viel zu neugierig, um nicht hinzufahren. Sie sah die *Frisia III* einlaufen. Es sah aus, als würde das Schiff über den Meeresboden gleiten. Aus Ann Kathrins Perspektive war die Fahrrinne nicht einsehbar.

Der Wattführer Niko grub für eine Touristengruppe einen Wattwurm aus. Sie konnte die »Iiiihh«-Schreie hören.

Am liebsten hätte sie die Augen geschlossen, sich vom Wind verwöhnen lassen und die Sonne im Gesicht genossen, doch als Kommissarin widersprach es ihrem Selbstbild. Sie konnte hier nicht entspannen, sondern musste die Augen offen halten. Ihr durfte nichts entgehen.

Die Spiegelungen im Watt waren heftig, und es glitzerte, als hätten die Götter ihre wertvollsten Diamanten vom Himmel geworfen, um die Menschheit aus ihrer Finanzkrise zu erlösen. Ann Kathrin setzte ihre Sonnenbrille auf. Sie beobachtete Dohlen, deren schwarzes Gefieder bläulich schimmerte. Sie pickten an einer toten Möwe herum, deren Federn über die Wiese verstreut waren wie wildwachsende Blumen. Als Kommissarin fragte sie sich, ob es möglich war, dass die Dohlen die Möwe getötet hatten, um sich an ihren Gedärmen zu laben.

Das Watt war ein so reichhaltig gedeckter Tisch für die Vögel. Waren Möweninnereien schmackhafter als Muscheln, Krebse und Wattwürmer?

Ein Segler strich das Dach seiner Kajüte in kloblau. Er winkte Ann Kathrin. »Moin, Frau Kommissarin!«, rief er.

Sie winkte zurück, ging aber nicht davon aus, dass er ihr den Zettel in die Tasche gesteckt hatte.

Ich hätte meine Haut vorher eincremen sollen, dachte sie. Wer weiß, wie lange ich hier noch sitze?

Seit ihr ein Melanom herausoperiert worden war, wusste sie um die Gefahr der Sonne. Noch immer zog es sie ins Licht, doch sie achtete jetzt mehr auf sich und lebte in dem Bewusstsein, dass auch die schönsten Dinge gefährlich sein konnten.

Die Nordsee. Die Sonne. Der Rotwein. Und … ach …

Sie spürte: je mehr sie die Todesbedrohung in allem wahrnahm, umso wertvoller wurde für sie das Leben. Was ist das überhaupt – die eigene Existenz? Das Ich?

Ich kann einfach entscheiden, ob ich nach links gucken will oder nach rechts, ob ich die Augen schließe, eine Sonnenbrille aufsetze, den kleinen Finger hebe. Aber auch, welchen Menschen ich vertraue, welche Partei ich wähle.

Nein, so weit wollte sie jetzt gar nicht gehen, sondern sich ganz auf sich selbst und die eigene Wahrnehmung konzentrieren. Ja, da war ein leichter Wind. Sie spürte ihn links auf der Wange. Die rechte war im Windschatten. Dafür bizzelte dort die Sonne umso mehr.

Sie drehte den Kopf. Für ihren Verstand war es so, als wolle sie die Umwelt nach dem Menschen absuchen, der ihr heimlich einen Zettel zugesteckt hatte. Doch eigentlich wollte sie nur die Veränderungen auf der Haut spüren.

Sie hoffte fast, dass niemand kommen würde und sie noch

eine Weile ganz ruhig hier sitzen könnte. Dann nahm sie ein schlurfendes Geräusch wahr. Ein näher kommendes Schmatzen. Da kam einer, der Eis schleckte. Wahrscheinlich Erdbeereis, nur ohne richtige Erdbeeren. Ja, das roch so süßlich wie Erdbeeraroma und schmeckte wahrscheinlich ein bisschen zu künstlich, um wirklich gut zu sein.

Ann Kathrins empfindliche Haut wurde jetzt durch Wollenwebers Schatten geschützt. Er stand o-beinig da, den Bauch herausgestreckt, einen Eisbecher mit großem Sahneberg darauf. Von der Sahne lief rote Soße. Ein paar Tropfen waren auf sein Hemd gefallen. Durch das Reiben hatte er sie noch mehr verteilt, so dass es aussah, als sei er erneut angeschossen worden.

Drei Wespen glaubten, das Eis stünde auch ihnen zu. Er schlug mit seinem Löffel nach ihnen und verspritzte dabei Eis und Sahne.

»Die Löffel«, sagte er, »kann man sogar essen. Das ist irgend so ein Scheiß, der gut für die Umwelt sein soll. Sie schmecken nicht, aber sie brechen ab oder weichen auf.«

Merkwürdiger Anfang für ein Gespräch, dachte Ann Kathrin. Er hatte etwas von einer lächerlichen Gestalt an sich, so wie er dastand. Trotzdem nahm sie ihn ernst. Manche gefährlichen Männer verhielten sich wie kleine Kinder. Die einen bewusst, um zu kaschieren, wer sie wirklich waren, die anderen, weil sie in einer frühen Phase ihrer Kindheit steckengeblieben waren.

Sie kam gleich zur Sache: »Wie haben Sie es geschafft, mir den Zettel zuzustecken? Ich kann mich nicht daran erinnern, auch nur nah genug an Sie herangekommen zu sein.«

Er fühlte sich geschmeichelt und winkte ab. Dabei hielt er immer noch den Löffel in der Hand, und ein weiteres Sahnewölkchen flog in Ann Kathrins Richtung. Bevor er antwortete, rührte er in seinem Becher herum, baggerte dann Eis, Sahne und etwas von dem Dressing in seinen Mund. Er wischte sich mit dem Handrücken die Lippen ab. »Kleine Fische«, sagte er. »Ich habe mal als ganz junger Kommissar – kommt mir vor, als sei es ein anderes Leben gewesen – undercover eine Taschendiebesbande hoppgenommen. Die waren wirklich gut. Da gab es richtige Schulungen ...« Er aß weiter.

»Und Sie haben an den Schulungen teilgenommen?«

»Unser Lehrmeister behauptete, ich hätte Talent.«

Ann Kathrin gab ihm recht: »Die Einschätzung teile ich.« Bevor er die Möglichkeit hatte, ihr mehr von seiner Vergangenheit zu erzählen, fragte sie: »Warum wollten Sie mich hier sprechen? Was gibt es zwischen uns, das nicht in eine Dienstbesprechung gehört?«

Er antwortete nicht, denn eine Wespe krabbelte jetzt auf seiner Nase herum. Sie beschäftigte sich mit den Haaren, die herausragten, als würde sie sein Nasenloch für eine besonders schöne Blume halten und nun hineinkriechen wollen.

Er schnaufte. Die Wespe verzog sich in seine krausen, verwuschelten Haare. »Für richtig gutes Eis«, sagte er, »könnte ich sterben.«

»Das war aber nicht meine Frage.«

Er setzte sich zu ihr auf die Bank. Sie rückte ein Stück zur Seite. Sie wollte Körperkontakt vermeiden.

Er löffelte weiter und bat: »Das ist mein Fall, Frau Klaasen. Bitte versuchen Sie nicht, mir den Eisenbahnmörder wegzunehmen.«

Ann Kathrin lachte: »Wegzunehmen? Wir reden doch hier nicht über limitierte Sonderangebote im Supermarkt! Wir versuchen doch wohl beide, einen Serienkiller zu fassen, oder?«

Er wandte sich ihr ganz zu. Sein Blick war ihr unangenehm. Sie hatte das Gefühl, nackt neben ihm auf der Bank zu sitzen.

»Wissen Sie«, fragte er, »was man sich in BKA-Kreisen über Sie erzählt?«

Ann zuckte mit den Schultern.

»Niemand hat mehr Serienkiller überführt als Sie.«

»Jetzt kommen Sie mir nicht mit diesen alten Geschichten.«

Er zeigte mit dem essbaren Löffel auf sie. Der machte schon einen schlappen Eindruck. »Nirgendwo im Land«, behauptete Wollenweber, »wurden so viele Serienkiller überführt wie hier. Man sagt, Ostfriesland sei wie eine Falle für solche Leute. Sie können im Land frei morden und ihr Unwesen treiben. Wenn sie hierherkommen, ist die Party für sie beendet.«

»So? Sagt man das?«

»Ja. Und das ist gar nicht gut für uns alle im ganzen Land. Wie stehen wir denn da? Sollen wir unsere Serienkiller bitten, nach Ostfriesland zu fahren, damit sie endlich einer schnappt?«

Ann Kathrin wurde ungehalten: »Was wollen Sie von mir, Herr Wollenweber?«

Erneut behauptete er: »Das ist mein Fall! Mein Killer! Den«, er deutete auf die Verletzung, die er beim letzten Mal davongetragen hatte, »will ich noch fassen. Und dann ist Feierabend. Dann können Sie machen, was Sie wollen, Frau Klaasen. Damit lasse ich mich pensionieren. Den Triumph lasse ich mir nicht wegnehmen.«

»Und Sie glauben ernsthaft«, fragte Ann Kathrin, »dass ich ihn schnappen könnte, weil er jetzt hier in Ostfriesland ist?«

Wollenweber schüttelte den Kopf. »So einfach ist das nicht. Ich frage mich doch, was will der hier? Nach Schwerte jetzt plötzlich Ostfriesland? Der lacht über uns, Frau Klaasen. Der fühlt sich völlig sicher. Der will uns zeigen: Seht her! So gut bin ich! Ich schaffe es auch in Ostfriesland. Vielleicht ist er sogar gekommen, um Sie herauszufordern.«

»Mich?«

»Ja, Ihre depperten Kollegen sicherlich nicht!«

Ann Kathrin setzte sich anders hin. Sie richtete sich auf, um ihre Kollegen zu verteidigen: »Ich muss doch sehr bitten! Ich leite ein Team von äußerst erfahrenen …«

Er unterbrach sie: »Ach, hören Sie doch auf. Ich hatte schon mehrfach überlegt, Sie zu besuchen.«

»Vor dem Mord in Norden?«

»Ja. Ich dachte, vielleicht gehen Sie mit mir einmal alles durch. Vielleicht sehen Sie Sachen, die ich übersehen habe. Ich wollte ein Fachgespräch führen. Mit Ihnen. Nicht mit dem Rest der Gurkentruppe.«

»Das ist keine Gurkentruppe!«

»Geschenkt.«

»Auf Ihrer Stirn krabbelt eine Wespe herum.«

»Ich weiß. Ich spüre es doch. Die tun nichts, wenn man sich ganz ruhig verhält.«

»Das Eis lockt sie an«, gab Ann Kathrin zu bedenken.

»Ja, das haben Sie, Frau Klaasen, mit dem Eis gemeinsam.«

Sie guckte verständnislos.

»Das Eis zieht die Wespen an. Und Sie die Serienkiller.«

Sie empörte sich: »Das ist doch dummes Zeug! Das sind Legenden. Wir haben ein äußerst effektives Einbruchsdezernat. Im letzten Jahr wurden zwei Banden mit insgesamt dreiundvierzig Mitgliedern hoppgenommen. Deshalb ziehen die Kollegen doch keine Einbrecher an. Im Gegenteil! Sie legen ihnen das Handwerk. Vielleicht sind wir hier einfach gut. Besser als der Rest des Landes. Gute Polizeiarbeit hat nichts mit Personenkult zu tun, das sollten Sie doch wissen, Herr Wollenweber!«

Er hob abwehrend die Hände. Die Wespe startete jetzt ins Eis. Wollenweber fand es witzig, eine Sahnewolke auf sie fallen zu lassen. Jetzt kämpfte die Wespe um ihr Leben.

»Einen Personenkult, Frau Klaasen, gibt es nur um Sie. Daran haben Ihre Journalistenfreunde gestrickt.« Er zählte auf: »Holger Bloem. Oliver Schwambach. Lars Haider. Rebecca Kresse. Aike Ruhr.«

Er wollte die Aufzählung fortsetzen, doch Ann Kathrin erhob sich. »Ich habe keine Lust, mir das länger anzuhören.«

Er konnte nicht ganz so geschmeidig aufstehen wie sie. Er ächzte und stöhnte dabei, als sei es eine große körperliche Anstrengung.

»Gehen Sie mit mir durch die Akten, Frau Klaasen«, forderte er. »Sagen Sie mir, was Ihnen auffällt, und dann lassen Sie mich den Rest der Arbeit erledigen. Könnten Sie das ertragen? Dass auf Ihrem Hoheitsgebiet ein Serienkiller von mir überführt wird?«

Ann Kathrin drehte ihm den Rücken zu und hatte Lust, sich selbst in den Handrücken zu beißen. Sie wusste nicht, warum. War sie wütend?

»Selbstverständlich schaue ich mir gerne die Akten mit Ihnen an. Und, glauben Sie mir«, Ann Kathrin fuhr herum, um ihm in die Augen zu sehen, »es wäre eine große Freude für mich, wenn es Ihnen gelänge, den Mann – mit meiner Hilfe – aus dem Verkehr zu ziehen, bevor er sich das nächste Opfer holt.«

Wollenweber lächelte auf eine Art, die Ann Kathrin nicht gefiel. Da war etwas Abgründiges, Zweideutiges, als seien sie sich beide gerade einig geworden, dass Wollenweber einen Freibrief hätte, den Täter zu erschießen.

»Wenn Sie allerdings glauben«, fuhr Ann Kathrin fort, »Sie können hier in Ostfriesland irgendeinen Rachefeldzug führen, dann haben Sie sich geirrt. Recht und Gesetz gelten hier für alle. Bürger, Politiker, Geschäftsleute, Polizisten.«

Er schluckte. »Ja. Das sind die Grundpfeiler unserer Demokratie. Daran wollen wir doch nicht rütteln.« Er lächelte süffisant, als würde er selbst nicht glauben, was er gerade gesagt hatte.

Eine Wespe starb in seinem Eis. Die andere stach ihm ins linke Ohr.

Er ließ das Eis fallen und kreischte. »Scheiße, Scheiße! So eine gottverdammte Scheiße! Das Biest hat mich gestochen!«

Ann Kathrin sprang zur Seite, aber sie konnte nicht verhindern, dass Erdbeereisspritzer ihre Schuhe trafen.

Jasmin Bergmann saß bei ihrer Tante Elfriede, genannt Elli, in Greetsiel und trank frisch gepressten Orangensaft. Den duftenden Apfelkuchen rührte sie nicht an.

Elfriede Jepsen war einundachtzig, hatte gerade eine neue Hüfte bekommen, war aber tief in sich drin immer ein Hippiemädchen geblieben. Sie hatte die wilden Jahre der freien Liebe genossen und stand immer noch dazu. Wenn sie über die Festivals und Konzerte damals redete, huschte ein wissendes Lächeln über ihr Gesicht, um das Jasmin sie immer beneiden würde.

Sie bestritt, mal ein Groupie gewesen zu sein, doch es gab in ihrem Album einige Fotos, die sie mit Rockstars zeigten, und es hielt sich das Gerücht, sie sei eine Weile Leonard Cohen und Bob Dylan hinterhergereist und mit beiden im Bett gewesen. Oder zumindest mit einem ihrer Musiker.

Darauf angesprochen, gab sie strahlend Antworten wie: »Ach Kind, das waren andere Zeiten«, oder: »Das versteht heute in diesen verklemmten Zeiten keiner mehr.«

Einmal, als Jasmin sich bei ihr über Matteo beschwert hatte, denn der war bei verschiedenen Pornoseiten im Internet registriert, hatte Elli nur lächelnd gesagt: »Ihr habt heute Pornographie. Wir hatten richtigen Sex.«

Wahrscheinlich galt sie wegen genau solcher Sätze in der weit verzweigten Familie als schwarzes Schaf. Man lud sie nicht gern zu Hochzeiten oder Festlichkeiten an Feiertagen ein. Bei ihr bestand immer die Gefahr, dass man sich in einem Lokal blamierte oder sie mit unflätigen Reden den spießigen Teil der Familie gegen sich aufbrachte.

In Lebenskrisen suchte man allerdings ihren Rat. Und in Liebesangelegenheiten sowieso.

Sie hatte ihre Wohnung in Greetsiel Jasmin großzügig als Liebeslaube zur Verfügung gestellt, und Jasmin wusste, dass sie nicht die Einzige war. Für ihre Tante Elli galt immer noch: *Make love, not war* als oberstes Lebensprinzip.

Sie hatte zwei Scheidungen hinter sich, sprach aber nicht von gescheiterten Ehen, sondern von *spannenden Theaterstücken.* Familiendramen, in denen sie die Ehre hatte, die weibliche Hauptrolle zu spielen.

Sie rauchte nicht mehr so viel wie früher, aber sie drehte die Zigaretten noch gerne selbst. Sie fand, es sei so ein schönes, meditatives Gefühl, den Tabak zwischen den Fingern zu spüren.

»Du vibrierst innerlich vor Wut«, sagte Tante Elli und

strich sich die hennarot gefärbten Locken aus der Stirn. »Das ist nicht gut, Kind. Wut frisst einen von innen auf. Wut macht krank. Aber man kann die Energie nutzen, wenn man sich ihrer bewusst wird.«

Jasmin spürte, dass Tante Elli recht hatte, doch es fiel ihr schwer, vor sich selbst zuzugeben, wie sehr sie das alles traf und wie verletzt sie war. Vielleicht reagierte sie deswegen mit der spöttischen Frage: »Wer hat das gesagt? Bhagwan?«

Mit so etwas war Tante Elli nicht aus der Ruhe zu bringen. Sie pickte mit ihren Fingern die Streusel vom selbstgemachten Apfelkuchen und antwortete kauend: »Nein. Das ist reine Selbsterkenntnis.«

Tante Elli schien versunken, als würden die leckeren Streusel sie in eine andere Sphäre katapultieren. Ihr Gesicht wurde kindlich. Das kleine Kind in der 81-jährigen Frau wurde für Jasmin sichtbar. Sie liebte solche magischen Momente mit ihrer Tante.

Elli sagte: »Das habe ich als Kind am liebsten gegessen. Dabei haben sie mir immer auf die Finger gehauen, wenn ich die besten Sachen vom Kuchen klauen wollte. Jetzt mache ich mir manchmal selbst welche. Eine ganze Schüssel davon.« Sie winkte ab, um Gegenargumenten zuvorzukommen: »Ja, ich weiß, heute denkt man, Zucker sei giftig. Ich wurde noch mit dem Satz groß: *Zucker zaubert.* Angeblich ist Zucker gut fürs Gehirn.« Sie klopfte sich an die Stirn. »So habe ich es gelernt, und da will ich auf meine alten Tage doch nicht riskieren, dass mein Gehirn unterversorgt wird, was?!«

Unvermittelt platzte Jasmin mit ihrem Problem raus: »Er serviert mich gerade eiskalt ab.«

»Wer? Dein Fabian?«

»Ja, denkst du, ich habe nebenher noch eine Affäre laufen?«

Tante Elli zuckte mit den Schultern. Sie griff über den Tisch und nahm Jasmins Hand: »Du bist in einer Ehekrise. So nennt man das ja wohl heute. Dein Mann guckt sich nach anderen um, und du fühlst dich dadurch abgewertet. Ist doch völlig klar, dass du einen seelischen Ausgleich suchst. Du musst doch nicht gleich die nächste monogame Sause wiederholen. Wer weiß, vielleicht wäre dein Matteo sogar geblieben und dieser ganze Rosenkrieg hätte gar nicht stattfinden müssen … wenn du ihm ein bisschen mehr Freiheiten gelassen hättest.«

Jasmin entzog der Tante die Hand und lehnte sich im Stuhl zurück. Sie stöhnte: »Na klar. Jetzt bin ich es schuld, was?«

»Aber das sage ich doch gar nicht, Kind.«

»Eine offene Ehe ist nichts für mich. Ich will einen Mann ganz oder gar nicht.«

»Und jetzt hast du dich für den Mann deiner besten Freundin entschieden?«

Jasmin wischte sich eine Träne weg und gestand: »Ja, ich hab mir echt mehr davon versprochen. Als es mit Matteo schwierig wurde, dachte ich, das mit Fabian könnte eine richtige Zukunft haben. Der war doch mit Carina sowieso nicht glücklich. Der ist nur wegen der beiden Jungs bei ihr geblieben. Hat sich immer mehr in seinen Beruf verkrochen und …«

Tante Elli breitete die Arme aus. Sie wirkte sehr wissend, als hätte sie solche Geschichten schon oft gehört. »Und jetzt«, sagte sie, »da dein Matteo endlich weg ist und Fabian freie Bahn hätte, will er dich nicht mehr …«

Jasmin ballte ihre Hände zu Fäusten. »Er ghosted mich einfach!«

»So nennt man das heute, wenn sich einer einfach nicht mehr meldet?«

Jasmin nickte.

»Weiß deine Freundin von eurer …«, Elli sah aus, als würde sie das richtige Wort suchen, »kleinen Liebelei?«

Jasmin schüttelte den Kopf: »Nein, nein, ganz bestimmt nicht! Im Gegenteil! Sie erzählt mir, wie toll ihr Typ geworden ist, dass sie ihn gar nicht mehr wiedererkennt. Er ist plötzlich so einfühlsam, so liebevoll …«, Jasmin fuhr angewidert fort, »will dauernd Sex …«

»Vielleicht«, gab Elli zu bedenken, »haben sie ihre Krise ja überwunden. Weißt du, es kann gut sein, dass deine Beziehung zu ihm die Ehe der beiden stabilisiert hat.«

»Wie? Was?«

»Nun, er hat sich eine Weile bei dir geholt, was er bei seiner Frau nicht bekommen hat oder was sie ihm vielleicht nicht geben konnte. Wir sind alle Menschen dieser Erde und …« Tante Elli wollte mit einer großen Geste fortfahren. So begann es meist, wenn sie eine Grundsatzrede auf die freie Liebe hielt. Meist legte sie dann vorher noch eine ihrer alten LPs auf. Joe Cocker, T-Rex oder die Beatles. Das Weiße Album.

Jasmin nahm eine abwehrende Haltung ein und verzog das Gesicht: »Bitte nicht, Elli. Nicht schon wieder … Verschon mich jetzt mit diesem Hippiekram!«

Als sei sie durch den Widerspruch erst angestachelt worden, fuhr Elli fort. »Wir sind alle auf der Suche nach ein bisschen Glück. Es gibt viele Lebensmodelle. Viele Versuche. Wir müssen nicht immer mit demselben scheitern.«

»Was soll ich denn jetzt machen?«, fragte Jasmin. Sie wirkte verzweifelt. »Meine Ehe ist den Bach runtergegangen. Den Rest regeln die Gerichte. Unser Freundeskreis teilt sich gerade in Pro und Contra. Ich werde aus dem Haus rausmüssen, und … und meine beste Freundin habe ich mit ihrem Mann betrogen, der jetzt nichts mehr von mir wissen will.«

»Vielleicht warst du der Kitt, den ihre Ehe gebraucht hat.«

Jasmin sah ihre Tante verständnislos an: »Du glaubst das wirklich, was?«

»Es spielt gar keine Rolle, mein Kind.«

Manchmal nervte es, wenn sie ständig *mein Kind* sagte, doch jetzt fühlte sich Jasmin dadurch aufgehoben. Das Wort formulierte ja auch eine Verbundenheit.

»Es ist völlig egal. Es kommt darauf an, wie du dich definierst.«

Jasmin guckte kritisch: »Wie ich mich definiere?«

»Ja. Bist du die Ehefrau von Matteo? Bist du die Geliebte von Fabian? Die Mutter von Lara?«

Tante Elli stand auf, breitete die Arme aus und drehte sich mehrfach um die eigene Achse. Ihr gebatiktes Kleid flatterte. Sie wollte Jasmin damit Zeit geben, über eine Antwort nachzudenken. Doch da nichts von ihr kam, blieb sie stehen. Und obwohl sie sich nicht mehr bewegte, sah sie aus, als würde sie auf einem Rockkonzert tanzen, als wäre Woodstock gerade in Greetsiel.

»Es kommt darauf an, dass du Jasmin bist. Kapierst du das nicht? Finde heraus, wer du selbst bist! Definiere dich nicht über Männer und deine Beziehung zu ihnen. Das schafft nur Unglück. So wirst du zum Klammeräffchen, und sie fliehen, statt dich glücklich zu machen.«

Tante Elli griff sich in die Hüfte. »Im Prinzip haben die das mit der OP ganz richtig gemacht. Aber im Detail tut es manchmal noch ganz schön weh. Zum Glück gibt es Mittel dagegen. Der AOK-Dealer hat gutes Zeug.« Sie zauberte ein Tablettendöschen hervor und ließ es aufklappen. »Alles völlig legal«, behauptete sie, so als hätte Jasmin das angezweifelt.

Jasmin fragte: »Was würdest du tun, Tante Elli?«

Elli nahm eine Schmerztablette und setzte sich wieder. »Ich?« Der Gedanke schien ihr Spaß zu machen. »Na ja, wenn dieser Fabian wirklich so ein klasse Typ ist, wie du erzählt hast, dann würde ich mit meiner besten Freundin reden und …«

Jasmin erriet den Rest der Antwort: »Du willst mir doch jetzt nicht vorschlagen, dass wir einen Dreier machen?«

Elli sah sich durchschaut. Sie schwelgte in Erinnerungen. »Also, ich hatte mal so eine Beziehung … wir haben zu dritt gelebt … nicht zwei Frauen und ein Mann, sondern ich und zwei Männer. Es war eigentlich ganz schön. Der eine war«, sie versuchte, sich an den Namen zu erinnern, »ein wunderbarer Pianist, aber innerlich völlig zerrissen zwischen Klassik und moderner Popmusik. Er gehörte eigentlich auf die große Bühne, ist dann aber doch Musiklehrer geworden, weil er die Sicherheit vorgezogen hat.«

So wie sie *Sicherheit* sagte, klang es verächtlich.

»Ach ja, so sind die Menschen. Sie tauschen Freiheiten ein gegen Plunder.«

»Tantchen, ich kann das so nicht.«

»Ich weiß. Du hast mich ja gefragt, was ich tun würde. Und ich bin ein anderer Mensch. Als Vorbild nicht gerade gut geeignet. Du musst deinen eigenen Weg suchen. Du kannst doch nicht mein Leben leben.«

Es ging Jasmin nicht zum ersten Mal so. Bei Gesprächen mit ihrer Tante hatte sie Erkenntnisse, fühlte sich stabilisiert und ging die nächsten Schritte weniger unsicher.

»Die beiden kleben noch an mir«, sagte sie und streifte sich über die Oberarme, als müsse sie die Männer von sich abschütteln. »So hart und unangenehm die Scheidung von Matteo ist, so klar wird danach auch alles sein, und ich muss es auch mit Fabian klären.«

»Ja«, freute Tante Elli sich. »Klare Kante. Konfrontiere ihn. Und dann fälle deine eigene Entscheidung. Für dich!!!« Sie wiederholte: »Für dich! Du bist nur für dein eigenes Glück verantwortlich. Nicht für seins.«

Mit dem Entschluss fühlte Jasmin sich besser. Sie griff mit beiden Armen über den Tisch, packte den Kopf ihrer Tante und küsste sie. »Du bist ein Schatz! Es ist wundervoll, dich als Beraterin in Liebesdingen zu haben!«

Plötzlich verspürte Jasmin einen Mordshunger. Sie baggerte ein großes Stück aus dem Apfelkuchen, ohne den Tortenheber zu benutzen, und aß aus den Händen, als sei der Kuchen ein Stück Wild und sie ein Raubtier, das nun die erlegte Beute verschlang.

Mit vollem Mund, Krümel sprühend, rief sie: »Du bist ein Leuchtturm, weißt du das? Ein Licht in der Nacht! Es ist wunderbar, so eine unkonventionelle Hippietante zu haben!«

»Lass uns eine Platte auflegen«, schlug Tante Elli vor. »Habe ich dir eigentlich schon erzählt, dass ich eine signierte Scheibe von Joe Cocker besitze?«

»Ja, Tantchen. Hundertmal …«

Ann Kathrin hatte Wollenweber mit zu sich in den Distelkamp genommen. Sein linkes Ohr wurde immer dicker, und er jammerte, als sei er nicht von einer Wespe gestochen, sondern von einer Sandviper gebissen worden.

Sie schlug zweimal vor, ihn in eine Arztpraxis zu fahren. Er lehnte jedes Mal ab. So, wie Ann Kathrin ihn einschätzte, gehörte er zu den Männern, die jede Vorsorgeuntersuchung mieden und hofften, durch Nichtwissen gesund zu bleiben.

»Ich könnte wirklich versuchen, Ihnen bei Anika Scholle noch einen Termin zu machen. Das ist in der Urlaubszeit gar nicht leicht.«

»Ist das die«, fragte er, »die auch den Tod von Annalena Walchum festgestellt hat?«

Ann Kathrin bestätigte: »Ja. Aber sie hilft auch Lebenden sehr gerne. Mir zum Beispiel hat sie ...«

Er winkte ab. Er wollte es nicht hören. Alle medizinischen Themen waren ihm zuwider. Zu oft hatte man ihm erklärt, er müsse abnehmen, sich gesünder ernähren und mehr Sport treiben. Für ihn war das alles Pillepalle einer *woken Work-Life-Balance-Generation*. Er kam sich so vor, als hätte er auf dieser Welt nur noch ein großes Ziel zu verfolgen: nämlich, diesen Eisenbahnmörder zu fassen. Und genau das hatte er vor.

In der Tiefe verband ihn die Leidenschaft für seine Arbeit mit Ann Kathrin. Trotzdem sah das Ganze bei ihr ein bisschen gesünder aus.

Auf der Terrasse im Distelkamp trank sie ostfriesisches Leitungswasser, er hatte um ein Glas Sprudel gebeten. Für Gäste hatte sie immer eine Kiste St.-Ansgari im Haus. Er fingerte ein Tablettenpäckchen aus seiner Tasche und nahm zwei Stück mit einem großen Schluck Wasser.

Ann Kathrin hatte einen Plastikbeutel mit Eiswürfeln gefüllt, den hielt er sich gegen das Ohrläppchen, und es dauerte nicht lange, da kamen heftige Ohrenschmerzen dazu. Seine linke Gesichtshälfte schwoll immer mehr an und sein linkes Auge zu.

Ann Kathrin versuchte es ein letztes Mal: »Soll ich es nicht doch noch mal bei Anika Scholle versuchen?«

Sein *Nein* wurde wackliger, war aber noch heftig genug.

Ann Kathrin kommentierte seine Abwehr mit dem Satz: »Jeder muss wissen, was gut für ihn ist. Wir sind ja alle erwachsene Menschen.«

In diesem Zustand konnte er ihr nicht viel erzählen, aber während er die Eiswürfel auf sein Ohr drückte und auf die erlösende Wirkung der Schmerzmittel hoffte, vertiefte Ann Kathrin sich in die Akte.

Immer wieder machte er Ansätze und versuchte, ihr etwas zu erklären. Für sie hörte er sich an wie eine gesprungene Schallplatte. Ja, sie erinnerte sich an eine frühe Schallplatte mit dem *Schlossgespenst Hui Buh*, gesprochen von Hans Clarin, die irgendwann nicht mehr richtig lief. Sie hatte sie trotzdem gehört, immer bis zu der sich ständig wiederholenden Stelle, und dann die Nadel vorsichtig ein bisschen weitergeschoben.

»Er hält die Frauen mehrere Tage in seiner Gewalt. Sie weisen aber keine Folterspuren auf. Vergewaltigung kann nicht ausgeschlossen werden, aber es gibt auch keine deutlichen Hinweise darauf. Spermaspuren wurden nicht gefunden. Am Ende erwürgt er sie und … wirft sie irgendwo auf die Gleise oder entsorgt sie in Bahnhofsnähe.«

Das Wort *entsorgen* gefiel Ann Kathrin im Zusammenhang mit Menschen nicht. Sie kommentierte Wollenwebers Aussage nicht. Einem ostfriesischen Kollegen hätte sie so etwas nicht durchgehen lassen.

»Er hat sie nicht hungern lassen«, stellte Ann Kathrin fest.

»Ja«, sagte er, »bei den Obduktionen wurde jeweils auch der Mageninhalt analysiert. Es ging um die Gabe von Drogen oder so …«

Ann Kathrin sah hoch und musterte ihn kritisch: »Das ist alles, was Sie daraus folgern?«

Er nickte und wischte sich das Kondenswasser der schmelzenden Eiswürfel von den Fingern an der Hose ab. »Wir wissen letztendlich nicht, was er von den Frauen will. Sie haben keine Verbindung untereinander.«

Ann Kathrin zählte auf, was sie aus dem flüchtigen Aktenstudium entnommen hatte. Wollenweber staunte.

»Er kocht für die Frauen.«

Für ein paar Sekunden schien Wollenweber sein Ohrläppchen zu vergessen. Er glotzte Ann Kathrin nur an.

»In jedem Magen wurden Reste von Wild gefunden. Kurz bevor er sie umgebracht hat, hat er noch für sie gekocht. Kaninchen.«

Er vermutete, dass sie recht hatte, widersprach ihrer Schlussfolgerung aber trotzdem: »In Schwerte gab es keine Küche. Ich war selbst da.«

»Er lässt das sicherlich nicht von einem Lieferexpress bringen. Er kocht selbst für sie. Vielleicht füttert er sie sogar. Ich glaube nicht, dass er ihnen Messer und Gabel aushändigt. Das wäre zu gefährlich für ihn.«

Wollenweber ärgerte sich darüber, dass niemand den Zusammenhang gesehen hatte, fragte sich aber trotzdem, ob das für die Ermittlung etwas brachte.

»Warum Kaninchen als Henkersmahlzeit?«

»Wofür steht das Kaninchen?«, fragte Ann Kathrin. Sie bemühte sich, nicht zu Wollenweber zu gucken, sondern auf ihr Wasserglas.

»Es ist kuschelig und wird in einem Käfig gehalten«, sagte Wollenweber, und es klang wie eine Offenbarung, als hätte er plötzlich eine Erleuchtung.

»Nicht nur«, sagte Ann Kathrin. »Auf den Inseln, überall da, wo es Deiche gibt, werden Kaninchen heftig gejagt.«

»Weil sie Löcher graben«, führte Wollenweber ihren Gedanken weiter.

Ann Kathrin nickte. »Für den Küstenschutz sind sie eine Katastrophe. Hasen dagegen stören hier niemanden.«

»Warum«, fragte Wollenweber jetzt ganz offen und knallte den Plastikbeutel mit den Eisbeuteln auf den Terrassentisch, »hat das, verdammt nochmal, bei uns niemand bemerkt? Ich arbeite mit hervorragenden Spezialisten zusammen und ...«

»Es steht alles in den Akten«, sagte Ann, »und ich vermute mal, wir finden da noch mehr.«

Sie erhob sich und ging ein paar Schritte auf und ab, bemühte sich aber, nicht in ihren Verhörgang zu verfallen. Schließlich war Wollenweber kein Verdächtiger.

Als müsse sie sich selbst alles noch mal aufsagen, wiederholte Ann Kathrin: »Er entführt Frauen. Er hält sie über mehrere Tage gefangen. Er pflegt und versorgt sie, ja fühlt sich für sie verantwortlich. Und er weiß von Anfang an, wie es ausgeht. Am Ende bekommen sie Kaninchenfleisch und dann ...«

Wollenweber ergänzte: »Ist das bereits die Henkersmahlzeit.«

»Die Frage ist, was geschieht in der Zwischenzeit?«, sagte Ann. Eine Wespe brummte über die Terrasse auf Wollenweber zu. Der sprang auf und floh ins Wohnzimmer.

»Das ist hier nicht der Angriff der Killerwespen!«, rief Ann Kathrin hinter ihm her. »Wir haben so viele Blüten im Garten, hier gibt es genug für die Tiere!«

Wollenweber kam sich feige vor. So wollte er vor der Frau nicht dastehen. Er kam zurück auf die Terrasse, blieb aber in der Nähe der Tür stehen, um jederzeit wieder ins Haus flüchten zu können. »Ich danke Ihnen, Frau Klaasen«, sagte er kleinlaut. »Ich weiß jetzt schon viel mehr als vorher. Ich habe zwar keine Ahnung, ob uns das weiterbringt, aber …«

»Was sagt uns das über ihn?«, fragte Ann Kathrin.

Wollenweber zuckte mit den Schultern: »Sollen wir jetzt sämtliche Kaninchenzuchtvereine durchgehen? Glauben Sie, wir werden ihn auf irgendeiner Mitgliedsliste finden? Hat er zu Hause zwanzig Rammler in tollen Käfigen und nimmt an solchen Wettbewerben teil, bei denen das tollste Kaninchen einen Preis kriegt?«

Ann Kathrin zuckte mit den Schultern: »Möglicherweise. Ich glaube allerdings etwas anderes.«

»Nämlich?«

»So, wie er die Frauen gejagt hat, so hat er das auch mit den Kaninchen gemacht.«

»Sie meinen, er rennt irgendwo rum und knallt Kaninchen ab?«

»Nein. Ich glaube, er jagt sie, hält sie ein paar Tage gefangen, füttert sie und tötet sie dann, wenn er es für richtig hält.«

Wollenweber blies heftig Luft aus. Er wollte sich auf einen der Gartenstühle setzen, hielt sich dann aber nur daran fest, als hätte er Angst, sonst umzufallen.

Weller kam rein. Er hatte Eisbecher mitgebracht und baute sie stolz auf dem Tisch auf. Er hoffte auf ein Lob, weil seiner Meinung nach doch jeder um diese Jahreszeit scharf auf Eiscreme war. Er war extra zu *Riva* gefahren, weil er wusste, dass Ann Kathrin das Eis dort sehr schätzte.

Wollenweber wich vor dem Eis zurück, als hätte Weller Plastiksprengstoff auf den Tisch gelegt. Weller verstand Wollenwebers Reaktion falsch und nickte anerkennend: »Diät? Ja, müsste ich vielleicht auch mal wieder machen. Aber nicht heute.«

Ann Kathrin wusste, dass Weller mühelos zwei Becher verdrücken könnte, obwohl es nicht gerade kleine Portionen waren. Sie nahm einen Löffel und lobte das Walnusseis: »Es schmeckt, als ob einem eine Walnuss auf der Zunge schmelzen würde.«

Wollenweber drehte sich so weit wie möglich von dem Eis weg. Trotzdem attackierte die Wespe wieder ihn und nicht Weller oder Ann Kathrin. Er wedelte mit seinen Wurstfingern durch die Luft. »Nee, nicht schon wieder! Hau ab, du blödes Vieh!«

»Die tun nix«, sagte Weller, »man muss sich nur ganz still verhalten und darf nicht nach ihnen schlagen.«

Wollenweber guckte grimmig: »Wenn ich solche Sprüche höre!«

Ann Kathrin führte das Gespräch wieder zum eigentlichen Thema zurück: »Alle Frauen waren barfuß, als sie aufgefunden wurden. Die Schuhe lagen jeweils in der Nähe des Tatorts. Auf mich wirken die genauso weggeworfen wie die Leiche. Als seien sie …«

»Abfall«, tönte Wollenweber.

»Lästig«, korrigierte Ann Kathrin.

Jetzt trudelte auch Rupert auf der Terrasse ein. Er wohnte keine hundert Meter Luftlinie von Ann Kathrin und Weller entfernt und kam, wenn seine Frau Beate nicht zu Hause war, manchmal abends auf ein Pläuschchen vorbei, weil er hoffte, dass Weller gekocht hatte. Und wenn Weller in Ruperts Augen irgendetwas konnte, dann kochen.

Ohne um Erlaubnis zu bitten, nahm Rupert sich den dritten Eisbecher, und während er loslöffelte, fragte er: »Der ist doch übrig, oder?«

Ann Kathrin sprach ihn an: »Wenn du eine Frau umgebracht hättest und müsstest die nun ein ganzes Stück weit transportieren, weil du sie auf den Schienen ablegen willst – würdest du dann ihre Schuhe noch extra mitnehmen, um sie dann wegzuwerfen?«

Rupert sah sich zu Weller und Wollenweber um, als brauche er dringend männliche Unterstützung. »Ja, äh ... wie kommst du denn jetzt darauf? Wieso soll ich denn eine Frau umbringen? Mir sind sie lebend lieber. Ich ...«

Weller stöhnte: »Sie will, dass du in die Täterperspektive gehst. Sie will verstehen, was der Typ tut.«

»Ja, und warum soll ausgerechnet ich das machen?«

Fast eifersüchtig, weil Rupert gefragt worden war und nicht er, sprang jetzt Weller ein: »Ich würde ihnen die Schuhe gar nicht ausziehen. Das wäre viel einfacher für mich.«

»Die Schuhe«, sagte Ann Kathrin und deutete auf Weller. »Hatten sie alle die gleiche Farbe? Die gleiche Größe? Sind sie vom selben Hersteller?«

»Ja, äh, was spielt das denn für eine Rolle?«, fragte Rupert.

Wollenweber hustete: »Kann mal einer die Wespe hier vertreiben, oder können wir nicht reingehen? Mir wird ganz anders, wenn die so um meine Birne herumsaust.«

Ann Kathrin suchte in den Akten und vergrößerte die Tatortbilder. Dann sah sie Weller an und sagte: »Alle Frauen haben hochhackige rote Schuhe getragen.«

Wollenweber kombinierte: »Er sucht seine Opfer danach aus? Lebenslustige junge Frauen, die sich auf roten High Heels amüsieren? Vielleicht erträgt er es nicht, weil er von solchen Frauen zurückgewiesen wurde und ...«

So wie Weller Wollenweber ansah, ahnte Ann Kathrin, was er vermutete, aber zum Glück nicht sagte. Nämlich, dass Wollenweber hier wohl mehr von sich sprach als vom Täter.

Ann Kathrin fürchtete schon, Weller würde einen solchen verletzenden Satz raushauen, doch das tat er nicht. Stattdessen rührte er nachdenklich in seinem Eisbecher herum und stellte die Frage, als würde er nur laut denken: »Oder er kauft die Schuhe für die Frauen, zwingt sie, sie für ihn zu tragen und …«

Es wurde wie ein Pingpongspiel zwischen Ann Kathrin und Weller. Wollenweber hatte das Gefühl, völlig draußen zu sein, ja, zu verschwinden.

»Zwei Frauen hatten Blasen an den Füßen. Die aus Würzburg hatte Schwellungen am Sprunggelenk.«

Langsam kam Wollenweber sich vor wie ein Idiot. In kürzester Zeit hatte Ann Kathrin Klaasen mehr aus den Akten herausgelesen als er und seine gesamte Mannschaft. Er versuchte, das alles wieder zu reduzieren. Seine Worte klangen für Weller wie eine Rechtfertigung: »Herrje, zwei Frauen hatten Blasen an den Füßen. Wer hat denn heutzutage, bitte schön, keine Blasen an den Füßen? Wollt ihr mal meine Füße sehen? Von dem ewigen Herumgelatsche und … und die Schwellungen am Sprunggelenk, das hat man natürlich darauf zurückgeführt, dass die Frauen gefesselt waren und …«

»Ja, ja«, sagte Weller, »es gibt immer richtige Erklärungen und falsche. Einbahnstraßen, Sackgassen und Autobahnen.« Weller fällte für sich eine Entscheidung: »Ich fahre jetzt noch mal bei den Walchums vorbei und frage sie, ob ihre Tochter solche roten High Heels hatte.«

Ann Kathrin sah ihn wohlwollend an. »Und bei allen anderen Opfern wird das natürlich auch überprüft.«

Sie wollte Wollenweber eine Chance geben. Sie machte es rein gestisch. Er schluckte. »Falls das nicht schon längst geschehen ist, werden wir natürlich subito …«

Süffisant fügte Rupert hinzu: »Meinen Sie, das kriegen Ihre Leute hin, oder sollen wir lieber …«

Beleidigt funkelte Wollenweber Rupert an.

Wollenweber hatte das Gefühl, irgendetwas tun zu müssen. Er griff nach seinem Wasserglas und führte es zu den Lippen. Er bemerkte die Wespe darauf nicht.

»Vorsicht!«, rief Weller noch, aber da war es schon zu spät. Die Wespe stach in Wollenwebers Zunge.

Diesmal nahm er Ann Kathrins Angebot sofort an. Sie fuhr ihn zu Frau Doktor Scholle.

Jasmin Bergmann nahm den Ratschlag ihrer Tante Elli ernst. Wenn sie schwere Telefongespräche zu führen hatte, blieb sie dabei nicht gerne im Haus. Sie erwartete Ärger, und dabei tat ihr frische Luft gut. Wenn ihr der Nordwestwind entgegenblies, konnte sie besser wütend sein, sich lauter verteidigen und war auch zu ziemlichen verbalen Bosheiten fähig. Dabei ging sie, je zorniger sie wurde, immer schneller gegen den Wind.

Wenn sie stattdessen weinerlich drauf war und sich bei einer Freundin ausheulen wollte, dann zog sie sich in ihr Wohnzimmer in die Kuschelecke zurück, brachte sich mit einem Becher Tee in Stimmung und sprach leise, so dass sie am anderen Ende der Leitung oftmals gar nicht richtig verstanden wurde.

Heute war sie anders drauf. Krawallig.

Sie war von ihrer Tante aus zum Leyhörner Sieltief in Richtung Störtebekerkanal gegangen. Von hier hatte sie einen weiten Blick übers Wasser und ins Land. Sie spürte sich, und der Wind tat gut.

Sie rief ihn an, und als er das Gespräch annahm, schimpfte sie sofort los: »Hast du nicht mal den Arsch in der Hose, mit mir Schluss zu machen? Lässt mich einfach hängen und reagierst auf nichts mehr? Ich schäme mich so meiner besten Freundin gegenüber! Und meine Ehe hätte ich auch retten können, wenn ich mich nicht so sehr auf dich konzentriert hätte, du Arsch! Ich dachte, das könnte was werden mit uns beiden. Von wegen, wir sind Seelenverwandte! Alles nur Blödsinn! Du hast was für nebenbei gesucht, und ich Idiotin bin drauf reingefallen!«

Er antwortete nicht. Sie hörte nur seinen Atem. Oder war es der Wind?

»Ja, verschlägt dir das jetzt die Sprache? Ich werde dir sagen, was ich jetzt tue! Ich mache reinen Tisch! Ich werde Carina alles gestehen! Ja, verdammt, das bin ich ihr schuldig. Dann kannst du ja sehen, was aus deiner Ehe wird! Ich hör mir ständig von ihr so Sachen an, was du für ein toller Hecht geworden bist. Hast du das alles bei mir gelernt? Ja, herzlichen Dank! Vielleicht sollte ich Eheberaterin werden! Meine eigene hab ich vergeigt und eure gerettet, was? Kannst du dir vorstellen, wie das für mich ist, wenn sie mir erzählt, was für ein toller Liebhaber du bist? Und mir gegenüber hast du behauptet, ihr hättet keinen Sex mehr, die Beziehung sei erkaltet, platonisch geworden?! Ich fühl mich so mies, und ich hab keine Lust mehr, mich mies zu fühlen! Ich werde ihr alles sagen!«

Endlich hatte sie ihn so weit provoziert, dass er etwas sagte. Seine Stimme klang brüchig: »Bitte nicht. Tu mir das nicht an. Ich kann verstehen, dass du wütend bist, aber lass uns reden ...«

»Wir reden ja!«, brüllte sie ins Handy und beobachtete einen Hasen, der durchs Gras hoppelte.

»Bitte, tu mir das nicht an«, wiederholte er. »Ich würde dich gerne treffen.«

»Ach, auf einmal?«

»Was hältst du von Lütetsburg? Ein Spaziergang im Park ...«

Es schien ihm wirklich wichtig, auch wenn das nicht der Liebe zu ihr entsprang, sondern der Angst, Carina zu verlieren.

Jasmin ließ ihn ein bisschen zappeln. »Es ist alles gesagt. Ich werde meiner Freundin gegenüber die Karten auf den Tisch legen. Vielleicht kann sie mir ja verzeihen. Bei dir bin ich mir nicht ganz so sicher.«

»Warum willst du mir das antun?«

»Ich tu dir nichts an. Ich rette mich lediglich vor deinen egoistischen Ansprüchen. Du liebst doch sowieso nur dich selbst.«

Er hörte sich jetzt echt verzweifelt an: »Bitte! Gib mir noch eine Chance. Wir treffen uns, und ich kann dir alles erklären.«

Sie lachte höhnisch: »Du kannst mir alles erklären! Da lachen ja die Hühner!«

Zu Beginn der morgendlichen Dienstbesprechung erklärte Polizeidirektorin Schwarz den Fall Oberdieck für abgeschlossen. »Es ist nie ein Fall gewesen, und nachdem die hysterische Ehefrau jetzt ihre Anschuldigungen auch noch zurückgenommen hat, dürfen wir uns wieder wichtigeren Dingen widmen.«

Weller, der noch nicht gefrühstückt hatte, träumte von einem Fischbrötchen. Genauer gesagt einem Matjesbrötchen, schön weich, mit viel Zwiebeln. Dabei sah er den Sanddornkeks an, der vor ihm neben der Teetasse lag, als könne er ihn kraft seiner Gedanken zu einem Matjesbrötchen machen.

Frau Schwarz war zu Urlaubsplanungen übergegangen, klagte über den Personalschlüssel in der Polizeiinspektion und verstieg sich zu der Behauptung: »Wenn unsere Manpower nicht aufgestockt wird, können wir die Sicherheit in Norden bald nicht mehr gewährleisten.«

Rieke Gersema, die Pressesprecherin, fand das eine ziemlich steile These und widersprach: »Wenn wir damit an die Öffentlichkeit gehen, verunsichern wir die Bevölkerung.«

»Trotzdem ist ja etwas Wahres dran«, gab Ann Kathrin der Chefin ausnahmsweise mal recht. »Wir bräuchten viel mehr Streifendienste, Kollegen müssten sich öfter auf dem Marktplatz und auch nach Geschäftsschluss in der Osterstraße und im Neuen Weg sehen lassen.«

»Wir sind jetzt schon so weit«, klagte Frau Schwarz, »dass die Stadt einen privaten Sicherheitsdienst engagiert hat, der uns entlasten soll. Das kann ja wohl nicht die Lösung für all unsere Probleme sein.«

Weller mischte sich ein: »Ich kenne die Jungs. Die sind sehr in Ordnung. Einer von ihnen spricht kurdisch, türkisch und, ich glaube, auch arabisch. Sein Kollege plattdütsch.«

Frau Schwarz tat so, als hätte sie Wellers Worte gar nicht gehört. Stattdessen klagte sie: »Und der Kollege Bent, ein hervorragender Kriminaltechniker und der beste Spezialist für forensische Biologie, den ich überhaupt kenne, hat um Versetzung gebeten, weil er sich – ich zitiere wörtlich – weigert, weiterhin mit dieser großkotzigen Schnepfe Ann Kathrin Klaasen und ihren Lakaien zusammenzuarbeiten.« Sie fixierte Ann Kathrin und Weller mit strafendem Blick. Weller murmelte: »Ich hätte ihm doch eine reinhauen sollen. Wir können froh sein, wenn der Arsch weg ist. Der gehört überhaupt nicht in den Polizeidienst.«

Rupert sagte gar nichts. Er wirkte merkwürdig unbeteiligt.

Marion Wolters fuhr ihn an: »Und was ist mit dir?«

Rupert guckte hoch. »Mit mir? Was soll sein? Ich denke nach.«

Marion Wolters grinste: »Oha, er denkt nach!«

Rupert: »Ich habe gelesen ...«

Marion kicherte: »Ach, er kann lesen ...«

Unbeeindruckt sprach Rupert weiter: »Sie haben eine Flasche Scotch für 2,5 Millionen Euro versteigert. The Macallan. 1986 wurden insgesamt vierzig Flaschen abgefüllt. Der Whisky hat vorher in einem Sherryfass gelagert und ...«

Elisabeth Schwarz mischte sich ein: »Ich verstehe nicht ...«

Rupert stimmte ihr sofort zu: »Ja, davon verstehen Frauen nichts.«

Im Gegensatz zu allen anderen hoffte Frau Schwarz offensichtlich immer noch, Ruperts Beitrag könne etwas mit dem Fall oder der Diskussion zu tun haben. Gestisch forderte sie ihn auf, weiterzureden und sich ein bisschen zu beeilen.

Er sah sich in der Runde um: »Ja, wisst ihr, und jetzt frage ich mich ... Trinkt der Typ den Scotch jetzt alleine oder mit Freunden? Wie mag der Whisky schmecken? Ich meine, der war vierzig Jahre in einem Sherryfass gelagert! Was, wenn der gar nicht mehr schmeckt?« Rupert verzog den Mund, als hätte er gerade davon gekostet, und lachte: »2,5 Millionen für einen Whisky, der dann vielleicht ...«

Frau Schwarz konnte vor Zorn kaum sprechen. Sie presste

die Worte heraus: »Ja, jetzt wissen wir wenigstens, woran Sie denken, während wir alle hier versuchen, ein Problem zu lösen!«

Marion Wolters hielt sich die rechte Hand vor die Augen und flüsterte: »Wenn es den Typen nicht gäbe, müsste man ihn erfinden.«

Elisabeth Schwarz klopfte hart auf den Tisch: »Ich erwarte, Frau Klaasen und Herr Weller, dass Sie sich bei dem Kollegen Bent entschuldigen. Ich will ihn auf keinen Fall verlieren.«

»Das werden wir ganz sicher nicht tun«, protestierte Ann Kathrin. »Im Gegenteil, wir verlangen eine Untersuchung.«

Weller stimmte ihr heftig nickend zu. »Das sexistische Verhalten von Herrn Bent schadet dem Ansehen der Polizei, verstößt gegen die Menschenrechte der Opfer und ist schlicht und einfach unwürdig.«

Polizeidirektorin Schwarz schluckte diese Worte, als hätte ein Boxer Körpertreffer bei ihr gelandet. Sie zuckte mehrfach auf dem Stuhl zusammen.

»Der Kollege Wollenweber vom BKA hat mich gebeten, dass ich Sie beide, Frau Klaasen und Herrn Weller, freistelle, damit Sie sich seinem Team anschließen können.« Sie verzog den Mund. »Offensichtlich hält er große Stücke auf Sie, Frau Klaasen. Bei unserer Personaldecke können wir uns das eigentlich überhaupt nicht leisten. Sie werden unter seiner Leitung arbeiten, solange es nötig ist. Er geht davon aus, dass Frau Walchum hier in der Nähe gefangen gehalten wurde. Der Täter muss wohl für sie gekocht haben, oder sie waren irgendwo anders Kaninchen essen. Da Sie die Verhältnisse vor Ort sehr genau kennen, ist es Ihre Aufgabe, herauszufinden, wo.«

Weller und Ann Kathrin sahen sich fragend an.

Ann Kathrin erkundigte sich: »Hat Herr Wollenweber das so verlangt?«

»Ja«, antwortete Frau Schwarz, »er kann jetzt leider nicht bei uns sein. Er hatte gestern wohl eine allergische Reaktion nach einem Bienenstich. Es geht ihm aber schon wesentlich besser.«

»Ach, was Sie nicht sagen«, brummte Weller, und Ann Kathrin korrigierte: »Wespenstich.«

Als Weller und Ann Kathrin vor der kleinen Pension in Norddeich parkten, sahen sie bereits, dass Rebecca Kresse, Holger Bloem und Aike Ruhr mit dem Ehepaar Walchum im Garten saßen. Natürlich war es für die ostfriesischen Journalisten wichtig, nun die Geschichte der Toten zu erzählen.

Weller fand es im ersten Moment nicht gut, doch Ann Kathrin war anderer Meinung: »Manchmal sehen die Journalisten das noch mal aus einer ganz anderen Perspektive als wir. Ich habe aus Zeitungsporträts manchmal mehr erfahren als aus unseren Akten. Die stellen einfach andere Fragen.«

»Sollen wir später wiederkommen?«, fragte Weller und bot ultimativ an: »Oder die einfach wegschicken?«

Ann Kathrin bezweifelte zwar, dass das so einfach werden würde, entschied sich aber auch dagegen. »Wir setzen uns dazu, Frank. Wir verhalten uns ruhig und sensibel. Manchmal bekommt man, wenn man einfach nur zuhört, mehr Hinweise als durch investigatives Nachfragen.«

Weller fühlte sich ein bisschen gemaßregelt. Gleichzeitig wusste er, dass sie recht hatte.

Sie gingen direkt durch in den Garten. Ein milder, sonniger Tag bescherte den Touristen einen großartigen Urlaub am Meer. In den Außenbereichen der Eisdielen und Cafés gab es kaum noch freie Stühle.

Marlene Walchum bot den beiden gleich Platz an und Tee.

Rolf Walchum glaubte noch, er müsse sie den Journalisten vorstellen, doch die nickten nur: »Wir kennen uns.«

»Wir waren gerade dabei«, sagte Rebecca Kresse, »als Ihre Tochter Abitur gemacht hat und Sie akzeptieren mussten, dass sie keineswegs vorhatte, die elterliche Pension zu übernehmen.«

»Ja, Ferienwohnungen waren so gar nicht ihr Ding«, antwortete Marlene Walchum.

Rolf Walchum erklärte: »Na, das kann ich auch verstehen. In der Gastro zu arbeiten, das ist so eine Sache. Wir kriegen ja immer weniger Personal. Wenn alle Urlaub machen, sich amüsieren und ausgehen, dann müssen wir halt arbeiten.«

Marlene Walchum ergänzte: »Und unsere Anna war eine ganz Lebenslustige ...«

Ihr Mann nickte: »Ein richtiger Feger.«

Weller zeigte auf seinem Handydisplay die roten High Heels vor, die am Tatort gefunden worden waren. »Sind die Schuhe Ihrer Tochter?«

Rolf Walchum machte ein ratloses Gesicht. »Die hat Schuhe gekauft ohne Ende! Die war schuhsüchtig!«

»Ja«, bestätigte seine Frau, »und sie konnte auf solchen Dingern auch laufen. Ich würde mir da die Haxen brechen. Aber sie hat das richtig geübt. Sie konnte auch darin tanzen. Sie sagte immer, das mache ihre Waden schön. Mein Orthopäde dagegen behauptet ...«

Weller unterbrach sie sanft: »Sind das ihre Schuhe? Erkennen Sie die wieder?«

»Ja«, fragte Herr Walchum, »warum sollen es denn nicht ihre Schuhe sein? Wenn sie die anhatte …«

Marlene Walchum goss Weller Tee ein, völlig unostfriesisch einfach so in die Tasse. Dann erst reichte sie ihm Kluntje und Sahne.

Er staunte. Es zeigte ihm, wie sehr die Frau innerseelisch aus dem Tritt geraten sein musste, wenn sie als Gastgeberin nicht einmal mehr die ganz einfache Teezeremonie hinbekam. Dabei fand er die beiden ganz schön tapfer, dass sie jetzt schon hier mit Journalisten saßen und ein Interview gaben.

»Unsere Tochter«, behauptete Frau Walchum, »hatte hundert Paar Schuhe, wenn nicht noch mehr. Ein großer Teil davon ist oben. Mein Mann hat ihr extra ein Regal dafür gebaut.«

»Bis zur Decke«, warf er ein.

»Sie werden dort auch viele hochhackige Schuhe finden. Wie gesagt, sie konnte damit wirklich gut laufen. Aber rote Schuhe sind garantiert nicht dabei.«

Das interessierte Ann Kathrin: »Warum nicht?«

Frau Walchum antwortete mit einem merkwürdigen Stolz: »Das widersprach ihrem Farbkonzept. Sie sagte: *Das einzig Rote an mir sollen meine Lippen sein.*«

»Wahrscheinlich«, fuhr Rolf Walchum fort, »hat sie genauso viele Lippenstifte wie Schuhe.«

Weller wollte es ganz konkret: »Dann sind das also nicht die Schuhe Ihrer Tochter?«

»Mit ziemlicher Sicherheit nicht. Es sei denn, sie hätte in den letzten Tagen ihr Farbkonzept geändert. Aber davon weiß ich nichts.«

Herrn Walchum war die Aussage seiner Frau fast peinlich. Er versuchte, sich gestisch für sie zu entschuldigen: »Mein

Gott, wem sollen die Schuhe denn sonst gehört haben, wenn sie sie anhatte? Vielleicht hatte sie ihre Meinung ja geändert.« Er sah Weller um Verständnis heischend an. »Frauen und Mode …«

Ann Kathrin hatte es plötzlich eilig: »Wir wollen Sie auch nicht länger stören.«

»Aber Frau Klaasen, Sie haben ja noch gar nichts von Ihrem Tee getrunken.«

»Ich auch nicht«, gab Weller zu und schlürfte sofort die Tasse leer.

Jasmin Bergmann hörte Sinéad O'Connor. Sie hatte weder Lust, mit Fabian Oberdieck ein Beziehungsgespräch zu führen, noch mit ihrem zukünftigen Ex Matteo über das Haus oder den Unterhalt zu streiten. Ihr Rosenkrieg diente vor allen Dingen dazu, sich gegenseitig die neue Lebenssituation zu versauen.

Er wollte sie leiden sehen und sie ihn finanziell bluten lassen.

Was ist nur aus uns geworden, fragte sie sich. Wir waren doch mal richtig verliebt. Oder war das alles von Anfang an Lug und Trug gewesen, so wie die Sache mit Fabian? War Liebe nur eine chemische Reaktion?

Sie hatte mal gelesen, dass ein Hormon, Oxytocin, auch *Kuschelhormon* genannt, im Hypothalamus produziert würde. Dazu kamen Neurotransmitter wie Dopamin und das Hormon Vasopressin. Der Mix verursachte gute Gefühle, schaffte Bindung und sexuelle Anziehungskraft. Das körpereigene Belohnungssystem wurde dadurch aktiviert, während die Bereiche im Gehirn, die für kritisches Denken zuständig waren, ruhiggestellt wurden. Man konnte also, folgerte sie, Verliebtheit auch als einen Zustand von Verblödung betrachten.

Es tat ihr gut, jetzt über solche Sachen nachzudenken. Sie kam sich dann weniger als blauäugiges Opfer vor. Weniger idiotisch. Der Gedanke an chemische Reaktionen sprach sie irgendwie frei, machte alles weniger persönlich, brachte es auf eine sachliche, medizinische Ebene. Liebe, Ehe und Scheidung wurden wie Fahrradfahren, Hinfallen und Beinbruch.

Sie hielt ihr Handy wie eine Waffe in der Hand.

»Ich werde dich hochgehen lassen, Fabian. Du bist ein Lügner. Ein Ehebrecher, der seine Geliebte mit seiner Frau betrügt.«

Sie war kurz davor, ihre Freundin Carina anzurufen, doch dann erschien ihr das feige. Ja, sie war feige, und sie war wütend. Auf Fabian und vor allen Dingen wohl auf sich selbst.

Sie entschied sich, Carina Auge in Auge gegenüberzutreten und ihr die Wahrheit zu sagen, so schwer es auch werden würde.

Sie bekam Lust, sich die Haare radikal vom Kopf zu rasieren. Ein Bild von Sinéad O'Connor ging ihr nicht aus dem Kopf.

Nothing Compares 2 U war ein großartiger Song über die Liebe und verlassen zu werden. Aber ihn zu hören, machte Jasmin nicht glücklicher, sondern nur trauriger.

Genau wie Sinéad zählte sie auch die Tage und Stunden, seit ihr klargeworden war, dass es vorbei war.

Seitdem fühlte sie sich mies. Verarscht. Damit musste jetzt Schluss sein. Das war sie sich um ihrer selbst willen schuldig. Sie hatte Angst, die Achtung vor sich selbst zu verlieren, weil sie gleich von zwei Männern hereingelegt worden war.

Jasmin schlüpfte in Jeans und T-Shirt und ging zur Garage. Sie fand es angemessen, mit dem Rad zu fahren. Sie würde sich nicht das Leben nehmen, sondern einen Neuanfang versuchen. Notfalls ohne Freunde, denn in ihrem Bekanntenkreis würden ohne Frage alle zu Carina halten. Allein schon aus Angst um ihre Ehemänner.

Ohne Mann und ohne Geliebten kam sie klar, redete sie sich ein. Schließlich gab es Milliarden Menschen. Sie würde vielleicht auch noch den Richtigen darunter finden. Vielleicht musste sie ganz weg aus Ostfriesland. Sie hatte einen Onkel im Ammerland. Westerstede war ein schönes Städtchen. Er hatte ihr angeboten, zu ihm zu ziehen. Damals hatte sie das nicht in Erwägung gezogen, doch sie kam sich nun vor wie eine neue Version ihrer selbst. Wie eine Schlange, die sich häutet.

Die Garage stand offen. Ein Eichhörnchen floh auf die Kiefer mit der ausladenden Krone. Der Baum hatte etwas Schirmförmiges. An heißen Tagen saß sie gern in seinem Schatten und las. Hoch oben hatten sich Eichhörnchen ein Nest gebaut oder ein vorhandenes Vogelnest okkupiert, das wusste sie nicht so genau. Die Eichhörnchen sahen schön aus. Lustig. Eifrig in ihrer Sammelleidenschaft. Aber seit sie die kleinen Kletterer länger beobachtet hatte, konnte sie sie nicht mehr leiden. Sie waren üble Nesträuber und stahlen nicht nur Vogeleier, sie fraßen auch verletzte kleine Vögelchen. Sie waren wie die meisten Männer: Blender. Nett anzusehen, aber eben doch üble Räuber.

Sie bückte sich, um das Fahrradschloss zu lösen. Da war hinter ihr ein Geräusch, ein Huschen, wie von einer Katze oder einem Marder … nur größer. Viel größer!

Jemand versuchte, ihr einen Sack über den Kopf zu stülpen.

Sie fuhr herum, aber sie sah schon nichts mehr. Dann drückte eine starke Hand ihr ein Tuch über die Nase. Selbst durch den Sack roch sie den beißenden Gestank. Sie wusste, dass es ein Betäubungsmittel war.

Sie hatte das Gefühl, sich erbrechen zu müssen. Sie würgte und schlug wild um sich. Das Fahrrad krachte gegen das Auto.

Sie versuchte, die Hand wegzuschieben und sich den Sack vom Kopf zu reißen. Doch dann wurde alles schwarz.

Da war ein Dröhnen in ihrem Kopf, und ihre Knie gaben nach. Sie stürzte auf das umgefallene Rad.

Noch während Weller und Ann Kathrin nach Aurich unterwegs waren, um Naomi Schnitthuisen zu sprechen, die gemeinsam mit Annalena Walchum die Firma für Webdesign, Marketing und E-Commerce gegründet hatte, erschienen online bereits die ersten Zeitungsberichte über ihren Besuch bei der Familie Walchum.

Rebecca Kresse schrieb von einem hoch engagierten Team der ostfriesischen Kriminalpolizei, das sich nach dem Wohlbefinden der Eltern erkundigt hatte und bei der Befragung sehr sensibel vorgegangen sei.

Aike Ruhr fragte in der *Nordwest-Zeitung*, was ein Gespräch über Schuhe mit dem Mordfall zu tun haben könnte.

Als Frau Schwarz die Berichte sah, flippte sie aus vor Wut. Sie wusste gar nicht, wohin mit ihrem Zorn. Fast hätte sie die Schachfiguren an die Wand geworfen. Das Spiel, das sie sonst beruhigte und auf andere Gedanken brachte, schien ihr jetzt nur noch als Wurfgeschoss zu dienen. Am liebsten hätte sie bei diesen Temperaturen ein Glas kühlen Weißwein gekippt. Doch im Dienst ging das natürlich nicht. Sie wollte hier niemandem einen Grund liefern, ihr Vorwürfe zu machen. Sie leerte ein Glas Leitungswasser und ärgerte sich gleich wieder über sich selbst, denn sie kam sich dabei vor, als würde sie Ann Kathrin Klaasen nachmachen.

Sie rief die Kommissarin an, die sie immer mehr als Konkurrentin empfand. Am liebsten hätte sie ihr gesagt: *Wenn Sie meinen Job wollen, warum sagen Sie es nicht?* Doch sie wusste genau, Ann Kathrin wollte ihren Job eben nicht. Sie lehnte es ab, Verantwortung für eine ganze Dienststelle zu übernehmen. Sie war ja manchmal kaum in der Lage, den Verantwortungsdruck für sich selbst oder ihr Team zu tragen.

Weller lenkte den Wagen, Ann Kathrin saß auf dem Beifahrersitz und fragte: »Die Chefin. Soll ich drangehen?«

Weller stöhnte genervt. »Ja klar. Wer weiß ...«

Ann Kathrin hielt sich das Handy mehr vor ihre Nase als vor ihr Ohr. Sie wollte sich mit dem Gekeife nicht das Trommelfell ruinieren.

»Das ist ja wohl der Gipfel der Unverschämtheit! Wie kann man nur so blöd sein? Während einer Zeugenbefragung ist die Presse dabei? Das habe ich ja noch nie gehört! Damit gehen wir in die Polizeigeschichte ein! Sind Sie so pressegeil, dass Journalisten und Fotografen dabei sein müssen, wenn Sie einen Furz lassen?«

Weller konnte sich ein Grinsen nicht verkneifen. Ann Kathrin versuchte, ruhig zu bleiben. »Erstens war das keine Zeugenbefragung, sondern ein Gespräch mit den Eltern des Opfers.«

»Bei dem wir«, warf Weller ein, »auch etwas Wichtiges herausgefunden haben.«

»Zweitens«, fuhr Ann Kathrin fort, »hat hier niemand einen Furz gelassen, und drittens haben nicht wir die Journalisten angerufen, sondern sie waren schon da, und wir haben uns lediglich dazugesetzt.«

»So was geht aber nicht!«, schimpfte Frau Schwarz. »Sie hätten die Journalisten wegschicken müssen, selbst wenn Ihr Freund Holger Bloem dabei war! Was hätten Sie denn gemacht, wenn etwas Wichtiges dabei herausgekommen wäre?«

Noch einmal mischte Weller sich ein: »Es ist etwas Wichtiges dabei herausgekommen.«

»Dann lesen wir das also in der Zeitung, bevor wir es hier in der Polizeiinspektion auf dem Tisch haben?!«

»Regen Sie sich ab, Frau Schwarz, und halten Sie die Bälle flach. Wir sind hier in Ostfriesland, da haben wir unseren eigenen *way of life,* und wir gehen anders miteinander um«, stellte Ann Kathrin klar. Und bevor Frau Schwarz sich verteidigen konnte, ergänzte Ann Kathrin: »Wir fahren jetzt nach Aurich und sprechen mit Naomi Schnitthuisen, der Geschäftspartnerin von Anna Walchum. Möglicherweise hat die ja noch ein ganz anderes Bild von ihr als ihre Eltern.«

Weller machte mit dem Finger eine Geste, dass er auch etwas sagen wolle. Ann Kathrin hielt das Handy in seine Nähe, und er tönte: »Nur, bevor Sie es aus der Zeitung erfahren, Frau Schwarz: Wir haben uns nicht über Schuhmode unterhalten, sondern ein wichtiges Ermittlungsergebnis generiert. Vermutlich gehörten dem Opfer die Schuhe gar nicht, die wir in der Nähe des Tatorts gefunden haben.«

Ann Kathrin zog das Handy wieder weg und sprach jetzt selbst hinein: »Aber bevor wir uns da in Spekulationen ergehen, wollen wir erst noch mit Naomi Schnitthuisen sprechen.«

Frau Schwarz brüllte: »Vergessen Sie nicht, vorher die

Presse anzurufen! Am besten RTL, dann können die gleich alles mitfilmen!«

Ann Kathrin drückte das Gespräch weg.

»Na«, grinste Weller, »jetzt hat sie es uns aber gegeben!«

Die Firma für Webdesign, *Schnitthuisen & Walchum,* lag im Zentrum der Auricher Fußgängerzone, in einem historischen Gebäude mit Blick auf den Marktplatz.

Weller fuhr in die Tiefgarage. Wie oft hatten er und Ann Kathrin sich über *Sous Turm,* den 25 Meter hohen Kegelbrunnen aus Granit, der im Wesentlichen aus Abfällen des Forschungszentrums Jülich bestand, unterhalten. Weller konnte nicht an dem Turm vorbeigehen, ohne über die mit Plexiglas verkleideten Stahlrohre zu sprechen.

Der Stern-Herausgeber und Emder Kunstmäzen Henri Nannen hatte gesagt: »Der Turm in Aurich ist anstößig, und Kunst muss Anstöße geben, also anstößig sein.«

Damit war Weller voll und ganz einverstanden. Er freute sich auch über jeden, der sich über den Turm ärgerte. Für ihn stellte er die verschiedenen Entwicklungsstufen der Zivilisation dar.

Ann Kathrin hatte jetzt keine Lust, über Kunst zu diskutieren. Sie wollte vollständig konzentriert auf den Fall bleiben.

Im Gegensatz zu dem Gebäude, in dem es sich befand, war das Büro spartanisch, aber hochmodern eingerichtet. Hier bewahrte man seine Gegenstände, Bücher und Akten nicht im Büro auf, sondern in einer Cloud. Man verlagerte sozusagen die Unordnung ins Universum. Dafür gab es mehrere große Bildschirme. Ann Kathrin konnte sich gut vorstellen, wie darauf Präsentationen liefen.

Das einzige Papier, das sie sah, hing an den Wänden. Es waren Fotos und Urkunden von Preisen, die die beiden Frauen gewonnen hatten, und die Namen von Firmen, für die sie arbeiteten.

Weller fand die Kaffeemaschine sehr spannend. Er vermutete, dass er schon Autos gefahren hatte, die wesentlich billiger gewesen waren als dieses Gerät. Er sagte sofort *Ja*, als Naomi Schnitthuisen einen Kaffee anbot, und wählte einen Cappuccino, eigentlich nur, weil er sehen wollte, ob die aufgeschäumte Milch auch hielt, was die Maschine versprach.

Ann Kathrin nahm einen Espresso macchiato.

Es gab alles mit drei verschiedenen Sorten Milch und sogar mit Vanillegeschmack.

Die beiden entschieden sich für die ostfriesische Variante: Kuhmilch statt Hafer- oder Mandelmilch.

»Wir waren mehr als Geschäftspartnerinnen«, sagte Naomi. »Wir haben uns prima verstanden. Ja, ich glaube, wir waren wirklich Freundinnen. Vielleicht lief deswegen alles so gut. Wir hatten schon nach ein paar Wochen mehr Kunden, als gut für uns war. Das lag – zu einem großen Teil – auch an Annalena. Sie war ein Kommunikationsgenie. Man musste sie einfach mögen. Sie war absolut überzeugend. Mitbewerber oder Konkurrenten hatten nicht die geringste Chance, wenn sie auftrat. Die verbreitete schon so eine Aura um sich herum, da wollte man einfach gern in ihrer Nähe und mit dabei sein. Sie strahlte Erfolg aus. Es gibt solche Menschen. Ich bin leider gar nicht so. Dafür kann ich gut organisieren, und fachlich habe ich es natürlich auch drauf. Aber sie war unser Gesicht nach draußen. Bei Kundengesprächen war sie unsere Trumpfkarte. Ich weiß gar nicht, wie es jetzt weitergehen soll.«

Die junge Frau hatte schwarze Ränder unter den Augen, und Ann Kathrin vermutete, dass sie Beruhigungstabletten nahm. Da war ein leichtes Zucken in ihrem Gesicht und ein

Zittern in ihren Händen. Nicht immer, aber bei bestimmten Bewegungen, zum Beispiel, wenn sie die Kaffeetasse anhob.

»Haben Sie«, fragte Ann Kathrin, »irgendeinen Verdacht? Gab es jemanden, der einen Grund gehabt hätte, Anna Walchum zu töten?«

Naomi Schnitthuisen holte zu einer Geste aus, die gleich andeutete, dass sie nun versuchen würde, alles in einen größeren, politisch-philosophischen Rahmen zu stellen. »Gibt es nicht immer Menschen, die glauben, dass sie einen Grund oder gar das Recht haben, einen anderen zu töten? Was erleben wir denn gerade auf der Welt? Hätten Sie sich jemals vorstellen können, dass es noch mal mitten in Europa eine Artillerieschlacht gibt? Allein das Wort hört sich doch nach vergangenem Jahrtausend an, wie aus dem Geschichtsbuch abgelesen.« Sie malte es mit den Händen in die Luft: »Panzerschlacht. Artillerieschlacht. Schützengraben. Herrje!«

»Ja«, bestätige Ann Kathrin, »Sie haben schon recht. Es gibt immer und überall Menschen, die glauben, irgendetwas sei wichtiger als ein Menschenleben, und die sich das Recht herausnehmen, für ihre Interessen oder ihre Religion zu töten. Aber wer kann das in diesem speziellen Fall bei Ihrer Freundin – ich darf sie doch so nennen – gewesen sein?«

Naomi Schnitthuisen schüttelte sich und rieb sich die Oberarme, als wäre ihr kalt. »Ein Konkurrent von uns oder so … nein, nein, nein. Wir arbeiten in einem heiß umkämpften Markt, aber das sind eher Leute, die einen Shitstorm im Internet organisieren, wenn sie jemandem schaden wollen. Mehr nicht.«

Weller zeigte das Bild von den Schuhen vor: »Gehörten die Anna Walchum?«

Naomi Schnitthuisen hob die Hände, als wolle sie sich

ergeben: »Oje, sie hatte so viele Schuhe ... Ich glaube, statt Webdesignerin wäre Schuhdesignerin auch noch ein guter Job für sie gewesen.«

»Ja, und die hier?«, hakte Weller nach. »Gehörten ihr die?«

»Keine Ahnung, aber ich denke nicht, dass sie Rot getragen hat. Sie war eher der blau-weiße Typ. Rot war ihr zu aggressiv.«

»Außer beim Lippenstift«, warf Weller ein.

So wie Ann Kathrin ihn ansah, fand sie diese Bemerkung überflüssig. Sie wollte wissen: »Lebte sie in einer festen Beziehung?«

Naomi lachte bitter. »Nein, das war nun wahrlich nichts für sie.«

»Es kann also kein eifersüchtiger Freund gewesen sein?«, fragte Weller.

»Sie stand nur auf lockere Beziehungen. In der Tiefe war sie wahrscheinlich sogar bindungsunfähig. Obwohl, zu mir ist sie ja eine tiefe Bindung eingegangen. Aber das war auch nichts Sexuelles. Also, verstehen Sie mich nicht falsch, sie mochte Sex, und sie mochte Männer. Viel zu gerne, wahrscheinlich. Aber wenn sie über die kurze Phase des Verliebtseins hinaus war, wenn eigentlich so etwas wie Beziehungsarbeit anfing, dann verlor sie das Interesse oder verliebte sich neu.«

Naomi Schnitthuisen dachte nach. Sie ging zum Fenster und öffnete es. Sie sah runter auf den Marktplatz, wo sie irgendjemandem winkte.

Sie drehte sich wieder zu Ann Kathrin und Weller um und sagte: »Wenn ich es mir genau überlege, dann hat sie sich, glaube ich, gar nicht wirklich verliebt, sondern sie liebte es mehr, geliebt zu werden. Also, Männer in sich verliebt zu machen. Bitte seien Sie mir nicht böse, aber ich habe gleich noch einen Termin. Ich bin natürlich auf der Suche nach Verstärkung. Ich weiß ja gar nicht, wie es mit dem Laden jetzt weitergehen soll. Wir haben gemeinsam für Kredite gebürgt, um alles aufzubauen und …«

Ann Kathrin und Weller hatten auch genug gesehen und gehört. Sie verabschiedeten sich. Bevor sie in die Tiefgarage zurückgingen, versuchte Weller Ann Kathrin davon zu überzeugen, sich im *Eiscafé Venezia* noch einen Kaffee oder ein Eis zu gönnen.

Es war, als würde Ann Kathrin ihm gar nicht richtig zuhören. Sie sagte: »War das nicht komisch? Sie hat ständig *also* gesagt, und ich hatte das Gefühl, sie versucht, sich für irgendetwas zu entschuldigen, das nicht ausgesprochen wurde.«

»Jedenfalls hatten die Eltern recht. Die Tochter trug keine roten Schuhe. Was heißt das für unseren Fall, Ann?«

»Es ist nicht unser Fall, sondern der von Wollenweber. Aber es heißt, dass der Täter die Schuhe gekauft hat. Oder möglicherweise sogar selbst gemacht?«

Weller steuerte einfach auf das Eiscafé zu: »Wir suchen also einen Schuhfetischisten, der besonders auf rote Damenschuhe steht, gern kocht und Kaninchen jagt?«

»Das könnte sein Profil sein«, räumte Ann Kathrin ein. »Aber das reicht noch nicht, um ihn zu überführen.«

»Och, so viele Typen, die so drauf sind, gibt es, glaube ich, nicht. Wir suchen ja nicht einfach einen trinkfesten Fußballfan oder einen kiffenden Hiphop-Hörer, sondern wir sind schon auf der Suche nach einem ganz speziellen Typen.«

Weller fand draußen vor dem *Venezia* noch einen freien Tisch. Er hatte Angst, der könne ihnen bei dem Wetter schnell weggeschnappt werden, und griff sich einen Stuhl. Doch Ann Kathrin wollte weiter.

»Hey, was hast du denn vor?«

»Schuhgeschäfte«, sagte sie. »Ich will mir Schuhgeschäfte anschauen.«

»Weil du dir ein Paar rote High Heels kaufen willst?«

»Ja ... und ich würde gerne fragen, wo es solche Schuhe zu kaufen gibt. Und vielleicht, wer in letzter Zeit so etwas gekauft hat. Das sind schon sehr heiße, spezielle Pumps. Ich wette, daran erinnert sich eine Schuhverkäuferin.«

»Ja«, grinste Weller, »und ein Verkäufer erst recht.«

Darth Vader und Luke Skywalker spielten gern Streiche. Sie nannten es nicht *Schabernack*, *Joke* oder *Ulk*, sondern *Prank*. Und wenn jemand auf einen ihrer Streiche hereingefallen war, dann hatten sie die Person *geprankt*.

Meist waren ihre Eltern oder Lehrer die verlachten Opfer. Die Brüder waren längst über die harmlosen Scherze hinaus. Zucker und Salz hatten sie so oft vertauscht, dass die Mutter sich weder Zucker in den Kaffee schüttete noch Salz aufs Ei streute. Ihr Vater war auf Maggi umgestiegen, drei Tropfen jeden Morgen aufs Frühstücksei. Kaffee trank er sowieso schwarz.

Nach Lanzarote war er erneut auf ihr Spiel hereingefallen. Er benutzte den Salzstreuer für sein weichgekochtes Ei, als hätte sich in seiner Abwesenheit hier irgendetwas verändert.

Darth Vader hatte ihn im Verdacht, dass er es nur getan hatte, um sie zwei zum Lachen zu bringen. Immerhin war ja ihr Onkel ums Leben gekommen.

Ein richtiger Prank ging anders. Sie füllten Essig in die Maggi-Flasche und rieben seinen Eierlöffel mit einer extrascharfen Chilischote ein, die sie im Lebensmittelgeschäft *Beirut* im Neuen Weg gekauft hatten.

Ihm waren die Tränen übers Gesicht gelaufen, als er den Löffel aus dem Mund nahm. Trotzdem gab er sich Mühe, das Ganze witzig zu finden. Er nannte die Kinder nicht frech, sondern phantasievoll.

Ihr neuester Prank war heftiger.

In der Garage stand ein altes Ikea-Regal. Es war voll mit Aktenordnern. Alles Zeug, das Oberdieck nur juristisch aufbewahren musste, aber im Alltag nicht mehr brauchte. Steuerunterlagen der letzten zehn Jahre zum Beispiel.

Er hatte oft von *dem bürokratischen Mist* gesprochen, der *einem viel Platz zum Leben wegnimmt.*

Darth Vader kam auf die Idee, an der Anhängerkupplung des weißen Mercedes Benz 350 E ein Seil anzubringen und mit dem Regal zu verknoten, in dem die Steuerakten lagerten. Das Hybridauto parkte in der Garage und war an das Stromladegerät angeschlossen.

Luke Skywalker krabbelte unter den Wagen, um das Wäscheseil, das er Lasso nannte, unter dem Fahrzeug langzuführen und gut zu verstecken. Der Wagen parkte mit dem Kühlergrill keine zehn Zentimeter vom Ikea-Regal entfernt, denn eigentlich war die Garage zu klein für das tiefe Regal und den Mercedes. Es gab in der Garage eine Videokamera und eine bei der Haustür. So schützten sich die Oberdiecks vor Einbrechern.

Darth Vader und Luke fanden das genial, denn so würde der Prank verewigt werden. Sie stellten sich kichernd vor, wie all die Akten auf den Mercedes regnen würden, wenn ihr Vater versuchte, rückwärts aus der Garage zu fahren. Es war ja nur Papier. Blöde Tank- und Essensquittungen.

Doch dann kam es etwas anders als geplant. Sein forscher

Fahrstil riss das gesamte Holzregal um. Es krachte auf die Kühlerhaube und die Frontscheibe. Akten landeten auf dem Dach.

Aus irgendeinem unerfindlichen Grund begannen die Scheibenwischer ihre Arbeit und fegten Papiere von links nach rechts. Dann wieder von rechts nach links.

Als der Fahrer fassungslos gegen das Lenkrad schlug, bliesen sich etwas spät entschlossen die Airbags auf.

Darth Vader und Luke flohen aufs Garagendach, wo sie sich schon vor Wochen eine Bude gebaut hatten. Statt eines Baumhauses wohnten sie auf einem Garagendach. Sie nannten es Penthouse.

Nein, er verprügelte die Kinder nicht. Er unterdrückte diesen Impuls, ignorierte ihr Kichern und löste das Seil von der Anhängerkupplung. Dann stellte er das Regal wieder auf, packte all die losen Quittungen und geplatzten Aktenordner in eine Kiste und beschloss, sich zu betrinken.

Er hatte in seinem Briefkasten eine merkwürdige Einladung zu einem Drink im *Wolbergs* gefunden. Sie steckte in einem geheimnisvollen Briefumschlag. Darin ein Zettel, mit schwarzer Tinte geschrieben. Darauf stand: *Vielleicht erinnerst du dich gar nicht mehr an mich. Ich war damals zwei Klassen unter dir und schrecklich verliebt in dich. Bin gespannt, ob du mich erkennst. Ich wohne im Reichshof und bin seit neuestem wieder Single.*

Statt einer Unterschrift ein gemaltes Herzchen.

Einerseits war er neugierig auf die ehemalige Mitschülerin, an die er sich nicht erinnern konnte. Es gab da wohl ein paar Mädchen … er sah sie praktisch vor sich, hätte aber keinen Namen nennen können. Er vermutete, der Brief und die Einladung könnten von dieser Jenny oder Jessica stammen. Jedenfalls begann ihr Name mit J. Sie hatte so eine spießige Mireille-Mathieu-Frisur und einen Schmollmund, der sie immer leicht beleidigt aussehen ließ, gleichzeitig aber auch sexuell attraktiv machte. Sein Bruder hatte damals gesagt, sie habe einen Knutschmund.

Er wusste nicht, ob er in die Bar fuhr, um sie zu treffen oder um sich einfach mit ein paar Drinks zu betäuben. Vielleicht brauchte er eine kurze Auszeit vom Familienleben. Entweder zwischen den Beinen einer verführerischen Frau oder an der Theke mit einem guten schottischen Single Malt im Whiskyglas.

Er fuhr mit dem Rad hin. Vom Auto hatte er für heute genug.

Es ging ihm schon besser, als er die Bar betrat und den Barkeeper mit dem Silber-Shaker sah. Er seihte gerade über einem Sieb den Drink in ein Cocktailglas ab.

Rupert hockte an der Theke und beobachtete den Barmann. »Ich dachte«, sagte Rupert, »das wird ein *Sex-on-the-beach* – also bei uns sozusagen *Geschlechtsverkehr am Wattenmeer.*«

Der Barkeeper nickte.

»Aber da ist ja gar kein Wodka drin«, protestierte Rupert.

»Die Dame hat einen alkoholfreien bestellt. *Safer-sex-on-the-beach.*«

»Wieder was gelernt«, schmunzelte Rupert.

»Ja«, sagte Oberdieck, »so was lernt man bestimmt nicht in der Schule.« Er gesellte sich zu den anderen Trinkern und bestellte: »Den besten Scotch, den Sie haben.«

»Das ist ein Mann nach meinem Geschmack«, freute Rupert sich. »Ich nehme genauso einen.« Er reckte seinen Hals, um zu gucken, zu welcher Flasche der Barkeeper griff.

Die Frau mit dem *Safer-sex-on-the-beach* saß mit dem Rücken zur Wand, das Gesicht zur Tür gerichtet, in einem Sessel und nuckelte an ihrem fruchtigen Cocktail.

Oberdieck fragte sich, ob sie es war. Ihr Gesicht kam ihm nicht bekannt vor, aber was hieß das schon? Frauen veränderten sich ständig.

Sie trug ihr enges Kleid mit dem Bewusstsein, wirklich schöne Beine zu haben und damit Männer manipulieren zu können.

Wenn sie ihm geschrieben hatte, warum kam sie dann jetzt nicht auf ihn zu? Erwartete sie, dass er den ersten Schritt tat? Sie hatte ihn doch durch ihre Einladung längst gemacht.

Er nahm seinen Scotch natürlich ohne Eis.

Rupert schlug vor, danach noch einen zwanzig Jahre alten Single Malt aus einer kleinen Brennerei, die der Barkeeper angeblich selbst mal besucht hatte, zu probieren. Er schmeckte ein bisschen zu rauchig, fand Rupert, fast, als würde man an einem Aschenbecher lecken. Trotzdem hatte er etwas Einzigartiges. Der zweite Schluck war besser als der erste. Der dritte dann fast eine Offenbarung.

Als Nächstes bestellte Rupert sich einen Macallan. Nein, er kostete keine Million. Er war nur zwölf Jahre alt, mit leicht süßlichem Aroma, weil er in Eichenfässern reifen durfte, die vorher mit Sherry gefüllt gewesen waren.

Oberdieck beachtete Frauen in Begleitung nicht. Es waren nur zwei Frauen da, die entweder vorhatten, den Abend alleine zu verbringen oder noch auf jemanden warteten. Eine von ihnen musste es sein.

Er beäugte sie vielleicht ein bisschen zu auffällig. Die eine guckte schon angesäuert, die mit dem *Safer-sex-on-the-beach* machte mit ihrem Handy rum und simulierte Desinteresse. Sie setzte dabei aber ihre Beine geschickt in Szene.

Rupert gab Oberdieck einen Macallan aus und raunte: »Ich hatte mir den Abend eigentlich ganz anders vorgestellt. Eine Frau, die mich angeblich von früher kennt, hat mich hierher eingeladen. Sie machte so einen auf ganz heiße Schnitte, und jetzt sitze ich hier wie bestellt und nicht abgeholt an der Theke.«

Oberdieck zuckte zusammen. »Sie auch?«

»Wie – auch?«

Oberdieck packte empört aus. Er zeigte Rupert den Zettel. Rupert las und tat erstaunt: »Das darf doch nicht wahr sein! Hat man uns beide reingelegt?«

Oberdieck kippte den Whisky, den Rupert spendiert hatte. »Frauen!«, zischte er.

Rupert gab sich verständnisvoll. »Ja, Frauen ... wir können nicht mit ihnen, aber auch nicht ohne sie. Im Grunde sind wir Männer arme Schweine.«

Oberdieck beugte sich zu Rupert und flüsterte: »Meinen Sie, es ist die mit den langen Beinen? Macht die sich einen Spaß daraus, uns jetzt zu beobachten?«

Rupert rief quer durchs Lokal: »Hat hier noch einer eine Einladung von einer unbekannten Schönen bekommen und wartet jetzt vergeblich?«

Ein peinlicher Moment völliger Ruhe trat ein. Sogar die Musik verstummte.

Da sich niemand meldete, tönte Rupert: »Die trauen sich nur nicht, damit rauszurücken. Die genieren sich. Aber echte Männer wie wir stecken so was weg, oder, mein Freund?«

Nach dem nächsten Whisky duzten sich die beiden schon. Rupert behauptete, einen scheißlangweiligen Job in der Buchhaltung bei den Stadtwerken zu haben. Oberdieck glänzte dagegen mit Erzählungen von Filmaufnahmen. Er sprach immer extra laut vom *Dreh*. Er hoffte wahrscheinlich, damit vielleicht doch noch bei der mit dem *Safer-sex-on-the-beach* punkten zu können.

Sie bekam jetzt Gesellschaft von einer Freundin, die die ersten Minuten nach ihrer Ankunft brauchte, um ihre Haare zu sortieren, die der Wind verweht hatte. Rupert fand, dass sie strubbelig besser ausgesehen hatte als jetzt mit der ordentlichen Frisur.

Die beiden Frauen steckten die Köpfe zusammen, guckten immer wieder zu Rupert und Oberdieck rüber und amüsierten sich prächtig.

»Ich hätte gern auch gern so einen Job wie du«, schwärmte Rupert. »Location-Scout! Wie sich das schon anhört! Ständig unterwegs, und dann all die tollen Schauspielerinnen …«

Tolle Schauspielerinnen sprach Rupert so laut aus, dass alle es hören mussten.

Oberdieck beklagte sich, dass er viele Nächte in Hotels verbringen musste. Es war unschwer herauszuhören, wie sehr er damit kokettierte.

»Zweihundert Nächte im Jahr in Hotels. Aber weißt du, was meine Spezialität ist? Hast du eine Ahnung, warum mich jede Filmproduktion gern möchte?«

»Nee. Klär mich auf.« Rupert orderte gestisch mehr Whisky.

Oberdieck flüsterte: »Ich bin nicht der Mann für das tolle Bergpanorama. Das kann schließlich jeder. Traumschifftypen, die wissen, wo der Sonnenuntergang am schönsten ist, gibt es genug.« Er machte eine abfällige Handbewegung, und um es spannender zu machen, nahm er erst noch einen Schluck Whisky. »Ich«, geheimniste er, »suche die Lost Places. Hotels, die verfallen. Stillgelegte Fabriken. Gruselige, unwirtliche Orte. Phantastische Kulissen für Krimis oder Horrorfilme.

Aber das ist nicht alles. Man kann diese verlassenen Orte billig mieten. Oft kostet es gar nichts. Alles verfällt einfach. Der Schimmel ist ein Problem. Die Besitzer haben sich vom Acker gemacht. Man kann da mit ein paar Szenenbildnern rasch Büros aufbauen. Tolle Kulissen in leere Räume stellen, ohne Rücksicht darauf, dass etwas kaputtgeht. Hier eine Wand, da eine Tür. Scheiß drauf! Niemand stellt Fragen. Ein paar Drehtage, und wir ziehen weiter. Nach uns die Sintflut!«

Oberdieck lallte schon ein bisschen. Seine Zunge wurde schwer.

Aber Rupert vertrug auch nicht wesentlich mehr. Er sang schon laut *Born to be wild,* als er zur Toilette ging. Auf dem Weg dorthin boxte er gegen unsichtbare Gegner Löcher in die Luft. Er kam sich durchtrieben vor und cleverer als der Rest der Welt. Morgen würde er mit einem Mörder-Kater wach werden. Morgen. Heute war heute!

Kurz nach Mitternacht verließen Rupert und Oberdieck, beide breit wie eine Axt, kichernd die Bar in der Norder Innenstadt. Rupert suchte sein Fahrrad.

Fünf Jugendliche, die gerade im Pavillon am Markt eingebrochen hatten, dort aber zu ihrem Missfallen kein Bargeld fanden, sondern nur Ausstellungsstücke, deren Wert sich ihnen nicht erschloss, waren jetzt unterwegs, um ihrem Ärger Luft zu machen, und auf der Suche nach frischer Beute.

Drei von ihnen versuchten, Ruperts Fahrradschloss zu knacken, die anderen suchten offene Haustüren.

Rupert rannte hin: »Ey, was macht ihr denn da? Das ist mein Fahrrad!« Er wusste es gar nicht so ganz genau, aber dass dort versucht wurde, ein Fahrradschloss mit einem Messer zu knacken, war ganz offensichtlich.

Er war betrunken genug, um zu glauben, dass er es mit drei

Jugendlichen aufnehmen könnte, die er *Halbstarke* nannte. Oberdieck warnte ihn noch: »Hey, hey! Vorsicht, die sind bestimmt auf Droge!«

Rupert mimte jetzt den Polizisten und wollte die Personalien der drei sehen. Sie lachten ihn aus und rieten ihm: »Geh nach Hause, Opa.« Einer zischte: »Mach mich nicht an, sonst mach ich dich aus!«

Rupert baute sich in Boxhaltung auf. Plötzlich wurde er von hinten angegriffen. Zwei Schläge gegen seinen Hinterkopf taten ihm gar nicht gut.

Fünf Jugendliche umringten ihn jetzt. Einer von ihnen hielt ein Messer in der Hand.

»Ich werde euch den Arsch versohlen«, drohte Rupert, »und dann bring ich euch zu eurer Mami nach Hause. Die wird euch das Taschengeld sperren!«

Einer, der seine Baseballkappe falsch herum trug, versuchte einen Highkick in Ruperts Gesicht. Rupert wich dem Angriff aus. Der Junge verlor das Gleichgewicht und knallte auf den Rücken. Doch zwei andere packten Rupert von hinten. Jeder hielt einen Arm fest.

Der mit der Baseballkappe stand auf. Er fühlte sich gedemütigt und wollte das wieder wettmachen. »Haltet ihn fest! Ich schick ihn zum Zahnarzt!«, triumphierte er.

Rupert hatte nicht damit gerechnet, doch sein neuer Freund Oberdieck lief keineswegs weg. Er brachte sich voll ein und hatte für einen Filmfuzzi eine erstaunliche Rechte.

Zwei lagen schon auf dem Boden, und einer heulte, als die beiden seine Arme losließen, um zu türmen. Sie taten das sehr plötzlich, während er sich noch dagegenstemmte, was ihn aus dem Gleichgewicht brachte. Er torkelte gegen Oberdiecks Brust.

Oberdieck rief hinter den jungen Männern her: »Falls noch jemand von euch ohne Fahrkarte ist, kann der sich jetzt melden! Ich gebe gerne noch eine kostenlose Trainingsrunde!«

Rupert und Oberdieck verabschiedeten sich wie zwei Männer, die einen harten Kampf erfolgreich bestritten hatten.

»Na«, freute Rupert sich, »denen haben wir es aber ganz schön gegeben!«

»Wir dürfen«, sagte Oberdieck, »die Norder Innenstadt nachts nicht irgendwelchen Banden überlassen.«

Rupert hob drohend den Zeigefinger und rief hinter den Jugendlichen her: »Das werden wir auch nicht tun, ihr feigen Versager, ihr!«

Jasmin Bergmann wurde in völliger Dunkelheit wach. Sie wusste nicht, wie viel Zeit vergangen war. Sie bekam nur schwer Luft, hatte mörderische Kopfschmerzen und einen schlechten Geschmack im Mund, als hätte sie auf einer überfahrenen Ratte herumgekaut.

Komischerweise musste sie an eine Freundin denken, die manchmal von Migräneanfällen geplagt wurde. So ähnlich musste sie sich dann wohl auch fühlen, dachte Jasmin. Ihre Freundin zog sich völlig zurück, wollte keinen Besuch, ging nicht zur Arbeit. Sie verließ in den schlimmsten Phasen nicht einmal ihr Zimmer. Doch im Gegensatz zu Jasmin hatte sie die Gewissheit, dass alles bald vorüber sein würde. Dann konnte sie ihr Zimmer verlassen, duschen, sich schick machen, in ihrem schönen Haus nach dem Rechten sehen und mit ihrem Mann zum Lieblingsitaliener essen gehen. Sie lebte in Wohlstand und Sicherheit.

Jasmin dagegen registrierte gerade tastend, dass sie in einer geschlossenen Kiste lag. Wie in einem Sarg. Sie war nicht gefesselt, konnte Hände und Beine frei bewegen, sofern das auf dem engen Raum möglich war.

Sie hämmerte mit den Fäusten gegen den Deckel und schrie. Der selbst produzierte Lärm steigerte ihre Angst zu Hysterie.

»Ich will nicht sterben! So nicht!«

Sie schlug mit dem rechten Knie gegen das Holz der Kiste. Der Schmerz jagte durch ihren Körper.

Liege ich unter der Erde, fragte sie sich. Hat mich jemand entführt und lebendig beerdigt? Aber warum? Wer macht so etwas?

Matteo, mein Ex? Nee. Der war zwar ein Arsch, aber zu so etwas nicht fähig.

Fabian? Um seine Ehe zu retten?

Nein, das alles ergab keinen Sinn. Was hier mit ihr geschah, war ein richtiges Verbrechen. Eine Entführung. Freiheitsberaubung. Das hier war pure Folter.

Nein, sie kannte niemanden, der dazu in der Lage gewesen wäre, und sie konnte sich auch nicht vorstellen, zu so etwas einen Anlass gegeben zu haben.

Sie japste. Die Luft war sauerstoffarm.

»Ich bin ein guter Mensch!«, schrie sie gegen das Holz. »Ein guter Mensch!«

Sie weinte nicht. Sie staunte über sich selbst.

Sie klopfte gegen die Wände und lauschte. Klang das nach einem Sarg, auf dem ein paar Meter Erde lasteten? Ihr fehlte natürlich, wie vermutlich den meisten Menschen, jede Erfahrung, um hierzu eine klare Aussage machen zu können. Sie war noch nie in einem Sarg wach geworden.

Es klang für sie irgendwie hohl. Wenn Erde obendrauf läge, müsste das doch dumpfer klingen, sagte sie sich. Aber sie wusste nicht, ob das nur so etwas wie ein Hoffnungsfunke war, den sie sich gerade selber schuf.

Sie konnte atmen. Irgendwoher musste Luft in diese Totenkiste kommen. Es war warm und stickig.

Sie untersuchte das Holz. Irgendwo mussten Löcher sein. Eine Art Belüftung. Falls sie unter der Erde lag, dann musste es einen Schlauch oder ein Rohr nach oben geben. Vielleicht gab es dann auch eine Chance, gehört oder gefunden zu werden.

Sie versuchte, sich Mut zu machen. Nein, sie wollte so nicht sterben. Jetzt noch nicht. Sie hatte noch viel vor. Sie wollte endlich selbstbestimmt leben, statt sich von Männern verarschen zu lassen.

Wenn sie an ihre Tochter Jana dachte, wurde sie traurig und wütend zugleich.

Janas Vorname sollte genauso anfangen wie ihrer. Mit *Ja*. Das war damals Matteos Wunsch gewesen. Jasmin und Jana.

Inzwischen war sie ein Papakind geworden. Er vergötterte sie. Zunächst sah es aus, als könne er einfach nicht nein zu ihr sagen. Später aber begriff sie, dass er alles tat, um Jana von ihr zu entfernen. Die zwei hatten Geheimnisse miteinander, kicherten manchmal, wenn sie etwas sagte, und verschwiegen ihr so einiges. Was sie verbot, erlaubte er. Für Jana war er der tolle Superheld. Die Kleine war in ihren Papa nicht nur verliebt, sondern völlig verschossen in ihn und betrachtete ihre Mutter als Konkurrentin. Das war vielleicht eine natürliche Phase im Leben eines kleinen Mädchens, aber er tat alles, damit es auch so blieb.

Natürlich würde Jana sie vermissen, wie sie überhaupt unter der Trennung litt, aber ein Teil von ihr wäre auch froh, sie los zu sein, fürchtete Jasmin.

Matteo würde schon bald eine neue Mama für Jana gefunden haben.

War das die Strafe für ihren Mut, sich selbst zu behaupten? Endlich zu sich zu stehen?

Ihre Oma Hedwig hatte ihr immer wieder gesagt, es sei richtig und gottgefällig, den untersten Weg zu gehen, sich nicht zu erheben und nicht aufzubegehren. Für ihre Großmutter war immer klar gewesen, dass ihr Mann das Oberhaupt der Familie war. Die Frau hatte sich ihm zu unterwerfen, dafür zu sorgen, dass er ein gutes Leben führen konnte. Wenn es nach ihrer Oma ging, musste eine Frau in erster Linie eine ordentliche Hausfrau sein. Eine gute Köchin. Eine geduldige Zuhörerin und manchmal auch eine Krankenschwester. In diesem Sinne war sie von ihr erzogen worden. Immer wieder hatte sie ihr selbständige Frauen als moderne Hexen, verkommene Luder oder einfach Schlampen vor Augen geführt, die schon ihre Strafe bekommen würden.

Sie hatte gar nicht mal so viel Zeit bei Oma Hedwig verbracht. Ab und zu mal ein, zwei Wochen, wenn die Eltern in Urlaub waren. Aber es hatte gereicht, um sie zu prägen.

Als eine Nachbarin, Frau Götte, die sie eigentlich ganz gut leiden konnte, sich scheiden ließ und dann als Alleinerziehende am Wochenende auch noch eine Party feierte, war Oma empört über die laute Lebenslust gewesen. Ein paar Monate später bekam Frau Götte die schlimme Diagnose: Krebs.

Jasmins Großmutter hielt das für eine gerechte Strafe, und das sagte sie dem Kind auch. Jasmin konnte sich noch an die Kälte im Blick ihrer Großmutter erinnern, als hätte sie vor, mit einem Wimpernschlag den Klimawandel zu stoppen.

Ist das jetzt meine Strafe? fragte sie sich. Hatte ihre Oma sie verflucht?

Sie war in der Siedlung auch als *Engelmacherin* bezeichnet worden. Als Kind hatte Jasmin sich vorgestellt, ihre Oma habe wirklich die Macht gehabt, lebende Engel zu erschaffen. Sie umgab immer der Nimbus einer Frau mit magischen Kräften. Je älter Jasmin wurde, umso mehr begriff sie, dass es eine böse Energie war, über die ihre Oma verfügte. Sie konnte Menschen verfluchen, und sie tat es auch.

»Der Blitz soll den Halsabschneider beim Scheißen treffen!«, hatte sie über den Fleischer gesagt, bei dem sie traditionell ihre Wurst und ihren Sonntagsbraten kauften.

Der Blitz traf ihn nicht, aber ein tödlicher Autounfall auf der A 1 raffte ihn in der Vorweihnachtszeit dahin. Ihre Oma hatte nur wissend gegrinst.

Hilf mir, Omi, dachte sie. Jetzt brauche ich wirklich deinen Rat …

In der Familie war man nur nett zu ihr, weil sie ein Haus zu vererben hatte und ständig damit drohte, alle zu enterben und das Haus einem Verein zu spenden, der sich um entlaufene Katzen kümmerte.

Ihre Oma war längst tot. Jasmin hatte lange nicht mehr an sie gedacht. Warum genau jetzt? Weil sie in dieser sargähnlichen Kiste lag? Weil das Begräbnis ihrer Oma die erste Beerdigung war, das sie als Kind miterlebt hatte?

Sie hatte sich am offenen Sarg von ihr verabschiedet. Selbst da lächelte die Oma noch höhnisch, fand sie.

Jetzt sah sie dieses Bild wieder vor sich. Es war nicht nur ein höhnisches Grinsen gewesen. Da war auch etwas Gemeines. Eine Verachtung, die sie für den Rest der Welt gehabt hatte.

Beate brachte ihrem Rupert ein Katerfrühstück. Schwarzen Kaffee, um wach zu werden, ein Weißmehlbrötchen, das die Magensäure aufsaugen sollte, obwohl sie selbst schon lange kein Weißmehl mehr aß, aber sie wusste, dass ihr Rupi darauf schwor, besonders nach einer durchzechten Nacht. Er wollte dann immer auch gern einen Matjes oder einen Brathering.

Sie brachte ihm dazu noch frischgepressten Orangensaft.

Ihr Mann sah ziemlich fertig aus. Verschwitzt und strubbelig. Er roch nach saurem Magen und Alkohol, aber immerhin nicht nach irgendeinem Frauenparfüm. Er hatte keinen Lippenstift am Hemd oder am Hals. Diesmal hatte ihm auch keine Wildkatze den Rücken zerkratzt.

Er telefonierte schon mit Jessi, als sie hereinkam.

»Ja klar hab ich eine Menge rausgekriegt. Ich muss es nur erst sortieren. Der Einsatz war schwierig. Ich habe einen Kopf wie ein defekter Staubsauger. Es pfeift und brummt. Aber einer muss den Job ja machen. Der Typ ist eine harte Nuss, aber ich hab ihn geknackt.«

Rupert lehnte gestisch den Orangensaft ab. Er deutete auf seinen Magen. Beate verstand. Aber er trank ein großes Glas Leitungswasser und griff dann zum Kaffee. Er verbrannte sich die Lippen und gab Jessi gegenüber an: »Er war früher mal Meth-Dealer, hat er mir verraten, als er schon ziemlich blau war. Also kurz vor dem Verlust der Muttersprache.«

»Echt? Meth-Dealer?«

»Ja, das Zeug wurde unter den Nazis auch *Hermann-Gö-*

ring-Pille genannt oder *Panzerschokolade*. Es sollte Angstgefühle verhindern, und angeblich trat eine enorme Leistungssteigerung ein.«

Beate war gerührt, wie ihr verkaterter Mann die junge Kollegin aufklärte und anleitete.

Jessi stoppte ihn: »Ich weiß, was Crystal Meth ist. Und er hat wirklich zugegeben, ein Meth-Dealer gewesen zu sein?«

»Ja, also ... damals, in seiner Jugend ... Aber das muss ihn sehr geprägt haben.« Rupert klang plötzlich gar nicht mehr so sicher. Er fuhr sich durchs Gesicht und über die kurzen Haarstoppeln.

Beate massierte ihm sanft die Schläfen, während er weiter mit Jessi sprach. Sie konnte dem Gespräch gut folgen. Sein Handy war laut genug, und er hielt es sich weit vom Ohr weg. Die Töne klangen für ihn viel zu schrill, so als würde Jessi ihn anschnauzen. Jeder Ton drang direkt in sein Gehirn und schmerzte.

»Also«, erinnerte Rupert sich mühsam, »er hat am Ende ziemlich gelallt, weißt du. Kein Wunder. Ich hab ihn ja richtig abgefüllt, um der Wahrheit näher zu kommen.«

Beates Berührungen brachten Rupert langsam Klarheit. War das wieder Reiki, was sie da mit ihm machte?

Erinnerungsbruchstücke fügten sich zusammen. »Wenn ich es mir recht überlege, weiß ich gar nicht so genau, ob er gesagt hat: *Ich war Meth-Dealer* oder *Ich war Messdiener*. Wie gesagt, er hat schon gelallt, und ich war auch nicht mehr ganz nüchtern.«

»Na, das nenne ich mal ein solides Ermittlungsergebnis, Rupi. Ist er denn nun der richtige Fabian Oberdieck oder nicht?«

»Klar ist er das. Er hat mir viel über seinen Job als Location-Scout erzählt. Da war er noch nicht so blau. Für mich wäre das, glaube ich, auch was. Wenn ich bei der Kripo in den Sack haue, mache ich auch einen auf Location-Scout. Man fährt viel rum, guckt sich was an von der Welt, isst in guten Lokalen und fotografiert die Gegend …«

»Andere nennen das Urlaub«, flüsterte Beate, der der Gedanke gefiel, dass ihr Rupert sich nicht mehr mit Kriminellen in gefährlichen Situationen herumschlagen musste. Gleichzeitig hatte sie aber keine Lust, ihn ständig verreisen zu lassen. Ihr schwante Übles. Was war besser für ihre Ehe? Das gefährliche Leben, das er bisher führte, oder die spaßige Freiheit, die der neue Job versprach?

»Ja«, lachte Rupert, »man kann das ruhig Urlaub nennen. Und man wird noch sehr gut dafür bezahlt. Also, wenn du mich fragst, er ist es. Der andere aber, sein Bruder, der ist doch Lehrer gewesen.«

»Hm. Ich habe seinetwegen mit vielen seiner Kollegen telefoniert«, sagte Jessi.

Rupert trank jetzt doch mit Todesmut den frischgepressten Orangensaft. Der brannte den Hals so richtig frei. Er stöhnte und behauptete: »Also Lehrer erkenne ich sofort. Der ist keiner.«

Jessi lachte: »Du meinst, so wie Gangster sofort Polizisten erkennen, wenn sie sie sehen, so identifizieren schlechte Schüler – wie du einer warst – Lehrer?«

»Ich war kein schlechter Schüler«, verteidigte Rupert sich.

»Ach komm …«

»Ich … hatte in Sport immer eine Eins!«

»Soll ich dich gleich abholen?«, wollte Jessi wissen.

Jetzt schritt Beate ein. Sie sagte es laut und deutlich: »Jessi, er kann heute nicht zum Dienst erscheinen. Er ist krank.«

»Ach, so nennt man das jetzt«, konterte Jessi enttäuscht.

Die Frauen machten das unter sich aus.

»Ja«, sagte Beate, »nenn es, wie du willst, Jessi. Er braucht jetzt Pflege. Ein Bad, eine Massage, Ruhe und ganz viel Wasser.«

Rupert grinste breit. »Ich habe schon die richtige Frau geheiratet …«

Ann Kathrin Klaasen beschäftigte sich die ganze Zeit mit Schuhen. In Aurich war sie bei Deichmann, im Schuhpark und bei Schuh-Mann. Weller stand ein bisschen planlos daneben, während seine Frau Schuhe probierte.

Weiße und schwarze Stöckelschuhe gab es genug. Für Hochzeiten und Feierlichkeiten. Aber rote gerade nicht in Anns Größe oder nur mit Glitzer drauf.

Eigentlich ging Weller gerne mit ihr einkaufen. Zum Beispiel zum Markt oder wenn sie etwas fürs Abendessen aussuchten. Aber das jetzt war komisch. Das Ganze war zwar professionell motiviert, dies zeigten sie aber nicht.

Er raunte ihr zu: »Ann, das ist, als würdest du mit deinem Mann *Fuck-me-Shoes* fürs Wochenende aussuchen.«

»Da musst du jetzt durch«, konterte sie. »Solange sie dich für meinen Mann halten und nicht für meinen Zuhälter, ist doch alles in Ordnung.«

Im Auto zurück atmete er schon erleichtert auf, doch dann schickte Ann ihn zu *Oltmanns und Küpker* in Norden. Er staunte und hielt das zunächst für einen Scherz: »Ich soll rote Pumps kaufen?«

»Ja. Versuch es. Wir gehen von einem Täter aus. Einem

Mann. Er muss die Schuhe also gekauft haben. Wie hat er sich gefühlt? Werden sich die Verkäuferinnen an ihn erinnern?«

»Garantiert«, rief Weller und hoffte schon, so um den Einsatz herumzukommen. Doch Ann blieb hart: »Vielleicht hat er eine Komplizin. Eine Frau, die möglicherweise gar nicht wusste, wozu sie da missbraucht wurde und wozu die Schuhe später benutzt wurden.«

Weller wunderte sich über ihre Worte. Wollte sie ihn testen? Waren sie über diese Phase nicht seit zwei Jahrzehnten hinaus?

Er erwähnte es fast beiläufig: »Dann bräuchte er drei Komplizinnen. Eine Tote hatte Schuhgröße 38, eine 37, zwei 39.«

Ann hielt inne. Sie versank einen Moment. Er kannte das. Er wartete einfach ab, bis sie wieder so weit war. Früher hatte er in solchen Situationen nervös herumgezappelt. Das war vorbei. Es dauerte nur selten länger, als sie die Luft anhalten konnte.

Jetzt atmete sie tief aus und sah ihn an: »Glaubst du, er geht mit den Frauen Schuhe kaufen, bevor er sie umbringt?«

Spontan sagte Weller: »Nein! Das würde uns rasch zu ihm führen. Er hat sich mit seinen Opfern bestimmt nicht in der Einkaufszone sehen lassen. Er ist vermutlich völlig verrückt, aber kein Idiot. Er handelt organisiert, und er plant. Das sind keine spontanen Morde. Er hält die Frauen ja angeblich irgendwo gefangen, und auch das kostet Vorbereitung.«

Ann lächelte: »Also gehst du Schuhe kaufen!«

Weller versuchte immer noch, aus der Nummer herauszukommen: »Ann, er wird die Schuhe einfach online bestellen. Das ist risikolos.«

Sie guckte Weller fragend an und verzog den Mund: »Risikolos? Es ist leicht für uns nachvollziehbar. Ein Mann, der mehrere Paare rote Pumps bestellt hat? Wir können über den Online-Versandhandel sogar seine Adresse rausfinden! Ich glaube kaum, dass er ohne Not Spuren im Internet hinterlassen hat.«

Das sah Weller sofort ein: »Wie macht er es dann?«, fragte er.

»Das weiß ich nicht. Genau das gilt es nun herauszufinden, Frank. Und deswegen gehst du Schuhe kaufen.«

Weller musste also alleine los. Er hätte es lieber irgendwo ausprobiert. In der Pampa. Noch hinter Leer. Also praktisch in Süddeutschland. Aber doch nicht in Norden, wo ihn jeder kannte! Er kam sich blöd vor. Ging es dem Täter genauso? Wäre Rupert nicht viel geeigneter für den Job?

Nun stand er vor dem Schuhgeschäft in der Norder Einkaufsstraße und rang mit sich. Sein Handy spielte *Piraten Ahoi!*. Es war wie eine geistige Verbindung. Als gäbe es eine Standleitung zwischen Rupert und ihm. Er dachte gerade an ihn, und schon rief er an.

Eine Tote hatte Schuhgröße 38, eine 37, zwei 39.

Vor dem Schaufenster des Schuhgeschäfts fragte Weller: »Ja, was läuft?« Er betrachtete die Auslagen im Fenster. Sportschuhe. Elegante Schuhe. Aber keine roten High Heels.

»Ich hab einen der schlimmsten meines Lebens.«

»Häh? Was?«

»Kater! Ich fühle mich, als würde ich die ganze Zeit Achterbahn fahren, mit Looping und so. Vorher habe ich aber wohl einen Manta-Teller bei *Gitti* verputzt.«

Da Weller mit anderen Gedanken beschäftigt war, reagierte er begriffsstutzig.

Rupert klärte ihn auf: »Einen Manta-Teller!«, rief er laut. »Eine Riesencurrywurst mit doppelt Pommes und Mayo!«

»Ja, was ist damit?«

»Na ja, fahr danach mal Achterbahn, dann weißt du, wovon ich rede.«

Weller stöhnte: »Rupert, was willst du?«

»'n Bier. Bloß keinen Whisky oder so. Lieber was Süffiges. So ein frisch Gezapftes …«

»Sag mal, spinnst du? Bin ich Kellner, oder arbeite ich beim Lieferservice?«

»Ich denk, du bist mein Freund! Dann musst du auch zu mir halten. Beate kann ich schlecht fragen. Die macht mir Fruchtsäfte, scheiß grünen Tee und so. Wir haben kein Bier mehr im Haus. Bier hilft gegen Kater. Also nicht irgend so eine Plörre aus der Flasche, sondern frisch gezapftes Pils. Oder aus der Dose. Ist ja klar!«

Weller schien schon einzuknicken. »Ja, klar. Was sonst!«, maulte er verständnisvoll. Dann schnauzte er los: »Du glaubst doch wohl nicht im Ernst, dass ich gleich mit einem frisch gezapften Pils bei dir zu Hause klingle!«

»Nein, bloß nicht klingeln. Dann öffnet Beate. Die soll das nicht mitkriegen. Komm durch den Garten. Ich sag ihr, ich müsste frische Luft tanken. Das findet sie gut. Dafür hat sie immer Verständnis.«

»Du hast sie doch nicht mehr alle!«, schimpfte Weller.

»Ich würde es für dich auch tun«, behauptete Rupert. Er versuchte jetzt, Weller um den Finger zu wickeln, indem er sich für ihn interessierte: »Du bist heute so schräg drauf, Alter. Was ist denn los? Stress mit deiner Domina?«

»Sie ist nicht meine Domina. Ich bin ihr Ehemann!«

»Ja, meine ich ja.«

Weller biss in seinen rechten Handrücken. »Also gut. Du willst wissen, was ich gerade mache? Ich stehe vor einem

Schuhgeschäft und werde gleich reingehen, um ein paar rote High Heels zu kaufen. Größe 38 oder 39.«

»Na, ob die dir passen? Ich würde 42/43 nehmen. Sonst legst du dich darin lang.«

Weller drückte das Gespräch weg und versuchte, die peinliche Sache hinter sich zu bringen.

An der Kasse wurde gerade einer jungen Frau ein Paar Lederstiefel eingepackt, und die freundliche Schuh-Fachverkäuferin versuchte, der Kundin noch Pflegemittel und Einlegesohlen zu verkaufen.

Eine zweite Verkäuferin mit Augen, blau wie der Himmel über der Nordsee, und Haaren, als hätte der Wind sie frisiert, sprach Weller an: »Moin. Na, was kann ich denn für Sie tun, junger Mann?«

Geschmeichelt, weil sie *junger Mann* zu ihm gesagt hatte, lächelte Weller und beugte sich vor, als wollte er ihr etwas Privates sagen. Ein bisschen wirkte er, als könnte er jetzt ein Rendezvous nach Feierabend vorschlagen. Ihre Kollegin registrierte das sofort und schielte fast eifersüchtig herüber. Dieser Mann gefiel auch ihr. Er hatte so etwas Teddyhaftes. Ein Typ zum Anlehnen und Kuscheln.

Die Blondine mit der Sturmfrisur kämmte sich mit den Fingern Haare aus der Stirn.

Weller flüsterte: »Ich möchte Schuhe kaufen.«

Die Kundin, die, seit Weller den Laden betreten hatte, das Gefühl foppte, niemand interessiere sich mehr für sie, weil ein anderer Kunde wichtiger geworden war, spottete: »Schuhe? Na, ob Sie da hier richtig sind?«

»Etwas Elegantes oder mehr etwas Sportliches?«, fragte Blauauge.

Weller deutete ihr an, sie solle ihn doch weiter in den Laden hinein begleiten. Er wollte ihr das gerne ohne die beiden anderen sagen. Er fürchtete, belauscht zu werden.

Sie verstand. Sie glaubte kaum noch, dass es hier um Schuhe ging. Sie hoffte, er sei viel mehr an ihr interessiert. Sie war zwar verheiratet, konnte sich aber plötzlich nicht mehr so genau daran erinnern, mit wem und warum überhaupt. Sie war schockverliebt. Das war ihr zum letzten Mal vor zweiundzwanzig Jahren passiert und hatte damals eine Katastrophe in ihrem Leben ausgelöst.

Weller ging vor. Sie verließ die Theke und folgte ihm zu den Damenschuhen. Die Treter, die er selbst trug, waren zwei, vermutlich drei Jahre alte schwarze Budapester mit innen abgelaufenen Hacken. Die abgenutzte Sohle im Fersenbereich mittig innen deutete für sie auf eine wenig optimale Kraftübertragung hin. Vielleicht ein Senk- oder Spreizfuß. Auf die Dauer würde er Rückenprobleme bekommen. Sie hatten Laufschuhe, die für einen Ausgleich sorgen konnten. Sie wollte sie ihm empfehlen. Er sollte sehen, dass sie gut war in ihrem Job und er ihr nicht gleichgültig.

Weller guckte, ob sie schon außer Hörweite waren. Die Kundin reckte sich, um über die Regale gucken zu können. Bei den beiden war für sie ganz klar der Liebesblitz eingeschlagen. Gingen die jetzt nach hinten, um es sofort miteinander zu treiben?

Weller flüsterte: »Ich möchte … also, das klingt jetzt vielleicht komisch für Sie … es ist mir auch ein bisschen peinlich, aber …«

Sie strahlte ihn an, um ihm Mut zu machen. Es gefiel ihr, dass er Probleme hatte, sie zum Kaffee einzuladen. Er war jedenfalls kein Hallodri, kein abgezockter Draufgänger, der es bei jeder versuchte, die nicht bei drei auf dem Baum war.

»Einfach frei raus mit der Sprache«, sagte sie.

»Haben Sie«, fragte Weller, »rote Stöckelschuhe?«

Sie ging einen Meter zurück, als müsste sie ihn mit Abstand noch mal ganz neu betrachten. Sie hatte einen homosexuellen Bruder und glaubte daher, sich gut auszukennen. Dieser Typ sah voll hetero aus.

»Ich brauche sie in Größe 38 oder 39«, sagte Weller.

Sie guckte demonstrativ auf seine Schuhe.

Weller lachte: »Nein, nicht für mich, für meine …«, er schluckte, »Frau. Es soll eine Überraschung werden.«

Sie wusste nicht, was deprimierender war: sich in einen verheirateten Typen zu verknallen oder in einen schwulen Mann.

Sie räusperte sich und versuchte, Fassung zu behalten: »Pumps oder High Heels?«

»Ja, äh … ist denn da ein Unterschied?«

»Oh ja«, belehrte sie ihn. »Ein großer. Pumps sind manchmal nur so hoch«, sie deutete es mit den Fingern an, »oder bis zu neun Zentimetern. High Heels, also so richtige *Fuck-me-Shoes*, wollen wesentlich höher hinaus. High Heels haben Pfennigabsätze. Pumps durchaus auch mal breite. Also, ich könnte auf High Heels nicht laufen. Dabei würde ich mir die Haxen brechen. Und ab vierzehn Zentimeter spricht man von *Skyscraper*. Das sind aber, wenn Sie mich fragen, eher Sexspielzeuge als Schuhe. Und orthopädisch ist das alles sowieso sehr bedenklich.«

Weller guckte nach unten und rieb sich die Schläfen. Mit so viel Fachwissen konfrontiert zu werden, zeigte ihm erst, wie ahnungslos er war. Er schwieg.

Sie machte ihm ein Angebot: »Wir haben schöne Pumps da. Aber nicht in Rot. Ich kann Ihnen aber rote bestellen. Soll ich mal den Katalog holen?«

»Werden rote …« Weller suchte ein Wort, das auf alles passte, »Stöckelschuhe oft nachgefragt?«

»Kennen Sie Frauen, die damit herumlaufen?«

Weller zuckte mit den Schultern und wich aus: »Ja, ich habe neulich im Fernsehen …«

Sie stichelte: »Ja klar, im Fernsehen. Aber ich meine, im echten Leben? Ich weiß, Männer stehen wohl darauf. Neulich hat schon mal ein Mann rote Pumps für seine Frau gekauft.«

Weller reagierte wie elektrisiert. Sie sah es ihm an. Er hatte Mühe, es zu überspielen. »Ach«, scherzte er so beiläufig wie möglich, »das war bestimmt mein Freund Charlie. Von dem habe ich auch den Tipp. Er meinte, Frauen stehen darauf.«

Weller hoffte, sie würde jetzt mit dem richtigen Namen herausrücken, aber sein Trick funktionierte nicht. Stattdessen fragte Blauauge: »Soll ich Ihnen die Schuhe bestellen? Pumps, High Heels oder gleich Skyscraper?«

Weller dachte kurz nach. Er wollte sich ungern als Polizist outen und wusste selbst nicht, warum. Das war hier doch eine echte Spur. Kommissar Zufall, an den niemand so sehr glaubte wie sein Lieblingsschriftsteller Friedrich Dürrenmatt, spielte ihm gerade einige Trümpfe in die Hände.

Wieso, fragte Weller sich, schäme ich mich gerade, Polizist zu sein? Er schluckte. »Für Charlie haben Sie die Schuhe doch bestimmt bestellt. Ich nehme die gleichen. Oder meinen Sie, er hätte was dagegen? Können Sie mir seine Telefonnummer geben? Ich rufe ihn rasch an und frage.«

Bis vor wenigen Sekunden hatte sie gehofft, er würde nach ihrer Telefonnummer fragen. Langsam kam ihr das alles sehr seltsam vor.

»Ich soll Ihnen die Telefonnummer von Ihrem Freund geben?«

»Ja, weil ich, äh ... nämlich ein neues Handy habe. Mein altes ist mir in die Toilette gefallen. Totalschaden. Alle Nummern weg und alle Termine. Ich bin praktisch kopflos, so als sei mein Büro abgebrannt.«

Sie nahm noch mehr Abstand. Nein, sie würde ihren Mann nicht betrügen. Nicht mit dem da. Der konnte ihrem Siggi das Wasser nicht reichen.

Ihr abschätziger Blick zog Weller den Boden unter den Füßen weg. Fast hätte er sich am Schuhregal festgehalten, aus Angst, einfach umzufallen oder einzubrechen, weil der Boden sich unter ihm auftat. Gab es Falltüren in diesem Schuhgeschäft, durch die man unehrliche Kunden in den Keller sausen ließ?

Er zückte seinen Polizeiausweis und zeigte das Plastikkärtchen wie einen Schutzschild vor. Er bekam augenblicklich wieder Boden unter die Füße und einen festeren Stand. »Mein Name ist Frank Weller. Mordkommission. Ich untersuche den Mord bei der Museumseisenbahn. Es kann sein, dass Sie den Mörder kennen und er hier Schuhe gekauft hat.«

Blauauge lächelte, verzog den Mund und wurde ohnmächtig. Weller fing sie auf. Ein Schuhregal fiel um.

Er legte die Frau sanft auf den Boden und bettete ihren Kopf auf seinen Oberschenkel.

Die Kundin und die andere Verkäuferin waren sofort bei ihnen.

»Was ist denn hier los?«, keuchte die eine. »Na, ihr zwei Turteltäubchen«, lästerte die andere.

»Ihrer Kollegin«, sagte Weller, »ist wohl schwindlig geworden.«

»Da fragt man sich«, spottete die Kundin, »küsst der so gut oder hat er Mundgeruch?«

Jessi erhielt einen Rückruf aus Bremen. Eine Lehrerin, eine Kollegin von Florian Oberdieck, war bereit, mit Jessi ein privates Gespräch zu führen, wenn sie sich auf völlige Verschwiegenheit verlassen könnte, wie sie mehrfach betonte.

»Auf keinen Fall«, sagte sie, »darf mein Mann davon erfahren. Nicht meine Kinder und erst recht nicht meine Kollegen. Wenn Sie mir das nicht zusichern können, rede ich erst gar nicht weiter. Ich bin nicht bereit, mein Leben zu zerstören.«

Da waren viele Verneinungen in ihren Sätzen. Trotzdem war Jessi irgendwie stolz und aufgeregt. Sie sicherte der Frau Geheimhaltung zu, um sie nicht zu verlieren. Sie wusste aber gleichzeitig, dass so etwas im Grunde unseriös war. Wenn alles nur viel Wirbel um Nichts war, konnte es natürlich diskret behandelt werden. Sobald es aber um Mord und Identitätsdiebstahl ging, war das nicht mehr möglich. Noch war es aber gar kein richtiger Fall. Jessi vermutete, es würde vielleicht auch nie einer werden. Trotzdem wollte sie alles tun, um einen Beitrag zur Klärung zu leisten.

Sie traf Ingrid Silje im *Panorama Restaurant* in Bremerhaven mit Blick auf die Nordsee und den Sonnenuntergang.

Ihren Partner Rupert verschonte Jessi. Sie fragte auch nicht bei der Chefin Elisabeth Schwarz nach, ob sie eine Dienstreise nach Bremerhaven machen könnte. Sie machte es wie ihr Vorbild Ann Kathrin Klaasen. Sie wollte sich selbst ein Bild machen. Ermittlungen nach Hörensagen und Aktenlage zogen sich erstens lange hin und waren zweitens weniger sinnlich und folglich auch weniger effektiv.

Von Norden nach Bremerhaven waren es knapp zwei Stunden, je nachdem, ob sie am Deich entlang über die Störtebekerstraße fuhr oder erst nach Emden und dort die A 31 nahm.

Um Frau Schwarz nicht fragen zu müssen, erledigte Jessi die Tour in ihrer Freizeit. Bremerhaven hin und zurück, das war mit guter Musik oder einem spannenden Hörbuch gar kein Problem. Sie nahm sich zwei Flaschen Wasser mit und Schokolade von *ten Cate*. Sie stand auf Zartbitter mit Nüssen. Manchmal brauchte sie dieses Gefühl, etwas mit den Zähnen zu zerknacken, dann wieder liebte sie den zarten Schmelz.

Frau Silje hatte das *Panorama Restaurant* in Bremerhaven vorgeschlagen. In Bremen sei sie durch ihren Job als Lehrerin bekannt wie ein bunter Hund, hatte sie behauptet. Aber in Bremerhaven könne sie sich ungezwungen bewegen.

Ingrid Silje hatte lange glatte Haare. Auf den ersten Blick erinnerte sie Jessi ein bisschen an Carina Oberdieck. Sie hatte auch so etwas Zerbrechliches an sich, gleichzeitig wirkte sie wie aus der Zeit gefallen. Ein schützenswertes Wesen. Ein Relikt aus den Wilden Zwanzigern. Mehr Jazz als Rock 'n' Roll. Mehr Charleston als Walzer.

Mit ihrem Aussehen hätte sie Filmstar werden können, dachte Jessi. Sie fühlte sich zwanzig Jahre älteren Frauen gegenüber manchmal unterlegen. Sie kam sich in ihrer Gegenwart oft kindlich vor. Unerfahren und unerotisch. Wahrscheinlich, vermutete Jessi, schreibt Frau Silje Gedichte, oder sie spielt Klavier. Sie hatte so etwas Kulturbeflissenes, strahlte ein angeborenes Talent aus. Vielleicht auch für Malerei.

Um ihren Hals hing ein Goldkettchen. Daran hing, so sah

es auf den ersten Blick aus, ein einzelner Engelsflügel. Bei genauem Hinsehen war es aber eine Harfe.

Ingrid Silje war wohl schon länger im Restaurant. Sie aß ein Rindercarpaccio mit ein bisschen Grana Padano und Rucola darauf. Dazu trank sie gekühlten Weißwein und Mineralwasser. Die Frau verstand zu leben.

Sie wirkte, als würde sie völlig in sich ruhen und auf ihr Glück vertrauen. Vieles in ihrem Leben war glattgelaufen. Da knirschte nur selten Sand im gut geölten Getriebe.

Sie verstand es, Probleme vorausschauend zu verhindern, bevor sie überhaupt zu echten Problemen, geschweige denn bedrohlich werden konnten.

Jessi setzte sich auf den Platz, den Ingrid Silje ihr zuwies. Direkt am Fenster konnten beide aufs Meer schauen. Ein riesiges Containerschiff zog ihre Blicke auf sich.

Die meisten Menschen saßen auf der Terrasse und genossen die Abendsonne. Deshalb hatte Frau Silje den Platz innen an der Fensterfront gewählt. Die Kellner trugen das meiste nach draußen. Sie jonglierten geschickt vollbeladene Tabletts.

»Als wir telefoniert haben, konnte ich Ihnen nicht die ganze Wahrheit sagen. Ich war nicht allein. Aber jetzt sind wir ungestört. Sie finden es ja sowieso heraus, Frau Jaminski. Soviel ich weiß, hat er Tagebuch geführt. Jedenfalls wusste er immer genau, wann was gewesen war. Selbst Jahre zurückliegende Sachen konnte er genau rekonstruieren. So etwas gelingt meiner Erfahrung nach nur Menschen, die Tagebuch führen.«

Jessi bestellte sich ein Wasser und einen Kaffee. Sie verzichtete auf die Speisekarte. Das mit dem Tagebuch war ein guter Hinweis, davon hätte Frau Silje ihr aber auch locker am Telefon erzählen können.

»Was finde ich sowieso heraus?«, hakte Jessi nach und

nippte an ihrem Sprudelwasser mit Eiswürfeln und Zitronenscheibe. Sie führte den Zitronenschnitz zu ihren Lippen und saugte daran.

Frau Silje nippte am Weißwein und bemängelte: »Er ist noch eine Spur zu kalt. Weißweine sollten zehn, maximal zwölf Grad haben. Zu kalter Weißwein verliert einfach seine Identität.«

»Um mir das zu sagen, haben Sie mich aber doch nicht von Norden nach Bremerhaven gelockt, oder?«, provozierte Jessi. Sie wusste von Vernehmungen, bei denen sie Ann Kathrin assistieren durfte, dass Leute oft auf gesicherte Weisheiten oder physikalische Gesetze auswichen, um ein Einverständnis zu erzielen und Vertrauen aufzubauen, auf dem sich später ein solides Aussagefundament errichten ließ.

»Herr Oberdieck und ich hatten ein Verhältnis. So nennt man das heute ja wohl.«

»Und Ihr Mann hat keine Ahnung?«

»Natürlich nicht. Wo denken Sie hin? Wir sind keine Hippies. Er ist katholisch. Streng. Viel strenger als ich. Das hat auch seine Vorteile, aber er würde mir das nie verzeihen, und ich will es ihm auch nicht antun. Das mit Florian war …«.

Sie tat, als suchte sie nach Worten, doch Jessi spürte genau, dass diese Frau wusste, was sie sagen und preisgeben wollte und was nicht. Ann Kathrin Klaasen hatte ihr mehrfach vor Verhören gesagt: »Er wird alles bereitwillig zugeben, was wir seiner Meinung nach sowieso schon wissen. Das und kein bisschen mehr. Also lass uns bluffen und so tun, als wüssten wir alles. Damit öffnen wir die Pforten zu einer Aussage.«

Dazu waren keine Worte notwendig, hatte Jessi gelernt, sondern nur eine bestimmte Haltung, die Wissen suggerierte. In diesem Fall nickte Jessi einfach. Das wäre Ann Kathrin vermutlich zu platt gewesen, aber es funktionierte.

Ingrid Silje fuhr fort: »Es war eine On-off-Beziehung. Mehr off als on. Mal obsessiv, leidenschaftlich, besitzergreifend, dann wieder wie nie dagewesen. Kalt, abweisend, plötzlich nur noch Desinteresse. So was kann eine Frau verrückt machen. Mal konnte er nicht ohne mich leben, dann wieder war ich Luft für ihn. Wie gesagt: on – off.«

Jessi fragte frei heraus: »Glauben Sie, dass Ihr Mann von Ihrer Beziehung Wind gekriegt hat und dann auf Lanzarote ...«

Ingrid Silje erschrak. Wenn das gespielt war, dann war es sehr gut gespielt.

»Um Himmels willen, Frau Kommissarin, wo denken Sie hin! Außerdem kann das gar nicht sein. Es war in den Schulferien. Mein Mann und ich, wir waren auf Mauritius, während Florian ...« Sie stoppte ihren Redefluss und wurde nachdenklich. Sie schüttelte den Kopf, als würde sie eine Frage verneinen, die sie sich selbst gerade stumm gestellt hatte.

Sie griff nach dem Weinglas. Diesmal nippte sie nicht vornehm daran, sondern trank es in einem Zug leer. Sie stöhnte und füllte das Weinglas aus der Mineralwasserflasche, obwohl das Wasserglas noch halbvoll danebenstand. Die Frau war aus dem Konzept.

»Er ... er hat an diesem Hemingway-Cup teilgenommen. Die sind drei Tage auf dem Ozean fischen gewesen. Vielleicht auch vier. Wer fängt den größten Blue Marlin. Darum ging es. Ich habe an dieser Macho-Olympiade natürlich nicht teilgenommen. Stattdessen habe ich einen Ausflug über die Insel gemacht, im Schatten gelegen und gelesen. Ich bin eine richtige Leseratte, wissen Sie. Keine E-Books. Auch nicht im Urlaub! Ich habe immer Übergepäck wegen der vielen Bücher. Mein Mann schimpft immer, aber ich brauche richtiges Papier. Da nehme ich lieber weniger Klamotten mit.«

Frau Silje bemerkte, wie Jessi die Reste von ihrem Carpaccio ansah. Sie schob es ihr rüber: »Probieren Sie ruhig. Ist köstlich. Das können die hier wirklich.«

An Jessis Platz lag noch Besteck. Sie langte tatsächlich herzhaft zu. Das hier war ja ohnehin halb privat.

Mit vollem Mund fragte sie: »Und Ihr Mann hätte in der Zeit die Möglichkeit gehabt, nach Lanzarote zu fliegen, Herrn Oberdieck in den Vulkan zu schubsen und wieder zurück zu Ihnen nach Mauritius zu kommen?«

»Das weiß ich nicht, Frau Kommissarin. Ob es flugtechnisch überhaupt möglich gewesen wäre, entzieht sich meiner Kenntnis. Aber ich habe ihn drei, vier Tage nicht gesehen. Mit Florian habe ich in der Zeit ein paar WhatsApp-Nachrichten getauscht und auch einmal telefoniert. Aber dann hat er plötzlich nicht mehr geantwortet.«

Die Frau belastet ihren Mann gerade ganz heftig, sinnierte Jessi. War das Gespräch von Anfang an so geplant gewesen? Wollte sie ihn über diesen Weg loswerden?

»Jetzt werde ich Ihnen mal etwas verraten, das genauso unter uns bleiben muss wie Ihr kleines Geheimnis.«

Frau Silje stimmte gestisch sofort zu.

Jessi beugte sich vor und flüsterte: »Es gibt Verdachtsmomente, dass Herr Oberdieck nicht auf Lanzarote umgekommen ist, sondern stattdessen in Norden als Fabian Oberdieck weiterlebt.«

Frau Silje sprang auf. Jessi wunderte sich, dass diese so beherrscht wirkende Frau völlig die Fassung verlor. Sie fuhr Jessi an: »So ein Blödsinn!«

Die wenigen Menschen im Lokal wurden jetzt aufmerksam.

Gut, dass wir nicht auf der Terrasse sitzen, dachte Jessi. Sie deutete an, Frau Silje sollte sich besser wieder setzen. Sie tat es. Dann behauptete sie: »Wo denken Sie hin? Das hätte die Ehefrau ja wohlgemerkt.«

Jessi gab ihr recht: »Ja, genauso denke ich auch. Von der kam übrigens der Tipp.«

»Wie bitte? Wollen Sie mich verulken, Frau Kommissarin?«

Verulken – wer sagt denn heute noch so etwas, fragte Jessi sich. Verarschen war für sie das gebräuchlichere Wort in ihrer Altersklasse.

»Wenn es für Sie eine Möglichkeit gäbe, ihn zu treffen, würden Sie dann mit Sicherheit sagen können, ob Herr Oberdieck Fabian oder Florian ist?«

Frau Silje wusste nicht, wohin mit ihren Händen. Sie winkte dem Kellner. Jessi vermutete, dass sie vorhatte, die Rechnung zu ordern und zu verschwinden, doch sie bestellte stattdessen: »Noch ein Glas von diesem Grauburgunder.«

»Würden Sie sich zutrauen, ihn zu identifizieren, Frau Silje?«

»Na hören Sie mal! Ich kenne zwar den Zwillingsbruder nicht, aber ich war …«, sie wurde leiser, »… mit Florian intim. Wir waren uns über einen gewissen Zeitraum sehr nahe. Manchmal näher, als ich es meinem Ehemann je gewesen bin.«

War das da eine Träne in ihrem rechten Auge? Ingrid Silje nahm eine Serviette vom Tisch, tupfte sich die Lippen ab und dann rasch unter beide Augen.

Jessi trank von ihrem Kaffee, der ihr sofort auf den Magen schlug. Sie goss Wasser hinterher.

Frau Silje überlegte, ob sie es sagen sollte. Dann rückte sie langsam damit raus: »Wenn er leben würde, hätte er sich bei mir gemeldet.«

»Sind Sie sicher?«

»Ganz sicher. Ich habe mir schlimme Vorwürfe gemacht. Ich dachte, vielleicht war es ja Selbstmord. Ich meine, wer fällt denn einfach so in einen Vulkan?«

»Wie kommen Sie auf Suizid? Hat er solche Gedanken geäußert?«

»Na ja, direkt nicht, aber er hat schon gesagt, er könne ohne mich nicht leben. Und ich habe ihm von Mauritius aus mitgeteilt, dass ich so nicht weitermachen kann. All diese Heimlichkeiten, das fraß mich einfach auf. Ich konnte kaum noch schlafen und wenn, dann hatte ich Albträume. Ich wollte bei meinem soliden Mann bleiben.«

Jessi rutschte auf dem Stuhl herum. Das Rindercarpaccio hatte sie hungrig gemacht. Die Fahrt nach Bremerhaven schien sich auszuzahlen. Ann Kathrin hatte recht behalten: »Man muss die Leute sehen. Live erleben. In einem Gespräch kommt oft viel mehr raus als sich vorher in einem Fragenkatalog, den man an die Kollegen vor Ort schickt, vorbereiten lässt.«

»Kann ich«, fragte Jessi, »die letzten Nachrichten von Florian Oberdieck an Sie mal lesen?«

Ingrid Silje griff zu ihrem Handy, hob es hoch und sagte: »Ich habe jede WhatsApp-Nachricht sofort wieder gelöscht. Das hätten Sie an meiner Stelle auch getan, junge Frau. Er steht auch nicht als Florian Oberdieck in meiner Adressenliste, sondern als Claudia. Ich habe meinem Mann gesagt, dass sie eine nervige Kollegin ist, weil Florian manchmal, wenn er Sehnsucht hatte, mir auch nachts geschrieben hat.«

»Sie sind ganz schön raffiniert. Dann dachte Ihr Mann, Sie schreiben nachts mit einer Kollegin«, sagte Jessi, und es klang ein bisschen nach einer Mischung aus Lob und Bewunderung.

»Na klar. Ich habe ihm erzählt, sie hätte Liebeskummer

und ich müsse sie trösten. So ähnlich war es ja auch, nur dass Claudia keine Kollegin war, sondern ein Kollege.«

Jessi wiederholte ihre Frage: »Sie trauen sich also zu, den echten vom falschen Oberdieck unterscheiden zu können?«

Frau Silje nickte mit überlegenem Lächeln. »Er konnte küssen wie kein Zweiter. Und mit seinen Händen war er ein Künstler. Er behandelte den Körper einer Frau wie ein Musikinstrument, das er mit meisterhaftem Können zum Klingen brachte. Er konnte sehr zärtlich sein.«

Jessi wurde unruhig. Sie sah auf die Uhr. »Bevor ich neidisch werde, Frau Silje, Sie werden ja kaum eine Probenummer mit Herrn Oberdieck schieben wollen, damit wir herausbekommen, ob er ...«

Für Ingrid Silje war das Gespräch damit beendet. Sie hasste solche Ausdrucksweisen. Sie verschränkte die Arme vor der Brust.

»Sie sind«, fragte Jessi, »dem Zwillingsbruder wirklich nie begegnet?«

Frau Silje schüttelte missmutig den Kopf. Sie hatte einfach keine Lust mehr.

Der Wein wurde gebracht. »Dann zahle ich auch gleich«, stellte sie klar. Sie wollte Jessis Rechnung mit übernehmen, doch die protestierte: »Nein. Bitte getrennte Rechnungen.«

Jasmin Bergmann hörte Schritte. Sie wusste nicht, ob es ein Traum war oder Wirklichkeit. Halluzinierte sie schon vor Angst und Sauerstoffmangel?

Schritte, das bedeutete, der Sarg war nicht verbuddelt worden. Es hörte sich nach einem harten Boden an. Steinfliesen.

Da war ein merkwürdiges Klacken. Ein Spazierstock? Eine Gehhilfe?

Werde ich wahnsinnig?, fragte sie sich.

Welcher Tag ist heute?

Wie lange bin ich schon hier?

Wie lange kann man überhaupt ohne Essen und Trinken überleben?

Sie hatte mal gelesen, nach zwei Tagen ohne Flüssigkeit würde es gefährlich. Die Nieren versagten angeblich von allen Organen zuerst.

Schraubte da jemand am Sarg herum?

Wurde er geöffnet oder endgültig in den Boden versenkt?

Von außen klopfte eine Hand gegen das Holz. Der Ton hallte in ihren Ohren. Es war, als könne sie die Hand sogar sehen.

Ihr Gehirn formte aus den gehörten Eindrücken ein Bild.

Kam ihre Oma Hedwig aus dem Totenreich ihr zu Hilfe?

Sie wollte ihren Namen rufen, doch sie bekam nur ein Krächzen heraus.

Trotzdem antwortete ihr eine metallische Stimme. Das Wort *Artefakt* schoss ihr durch den Kopf, als sei die Stimme künstlich erzeugt. Irgendwie verfälscht.

»Ich hoffe, du bist zur Ruhe und Einkehr gekommen. Ich habe dir Wasser gebracht und frische Kleidung. Du musst mehr auf dich achten. Du lässt dich gehen. Wasch dich und mach dich schick. Ich werde später zurückkommen und mit dir speisen, wenn du dich angemessen zurechtgemacht hast. Öffne den Sarg erst, wenn ich es dir erlaube.«

Schritte entfernten sich. Etwas knallte zu. Sie glaubte, Riegel und auch Ketten zu hören.

Sie lag ganz still, lauschte und wagte nicht, sich zu bewegen. Sie wusste nicht, was größer war: Die Angst, alles nur halluziniert zu haben oder dass es Wirklichkeit war.

Ihr Atem rasselte. Ihr Herz raste. Sie hätte nicht sagen können, ob der plötzliche Mutausbruch dem Aufbegehren gegen eine Panikattacke entsprang oder einfach dem Willen, sich nicht unterkriegen zu lassen. Sie drückte ihre Fingerspitzen vorsichtig gegen den Deckel ... Tatsächlich ließ der sich bewegen. Nur ein paar Millimeter zunächst. Da war noch irgendwo etwas verkantet, aber dann fiel durch einen winzigen Schlitz helles Licht in ihr Gefängnis.

Sie saugte die hereinströmende Luft ein. Die vollen Lungen gaben ihr Kraft.

Sie hob den Deckel an. Er rutschte seitlich herunter und krachte auf den Boden.

Zwei Scheinwerfer waren auf den offenen Sarg gerichtet. Sie hielt sich die Hände vors Gesicht. Die Helligkeit tat weh. Einerseits wollte sie alles sehen und die gesamte Situation erfassen, andererseits fürchtete sie, das ganze Ausmaß des Wahnsinns, der sie umgab, zu erkennen.

Der kindliche Wunsch, die Dinge ungeschehen zu machen, war plötzlich da, als sei sie gerade erst vier geworden. Einen Erwachsenen um Hilfe zu bitten oder einfach wegzulaufen, dieser Gedanke explodierte in ihr.

Sie richtete sich im Sarg auf. Sie kam sich steif vor. Uralt. Als sei sie nicht in der Lage, allein, ohne Hilfe, aus der Holzkiste auszusteigen. Ihr war schwindlig, und sie befürchtete, mit dem ganzen Ding umzufallen.

Sie wusste nicht, wie hoch sie aufgebahrt worden war. Sie konnte den Boden nicht sehen. Sie war lichtblind.

Sie hob das rechte Bein aus dem Sarg und trat ins Leere. Die Kiste stand auf einem Tisch oder einem Gestell.

Jasmin fühlte sich beobachtet. Kam sich gebrechlich vor, als sei sie kaum in der Lage, allein aus einem Bett zu steigen, geschweige denn aus einem hohen Sarg. Ihre Gelenke schmerzten dumpf. Sie trat wie auf Watte, aber es war harter Boden, auf den sie fiel, als sie umknickte.

Sie lag still, zusammengekrümmt, froh, eine andere Position einnehmen zu können als die in der Holzkiste. Schon das brachte Erleichterung.

Sie blinzelte. Langsam gewöhnten sich ihre Augen an die Helligkeit. Aber es war immer noch, als würde sie sich orientierungslos in einem Seenebel befinden. Da war ein Tisch mit einer weißen Decke darauf, der sie an den gedeckten Tisch in ihrem Lieblingsrestaurant auf Fuerteventura erinnerte. In grelles Sonnenlicht getaucht, glänzte das Porzellan auf der Tischdecke. Eine Flasche Mineralwasser stand einladend in der Mitte, daneben zwei Plastikbecher.

Sie kroch bis zum ersten Stuhl und zog sich daran hoch. Ihre Arme waren kraftlos. Es war ein stapelbarer Lehnstuhl aus Polyrattan. Sie hatte vier ähnliche im Garten, weil das Küstenklima in Ostfriesland mit Gartenmöbeln nicht gerade schonend umging.

Waren Tisch und Stühle aus ihrem Garten? Wollte sie jemand verspotten, oder sollte sie sich in diesem Gefängnis heimisch fühlen? Sollte ihre Sehnsucht nach ihrem Zuhause angetriggert werden? Wollte ihr jemand sagen: *Sieh mal, was du einmal gehabt hast*?

War es doch Matteo?

Sie stützte sich am Tisch auf und nahm die Wasserflasche. Sie führte sie direkt an die aufgeplatzten Lippen und trank.

Die metallische Stimme ertönte wieder: »Na, na, na, na! Das gehört sich aber nicht. Du bist Mutter und Ehefrau. Du hast einen Schulabschluss. Kennst du denn die primitivsten Benimmregeln nicht? Willst du so deiner Tochter Jana ein Vorbild sein?«

Sie schluckte gierig. Es tat weh im Hals und gleichzeitig gut. Sie verschluckte sich. Das Wasser lief an ihrem Hals runter.

»Ich sehe schon, du möchtest gerne das volle Erziehungsprogramm durchlaufen. Nun, das kannst du haben.«

Sie befürchtete, gleich könnte aus der Ecke, aus der das gleißende Licht kam, irgendeine Gestalt auftauchen und ihr die Flasche abnehmen. Sie schluckte schnell und so viel sie nur konnte.

Das Wasser weckte neue Lebensgeister in ihr. Sie rülpste und trank weiter. Etwas schoss ihr aus der Nase. Egal. Wasser war Leben! Wasser und Luft.

Die metallische Roboterstimme hatte den Namen ihrer Tochter erwähnt. Sie war also kein zufälliges Entführungsopfer eines Wahnsinnigen. Der Mann kannte sie und ihre Familie. Er wollte sie quälen und erniedrigen.

Er weidet sich an meiner Angst, dachte sie.

Die Stimme meldete sich erneut. Diesmal in hartem Befehlston: »Wasch dich! Mach dich schön zurecht. So bist du gesellschaftlich eine Katastrophe. Du siehst aus wie gerade dem Grab entstiegen.«

Den Witz fand er gut. Er lachte sein Kirmes-Automatenlachen.

»Hinter dir an der Wand habe ich ein paar schöne Sachen für dich aufgehängt. Das macht eine Frau aus dir. Diese verkackten Jeans stehen dir nicht. Sie sind eine Beleidigung für meine Augen und eine Peinlichkeit für dich als Frau. Sprich mir nach: Ich werde nie wieder Hosen tragen. Ich bin eine Frau!«

Sie unterdrückte den Impuls, ihm einen Vogel zu zeigen

oder den Stinkefinger. Sie wollte den Verrückten – wer immer es war – nicht noch wütender machen. Sie drehte sich um und ging, die fast leere Plastikflasche in der Hand, in Richtung Wand. Dort hing tatsächlich ein buntes Sommerkleid mit großen, farbigen Mustern. Unter dem Kleid auf dem Boden standen rote Stöckelschuhe.

Die Sachen waren ihr völlig unbekannt. Anders als bei den Möbeln war sie ganz sicher, dass diese Kleidungsstücke nicht aus ihrem Haus stammten. Aber es war ihre Größe.

Sie protestierte: »Nicht ganz mein Stil.«

Sie erschrak über sich selbst und hoffte, damit nicht seinen Zorn auf sich zu ziehen.

Wieder erklang dieses Lachen, das sie an einen Automaten auf der Kirmes in Wilhelmshaven erinnerte. Sie musste damals in der Grundschule gewesen sein, und mit ihren Eltern hatte sie erst eine knusprige Rostbratwurst gegessen, dann ein paar Bälle auf Dosen geworfen und schließlich Fotos mit einem Roboterclown gemacht, der sprechen konnte und wie ein Blecheimer klang. Er war lustig und unheimlich zugleich.

Eltern machten Fotos mit den Kindern und dem Clown. Die Erwachsenen fanden ihn lustig. Einige Kinder weinten aber auch.

Jasmin hatte den Roboter-Clown nie vergessen, vielleicht, weil sie eine Weile nicht verstanden hatte, ob er ein Mensch war oder eine Maschine oder eine Mischung aus beidem.

»Aber das ist mein Stil. Du wirst es für mich tragen.«

»Und wenn nicht?«

»Dann wirst du schlicht und einfach verhungern. Wasch dich jetzt und dann zurück in deinen Sarg. Da kannst du in Ruhe darüber nachdenken, ob du gern das widerspenstige Weibchen spielen willst oder bereit bist, dein Ego aufzugeben.«

»Wer bist du?«, fragte sie.

Das metallische Lachen war die einzige Antwort.

Rupert fühlte sich dank Beates guter Pflege, einer Reiki-Behandlung, vielen Vitaminen und einer Massage, endlich wieder fit. Er hatte dank seiner Opferbereitschaft und Trinkfreude einiges herausgefunden, was den Kollegen, die Dienst nach Plänen und Vorschriften machten, vermutlich entgangen wäre.

Er wollte die Sache zu Ende bringen und seinen neuen Freund, oder sagen wir besser, Saufkumpan, Fabian Oberdieck, fragen, ob er nun früher *Messdiener* oder *Meth-Dealer* gewesen war.

Bei der Gelegenheit hatte Rupert vor, sich auch mal mit Carina Oberdieck unter vier Augen zu unterhalten. Vielleicht, so hoffte er, war das alles ja nur Wunschdenken bei ihr. Sie wollte endlich mal eine Affäre mit einem anderen Mann haben, und weil sie sich für diese Gedanken schämte, phantasierte sie sich zusammen, ihr Mann sei nicht ihr Mann, sondern sein toter Bruder.

Das war alles ziemlich krank und völlig unnötig. Sie brauchte bestimmt Aufmerksamkeit. Fabian ließ sie viel zu oft alleine, weil er doch als Location-Scout dauernd unterwegs war. Rupert sprang da gerne ein. Er wusste, wie man einsame Frauen tröstete. Da war sie nicht die erste. Sie konnte von seinen langjährigen Erfahrungen profitieren.

Er stellte sich vor Beates großem Ankleidespiegel in Positur und probierte einen neuen Anmachspruch aus: *Ich bin kein Mann für eine Nacht*. Lange Pause. Tiefer Blick in die Augen, und dann, bevor sie sagen konnte: *Ich will mich aber gar nicht scheiden lassen* – es kam auf die Geschwindigkeit an, auf den genauen Rhythmus, wie meist im Leben –, also, bevor sie dazu kam, wollte er sagen: *Denn nach der ersten Nacht wirst du bestimmt um eine zweite betteln.*

Augenzwinkern und vielversprechendes Grinsen ...

War *betteln* das richtige Wort? Der passende Ausdruck war wichtig. Da konnte man viel falsch machen. Ein verkehrter Ton, und die Sache war gelaufen.

Vielleicht sollte ich besser *flehen* sagen als *betteln*, dachte er.

Er zog ein frisches Hemd an und seinen besten Tigerslip.

Schon auf der kurzen Fahrt zu den Oberdiecks beschlich ihn das Gefühl, kurz vor einer heißen Liebesnacht zu stehen. Und selbst wenn sie ihn heute abblitzen ließ, sein Tag würde kommen. Auf so etwas Schönes musste man eben auch schon mal warten können. Eines Tages, wenn Fabian Oberdieck sich wieder irgendwo in der Welt herumtrieb und Lost Places fotografierte und mit Schauspielerinnen flirtete, würde sie sich an sein Angebot erinnern und ihn anrufen. Er konnte warten.

Bei dieser Britta hatte es fast sechs Jahre gedauert. Dann spielte eines Nachts sein Handy *Born to be wild.*

Britta hatte mit verheulter Stimme, aber fest entschlossen, gefragt: »Steht dein Angebot noch, Rupi?« Oder hatte sie ihn *Tiger* genannt? Er wusste es nicht mehr so genau und erinnerte sich auch nicht mehr daran, was er ihr damals angeboten und versprochen hatte. Er konnte sich nicht mal wirklich an sie erinnern, aber er sagte: »Klar. Ein Mann, ein Wort!«

Ihr Mann war gerade mit einer anderen durchgebrannt, und sie schlief jetzt aus Rache mit Rupert. Der krampfhafte Sex mit ihr war eine Mischung aus Publikumsbeschimpfung und Ringkampf gewesen. Er war voller blauen Flecken und Bisswunden nach Hause gekommen. Das Ganze war nicht gerade vergnügungssteuerpflichtig gewesen.

Carina stellte er sich eher sanft und einfühlsam vor. Ein bisschen wie seine Beate.

Er parkte vor dem Haus, ordnete seine Sachen, strich sein Hemd überm eingezogenen Bauch glatt und klingelte. Er war darauf vorbereitet, entweder Fabian anzutreffen oder Carina. Vielleicht auch beide. Die Kinder hatte er irgendwie verdrängt. Überhaupt nicht mehr auf dem Schirm.

Darth Vader und Luke Skywalker öffneten in voller *Star-Wars*-Montur. Beide waren mit ihren Lichtschwertern bewaffnet und in Kampfeslaune.

»Was willst du, Jabba? Was führt dich in unsere Galaxie?«, rief Luke und zog eine Grimasse.

Darth Vader röchelte: »Ich spüre eine Erschütterung der Macht.«

Rupert versuchte, witzig zu reagieren. Mütter fuhren auf Männer ab, die mit ihren verzogenen Blagen klarkamen. Das hatte er schon sehr früh gelernt. Der Weg zum Herzen einer Frau führte oft über ihre hochbegabten Rotzlöffel.

Er bückte sich, bis er fast auf Darth Vaders Augenhöhe war, dann stoppte ihn ein ekelhafter Schmerz im Rücken. Er versuchte, sich nichts anmerken zu lassen. Das ging aber schief. Er quetschte mühsam hervor, was er eigentlich fröhlich herausposaunen wollte: »Und mit dir habe ich auch noch ein Hühnchen zu rupfen, Darth Vader.«

Statt ihm zu helfen, kritisierte Luke Skywalker ihn: »Das sagt man aber nicht.«

»Was?«, fragte Rupert erstaunt und drückte sich eine Hand in den Rücken. Er richtete sich auf. Im Wohnzimmer sah er

Carina mit ihren zauberhaft langen Haaren und tollen Beinen.

»Hühnchen rupfen«, klärte Luke ihn auf.

»Warum denn nicht?«, fragte Rupert.

»Das ist rassistisch.«

»Häh?« Rupert guckte doof, was ihm nicht schwerfiel.

»Nein«, korrigierte Darth Vader seinen Bruder, »nicht rassistisch. Das ist diskriminierend.«

»Meine ich ja«, entschuldigte Luke Skywalker sich, doch Darth Vader ließ ihm das nicht durchgehen: »Das ist nämlich ganz was anderes.«

Rupert glaubte, veralbert zu werden. »Was soll denn daran diskriminierend sein?«

Darth Vader guckte ihn an, als sei er gerade auf die Stufe eines Kitakinds gesunken. »Wegen dem Tierwohl und alles«, erklärte er.

»Ja, stell dir vor, du wärst ein Huhn oder ein halbes Hähnchen, dann fändest du solche Sprüche doch auch nicht gut.«

Rupert schielte zu Carina. Waren die altklugen Brüder das Ergebnis ihrer fortschrittlichen Erziehungsmethoden, oder lernte man so etwas heute in der Schule?

»Ja«, fragte Rupert hilflos und kämpfte gegen den Rückenschmerz an, »was sagt man denn eurer Meinung nach stattdessen? Was ist besser als Hühnchen?«

»Pizza?!«, schlug Luke Skywalker unsicher vor.

»Ich hab mit dir eine Pizza zu rupfen, hört sich aber ganz schön blöd an«, behauptete Rupert und schielte ins Wohnzimmer, wo Carina versuchte, rasch die Falten aus ihrer Strumpfhose zu ziehen.

»Ja, rupfen ist doof. Vielleicht besser zu schneiden oder zu teilen«, tönte Darth Vader.

»Ich würde lieber 'ne Calzone nehmen, Jabba!«, rief Luke Skywalker.

Darth Vader korrigierte ihn: »Aber eine vegane.« Als sei Rupert das Wort nicht bekannt, und er müsse es ihm erklären, fuhr er in Ruperts Richtung fort: »Also ohne Eier und Käse und so ...«

Rupert fühlte sich plötzlich sehr alt und wusste nicht, ob die Kinder das ernst meinten und er mal wieder die Zeichen der neuen Zeit verpennt hatte oder ob sie sich hier über ihn lustig machten und das die neue Art war, Erwachsenen Streiche zu spielen. Er sprach es laut aus, damit auch Carina es hören konnte: »Ich soll also statt *Ich habe mit dir noch ein Hühnchen zu rupfen* lieber sagen: *Ich möchte mit dir eine vegetarische Pizza Calzone essen*?«

Darth Vader stöhnte: »Nicht vegetarisch, Mensch! Vegan!«

Luke Skywalker schüttelte verständnislos den Kopf. »Der kapiert das nicht. Der ist dafür schon zu alt.«

Darth Vader gab ihm recht: »Eine verlorene Generation!«

Carina Oberdieck war jetzt so weit. Sie öffnete die Tür ganz weit und bat ihre Kinder mit Mutterblick um Ruhe. Die zwei schwiegen sofort.

Rupert staunte. Was hatte sie ihnen mit ihrem Blick versprochen? Pommes? Lakritz? Stundenlanges Fernsehen?

Jetzt lächelte sie Rupert an: »Was kann ich für Sie tun?«

Sie machte viel mit den Augen, mit kleinen Gesten und mit ihrer Mimik. Sie brauchte kaum Worte. Sie gab ihm zu verstehen, dass sie gern bereit war, mit ihm zu sprechen, aber lieber allein. Ihm gefiel das.

Darth Vader verstand und formulierte es mit resignierendem Tonfall: »Erwachsenenkram ...«

Carina nickte ihrem Sohn lächelnd zu.

Luke Skywalker forderte: »Eis und Fernsehen!« Dann schob er sein Lichtschwert wie ein Friedensangebot zwischen Hose und Gürtel.

Carina fuhr über seine Haare. Das verstand er als Zeichen der Zustimmung. Darth Vader ebenfalls. Er lief in die Küche voran. Luke folgte ihm. Noch bevor Darth Vader die Tiefkühltruhe öffnen konnte, rief Carina: »Jeder nur eins!« An Rupert gewandt, erklärte sie: »Ich mache Eis am Stiel selber.« Nicht ohne Stolz fügte sie hinzu: »Ganz ohne Eismaschine.« Sie zuckte mit den Schultern und spielte alles herunter: »Eis ist ja eigentlich nur gefrorene Flüssigkeit. Ich nehme natürlich Bio-Obst.«

Fast hätte Rupert gesagt: »Meine Frau stellt für uns auch selber Eis her«, doch er hielt es für klüger, seine Frau erst mal aus dem Gespräch herauszuhalten. Außerdem schmeckte ihm das Eis bei *Riva* viel besser als bei Beate, aber das verschwieg er, um wegen solcher Kleinigkeiten keinen Ehekrach heraufzubeschwören.

»Sie haben meinen Mann unter den Tisch gesoffen«, behauptete Carina. Für Rupert klang das wie ein Lob. Er registrierte, dass sie *mein Mann* gesagt hatte. Gab es also das Problem nicht mehr? Hatte sie inzwischen akzeptiert, dass ihr Mann ihr Mann war?

Rupert machte mutig einen Vorstoß: »Er ist wirklich ein netter Kerl.«

»Ja«, gab sie kleinlaut zu, »ich habe ihn vermutlich völlig zu Unrecht verdächtigt und vorgeführt. Es ist mir unglaublich peinlich.«

»Ach«, erwiderte Rupert, »das kann doch jedem mal passieren.«

Sie guckte ihn ungläubig an. Sie setzte sich auf die Couch

und schlug die Beine übereinander. Rupert stand noch. Sie bot ihm den Sessel gegenüber an.

Er wollte ihr Erleichterung verschaffen und gleichzeitig das Tor für andere Gesprächsthemen öffnen. Frauen mochten verständnisvolle Männer.

»Ich meine, das kennt doch jeder. Wenn ich zum Beispiel mit meiner Frau schlafe …« *Mist, jetzt hab ich sie doch erwähnt, aber ich krieg die Kurve noch,* »also, wie gesagt, nach so vielen Jahren Ehe – seien wir doch mal ehrlich –, da stellt man sich beim Sex schon mal gerne eine andere Partnerin vor, und dann ist es vielleicht ein bisschen geiler, und sonst passiert ja auch eigentlich gar nichts … Aber in der Phantasie wird die Partnerin plötzlich zur Traumfrau.« Er lachte. »Das ist doch nicht nur bei Männern so, oder?«

Sie guckte ihn groß an. Es beeindruckte sie, wie offen er war, und sie fühlte sich tatsächlich besser durch sein Geständnis. War alles so einfach?

Rupert nahm wahr, dass er sie erreichte. Er breitete die Hände aus, als wolle er mit ihnen eine unsichtbare Knetmasse in der Luft modellieren. »Bestimmt träumt meine Frau auch manchmal davon, dass ich Robert Redford oder Richard Gere oder Brad Pitt wäre oder auf welche Typen Frauen heutzutage sonst so stehen …«

Sie atmete heftig aus. »Wie Sie sprechen«, pustete sie, »so … frei.«

»Das Leben ist zu kurz, um die Zeit damit zu verbringen, sich gegenseitig mit verlogenem Müll vollzuquatschen, finden Sie nicht?«

»Wie wahr. Und Sie glauben, ich habe mir das alles nur eingebildet?« Sie sprach nicht weiter, sondern biss sich auf die Unterlippe. Rupert fand das unheimlich sexy.

»Wenn Sie mal jemanden brauchen, um sich auszusprechen oder ...« Er beugte sich vor und flüsterte: »Oder um sich auszutoben ... Ich bin da völlig tabulos und jederzeit für Sie da. Na ja, vielleicht nicht völlig tabulos, aber doch so ziemlich ...«

Sie lachte: »Da bekommt der Satz *Die Polizei, dein Freund und Helfer* ja eine ganz neue Bedeutung.«

Luke Skywalker schrie: »Mama, Darth Vader hat sich zwei Eis genommen!«

Darth Vaders Stimme ertönte: »Du elender Verräter!« Dann fiel in der Küche irgendetwas um. Carina sprang auf und lief hin.

Eigentlich, dachte Rupert, lief das gar nicht so schlecht. Wir müssten nur noch diese missratene Saubande loswerden.

Ann Kathrin Klaasen stand in Harlesiel am Fähranleger und wartete auf die Überfahrt nach Wangerooge. Sie hatte Marzipanseehunde und Deichgrafkugeln von *ten Cate* für Ubbo Heide dabei, außerdem vier Baumkuchenringe, ein Geschenk von Jörg und Monika Tapper für »den besten Kripochef, den wir je hatten«.

Mindestens einmal im Monat besuchte Ann Kathrin Ubbo zum Gedankenaustausch. Seit er im Rollstuhl saß, kam er ihr merkwürdig weise vor, so als hätte die körperliche Bewegungseinschränkung ihn geistig noch flexibler gemacht. Manchmal holte sie sich Rat bei ihrem väterlichen Freund. Selbst wenn er auf ihre Fragen keine Antworten wusste, so hatte er doch immer eine Portion Zuversicht zu verschenken.

Sie verehrte ihn immer noch. Vielen ihrer Kollegen ging es

genauso. Jeder neue Chef nach Ubbo Heide hatte es einfach schwer. Er war ein großes, alles überragendes Vorbild. Dagegen wurden andere Vorgesetzte zu nörgelnden Giftzwergen oder aufgeblasenen Scheinriesen.

Ann Kathrin genoss die Überfahrt auf dem Außendeck. Besuche bei Ubbo führten bei ihr oft zu klaren Gedanken. Das begann schon auf der Fähre, wenn sie an der Reling stand, ihr Gesicht in den Wind hielt und den Wellen lauschte. Es war wie Meditation. Nicht einfach eine Fahrt mit der Fähre von Harlesiel nach Wangerooge, sondern viel mehr. Ein Übergang in eine andere Welt. Nicht nur, weil Wangerooge autofrei war, nein, sie fuhr einer anderen Lebenseinstellung entgegen. Hier auf der Nordsee, über sich nur den blauen Himmel und ein paar freche Möwen, erschien ihr vieles blödsinnig oder zumindest verzichtbar, was gerade noch richtig wichtig gewesen war. Dienstpläne. Handys. Excel-Tabellen. Diäten.

Wenn sie die Augen kurz schloss, spürte sie das Schiff unter sich. Das Rollen der Dieselmotoren. Die Propeller und die Wellen. Es breitete sich in ihrem Körper aus, als würde sie zum Bestandteil der Fähre. Ein Stück von ihr wurde freier. Etwas, das sie behindert hatte, fiel von ihr ab. Lästiger Zivilisationsmüll, der das Gehirn verklebte und den freien Blick verstellte, wurde vom Fahrtwind in Komplizenschaft mit dem Nordwestwind einfach weggeblasen. Es tat weh in den Ohren. Die Zeit- und Energiefresser krallten sich in ihr fest, begehrten auf und hatten doch gegen die Naturgewalten keine Chance. Was war eine Dienstvorschrift verglichen mit der Nordsee?

Das Meer lachte über unsere künstlichen Probleme. Regierungen kamen und gingen. Reiche wurden gegründet und zerfielen. Regeln wurden aufgestellt und gebrochen. Das Meer blieb. Schön. Wild. Und gefährlich.

Die Überfahrt war wie ein Klärungsprozess für sie.

Dann die Fahrt mit der Inselbahn durch die Salzwiesen. Die Vogelschwärme. Der Geruch nach lebendigem Meeresboden.

Der Backsteinbahnhof im Jugendstil. Das Klappern der Kofferräder auf dem Kopfsteinpflaster. Die Gerüche im Inseldorf. Diese Mischung aus Rosen, frischem Gebäck, Pizza und Fisch. Alle paar Meter wechselten die olfaktorischen Eindrücke. Jedes Geschäft nahm einen eigenen Geruchsraum ein, war umgeben davon wie von einer Duft-Aura.

Wo gab es so etwas sonst noch?

Ubbo Heide hatte es mal so erklärt: »Du riechst hier mehr, weil es keine Autoabgase gibt. Keine Fabrikschornsteine und auch sonst nichts. Da ist das Meer, der Sand, der Wind, und plötzlich kannst du einen Eisbecher auf zwanzig Schritte riechen und die einzelnen Sorten unterscheiden.«

In seiner Begeisterung für die Insel übertrieb er manchmal ein wenig.

Sie lief auf den *Pudding* zu. Der runde Bau mit dem großartigen Ausblick war für sie so etwas wie das Wahrzeichen der Insel. Auf der oberen Strandpromenade, draußen vor dem *Anna-Düne*-Gebäude, wartete Ubbo schon auf sie. Er saß in seinem Rollstuhl, als sei es ein Königsthron. Aus dem Restaurant *Friesenjung* hatten sie ihm Tee gebracht, wie er ihn am liebsten trank. Schwarz, aber mit einem Pfefferminzblatt drin statt mit Kluntje und Sahne. Er hoffte, ja ahnte, dass Ann ihm Leckereien von *ten Cate* mitbringen würde. Er freute sich auf das Marzipan. Es schmeckte, als sei es nicht von dieser Welt, doch auch wenn es schmeckte, als hätten Engel es im Himmel gezaubert, war es eine Mischung aus mallorquinischen und kalifornischen Mandeln. Mit Kluntje und Sahne im schwarzen Tee konnte er es nicht wirklich schmecken. Aber das Pfefferminzblatt im Ostfriesentee öffnete seine Geschmacksknospen.

Seine Frau Carola stand bei ihm. Sie achtete die besondere Beziehung zwischen Ann Kathrin und ihrem Mann sehr. Er war für Ann immer mehr gewesen als ihr Chef. Eine Vaterfigur. Carola mischte sich nicht gern in ihre Gespräche ein. Sie ließ die zwei lieber allein. Ann Kathrin schätzte Ubbos Rat sehr, und ihm tat es gut, noch gebraucht zu werden. Danach ging es ihm immer besser. Anns Besuche wirkten wie eine Verjüngungskur auf ihn.

Schon als er sie kommen sah, hellte sich sein Gesicht auf. Die Schmerzen der letzten Tage schienen vergessen. Ein Ruck durchfuhr seinen Körper, als hätten all seine Muskeln auf diesen Besuch gewartet.

Carola registrierte, dass Ann Kathrin, sobald sie Ubbo sah, ihre Schritte beschleunigte. Er breitete seine Arme aus. Je näher Ann ihm kam, umso schneller lief sie. Es hätte Carola nicht gewundert, wenn er plötzlich aufgestanden wäre.

Ann beugte sich zu ihm runter. Die zwei umarmten und drückten sich fest.

Carola begrüßte Ann herzlich und fragte, ob sie ihr beim *Friesenjung* eine Kleinigkeit zur Stärkung anbieten könnte. Ann lehnte ab. Sie schob ungefragt den motorisierten Rollstuhl, als sei er ein Kinderwagen, obwohl Ubbo gut selbst fahren konnte. Sie machten das gern so. Es war eine Art ihres Umgangs miteinander.

Carola verabschiedete sich schon, als sie bei *Digger's Strandbar* ankamen, wo Ann plötzlich Durst bekam und mit Blick aufs Meer ein Wasser trinken wollte.

Pflichtbewusst erkundigte Ann Kathrin sich nach Ubbos Gesundheitszustand, doch er machte eine unwillige Handbewegung. Er wollte nicht über seine Wehwehchen reden. Stattdessen bat er sie: »Komm, Mädchen. Pack aus! Wo drückt der Schuh?«

Sie sahen beide auf die Nordsee. Die an den weißen Strand rollenden Wellen hatten etwas Hypnotisches. Schaumkronen blieben am Strand liegen. Der Wind pustete sie zum Spaß einiger Touristenkinder wie Wolken in Richtung Strandkörbe.

Ann Kathrin erzählte von Wollenweber, den Oberdiecks und dem Mord bei der Museumseisenbahn.

Ubbo Heide hörte konzentriert zu. Er stellte keine Zwischenfragen. Er ließ sie einfach reden. Als sie einen Schluck von ihrem Wasser nahm, sagte er: »Jaja, die Oberdieck-Jungs.«

Ann Kathrin dachte zunächst, er spräche über Darth Vader und Luke Skywalker, aber er winkte ab: »Ach was, die kenne ich gar nicht. Ich rede über Florian und Fabian. Das waren echte Stammkunden damals. Ich habe immer befürchtet, dass es mit denen später mal richtige Probleme geben würde. Ich dachte, hoffentlich kriegen die als Erwachsene noch die Kurve. In ihrer Jugend waren das zwei ganz schlimme Finger.«

Ann betonte: »Davon wissen wir nichts. Ihre Führungszeugnisse sind klinisch rein.«

Ubbo lachte: »Ja klar, weil bei Jugendstrafsachen aus datenschutzrechtlichen Gründen alles gelöscht wird. Meistens nach fünf Jahren, im schlimmsten Fall nach zehn. Aber ich erinnere mich natürlich daran. Schön, dass die beiden doch noch anständige Bürger geworden sind. Das ist oft so. In der Jugend sind sie wild, stoßen sich die Hörner ab, und später werden sie vernünftig und machen Karriere. Sie lernen Berufe, werden brave Steuerzahler und sozusagen Stützen unserer Gesellschaft.«

Ann fragte: »Was haben die beiden denn gemacht?«

»Ach, das Übliche. Sie haben halt über die Stränge geschlagen. Mal ein Auto geknackt und damit Mädchen von der Disco nach Hause gefahren. Angeber, die auf dicke Hose machten, waren sie beide. Bei dem öffentlichen Nahverkehr verständlich und fast schon lobenswert. Die haben leider nur bei einer Spritztour ein paar Autos geschrammt. Sie hatten keinen Führerschein, und ganz nüchtern waren sie auch nicht. Später, daran erinnere ich mich noch, haben sie dann voll die Zwillingsbrüder-Karte gespielt.«

»Wie?«

»Vor Gericht war die Tat keinem eindeutig zuzuordnen. Sie haben beide gestanden, hinterm Lenkrad gesessen zu haben.« Ubbo grinste: »Jeder wollte es gemacht haben und bezichtigte den anderen der Lüge. Es war natürlich unmöglich. Es konnte nur einer gefahren sein. Die beiden Früchtchen haben jeder die Tat für sich reklamiert. Das war für den Richter ein Riesenproblem. Dann noch zwei Ladendiebstähle, wenn ich mich recht erinnere, haben sie einmal eine Spendenbox geklaut. Ich glaube, das Geld war eigentlich für die Behindertenhilfe gedacht. Aber auch das wird natürlich spätestens nach zehn Jahren aus den Akten gelöscht, und sie treten dir heute als unbescholtene Bürger gegenüber ...« Er kam ins Reden. »Einmal, wenn ich mich recht entsinne, haben die zwei – aber das ist alles schon sehr lange her –, also, da haben sie ein junges Mädchen gegen ihren Willen festgehalten. Die Anzeige wurde später zurückgezogen. Es war wohl keine Vergewaltigung oder so. Ziemlich undurchsichtige Sache. Die junge Frau behauptete, sie sei von ihnen in die alte Ziegelei verschleppt worden, wo sie gegen ihren Willen Fotos von ihr gemacht hätten. Aber ich weiß es nicht mehr so genau. Es verlief jedenfalls am Ende alles im Sande ... wie so oft ...«

Sie sahen einem Containerschiff zu, das langsam vorbeizog und kaum noch Ähnlichkeit mit einem Schiff hatte. Das Ganze erinnerte Ann Kathrin an Riesenlegosteine. Das Ding war so vollgepackt, dass Ann Kathrin befürchtete, einem richtigen Sturm könne das Schiff nicht standhalten. Dafür boten die Container eine zu große Angriffsfläche.

»Der Lehrer ist auf Lanzarote in einen Vulkan gefallen«, sagte Ann Kathrin nachdenklich.

Ubbo Heide fragte: »Und das glaubst du?«

Ann schluckte getroffen. »Timanfaya. Ich kenne den Ort. Nicht ganz ungefährlich. Wenn man zu nah herantritt, kann man da schon …«

»Hatte der Lehrer irgendeinen Grund, zu verschwinden? Schulden? Oder gab es ein Verfahren gegen ihn? Ermittlungen?«

»Nein. Florian Oberdieck war ein beliebter Lehrer ohne Probleme. Jessi hat sehr konkret ermittelt. Er hatte mal eine Affäre mit einer Kollegin. Das Übliche halt. Nichts Justiziables dabei. Keine Übergriffe gegen Schülerinnen oder so …«

Ubbo Heide schwieg eine Weile. Es war nicht klar, ob er Anns Worte sacken ließ, einfach nachdachte, in seinen Erinnerungen und Erfahrungen nach Antworten suchte oder einfach nur den Blick auf die Nordsee genoss. Er atmete schwer. Das Rasseln in seiner Lunge gefiel Ann Kathrin überhaupt nicht. Sie machte sich Sorgen um ihn.

Sie stand hinter ihm, griff in seine Haare und massierte ihm die Kopfhaut. Das machte Weller manchmal abends bei ihr, wenn es ihr nicht so gut ging oder ein Gedankenkarussell sie schwindlig werden ließ.

Ubbo genoss es, tat aber eher, als sei es ihm lästig. Dann sagte er einen Satz, über den sie später noch lange nachzudenken hatte. Die Worte schwirrten tagelang in ihrem Kopf herum, weckten sie nachts und ließen sie nicht mehr einschlafen: »Die Oberdiecks waren nicht einfach nur Zwillinge, sondern mir kamen sie damals vor wie ein einzelner Mensch in zwei Körpern.«

»Ein Mensch in zwei Körpern?«, wiederholte Ann, als hätte sie Angst, ihn falsch verstanden zu haben. Er galt in seiner aktiven Dienstzeit nicht gerade als Esoteriker. Ubbo Heide hatte ein christliches Menschenbild, es war für ihn Grundlage fast aller wichtigen Entscheidungen.

»Ja«, bekräftigte er, »genauso wirkten sie damals auf mich, und damit war ich nicht der Einzige.«

»Was willst du mir damit sagen, Ubbo?«

Er drehte sein Gesicht zu ihr und blinzelte sie an: »Ich schildere dir nur meinen Eindruck. Vielleicht hat es ja gar nichts zu bedeuten, Schlussfolgerungen musst du schon selbst ziehen.«

Vom Festland näherte sich ein Flugzeug der Insel.

»Bleibst du über Nacht?«, fragte Ubbo. Er kannte ihre Antwort, bevor sie sie aussprach: »Nein, leider nicht. Ich würde ja gerne, aber ich muss mit der letzten Fähre zurück. Wir haben schließlich noch den Mord bei der Museumseisenbahn. Frank und ich sind Wollenweber zugeteilt worden.«

»Wollenweber? Ein guter Mann. Ich kenne ihn noch aus meiner Zeit beim BKA. Wir sind uns einige Male begegnet. Einerseits war er immer ein bisschen überengagiert, so als würde die Welt ohne ihn im völligen Chaos versinken, andererseits war er aber auch ein Schluderjan.«

Ann gab Ubbo sofort recht: »Aktenstudium ist nicht gerade seine Stärke. Er übersieht Zusammenhänge oder zieht die falschen Schlüsse daraus.«

Ubbo wies darauf hin: »Er ist mal bei einem Schusswechsel schwer verletzt worden. Im Ruhrgebiet. Ich glaube, in Schwerte. Er wurde angeschossen und wäre dort fast verbrannt.« Ubbo schloss mit einer Warnung: »Sei vorsichtig, mein Mädchen. Lass dich nicht verheizen.«

Weller, Jessi und Marion Wolters trafen sich in der sogenannten Teerunde bei *ten Cate*. Seit die Chefin Elisabeth Schwarz sich herausnahm, immer wieder in die Büros hereinzuplatzen und sich in jedes Gespräch zu mischen, gab es diese Teerunde in unterschiedlichen Besetzungen. Meist nahm noch Ann Kathrin daran teil. Gern auch Kommissarin Sylvia Hoppe oder Rupert. Hier im Café konnten sie frei reden.

Jessi brannte darauf, ihre Ermittlungen zu präsentieren, das sahen ihr alle an, doch zunächst bestellten sie sich bei Moni und Jörg Kuchen und Getränke.

Jörg präsentierte eine Eierlikörtorte, da konnten die Frauen nicht widerstehen. Weller entschied sich für einen ostfriesischen Käsekuchen.

Noch bevor die Kuchenstücke auf dem Tisch standen, platzte Jessi heraus: »Also, Leute, ich habe recherchiert. Frau Siljes Mann wäre locker von Mauritius nach Lanzarote und wieder zurückgekommen, während der Hemingway-Cup lief, an dem er angeblich teilgenommen hat. Maximilian Silje war auch tatsächlich für den Hemingway-Cup angemeldet, hat aber in Wirklichkeit gar nicht teilgenommen. Angeblich lag er mit einer Magen-Darm-Grippe schon an Tag eins im Bett und war erst am letzten Tag bei der Siegerehrung im Publikum dabei. Da gibt es auch ein paar Fotos von ihm neben riesigen

Fischen, die größer sind als er selbst. Also, die Blue Marlins mit diesen langen Schwertern.«

»Moment mal«, sagte Marion Wolters, »du meinst, der ist dorthin geflogen, hat Florian Oberdieck in den Vulkan gestoßen und …«

»Möglich wäre es. Er ist ein recht gläubiger Mensch. Seine Frau hat ihn als streng katholisch geschildert. Wenn er erfahren hat, dass Florian etwas mit ihr laufen hatte, dann …«

»Wäre nicht auch«, fragte Weller, »ein Suizid denkbar? Sich in einen Vulkan zu stürzen ist doch so was wie ein Sprung in die Hölle.«

»Ja«, räumte Jessi ein, »ist durchaus möglich. Was mich besonders ärgert, ist, Florian Oberdieck muss ein Tagebuch geführt haben. Das hat mir Frau Silje gesagt. Ich denke, sie hat Angst davor, dass dieses Tagebuch gefunden wird und sie ganz schön in Schwierigkeiten bringt.«

»Das Tagebuch müsste doch bei der Tatortsicherung gefunden worden …«, sagte Marion Wolters. Sie stockte und verwarf ihren eigenen Gedanken gleich wieder.

Weller erklärte: »Das ist alles Schnee von gestern. Die Wohnung war ja kein Tatort. Sie wurde nie von unseren Leuten untersucht. Der Bruder hat sich darum gekümmert, sie auszuräumen. Viele Möbel hat er bei Ebay verkauft, andere zum Sozialen Kaufhaus *Möbel und mehr* am Schlicktief in Norden gebracht.«

»Das heißt«, konkretisierte Weller, »das Tagebuch ist futsch. Wir wissen, dass es eins gibt oder gab, aber nicht, wer es hat beziehungsweise hatte.«

Jessi nickte.

Monika Tapper brachte die bestellten Tortenstücke und fragte: »Ist Ann Kathrin heute nicht mit dabei?«

Weller schüttelte den Kopf: »Sie besucht Ubbo. Aber schöne Grüße.«

»Ach, na klar«, lachte Monika. »Sie hat ja auch vorher hier Marzipanseehunde und Deichgrafkugeln für ihn abgeholt.«

Von hinten winkte Jörg: »Und wir haben noch ein paar Baumkuchenringe mit draufgelegt.«

Als sei das das Stichwort gewesen, auf das Weller gewartet hatte, deutete er jetzt auf seine ostfriesische Käsetorte und lachte in Jörgs Richtung: »Ich glaube, so ein Stückchen Baumkuchen in schwarzer Schokolade passt ganz gut hierzu.« Jörg hob den Daumen. »Gute Wahl. Mit Sahne?«

»Blöde Frage«, antwortete Weller.

»Wir sollten«, schlug Marion Wolters vor, »diesem Maximilian Silje mal auf den Zahn fühlen.«

Weller schob sich ein großes Stück Käsekuchen in den Mund, kaute genüsslich und sagte: »Aber Leute, welchen Grund sollte sein Zwillingsbruder denn haben, den Mord zu decken? Der war doch dabei und hat erzählt, er hätte seinen Bruder in den Vulkan stürzen sehen.«

Jessi tippte sich gegen die Stirn: »Weil er ein Selfie machen wollte ... Blöder geht's ja wohl nicht. Das ist wie eine Seuche, die um sich greift. Ein Kollege aus meinem Boxverein hat in Portugal an der Algarve auch ein Selfie von sich machen wollen. An der Steilküste. Er und der Traumstrand. Er ist sieben, acht Meter tief gefallen, hat sich viermal das Bein gebrochen, zweimal den Arm und beide Schultern. Aus ist es mit der Boxkarriere.«

Marion Wolters gab ihr recht. Sie schnalzte mit der Zunge, führte den Kuchenteller nah an ihre Nase und aß die Eierlikörtorte zunächst mit den Augen auf. Wenn Marion die Torte nur ansah, nahm sie schon zu.

»Früher«, witzelte sie, »waren die Haupttodesursachen Rauchen, Saufen und Raserei mit dem Auto. Heute sind es Selfies an den schönsten Orten der Welt.«

Nein, Rupert landete nicht mit Carina Oberdieck im Bett. Seine Wünsche fanden keine Erfüllung. Dafür zog ihm Darth Vader zweimal ein Plastik-Lichtschwert über den Kopf. Es tat zwar richtig weh, doch Rupert lächelte es weg, als sei alles nur ein wildes Spiel. Dass sie ihn Jabba nannten, war schmerzhafter als die zwei Hiebe auf den Kopf.

Immerhin hatte er bei diesem Besuch etwas herausgefunden: Erstens, Frau Oberdieck hatte kein Interesse an einer Affäre, und zweitens, ihr Mann war früher tatsächlich mal Messdiener gewesen, aber rausgeflogen, weil er Messwein geklaut hatte, und damit es nicht auffiel – so ging zumindest das Gerücht –, hatten dann entweder er oder sein Bruder in die Flasche gepinkelt.

Carina erzählte das vielleicht auch, um die wilden Kinder zu entschuldigen. Sie hatten das vermutlich von ihrem Vater. Jedenfalls gab es ein kleines Schwarz-Weiß-Foto in einem billigen Rahmen auf dem Sims, das die Zwillinge Fabian und Florian als Messdiener zeigte. Es war keins der üblichen Bilder von braven, fürs Foto zurechtgemachten Kindern, die gequält in die Kamera des professionellen Fotografen lächelten, nein, das Foto war selbstgemacht. Vermutlich mit einem Zeitauslöser. Der eine streckte die Zunge raus, der andere zeigte den erhobenen Mittelfinger und schielte absichtlich.

Carina konnte nicht sagen, wer auf dem Bild wer war. Sie betonte aber: »Es gibt ein ganzes Album solcher Bilder. Die zwei waren damals ganz versessen darauf, sich so provozierend in Szene zu setzen. Das waren noch richtige Fotos, mit einer echten Kamera gemacht, mit eingelegtem Film, der entwickelt werden musste. Eine Weile hatten sie wohl als Jugendliche auch ein eigenes Entwicklungslabor. Kein Wunder, dass Fabian beim Film gelandet ist.«

Carina Oberdieck bot Rupert noch ein Getränk an. Selbst gepressten Obstsaft aus einer schillernden Karaffe. Aber er dachte an den Messwein und lehnte ab.

Er verließ das Haus wie ein Boxer, der froh war, die Runde überstanden zu haben, ohne k. o. zu gehen.

Luke Skywalker reichte ihm sogar zum Abschied die Hand. Rupert nahm sie unwillkürlich an und bereute es gleich, denn das kleine, schwitzige Patschehändchen war mit irgendeinem roten Schleim verklebt. Vermutlich geschmolzenes Speiseeis.

Rupert stieg in den Wagen. Carina Oberdieck stand in der Tür und winkte. Das lenkte Rupert ab. Vielleicht, dachte er, habe ich ja doch noch Chancen bei ihr. Warum winkt sie sonst, als würde sie ihren Geliebten oder Ehemann verabschieden?

Die beiden Jungs grinsten hämisch, als er losfuhr. Sie hatten nicht nur alte Blechdosen an seinem Wagen festgebunden, sondern auch noch die Biomülltonne der Nachbarn. Kurz nach seinem Start riss das Nummernschild ab. Der Müll flog quer über die Straße.

Luke Skywalker lachte sich schief, Darth Vader filmte alles für seinen Instagram-Kanal. Er hieß *Erwachsene sind doof* oder so ähnlich.

Jasmin Bergmann hatte in sich eine Grenze. Eine Sperre. Eine Mauer aus Scham, Eitelkeit und Selbstachtung. Sie wusste das richtige Wort dafür nicht. Vielleicht war es eine Autonomiebestrebung. Sie kannte das aus frühester Kindheit. Wenn sie gar nicht mehr weiterwusste, aß sie einfach nichts mehr.

Sie hatte sich jedenfalls nicht gewaschen. Bevor sie sich dabei begaffen und vielleicht sogar filmen ließ, wie sie sich, über einen Eimer gebeugt, mit einem Schwamm, der wie ein Topfreiniger aussah, die Haut schrubbte, stank sie lieber. So roch sie wenigstens nach sich selbst.

Sie wusste nicht, wer hier versuchte, sie zu brechen, aber alle ihr bekannten Menschen schienen zu solchen Teufeleien gar nicht fähig zu sein. Sie weigerte sich zu glauben, dass Matteo oder Fabian dazu in der Lage waren, ihr oder irgendeinem anderen Menschen so etwas Schlimmes anzutun. Da steckte ja auch einige Arbeit und Vorbereitung dahinter. Der Sarg musste hierhingeschafft werden. Das Licht zu installieren, war bestimmt auch nicht einfach gewesen. Hatte er Helfer?

Sie hatte nicht die geringste Ahnung, wo sie sich befand. Es war feucht. Dicke Wände, möglicherweise unter der Erde. Aber das war nur eine Vermutung. Vielleicht ein Kellergewölbe. Eine Lagerhalle? Ein ehemaliger Weinkeller?

Der Boden war gefliest. Es gab keine Fenster, wohl aber eine Tür. Sie war aus Eisen oder Stahl. Kalt.

Die Scheinwerfer ließen sich von außen steuern, konnten den Raum absuchen. Zwischen ihnen gab es eine Kamera und einen Lautsprecher.

Das Kleid hing an der gegenüberliegenden Wand. Sie hatte Kleid und Schuhe nur kurz berührt, wie um festzustellen, ob sie wirklich real waren. Sie hatte Angst, verrückt zu werden.

Was soll der Quatsch, fragte sie sich. Was hat er davon,

wenn ich das anziehe? Ist es ein Verstörter, der sonst Frauen in Umkleidekabinen beobachtet und der jetzt eine gefangen hat, um ihr bei all den Alltäglichkeiten wie Waschen, Anziehen, Schlafen, Essen, Trinken zuzusehen? Will er mich zu irgendetwas bringen? Steckt mehr dahinter? Bin ich Teil eines verrückten Experiments mit lebenden Menschen? Gibt es außer mir vielleicht noch mehr Gefangene? Und wenn ja, sind es dann nur Frauen oder auch Männer?

Lieber Gott, betete sie, *bitte hol mich hier raus. Ich habe bestimmt nicht streng nach deinen Regeln gelebt, aber ich war immer eine gläubige Christin. Ich habe versucht, Jana eine gute Mutter zu sein. Okay, ich habe ihr vielleicht den falschen Vater ausgesucht, aber am Anfang war er ganz in Ordnung. Ach, was sage ich – er war klasse! Ein, zwei Jahre lang, ein Traummann, und dann … na ja, es lag bestimmt nicht nur an mir. Er hat immer mehr das Interesse an mir verloren und ich an ihm.*

Unter dem Aspekt schien ihr der Gedanke, Matteo sei der Entführer, völlig lächerlich. Insofern hatte ihr das Gebet weitergeholfen. Matteo hatte schon vor Jahren jedes Interesse daran verloren, ihr beim An- und Ausziehen oder beim Waschen zuzusehen. Die Zeit, in der er so etwas spannend fand, war schon seit Jahren vorbei.

Ihr Magen knurrte, und sie spürte Druck auf der Blase. Sie hatte Hunger, Durst und musste dringend zur Toilette. Hier gab es keinen Rückzugsraum. Kein Bad. Kein WC. Nur einen Eimer mit Wasser und einen leeren Eimer.

Auf dem Rand des Wassereimers lag ein Bruchstück weiße Kernseife.

Sie war sich sicher, dass er sie beobachtete. Sie nahm ihren Mut zusammen und brüllte los: »Willst du mir jetzt beim Pinkeln zugucken? Findest du das gut? Macht dich das an? Mein Gott, wie krank muss ein erwachsener Mann sein, wenn er auf so etwas steht? Du benimmst dich blöder als Schüler im ersten Biologieunterricht! Lass mich raus hier, und ich bin bereit, den ganzen Mist zu vergessen. Ich werde dich nicht anzeigen und auch nichts gegen dich unternehmen! Aber du musst mir versprechen, dir Hilfe zu suchen. Du brauchst dringend Therapie. Du bist eine kranke Seele …«

»Und du bist tot, wenn du so weitermachst. Gib den Widerstand auf. Wasch dich. Kleide dich wie eine Frau. Zeig mir, dass du stolz auf dein Geschlecht bist, und dann – leg dich in den Sarg und ruh dich aus.«

Jasmin schleuderte den Stuhl gegen die Wand. Sie warf ihn in die Richtung, aus der die Stimme kam. Sie traf einen Scheinwerfer. Etwas zersplitterte. Doch der Stuhl prallte ab und fiel ihr vor die Füße. Sie erhob ihn erneut. Es war immer noch sehr hell im Raum. Sie wurde angestrahlt, aber nur noch von einem Scheinwerfer. Sie zertrümmerte auch den zweiten.

Dann wurde ihr schwindlig.

Was war das? Ein Herzinfarkt?

Sie wusste nicht, was mit ihr geschah. Alles um sie herum trudelte plötzlich. Sie stand im Dunkeln da. Trotzdem war es, als kämen die Wände auf sie zu.

Jasmin suchte Halt. Sie sackte zusammen. Im Fallen hatte sie das Gefühl, trotz der Dunkelheit alles sehen zu können, als sei sie hellsichtig geworden. Dann wurde in ihrem Kopf alles schwarz, so wie die Umgebung in diesem Gefängnis.

Sie spürte, dass sie jeden Moment ohnmächtig werden würde. Sie hatte Angst, sich beim Sturz die Knochen zu brechen und hielt sich am Sarg fest. Der rutschte vom Gestell.

Sie fing sich mit den Händen ab, kroch auf allen vieren. Ihre Knie schmerzten.

Jasmin rief nach ihrer Tante Elli, doch sie sah nur ihre Großmutter wie eine Lichtgestalt vor sich stehen, die ihr aus dem Totenreich zurief: »Siehst du, das hast du jetzt davon!«

So ist mein Leben verlaufen, dachte sie. Hin und her gerissen zwischen den Vorstellungen meiner Großmutter und denen meiner Tante. Rigide Regeln gegen freies Leben.

Dann kam das erlösende Schwarz.

Wollenweber wohnte in Norden im *Reichshof*. Er nutzte dort gern den Wellnessbereich. Er fragte Ann Kathrin Klaasen telefonisch, ob sie Lust hätte, mit ihm in die Sauna zu gehen. Noch während er den Satz aussprach, wurde ihm klar, wie schräg das rüberkommen musste. Er stammelte: »… ich meine … also, bitte, verstehen Sie das nicht falsch … ich wollte nur … damit wir ungestört reden können … in der Inspektion am Markt ist es einfach … also, haben Sie damit kein Problem? In dem alten Gemäuer schimmeln doch die Wände unter der Tapete …«

Ann Kathrin lachte über sein Gestammel. »Ich bin zwar Saunafan und schätze den Wellnessbereich im *Reichshof* sehr. Aber zum *Hotel Reichshof* gehört auch das Restaurant *Heimisch*. Ich denke, wir treffen uns besser dort. Ich habe einen Mordshunger.«

Er war froh, dass sie es so locker nahm und daraus kein *MeToo*-Ding machte. Er hatte in einer Zeit beim BKA begonnen, als Kolleginnen noch mit *Süße* oder *Schätzchen* angesprochen wurden. Er kam mit der neuen Zeit noch nicht gut klar. Seit er als Zielfahnder arbeitete, schlief er öfter in Hotels als in seiner Wohnung. Er verwilderte immer mehr. Der Vorfall in Schwerte hatte einen einsamen, verschlossenen Mann aus ihm gemacht. Er kam nicht gut mit anderen Menschen klar. Dienstlich ging es einigermaßen. Er hatte sich daran gewöhnt, Anweisungen zu geben. Leider galt er in Kollegenkreisen als fordernd und kalt.

Einen richtigen Freund hatte er überhaupt nicht. Wenn er sah, wie Weller, Rupert und die ganze Bande agierten, merkte er erst, wie einsam er wirklich war. Zu gern hätte er in ihrer Truppe dazugehört und wusste doch, dass ihm das niemals gelingen würde. Die stritten sich zwar den ganzen Tag, hielten aber zusammen wie Smith & Wesson oder Heckler & Koch.

Dass er innerlich den Vergleich zweier Schusswaffen wählte und ihm keine Menschen einfielen, deprimierte ihn. Er kannte in seinem Bekanntenkreis kein glückliches Ehepaar, das eine feste Beziehung erstrebenswert scheinen ließ.

Ann Kathrin wurde vom Chef des *Reichshof*, Björn Haver, begrüßt, als sie das Restaurant *Heimisch* betrat. Wollenweber saß mit einem Bier am Tisch. Er hatte einen Platz gewählt, von wo aus er die Tür im Blick behalten konnte.

Björn Haver fragte: »Bist du dienstlich hier oder privat, Ann?«

Sie lächelte: »Mein Magen sagt privat. Mein Kopf beruflich.«

»Hör auf deinen Magen«, lachte Björn Haver.

»Du weißt doch«, erwiderte Ann, »ich vertraue sowieso meinem Bauchgefühl mehr als allem anderen.«

Wollenweber stand auf und winkte ihr. Er hatte die Speisekarte gründlich studiert. Ann schien sie auswendig zu kennen. Sie bestellte sich, ohne in die Karte zu gucken, die Steinpilz-Walnuss-Ravioli mit großem Parmesanchip. Da sie den Chip extra erwähnte, ahnte Wollenweber, dass er ihr beim letzten Mal sehr gut geschmeckt haben musste.

Er selbst wählte für sich geschmortes Bäckchen vom ostfriesischen Ochsen mit Wirsing-Möhren-Gratin, Kartoffelstampf und Zwiebeln im Backteig. Ein bisschen genierte er sich jetzt, weil er Fleisch bestellt hatte und sie ein vegetarisches Gericht. Er hoffte, dass jetzt daraus keine dieser unerträglichen Diskussionen werden würde. Er erinnerte sich an ein Gespräch mit einer Sparkassenleiterin in Baden-Württemberg, die – weil er sich die Ente schmecken ließ – den Rest des Abends über Massentierhaltung mit ihm diskutierte. Das heißt, eigentlich hielt sie mehr eine Predigt.

Es war sein letztes gescheitertes Date gewesen. Er war immer noch ein bisschen traumatisiert. Die Zeiten, in denen es reichte, einer Frau ein Kompliment zu machen, waren offensichtlich vorbei.

Er wollte mit Hinweis auf *Slow Food* und regionale Produkte des Hauses zeigen, dass er ein bewusster Esser war. Doch Ann Kathrin stieg darauf nicht ein. Sie trank alkoholfreies Weizenbier und kam ohne Umschweife zur Sache: »Ich habe die Akten jetzt gelesen.«

Erleichtert breitete er die Arme aus: »Und?«

Sie reagierte verblüffend: »Das kann unmöglich alles sein.«

»Wie? Glauben Sie, es fehlt etwas?«

Sie zählte auf: »Vier Morde. In Würzburg, Einbeck, Eberswalde und Schwerte ... schließlich dann der fünfte in Norden. Und niemand findet einen Zusammenhang?«

Er hatte zwar drei Saunagänge hinter sich, geriet jetzt aber gleich wieder ins Schwitzen: »Alle Frauen waren zwischen 25 und 35 Jahren alt. Hatten lange blonde Haare. Offensichtlich das Beuteschema des Täters. Alle wurden eine Weile irgendwo festgehalten, bevor er sie ermordet hat, und wir haben alle in der Nähe von Schienen oder Bahnhöfen gefunden.« Er holte tief Luft und überlegte, ob er etwas vergessen hatte.

Ann Kathrin stichelte: »Und die Frauen kannten sich nicht? Hatten keinerlei Gemeinsamkeiten?«

So wie sie fragte, wurde er unsicher. Die Antwort kam ihm falsch vor, bevor er sie aussprach: »Nein, die Opfer kannten sich nicht. Sie sind sich vermutlich nie begegnet.«

Ann Kathrin überzeugte das nicht: »Was ich in den Akten vermisse: Waren sie Fan einer bestimmten Musikgruppe? Welche Literatur haben sie gelesen? Wofür haben sie sich interessiert? Haben sie vielleicht alle Basketball gespielt oder irgendetwas anderes, das sie verbindet? Nein, das ist alles nicht gründlich genug ausgewertet. Und außerdem, lassen Sie uns über die Städte reden.«

»Die Städte? Was soll mit den Städten sein? Sie sehen doch nicht ernsthaft Gemeinsamkeiten zwischen Würzburg, Einbeck, Eberswalde, Schwerte und Norden?«

Eine sehr freundliche und hochprofessionelle Servierkraft brachte die bestellten Gerichte. Die Essen dufteten noch besser, als sie aussahen. Wollenweber hätte am liebsten gleich losgelegt, aber er befürchtete, unhöflich zu erscheinen. Er wartete, auch wenn es ihm schwerfiel, bis Ann begann.

Sie beugte den Kopf über ihre Ravioli und atmete den Duft ein. »Jan Mennenga ist ein Künstler«, sagte sie. Wollenweber vermutete, dass sie über den Koch sprach.

Ann Kathrin hob den Kopf und fixierte Wollenweber. Sie

KLAUS-PETER WOLF

Ein mörderisches Paar

DER STURZ

Ostfriesenkrimi

formulierte ihre Gedanken, während sie die erste Ravioli zerteilte: »Gab es Ereignisse in den Städten, die überall vor, während oder nach der Tat stattgefunden haben?«

Er kapierte nicht. Er kam sich in ihrer Gegenwart verblödet vor und fragte sich, ob es anderen Menschen auch so ging.

Ann Kathrin legte eine kurze Pause ein, um ihr Essen zu genießen. Schon nach der zweiten Gabel konkretisierte sie ihre Frage: »Gab es zum Beispiel in jeder Stadt ein Konzert einer bestimmten Musikgruppe?«

»Sie meinen«, folgerte er, »dann wären die Bandmitglieder verdächtig?«

Sie sah ihn nicht an, sondern hatte nur noch Augen für ihren Teller.

Er lud sich die Gabel mit Kartoffelstampf voll. Damit wollte er seinen Magen beruhigen, denn langsam ließ das Gespräch seine Magensäure blubbern.

»Nicht nur die Bandmitglieder. Auch mitreisende Fangruppen, Techniker oder Roadies.« Sie zeigte mit ihrer Gabel auf Wollenweber: »Gab es in den Städten eine Kaninchenschau? Eine Kaninchenausstellung? Preisverleihungen für besonders tolle Züchtungen?«

Er staunte.

Sie fuhr fort: »Es gibt sogar eine Kaninchenzeitung. In Norden haben wir einen Rassekaninchen-Zuchtverein mit Vereinshaus am Norder Tief. Es gibt einen Vorstand. Jungtierschauen. Ich vermute mal, in den anderen Tatort-Städten ist das ähnlich, oder?«

Verzweifelt zuckte er mit den Schultern und ließ sie dann wieder kraftlos hängen.

Ann Kathrin tadelte die Arbeit seiner Ermittlungsgruppe: »Ja, irgendwie muss er doch an die Kaninchen gekommen sein! Entweder, er züchtet sie selbst, kauft sie, stiehlt sie, oder er liegt irgendwo in den Feldern auf der Lauer und schießt sie, was ich persönlich unwahrscheinlich finde. Ich glaube nämlich, er hält sie gefangen, genauso wie die Frauen.«

»Sie beschämen mich, Frau Klaasen.«

Darauf ging sie nicht ein. Stattdessen breitete sie ihre Gedanken aus: »Auf Norderney sind Kaninchen eine Plage. Auf dem Friedhof oder im Park kann man sie mit der Hand fangen. Sie lassen sich von Touristen füttern. Viele sind handzahm. Ich glaube allerdings kaum, dass er mit der Fähre nach Norderney gefahren ist, sich dort ein Kaninchen geholt hat und dann damit nach Norden zurückgefahren ist. Ein Mann mit Kaninchen auf der Fähre würde wohl auffallen. Was meinen Sie?«

Ann schwieg jetzt eine Weile, ließ ihm Zeit, die Worte sacken zu lassen. Sie genoss ihr Essen und winkte den Kellner für ein neues alkoholfreies Weizenbier zu sich.

Wollenweber zerteilte seine geschmorten Bäckchen vom ostfriesischen Ochsen. Er seufzte. Zwischen seiner Brust und seinem Bauch bildeten sich Schweißflecken auf seinem hellblauen Hemd ab. Er legte Messer und Gabel neben den Teller und fuhr sich mit dem Zeigefinger zwischen Hemdkragen und Hals entlang. Er öffnete einen Knopf.

»Es könnte also sein, dass der Täter in jeder Stadt eine Kaninchenausstellung besucht und ein Kaninchen gekauft hat? Glauben Sie das ernsthaft, Frau Klaasen?«

Ann bestätigte: »Die Henkersmahlzeit für sein Opfer.«

Wollenweber relativierte: »Aber es gibt Hofläden. Man kann eingefrorenes Kaninchen in den meisten Supermärkten einfach so kaufen. Er muss doch nicht gleich den Preissieger einer Ausstellung kaufen, um …« Er winkte ab. »Wie kommen Sie überhaupt darauf, dass er sich die Mühe macht? Vielleicht holt er sie sich einfach an der Kühltheke oder auf dem Markt.«

Ann unterbrach ihn: »Tiefkühlkost ist nicht sein Ding. Er macht es sich nicht einfach. Das ist nicht schnell husch, husch. Er genießt, was er tut. Er kauft ihnen Schuhe und Kleidung. Er inszeniert da irgendetwas. Er hält die Frauen wie die Tiere gefangen. Zuerst tötet er das Kaninchen, dann die Frau. Er verscharrt seine Opfer auch nicht einfach irgendwo. Er riskiert viel, wenn er mit der Leiche im Wagen herumfährt und sein Opfer auf Bahnschienen wirft. Er könnte immer dabei beobachtet werden. Liebespärchen … einsame Spaziergänger …« Sie schüttelte den Kopf, dass ihre Haare nur so flogen. Eins landete in ihrem Essen. Sie fischte es heraus und legte es auf ihre Serviette. »Nein, der kauft keine Tiefkühlkost. Vielleicht gehört es sogar zu seinem Ritual, dass er das Tier vor den Augen der Frau tötet und dann mit ihr verspeist. Sie soll wissen, was sie erwartet.«

Wollenweber hatte selbst einige gruselige Mordfälle bearbeitet, aber jetzt, als Ann Kathrin sprach, lief ihm ein Schauer den Rücken runter. »Ich hoffe, Sie haben Unrecht, Frau Klaasen. Aber ich befürchte, Sie liegen genau richtig.«

Weller fuhr mit Jessi nach Bremen. Ein Steuerberatungsbüro hatte Jessi sich ganz anders vorgestellt. Popeliger. Verstaubter. Spießiger.

Maximilian Silje residierte in einer frei stehenden Villa mit gepflegtem Garten drumherum. Es war mehr eine Kanzlei als ein Büro. Großzügige Räume. Marmor. Moderne Kunst an den Wänden. Frische Blumen in großen Vasen. Mehrere Duftbrunnen verbreiteten Wohlgerüche und eine plätschernde Geräuschkulisse, so dass der Eingangsbereich auf Jessi mehr wie ein buddhistischer Tempel wirkte und keineswegs wie ein Steuerbüro, wo ihrer Meinung nach Quittungen sortiert wurden. Aber sie kannte sich weder in Steuerbüros noch in buddhistischen Tempeln aus. Sie war beeindruckt, ja eingeschüchtert.

Hinter der Rezeption saß eine gebildete junge Frau, die fließend drei Sprachen beherrschte und aussah, als würde sie nebenbei modeln oder Hauptrollen in Hollywoodproduktionen spielen. Sie telefonierte gerade auf Russisch. Sie lächelte die beiden verbindlich an und bat sie mit den Augen um einen Moment Geduld.

Nach wenigen Minuten beendete die zukünftige Hollywoodschauspielerin das Telefongespräch und begleitete Jessi und Weller freundlich in einen Konferenzraum, wo Mineralwasser und Fruchtsäfte auf einem großen Glastisch standen. Sie bot ihnen Platz an, und sie sollten sich ruhig bedienen. Herr Silje käme gleich.

Sie ließ die zwei alleine.

Weller setzte sich nicht, sondern betrachtete die Illustrationen an den Wänden. Er flüsterte: »Das sind Originale, Jessi. Von Salvador Dalí.«

Jessi guckte, als hätte sie keine Ahnung, wovon Weller redete. Er versuchte, sie von der Bedeutung der Kunstwerke zu überzeugen: »Die sind aus dem Bilderzyklus zu Dantes *Die Göttliche Komödie* … Die Bilder erzählen von der Wanderung des Menschen durch Fegefeuer, Hölle und Paradies. Das … das sind surrealistische Meisterwerke, Jessi!«

Die mehrsprachige Rezeptionistin brachte Kaffee und Tee.

Jessi und Weller warteten knapp zehn Minuten, dann erschien Maximilian Silje gut gelaunt in einem sportlichen Maßanzug von Cerruti mit fallendem Revers und Doppelknopfverschluss. Er trug den Anzug, als sei es seine Joggingkleidung.

Für den Mann, dachte Weller, ist das alles nur Show. Der Anzug, die Kanzlei hier. Selbst sein Personal dient nur dazu, ihn in Szene zu setzen. Er ist ein Blender. Hochintelligent. Er wäre vielleicht selbst gern Künstler geworden, aber dazu fehlte ihm vermutlich das Talent. Er umgibt sich mit Kunstwerken, um die Leere in sich selbst zu füllen. Im Grunde verachtet er das alles und jeden, der darauf reinfällt.

Weller wunderte sich über seine Gedanken und schämte sich auch ein bisschen dafür. Warum, fragte er sich, bin ich so kritisch und missgünstig? Bin ich echt so neidisch auf ihn, wie er sich in dieser selbst gestalteten Welt bewegt, während bei uns in der Inspektion die Fenster nicht richtig schließen und der Putz von der Decke bröckelt?

Es würde bald eine neue Inspektion in Norden gebaut werden. Ein großes Polizeipräsidium auf dem ehemaligen Doornkaat-Gelände. Aber auch dort würde es dann bestimmt nicht so aussehen wie hier. Duftbrunnen wären wegen der beruhigenden Wirkung dort vielleicht ganz angebracht, aber er hatte noch nie so etwas in einer Polizeiinspektion gesehen. Es gab auch in Norden Kunstwerke bei ihnen an den Wänden. Zum Beispiel von Hösti, Ole West und H. D. Gölzenleuchter. Keinen Dalí oder van Gogh.

»Was kann ich für Sie tun, Frau Weller und Herr Jaminski?«, fragte Maximilian Silje aufgeräumt.

Jessi korrigierte: »Ich heiße Jaminski. Er Weller.«

Silje entschuldigte sich mit einem breiten Lächeln. »Ja, wie auch immer.«

Mit solchen kleinen Tricks versucht er uns zu zeigen, wie bedeutungslos wir eigentlich sind. Man kann unsere Namen einfach verwechseln.

Silje fügte einen kleinen Scherz hinzu: »Eigentlich machen wir keine Lohnsteuern. Wir betreuen Firmen und Freiberufler.«

Jessi überhörte die kleine Spitze und ging forsch ran: »Wir kommen nicht als Klienten. Meinen Lohnsteuerjahresausgleich kriege ich durchaus alleine hin. Wir haben einige Fragen an Sie.«

»Sollte es um einen meiner Mandanten oder seine Firma gehen, so mache ich natürlich von meinem Zeugnisverweigerungsrecht Gebrauch. Als Angehöriger eines rechts- und steuerberatenden Berufs gehöre ich zu dem privilegierten Stand eines Berufsgeheimnisträgers. Sollten Sie Akten beschlagnahmen wollen, muss ich Sie darauf hinweisen, dass der Gesetzgeber hohe Hürden ...«

Weller reichte es: »Es geht um Sie, Herr Silje.«

Silje versuchte jetzt, fröhlich rüberzukommen, aber ein Zucken in seinem Gesicht verriet, dass er nervös wurde.

»Wo waren Sie während des Hemingway-Cups auf Mauritius?«

Maximilian Silje setzte sich mit einem Bein auf den Glastisch und ließ das andere herunterbaumeln. Das sollte wohl besonders locker aussehen, hatte aber etwas verkrampft Jugendliches an sich. »Vermutlich auf Mauritius«, grinste er. »Brauche ich einen Anwalt? Weil ich versucht habe, einen Blue Marlin zu fangen?«, fragte er und gab sich Mühe, es wie einen Witz klingen zu lassen.

»Sie haben nicht am Hemingway-Cup teilgenommen«, korrigierte Jessi.

Er zuckte mit den Schultern: »Na, wie schön. Dann habe

ich also auch nicht gegen irgendwelche Tierschutzrechte oder europäische Artenschutzgesetze verstoßen, stimmt's?«

Jessi wollte wissen: »Was haben Sie stattdessen gemacht?«

»Ich lag mit Montezumas Rache im Bett.« Erklärend, als würde Jessi ihn nicht verstehen, fügte er hinzu: »Reise-Diarrhoe.«

Weller startete einen Versuchsballon: »Sie sind auf Lanzarote gesehen worden.«

»Ich sollte wohl jetzt doch meinen Anwalt anrufen.«

»Warum?«, fragte Jessi. »Nicht am Hemingway-Cup teilzunehmen, sondern nach Lanzarote zu fliegen, ist doch kein Verbrechen.«

Silje zeigte auf sie: »Der war gut«, lachte er.

»Sie waren also auf Lanzarote, während Ihre Frau dachte, Sie fischen im Indischen Ozean auf Blue Marlin?«

Silje richtete sich auf und wurde schroff: »Ich wüsste nicht, was Sie das angeht. Was meine Frau und ich privat im Urlaub machen, hat die Polizei nicht zu interessieren.«

Weller verkniff sich den Satz: *Sie stehen unter Mordverdacht.* Der Mann kannte seine Rechte. Er würde sofort schweigen, als Beschuldigter musste er nichts sagen. Als Zeuge sah das schon ganz anders aus.

»Wir hoffen, dass Sie uns etwas über ein Ereignis auf dem Timanfaya-Vulkan sagen können. Sie könnten für uns ein sehr wertvoller Zeuge sein.«

»Ich war nicht auf Lanzarote. Ich war auf Fuerteventura.«

Weller griff sich eine Flasche Mineralwasser und öffnete sie.

»Eine Mandantin von uns hat in Corralejo ein Ferienhaus, wo sie inzwischen fast das ganze Jahr über wohnt. Ich habe sie besucht, um sie bei einem Firmenverkauf zu beraten.«

Jessi stichelte: »Und davon durfte Ihre Frau natürlich nichts wissen.«

Silje streckte seinen Körper und drückte die Brust raus. Er zog die Anzugjacke straff: »Ich muss doch sehr bitten, junge Frau!« Er wandte sich an Weller, als sei der Jessis Vorgesetzter, und stellte klar: »Sie haben jetzt schon viel von meiner Zeit in Anspruch genommen. Wenn Sie sonst noch etwas wissen wollen, schlage ich vor, dass Sie mir Ihre Fragen schriftlich stellen.«

Trotzdem hakte Jessi nach: »Kennen Sie einen Florian Oberdieck?«

Silje versuchte, freundlich zu bleiben: »Wie gesagt – weitere Fragen können Sie mir gerne schriftlich stellen.«

Jessi gab nicht auf. Sie bluffte. Sie wusste, dass so etwas vor Gericht nicht standhalten würde, sie tat es mehr für sich selbst. Sie wollte nicht so geschlagen aus diesem Gespräch herausgehen: »Es gibt ein Foto, das Sie mit Herrn Oberdieck auf Lanzarote zeigt.«

Siljes Stimme veränderte sich. Er wurde belehrend: »Ja, und mit ein bisschen Photoshop setze ich Sie neben John F. Kennedy ins Auto, als auf ihn geschossen wurde, oder lasse Sie gegen Mike Tyson kämpfen. Durch die neuen Techniken existieren Fotobeweise nicht mehr, Frau Weller.«

»Ich heiße Jaminski.«

»Ja. Meinetwegen.« Er griff sich an den Kopf und spielte den zerstreuten Professor: »Entschuldigen Sie, ich kann mir nicht alle Namen merken und dann noch die Gesichter dazu. Ich muss mich da auf die wichtigsten Leute konzentrieren, und Sie gehören nun mal leider nicht dazu.« Er ging zur Tür.

Weller machte keine Anstalten, ihn daran zu hindern. Er

hatte das Gefühl, einen großen Schritt weitergekommen zu sein.

Jessi war sauer und wirkte geschlagen auf Weller. Er munterte sie auf: »Er hat zugegeben, auf Fuerteventura gewesen zu sein, Jessi. Von Fuerte nach Lanzarote gibt es Fähren. Mit dem Katamaran ist man in einer knappen Stunde drüben. Das Ding startet von Corralejo aus, wenn ich mich nicht irre.«

»Du meinst, er hat im Grunde zugegeben, dort gewesen zu sein?«

Weller wiegte den Kopf hin und her: »So könnte man es auch sehen. Ich glaube, er hat uns mehr gesagt, als er wollte, und ist jetzt ziemlich sauer auf sich selbst.«

Jessi kaute auf der Unterlippe herum. Sie dachte laut nach: »Wenn er Florian Oberdieck in den Vulkan gestürzt hat, wieso deckt Florians Zwillingsbruder dann seinen Mörder?«

»Das«, sagte Weller, »ist eins der vielen Rätsel.«

»Es sei denn«, folgerte Jessi, »die beiden haben zusammengearbeitet.«

»Bis jetzt können wir nicht mal beweisen, dass sie sich überhaupt kennen«, erwiderte Weller, »und dein Versuch, ihn zu bluffen, steht auf sehr wackligen Beinen, wenn das Ganze irgendwann vor einem Gericht Bestand haben muss.«

»Ja klar«, schimpfte Jessi. »Die anderen dürfen lügen, tricksen und bescheißen, aber wir müssen immer schön brav die Wahrheit sagen und dürfen nicht mal einen kleinen Versuchsballon steigen lassen oder jemanden mit einem Bluff aus der Reserve locken.«

Weller stöhnte: »Wir sind die Guten, Jessi. Und genau das ist das Problem.«

Auf der Rückfahrt schwiegen sie eine Weile verbissen. Dann machte Weller einen sanften Versuch. Seine Stimme klang verständnisvoll: »Er hat dich verletzt, Jessi. Und du möchtest es ihm heimzahlen.«

Sie ballte eine Faust, als hätte sie ihn im Boxring vor sich. Weller war froh, dass er am Steuer saß. Er hätte es ihr jetzt nicht gern überlassen. Sie wurde so sehr von Emotionen geschüttelt.

»Ja, verdammt«, zischte sie, »das hat mir was ausgemacht. Der hat unsere Namen absichtlich verwechselt, denn er wollte uns zeigen, wie unwichtig wir für ihn sind. Der wollte uns destabilisieren.«

»Und es scheint ihm ja auch gelungen zu sein«, erwiderte Weller und bereute es gleich.

Jessi boxte mit der Faust in Richtung Windschutzscheibe, bremste aber kurz davor.

»Wir können«, belehrte Weller sie, »bei unseren Ermittlungen nicht nach Sympathie und Antipathie vorgehen. Wir brauchen stichhaltige Beweise und …«

Sie brüllte ihn an: »Bla, bla, bla!«

Ann Kathrin vergrub sich in ihrem Arbeitszimmer im Distelkamp und untersuchte geschlechtsbezogene Morde an Frauen der letzten fünfundzwanzig Jahre. Es wurden zwar fünfmal so viele Männer wie Frauen umgebracht, doch Frauenmorde wiesen Besonderheiten auf. Oftmals handelte es sich bei den Tätern um Intimpartner. Die Mörder kamen vielfach aus dem direkten Umfeld oder Bekanntenkreis. Dies konnte man im Fall der Eisenbahnmorde ausschließen.

Angeblich hatte die Serie in Würzburg begonnen. Ann Kathrin durchforstete nun alle Akten, die bereits digitalisiert waren. Dabei interessierte sie sich besonders für Suchbegriffe wie: *Schuhe. Stöckelschuhe. Pumps. Barfuß. Kaninchen. Bahnhof. Eisenbahnschienen.* Gleich zwei Treffer hatte sie bei einem Mordfall in Wissen. Auf dem Parkdeck, in der Nähe des Restaurants *Lakö* – heute hieß das Restaurant *El Palacio* – war vor mehr als zehn Jahren eine tote junge Frau, Iris Quarz, 24 Jahre alt, gefunden worden. Sie trug nur einen *roten Damenschuh mit hohem Absatz*, wie es in der Akte stand. Ein zweiter wurde in der Nähe der Mülltonnen gefunden. Sie war erwürgt worden und wies Spuren von Misshandlungen auf. Sie trug eine *Kaninchenfelljacke*, war aber ansonsten für die Jahreszeit viel zu dünn angezogen. Wer ging Mitte November abends im Sommerröckchen spazieren?

Der Mordfall war schnell aufgeklärt worden. Die junge Frau war polizeibekannt wegen mehrerer Drogendelikte, Beschaffungskriminalität und gelegentlicher Prostitution. Ihr damaliger Lebensgefährte, der sechs Jahre ältere Hannes Müller, galt als gewalttätig, hatte mehrere Vorstrafen wegen schwerer Körperverletzung. Die Nachbarn hatten oftmals Geschrei und Streit gehört. Er bestritt zwar die Tat und behauptete: »Die Schlampe hab ich seit Tagen nicht mehr gesehen. Die ist einfach abgehauen und hat mich auf der Miete und den anderen Schulden hängenlassen.«

Ein abgeschlossener Fall. Eine allzu alltägliche Geschichte. Doch die Schuhe machten Ann Kathrin stutzig. Möglicherweise sagte der Mann ja die Wahrheit und hatte die Frau wirklich seit ein paar Tagen nicht mehr gesehen. Sie war aber nicht ausgezogen, sondern vom Täter irgendwo festgehalten worden.

Beim weiteren Aktenstudium stieß Ann Kathrin auf die Aussage von Annette Liebrenz. Einen Tag nachdem Iris Quarz tot auf dem Parkdeck gefunden worden war, besuchte Annette

Liebrenz eine Autorenlesung im KulturWERK Wissen und ging danach noch mit einigen Freundinnen im *Lakö* essen. Sie sagte aus, mit einem gewissen Grusel ihr Auto auf dem Parkdeck abgestellt zu haben, denn sie wusste ja aus der Zeitung, dass dort ein Mord geschehen beziehungsweise eine Leiche abgelegt worden war.

Sie fand dort, als sie aus ihrem Auto stieg, einen merkwürdigen langen Nagel auf dem Boden, den sie an sich nahm, weil Nägel auf Parkplätzen ganz schönen Schaden anrichten konnten, zudem dieser auch noch rostig, krumm und die Spitze nach oben abgebogen war.

Am anderen Tag brachte Annette Liebrenz den ungewöhnlichen Nagel zur Wissener Polizei, denn sie vermutete, er könne etwas mit dem Mord zu tun haben. Dieser Zusammenhang wurde bei der Polizei zwar nicht gesehen, doch der Nagel landete in einer Tüte in der Asservatenkammer.

Ann Kathrin rief Annette Liebrenz an. Die staunte, war aber freundlich und unterhielt sich gern mit der Kommissarin am Telefon. Sie konnte sich an die ganze Geschichte noch sehr genau erinnern, zumal sie nach der Verurteilung von Hannes Müller einen Anruf von der Polizei erhalten hatte: »Die haben mich gefragt, ob ich den Nagel zurückhaben wolle. Er sei nicht prozessrelevant und habe mit dem Fall nichts zu tun. Aber irgendwie war der ja jetzt mein Eigentum.«

Ann Kathrin unterdrückte ein Lachen: »Und was haben Sie gemacht?«

»Nun, ich habe mir den Nagel wieder abgeholt. Es ist ein historischer Schwellennagel«, erklärte Annette Liebrenz. »Obendrauf ist eine Zahl. In dem Fall die 54. Früher wurden solche Nägel bei Gleisbauarbeiten benutzt. Heute aber schon lange nicht mehr.«

»Woher wissen Sie das alles?«

»In unserer Familie waren viele bei der Bahn. Unser »Dorfspitzname« war *Schlaucher.* Schon meinen Opa nannten sie so. Es hieß immer, das Schlauchen wäre eine Tätigkeit bei der Bahn gewesen. Es interessiert mich halt, und dann habe ich recherchiert.«

Solche Leute bräuchten wir bei der Kripo, dachte Ann Kathrin.

Annette wollte wissen: »Warum fragen Sie mich das alles? Der Mörder wurde doch damals verhaftet und verurteilt.«

Ann Kathrin beantwortete die Frage nicht, sondern fuhr fort: »Haben Sie den Nagel noch?«

»Natürlich. Er liegt in meinem Buchregal.«

»Würden Sie mir den zur Verfügung stellen?«

»Ja ... Warum? Geht es um diese Eisenbahnmorde?«

»Ja«, staunte Ann Kathrin, »möglicherweise steht das in einem Zusammenhang.«

»Sehen Sie«, lachte Annette Liebrenz, »das dachte ich mir doch. Ich habe meinem Mann Achim noch gesagt: *Wer weiß, ob das damals nicht auch so ein Eisenbahnmord war. Dann sitzt der Hannes Müller unschuldig im Gefängnis.*«

»Ich bitte Sie, nicht darüber zu sprechen, Frau Liebrenz, aber Ihr Verdacht ist vielleicht gar nicht unbegründet. Wie weit ist dieser Parkplatz von den Eisenbahnschienen entfernt?«

»Höchstens fünfzig Meter.«

»Haben Sie sich mit Ihrem Verdacht noch mal an die Kriminalpolizei gewendet?«

»Nein, natürlich nicht, das habe ich nur so meinem Mann gesagt. Man macht sich halt seine Gedanken. Aber ich bin ja weder Polizistin noch Detektivin. Ich lese nur gerne Kriminalromane.«

»Frau Liebrenz, bitte behalten Sie das alles für sich. Reden Sie auch nicht über dieses Gespräch, das wir hatten. Also, mit Ihrem Mann meinetwegen, aber ansonsten lassen Sie uns das bitte vertraulich behandeln. Den Nagel könnten wir notfalls bei Ihnen abholen?«

»Klar, ich stelle den gerne zur Verfügung. Ich kann Ihnen auch ein paar Fotos schicken, wenn es schnell gehen soll.«

»Ich bitte darum.«

Wenn alle so aufmerksam wären, dachte Ann Kathrin, hätten es die Schwerverbrecher in unserem Land nicht leicht. Schade, dass ich diese Befragung per Telefon machen musste. Es war ihr immer lieber, die Menschen in ihren Häusern aufzusuchen, ihnen in die Augen zu schauen. Der direkte Kontakt machte doch viel aus. Diese Frau hätte sie sehr gern kennengelernt.

Jasmin Bergmann wurde wach, und noch bevor sie sich bewegte, wusste sie, dass sie wieder im Holzsarg lag.

Was wird er tun, fragte sie sich. Wird er mich, wie er angekündigt hat, hier drin einfach verhungern lassen, weil ich unbotmäßig war?

Das Wort *unbotmäßig* gehörte eigentlich überhaupt nicht zu ihrem Wortschatz. Sie fragte sich, warum es plötzlich in ihr auftauchte. Sie wusste, was es bedeutete, aber konnte sich nicht daran erinnern, es jemals im Leben benutzt zu haben. Es war, als hätte ein Geist von ihr Besitz ergriffen. Irgendetwas Böses, Höhnisches konfrontierte sie damit, dass dies hier eine gerechte Strafe war.

Nein, sie wehrte sich dagegen! Ich darf mich nicht auch

noch selbst fertigmachen. Ich habe das nicht verdient! Niemand hat so etwas verdient. Kein Schwerverbrecher wird so schlimm bestraft. Das ist Folter! Das ist Mittelalter. Niemand hat das Recht, so etwas einem Menschen anzutun.

Ein Hoffnungsschimmer keimte in ihr auf. Vielleicht hatte er den Deckel ja nur obendrauf gelegt und nicht wieder verschraubt … Sie drückte Füße und Hände dagegen und versuchte, alles mit einem heftigen Ruck anzuheben.

Ihr Versuch misslang.

Es war, als würde etwas in ihr zerbrechen. Es gab durchaus den heftigen Impuls in ihr, sich dem Schicksal zu ergeben. Sollte er sie doch verhungern lassen und dann begraben. Dann war es endlich vorbei. Doch gleichzeitig bäumte sich wilder Widerstand in ihr auf.

Eine freundliche Stimme sprach zu ihr: »Guten Morgen, Schnarchnase! Um deinen guten Schlaf beneiden dich bestimmt viele. Wie wäre es mit einem schwarzen Kaffee und einem Croissant? In Paris nennt man das *Hurenfrühstück*. Oder warte, vielleicht irre ich mich, ich glaube, statt Croissant gibt es nur eine filterlose Zigarette. Aber wer weiß, wo heutzutage alle so gesund leben und mit achtzig noch an Volksläufen teilnehmen …«

Was redet dieser Irre da?, dachte sie. Der tut, als sei ich bei ihm zu Besuch und würde im Gästezimmer wohnen.

Die Stimme kam ihr immer noch künstlich vor, wie ein Roboter-Clown.

Da waren Geräusche. Sie blieb jetzt ganz ruhig, atmete kaum. Lauschte nur. Was zum Teufel machte der Kerl da? Raschelte da Stroh? Wollte er ein Feuer unter dem Gestell machen und sie samt Sarg verbrennen? Sollte aus diesem Raum ein Krematorium werden?

Da waren schlurfende Schritte, als hätte er Pantoffeln an oder würde ein Bein nachziehen. Vielleicht schleifte er auch einen Sack über den Boden. Irgendetwas Schweres, aber Weiches.

Sie stellte sich vor, dass er einen Müllsack durch den Raum zerrte. Aber was war da drin?

Falls es nicht in ihrem Kopf war und ihr Verstand ihr inzwischen einen Streich spielte, war da auch ein fiepsendes Geräusch und ein Kratzen wie von einem gefangenen Tier.

Da sie so still war und lauschte, betastete sie sich selbst. Ihr Verstand weigerte sich, die Information, die von ihren Fingerkuppen gesendet wurde, zu verarbeiten. Alles in ihr sträubte sich. Sie trug nicht mehr die Sachen, in denen sie gefangen genommen worden war, ihre Jeans und ihr T-Shirt.

Hatte er ihr das Kleid angezogen?

Es war schon schlimm genug, in diesem Sarg zu liegen, doch sie wollte nicht daran denken, dass er sie an- und ausgezogen hatte, so wie sie es früher mit ihren Puppen getan hatte. Täglich, manchmal zehn-, zwölfmal, hatte sie sie an- und wieder ausgezogen. Eine Weile war das ihre Lieblingsbeschäftigung gewesen, aber damals war sie eben ein kleines Kind gewesen. Und sie war doch keine Puppe, sondern ein lebender Mensch!

Sie fürchtete, sich vor sich selbst zu ekeln, vor all den Stellen, die er berührt hatte.

Sie hörte seinen Atem. Er war jetzt ganz nah am Sarg. Die Schrauben drehten sich quietschend.

Er öffnet den Deckel! Sie wusste nicht, ob das ein Grund war, sich zu freuen oder noch mehr Angst zu bekommen.

Wenn man völlig überschnappt, wenn man verrückt wird, ist das dann vielleicht nur ein Schutz der Seele, die nicht aushält, welche Wirklichkeit ihr aufgezwungen wird?

Ein Teil von ihr versuchte, sich von hier wegzudenken, so als sei nicht sie es, der das passierte, sondern es geschah einer völlig fremden Person.

Der Sargdeckel wurde angehoben und über ihrem Kopf zur Seite geschoben. Sie sah in das Plastikgesicht eines lachenden Clowns, als sei der Automaten-Clown ihrer Kindheit, den sie in Wilhelmshaven auf der Kirmes gesehen hatte, zurückgekommen.

Er trug weiße Handschuhe. Seine Hände lagen auf dem Rand des Sarges. Die Finger wirkten auf sie wie kleine weiße Tiere, die zu ihr reinkrabbeln wollten.

»Ich kenne dich«, entfuhr es ihr.

Jetzt krampften sich die Finger ins Holz. Einer Plastikmaske konnten die Gesichtszüge nicht entgleisen, trotzdem wirkte es so auf sie.

Die metallene Stimme krächzte: »Hast du Clowns geliebt oder gefürchtet?«

Ohne zu überlegen, antwortete sie: »Beides.«

Entstand hier gerade ein Dialog? Unterhielten sie sich etwa wie ganz normale Menschen?

Versuchte er, sie in Sicherheit zu wiegen?

Hatte ihre Aussage ihn getroffen?

Fühlte er sich erkannt und musste sich erst durch einen Griff an die Maske vergewissern, dass er sie noch aufhatte?

Sie stützte sich auf, um den Kopf aus dem Sarg zu recken. Sie sah einen Käfig mit einem Kaninchen darin oder einem Hasen, das konnte sie so genau nicht unterscheiden. Der Stall stand auf der gleichen Höhe wie ihr Sarg und auch auf einem ähnlichen Holzgestell. Darunter ein Strohballen. Daneben war eine Art Schlachtbank vorbereitet.

»Hast du«, fragte er, »schon mal ein Kaninchen getötet?

Hilfst du mir? Wir könnten gemeinsam ein schönes Mahl für uns vorbereiten. Du hast doch bestimmt Hunger, oder?« Er kam wieder ins Plaudern: »Weißt du, ich mag diese Fertiggerichte nicht. Wer kein Tier töten kann, sollte auch kein Tier essen. Ich mag Tiere. Ich angle auch gerne. Früher habe ich Hechte gefangen und Zander. Ich habe sie natürlich selbst getötet und ausgenommen, aber es geht nichts über so einen Nager. Was meinst du?«

»Ich ... ich kann das nicht!«, rief sie. »Ich bin Vegetarierin.«

Er lachte: »Bist du nicht!« Seine Stimme veränderte sich, wurde hart und böse: »Und wenn du nicht sterben willst wie dieses Kaninchen, dann solltest du aufhören, mich zu belügen. Weißt du, am Ende belügt man nämlich immer nur sich selbst. Steh zu dir! Du bist keine Vegetarierin, und du bist erst recht nicht vegan! Du isst Tiere, aber du lässt andere sie für dich töten. Welch ein Hohn! Zeig, wer du bist!« Er wiederholte: »Steh zu dir! Alles andere ist doch nur Lüge. Wenn du lernst, zu dir zu stehen, dann kannst du auch wieder eine richtige Frau sein und gleichzeitig deinen fleischlichen Gelüsten frönen. Wir sind das Ende der Nahrungskette. Lass es uns genießen! Ich kenne ein paar tolle Kaninchenrezepte. Du darfst dir eins aussuchen. Sie lesen sich wie Lyrik. Nicht diesen modernen Scheiß, den niemand versteht, sondern richtige Lyrik, die von der Lust erzählt, der Natur ... Der Natur der Welt und der des Menschen. Dies ist eine große Chance für dich. Sei endlich du selbst!«

»Sagt mir jemand, der eine Plastikmaske trägt«, spottete sie.

Sie erschrak über sich selbst. Mein Gott, was habe ich getan, fragte sie sich. Wird er mich jetzt auf der Stelle töten?

Für einen Moment nutzte sie seine Irritation aus. Sie setzte sich aufrecht im Sarg hin, versuchte, in eine gute Position zu kommen, um auszusteigen, und schimpfte: »Hast du mir das hier angezogen? Das bin nicht ich! Wo sind meine richtigen Klamotten? Ich will meine Jeans und mein T-Shirt wiederhaben!«

Sie griff zu und versuchte, ihm die Maske vom Gesicht zu reißen. Er wich ihr aus. Dann schlug er zu. Er erwischte sie am linken Ohr. Es war ein Knall, als würde ihr Trommelfell platzen.

Der Sarg bekam Übergewicht. Sie fiel samt Sarg auf den Boden.

Marion Wolters flötete am Telefon so freundlich, als sei sie frisch verliebt oder hätte gerade ein Stück Schokoladentorte gegessen. Es hätte Rupert eigentlich misstrauisch stimmen müssen, dass sie ihn auch noch *Rupi* nannte. Doch ihr Angebot klang einfach zu verlockend: »Hier ist so ein Hippiemädchen. Wir werden die einfach nicht los. Eine Vermisstenmeldung. Ich weiß, eigentlich gar nicht dein Ding, aber bei dem Personalengpass im Moment …«

»Den Personalengpass gibt es nicht erst im Moment. Der ist schon uralt …« Rupert schluckte den Zusatz hinunter: *Sonst hätte man dich gar nicht genommen, Marion …*

Rupert legte die Beine auf den Schreibtisch und kratzte sich. »Ein Hippiemädchen«, sinnierte er. »Dass es so was überhaupt noch gibt.«

Wurde die Jugend etwa wieder vernünftig? Blühten *Love and Peace* wieder auf? *Sex and Drugs and Rock 'n' Roll*?

Er ließ Marion an seinen Gedanken nicht teilhaben, seufzte nur: »Na gut, schick sie rauf.«

Er stellte sich eine junge Frau vor, Anfang zwanzig, höchstens dreißig. Fröhlich, aufgeschlossen. Ein luftiges Kleid, das den Körper nicht gerade schamvoll bedeckte.

Rupert träumte einen Moment, während er auf den Besuch wartete. Solche Hippiemädchen konnten bestimmt auch anstrengend sein, zum Beispiel Janis Joplin. Großartige Stimme. Tolle Power. Aber haltlos durch Heroin. Die heute waren bestimmt ganz anders. Vielleicht kam das ja wieder in Mode, alles nicht mehr ganz so verkniffen zu sehen. Lebensfreude. Flower-Power. Sich selbst ausprobieren. Wild herumvögeln ...

Dann öffnete Elli Bergmann die Tür. Ihre hennarot gefärbten Locken hatte der ostfriesische Wind aufgebauscht. Die Haare schienen lebendig zu sein, krabbelten bei der kleinsten Bewegung auf ihrem Kopf herum wie rote Schlangen.

Ein Kleid wie ein Flickenteppich. Ein Tuch über der Schulter aus zusammengenähten Topflappen. Sie war einundachtzig, sah aber aus wie hundertzwei, mit einem Gesicht, das nicht vom Fernsehgucken gegerbt war, aber mit vielversprechendem Glanz in den Augen.

Rupert kapierte, dass Marion Wolters ihn reingelegt hatte. »Dieses verfluchte Luder!«, zischte er.

Elli Bergmann fragte, ob man hier rauchen dürfe. Er sagte streng: »Nein.« Sie fischte aus einem silbernen Zigarettenetui eine Selbstgedrehte, zündete sie an und klappte dann das Etui mit einem Klacken zu, als sei es ein Geldkoffer, in dem sie eine Million Schwarzgeld spazieren führte.

»Ich sagte nein!«

»Das ist ganz legales Zeug«, betonte sie und bot Rupert auch eine an.

Er stand auf und öffnete ein Fenster. Er hatte Angst, sie könnte auch noch den Feueralarm auslösen, und wie würde er dann dastehen?

Rupert verstand, dass sie mal ein Hippiemädchen gewesen war und jetzt vermutlich eine Hippieoma war. Aber etwas davon hatte sie sich bewahrt, und das flößte ihm Respekt ein. Jeden anderen hätte er mit einer brennenden Zigarette unsanft hinauskomplimentiert. Aber ihr gestattete er es um der alten Zeiten willen. Er kam sich spießig dabei vor, es ihr zu verbieten. In ihren Augen wollte er nicht engstirnig wirken.

Sie sah so aus und benahm sich auch so, als sei sie in Woodstock noch persönlich dabei gewesen. Am liebsten hätte er sie gefragt.

Er gestand es sich nicht gerne ein, aber er erlag gerade der Faszination dieser Frau. Sie hatte eine Ausstrahlung, die ihn irgendwie umhaute.

Ganz gegen seine Gewohnheit bot er ihr Kaffee an.

Ihre Anwesenheit veränderte den Raum. Rupert fragte sich, ob sie das hatte, was seine Frau Beate *Aura* nannte. Breitete sich hier gerade ihre Aura aus? War er in ihr eingeschlossen wie in einem Kokon?

In ihrer Anwesenheit kam er sich kleinkariert und blöd vor.

Vieles von dem, was auf seinem Schreibtisch lag und nach Bearbeitung schrie, schien in ihrer Gegenwart lächerlich zu werden. Ein Witz. Es musste mehr im Leben geben als diesen Papierkram. Füllte er gerade wirklich Tabellen aus, um Reisekosten zu beantragen? Wieso hatte das Hotelzimmer einen anderen Mehrwertsteuersatz als das Frühstück, und wenn sieben Prozent der halbe Mehrwertsteuersatz war, wie konnten dann neunzehn Prozent der Ganze sein? Lernten die heute so in der Schule rechnen? Kein Wunder, dass es bergab ging.

Elli Bergmann riss ihn aus seinen Gedanken. Ihre Nichte Jasmin Bergmann habe sich seit Tagen nicht gemeldet, da stimme etwas nicht.

Durch ihre Worte verlor sie an Zauberkraft. Etwas von ihrer Magie verschwand.

War sie einfach eine alte, einsame Dame, uninteressant geworden für ihre Freunde und Bekannten, die jetzt die Aufmerksamkeit der Polizei brauchte?

»Wir haben fast täglich miteinander telefoniert«, behauptete sie. »Und wenn es mal nicht ging, dann hat sie mir eine SMS geschickt – oder wie das heute heißt ... Wie ich mich immer über diese kleinen Buchstaben gefreut habe!«

Rupert servierte ihr den Kaffee und ein Glas Wasser dazu. »Milch oder Zucker?«, fragte er.

»Warum? Ist Ihr Kaffee so schlecht?«

Wenn er sie so ansah, dann fragte er sich, ob es möglich war, dass der Körper alterte, die Seele aber jung blieb. Oder steckte sie einfach nur fest in einer Zeit, die es schon lange nicht mehr gab?

Da er keinen Aschenbecher hatte, reichte er ihr Wellers Kuchenteller.

Sie machte eine raumnehmende Geste, als würde sie ihn einladen wollen, in seinem eigenen Büro Platz zu nehmen: »Wissen Sie, Jasmin ist so unglücklich und schrecklich desperat. Sie hat das Gefühl, dass ihr Leben gerade den Bach runtergeht. Scheidung mit einem richtigen Rosenkrieg, und ihr Liebhaber will sich nicht von seiner Frau trennen. Dieser ganze *hustle*, wenn aus Liebe Besitzanspruch wird, als seien wir wieder in den fünfziger Jahren. Als hätten wir nichts gelernt über Beziehungen, Liebe und über uns selbst ...«

Sie sah Rupert an und versuchte, in seinem Gesicht zu lesen. Irgendetwas kapierte er nicht. Vielleicht das Wort *hustle*? Sie übersetzte es: »Wenn aus Liebe Besitzanspruch wird, endet das meist in Kämpfen.«

»Glauben Sie, dass sie suizidgefährdet ist?«, fragte Rupert.

In einer Rauchwolke sitzend, schüttelte Elli Bergmann ihre hennaroten Locken, so dass sich der Rauch darin verfing. Es wirkte ein bisschen, als würden Nebelschlangen aus ihren Haarbüscheln krauchen. Vermutlich hatte sie das lange geübt. Es schien zu ihr zu gehören wie zu ihm die Rückenschmerzen, dachte er und beneidete sie ein bisschen.

»Nein, das glaube ich nicht. Im Gegenteil. Sie wollte reinen Tisch machen. Sie hatte was mit dem Mann ihrer besten Freundin laufen. Aber so eine *ménage-à-trois* liegt ihr eigentlich gar nicht. Sie gehört zu den Frauen, die einen Kerl für sich alleine wollen und dann am Ende immer enttäuscht werden. Ich habe ihr ein bisschen Mut gemacht. Dieser Filmfuzzi war sowieso nichts für sie.«

Das Wort *Filmfuzzi* hatte auf Rupert eine elektrisierende Wirkung. Es roch nach Klatsch und Tratsch, nach einer schönen Geschichte zum Weitererzählen. Was interessierte die Leute mehr als das Liebesgedöns der Stars? Vielleicht war er hier ganz nah dran an einer schönen Geschichte, mit der er abends bei Beate glänzen konnte. Mordermittlungen waren so gar nicht ihr Ding und eigneten sich als Gesprächsthema auch nicht gerade als Vorspiel für eine Liebesnacht.

»Ist Ihre Nichte mit einem Filmstar zusammen? Hier in Norden? In Ostfriesland?«

Sie verzog den Mund. »Stars … Gibt's denn heute noch Stars? Ich habe Jimi Hendrix 1970 auf Fehmarn live erlebt …« Dann flüsterte sie: »Ich bin Bob Dylan und Leonard Cohen auf ihren Tourneen hinterhergereist und habe mit beiden geschlafen.« Sie griff sich ans Herz. »Mit solchen Erfahrungen, Herr Kommissar, weiß man zwischen Stars und Abziehbildern zu unterscheiden.«

Rupert setzte sich, nippte an seinem Kaffee, verbrannte sich die Oberlippe und staunte die Frau an.

»Wie heißt er denn, der Filmstar Ihrer Jasmin?«

»Filmstar haben Sie gesagt. Ich habe gesagt Filmfuzzi, und das ist er auch, der Herr Oberdieck.«

Rupert versuchte, sich nichts anmerken zu lassen, aber der Name alarmierte ihn durchaus. Ihr konnte er nichts vormachen. Sie hatte genug Lebenserfahrung, um ihn zu durchschauen. »Sie kennen ihn«, stellte sie fest und ließ keinen Raum für Zweifel. »Gehen Sie zusammen ins Fitnessstudio oder was Männer sonst heutzutage so machen, wenn sie Probleme mit ihrem Körper und ihrer Sexualität kriegen?«

»Ich habe keine Probleme mit meiner Sexualität!«, protestierte Rupert.

Sie fand seine Antwort witzig. Sie lachte hellauf und belehrte ihn: »Jeder hat Probleme mit seiner Sexualität. Es ist immer ein Zuviel oder ein Zuwenig. Wir haben aus etwas, das göttlich schön ist, ein Konkurrenz- und Leistungsding gemacht. Was meinen Sie, warum die Welt so verrückt ist? Schauen Sie sich doch mal um! Verrückte führen Krieg. Das ist unterdrückte Sexualität, die einen Ausweg sucht.«

Rupert versuchte, seine Gedanken zu sortieren. Eigentlich war ihm dieser Hippiekram ganz sympathisch, aber er wollte sich nicht auf eine solche Diskussion einlassen. Er musste wieder in die Position des Fragen stellenden Kommissars kommen.

»Wie ist das denn bei Ihnen, Herr Kommissar? Sie kennen das doch bestimmt auch – diese Angst, zu versagen, nicht mehr gut genug zu sein. Und ich rede nicht von Ihrem beruflichen Aufstieg, sondern von …« Sie zeigte auf seine Hose, doch bevor sie es aussprach, versuchte er, wieder die Gesprächsführung zu übernehmen: »Was sollen wir denn Ihrer Meinung nach tun?«

»Meine Nichte finden!«

Rupert rückte ein bisschen näher an Elli Bergmann heran und versuchte, es so sympathisch zu formulieren wie möglich: »Ihre Jasmin ist eine erwachsene Frau. Sie kann sich aufhalten, wo sie möchte, und muss sich bei niemandem melden.«

»Doch. Bei mir.«

»Nein, auch bei Ihnen nicht«, widersprach Rupert.

Sie zeigte ihm ihr museumsreifes Handy und erklärte es ihm, als sei er zu dumm, es zu verstehen: »Sie meldet sich nicht bei mir. Sie schreibt mir nicht mehr. Sie lässt mich nicht mehr an ihrem Leben teilhaben. Sie hat ihre beste Freundin verloren, ihren Mann, ihr Kind und ihren Lover. Sie braucht mich jetzt mehr denn je.«

Rupert stöhnte: »Ja, Frau Bergmann, das mag aus Ihrer Sicht so sein, aber das ist noch lange kein polizeilicher Vorgang. Ich kann nicht mal eine Vermisstenmeldung aufnehmen.«

»Warum nicht?«

»Wenn Ihre Nichte ein Kind wäre, dann ginge das. Wenn sie über achtzig wäre, auch. Aber so fehlen uns leider alle Möglichkeiten …«

Sie akzeptierte das überhaupt nicht. Seine Vorschriften und Gesetze interessierten sie nicht. »Sie sind doch nicht nur Kommissar. Sie sind doch auch Mensch. Möglicherweise ist Jasmin in richtiger Not. Ach, was sage ich – möglicherweise! Ich spüre es doch! Hier, in mir drin. Es schnürt mir fast den Hals zu. Sie braucht mich. Sie braucht uns. Sie braucht Hilfe.«

Rupert wollte den Gesetzestext aus dem Kopf zitieren, doch angesichts dieses einundachtzigjährigen Hippiemädchens fiel er ihm nicht mehr ein.

Sie berührte seine Hand. Ein Schauer durchlief ihn. Er zog seine Hand nicht weg.

»Sie wollen es doch auch, Herr Kommissar.«

Rupert benutzte seine rechte Hand, um die linke wieder zu sich zu holen, als sei sie alleine nicht dazu in der Lage.

»Ich habe Sie in Ihrem Inneren erreicht, das sehe ich doch«, behauptete sie.

»Graben Sie mich gerade an?«, fragte Rupert.

»Sie sind nicht so mein Typ. Ich stehe nicht auf Anzugträger. Mehr auf Rockmusiker. Aber vielleicht steckt in Ihnen ja auch ein richtiger Rock 'n' Roller, der nur rauswill.«

Rupert fühlte sich in die Enge gedrängt. »Ich ... ich hab noch viel zu tun. Ich kann jetzt ...«

Elli Bergmann wurde sehr ernst: »Jasmin braucht uns wirklich. Ich spüre das. Ich habe so eine Art emotionale Standleitung zu ihr, verstehen Sie das?«

Er guckte blöd.

»Ist Ihnen das noch nie passiert, Herr Kommissar? Dass Sie tief in sich drin spüren: Ein Mensch braucht mich?«

Er hustete in die Kaffeetasse. Er räusperte sich und setzte sich gerade hin. »Sie haben doch irgendeine Vermutung, irgendeinen Verdacht.«

»Ich habe etwas geträumt, Herr Kommissar. Oder darf ich Rupert zu Ihnen sagen?«

Er schluckte trocken und nickte. Herrje, dachte er, jetzt hat sie auch noch was geträumt. Wieso schmeiße ich sie nicht einfach raus?

Aber das schaffte er nicht. Stattdessen hörte er ihr zu, als sei der Traum ein wissenschaftliches Gutachten, dessen Erkenntnisse bei der Ermittlungsarbeit beachtet werden müssten.

»Ich wurde wach, weil ich sie habe schreien hören. Sie war in einem dunklen Raum und hatte Todesangst.«

»Und deswegen sind Sie jetzt hier?«

»Ja. Das hätte doch jeder so gemacht.«

So wie Rupert guckte, zweifelte er etwas daran, deshalb fuhr sie aufbrausend fort: »Vielleicht hat dieser Filmfuzzi sie umgebracht, um seine Ehe zu schützen, die längst zerrüttet ist. Um irgendeinen Schein zu wahren oder ...«

»Das sind harte Anschuldigungen.«

»Die Menschen haben sich so sehr daran gewöhnt, im Schein zu leben, dass sie gar nicht mehr wissen, dass es ein richtiges Sein gibt ...«

Auf diese philosophische Ebene wollte Rupert sich nicht begeben. »Sie glauben ernsthaft, Herr Oberdieck ...«

Sie warf Rupert vor: »Sie schützen ihn bloß, weil er Ihr Freund ist.«

»Er ist nicht mein Freund.«

»Lügen Sie doch nicht so! Sonst würden Sie nicht versuchen, mich abzuwimmeln.«

»Ich versuche nicht, Sie abzuwimmeln! Im Gegenteil.«

»Im Gegenteil? Das heißt, Sie nehmen mich ernst? Sie handeln?« Freudig stand sie auf und ergriff wieder Ruperts Hand. »Kommen Sie! Knöpfen wir uns den Oberdieck vor!«

Rupert versuchte, sich aus ihrer Aura zu befreien. Es gelang ihm aber nicht.

»Ja ... ich ... äh ... Sie wollen jetzt nicht ernsthaft mit mir zusammen ... Sie sind keine Polizistin!«

»Ja, aber ohne mich wären Sie doch gar nicht draufgekommen.«

»Gute Frau, so geht das nicht«, stöhnte Rupert.

»Wie denn dann?«

Carina Oberdieck wollte innerlich wie äußerlich zu einer neuen Normalität zurück. Florians Tod hatte sie alle aus der Bahn geworfen. Fast wären sie als Familie daran zerbrochen. Sie wollte damit beginnen, Fabians Geburtstag schön vorzubereiten. Es war bestimmt schwer für ihn, als übrig gebliebener Zwilling zu feiern. Jede Sekunde würde ihn doch daran erinnern, dass sie einst zwei Brüder gewesen waren, die viele Geburtstage gemeinsam gefeiert hatten.

Natürlich würde sie eine Torte für ihn bauen, wie er sie gern hatte – Fürst Pückler Art. Aber viel wichtiger fand sie, daran zu erinnern, dass sie eine Familie waren. Sie wollte eine Fotoshow für ihn erstellen, die zeigte, wer sie waren, woher sie kamen und was aus ihnen geworden war.

Sie scannte alte Fotos ein. Sie wusste nicht, ob er sich darüber freuen würde, Bilder aus Kindheit und Jugend, gemeinsam mit Florian, zu sehen, oder ob es sehr schmerzhaft für ihn wäre. Doch sie mussten sich dieser Geschichte stellen.

Es waren nur ein paar Bilder, auf denen die Zwillinge gemeinsam zu sehen waren, dann kamen bereits die Fotos von ihrem Kennenlernen, der ersten Zeit der Verliebtheit, der Geburten von Finn und Leon, ihre beiden Weltraumfahrer. Sie speicherte schon längst keine digitalen Fotos mehr auf Sticks, sondern hatte sie direkt in einer Cloud, aber es gab noch alte Aufnahmen von Leon als Baby, wie er gemeinsam mit Fabian in der Badewanne saß und planschte. Die waren garantiert auf den Sticks.

Sie wühlte in der Kiste herum und staunte, wie viele Sticks es waren. In ihrer Erinnerung höchstens ein Dutzend, aber es waren drei-, viermal so viele. Leider nicht beschriftet, sondern einfach nur farblich voneinander abgegrenzt. Der ganze Regenbogen in einer kleinen Holzschachtel, in der früher mal Pralinen von *ten Cate* gelegen hatten.

Mir wird wohl nichts anderes übrigbleiben, dachte sie, als jeden Stick einzeln in den Computer zu schieben, um zu gucken, was drauf ist.

Sie nahm sich vor, die Sticks dann gleich zu beschriften. Das war auch eine Art, Ordnung in ihr Leben zu bringen.

Sie sah Bilder von Fabian und sich auf dem Rosenmarkt in Norden und im Park der Gärten in Bad Zwischenahn. Sie stand lachend zwischen zwei auf die Wand gemalten großen Flügeln und sah so aus wie ein Engel. Ein sehr beliebtes Fotomotiv.

Doch nach einigen tollen Fotos kam etwas, das sie sehr erschreckte. Bilder einer gefesselten Frau, die mit angstgeweiteten Augen in die Kamera starrte. Ihr Mund war mit Gaffaband zugeklebt. Auf dem Foto konnte sie aber sehen, dass die Frau versuchte, die Lippen aufzureißen und zu schreien. Ihre Lippen bildeten sich so deutlich unter dem Klebeband ab wie ihre Brustwarzen unter dem T-Shirt.

Carina klappte den Computer zu, als könne sie damit alles ungeschehen machen. Sammelte Fabian solche Bilder? War das von irgendeiner Pornoseite kopiert und zwischen Familienfotos unauffällig versteckt worden?

Sie lief in die Küche und trank ein Glas Wasser. Statt der erhofften Ordnung herrschte jetzt Chaos in ihrem Kopf.

Was hatte das zu bedeuten? Selbst Kinder hatten heute ungehindert Zugang zu härtester Pornographie im Internet.

Sie schüttelte sich. Sie wollte nicht, dass ihre Söhne mit so etwas in Kontakt gerieten. Sie ging ins Wohnzimmer zurück, wo der Laptop mit dem Stick darin auf dem Tisch stand. Sie mied den Computer aber. Sie ging nicht mal in seine Nähe.

Dieses Foto war so ... so echt. Als sei die gefesselte Frau keine Schauspielerin in einem Film, sondern wirklich ein Mensch in höchster Not.

Oberdieck kam herein. Er hatte Blumen mitgebracht, Gemüse und Käse vom Markt. Er sah sie verstört, die Beine an den Oberkörper gezogen wie ein Vogel mit gebrochenen Flügeln, im Sessel sitzen.

Er stellte die Einkäufe auf dem Boden ab, nahm aber den Blumenstrauß mit zu ihr und fragte: »Was ist los, Süße?«

Sie sagte nichts. Er folgte ihrer Blickrichtung. Sie sah nicht ihn an, sondern stierte auf den Computer. Er sah den Stick. Worte waren nicht nötig.

»Hast du«, fragte er, »die Filme gesehen?«

»Filme? Es gibt auch Filme?«

Als gäbe es nichts Wichtigeres, kümmerte er sich jetzt um die Blumen. Suchte eine Vase, gab Wasser und ein Tütchen Blumenfrisch hinein und schnitt die Rosen sogar an. Erst nachdem der Blumenstrauß schön aufgefächert und bestens versorgt auf der Anrichte stand, sagte er ganz ruhig zu ihr: »Du denkst doch nicht wirklich, dass diese Dinge von mir sind? Ich habe sie aus Florians Wohnung. Ich war selbst ganz erschrocken, was für einen Schweinkram er so gesammelt hat. Wer rechnet denn bei einem Lehrer damit?«

»Das ist von Florian? Und wieso sind da am Anfang unsere Familienfotos drauf?«

»Die haben wir ihm doch immer geschickt, damit er an unserem Familienleben teilhaben kann. Ich glaube, er wollte damit verschleiern, was wirklich auf den Sticks war. Wenn jemand zum Beispiel bei einer Hausdurchsuchung … die Dinger findet und da reinguckt …«

Sie konnte es nicht fassen. Es wurde ja immer schlimmer. »Bei einer Hausdurchsuchung? Ist das da drauf echt? Hat die Frau wirklich Angst?«

»Ich fürchte, ja. Vielleicht ist nicht alles echt. Ich weiß ja nicht, was du gesehen hast. Man kann solche Videos kaufen. Sie sehen sehr echt aus, und manche sind es bestimmt auch. Das ist schwer zu unterscheiden.«

Sie hatte von Snuff-Videos gehört. Bei den Aufnahmen wurden Menschen getötet, weil es Leute gab, die den echten Mord, die richtige Folter, sehen wollten. Aber das alles gehörte für sie zu einer Welt weit außerhalb Ostfrieslands. Irgendetwas in den Großstädten, ganz weit weg. Wahrscheinlich nicht mal auf diesem Kontinent. Aber ganz bestimmt nicht in Norden. Nicht in der Krummhörn. Nicht in der eigenen Familie.

»Das ist«, versuchte er, zu erklären, »wie eine Sucht, weißt du. Ich glaube, er hat auch selbst darunter gelitten.«

»Du verharmlost das alles!«, kreischte sie und umklammerte ihre Beine.

»Nein, ich sage nur, wie es ist.«

Sie zeigte auf die alte Pralinenschachtel: »Und wie kommt das alles zu uns? In unsere Wohnung?«

»Ich hab's doch schon gesagt. Als ich seine Wohnung ausgeräumt habe, da …«

Etwas in ihr sträubte sich gegen die Erklärung. »Wusstest du schon die ganze Zeit davon? Oder hast du es erst nach seinem Tod … Und warum schmeißt du den Dreck nicht weg?«

Er breitete die Arme schulterzuckend aus und machte Gesten der Unschuld: »Zunächst mal habe ich nur versucht, die Wohnung meines toten Zwillingsbruders auszuräumen.«

»Ich weiß«, keifte sie, »ich habe dabei mitgeholfen.«

Er versuchte, sie in den Arm zu nehmen. »Liebste …«

Sie stieß ihn weg: »Fass mich jetzt bloß nicht an!«

Er sah gekränkt aus: »Willst du mich jetzt für etwas bestrafen, das mein Bruder gemacht hat? Was hätte ich denn tun sollen? Zur Polizei gehen?«

Er ließ sich auf die Wohnzimmercouch fallen und streckte die Beine von sich. Er wirkte auf sie, als sei er von einer Kugel getroffen worden oder stünde kurz vor einem Herzinfarkt. Seine rechte Hand krampfte in ein Kissen, die linke in sein Hemd. Sie wollte ihn jetzt nicht bedauern, sich nicht um ihn kümmern. Sie brauchte selbst etwas, hatte aber keine Ahnung, was genau.

»Also gut«, sagte er, »ich wollte es dir ersparen. Aber wenn du es genau wissen willst: mein Bruder war eine arme Sau. Er hat tierisch gelitten. Das ist wie eine Sucht. Er brauchte diesen Mist wie andere Alkohol oder Koks. Man kann das alles im Darknet kaufen. Es fing mit Fotos an, dann kamen Filme dazu. Er hat sich selbst dafür gehasst, und er wusste natürlich, dass seine gesamte bürgerliche Existenz ihm um die Ohren fliegen würde, wenn das irgendwann rauskäme. Und solche Sachen kommen immer irgendwann raus, weil die Produzenten von solchem Schmutzkram gefasst werden und die ganze Kundenkartei dann von der Polizei beschlagnahmt wird.«

Sie konnte sich kaum vorstellen, dass im Darknet Kundenkarteien angelegt wurden, aber sie ließ das mal so stehen und wollte sich nicht auf eine Fachdiskussion über kriminelle Machenschaften einlassen. Stattdessen äußerte sie ihre Vermutung: »Dann war das auf dem Timanfaya gar kein Unfall?«

Oberdieck presste die Lippen zusammen, als wolle er sich selbst daran hindern, etwas zu sagen, tat es dann aber doch mit einem langen vorangeschickten Seufzer: »Er hat mir auf unserer gemeinsamen Lanzarote-Reise alles gestanden und ist dann in den Vulkan gesprungen. Ja, es war Selbstmord, und ich habe dabei zugesehen. Er ist einfach mit der ganzen Sache nicht mehr klargekommen. Außerdem wurde er erpresst.«

»Was?« Der Versuch, zu innerer Ruhe und Gelassenheit zu kommen, schien ihr so monströs gescheitert zu sein, dass sie kurz davorstand, Beruhigungstabletten zu nehmen. Ihre Ärztin hatte ihr mal Tavor gegen Angstzustände verschrieben. Sie hatte die Tabletten in ihrer Handtasche und trug sie mit sich, wie man eine Unfallversicherung abschloss oder einen Verbandskasten im Auto mitführte. Vorsorglich.

»Bei ihm war eingebrochen worden«, erinnerte er sich.

»Na klar. Ich weiß.«

»Sie haben natürlich alles mitgenommen, was irgendwie Wert hatte. Seinen Computer, seine Spiegelreflexkamera ...«

»Oh mein Gott«, entfuhr es Carina.

»Und irgendjemand hat dann wohl das Passwort geknackt und gesehen, was der Englischlehrer da auf seinem Laptop gespeichert hatte. Florian hatte Angst, aufzufliegen. Er wollte nicht mit sich selbst konfrontiert werden. Ich habe ihn angefleht: *Man kann das alles richten, und wenn du mit dem Schandfleck in der Personalakte nicht mehr Lehrer sein kannst, dann gibt es viele andere schöne Berufe.* Ich hab ihm sogar angeboten, in meine Firma zu kommen. Mir wächst doch eh alles über den Kopf, und ich will kürzertreten. Aber er hat eine Lawine von Schande auf sich zurollen sehen, und ich glaube, er hatte nicht mehr die Kraft, sich alldem zu stellen. Das klingt jetzt vielleicht komisch für dich, aber wir haben als Brüder noch eine ganz gute Zeit gehabt auf Lanzarote. Wir waren uns sehr nah. Wir haben so intensiv gesprochen wie sonst nie. Wir waren ehrlich zueinander. Und dann war das – ja, wie soll ich sagen – also nicht gerade eine gemeinsame Entscheidung, es war schon sein Ding. Aber ich habe es mitgetragen. Versprochen, seine Wohnung auszuräumen, sein Ansehen zu bewahren und …«

»Und dann hast du diesen Dreck als Andenken verwahrt?«

»Schade, dass du es so siehst«, sagte er enttäuscht.

Sie hatte das Gefühl, ihn verletzt zu haben, und wusste nicht einmal, ob es Absicht gewesen war oder eine unbedachte, schnelle Reaktion.

»Ich habe«, sagte er, »versucht, aus der vorgefundenen Scheiße das Beste zu machen. Mein Bruder und ich, wir sind im Reinen miteinander. Sofern so etwas überhaupt geht. Ich habe aber auch versucht, dich und unsere Kinder zu schützen.«

Dass er die Kinder erwähnte, ließ sie fast gefrieren. »Was haben die Kinder damit zu tun?«

Er sah sie mitleidig lächelnd an: »Fragst du das wirklich? Wenn das alles an die Öffentlichkeit gezerrt würde, wenn die Presse darüber herfallen würde, wenn sich die Polizei damit beschäftigte, dann wären sie die Brut, die aus der Familie kommt, die … Nein, ich will gar nicht darüber nachdenken, Carina. Da muss der Deckel draufbleiben. Da muss Gras drüber wachsen. Nur so können wir ein normales Leben weiterführen. Selbst für seine Schule wäre es eine Katastrophe. Die sind eine UNESCO-Projektschule für Frieden, Freiheit, Demokratie und die Umsetzung der Menschenrechte. Und dann hatten sie einen Lehrer, der Snuff-Videos sammelte?«

Es fiel ihr schwer, es auszusprechen, doch jetzt musste alles gesagt werden. Sie presste es hervor: »Hat er es nur gesammelt oder hergestellt?«

Ihr Mann hob die Arme und zeigte seine geöffneten Handflächen vor. »Jetzt gehst du aber wirklich zu weit! Florian konnte keiner Fliege was zuleide tun.«

Sie kannte auch andere Geschichten, zumindest aus der Jugendzeit der beiden, doch sie wollte ihm jetzt nicht widersprechen. Der Impuls, ihn zu umarmen, ja ihn zu trösten, gewann Überhand in ihr. Was musste er in der letzten Zeit mitgemacht und mit sich selbst ausgemacht haben? Kein Wunder, dass er ihr so verdreht vorgekommen war, dass sie sogar schon geglaubt hatte, er sei gar nicht ihr Mann.

Sie hatten wohl beide einen ähnlichen Impuls. Sie saßen ein paar Meter voneinander getrennt. Sie sprangen gleichzeitig auf. Sie krachten in der Mitte gegeneinander, aber nicht wie ein Liebespaar, das sich gleich die Klamotten vom Leib reißen will, sondern mehr wie zwei Menschen, die in tiefer Trauer einander verbunden waren und versuchten, sich zu trösten.

Sie standen eine ganze Weile so, drückten sich nur, streichelten sich gegenseitig über den Rücken, fuhren sich durch die Haare, als müssten sie sich vergewissern, dass der jeweils andere real war.

»Ich liebe dich«, sagte sie, und er antwortete: »Ich liebe dich auch, Carina. Du bist die große Liebe meines Lebens.«

Es schien, als könnte er endlich den ganzen Druck und Stress loslassen. Er weinte in ihre langen blonden Haare und sprach mit stockender Stimme: »Weißt du, was das Schlimmste für mich war?«

»Nein.«

»Ich wusste es ja schon lange oder habe es vermutet. Es gab viele Anhaltspunkte. Ich habe ihn darauf angesprochen.

Das war auch der Grund, warum wir dann lange keinen Kontakt mehr hatten. Meine größte Angst war …« Es gelang ihm nicht, die Worte auszusprechen. Er schluckte und hustete.

Sie hielt ihn ganz fest und hörte nur zu.

»Meine größte Angst war, dass ich genauso bin wie er. Immerhin sind wir doch Zwillingsbrüder.«

Später würde sie nicht mehr sagen können, warum es geschah. Und je mehr Zeit verging, desto unwirklicher kam es ihr vor. Doch sie begann, ihn auszuziehen, dann sich selbst.

Nein, sie schliefen nicht miteinander. Sie lagen nur nackt nebeneinander, so nah wie eben möglich, als könnte die Haut mehr spüren als die Lippen formulieren. Sie atmeten miteinander, weinten und berührten sich.

Noch bevor die Kinder nach Hause kamen, klingelte Kommissar Rupert. Sie konnten seine Silhouette durchs Fenster sehen. Sie öffneten ihm nicht. Sie blieben ganz still nebeneinander liegen, genauer gesagt, kroch Carina auf ihren Mann, als müsse sie ihn wie eine Decke schützen. Dann taten die beiden, als seien sie von dieser Welt verschwunden.

Als Rupert ins Auto stieg und wegfuhr, war es wie ein kleiner Sieg der beiden über den Rest der Welt. Sie kicherten sogar, als hätten sie dem Schicksal ein Schnippchen geschlagen.

»Ich mache uns eine Gemüsepfanne«, flüsterte er, doch sie wollte ihn nicht loslassen und schlug vor: »Wir machen das gemeinsam.«

Er reagierte nicht. Sie biss in sein Ohr und flüsterte: »Lass uns gemeinsam schnippeln. Aber nicht jetzt. Später.«

»Ja«, flüsterte er, »lass uns die Welt noch eine Weile um uns betrügen.«

Ann Kathrin wollte Weller gern dabeihaben, aber Wollenweber nicht in der Polizeiinspektion treffen, sondern lieber an einem neutralen Ort. Sie würde ihn mit Fakten konfrontieren, die nicht nur seine löchrige Ermittlungsarbeit über den Haufen warfen, sondern im Grunde zeigten, dass man noch mal ganz von vorne anfangen musste. Wollenweber würde hier sein Waterloo erleben, und es gab nur zwei Möglichkeiten: entweder er machte sich die neuen Erkenntnisse zu eigen, oder er würde alles abwehren. Ann Kathrin traute ihm beides zu.

Dieses Gespräch wollte sie auf keinen Fall ohne einen Zeugen führen. Sie brauchte Frank dabei. Gleichzeitig wollte sie vermeiden, Wollenweber vor allen vorzuführen und ihm vor Elisabeth Schwarz den Teppich unter den Füßen wegzuziehen. Sie wollte ihm eine Chance geben.

Bei dem Wetter wäre es bei *ten Cate* draußen sicherlich schön gewesen, doch sie bat Jörg und Moni um einen Tisch für eine verschwiegene Besprechung. Die beiden schlossen das zweite, hintere Café mit roten Samtkordeln, als würde dort gleich etwas ganz Besonderes stattfinden. Eine Hochzeit, eine Geburtstagsfeier, eine geschlossene Gesellschaft.

Ann Kathrin trank einen Pfefferminztee, um ihre Stimme zu beruhigen. Irgendwelche Pollen flogen, die ihr im Hals kratzten. Sie hustete, ohne erkältet zu sein. Auch ihre Nase war zu.

Weller konnte nicht widerstehen und aß eine Marzipantulpe, dazu bestellte er ein Kännchen Schwarztee. »Ich könnte«, sagte Weller, »auf viele Dinge im Leben verzichten, zum Beispiel auf Alkohol, Fußball, ja sogar auf Fleisch. Aber nicht auf gute Romane, schwarzen Tee, Kaffee und erstklassige Torten. Ich meine, was wäre die Welt ohne Schokolade und Marzipan?«

Wollenweber kam vom *Reichshof* herüber. Er hatte von allen den kürzesten Weg, war aber ein paar Minuten zu spät. Er ahnte, dass das hier nicht ganz einfach werden würde. Ann Kathrins Gesicht deutete auf einen Paradigmenwechsel hin.

Er nahm Ann Kathrin gegenüber Platz und bestaunte einige der Fotos, die hinter ihr an der Wand hingen. Darauf Schauspieler, die hier im Café verkehrten und ein Schriftstellerehepaar. Alle Fotos waren signiert und hatten einen Ehrenplatz.

Jörg brachte Wollenweber ungefragt ein Kännchen Schwarztee und ein Stück Baumkuchen.

Ann Kathrin war nicht gerade für lange Vorreden bekannt. Sie machte ihrem Ruf, gern direkt zum Wesentlichen zu kommen, auch jetzt alle Ehre. Sie legte die Ausdrucke der Bilder auf den Tisch, die Annette Liebrenz ihr geschickt hatte.

»Wissen Sie«, fragte sie Wollenweber, »was das ist?«

Er machte ein Gesicht, als wolle er die Sache herunterspielen. »Ein Nagel«, stellte er fest.

»Das ist nicht irgendein Nagel. Das ist ein historischer Schwellennagel aus dem Jahre 1954.«

Wollenweber lehnte sich zurück und öffnete einen Knopf seiner Hose über dem Bauch, weil es ihm dort ein bisschen eng wurde. »Ja, meinetwegen.«

»Die wurden früher beim Gleisbau verwendet«, erklärte Weller, der sich darüber ärgerte, dass Wollenweber ihn nicht mal anguckte, sondern die Verhandlung offensichtlich nur mit Ann Kathrin führen wollte. Deswegen fügte Weller erklärend hinzu: »Ich gehöre zu Ihrem Team. Sie haben mich selber ausgesucht. Schon vergessen?«

»Nun, genug mit dem sentimentalen Kram, sagte Ann Kathrin. »Kommen wir zur Sache. Annette Liebrenz lebt im Westerwald und hat diesen Nagel vor mehr als zehn Jahren, einen

Tag nach dem Mord an einer gewissen Iris Quarz, gefunden. Das war lange bevor die eigentliche Serie begann. Der Tatort liegt keine fünfzig Meter von den Schienen entfernt, auf einem Parkdeck über einem Restaurant. Als Täter wurde der Lebensgefährte der toten Frau verhaftet. Er hat die Tat stets bestritten. Beide sind wegen mehrerer Verstöße gegen das Betäubungsmittelgesetz in Erscheinung getreten. Sie hat auch als Prostituierte angeschafft, um ihren Konsum zu finanzieren. Der Sache hat damals keiner große Beachtung geschenkt, aber ich glaube, dass dort seinerzeit alles begann.«

»Sie tauchte in unseren Ermittlungen sicherlich nie auf, weil es ja kein unaufgeklärter Mordfall ist.«

»Gab es solche Nagelfunde auch an den anderen Tatorten?«, fragte Ann Kathrin und tippte mit dem Zeigefinger auf eins der drei Bilder. Sie schob sie näher zu Wollenweber, so als hätte der sich die Bilder ihrer Meinung nach nicht genau genug angesehen.

Er zuckte mit den Schultern: »Nein …«

Weller wurde sauer: »Das wundert mich überhaupt nicht. Bis vor wenigen Minuten wussten Sie ja nicht mal, was das für ein Nagel ist. Das heißt, es wurde auch nirgendwo danach gesucht.« Beschwichtigend räumte Weller dann ein: »Ist natürlich auch nicht einfach. Auf dem Gelände der Museumseisenbahn bei uns zum Beispiel liegen auch solche Teile herum. Bei dem ganzen rostigen Metall.«

Wollenweber setzte sich anders hin und schob seine Teetasse ein Stückchen von sich weg, so als sei die Gemütlichkeit hiermit beendet. »Wollen Sie mir und meinen Leuten unterstellen, wir hätten nicht sauber …«

»Wir unterstellen hier niemandem irgendetwas. Wir stellen lediglich fest, dass niemand nach solchen Nägeln gesucht hat, dass sie möglicherweise übersehen wurden. Vielleicht ist dies ein einzelnes Stück, das unser Täter verloren hat, vielleicht ist es sein Erkennungsmerkmal, und wir wissen es noch gar nicht.«

Als hätte Ann Kathrin den Ball mit einem langen Pass vors Tor gespielt, und Weller müsste ihn jetzt nur noch reintreten, setzte er hinzu: »Das mit den Kaninchen ist Ihnen ja auch nicht so richtig geläufig gewesen, oder?«

Wollenweber schluckte und überlegte, ob er sich gegen diese Unverschämtheit verteidigen musste.

Weller setzte nach: »Der Lebensgefährte von Frau Quarz behauptete damals, sie sei eine Weile verschwunden gewesen, bevor man sie tot fand. Das wurde vor Gericht natürlich als Schutzbehauptung gewertet. Mit unserer Perspektive auf den Fall ergibt es aber Sinn. Er hat offensichtlich alle Frauen irgendwo eine Weile festgehalten.«

Ann Kathrin fügte wie einen Todesstoß hinzu: »Sie hat eine Kaninchenfellweste getragen.«

Wollenweber musste sich irgendwie Luft und Platz verschaffen. Er stand kurz auf, ging zum Fenster, kam wieder zurück, stützte sich auf seine Sessellehne und schimpfte: »Ja gut, möglicherweise haben Sie recht. Kann ja alles sein. Es hat ja auch Gründe, weshalb ich darum gebeten habe, dass Sie mich unterstützen. Aber was folgt jetzt daraus? Dass die Serie schon 2015 begann und der Täter sich gesteigert, möglicherweise verbessert hat?«

»Zunächst mal«, sagte Ann Kathrin scharf, »heißt das, dass mit an Sicherheit grenzender Wahrscheinlichkeit jemand seit vielen Jahren im Gefängnis sitzt, der bestimmt kein netter, angenehmer Mensch ist, aber in dieser Frage eben unschuldig.«

»Möglicherweise war er damals sogar so zugedröhnt, dass

er sich nicht mal daran erinnert, ob er es war oder nicht«, setzte Weller hinzu.

Wollenweber nahm den Baumkuchen mit den Fingern vom Teller, biss ein großes Stück ab und sagte: »Mensch, Mensch, mit Ihnen kann einem ja richtig der Appetit vergehen.«

Es gab wahrlich schönere Gegenden in Emden. Und wer es sich leisten konnte, suchte sich das hier nicht gerade als neues Zuhause aus.

Rupert stand vor der Tür und betrachtete das Klingelschild. Auf Pappe geschrieben und offensichtlich schon mehrfach feucht geworden, stand dort: *Tilda Brandt/Matteo und Jana Bergmann*. Das alles in einer kleinen, krakeligen Schrift, damit es überhaupt in den dafür vorgesehenen Sichtkasten passte. Oben und unten waren die Buchstaben abgeschnitten. Das alles machte einen sehr provisorischen Eindruck.

Was mache ich hier, fragte Rupert sich. Warum bin ich überhaupt hier? Ihn beschlich das Gefühl, in den Bann einer Hexe geraten zu sein, die ihn nun steuerte wie eine Marionette.

Er kannte dieses Gefühl, wenn er auf Frauen mit einer hohen erotischen Ausstrahlung traf, und wusste, dass so sehr er sich auch abzappelte und Dinge tat, auf die er selbst nie gekommen wäre, er gegen sie doch einfach keine Chance hatte.

Bei Elli war das anders. Er hatte ganz sicher nicht vor, sie zu beeindrucken, um sie dann ins Bett zu bekommen. Trotzdem kam er sich gefügig vor, als müsse er sich ihren Wünschen beugen. Er wollte sie nicht enttäuschen.

Was ist mit mir los, fragte er sich. Hat sie irgendeinen Fluch über mich gesprochen, mich mit einem Bann belegt? Wenn mir da jemand helfen kann, dann Beate. Die kennt sich mit solchem Hokuspokus aus. Die heilt ja auch per Handauflegen meine Kopfschmerzen und meditiert vor den Tomaten, damit sie nicht von der Tomatenrostmilbe befallen werden. Beate griff gerne zur spirituellen statt zur chemischen Keule.

Er drückte den Klingelknopf und wunderte sich überhaupt nicht, dass es nicht richtig funktionierte. Der Knopf klemmte ein, und es hörte nicht auf zu bimmeln.

Ein Fenster wurde aufgerissen, und eine männliche Stimme brüllte: »Kann sich hier irgendjemand vorstellen, was das heißt – Nachtschicht zu haben?«

Rupert versuchte, den Klingelknopf wieder herauszuholen, doch seine Fingernägel waren zu kurz. Auch dabei wäre Beate jetzt mit Sicherheit erfolgreicher gewesen, dachte er – die Hippiehexe Elli aber ebenfalls.

Die Stimme von oben wurde fordernder: »Ich brauche Schlaf! Schlaf!« Er buchstabierte es: »S c h l a f!!«

Rupert lief zum Auto zurück, holte sein Schweizer Offiziersmesser aus dem Handschuhfach und rannte zur Tür zurück, um mit dem darin enthaltenen Werkzeug den Klingelknopf in seine ursprüngliche Lage zurückzubringen. In der Zwischenzeit war die Tür von oben aufgedrückt worden, aber nun wieder zugeschnappt.

Rupert kniete vor der defekten Gegensprechanlage und versuchte mit Pinzette und Nagelfeile sein Bestes, als die Tür aufgerissen wurde.

Jana Bergmann rief nach hinten in den Flur: »Papa, hier ist einer, der macht unsere Klingel kaputt!«

»Ich mach die nicht kaputt«, griente Rupert, »ich repariere den Scheißdreck.«

»Papa«, empörte sich das Kind, »der hat Scheißdreck gesagt!«

Der Mann oben am Fenster schnauzte: »Wollt ihr mich zum Amoklauf bringen?!«

Am liebsten wäre Rupert einfach wieder abgehauen, doch nun tauchte Matteo Bergmann auf und schob seine Tochter hinter sich, als hätte er Angst, Rupert könne ihr etwas antun.

Für den Bruchteil einer Sekunde glaubte Rupert, Matteo wolle ihn ins Gesicht schlagen, doch der donnerte nur seine Faust links oben gegen die Klingel. Der Knopf sprang zurück, der Lärm hörte auf.

Von oben rief der Schichtarbeiter: »Ich danke dir, Herr! Ich danke dir! Ich war kurz davor, zum Mörder zu werden!«

Matteo Bergmanns neue große Liebe, Tilda Brandt, keifte durch den hallenden Flur: »Ist der Gutachter von der Scheißversicherung endlich da?«

Rupert fand es gar nicht so schlecht, für jemand anderen gehalten zu werden. Wenn er sich als Kommissar der Mordkommission vorstellte, erschraken die Leute meist oder verstummten. Es war auch nicht ganz einfach zu erklären, warum er eigentlich hier war. Er konnte ja schlecht sagen, dass er als Marionette an den Fäden einer Hexe mit hennarot gefärbten Haaren agierte.

Jana lief die Treppe voran nach oben. Matteo und Rupert folgten ihr.

Tilda Brandt wusste gleich, wie sie Jana loswerden konnte, um Erwachsenengespräche zu führen. Sie schlug vor: »Hast du Lust, ein paar Folgen Peppa Wutz zu gucken?« Aber sie erntete Protest: »Nein, lieber Asterix. Ich bin doch kein Baby mehr!«

Tilda sah Matteo an. Der zeigte mimisch, dass es ihm völlig egal war. Tilda nahm Jana mit ins Wohnzimmer. Der Weg zum Wohnzimmer wurde durch einen Wäscheständer blockiert. Tilda und Jana schoben sich an ihm vorbei. Unterwäsche fiel herunter.

Matteo führte Rupert in die Küche. Mit wenigen Blicken sah Rupert, dass hier zwei Erwachsene entweder auf viel zu engem Raum mit einem Kind zusammenwohnten oder die beiden der Situation einfach nicht mehr Herr wurden. Na ja, dachte Rupert schulterzuckend, wenn man sich so wohlfühlt …

Matteo bot ihm einen Kaffee an und Platz auf einem Ikea-Stuhl, der seine besten Zeiten schon hinter sich hatte. Wenn Rupert den Porzellanberg auf der Spülmaschine sah, verging ihm die Lust, hier einen Kaffee zu trinken. Aus der Spüle ragten Pfannen und Töpfe. Der Herd sah aus, als hätte hier jemand versucht, Spaghetti Bolognese in einem löchrigen Topf zu kochen.

»Also«, begann Matteo ungefragt, »es begann mit diesem Kurzschluss. Hier ist alles einfach total marode und im Arsch. Die Waschmaschine hat den Geist aufgegeben und gleichzeitig die Spülmaschine.« Er machte eine raumgreifende Geste: »Sie sehen ja …«

Rupert war kurz davor, darauf hinzuweisen, dass man Geschirr auch mit der Hand spülen könne, er formulierte das dann aber um: »Ja, ich weiß, und Personal ist ja heutzutage schwer zu kriegen …«

Tilda Brandt erschien, lehne sich an den Türrahmen und verschränkte die Arme vor der Brust. Sie trug einen schwarzen Unterrock mit Spaghettiträgern und einer Spitzenborte, so wie Ruperts Mutter früher ihren Kittel. Es machte Tilda überhaupt nichts aus, so vor Rupert zu stehen. Im Gegenteil, möglicherweise wollte sie so irgendein Verhalten von ihm provozieren. Sie machte auf begehrenswerte *Femme fatale*.

Ihre Gesten kamen Rupert vor, als hätte sie sie Filmstars abgeguckt. Das alles wirkte auf ihn aber affektiert, aufgesetzt und unauthentisch.

Wäre Rupert vor die Frage gestellt worden, lieber einen Abend mit ihr oder mit Elli Bergmann zu verbringen, hätte er sich spontan für Elli entschieden. Er fand sie wesentlich spannender, und vermutlich konnte sie auch besser kochen.

»Auf keinem Gerät ist mehr Garantie«, tönte Tilda und warf ihre Haare zurück. »Wozu hat man eine Hausratversicherung, wenn im entscheidenden Moment keiner bezahlt?«

Sie stellte sich jetzt so hin, als müsse sie mit ihrem rechten Fuß die Wand festhalten und kratzte sich dabei am Oberschenkel. Rupert konnte sich gut vorstellen, wie sie Matteo eingewickelt hatte, und war stolz auf sich, nicht mehr auf so billige Tricks hereinzufallen. Noch vor kurzem wäre ihr das vermutlich mit genau solchen Aktionen noch gelungen, aber inzwischen war er gereifter. Lag das am Kontakt zu Elli? Prallten solche Dinge deshalb plötzlich an ihm ab?

»Die Versicherung zahlt immer, es sei denn, der Schadensfall tritt ein«, stöhnte Matteo genervt.

Im Wohnzimmer wurde das Fernsehgerät lauter gestellt. Rupert entschied sich, jetzt zur Sache zu kommen: »Ich bin kein Gutachter, und ich komme auch nicht von der Versicherung. Ich bin Hauptkommissar und arbeite in Norden.«

»Das wird ja immer schöner«, lästerte Tilda Brandt. »Hetzen sie uns jetzt schon die Bullen auf den Hals, weil ...«

Rupert ließ sie nicht weiterreden: »Ich bin hier wegen ...«, er sah Matteo an, »Ihrer Frau, Jasmin Bergmann.«

Tilda Brandt klatschte mit der Handfläche gegen einen Hängeschrank. Das Geschirr darin klapperte. »Na Klasse! Es geht mal wieder um Jasmin!«

Sie stand jetzt breitbeinig wie ein Boxer im Ring vor Rupert, machte Bewegungen, als würde sie ihr Gesicht vor Schlägen schützen, gleichzeitig aber nicht weichen, sondern zum Gegenangriff übergehen wollen. Sie machte sich Luft: »Jasmin! Jasmin! Jasmin! Ich kann es nicht mehr hören! Sie wohnt in dem großen Haus«, Tilda zeigte zum Fenster, als sei das Haus direkt draußen vor der Tür, »während wir es uns hier auf zweieinhalb Zimmern gemütlich machen. Die Kleine ist aber natürlich viel mehr bei uns als bei ihr. Welches Kind ist schon gerne bei so einer meckernden Schabracke, die im Selbstmitleid versinkt und statt sich um die Familie zu kümmern, lieber mit dem Mann ihrer besten Freundin vögelt!«

Matteo ging das alles zu weit. Er wollte eingreifen, doch er konnte Tilda nicht stoppen.

»Die will uns fertigmachen, dieses blöde Weib! Fertigmachen!«

Matteo wendete sich an Rupert: »Ja, und warum sind Sie jetzt hier? Was hat die Polizei mit unseren Problemen zu tun?«

»Unsere Probleme?«, schrie Tilda. »Wir hätten gar keine Probleme, wenn es diese schreckliche Jasmin nicht gäbe!«

Rupert antwortete Herrn Bergmann: »Ihre Frau ist verschwunden.«

»Ja, und dann suchen Sie hier? Bei uns?«

Tilda Brandt lachte hysterisch: »Verschwunden? Was heißt verschwunden? Sie ist weg? Können wir dann in die Villa einziehen?«

Kleinlaut erklärte Matteo: »Es ist keine Villa. Es ist ein einfaches Einfamilien …«

»Wenn ich das richtig verstehe, dann steht das Ding jetzt leer, während die Prinzessin sich irgendwo in der Welt rumtreibt und wir hier mit ihrer Brut in dieser Bruchbude sitzen?«

Wie scheiße muss diese Jasmin gewesen sein, dachte Rupert, wenn der Typ sie wegen dieser Schnepfe hier verlassen hat? Was ist schiefgelaufen zwischen den beiden?«

Dann meldete sich noch ein letzter Rest Professionalität in ihm und fragte: *Ja, und was hat das alles mit dir, der Mordkommission und den Ermittlungen zu tun?*

Er verspürte auch gar nicht den Drang, von dem Besuch hier bei der nächsten Dienstbesprechung zu berichten oder gar ein Protokoll anzufertigen. Aber er wollte Elli anrufen und ihr alles erzählen. Mein Gott, dachte er, wie sehr hat diese Frau mich verwirrt …

»Gibt es vielleicht«, fragte er Matteo, »einen Ort, an den sich Ihre Frau manchmal zurückgezogen hat? Hat sie eine Freundin, die sie besucht oder …«

»Die Bitch ist nicht mehr seine Frau«, schimpfte Tilda. »Sie ist seine Ex-Frau!«

»Ja«, antwortete Matteo sachlich, »sie hat eine Freundin oder eine Bekannte, die wohl eine Ferienwohnung auf Wangerooge besitzt. Manchmal hat sich Jasmin für ein paar Tage dahin zurückgezogen«, mit Blick auf seine neue Liebe fügte er hinzu, »wenn wir beide Stress miteinander hatten.«

»Ja«, kommentierte Tilda und verzog dabei spöttisch die Lippen: »So eine Freundin mit 'ner Ferienwohnung hätte ich auch gerne. Aber ich darf höchstens mal deren Kinder hüten, wenn sie Überstunden machen müssen.«

»Und wie heißt die Freundin?«, fragte Rupert.

»Keine Ahnung«, erwiderte Matteo. »Carina Oberdieck war es jedenfalls nicht. Irgendeine Brigitte, Barbara, Bettina – was weiß ich.«

»Ja, was jetzt«, hakte Rupert nach, »Sie werden doch die Freundinnen Ihrer Frau kennen?«

Aufgebracht wiederholte Tilda: »Die Bitch ist nicht mehr seine Frau!«

Niemand beachtete sie. Stattdessen sagte Matteo: »Ich will nicht behaupten, dass sie ihre Freundinnen vor mir geheim gehalten hat, aber da lief immer auch so ein Frauending … Sie wissen doch, wie Frauen sind.«

»Nein«, rief Tilda, »das weiß ich nicht. Erzähl mal!«

Matteo hob die Hände: »Gott, sie kennt doch auch nicht alle meine Kumpels. Es gibt eben Männer und Frauen …«

»Sie hat sich nicht für dich interessiert, das ist es«, rief Tilda. »Und wenn du dachtest, dass sie sich mit ihren Freundinnen trifft, dann hat sie ihren Marktwert auf dem Fleischmarkt getestet! Dieses Weib hat dich nach Strich und Faden verarscht, merkst du das gar nicht?«

Im Wohnzimmer verdroschen Asterix und Obelix lautstark ein paar Römer.

»Wir können Ihnen nicht weiterhelfen, Herr Kommissar, das merken Sie doch. Vielleicht hat sie zu Hause eine Liste ihrer Freundinnen …«

Tilda fuhr dazwischen: »Oder zumindest von deren Männern, mit denen sie gevögelt hat.«

»Ja, wie auch immer – ich wüsste nicht, wie wir Ihnen weiterhelfen können.«

Rupert hatte jetzt echt Durst auf einen Kaffee, brauchte auch ein Glas Wasser und überlegte, ob er gleich in Emden in ein schönes Café fahren sollte oder ob er es noch bis Norden aushielt. Zu *ten Cate* würde er nicht gehen, er hatte Sorge, dort Ann Kathrin, Weller oder – noch schlimmer – Marion Wolters zu treffen. Er wollte sich jetzt nicht irgendwelchen Diskussionen stellen. Vielleicht machte es ja sogar Sinn, Elli zu besuchen, statt ihr alles am Telefon zu erzählen. Sie machte bestimmt einen guten Kaffee, und er war bereit, ein Monatsgehalt darauf zu wetten, dass sie beim Backen eine Künstlerin war. Er musste nur darauf achten, dass sie ihm nicht irgendwelche Haschischplätzchen andrehte.

Er erhob sich lächelnd. Innerlich grinsend. »Ja, dann danke ich Ihnen für dieses Gespräch. Ich muss jetzt ...«

»Was ist so lustig, hä?«, fauchte Tilda Brandt.

»Nichts«, wehrte Rupert ab, »ich dachte nur gerade an etwas.«

»An was denn?«

Rupert zeigte auf ihren Unterrock: »Meine Frau hat genau so ein Teil. Gab's damals im Sonderangebot. Hab ich ihr zum Geburtstag geschenkt. Sie trägt es auch gern. Sie sagt immer, es ist so angenehm auf der Haut. Aber wenn wir Besuch bekommen, zieht sie sich immer etwas über.«

Der saß. Fast hätte Rupert sich eine gefangen. Tildas Hand war schon zur Ohrfeige bereit, doch Matteo schob sich dazwischen. »Ja, dann bedanken wir uns herzlich für Ihren Besuch, Herr Kommissar. Beehren Sie uns doch bald mal wieder – so in dreißig, vierzig Jahren.«

»Du glaubst doch nicht ernsthaft, dass wir so lange hier wohnen«, beschwerte sich Tilda.

»Nein«, sagte Matteo, »ganz bestimmt nicht. Wir werden das Haus bekommen und dann dort ein neues Leben anfangen. Gemeinsam!«

Doch so, wie er es sagte, klang er, als sei er selbst nicht wirklich überzeugt davon.

Ann Kathrin und Weller fuhren zur Justizvollzugs- und Sicherungsverwahranstalt Diez. Sie hatten gut fünf Stunden Fahrt vor sich. Weller hatte von *ten Cate* Proviant besorgt.

Wollenwebers Einwand, man könne doch die Kollegen vor Ort in Rheinland-Pfalz bitten, zu Hannes Müller in die JVA zu fahren, war unter Ann Kathrins Blick geschmolzen wie Vanilleeis in der Augustsonne.

Weller nahm darauf Bezug, als er sagte: »Er hat es nicht gewagt, dir zu widersprechen.«

Ann Kathrin schmunzelte: »Bei dem Mist, den er und seine Leute gebaut haben, steht ihm das auch nicht zu.«

Ihre selbstbewusste Art gefiel Weller. Man kann eine Menge von ihr lernen, dachte er. Sie kennt ihr Blatt, und sie reizt es aus, dachte der alte Skatspieler. Wenn man ihr gegenübersitzt, denkt man, die blufft nicht, sondern die stapelt tief. Die hat noch mehr in der Hand, als sie zu erkennen gibt.

Er wollte sie fragen, ob es noch etwas gab, wovon er keine Ahnung hatte. Die Fahrt war lang. Er hatte Zeit genug dazu.

Manchmal machte sie Dinge erst mit sich selbst aus, bevor sie sie anderen preisgab. Noch zu Ubbo Heides Zeiten hatte sie nach einer Dienstbesprechung mal zu ihm gesagt: »Wenn man alles auf den Tisch legt, was man hat, wird es sowieso nur zerredet.«

Es hatte ihn einige Überzeugungskraft gekostet, dass sie diese Reise nicht im Twingo antraten. Sie nahmen stattdessen den Citroën Picasso.

Ann Kathrin saß am Steuer. Schon kurz hinter Emden spielte Wellers Handy Bettina Göschls Lied *Piraten Ahoi!*. Weller sah Marion Wolters auf dem Display und wartete noch ein paar Sekunden, um das optimistische Lied zu genießen. Dann erst nahm er das Gespräch an.

»Bingo!«, sagte Marion gut gelaunt und mit vollem Mund.

Wellers Handy war wie immer laut genug, dass Ann Kathrin alles mithören konnte. Er wünschte Marion zunächst mal einen guten Appetit. Die hustete, weil sie sich an Krümeln verschluckt hatte, und sagte dann: »Schöne Grüße an Ann Kathrin. Sie hatte genau den richtigen Riecher.«

»Für was?«

»Nun, ich sollte doch alles wegen dieses dämlichen Nagels ...« Sie überlegte. Papier raschelte. Dann sagte sie: »Diesem historischen Schwellennagel überprüfen. Und ich bin gleich bei meinem ersten Anruf fündig geworden.«

»Wie das?«, fragte Weller verständnislos.

»Ich habe mit dem Kollegen Jürgensbauer aus Schwerte gesprochen. Er hat damals unserem guten Herrn Wollenweber praktisch das Leben gerettet. Er fand ihn in einer Blutlache, die Hütte brannte und ...«

Fast hätte Weller gesagt: Komm zur Sache. Doch im letzten Moment schluckte er es runter, denn Marion war ja genau bei der Sache und offensichtlich richtig aufgeregt und gleichzeitig stolz auf ihre Ermittlungsarbeit.

»Manchmal«, fuhr sie fort, »muss man einfach Glück haben. Ich habe an jede Polizeistation in Schwerte, Würzburg, Einbeck und Eberswalde ein Foto mit dem Nagel geschickt. Und was glaubt ihr? Der Kollege Jürgensbauer konnte sich sofort erinnern. Er war später noch mal zusammen mit der Spusi da, aber es war nicht mehr viel übrig geblieben. Das Gebäude ist praktisch niedergeknistert, und den Rest haben die Löscharbeiten verwustet. Ein Albtraum für die Spusi. Er ist noch lange in den Trümmern herumgelaufen und hat Patronenhülsen gesucht, in der Hoffnung, Rückschlüsse auf die Waffe und so auf den Schützen ziehen zu können. Dabei hat er einen Nagel gefunden, den er interessant fand, weil er so einen Nagel noch nie gesehen hatte. Der sah genauso aus wie auf dem Foto. Außerdem erinnerte er sich daran, dass hintendrauf eine Zahl war. 61. Er hat das Ding schön fein gesichert und zwei Patronenhülsen ebenfalls. Man hat aber zu dem eigentlichen Fall keinen Zusammenhang gesehen. Der Nagel hätte genauso gut aus einer eingestürzten Wand in diesem zerstörten Gebäude stammen können. Es herrschte wohl ziemliche Aufregung damals, weil Kollege Wollenweber bei diesem Einsatz fast draufgegangen wäre.«

»Da schließt sich«, sagte Ann Kathrin, »eine Indizienkette.«

Weller blickte sie an. Sie fuhr mit Tempo 80 auf der rechten Spur und hatte sich hinter einen Lkw gehängt. So war es ihr möglich, sich auf das Gespräch zu konzentrieren.

»Wie meinst du das?«, fragte Weller.

»Das ist ein weiterer Hinweis darauf, dass die Mordserie bereits in Wissen begann und nicht, wie angenommen, in Würzburg. Wenn in Schwerte ein ähnlicher Nagel lag wie in Wissen, dann ist das noch kein Beweis, aber doch schon ein Indiz, findet ihr nicht?«

Bevor Weller nicken konnte, rief Marion schon: »Und ob! Ich werde weitersuchen, Freunde.«

Ja, sie sagte *Freunde*. Weller registrierte das genau, wobei er davon ausgegangen war, dass Ann Kathrin und Marion befreundet waren. Für ihn war sie immer nur eine Kollegin gewesen. Sehr direkt und undiplomatisch, aber ziemlich fähig.

»Ich halte euch«, versprach Marion, »auf dem Laufenden.«

»Fahr doch«, schlug Weller Ann Kathrin vor, »in Ems-

Vechte raus. Dann tanken wir und wechseln. Außerdem brauche ich einen Kaffee.«

Sie kam sich vor wie eine Schaufensterpuppe. Er hatte ihr den Mund mit einem Klebestreifen verschlossen. Ihre Arme und Beine waren an den Stuhl gefesselt. Sie trug das Kleid, das er für sie ausgesucht hatte, und die roten Stöckelschuhe. In den Schuhen war sie barfuß.

Er stand vor ihr und hielt das Kaninchen hoch. Er trug immer noch diese gruselig-lächerliche Clownsmaske, unter der irgendetwas seine Stimme verzerrte.

Er trug wieder weiße Handschuhe, aber diesmal waren es Schnittschutz-Handschuhe. Matteo besaß einen solchen Kettenhandschuh, den er benutzte, um nach dem Angeln die gefangenen Fische zu filetieren. Wie lange hatte er das schon nicht mehr gemacht …

»Wusstest du«, fragte der Clown und schüttelte das zappelnde Tier, »dass es sogar für das Töten von Kaninchen Regeln gibt?‹«

Sie reagierte nicht. Wie denn auch? Er hatte ihr ja den Mund zugeklebt.

Er lachte: »Ja, so unwahrscheinlich es klingt, selbst dafür gibt es Gesetze. Kaninchen dürfen nur im Zustand der Wahrnehmungs- und Empfindungslosigkeit getötet werden. Die Regelwut in Deutschland kennt einfach keine Grenzen.«

Er setzte das Kaninchen auf dem Tisch ab. Es wirkte auf Jasmin erstarrt, als wüsste es genau, was gleich passieren würde.

Er zeigte ihr einen Holzknüppel. »Nun, dann wollen wir

mal dem Gesetz Genüge tun«, sagte er und schlug dem Kaninchen zwischen die Ohren.

Schlimmer noch als der Anblick war für Jasmin das Geräusch. Etwas zerbrach.

Er schnitt dem Tier durch die Achillessehne beider Hinterbeine und hängte es dann an zwei Haken über einen Eimer auf. Dabei sprach er, als sei das hier ein Lehrgang für korrektes Kaninchenschlachten: »Ich habe das von meiner Mutter gelernt. Sie hat uns damit durchgebracht. Nach dem Tod meines Vaters hat sie seine gesamte Kaninchenzucht an uns verfüttert. Ja, meine Mutter hatte was drauf. Sie hat auch das Kaninchenfell verwertet. Wir hatten immer diese Winterjacken mit Fellkragen.« Er hielt ihr das Messer hin: »Willst du ihm aus dem Mantel helfen?«

Sie schüttelte vehement den Kopf. Doch er ließ nicht locker: »Stell dich nicht so an. Frauen können das auch! Nimm dir ein Beispiel an meiner Mutter.«

Will er mir wirklich das Messer geben, fragte Jasmin sich. Er müsste mich dazu losmachen. Vielleicht war das ihre Chance. Sie wusste nicht, ob sie dazu in der Lage war. Sie hatte noch nie einen Menschen mit einem Messer verletzt, aber sie war auch noch nie in so einer Situation gewesen.

Sie versuchte, etwas zu sagen, und hoppelte auf dem Stuhl rauf und runter. Aus ihrem Mund kamen nur mompfige Laute. Er kam langsam auf sie zu und riss das Klebeband von ihren Lippen. Es tat weh und doch gleichzeitig gut, denn sie konnte Luft einsaugen.

»Ich weiß nicht, ob ich das schaffe«, sagte sie. »Ich habe noch nie ein Tier getötet.«

Er lachte: »Ach, das stimmt doch nicht! Du hast mit Sicherheit schon Mücken erschlagen, die dich stechen wollten.

Wahrscheinlich sogar Spinnen, die in deinem Schlafzimmer waren, oder diese Silberfischchen. Bei dem Kaninchen scheust du dich nur, weil es so kuschelig ist und so ein schönes Fell hat. Weil es dich an deine Kuscheltiere erinnert. Stimmt's? Aber du musst es nicht töten. Es ist ja schon tot. Wenn du ihm jetzt aus dem Mantel hilfst, geschieht das Gegenteil.«

Was erzählt der für ein verrücktes Zeug, dachte sie. »Das Gegenteil? Es wird doch nicht wieder lebendig!«

»Nein. Aber du rettest damit Leben. Zum Beispiel deins und meins. Wir sind Menschen. Wir müssen essen. Wir brauchen Energie. Es wird nichts geben, wenn wir uns dieses Kaninchen nicht zubereiten.«

»Ich dehydriere«, sagte sie. »Ich brauche erst Wasser. Mir ist schwindelig.«

Auf dem festlich gedeckten Tisch standen zwei Sektkelche. Aus einer Karaffe goss er einen voll.

»Ich kann keinen Alkohol trinken«, sagte sie. »Ich vertrage jetzt keinen Wein oder so was. Dann kippe ich um. Ich brauche Wasser. Einfach nur Wasser.«

»Das ist Wasser«, sagte er und reichte ihr Wein.

Sie benetzte kurz ihre Lippen, spülte sich den Mund aus und spuckte es auf den Boden. »Das ist Wein!«

»Oh«, lachte er blechern. »Ein Wunder! Ein Wunder! Es ist mir gelungen, aus Wasser Wein zu machen!« Er bückte sich zu ihren Füßen und öffnete ihre Fesseln. Er benahm sich dabei wie ein kleines Kind, das ein Geschenkpaket aufmacht.

Jedes Mal, wenn seine Finger ihre Haut berührten, durchfuhr sie ein schmerzhafter Blitz.

Jetzt waren auch ihre Hände frei. Er half ihr vom Stuhl, als würde sie im Auto sitzen und er sei der Gentleman, der ihr die Tür öffnet. Sie war wacklig auf den Beinen. Sie war es nicht gewohnt, in solchen Schuhen zu laufen. Es kam ihr vor, als würde ihr Gehirn im Kopf hin und her wabern. Da war auch eine Art Dröhnen in ihren Ohren.

Er begleitete sie zu dem an den Haken baumelnden Kaninchen. Er streichelte das Fell und sprach mit dem toten Tier: »Du hattest es gut. Du wurdest nicht mit Hunderten anderen über viele Kilometer zu einem Schlachthof transportiert. Du musstest nicht die Hinrichtung deiner Artgenossen erleben, bevor du dann erlöst wurdest. Du hast bis zum Schluss Spaß gehabt und geglaubt, die Menschen seien deine Freunde.« Er kitzelte das Tier mit dem Zeigefinger.

Er reichte Jasmin das Messer. Er hielt dabei die Klinge in der Hand und gab ihr den Schaft. Es war lang und scharf. Es glich einem Fischmesser, das sie mal bei ihrem Vater gesehen hatte. Der Griff war aus Holz.

Er zeigte ihr, wie sie den Schnitt setzen sollte.

Wenn du jetzt zögerst, dachte sie, wird dein Martyrium mit deinem Tod enden. Du hast keine andere Wahl.

Zum Glück sah sie Tante Elli vor sich und nicht ihre Großmutter. *Kämpfe, Mädchen! Lass dir nichts gefallen*, sagte die, die auf jedem zweiten T-Shirt *Make love, not war* stehen hatte und zweimal verurteilt worden war, weil sie den Spruch auf Kasernenmauern gesprüht hatte.

Reicht es, ihm in die Hand zu stechen? Soll ich auf seinen Bauch zielen? Seinen Arm? Seinen Hals? Was für eine schreckliche Entscheidung.

»Nimm deinen Mut zusammen«, sagte er. »Du schaffst das. Vertrau dir selbst. Das ist ein ganz archaischer Akt. So hat die Menschheit überlebt und sich die Erde untertan gemacht. Wir müssen zum Glück ja keine Mammuts mehr jagen«, lachte er. »Wir können uns ein Kaninchen holen. Und ich glaube, die schmecken auch besser. Ich habe uns ein paar tolle Rezepte mitgebracht. Wir werden gemeinsam kochen und einen Riesenspaß haben.«

Als ihr klarwurde, dass es leichter für sie war, ihn mit dem Messer zu stechen, als dem toten Kaninchen das Fell abzuziehen, nahm sie das Messer in beide Hände und versuchte, es ihm in den Bauch zu rammen.

Zwei Polizisten aus Niedersachsen zu einem Häftling in Rheinland-Pfalz zu lassen, hätte normalerweise eine Menge Bürokratiekram ausgelöst und wäre möglicherweise sogar schiefgegangen, wenn Ann Kathrin nicht unter den JVA-Mitarbeitern so einen guten Ruf genossen hätte. Sie galt als Legende, und einige fanden es einfach toll, die berühmte Serienkiller-Fahnderin mal live zu sehen.

Frank Weller hatte neben ihr nicht zum ersten Mal das Gefühl, völlig zu verschwinden, gleichzeitig wusste er aber, wie wichtig er war. Er passte auf Ann Kathrin auf. Sie flanierte durchs Leben, als könnte ihr all das nichts anhaben. Sie näherte sich Schwerverbrechern, verstieß gegen Dienstanordnungen, und er lebte in dem Bewusstsein, eine Art Bodyguard zu sein, der sie hoffentlich vor einigen Konsequenzen ihrer Taten beschützen konnte.

Es gab einen Raum für solche Gespräche, und in den wurden sie geführt. Sie gingen durch kafkaeske Flure, dann bot man ihnen einen erstaunlich guten Kaffee an. Der schmucklose Raum war gut gekühlt. Niemand stellte unnötige Fragen zur Sache, stattdessen wurde Ann Kathrin gefragt, wie dieser berühmte Serienkiller Dr. Bernhard Sommerfeldt denn so sei und ob sie wirklich schon mal Golf mit ihm gespielt hätte.

»Das«, erläuterte sie, »gehört zum Bereich der Legendenbildung. Ich selbst spiele gar kein Golf.«

Hannes Müller wurde in den Raum geführt. Er saß am Tisch Ann Kathrin und Weller gegenüber.

»Sie können uns«, sagte Ann Kathrin zu dem Justizvollzugsbeamten, »jetzt gern allein lassen.« Weller nickte ihm zu, um anzudeuten, dass es durchaus in Ordnung wäre.

Tatsächlich setzte Hannes Müller sich, nachdem sie allein waren, gleich bequemer hin. Er wirkte auf Weller gesund, ja ausgeruht. Weller kannte das von einigen Besuchen in Gefängnissen. Drogensüchtige oder Leute mit Alkoholproblemen waren ein paar Monate nach ihrer Verhaftung kaum wiederzuerkennen. Viele von ihnen machten auch Sport im Gefängnis und trainierten. Die Drogenabstinenz tat ihnen gut und vielleicht auch das regelmäßige Essen. Danach ging für viele die gleiche Spirale dann wieder los, bis sie ganz am Boden waren und erneut im Gefängnis landeten.

Hannes Müller war durchaus freundlich, ja zugewandt. »Was wollen Sie von mir?«, fragte er.

»Wir haben ein paar Fragen zu dem Mord an Ihrer ehemaligen Lebensgefährtin Iris Quarz.«

Um ihn zu locken, sagte Weller: »Wir haben Ihnen etwas mitgebracht. Zigaretten. Schokolade, ein bisschen Marzipan.«

Müller nickte erfreut.

»Wir haben Grund zu der Annahme, dass der Mord an Iris Quarz der Beginn einer Serie war.«

Hannes Müller lachte: »Einer Serie? Wie stellen Sie sich das vor? Ich sitze hier im Gefängnis. Glauben Sie, ich kann meinen Astralkörper hier rausbeamen und woanders weitere Morde begehen?«

»Nein«, erklärte Ann Kathrin, »Sie verstehen uns falsch. Möglicherweise gelingt es uns, Ihre Unschuld nachzuweisen. Wir brauchen dafür allerdings Ihre Hilfe.«

Er breitete die Arme aus, legte sie hinter seinen Kopf, atmete tief, klatschte die Hände dann auf die Tischplatte und sah erst Ann Kathrin an, dann Weller, bevor er entgegnete: »Leute, ich dachte, ihr kommt, weil ihr mir irgendeine Hafterleichterung anzubieten habt oder gar einen Urlaub …«

Ann Kathrin gab zu: »Diese Möglichkeit haben wir leider nicht. Aber es kann sein, dass Sie dieses Gefängnis bald schon als freier Mann verlassen könnten. Wenn es uns gelingt, nachzuweisen, dass …«

»Ihr wisst es gar nicht, stimmt's?«, grinste er.

»Was?«

»Nun, ich habe den Mord gestanden.«

»Nein, wir dachten, Sie hätten bis jetzt geleugnet, irgendetwas damit zu tun zu haben.«

»Ja, das habe ich. Lange Zeit. Aber inzwischen habe ich eine Therapie gemacht. Ich bin den Weg zu mir selbst gegangen. Ich habe erkannt, was in meinem Leben schiefgelaufen ist. Ich habe zu Gott gefunden. Ich war ein haltloser Mensch, von Süchten und Dämonen geplagt.«

Weller unterbrach ihn: »Erinnern Sie sich daran, Iris Quarz umgebracht zu haben?«

»Nein, natürlich nicht. Ich hatte einen Filmriss. Ich kann mich an die letzten Monate vor meiner Verhaftung sowieso nur noch bruchstückhaft erinnern. Ich habe von einem Schuss zum nächsten gelebt. Iris übrigens auch. In der Therapie habe ich gelernt, dass ich zu meinen Taten stehen muss.«

Ann Kathrin schluckte. Weller kannte das Spiel. Er zählte die Fakten auf: »Na klar. Und Hafterleichterungen oder gar eine vorzeitige Entlassung gibt es natürlich nur für einen einsichtigen Täter.«

Hannes Müller fühlte sich verstanden. Zwischen ihm und Weller entstand eine merkwürdige Vertrautheit.

»Ich habe vielleicht die Möglichkeit«, schwärmte er, »nach zwölf oder fünfzehn Jahren vorzeitig entlassen zu werden ... wenn ich eine gute Sozialprognose habe ... und zehn Jahre habe ich schon abgesessen.«

»Wenn wir mit unseren Vermutungen recht haben, könnten Sie viel schneller draußen sein«, orakelte Ann Kathrin.

Müller sprang nicht darauf an, sondern lehnte sich zurück, fast mit einer Abwehrhaltung.

»Können Sie uns etwas über die roten Schuhe erzählen, die Frau Quarz getragen hat? Die hatten«, Weller zeigte es mit den Fingern, »solche Absätze.«

»Na klar. Die meisten Typen stehen doch auf so Nuttenkram. Glauben Sie, in Crocs kann die Freier abschleppen? Oder in so Gesundheitstretern?«

»Und die Kaninchenfelljacke, die sie am Mordtag getragen hat ...«, hakte Ann Kathrin nach.

Hannes Müller winkte ab: »Alle möglichen Freier haben ihr irgendwelchen Scheiß geschenkt. Kettchen, Armbänder ... ja, jetzt nicht wertvollen Familienschmuck, leider, sondern irgendeinen Scheiß von der Kirmes. Manchmal wollte sie auch einer retten und ihr helfen, ein neues Leben zu beginnen.« Er lachte höhnisch. »Die Welt ist voller Spinner. Aber der war nicht zu helfen ...«

»Sie sind doch auch clean geworden«, widersprach Ann Kathrin.

»Ja. Hier. Im Knast. Das Gefängnis war meine Rettung. Wenn ihr mich vorher eingesperrt hättet, würde sie vielleicht noch leben. Dann hätten wir vielleicht eine Chance gehabt …«

»Wir glauben nicht, dass Sie Frau Quarz getötet haben. Macht es Ihnen gar nichts aus, dass Sie vielleicht unschuldig sitzen?«

Hannes Müller reagierte abweisend: »Das hat mir etwas ausgemacht. Ein paar Jahre lang. Ich habe alles geleugnet, alles abgestritten. Das waren für mich alles nur Schweine hier. Aber die Zeit ist vorbei. Ich stehe jetzt zu mir und meiner Tat, kapiert ihr das nicht? Versaut mir das jetzt nicht! Ich habe Chancen, hier bald entlassen zu werden. Ich habe ein gutes Führungszeugnis. Ich mache alles hier mit, was man nur tun kann. Anti-Aggressionstraining … Ich hab sogar einen Schreibkurs gemacht! Seit diesem Doktor Sommerfeldt glauben sie ja überall, man müsste nur anfangen, sein Leben aufzuschreiben, und würde dann gleich ein besserer Mensch. Am besten noch ein Bestsellerautor.«

»Sie könnten uns vielleicht helfen«, warf Weller ein.

»Ich? Euch? Ihr habt sie ja wohl nicht mehr alle! Lasst mich in Ruhe! Ich komme hier blendend klar, schiebe eine ruhige Kugel und habe keine Probleme. Mein Anwalt und mein Sozialarbeiter sagen, in ein, zwei Jahren öffnen sich hier die Tore mit Musik für mich. Und wenn ich dann nicht rückfällig werde … und glaubt mir, Leute, das werde ich nicht … dann kann ich sogar in meinem Beruf arbeiten!« Plötzlich ging er Weller hart an. Die Stimmung kippte: »Ja, da staunst du, was, Bulle? Ich hab hier einen richtigen Beruf erlernt, mit Abschluss und allem Zipp und Zapp. Ich bin jetzt Bäcker! Vielleicht schaffe ich es sogar noch, einen eigenen Laden aufzumachen, falls man einem wie mir Kredite gibt …«

Weller fühlte sich angegriffen. Er drehte sich von ihm weg, zeigte ihm im wahrsten Sinne des Wortes die kalte Schulter und sagte zu Ann Kathrin: »Wir hätten uns die Fahrt sparen können. Und wir brauchen seine Hilfe nicht.«

Ann Kathrin erhob sich langsam. Plötzlich veränderte sich die Körperhaltung des Häftlings. Ann Kathrin war schon fast bei der Tür. Er stand auf. Weller war sofort zwischen ihm und Ann Kathrin. Hannes Müller begriff, dass er keine Chance hatte, sie auch nur zu berühren. So wie Weller aussah, hätte er ihn bei dem Versuch wortlos ausgeknockt.

»Frau Klaasen«, rief Hannes Müller, »glauben Sie wirklich, ich bin unschuldig«

Ann Kathrin drehte sich zu ihm um. Sie konnte ihn gar nicht sehen, weil Weller breitschultrig zwischen ihnen stand. Sie schob ihn sanft zur Seite. »Ja, das glaube ich. Und ich denke, ich werde es auch beweisen können.«

»Aber … ich habe so lange gebraucht, um mich damit auseinanderzusetzen, um endlich dazu zu stehen. Wissen Sie, was das heißt? Ich habe Iris wirklich geliebt, also auf meine verrückte, beschissene Junkie-Art, und ich habe sie nicht immer gut behandelt. In der schlimmsten Zeit habe ich ihr das Heroin geklaut, um es mir selber zu spritzen. Wenn einer richtig hart drauf ist, dann gibt es keine Moral mehr oder so was und auch keinen Gott. Dann geht es nur noch um den nächsten Druck.«

Er wollte einen Schritt näher kommen, als hätte er vor, Ann Kathrin zu umarmen. Weller hielt ihn mit der geöffneten Hand und einem scharfen Blick auf.

Hannes Müller war kurz davor, zu heulen. »Ich weiß jetzt gar nicht, was ich denken soll.«

»Ja«, sagte Weller, »schon gut. Krieg dich wieder ein.«

»Kann ich Ihnen denn irgendwie helfen?«

»Ach, auf einmal?«, fragte Weller kritisch.

Ann Kathrin nahm die Chance wahr und fragte: »Wie lange war sie verschwunden, bevor sie auf dem Parkdeck in Wissen gefunden wurde? In den Akten ist das schwammig. Da steht nur, dass sie verschwunden war.«

»Na klar«, antwortete Hannes Müller. »Ich war ein Junkie auf Turkey. Da spielt Zeit überhaupt keine Rolle. Vielleicht war es ein Tag, vielleicht eine Woche. Möglicherweise ist sie auch zwischendurch wiedergekommen, und ich habe es nicht mal mitgekriegt.«

»Komm«, sagte Weller zu Ann Kathrin, »das bringt hier nichts mehr.«

Sie gab ihm mit einem Blick recht.

Sie waren nett zu den Justizvollzugsbeamten. Das Ganze wäre fast in eine Autogrammstunde ausgeartet, doch Weller drängte darauf, loszufahren.

»Willst du wirklich wieder den ganzen Weg bis nach Ostfriesland zurückdüsen?«, fragte Ann. »Sollen wir nicht irgendwo übernachten?«

»Ja. Bei uns zu Hause«, antwortete Weller. »Ich will in die Sauna, und ich brauche ein anständiges Fischbrötchen.«

Jasmin befand sich in einem Schockzustand. Sie sprach mit sich selbst, um sich zu stabilisieren, aber sie erkannte ihre eigene Stimme nicht. Sie kam sich fremd vor in ihrem Körper, als sei sie in einer Albtraumspirale gefangen. Alles kam ihr alt vor, wie eine Wiederholung, und doch hatte sie so etwas noch nie erlebt.

Er war ihr ausgewichen, als hätte er die Attacke erwartet. Und dann hatte er mit seinen Stahlhandschuhen die Klinge gegriffen, wie um sie zu verspotten, und ihr das Messer aus der Hand genommen. Der Horror-Clown hatte das Messer tief in die Brust des Kaninchens gerammt. Es ragte noch immer aus dem Tier heraus.

Mit den Worten: »Häute es, oder du wirst verhungern« hatte er sie allein gelassen.

Irgendwann konnte sie nicht mehr stehen. Ihre Knie wurden weich. In ihrem Kopf begann es zu brodeln. Dieser unwirkliche Raum würde sie für den Rest ihres Lebens in ihren Albträumen verfolgen.

Selbst wenn es mir gelingt, hier herauszukommen, dachte sie, werde ich diesen Raum doch immer in mir haben.

Da war der festlich gedeckte Tisch. Darauf die Karaffe mit Weißwein. Zwei edle Kristallgläser. Geschirr mit Goldrand. Stoffservietten. Ein Kerzenständer mit drei weißen Kerzen, die irgendwo anders schon mal gebrannt haben mussten. Jeder Docht war schwarz und Wachstropfen waren an den Kerzen heruntergelaufen. Ein paar klebten wie Perlen am Ständer.

Irgendetwas spielt er hier nach, dachte sie. Die Szene mit seiner Mutter? Gebe ich hier seine Mutter? Aber er würde doch seine Mutter nicht töten oder verhungern lassen? Hasst er sie so sehr?

Sie zweifelte an sich selbst. Warum hatte er ihr das Messer abnehmen können? Sicher, er war vorbereitet. Er trug diese Handschuhe, aber das war längst nicht alles. Es gab da auch etwas in ihr selbst. Eine Hemmung, richtig zuzustechen, die Sache wirklich durchzuziehen. Sie hatte es halbherzig gemacht, während er, total überzeugt von sich und seinem Tun, skrupellos gehandelt hatte. Er kam ihr angstfrei vor. Fast beneidete sie ihn darum.

Der Sarg stand wie der Kaninchenkäfig auf einem Holzgestell. Der Deckel lag daneben am Boden. Es gab diese Schlachtbank, auf der das Kaninchen vermutlich geköpft und zerteilt werden sollte. Die Splitter von den kaputten Scheinwerfern hatte er beseitigt. Hatte er, während sie im Sarg lag, den Boden gefegt? Beobachtete er sie jetzt? Funktionierte die Kamera noch?

Er hatte neue Scheinwerfer installiert, in jeder Ecke einen. Er konnte das Licht herunterdimmen wie in einer schummrigen Bar oder hochfahren wie in einem Operationssaal. Jetzt war es eher auf gemütliches Wohnzimmer eingestellt. Oder Leichenhalle …

Sie hatte die Schuhe in die Ecke gekegelt und stand barfuß auf den kalten Fliesen. Sie spürte ihre Zehen kaum noch.

In der Ecke stand der Eimer, über dem sie sich waschen sollte. Daneben einer für ihre Notdurft. Irgendetwas hinderte sie daran, das Waschwasser zu trinken, doch sie wusste, sie brauchte Flüssigkeit – mehr als alles andere.

Sie kniete sich vor den Eimer. Das Stück Kernseife war hineingefallen und löste sich darin auf. Sie überwand den Ekel, beugte den Kopf so tief, bis ihre Lippen die Wasseroberfläche berührten, und dann schlürfte sie.

Über ihr ertönte seine Stimme: »Du könntest es so gut haben. Warum entscheidest du dich für diesen Weg? Statt dem Kaninchen aus dem Mantel zu helfen, greifst du mich mit dem Messer an. Fällt es dir leichter, die Haut eines lebenden Menschen zu durchtrennen als die eines toten Tieres? Ich verstehe dich nicht. Wir könnten längst zusammen dasitzen, köstlich miteinander speisen, gute Gespräche führen, aber wenn du unbedingt Seifenwasser trinken willst, meinetwegen. Ich hätte aber auch eine Kiste Mineralwasser für dich da, wenn du meinen Wein verschmähst.«

Sie spuckte und würgte. Es schmeckte ekelhaft und tat doch gut.

Das Licht wurde heller.

»Zieh deine roten Schuhe an und häute das Kaninchen, wenn du weiterleben willst …«

Jasmin brüllte die Wand an: »Wer bist du, verdammt? Wer bist du?«

Ruperts Spesenabrechnung hatte es bis auf den Schreibtisch der Polizeidirektorin geschafft. Sie ließ ihn zu sich rufen. Es war nicht das einzige Problem, das sie mit ihm hatte. Die Liste seiner Verfehlungen war lang. Aber diese Spesenabrechnung setzte allem die Krone auf. Heute wollte sie ihm endlich seine Grenzen aufzeigen.

Er kam nicht allein, sondern mit Jessi, war blendend gelaunt, erzählte ihr offensichtlich gerade Witze, und Jessi kam aus dem Kichern nicht mehr heraus.

Frau Schwarz bekam gerade noch mit, wie Rupert sagte: »Kommt ein Einarmiger in den Secondhandshop …«

Jessi fuhr auf Ruperts Witze ab.

Die Polizeichefin wurde sofort streng, um die Situation nicht entgleiten zu lassen: »Es ist nicht üblich, dass man zu einem Dienstgespräch eine Kollegin mitbringt.«

»Aber das ist doch unsere Jessi«, konterte Rupert. Auch das fand Jessi zum Brüllen komisch.

Frau Schwarz nahm sich vor, Jessis Anwesenheit einfach zu

ignorieren und sich die junge Kollegin später noch mal vorzunehmen. Sie bot Rupert keinen Platz an, sondern donnerte seine Spesenabrechnung auf den Schreibtisch. »So etwas habe ich noch nie gesehen!«

»Das ist eine Spesenabrechnung«, erklärte Rupert.

»Ja, das weiß ich. Mit sechs verschiedenen Whiskysorten!«

»Das muss man erst mal durchstehen«, lobte Rupert sich selbst. »Es ist ja nicht bei den sechs Whisky geblieben.«

Frau Schwarz räusperte sich: »Kann ja sein, dass meine Vorgänger so etwas akzeptiert haben. Ich tue es jedenfalls nicht!«

Rupert verteidigte sich: »Das ist ja interessant. Heißt das dann auch, dass ich die Ergebnisse meiner Recherche weder in einer Dienstbesprechung zur Verfügung stellen muss, noch muss ich sie verschriftlichen?«

»Das war ein Besäufnis, nichts weiter.«

»Ja«, gab Rupert zu, »und zwar ganz gezielt, um einen Zeugen zum Reden zu bringen.«

»Wir haben andere Methoden.«

Rupert wandte sich an Jessi, als müsse er ihr die Situation erklären: »Sie meint nicht Folter oder so, sondern Ann Kathrins Psychotricks und …«

Elisabeth Schwarz saß kerzengerade da. Rupert wollte nicht länger stehen und fläzte sich in einen freien Bürostuhl. Damit rollte er in Jessis Richtung. Das Ding quietschte. Jessi nahm halb auf der Lehne Platz.

»Vielleicht würde ich das alles ja noch durchgehen lassen«, zischte Frau Schwarz. »Aber auf Instagram gibt es ein Video …« Sie spielte es auf ihrem Tablet ab und zeigte es Rupert.

Jessi, die ohnehin so gibbelig drauf war, konnte sich vor

Lachen nicht mehr halten. Besonders weil sie wusste, wie unangebracht das jetzt war, konnte sie sich selbst nicht mehr stoppen. Sie kannte das. Manchmal lief es bei ihr aus dem Ruder. Man musste ihr nur sagen, dass sie jetzt auf keinen Fall lachen dürfe, und schon geschah es.

Sie fand, dass Rupert einer der witzigsten Menschen überhaupt war. Mit kaum jemandem sonst hatte sie so viel Spaß. Manchmal lachte sie mit ihm, oft aber auch einfach über ihn. Etwas an seiner Art fand sie herzerfrischend.

»Ja«, erklärte Rupert, »das waren diese beiden Bengels, Darth Vader und Luke Skywalker.«

Frau Schwarz griff sich an den Kopf und wiederholte: »Darth Vader und Luke Skywalker.« Dann brüllte sie ihn an: »Das ist ein Dienstfahrzeug! Der Müll kegelt über die Straße! Das Nummernschild reißt ab! Wieso erfahre ich davon aus dem Internet?«

»Ja, weil die Jungs das wahrscheinlich hochgeladen haben«, erklärte Rupert.

Jessi bekam kaum noch Luft.

»Sie machen uns alle lächerlich! Was wollten Sie dort?«

Rupert räusperte sich, schob Jessi vom Bürostuhl und setzte sich anders hin. Er nahm eine Verteidigungsposition ein. »Das war rein dienstlich«, stammelte er. »Ich wollte mit Frau Oberdieck über ihren Mann sprechen.«

Damit machte er in den Augen seiner Chefin alles nur noch schlimmer. Sie fuhr ihn an: »Es gibt keinen Fall Oberdieck! Wenn wir uns mit jeder hysterischen Frau beschäftigen würden, könnten wir keine vernünftige Polizeiarbeit mehr machen.«

»Ich bin hingefahren«, verteidigte Rupert sich, »weil einer die mysteriöse Geschichte ja aufklären muss.«

Elisabeth Schwarz stöhnte. »Das Beste, was ich für Sie tun

kann, Kollege Rupert, ist dies hier.« Sie nahm die Spesenabrechnung und zerriss sie. Dann ließ sie die Zettel genüsslich in ihren Papierkorb segeln. »Und sehen Sie zu, dass dieses Video aus dem Internet verschwindet! Wer immer das war, muss eine Anzeige bekommen.«

»Das waren Kinder«, sagte Rupert. »Ein Streich. Mehr nicht. So was haben wir doch früher auch gemacht.«

Jessi fand heldenhaft, wie sehr er sich für die Kleinen einsetzte. Rupert stieg dadurch noch mal in ihrer Achtung.

»Ja«, brummte Frau Schwarz, »dass Sie so was früher gemacht haben, kann ich mir lebhaft vorstellen. Aber es ist und bleibt Sachbeschädigung. Grober Unfug und …«

»Sie müssten mal sehen, was hier los ist beim Abitag«, konterte Rupert. »In Ostfriesland läuft das unter *Kleiner Spaß*.«

Frau Schwarz lehnte sich im Sessel zurück und griff sich an die Stirn. Sie bekam Kopfschmerzen. Mit einer Handbewegung schickte sie Rupert und Jessi raus und rief ihnen hinterher: »Es gibt so viele schöne Berufe auf der Welt! Haben Sie mal darüber nachgedacht, einen davon zu ergreifen?«

Sie musste irgendwann ohnmächtig geworden sein. Vielleicht hatte ihre Seele auch einfach den Verstand ausgeschaltet und sie von allen Wahrnehmungen eine Weile abgeschottet. Jedenfalls saß sie, als sie wach wurde, wieder gefesselt auf dem Stuhl. Er stand hinter ihr, kämmte und föhnte ihre Haare.

Er hatte einen großen Elektrogrill in ihr Gefängnis gerollt. Es gehörte wenig Phantasie dazu, sich vorzustellen, was unter dem schwarzen Deckel gerade knusprig gar wurde. Es roch nach Fleisch und verbrennendem Fett.

Jedes Mal, wenn die Borsten der Bürste ihre Kopfhaut berührten, ging es ihr durch und durch. Sie weinte stumm und ließ es geschehen. Ihr blieb ja nichts anderes übrig.

Sie spürte die Schuhe an den Füßen. Sie trug das Kleid.

Sie fühlte sich wie ein Opferlamm, das fürs Tötungsritual vorbereitet wurde.

Warum, dachte sie. Warum?

Sie sah ihre Großmutter vor sich, zufrieden grinsend, als hätte sich ihre Prophezeiung erfüllt.

An ihren Ohren wurde es ganz heiß. Haare flatterten von hinten nach vorn, bis in ihr Gesicht, peitschten in ihre Augen.

Dann schaltete er den Föhn aus, legte ihn in den leeren Kaninchenkäfig und griff in ihre Haare. Er hatte vor, ihr eine neue Frisur zu machen. Eine Schere schnappte.

Er sprach mit sanfter Stimme. Da war kein metallisches Verzerren mehr. Er hörte sich jetzt menschlich an, nicht mehr wie eine Maschine: »Du gehst nicht gut mit dir um. Du achtest einfach nicht auf dich. Du brauchst jemanden, der dir den Weg weist. Du weißt nicht, was gut für dich ist. Ich habe dich gebadet und eingeölt. Du hast viele trockene Hautstellen. Du brauchst viel mehr Flüssigkeit und eine gute Körperlotion. Benutze keine scharfen Seifen mehr oder diese widerlichen Industrieshampoos.«

Was, dachte Jasmin, würde Tante Elli jetzt machen? Die hatte doch immer einen guten Spruch auf Lager. Die sah die Welt aus einer ungewöhnlichen Perspektive. Sie war eine Frau wie aus der Zeit gefallen. Sie ließ sich nicht verrückt machen von all dem zivilisatorischen Wahnsinn, der uns neuerdings umgab. Wenn sie schwierigen Menschen begegnete, sagte sie gern: »Ich bin den Umgang mit Spinnern gewohnt. Ich mag sie.«

Doch diesen Typen konnte man nicht mögen, und er war auch nicht einfach ein Spinner. Er war verrückt. Richtig verrückt. Und wahrscheinlich ein Sadist dazu.

Doch so verzweifelt sie selbst gerade war, so wenig sie wusste, welches Verhalten nun richtig, welches falsch war, so fand die trotzdem Worte. Es war, als würde Tante Elli aus ihr sprechen, mit ihrer unendlichen Erfahrung und ihrer skurrilen Lebensweisheit übernahm sie die innere Führung. Jasmin hörte sich sprechen, doch es war für sie, als kämen die Worte von ihrer inneren Tante Elli, die sie irgendwann liebevoll ins Herz geschlossen hatte.

»Du kümmerst dich gern um andere. Du weißt, was gut und richtig ist«, hörte Jasmin sich sagen, und es klang ehrlich, keineswegs verstellt oder manipulativ.

»Ja«, antwortete er, »wahrscheinlich hast du recht. Ich halte es nicht gut aus, wenn ich sehe, wie Dinge oder Menschen verlottern, wie alles aus dem Ruder läuft. Ja, ich sorge mich gern. Ich übernehme die Verantwortung.«

»Du hast auch für deine Kaninchen immer gut gesorgt ... hast ihnen Futter gebracht und die Ställe sauber gemacht.«

Seine Stimme klang kindlich: »Ja ... aber das waren nicht meine Kaninchen. Das waren die meiner Mutter.«

»Und du hattest selbst keine eigenen?«

»Doch. Eins hat sie mir geschenkt. Hasi. Hasi hat sogar mal einen Preis gewonnen. Bei einer Ausstellung für Rammler.«

»Und hast du die Kaninchen manchmal aus dem Stall geholt?«

Er fuhr mit der Bürste durch ihre Haare und kicherte: »Ja klar. Ich habe sie auf der Wiese hoppeln lassen. Aber ich habe immer aufgepasst, dass keins abhaut.«

»Und ist mal eins weggelaufen?«

»Ja, Hasi.«

»Hast du ihn wiederbekommen? Ist er zu dir zurückgekommen?«

»Wir haben ihn überall gesucht. Er war bei den Nachbarn im Garten. Die hatten dort Kohlrabi.«

»Und was ist aus deinem Hasi geworden?«

Jetzt war die Bürste nicht mehr angenehm auf der Kopfhaut. Er zog sie durch ihre Haare, als würde er mit einer Forke den Garten harken. Er warf etwas in die Ecke. Sie hörte es nur scheppern. Dann trat er zornig gegen den Kaninchenstall. Er fiel runter. Der Föhn kullerte zum Strohballen.

Sie überließ weiterhin ihrer inneren Tante Elli die Führung: »Es interessiert mich wirklich. Erzähl es mir. Was ist aus Hasi geworden?«

Die Antwort kam wie aus einer anderen Welt. Dumpf. Trotzig: »Er ist gestorben.«

»Gestorben? Das war bestimmt schlimm für dich, wo du ihn doch so gut gepflegt hast. Dein Hasi hat sicher alles bekommen, was er brauchte, um ein langes, schönes Leben zu führen.«

»Ich hab nichts falsch gemacht!«, schimpfte er.

»Das glaube ich. Du hast dich bestimmt rührend um Hasi gekümmert. So, wie du dich auch um mich kümmerst und um andere Menschen.«

»Ja. Das tue ich wirklich.«

Er ging zum Grill, überprüfte die Temperatur und hob den Deckel ab. Sie sah das aufgespießte, nackte Kaninchen. Dampf stieg zur Decke.

Irgendwann hatte Jamie Rottmann diese klebrige Schwärmerei von dem ach so tollen Lehrer nicht mehr ausgehalten. Ja, er war eifersüchtig. Tierisch eifersüchtig, und er schämte sich auch noch deswegen. Wie jämmerlich musste man sein, um sich von so einem alten Sack ausstechen zu lassen?

Oh, der Herr Oberdieck spricht so ein tolles Englisch! Das ist richtiges Oxford-Englisch!

Er ist so ein einfühlsamer Lehrer.

Der Unterricht bei ihm macht Riesenbock, die halbe Klasse ist verschossen in ihn.

Na klar. Und Merle war es auch. Sie merkte es nicht mal selber. Wenn sie miteinander knutschten, war er nie sicher gewesen, ob sie dabei vielleicht an ihn dachte: ihren traumhaften Lehrer.

Sie hatte ihm allen Ernstes vorgeschlagen, sich klamottenmäßig an Oberdieck anzupassen. Er sollte sich ein Beispiel an einem Lehrer nehmen!!!

Bei einer großen Schülerfete hatte dieser verfluchte Florian Oberdieck nicht nur die Aufsicht geführt, sondern auch noch den DJ gespielt, und plötzlich fuhren alle auf Oldies ab. Herrgott, Jethro Tull, AC/DC und die Beatles! Bei *Hey Jude* tanzten sie Klammerblues.

Plötzlich wollte sie nicht mehr mit ihm auf Gangsta-Rap-Konzerte, warf keine Pillen mehr ein und las Bücher in Englisch. Dann entdeckte sie plötzlich ihre künstlerische Ader und begann zu zeichnen. Oberdieck setzte ihr Flausen in den Kopf von einem Kunststudium in Großbritannien.

Von gemeinsamer Zukunft war auf einmal nicht mehr die Rede. Sie wollte sich selbst finden und auf die Reise zu sich selbst begeben.

Ja, er hatte ihn gehasst, diesen Florian Oberdieck, und mit

ihm wahrscheinlich einige andere junge Männer in seinem Alter. So ein unschlagbarer Konkurrent war etwas Schreckliches, zumal er ja heuchelte, nichts von den Girlies zu wollen. *Er hatte einfach nur ihr Bestes im Sinn, wollte sie fördern und zu ihrer Persönlichkeitsentwicklung beitragen.*

Ja, er hatte ihm den Tod gewünscht. Mehr als einmal. Aber natürlich hätte er ihn niemals umbringen können. Er empfand sich als Pazifist. Seiner Meinung nach sollten sämtliche Politiker, die an einem Krieg beteiligt waren, jedes Recht auf ein politisches Amt verlieren, denn sie hatten bewiesen, dass sie zu Verhandlungen nicht in der Lage waren. Und wer nicht verhandeln konnte, sondern stattdessen Krieg führte, war eben kein Politiker, sondern höchstens ein Feldherr.

Das war seine klare politische Meinung, und auch im Privatleben versuchte er, gewaltlos durchzukommen. Er hatte sich noch nie bewusst geprügelt. Seine Mutter erzählte allerdings davon, dass er im Sandkasten mal einem Spielkameraden ein Plastikschüppchen über den Kopf gehauen hatte.

Er wollte Gynäkologe werden, traute sich aber nicht wirklich, offen darüber zu sprechen, weil er deswegen schon verlacht worden war. Ob er vorhätte, sein Hobby zum Beruf zu machen, hatte sein Freund Curtis damals gefragt.

Er interessierte sich für Mädchen, für künstliche Intelligenz und für Computer.

Er hatte sich in Oberdiecks Computer gehackt.

Florian Oberdieck las mit seiner Abschlussklasse gern Texte der Gruppe Jethro Tull. Praktisch jede Klasse musste einmal über *Aqualung* schreiben. Und genau mit diesem Passwort kam Jamie in Oberdiecks PC. Danach lag alles, was der großartige Lehrer auf seinem Computer gespeichert hatte, wie ein offenes Buch vor Jamie.

Jamie bekam die Herrschaft über den Computer über eine Fernwartungs-App, die Oberdieck leichtsinnigerweise irgendwann installiert hatte. Jamie war praktisch in der Lage, eine Kopie aller gespeicherten Daten auf seinen eigenen Computer zu holen. So weit wollte er gar nicht gehen. Er suchte nach irgendetwas, das gegen Oberdieck sprach, irgendetwas, das er verwenden konnte, um Merle zu zeigen, dass ihr ach so toller Lehrer eigentlich ein Arschloch war.

Was Jamie Rottmann dann entdeckte, war so monströs, dass er zunächst alles wieder rückgängig machen wollte. Er wollte seine Wege verwischen. Niemand sollte herausbekommen können, dass er sich hier reingehackt hatte. Mit dem Ding wollte er einfach gar nichts zu tun haben. Gleichzeitig faszinierten ihn diese Snuff-Videos. Da wurden Frauen gequält, ja getötet. Und in den ekligsten Szenen Kaninchen geschlachtet.

Der Mann war nicht zu erkennen. Immer ging es nur um eine Frau. Es gab mehrere, doch die sahen sich in gewisser Weise ähnlich – einmal hatte er sie sogar verwechselt –, und sie alle trugen rote High Heels.

Er wollte Merle damit beeindrucken, doch er kam nicht dazu, ihr auch nur ein einziges Video vorzuspielen. Allein seine Aussage, er habe sich in Oberdiecks Computer gehackt, empörte sie dermaßen, dass sie sich von Jamie trennte.

Eine Weile überlegte Jamie sogar, zur Polizei zu gehen, doch wie hätte er selbst dann dagestanden? Als ein Hacker, der den Computer seines Englischlehrers geknackt hatte … er befürchtete sogar, sie könnten ihm vorwerfen, er selbst hätte diese schlimmen Videos erst bei seinem Lehrer hochgeladen, um ihn schlecht dastehen zu lassen. So ein Fall war mal durch die Presse gegeistert, da ging es zwar nicht um Snuff-Videos, aber um Kinderpornographie.

Für die Wut und Enttäuschung, die Jamie empfand, weil er Merle verloren hatte, musste jemand büßen. Dann vergeigte er auch noch zwei Klassenarbeiten.

Für Merle wurde Oberdieck vom Lehrer zum Guru befördert.

Die Ferien kamen, und alle fuhren zu ihren tollen Urlaubszielen. Bali. Brasilien. New York. Die Kapverden. Jamaika. Aber zumindest die Kanaren mussten es sein. Für Jamie blieb Campingurlaub im Sauerland übrig, im Garten seines Großvaters, weil das nichts kostete. Die anderen hatten Geld, er hatte Geldsorgen.

Natürlich würde er später mal viel Geld verdienen, reich werden und unabhängig, aber noch war es nicht so.

Er beschloss, Oberdieck bluten zu lassen. Der war doch irgendwie für alles verantwortlich. Es war gut, wenn es einen gab, der an allem schuld war.

Er schickte die Kopie eines Videos an Oberdieck, das er von seinem Computer gestohlen hatte, um ihm zu zeigen, dass er aufgeflogen war. Er wollte erst fünftausend Euro von ihm verlangen, doch im letzten Moment wurde ihm klar, wie lächerlich das wirken musste. Dann hätte Oberdieck doch gleich geahnt, dass er es mit einem Schüler zu tun hatte. Also verlangte er stattdessen fünfzigtausend.

So viel, dachte er, wird ein Lehrer sich doch wohl bei der Bank leihen können, falls er es nicht sowieso auf dem Konto liegen hat.

Oberdieck hatte tatsächlich geantwortet. Er brauche ein paar Tage, um das Geld zu beschaffen.

Jamie schlug seinem Lehrer vor, die Sache in Bitcoins zu erledigen, musste sich aber selber erst einarbeiten, wie das überhaupt ging. Er wusste, dass es ideal war für Schwarzgeld-

Überweisungen, hatte aber noch nie die Möglichkeit gehabt, sich im Bitcoin-Handel auszuprobieren.

Vor einer richtigen Geldübergabe hatte er Angst. So eine Nummer, nachts auf dem Parkplatz, nein, das war gar nicht sein Ding. Solange es am Computer gemacht werden konnte, war es irgendwie nicht mehr als ein Spiel. Es fand eben nicht real statt, sondern nur im Internet. Er fand ohnehin, dass das Leben im Digitalen mehr und bessere Möglichkeiten bot als das in der schnöden Realität.

Aber dann wurde aus dem Deal nichts, und Jamie war fast erleichtert. Oberdieck, der großartige, tolle Oberdieck, war auf Lanzarote in einen Vulkan gefallen.

Für Merle und ein paar andere Mädels wurde er zum Märtyrer, ja er stieg fast zum Gott auf. Sie flennten in der Schule herum, als hätten sie einen geliebten Verwandten verloren oder einen Ehemann, obwohl noch keine von ihnen verheiratet war. Die meisten von ihnen würden – so, wie er sie einschätzte – wahrscheinlich auch nie heiraten. Die meisten wollten *ihr eigenes Ding machen* und auf keinen Fall werden wie ihre Mütter.

Ganz kurz hatte Jamie darüber nachgedacht, ob es vielleicht kein Unfall gewesen war, sondern ein Selbstmord. Doch diese Vorstellung verwarf er sofort. Dieser lebenslustige, eloquente Mann brachte sich doch nicht wegen so einer Lappalie um.

Nein, daran wollte Jamie nicht schuld sein. Das war zu viel. Er versuchte, das nicht an sich heranzulassen.

Ja, okay, er hatte Oberdieck ganz schön unter Druck gesetzt, um ihn auf ein erträgliches Maß zurückzustutzen. Aber er war nicht verantwortlich für dessen Ableben. Das sagte er sich immer wieder. Denn manchmal schreckte er nachts im

Traum hoch. Er sah Oberdieck fallen, und im Fall rief der seinen Namen: *Jamie!!!*

Sie hatten in der Schule eine Trauerfeier organisiert, und Merle hatte es sich nicht nehmen lassen, die Trauerrede auf ihn zu halten. Eine Krone hatte er schon auf. Jetzt bekam er auch noch den Heiligenschein.

Ohne diese Trauerfeier in der Schule, ohne diese Reden, ohne Merles Versuch, Oberdieck zu verklären, hätte Jamie vielleicht gar nichts weiter getan, sondern alles auf sich beruhen lassen. Froh, dass es vorbei war und er nicht entdeckt worden war. Glücklich, dass er es nicht durchziehen musste, erlöst durch den Tod. Doch so ging es nicht. Es nagte an ihm. Er musste dieses Bild zerstören. Diese Ikone sollte vernichtet werden. Egal, wie.

Am liebsten hätte er es der ganzen Welt mitgeteilt. Er entschied sich dann aber, es selektiv zu machen. Florian Oberdieck war ein eingefleischter Junggeselle. Eine Ehefrau gab es also nicht. Wohl aber einen Zwillingsbruder, der in der ältesten ostfriesischen Stadt, in Norden, wohnte. Leider gab es kein kompromittierendes Foto, auf dem Oberdieck selbst zu sehen war. Solche schlimmen Dinge traute Jamie ihm auch gar nicht zu. Der war einfach nur ein Sammler, der solche Videos im Darknet kaufte und sich dann daran aufgeilte, davon war Jamie überzeugt.

Er schickte die Nachricht an den zuständigen Schulrat, der ebenfalls bei der Trauerfeier eine Rede gehalten hatte, außerdem an die Schülerzeitung, wo mal ein Liebesgedicht von ihm veröffentlicht worden war, das Merle absolut peinlich fand, weil sie glaubte, jeder würde erkennen, dass sie die Angebetete war.

Er schickte drei gleichlautende E-Mails ab:

Florian Oberdieck hat Snuff-Videos gesammelt. Sein Computer ist voll davon. Sein Passwort ist Aqualung, nach seinem Lieblingssong von Jethro Tull, mit dem er seine Schüler so gern gequält hat.

Der Schulrat informierte die Polizei in Bremen, weil er befürchtete, hier wolle jemand das Ansehen eines verstorbenen Kollegen beschädigen. Die Bremer Polizei konnte zunächst wenig damit anfangen und sah keine Veranlassung, den Vorfall nach Norden weiterzumelden. Das Ganze blieb in dem Versuch, die IP-Adresse des Absenders zu ermitteln, stecken.

In der Schülerzeitungsredaktion gab es sogar eine Sitzung. Sie entschlossen sich, nicht darüber zu schreiben, weil hier jemand nur sein Gift verspritzte. Merle, die inzwischen dem Redaktionsteam angehörte, verdächtigte sofort Jamie, der Übeltäter zu sein. In der Redaktion glaubte man ihr nicht. Es wurde sogar von Creepy, der sich gern Chefredakteur nannte, aber keiner war, der Verdacht geäußert, sie sei einfach nur wütend auf ihren Ex und wolle dem jetzt einen reinwürgen. Er fand, das sei die unterste journalistische Schublade.

Merle stellte Jamie auf dem Schulhof. Sie waren gleich von einer Traube Oberschüler umgeben. Jamie kam aus der Situation nicht raus, und Merle drehte voll auf: »Was bist du für ein hinterhältiger, gemeiner Intrigant! Ich habe dich nicht seinetwegen verlassen, ich habe dich verlassen, weil du ein blödes Arschloch bist! Ein Narzisst. Egozentrisch!« Sie klatschte sich mit der flachen Hand gegen die Stirn: »Du hast sie nicht mehr alle! Lass doch wenigstens den Toten in Ruhe!«

Sie hielt noch etwas zurück, das spürten viele der Umherstehenden, und Jamie wusste genau, was es war. Dann platzte es doch aus ihr heraus: »Diese kranken Bilder, die du versucht hast, ihm unterzujubeln«, sie ballte die Fäuste und schlug sich damit selbst, »wer weiß, vielleicht hat er sich am Ende umgebracht, weil er es nicht mehr ausgehalten hat! Du hast doch versucht, ihm das Leben zur Hölle zu machen!«

Jamie versuchte, aus dem Ring auszubrechen, doch er wurde zurückgestoßen.

»Das ist alles gar nicht wahr!«, schrie er. »Ihr habt ja keine Ahnung, was das in Wirklichkeit für einer war! Ich hab nicht versucht, dem was unterzujubeln! Das stimmt alles!«

»Ja?«, keifte Merle. »Und woher willst du das wissen? Hat er versucht, mit dir Pornobilder zu tauschen? Das willst du uns doch nicht im Ernst erzählen!«

Einige der Umherstehenden fanden das witzig und lachten laut. Die meisten schwiegen betreten. Sie spürten, dass sie Zeugen von etwas waren, das heftig zu eskalieren drohte.

Creepy versuchte, zu schlichten und sich zwischen die zwei zu stellen: »Hört doch auf! Das bringt doch nichts!«

Merle zeigte auf Jamie: »Er soll aufhören! Er!«

Creepy hatte mehr Autorität, als er selbst dachte. Er forderte die Schüler hinter Jamie auf: »Lasst ihn durch.« Und tatsächlich bildeten sie zu seinem Erstaunen eine Gasse. Dadurch mutig geworden, forderte er Jamie auf: »Hau ab! Das ist das Beste, was du jetzt tun kannst.«

Fast hätte Jamie *Danke* gesagt, aber er bekam das Wort nicht wirklich heraus. Er hatte einen dicken Kloß im Hals und das Gefühl, nie wieder sprechen zu können. Als er die Schülertraube verließ, trat ihm jemand in den Hintern.

Er ging nicht wieder in den Unterricht zurück. Er würde nie wieder zur Schule gehen. Er konnte sich hier nicht mehr sehen lassen. Er musste etwas ganz anderes tun. Er wusste noch nicht, wie er es seinen Eltern beibringen sollte, doch dies hier war für ihn nun beendet.

Nein, es war kein Schock, der zu einer Läuterung beitrug. Im Gegenteil. Er hasste Florian Oberdieck nur noch mehr. Jetzt war er auch noch schuld daran, dass es für ihn kein Abitur geben würde. Zumindest nicht hier, an dieser Schule.

Florian Oberdieck wusste sofort, dass die E-Mail von einem Schüler gekommen war. Die Anspielung auf den Unterricht war ein klarer Hinweis.

Er verdächtigte drei Schüler. Creepy, der eigentlich Marcus Schmidt hieß und später mal investigativer Journalist werden wollte, Jamie Rottmann, der es nicht aushalten konnte, wenn jemand anders im Mittelpunkt des Interesses stand als er, und Vanessa Cornelius, die ihm mal Liebesbriefe geschrieben hatte. Aber er war standhaft geblieben. Diese Verletzung hatte sie ihm nie verziehen.

Vielleicht, dachte er, würde sie ihm später sogar mal dankbar dafür sein. Aber in der Phase befand sie sich noch nicht.

Ich habe versucht, mich mit meinem Tod völlig aus der Affäre zu ziehen, dachte er. Und jetzt geht das alles weiter, weil irgendwer glaubt, meinem Bruder schreiben zu müssen.

Er hatte Angst, dass alles auffliegen könnte. Es gab für ihn nur einen Ausweg: Wer immer das gewesen war, musste damit aufhören. Für immer.

Einen Moment spielte er in seiner größten Wut sogar mit dem Gedanken, alle drei umzubringen, um reinen Tisch zu machen, aber dann entschied er sich für Creepy, der mit Sicherheit von den dreien der Intelligenteste war.

Um fünfzehn Uhr verließ Marcus Schmidt sein Elternhaus, um mit dem Fahrrad zum Klavierunterricht zu fahren. Seine

Eltern hatten die Hoffnung noch nicht aufgegeben, er könne Pianist werden. Sie konnten mit investigativem Journalismus nicht viel anfangen. Sie liebten Bach, Mozart und Beethoven mehr als Günter Wallraff.

Er ging eigentlich nur noch zum Klavierunterricht, weil seine Klavierlehrerin so wunderbar roch und ihm jedes Mal ein Schauer über den Rücken lief, wenn sie einen Takt auf seinen Rücken klopfte, um ihm beim Rhythmus behilflich zu sein. Außerdem wollte er seine Eltern nicht enttäuschen. Manchmal gab er abends für sie kleine Konzerte. Er hatte sie nie glücklicher gesehen.

Jedes Mal erwähnte der Vater, dass er ja auch so gern Klavier spielen gelernt hätte, aber dass damals dafür leider kein Geld da war. Irgendwann, so hatte Creepy sich vorgenommen, würde er einen Artikel über Kinder schreiben, die statt ihrer eigenen die Träume ihrer Eltern lebten.

Er erreichte seine wohlriechende Klavierlehrerin nicht. Kurz vor ihrer Haustür wurde er von einem Kastenwagen, einem VW-Transporter, angefahren. Er stürzte mit dem Rad. Der Fahrer stieg aus, und für einen Moment glaubte Creepy, einen schlimmen Schlag gegen den Kopf eingesteckt zu haben. Er sah seinen angeblich toten Lehrer Florian Oberdieck.

Creepy wusste zwar, dass es einen Zwillingsbruder gab, aber er hätte sich nie vorstellen können, dass ein Zwilling dem anderen wie aus dem Gesicht geschnitten war. Nein, das da musste Oberdieck selbst sein.

Er zerrte Creepy in den Wagen und warf das Fahrrad hinten rein. Er machte das alles ohne große Eile, und es sah so aus, als wolle er ihm helfen. Doch dem war nicht so, das spürte Creepy spätestens, als Oberdieck ihm im Auto diesen stinkenden Lappen auf die Nase drückte. Creepy versuchte noch, sich gegen den beißenden Geruch zu wehren, er wollte raus aus dem Transporter, doch er hatte keine Chance mehr.

Über den normalen Dienstweg und die Ländergrenze hinweg hätte es vermutlich noch vier Wochen gedauert, bis die Nachricht in Norden gelandet wäre – falls überhaupt … Aber die Kollegin Waltraud Roggen, die mal eine kurze, aber heftige Affäre mit Rupert gehabt hatte und deren Ehemann zu einem Fortbildungskurs nach Hamburg gefahren war, wollte gerne eine Liebesnacht mit Rupert wiederholen. Er war zwar kein Mann, mit dem sie sich vorstellen konnte, zusammenzuleben, aber er hatte zweifellos seine Qualitäten. Mit ihm konnte man Spaß haben, und im Bett traute sie sich, mit ihm Sachen auszuprobieren, die sie mit ihrem Ehemann niemals gemacht hätte.

Ihr letztes Zusammentreffen war gut drei Jahre her. Es wurde mal wieder Zeit, fand sie.

Sie rief ihn an. Er hörte schon an ihrer Stimme, worum es ging, und kombinierte: »Dein Mann ist auf Jück und geht irgendeinem bescheuerten Hobby nach, statt sich um seine Frau zu kümmern?«

»Nein. Wenn es das wenigstens wäre … Der macht eine Fortbildung. Neue Verhörtechniken, glaube ich, oder irgendwas mit Internetkriminalität, künstlicher Intelligenz … ach, was weiß ich.«

»Verhörtechniken? Ist dein Mann auch bei der Firma?«

»Nein, der ist in der Personalabteilung von …«

Rupert unterbrach sie: »Eigentlich interessiere ich mich gar nicht für deinen Mann. Ich würde ihn ja auf der Straße nicht mal erkennen.«

Sie ging gleich aufs Ganze: »Hast du Zeit und Lust?«

Rupert mochte ihre Direktheit und überlegte einen Augenblick. Sie spürte sein Zögern. »Was ist? Bin ich nicht mehr das heißeste Eisen in deinem Feuer?«

»Doch, klar, natürlich«, stammelte er. »Aber, weißt du, ich fürchte fast, ich kann hier nicht weg. Hier läuft so eine ganz komische Sache.«

Während er redete, sah er Elli vor sich stehen, die ihn dirigierte und mit dem Zeigefinger andeutete, er hätte sich gefälligst um Jasmin zu kümmern und nicht mit irgendeiner Frau herumzumachen. Und das kam gerade von dem Hippiemädchen, das sicherlich nicht viele Gelegenheiten zu fröhlichem Sex ausgelassen hatte.

»Hier ist«, sagte Rupert, »eine Frau verschwunden, die wir suchen. Und sie hatte ein Verhältnis mit einem Oberdieck, dessen Ehefrau jetzt behauptet, er sei gar nicht ihr Ehemann, sondern sein Zwillingsbruder. Alles eine ziemlich verworrene Geschichte. Und einer muss schließlich Licht ins Dunkel bringen. Wenn ich auch noch abhaue, bricht hier alles zusammen. Ich fürchte, wir müssen unser Treffen verschieben.«

Ein bisschen säuerlich und enttäuscht reagierte sie schon, aber wurde dann gleich wieder sachlich: »Oberdieck? Wir haben hier gerade eine Anzeige reinbekommen. Anonym. Eigentlich kümmert man sich um so was nicht wirklich. Ein Oberdieck, der hier Lehrer an einer Schule war, ist …«

Rupert ergänzte: »Auf Lanzarote in einen Vulkan gefallen.«

»Ja, genau der! Ich schick dir das gleich mal rüber. Hier gibt es die anonyme Anschuldigung, er hätte Snuff-Videos runtergeladen.«

Das interessierte Rupert nun wirklich: »Bitte beam das zu mir. Könnte interessant für uns sein.«

»Na klar.«

Sie hatte seine Handynummer noch aus einer Zeit, als sie weniger Dienstgespräche führten, sondern über Maßlosigkeiten in Sachen Haut miteinander redeten. Sie hatte ihm aus einer Umkleidekabine per WhatsApp zwei Fotos von neuen Bikinis, die sie anprobierte, geschickt: *Welcher gefällt dir am besten?*

Er hatte geantwortet: *Am besten sehen die Teile aus, wenn sie neben dir überm Stuhl hängen. Aber ich würde den blauen nehmen.*

Ist der nicht zu knapp?

Ja, genau deswegen schlage ihn dir ja vor. Du musst nichts verstecken.

Sie hatte das nie gelöscht. Irgendetwas daran tat ihr gut. Seine unverschämte, unverklemmte Art half ihr, Gefühle und Gedanken in sich zu entdecken, die sie sonst sogar vor sich selbst versteckte. Ihrem Ehemann hatte sie noch nie ein Foto aus einer Umkleidekabine geschickt.

»Lös den Fall schnell«, sagte sie. »Ich bin heiß auf dich.«

»Und ich erst«, antwortete Rupert.

Jetzt saß Rupert in seinem Büro und hörte sich den Song *Aqualung* an.

SITTING ON A PARK BENCH
EYEING LITTLE GIRLS WITH BAD INTENT

Er konnte sich vorstellen, was das bedeutete, aber er wollte sichergehen und suchte die deutsche Übersetzung:

ER SITZT AUF EINER PARKBANK –
BEÄUGT KLEINE MÄDCHEN MIT UNGUTEN ABSICHTEN

Schon komisch für einen Lehrer, dachte Rupert. Aber auch er mochte Jethro Tull, vor allem die Querflöte von Ian Anderson.

Als Creepy wach wurde, befand er sich an einen Stuhl gefesselt in einem dunklen Raum. Das grelle Licht einer Lampe, die direkt auf seine Augen gerichtet war, blendete ihn. Drum herum war alles schwarz.

Er hörte Oberdiecks Stimme: »Soll ich dir mal was sagen, Junge? Soll ich dir eine tiefe Erkenntnis mitteilen? Es macht keinen Spaß, Männer zu töten.«

»Aber bitte – ich verrate nichts! Ich hab doch nichts gemacht! Was wollen Sie von mir? Ich dachte, Sie seien tot …«

»Wer schickt dann diese E-Mails herum? Wer hat meinen Computer gehackt?«

»Ich jedenfalls nicht! Ich nicht!«, schrie Creepy.

Je lauter er wurde, umso leiser sprach Oberdieck. Creepy kannte das als eine typische Lehrermethode. Aber diesmal machte es ihm Angst. Todesangst.

»Wer, habe ich gefragt! Und komm mir jetzt nicht mit irgendwelchen Ausreden. Du willst investigativer Journalist werden. Du weißt es. Oder warst du es selber?«

»Nein, ich nicht! Ich kenne mich mit Computern nicht aus. Ich … ich spiele Klavier … ich …«

»Apropos Klavier spielen … muss ich dir die Finger brechen, damit du mir die Wahrheit sagst? Komm, erspar uns das …«

Creepy plauderte sofort alles aus, was er wusste: »Merle sagt, dass es Jamie war. Aber ich weiß es nicht. Das ist nur Hörensagen.«

»Jamie … Jamie Rottmann. Der kleine Drecksack hat also versucht, mich zu erpressen.«

Creepy kapierte, dass etwas an der Sache dran sein musste. Hatte Jamie wirklich Oberdiecks Computer gehackt und war dort auf die Snuff-Videos gestoßen? War das Ganze nicht einfach eine gemeine Beschuldigung, sondern Realität? Hatten sie alle Jamie unrecht getan? Er auch?

Oberdieck streichelte über Creepys Haare und ordnete mit den Fingern seine Frisur: »Du bist ein braver Junge. Aus dir hätte was werden können. Ist schade um dich. Wirklich.«

»Ich … ich werde niemandem etwas sagen! Das Ganze kann doch völlig unter uns bleiben. Ich finde es auch nicht in Ordnung, dass jemand Ihren Computer gehackt hat. Ich meine, Pornos gucken wir doch alle, das ist doch nicht schlimm und auch nicht verboten. Und da hat doch jeder so seine Vorlieben … Sie einen stehen auf Big Boobs, andere auf SM – das ist doch jedermanns Privatsache.«

Vorsichtig legte Oberdieck eine Schlinge um Creepys Hals und sagte sanft: »Ja, in der schönsten aller Welten ist das bestimmt so. Aber weißt du, ich sammle keine Snuff-Videos. Ich produziere sie. Nicht für den großen Markt, ich bin ja nicht verrückt, ich verkaufe sie nicht. Ich mache es nur für mich selbst.«

Dann zog er die Schlinge um Creepys Hals zu.

Creepy versuchte noch etwas zu sagen, aber es gelang ihm nicht. Er wollte rasch so viel Luft wie möglich einsaugen, doch die Kraft an seinem Hals war stärker.

Oberdieck flüsterte in Creepys Ohr: »Wie gesagt, es macht keinen Spaß, Männer zu toten. Aber manchmal muss es eben sein.«

Wollenweber saß in seinem Zimmer im *Reichshof* und zerlegte seine Dienstwaffe. Er war in der Lage, sie im Dunkeln wieder zusammenzusetzen. Manchmal hatte er sogar mit verbundenen Augen geübt. Seitdem der Eisenbahnmörder auf ihn geschossen hatte, besaß er zusätzlich zur Dienstwaffe noch einen Revolver. Seine Waffen waren immer gut geölt und gepflegt. Er widmete ihnen Zeit.

Am Anfang, während der Genesung, hatte er sich vorgenommen, den Eisenbahnmörder zu stellen und ihn zu erschießen. Erst dann würde er wieder Ruhe finden. Kein Staatsanwalt würde ihn deswegen anklagen. Der Täter hatte schon einmal bewiesen, dass er skrupellos war und feuerte. Diesmal würde er schneller sein. Die Western seiner Kindheit, in denen Cowboys sich im Duell gegenüberstanden und der schnellste überlebte, kamen zu ihm zurück wie eine gelebte Realität.

Er hatte sich diesen Revolver gekauft, dessen Durchschlagskraft angeblich ausreichte, um ein Nashorn zu stoppen.

Inzwischen war er ein bisschen weiter. Er wollte sich nicht durch eine vorschnelle Handlung den Rest des Lebens versauen. Seine berufliche Karriere war ihm egal. Das hier war sein letzter Fall. Danach wollte er sich ohnehin pensionieren lassen. Aber auf keinen Fall, bevor er das hier erledigt hatte.

Mittlerweile war er so weit, dass er nicht mehr plante, den Eisenbahnmörder zu töten, sondern es reichte ihm, ihn schwer zu verletzen. Er würde ihm in die rechte Hand schießen, vielleicht in die rechte Schulter oder ins Knie. Er sollte für den Rest seines Lebens gezeichnet sein und wissen, wie sich das anfühlte, wenn man von einer Kugel erwischt wurde, wenn man das zerfetzte eigene Fleisch roch und die Schockwelle durch den Körper rollte.

Er sollte nicht im Knast liegen und sich nachts an seinen eigenen Morden aufgeilen, die er mit Sicherheit in seinem kranken Gehirn gespeichert hatte. Solche Typen lebten in ihrer eigenen Welt, und er hatte sich vorgenommen, sie zu zerstören. Er würde ihn in den Knast bringen. Als Krüppel. Er wollte es den Ärzten schwermachen, ihn wieder zusammenzuflicken. Schwer, aber nicht unmöglich. Er sollte Schwierigkeiten haben, sich aufrecht zu bewegen oder gar schnell zu laufen. Und mindestens eine Hand wollte er ihm als Werkzeug nehmen. Die, mit der er auf ihn geschossen hatte, sollte er nie wieder benutzen können.

Am liebsten hätte er dafür Dumdumgeschosse eingesetzt, doch das würde man später vor Gericht gegen ihn auslegen. Bei allem, was er tat, dachte er immer schon an die juristischen Folgen und bezog sie mit ein. Nur so konnte er am Schluss als Sieger dastehen. Frei, mit einer guten Pension und von den Kollegen geehrt.

Die meisten würden es nie laut sagen, aber ihm trotzdem innerlich einen Orden verleihen, wenn er es so einem mal richtig heimzahlte.

Er genoss zwar das Wellnessprogramm im *Reichshof*, buchte sich Massagen und besuchte die Sauna, aber er nahm nicht ab. Kein Pfund. Er war nicht der Typ dafür. Er hatte nicht vor, sich zu kasteien, sondern er wollte gutes Essen genießen und natürlich guten Wein. Weizenbier war für ihn kein Alkohol, Weizenbier trank er einfach, weil es ihm schmeckte.

Er wertete alles aus, was Ann Kathrin und Weller ihm zuspielten. Die beiden waren wirklich gut. Aber er sagte ihnen nicht mehr als nötig. Er musste verhindern, dass sie den Typen stellten und verhafteten. Ihn einzukassieren, dachte er, ist mein Job. Das lasse ich mir nicht wegnehmen. Und ich werde ihn bei der Verhaftung provozieren, die Waffe zu ziehen.

Wollenweber kniff die Lippen zusammen und schob das Magazin in die Waffe.

Er benutzte für seine Überlegungen hoteleigenes Papier. Darauf hatte er mehrere Kringel gezeichnet. Er folgte ganz Ann Kathrins Schlussfolgerungen. Sie war eine wirklich kluge Frau, mit einem Instinkt für Serienkiller, wie er es nie erlebt hatte. Er beneidete sie um diese Gabe, sofern es eine Gabe war und kein Fluch. Er war ein Zielfahnder, aber er würde nie so denken lernen wie sie. Sie kam dem Bösen gedanklich näher als er.

In einen Kreis schrieb er *Kaninchen*, in den anderen *kochen*, in den nächsten *Alter Eisenbahner oder Hobby im Verein?* Er hatte auch noch einen Kringel für *Rote Schuhe/High Heels* und einen Kreis für jede Stadt, in der ein Mord geschehen war: *Würzburg, Einbeck, Eberswalde, Schwerte. Norden.* Jetzt fügte er auch noch *Wissen* hinzu. Er zweifelte nicht daran, dass Ann Kathrin recht hatte.

Dort, wo sich alle Kreise berührten oder Überschneidungen hatten, dort würde er auch den Täter finden.

Er hatte seine *Miss Moneypenny* in Wiesbaden beauftragt, die Personenlisten zusammenzustellen. So etwas machte man heutzutage am Computer. Das war nicht wirklich sein Ding. Sie durchforstete auf seine Anweisung hin Vereine und legte Namenslisten an. Irgendwelche Namen würden häufiger auftauchen, hoffte er, und ihn somit der Lösung des Falles näher bringen.

Ungeduldig wartete er auf die Listen seiner *Miss Moneypenny*, die in Wirklichkeit Helga Bornemann hieß, immer korrekt gekleidet war und nach Sommerwiese duftete. Er hatte sie nie außerhalb des Büros gesehen oder getroffen. Wenn er kam, war sie schon da, und wenn er ging, hämmerte sie noch auf ihrer Tastatur herum.

In der Einsamkeit des Hotelzimmers, mit seinen Waffen und den Kringeln auf dem Papier vor sich, fragte er sich plötzlich, warum er sie nie eingeladen hatte. Zum Essen, vielleicht ins Kino ... er nannte sie *meine Miss Moneypenny*, ganz offiziell. Er sprach sie so an, und ihr gefiel es.

Jetzt fragte er sich, ob er es tat, um aus sich selbst einen James Bond zu machen, der er nie werden würde. Er war kein Frauenheld. Er war nicht einmal ein guter Autofahrer. Bei den Verfolgungsjagden, die James Bond sich mit Gangstern lieferte, würde er schon in den ersten Sekunden scheitern. Er hatte Mühe, seinen Wagen im Parkhaus ohne Schrammen in die Parklücke zu manövrieren. James Bond war auch nicht übergewichtig wie er. Er besaß ja schließlich auch keine Lizenz zum Töten wie 007.

Schade eigentlich, dachte er, der im Grunde gegen die Todesstrafe war, aber im Laufe der Jahre von der Justiz so enttäuscht worden war, dass er in diesem einen Fall beschlossen hatte, die Bestrafung des Täters selbst in die Hand zu nehmen.

»Wir haben noch etwas miteinander offen«, sagte er zu dem Papier, als würde bereits der Name des Täters darauf stehen. »Das ist etwas zwischen uns beiden. Niemand schießt ungestraft auf mich.«

Er griff an seine alte Verletzung, als sei er gerade erst getroffen worden. Manchmal, wenn er über die Situation nachdachte, begannen die Wunden zu brennen.

Er fügte dem Bild noch zwei weitere Kringel hinzu. Dinge, die Ann Kathrin übersehen hatte. Der Eisenbahnmörder besaß eine Handfeuerwaffe und konnte damit umgehen. Irgendwo musste er das geübt haben. Vielleicht in einem Schützenverein, beim Militär oder der Polizei. Möglicherweise war es eine legale Waffe, und er besaß sogar die Berechtigung, sie zu führen. Und eventuell ging es gar nicht nur um Kaninchen, sondern einfach darum, Tiere gefangen zu halten und zu pflegen. Vielleicht war er in einem Aquaristik-Verein, oder er züchtete Wellensittiche.

Er betrachtete das Bild auf dem Hotelpapier und hob die rechte Hand zum Schwur: »Irgendwo da drin bist du. Und ich kriege dich. Ich hol dich! Spürst du's? Ich komme!«

Die ersten Listen von *Miss Moneypenny* kamen. Er entschied sich, ihr einen Blumenstrauß zu schicken. Er wusste nicht, wann er zum letzten Mal im Leben einer Frau Blumen geschickt hatte. Vielleicht würde sie irritiert sein, vielleicht in Tränen ausbrechen, oder sich einfach geehrt fühlen, weil jemand an sie dachte.

Er beschloss, gleich das Hotel zu verlassen und den Blumenladen auf der Osterstraße aufzusuchen. Vielleicht konnte man das von dort aus machen. Bestimmt gab es auch eine App dafür, aber das Internet war so unpersönlich. Er suchte die Blumen lieber selbst aus. Neben *ten Cate* gab es so ein Geschäft. Er hoffte, dass er das hinkriegen würde.

Er hatte nicht mal ihre Privatadresse. Er würde ihr den Blumenstrauß ins Büro schicken müssen.

Er goss Wasser aus einer grünen St.-Ansgari-Flasche in einen Burger-King-Becher und ließ Jasmin durch einen Papierstrohhalm trinken. Sie war wieder an den Stuhl gefesselt, doch diesmal anders als vorher.

Es kam ihr wie eine Bestrafung vor.

Die Seile schnitten tief in ihre Haut ein und erschwerten die Blutzirkulation. Ihre Hände waren schon angeschwollen, und sie fühlte die Finger nicht mehr, so als seien sie eingeschlafen oder abgetrennt worden.

»Du hättest es so schön haben können. Aber nein, du musstest mich ja angreifen. Dein Wertesystem ist völlig durcheinandergeraten. Deshalb trinkst du jetzt aus einem Wegwerfbecher aus dem Schnellimbiss. Ich hatte dir edle Gläser angeboten … Das Essen ist so weit.« Er sog tief Luft durch die Nase ein. »Riech mal, wie das duftet! Ja, kochen ist eine Kunst. Man muss es mit allen Sinnen genießen. Das Würzen gehört genauso dazu wie das Schlachten … du glaubst gar nicht, wie sehr ich mich darauf freue. Dir läuft doch auch schon das Wasser im Mund zusammen, oder? Aber ich bezweifle, dass du schon mit Messer und Gabel essen kannst. Wir haben jetzt zwei Möglichkeiten: Entweder du schaust mir beim Essen zu und verhungerst angesichts eines fürstlich zubereiteten Mahls, oder ich füttere dich. Aber da müsste Madame mich schon lieb drum bitten. Und eine Entschuldigung für den Angriff erwarte ich auch noch.«

Wenn er isst, dachte sie, muss er die Maske abnehmen. Und wenn er sie einmal abgenommen hat, kann er mich nicht mehr gehen lassen. Dann muss er mich töten.

Wahrscheinlich war das ohnehin sein Plan, aber solange sie sein Gesicht noch nicht gesehen hatte, gab es eine Chance, redete sie sich ein.

Ihre eigenen Schlürfgeräusche erschreckten sie. War der Becher wirklich schon leer? Würde er ihn noch einmal neu füllen?

Wo hatte er sie hingebracht? Die St.-Ansgari-Flasche sagte ihr, dass sie immer noch in Ostfriesland war.

»Na, da hat aber jemand Durst«, grinste er und gab sich großzügig. Noch einmal hielt er die grüne Flasche über den

Becher. Er machte sich einen Spaß daraus, den Strohhalm nur in die Nähe ihrer Lippen zu bringen, aber ihn nicht wirklich an ihren Mund zu führen. Sie musste danach schnappen und wurde sich dabei schmerzlich bewusst, wie fest sie angebunden war.

Endlich erwischte sie den Strohhalm und saugte so viel Wasser ein, wie sie nur bekommen konnte.

Wenn ich das hier überlebe, dachte sie, werde ich nichts anderes mehr trinken.

Sie schaute aufs Etikett. Es war St.-Ansgari medium.

Es war anstrengend. Sie musste sich davon erholen. Sie fürchtete sich davor, dass er diese schreckliche Maske abnahm, aber gleichzeitig wünschte sie sich, endlich zu erfahren, wer darunter steckte, und wollte nicht mehr in dieses dümmlich grinsende Plastikgesicht schauen.

Er trug jetzt das Essen auf. Er benahm sich, als hätte er mal irgendwo als Chefkellner gearbeitet oder eine englische Butler-Ausbildung genossen. Er bewegte sich mit einer beeindruckenden Grandezza. Er trug wieder weiße Handschuhe, diesmal waren es Stoffhandschuhe. Er hatte wohl nicht vor, ihr noch einmal ein Messer in die Hand zu geben. Sie hatte die Vertrauensprüfung nicht bestanden.

Zum Kaninchen gab es eine braune Soße, Kartoffelstampf und Rotkohl. Er ließ sich Zeit. Auf seinem Teller formte er aus dem Kartoffelstampf Berge, und ins Tal goss er die braune Soße. Das Ganze erinnerte sie an den Deich.

Auch auf ihrem Teller richtete er es so an, als sei die Soße ein Teich in einem Kartoffelstampf-Deich.

Wie einfach, dachte sie. Und wie durchdacht. Wie schön das aussieht … ist er ein Ästhet? Auch die Art, wie er das Kaninchen tranchierte, hatte etwas Meditatives an sich.

»Hättest du gern eine Keule?«, fragte er.

Sie nickte und hasste sich dafür.

Er schnitt für sie eine Keule ab und einiges vom Rücken und von der Brust. Dann saß er ihr gegenüber. Ihr Teller war unerreichbar weit von ihr weg, doch der Duft stieg ihr in die Nase, und ihr Hunger hatte etwas Brüllendes. Gleichzeitig fragte sie sich, ob sie in dieser Situation überhaupt etwas essen und bei sich behalten konnte. Doch sie brauchte Energie. Energie, um weiterzuleben.

Er nahm die Maske ab, schüttelte seine Haare und begann zu essen.

»Fabian!«, entfuhr es ihr. »Fabian?! Warum tust du mir das an?«

Er fuhr mit seiner Gabel in den Kartoffelstampf und zerstörte den Deich, der die Soße zurückhielt. Sie ergoss sich jetzt über den Teller. Demonstrativ genießerisch schob er sich die Portion in den Mund, schloss die Augen und testete den Geschmack.

»Ja«, lächelte er, »ich glaube, da ist mir etwas Gutes geglückt. Probier doch auch mal …«

»Aber Fabian, wir haben uns doch geliebt …«

Er zuckte mit den Schultern. »Haben wir das? Ich weiß es nicht. Weißt du es? Wenn du ehrlich bist, weißt du doch nicht mal, ob ich Fabian oder Florian bin. Kann man einen Menschen lieben und doch vielleicht mit einem anderen verwechseln?«

»Florian ist tot«, sagte sie, um eine gewisse Realität festzuhalten, aber gleichzeitig wusste sie nicht mehr, ob ihre Worte der Wahrheit entsprachen.

»Soso«, sagte er. »Ja, ich hörte davon. Auf dem Timanfaya in den Vulkan gefallen. Dumme Sache.« Er probierte von dem

Kaninchenfleisch. »Ich glaube nicht wirklich an den Tod. Du?«

»Aber der Tod ist eine Tatsache. Man kann ihn doch nicht leugnen!«

»Alle tun das.«

»Wie – alle tun das?«

»Fast jede Religion. Du bist doch Christin. Glaubst du an die Auferstehung und das ewige Leben?«

Sie schluckte. Versuchte er, sie zu verwirren? Oder war er wirklich Florian?

»Ich glaube«, erklärte er und malte mit der Gabel Hieroglyphen in die Luft, als würde er an eine Tafel schreiben, um seinen Schülern etwas zu demonstrieren, »ich glaube, dass wir wiedergeboren werden. Nicht diesen Karma-Blödsinn … Wer gut war, wird im nächsten Leben reich, und wer böse war, kommt arm und behindert zur Welt. Nee, nee. Das ist dummes Zeug. Aber ich glaube daran, dass Seelen zurückkommen. Bei meinem Bruder und bei mir, da ist irgendwas schiefgelaufen. Wir waren eigentlich eine Person, eine Seele, und sind dann in zwei Körpern wieder inkarniert«

Jasmin wusste nicht, wie sie ihn anreden sollte. Sie versuchte es mit Fabian: »Bitte, Fabian, mach mich los. Wir können das alles vergessen und von vorne anfangen. Im Grunde waren wir uns doch immer einig. Du wolltest Carina verlassen und ich Matteo. Ich hab's hingekriegt. Und wenn du es nicht schaffst, dich von Carina zu lösen, dann bin ich auch bereit, dich eine Weile mit ihr zu teilen. Dann bleibe ich halt deine heimliche Geliebte, so wie es begann … im Grunde hatten wir doch eine schöne Zeit.«

Er aß auf eine so vornehme Art, bei der ihr das Wort in den

Sinn kam, das Tante Elli benutzte, wenn ihr etwas zu schickimicki war. Sie sagte dann *etepetete.* Sie meinte das abwertend.

Doch plötzlich kippte die Situation. Jasmin wusste nicht, warum. Es gab keinen Anlass, oder sie bemerkte ihn nicht. Er schob den Teller beiseite, griff mit den Händen nach dem Rest des Kaninchenkörpers, brach ihn in der Mitte entzwei, sie hörte die Wirbelsäule krachen, und grub seine Zähne in den Kaninchenrücken. Jetzt aß er wie ein wildes Tier, das Futterkonkurrenten befürchten musste und deswegen so schnell wie möglich die Beute in sich hineinschlang.

Vielleicht war das wirklich nicht ihr Fabian, sondern sein Bruder Florian. Konnte es sein, dass zwei Menschen sich so ähnlich sahen? Arbeiteten sie sogar absichtlich daran? Liefen sie deshalb mit dem gleichen Haarschnitt herum?

Er wischte sich mit dem Handrücken die Lippen ab, rülpste und streckte die Beine unterm Tisch weit von sich. Er griff sich den Weißwein und leerte das Glas mit einem Zug.

»So, jetzt bist du dran«, entschied er nach einer gehörigen Pause. »Eigentlich wäre ja erst ein Espresso fällig. Wenn wir jetzt in einem guten Restaurant wären, würde ich uns einen ordern und eine schöne Nachspeise, versteht sich.«

Er zog sich den Stuhl näher zu ihr ran und nahm ihre Gabel. Er packte sie voll mit Kartoffelstampf, tunkte ihn einmal in die braune Soße und spießte dann noch ein wenig Kaninchenfleisch auf die Spitze. »Mund auf«, sagte er.

Sie tat es und erwartete das Essen voller Gier. Gleichzeitig befürchtete sie, sich augenblicklich übergeben zu müssen.

»Ein Gäbelchen für Fabian«, lachte er, und während sie kaute und schluckte, füllte er die zweite Gabel, »und jetzt eins für Florian.«

Sie aß. Sie brauchte die Energie. Alles andere spielte keine

Rolle. Energie, um weiter durchzuhalten. Verrückterweise schmeckte es ihr auch noch gut. Trotzdem hatte sie Mühe, alles bei sich zu behalten. Es war, als würde sich ihr Körper nach dem Essen sehnen und es gleichzeitig nicht haben wollen.

Sie wusste nicht mehr aus noch ein. Sie übergab die Führung wieder ihrer inneren Tante Elli, und das alte Hippiemädchen übernahm gern. Als sei das alles nicht geschehen, knüpfte sie bei dem alten Gespräch an: »Du hast dich gut um die Kaninchen gekümmert. Besonders um deinen Hasi. Er ist nicht gestorben, weil du unachtsam warst. Weißt du, was ich glaube?«

Er bekam ein kindliches Gesicht und schüttelte den Kopf. Er fütterte sie weiter mit der Gabel, aber anders. Unbeholfen. Fleisch fiel herunter. Er stocherte im Essen herum. Der Deich riss.

»Ich glaube, dass deine Mutter Hasi geschlachtet hat, und dann habt ihr ihn gegessen.«

Er erstarrte neben ihr. Für einen Moment war es, als sei die Situation eingefroren. Keine Bewegung. Kein Geräusch. Dann griff er sich den Teller und klatschte ihn samt Essen an die Wand. »Ich hab das nicht gewusst!«, schrie er. »Ich hätte ihn doch sonst nicht gegessen! Ich hätte doch Hasi nicht gegessen! Alle anderen, aber nicht ihn!«

»Deine Mutter hat es dir nicht gesagt?«

»Doch. Aber erst später.«

»Später, als du ihn bereits gegessen hattest.«

»Ja«, schluchzte er.

Er rutschte vom Stuhl und kniete jetzt vor ihr. Er legte seinen Kopf auf ihre Beine und weinte in ihren Schoß wie ein kleines Kind.

Sie ließ es zu.

Ich kann das alles noch zum Guten drehen, dachte sie sich. Das kleine Kind in ihm wird mir nichts tun. Wenn ich mit dem Kind rede, habe ich eine Chance. Das Kind wird mich befreien. Dem Kind gegenüber habe ich eine gewisse Erwachsenenautorität. Vielleicht sogar die Kraft der Mutter …

»Das war nicht richtig«, sagte Jasmin. »Das hätte sie nicht tun dürfen. Wie hast du dich danach gefühlt?«

Als würde ihn die Frage überfordern, zuckte er zunächst nur und weinte noch heftiger. Ihr Kleid fiel vorne auseinander. Seine Tränen trafen ihren Oberschenkel.

Speichel tropfte aus seinem Mund, als er sie ansah. Ein kleines, trotziges Kind, das getröstet werden wollte.

»Ich bin mir vorgekommen wie ein Kannibale«, schrie er. Plötzlich sprang er auf, lief in die andere Ecke des Raumes, als müsse er so viel Abstand wie möglich zu ihr haben, zeigte mit dem Finger auf sie und drohte: »Sag nichts gegen meine Mutter, du dreckige Schlampe! Hast du gehört? Ein Wort gegen meine Mutter, und ich mach dich kalt! Ich häng dich an den Haken, an dem noch das Blut von unserem Kaninchen klebt!«

Plötzlich hatte er das Fell in der Hand, das er dem Kaninchen abgezogen hatte, rannte damit auf sie zu und drückte es ihr ins Gesicht, aber nicht mit der kuscheligen Seite, sondern mit der, an der noch Fett und Fleischreste klebten.

»Meine Mutter war eine tolle Frau!«, brüllte er. »Alle haben sie geliebt, alle!«

Jamie wollte eigentlich alles seinen Eltern sagen. Nein, vielleicht nicht alles, aber doch eine abgewandelte, abgemilderte Form. Zumindest wollte er ihnen beichten, dass er nicht mehr vorhatte, sein Abitur zu machen.

Er hatte sich eine Liste von äußerst erfolgreichen Menschen zurechtgelegt, die ohne Abitur etwas geworden waren. Joschka Fischer, zum Beispiel. Mit ihm konnte er trumpfen, denn seine Eltern waren lange Zeit Grünen-Wähler gewesen und hatten Joschka Fischer geradezu verehrt. Der hatte als Gymnasiast hingeschmissen, seine Ausbildung abgebrochen und war als Fließbandarbeiter bei Opel fristlos entlassen worden. Er schlug sich als Taxifahrer durch, wurde Umweltminister in Hessen und schließlich Bundesaußenminister, damit also Vizekanzler. Inzwischen war er Gastprofessor an der Elite-Universität Princeton. Das hatte vor ihm noch nie ein Taxifahrer geschafft.

Mark Zuckerberg hatte sein Studium abgebrochen, um Facebook aufzubauen.

Er hätte die Liste endlos fortsetzen können, er wollte aber bei den berühmtesten Namen bleiben. Die erfolgreichen Manager wie Ex-Telekomchef René Obermann, VW-Vorstand Gunnar Kilian oder der Banker Frank Strauß, die es alle ohne Studium geschafft hatten, wollte er gar nicht anführen.

Neulich hatte sein Vater noch gesagt, die Bundesregierung würde sich praktisch aus Studienabbrechern und Schulversagern zusammensetzen. Aber das hatte sein Vater nicht positiv gemeint.

Sein Vater sagte auch Sätze wie: »Bei dem Fachkräftemangel heutzutage müssen wir aufpassen, dass nicht bald Leute Häuser bauen, die von Statik keine Ahnung haben.«

Wenn Jamie sich das Gespräch und den weiteren Verlauf

des Abends ausmalte, dann verlor er den Mut. Irgendwann würden ihm die Argumente ausgehen. Er sah seinen Vater schon vor sich stehen, wie er sagte: »Ja, aber du bist nicht Joschka Fischer, und du bist auch nicht Mark Zuckerberg. Du hast nichts wie Facebook in der Pipeline.«

Er wollte sich dem ganzen Stress nicht aussetzen und erst mal einfach nur aus der Situation raus. Er musste von irgendwas leben. Sich etwas Neues aufbauen. Gleichzeitig wollte er Spaß haben. Endlich das Leben genießen, statt sich mit Schulstoff abzugeben und auf Prüfungen vorzubereiten.

Überall in der Gastronomie wurden während der Saison Leute gesucht. Das war eine gute Möglichkeit, erst mal Abstand zu gewinnen. Die Anzeige vom *Friesenjung* auf Wangerooge sprach ihn sofort an: *Wir suchen für sofort …*

Das Wort *sofort* gefiel ihm. Ein junges Team und eine Wohnmöglichkeit.

Er rief an und sprach mit einer Larissa, in deren Stimme er sich sofort verliebte. Sie hatte einen russischen Akzent – vielleicht war es auch polnisch, so genau konnte er das nicht sagen. Es klang liebevoll und nach durchfeierten Nächten.

»Wir haben hier«, sagte sie, »eine kleine Wohnung, wo wir in einer WG zusammenleben. Der Marek hat uns ganz plötzlich verlassen. Seine Mutter hatte einen schweren Unfall. Er ist sofort hin. Sein Zimmer ist frei.«

Jamie fragte nicht einmal nach seinem Lohn, sondern: »Wann kann ich anfangen?«

»Sofort«, sagte sie. »Wenn du kannst, dann nimm die nächste Fähre. Heute geht noch eine um 17 Uhr 30 ab Harlesiel.«

»Ich werde da sein«, sagte er.

Er packte eine Sporttasche und einen Rollkoffer. Er warf

zwei Jeans rein, Unterwäsche, T-Shirts und drei Paar Turnschuhe. Ein merkwürdiges Hochgefühl erfasste ihn. Er fühlte sich beflügelt. Wie auf Droge. Ein neues Leben. Ein neuer Anfang!

Ein Team von jungen Leuten, in dem er arbeiten könnte … er würde sein eigenes Geld verdienen. Er musste für nichts mehr danke sahen. Sich nicht fremden Wertvorstellungen beugen. Dort konnte er erst mal durchatmen und überlegen, wie es weitergehen sollte.

Man kann sein, wer man möchte, dachte er. Ich will nicht der Idiot sein, der eifersüchtig auf einen Lehrer ist. Andere sollen eifersüchtig sein. Auf mich.

Er hatte vor, ein Herzensbrecher zu werden, statt sich das Herz brechen zu lassen. Ab jetzt würde es anders herum laufen.

Ja, er glaubte wirklich, aus der Krise für sich eine Chance machen zu können.

Schon auf der Fähre ging es ihm besser. Es war wie eine Überfahrt in ein anderes, neues, besseres Leben.

Er stand an Deck und sah die Insel vor sich. Hatten sich so Auswanderer gefühlt, wenn sie die Freiheitsstatue sahen?

Hinter ihm kreischten Kinder, weil sie Seehunde entdeckt hatten. Sie wollten von ihren Vätern hochgehoben werden. Ihn interessierte das nicht. Seehunde hatte er schon viele gesehen. Was er jetzt wollte, war ein neues Leben. Ein neues Ich.

Die Fähre war voller Touristen. Vielleicht nährte das seinen Wunsch und gleichzeitig seinen Optimismus, er könne in der Gastronomie wirklich etwas werden. Natürlich würde er nicht ewig als Aushilfskraft im *Friesenjung* arbeiten. Aber vielleicht würde er das Geschäft dort lernen. Er wohnte in dieser Ferienregion. Warum sollte er nichts daraus machen?

Er sah sich schon als Restaurantbesitzer, als Hotelchef. Mit ein bisschen Glück wäre es sein eigenes, sonst würde er Manager einer Kette werden. Jawohl! Er hatte große Pläne, er wollte weit hinaus. Er hatte nicht vor, sich begrenzen zu lassen. Von nichts und niemandem.

In der Bimmelbahn hatte er keine Augen für die Vogelschwärme. Ihn interessierte die Fahrt durchs Watt und die Dünen nicht. Er sah sich, sein eigenes Leben und eine unbegrenzte Anzahl von Möglichkeiten, die sich ihm boten, jetzt, nachdem er die Schule hinter sich gelassen hatte. War die Schule sein eigentlichen Hindernis gewesen? Hatte sie ihn an der Entfaltung gehindert?

Er wollte nicht mal seine Klassenkameraden wiedersehen. Freunde? Hatte er überhaupt Freunde?

Irgendwann, dachte er, wenn aus mir richtig was geworden ist, wenn ich jemand bin, den man beneiden kann um das, was er geschaffen hat, dann, ja dann kann ich sie wiedersehen. Vielleicht wird es ja mal ein Klassentreffen geben. Und wenn sie dann alle mit ihrem Abitur glänzen, mit dem Studium und was sie Tolles geworden sind, dann werde ich sie in mein Hotel einladen und sagen: »Das nächste Klassentreffen können wir bei mir machen. In meinem Restaurant als geschlossene Gesellschaft, und jeder kriegt natürlich von mir ein Zimmer für zwei Nächste gesponsert. Ist doch klar.«

Er fühlte sich großzügig und beschloss, so zu werden. Ja – reich und großzügig!

Vom Bahnhof aus bollerte er seinen Rollkoffer die Zedeliusstraße hoch in Richtung *Café Pudding*. Dann bog er nach links auf die Obere Strandpromenade ab, vorbei an der herrlichen *Eis- und Crêpe-Manufaktur*. Eine lange Schlange wartete dort, doch die Menschen waren gut gelaunt, denn sie konnten von da aus das Meer sehen, und die Crêpes rochen bereits wie ein verlockendes Versprechen.

Er hätte sich eigentlich gern noch ein Eis geholt, doch er wollte jetzt einfach vorwärts, so schnell wie möglich hineinspringen in sein neues Leben.

Die Frau mit der erotischen Stimme und dem freundlichen Wesen war aber gar nicht da. Stattdessen begrüßte ihn ein Mann im Alter seines Vaters. Er nannte sich Robert und sprach mit polnischem Akzent. Robert war nett, umgänglich und freute sich auf den neuen Mitarbeiter. Er nahm ihm den Koffer und die Tasche ab, und Jamie sprang gleich hinein ins Vergnügen. Er durfte draußen Teller und Speisereste abräumen, bevor die lauernden Möwen sich darüber hermachten.

Während er Tabletts stapelte und Ketchup auf seine Schuhe klatschte, blickte er aufs Meer und sagte sich: Alles wird gut.

Eine junge Frau zuckerte ihn an. Sie wisse natürlich, dass draußen keine Tische reserviert würden, aber sie wollte heute Abend unbedingt einen Strandkorb haben, mit Blick auf die untergehende Sonne. Da wolle sie dann *mit ihren Mädels einen Sundowner nehmen*. Ob er nicht mal eine Ausnahme machen könne?

So, wie sie ihn anguckte und dabei ihre Lippen spitzte, schien es ihm undenkbar, dass irgendein heterosexueller Mann diesen Wunsch brüsk ablehnen würde.

»Wo«, fragte er, »geht denn die Sonne unter?« Er kam sich dämlich dabei vor, aber nun hatte er es gesagt.

Sie zeigte in die Richtung und lachte: »Im Westen. Deswegen sagt man Abendland, und im Osten«, sie deutete in die andere Richtung, »geht sie auf. Deswegen Morgenland.«

Ich habe wohl irgendetwas an mir, dachte er, das macht mich jedes Mal wieder zum Schüler, dem man etwas erklären muss. Dabei wollte ich aus genau dieser Nummer doch endlich raus.

Er blickte aufs Meer und atmete tief durch. Er war wild entschlossen, sich neu zu verlieben. Aber diesmal müsste dann alles anders laufen. Besser.

Er hätte das Heroin in Norden am Markt oder in Bremen am Bahnhof kaufen können, aber dort war sein Gesicht viel zu bekannt. Kurz hinter der Grenze, Richtung Groningen, war sein Aussehen kein Problem mehr, aber wer fährt schon gerne mit Heroin in der Tasche über eine Grenze?

Er durfte nicht auffallen, und alles musste ganz schnell gehen. Jede Stunde, die verstrich, machte ihm Sorgen. In seiner Vorstellung verschickte der kleine Gernegroß weitere E-Mails mit Beschuldigungen, und wer weiß, wie viele Filme oder Fotos er dranhängte? Irgendwann – es war nur noch eine Frage der Zeit – würde alles im Internet auftauchen.

Er war nie darauf zu sehen. Darauf hatte er streng geachtet. Man beobachtete die Frauen mit seinen Augen. Die Perspektive des kalten Betrachters. Er wollte vorführen, wie Menschen geformt und zu sich selbst zurückgeführt wurden.

Heute wurde im *Kleinen Haus* des Stadttheaters Bremen das Schauspiel *Die Töchter* aufgeführt. Jamies Eltern hatten ein Abonnement. Er selbst hatte auch mehrfach Veranstaltungen im *Kleinen Haus* besucht. Es hieß zwar *Kleines Haus*, hatte aber Platz für gut 200 Gäste.

Er erinnerte sich gern an eine Premiere dort. Die zwei Hauptdarstellerinnen und der Regisseur hatten sich danach den Fragen des Publikums gestellt.

Er wünschte den Eltern einen schönen Abend. In ihrem Haus hatte er also freie Bahn. Er musste nur abwarten, bis sie sich auf den Weg machten.

Hoffentlich, dachte er, nutzt Jamie die sturmfreie Bude nicht, um eine Fete zu schmeißen. Irgendwelche Zeugen konnte er nun wirklich nicht gebrauchen.

Er wollte ihm eine Überdosis verpassen und ihn daran sterben lassen. Niemand würde das mit ihm oder den Eisenbahnmorden in Verbindung bringen.

Bremen und Ostfriesland waren weit genug voneinander weg. Vielleicht würde die Polizei nicht mal eine Verbindung zwischen Creepy und Jamie sehen, obwohl beide Schüler einer Schule waren. Aber der eine hatte sich eben erhängt, und der andere, bei dem Versuch, Heroin auszuprobieren, einen schweren Fehler gemacht. Beides tragisch, aber jenseits von Mord.

Dass Jamie sich nach dem Mist, den er gebaut hatte, in Drogen flüchten wollte, würde jeder verstehen, und Creepys tragischer Selbstmord würde sicherlich eine Debatte darüber auslösen, dass es frühe Signale gegeben hatte, die man hätte erkennen können. Bestimmt würde es in der Schule besprochen werden, vielleicht sogar Aufsatzthema werden, und die üblichen Hilfsangebote würden in den Zeitungen aufgeführt werden.

Nein, er rechnete nicht damit, dass die Polizei auf ihn kommen würde. Aber er durfte sich halt nicht zeigen.

Zum Theater brauchten Jamies Eltern keine drei Minuten, doch er vermutete, dass sie früh losfahren würden. So wie er sie einschätzte, standen sie jetzt schon im Foyer und tranken ein Gläschen Sekt.

Amüsiert euch gut, während euer Sohn stirbt, dachte er.

An dem VW-Transporter waren heftige Kratzspuren von dem Zusammenstoß mit Creepy und seinem Fahrrad zu sehen. Er würde den Wagen bald verkaufen und gegen einen anderen eintauschen. Aber dafür blieb jetzt keine Zeit.

Er parkte vor dem Doppelhaus, in dem Jamie mit seinen Eltern wohnte. Er fand das Wort *Doppelhaushälfte* ziemlich witzig, und jetzt, da er vorhatte, dort einzubrechen, kam es ihm besonders komisch vor.

Er überlegte einen Moment. Sollte er vielleicht einfach klingeln, und wenn Jamie ihm die Tür öffnete, ihn überwältigen? Der Junge wäre doch erstaunt genug, sein Gesicht zu sehen. Dann könnte er ihm die Spritze geben.

Am besten wäre es natürlich, nachts einzusteigen, ihn im Schlaf zu überraschen. Am anderen Morgen würde man ihn mit einer Heroinspritze im Arm in seinem Schlafanzug im Bett vorfinden.

Doch Jamies Eltern wirkten auf ihn nicht wie Leute, die nach einem Theaterbesuch einen Zug durch die Gemeinde machten und erst in den frühen Morgenstunden zurückkamen. Nein, die würden vielleicht noch irgendwo was essen gehen – falls noch etwas in der Nähe offen hatte – und dann brav zurück in ihr spießiges Leben zurückkehren.

Oben war alles dunkel. Das Wohnzimmer war nur durch das Aquarium beleuchtet. Er konnte durch die Scheibe Diskus-Buntbarsche und Neonfische erkennen. Er mochte Aquarienlandschaften. Er saß gern davor und sah den Fischen zu. Er entdeckte immer Neues. Es beruhigte ihn. Es brachte seiner Seele Frieden. Dieses endlose Geschwätz um ihn herum, das ihn manchmal fast rasend machte, wurde verdrängt vom sanften Brummen des Filters und dem Blubbern der Luftbläschen.

Im Aquarium, so idyllisch alles aussah, herrschten archaische Gesetze. Die Großen fraßen die Kleinen und scheuten sich auch nicht, ihre eigene Brut zu verspeisen. Keine Moral engte die Tiere ein, kein Verbotssystem und keine Religion. Sie waren frei und gleichzeitig Freiwild.

Er zog sich die weißen Handschuhe an und klingelte.

Niemand öffnete.

Er schlich einmal ums Haus. Unten waren zwei Fenster gekippt. Er verstand ein gekipptes Fenster praktisch als Einladung, die Wohnung jederzeit betreten zu dürfen.

Er wusste gleich, dass niemand im Haus war. Es hatte eine leere Energie. Aber er ging hoch und suchte Jamies Zimmer. Waren die Jugendzimmer nicht meistens oben unterm Dach?

Er erkannte rasch, dass Jamie abgehauen war. Auf seinem Schreibtisch, der eigentlich für einen Jugendlichen viel zu klein war und vermutlich für einen zehnjährigen Schüler gekauft worden war, lagen ein paar Mangas und ein Schulmäppchen, wahrscheinlich eine Erinnerung aus Kindertagen.

Seinen Computer, sein Handy, die verschiedenen Ladekabel, all das hatte er natürlich mitgenommen.

Oberdieck folgerte: Der Vogel ist entflogen. Aber ich werde dich kriegen.

In Jamies Schülermäppchen mit Disneyaufklebern fand Oberdieck auch den Geha-Patronenfüller. Er machte damit einen Schreibversuch. Die Tinte war eingetrocknet, aber es gab in dem Mäppchen noch frische Patronen. Er steckte sich zwei davon ein, ging ins Badezimmer und hielt die Feder des Füllers unter den Wasserhahn. Der Strahl färbte sich sofort blau. Die eingetrocknete Tinte löste sich.

Er schob eine frische Patrone in den Füller. Er hatte Pläne mit diesem Schreibgerät. Damit sollte Jamie seinen Abschiedsbrief verfassen. Die Eltern würden den Füller bestimmt wiedererkennen.

Weller beruhigte sich damit, eine Fischsuppe zuzubereiten. Für Ann Kathrin gehörte eine Fischsuppe mehr in den Winter, doch Weller konnte sie durchaus auch im Sommer genießen.

Zunächst nahm er dazu viel frisches Gemüse. Er bereitete eigentlich zunächst eine Gemüsesuppe vor, und da hinein gab er dann seinen Fisch. Er hatte sich für Seelachs und Seeteufel entschieden. Er hatte auch noch ein paar knallrote Flusskrebse ergattern können, die er *mit voller Montur*, wie er es nannte, dazugab. Von ihren Schalen versprach er sich einen besonderen mediterranen Geschmack.

Dazu gab es ein Knoblauchbaguette.

Er hörte beim Kochen alte Songs aus der *Rocky Horror Picture Show*. Er hatte den Film in seiner Jugend mehrfach gesehen, steppte jetzt wie Tim Curry durch die Küche. Weil ihm das plötzlich peinlich war, griff er sich ein Buch.

Im Haus duftete es schon, und während die Suppe blubberte, las Weller in Jan Zerbsts *Warum Lachmöwen lachen*. Ihm gefiel der Satz: *Wellenbrecher sind die, die an der Reling stehen und in die Wellen brechen.*

Ann Kathrin saß auf der Terrasse im Strandkorb. Sie telefonierte mit Wolfgang Weßling, der einerseits Porträts von ihr gemacht hatte, auf denen sie sich ausnahmsweise mal selbst gefiel, andererseits aber auch ein guter Freund und Berater war. Sie nahm seine Ratschläge als Rechtsanwalt gern an, wenn sie wusste, dass sie sich auf juristisch dünnem Eis bewegte.

Sie redeten über eine Ausstellung. Wolfgang sprach über

ein Buch, das er gerade gelesen hatte, doch dann öffnete er ihr die Tür, vor der sie doch schon eine ganze Weile stand, indem er fragte: »Ann, was hast du auf dem Herzen? Ich höre es doch an deiner Stimme.«

Sie stöhnte: »Ja. Ich weiß gerade gar nicht genau, was ich machen soll. Wir ermitteln in einer Mordserie.«

»Der Eisenbahnmörder. Ich weiß. Ich habe die Zeitungsartikel natürlich gelesen.« Wolfgang versuchte, sie in Schutz zu nehmen: »Du solltest, bevor du Journalisten ein Interview gibst, sie darum bitten, eine Erklärung zu unterschreiben, die dir zusichert, dass du den Text vor Veröffentlichung gegenlesen kannst.« Um dann gleich hinzuzufügen: »Ich weiß, bei Holger Bloem und ein paar Freunden von dir ist das vielleicht nicht nötig, aber …«

Sie übersprang diese Warnung und sprudelte los: »Ich glaube, dass ein Mann, Hannes Müller, seit einigen Jahren unschuldig im Gefängnis sitzt. Er hat den Mord an seiner Freundin Iris Quarz zunächst bestritten, dann aber, nach einer Therapie im Gefängnis, zugegeben. Sie waren wohl beide drogenabhängig. Ich kann mit an Sicherheit grenzender Wahrscheinlichkeit sagen, dass er es nicht war, weil der Mord an seiner Freundin der Beginn der Serie war, in der wir ermitteln. Müller sitzt also vermutlich unschuldig im Gefängnis und hat den Mord auch noch gestanden …«

Wolfgang Weßling antwortete gewohnt ruhig: »Ja, ich kann mir vorstellen, dass du jetzt den Mann am liebsten darüber informieren würdest und dann …«

»Ja klar«, unterbrach Ann Kathrin ihn vehement. »Er ist doch unschuldig! Ich war ja auch bereits da, ich habe mit ihm gesprochen, ich …«

»Ann – ruhig Blut. Führe deine Ermittlungen zu Ende.

Wenn du den richtigen Mörder hast, dann kann das Verfahren neu aufgerollt werden. Aber der Mann kann nicht einfach entlassen werden. Er ist ja rechtmäßig verurteilt. Es muss eine Wiederaufnahme laufen, dabei werden du und deine Ermittlungen dann sicherlich eine entscheidende Rolle spielen. Der Rechtsstaat legt keinen Wert darauf, Unschuldige im Gefängnis zu halten.«

Ann Kathrin fragte: »Es gibt doch den Grundsatz, dass niemand zweimal wegen derselben Tat verurteilt werden kann.«

»Ja, das ist auch gut so.«

»Ja, aber kann man denn wegen einer Tat zwei verschiedene Leute verurteilen?«

»Natürlich. Wenn die Tat eindeutig dem einen und nicht mehr dem anderen zugerechnet werden kann.«

Beeinflusst von der *Rocky Horror Picture Show* rief Weller mit *Riff Raffs* Stimme: »Master! Dinner is prepared!«

»Wolfgang, ich muss Schluss machen«, sagte Ann Kathrin. »Frank hat eine Fischsuppe für uns gekocht.«

»Fischsuppe? Bei dem Wetter?«

»Warum nicht?«

Um Weller die Freude zu lassen, gurrte sie: »Ooohh, was riecht das hier lecker!«

Jasmin überließ ihrer inneren Tante Elli voll die Initiative. Hauptsache, ihre strenge Oma hielt sich raus. Die hackte nur noch auf ihr herum und gab ihr für alles die Schuld. Für Tante Elli hingegen existierte Schuld gar nicht. Das war für sie katholischer Unfug. Ein päpstliches Störmanöver, um Menschen den Spaß an der eigenen Sexualität zu nehmen. Nur mit Ellis

Energie, mit ihrem Optimismus, ließ sich das hier irgendwie überstehen.

Jasmin hatte einmal beim Friseur in einer Illustrierten gelesen, in großer Not, bei Missbrauch oder Folter, würden Menschen Seelenanteile abspalten. Es half ihnen, zu überleben. Der Gedanke, das Gefühl, *das geschieht nicht mir, sondern einer anderen Person*, konnte rettend sein, aber auch die Persönlichkeit sprengen.

Jasmin tat alles, um zu Tante Elli zu werden. Als Elli war sie selbstbewusst genug, um ihn zu verunsichern. Wenn er mich töten will, dachte sie, werde ich das früh genug spüren. Bevor es mit mir aus ist, werde ich zu meiner strengen Oma. Dann aktiviere ich deren Anteile. Soll er die doch töten. Aber jetzt brauche ich Tante Elli fürs Überleben. Das Hippiemädchen hatte etwas so Unwirkliches an sich, als könnte ihr die Realität nur wenig anhaben.

Jasmin selbst nahm sich ganz zurück. Es kam ihr so vor, als würde sie andere für sich in die Schlacht schicken. Sie war mehr die Dirigentin oder Regisseurin, die den Instrumenten den Einsatz gab und die Schauspielerinnen den einstudierten Text spielen ließ.

Er hatte sie eine Weile allein gelassen und kam jetzt mit Kuchen zurück.

Werde ich verrückt, fragte sie sich, oder hat er gerade wirklich Tortenstückchen geholt?

Der Duft tat gut. Er vertrieb diesen moosigen Geruch von Tod und Sterben.

Ostfriesentorte. Eine Marzipantulpe. Sanddornsahne. Ein Stück Eierlikörtorte. Und mehrere kleine Törtchen. Schoko, Heidelbeere, ein Marzipanseehund und zwei Stücke Beerdigungskuchen.

Er knüllte das Papier mit dem *ten-Cate*-Aufdruck zusammen. Sie hätte auch so gewusst, wo er die Leckereien eingekauft hatte. Es reichte für vier oder fünf Personen.

Er stellte alles auf den Tisch und verschwand kurz. Er kam mit einer Kanne Schwarztee zurück. Er jonglierte sie auf einem Tablett, darauf auch kleine Tassen. Gab es nebenan eine Küche?

»Bekommen wir Besuch?«, erkundigte sie sich freundlich mit Ellis Stimme.

Ja, so musste Tante Elli sich mit fünfunddreißig, höchstens vierzig Jahren angehört haben. Eine Stimme, von Zigaretten und Rotwein angeraut, mit Rock 'n' Roll im Timbre. Etwas von ihrem Ausdruck hatte die Kraft, ihn aus der Fassung zu bringen. In seinem Gesicht entgleisten nicht nur Züge, sondern sie krachten regelrecht gegeneinander. Nur mühsam bekam er wieder die Kontrolle über sein Gesicht. Seine Lippen zuckten.

»Wir sind uns doch selbst genug, oder?«

»Es reicht auch noch für Carina«, stichelte Elli spitz, wohl wissend, dass er sicherlich keine Lust hatte, in dieser kompromittierenden Situation mit Ehefrau und Geliebter Tee zu trinken und Torte zu essen. Trotzdem hatte Elli ihn irgendwie erwischt.

Mach weiter, Tante Elli, dachte Jasmin. Du hast eine Chance. Ich nicht. Du weißt, wie man Kerle einwickelt. Ich bin gegen dich eine keusche Pastorentochter.

Es tat ihr gut, mit Elli zu reden. Das lud sie mit neuer Kraft auf.

Er verstand nicht, was geschah, aber es verunsicherte ihn. Jasmin wirkte abwesend, als würde sie telefonieren und ein Gespräch führen, das interessanter war als alles, was gerade hier im Raum passierte.

Ihr kam das Zimmer wie ein Schlachthaus vor, in dem ein Irrer gerade den Tisch für ein Teeritual deckte. War das Porzellan auch aus dem *Café ten Cate*? Ostfriesische Rose … Versuchte er, eine Kaffeehaussituation herzustellen? Was sollte das? Er hatte sogar an eine silberne Zuckerzange für den Kandis gedacht und an den Sahnelöffel, um gegen den Uhrzeigersinn Wölkchen in die Tasse träufeln zu können.

»Teetied«, sagte er und fügte nach einer Pause mit einer einladenden Geste hinzu: »Erst mal 'n Koppke Tee.«

»Das sieht nach einem geselligen Klönschnack aus«, sagte Jasmin, als würde sie sich wirklich darauf freuen.

Im Ausguss der Kanne steckte sogar ein Teebesen. Er wollte es echt ostfriesisch.

Welche Absichten verfolgt er?, dachte Jasmin voller Sorge. Doch ihre innere Tante Elli ließ sich auf Sorgen nicht ein. Sie begriff alles als Chance. So war sie an fast alle Dinge des Lebens herangegangen. Für sie gab es keine Probleme, sondern nur Chancen, an denen man wachsen konnte. Genau diese Einstellung brauchte Jasmin jetzt.

»Ich würde mir gern selbst eingießen und den Kandis dann knistern hören«, flötete sie.

Er lächelte wissend: »Du bist mit dem Messer auf mich losgegangen.«

»Ja. Ich weiß. Ich war sauer. Aber jetzt …« Sie schwieg geheimnisvoll.

»Was hat sich geändert?«, fragte er lauernd.

»Du hast Tee mitgebracht, für eine schöne Zeremonie. Ich weiß so etwas zu schätzen. Und ich liebe dich immer noch, Fabian. Ja, verdammt, es macht mich sauer. Aber ich bin nicht wütend auf dich, sondern auf mich selbst. Was nutzt es … Wenn ich vor mir selbst ehrlich bin, muss ich es mir eingestehen: Ich liebe dich immer noch.«

Er glaubte ihr nicht. Sein Lächeln blieb wie in Stein gemeißelt. Ohne Maske wirkte er noch maskenhafter auf sie. »Ich habe dich entführt und gefesselt«, stellte er klar. »Ich halte dich hier gefangen.«

Sie nickte. »Ja. Ich weiß, ich habe dir keine andere Wahl gelassen.«

»Das hört sich fast so an, als hättest du es so gewollt.«

Sie staunte über sich selbst, aber sie nickte. Elli hatte voll die Führung übernommen. Jasmin fühlte sich wie die Kasperlefigur, die ihre Tante ihr zum vierten Geburtstag geschenkt hatte. Tante Elli hatte ihre Hand reingesteckt und als Kasperle geredet. Später hatte Jasmin selbst diese Puppe geführt und immer, wenn sie sich genierte, etwas zu sagen, ließ sie den Kasper für sich sprechen.

Manchmal, wenn es schwierig wurde, ließ sie die Puppe sogar zuerst ins Zimmer gucken und fragte: »Ist jemand zu Hause?« Dann beichtete der Kasper den Eltern etwas, das Jasmin ausgefressen hatte, und der Kasper nahm die Schuld auf sich.

Jetzt steckte Tante Elli in ihr. Sie war ihre Kasperle-Puppe, und Elli hatte einen Plan. Elli wusste, wie man Typen an die Leine legte. Sie kannte hundert Wege, wie eine Frau sich behaupten konnte. Sie versuchte, ihn mental zu besiegen.

»Ja, ich bin hier, weil ich es so will«, hörte Jasmin sich sagen, und dann kicherte sie: »Ich wollte dich … oh, ich wollte dich so sehr … Ich habe Matteo für dich verlassen. Ich habe die Liebe meiner Tochter aufs Spiel gesetzt, und dann hast du mit mir Schluss gemacht und dich einfach nicht mehr gemeldet. Du hast mich geschnitten, aber jetzt bin ich hier«, triumphierte sie. »Plötzlich willst du mich so sehr, dass du mich entführst und fesselst. Plüschhandschellen wären mir lieber, aber so geht es auch.« Sie seufzte: »Siehst du, ich habe gewonnen. Du bist bei mir, nicht bei ihr. Du kochst für mich. Du bringst mir Kuchen. Du kleidest mich. Du wäschst mich. Und du schenkst mir geile Schuhe.«

Er stand verdattert herum und suchte nach Worten.

Wird er sich gleich auf mich stürzen und erwürgen, fragte Jasmin sich. Oder geht Tante Ellis Konzept auf?

»Du wirst also nicht versuchen, mir eine Gabel in den Hals zu rammen oder heißen Tee ins Gesicht zu kippen, wenn ich dich losmache?«

»Nein, werde ich nicht, obwohl ich finde, es hat was, wenn du mich fütterst. Ich genieße das durchaus. Es ist ja nicht nur dieses Ausgeliefertsein, sondern auch dieses herrlich befreiende Gefühl, Kontrolle abzugeben und mit der Kontrolle auch die Verantwortung.«

Sie atmete tief durch. Er wankte.

Etwas in ihm bäumte sich auf. Er rieb sich die Nasenwurzel: »Warum sagst du das? Du willst mich doch nur milde stimmen.«

»Milde stimmen? Einen Mann, der mir Tee kocht und Kuchen mitbringt? Ich kämpfe hier um dich, kapierst du das nicht?«

»Aber was ist das Besondere an mir? Gerade wolltest du noch Carina darüber informieren, meine Ehe zerstören, mein Leben ...«

»Ja, verdammt! Ich kämpfe um dich!«, rief sie. »Ich will dich! Mehr als alles andere auf der Welt.«

Er schluckte. Er ging um sie herum, betrachtete sie misstrauisch und gleichzeitig fasziniert.

Tante Elli ließ nicht locker: »Du warst der erste und einzige Mann, der mich wirklich befriedigt hat, Fabian. Oder glaubst du, Rein-raus-fertig-Matteo sei das je gelungen? Oh nein, dazu musste schon ein richtiger Kerl kommen. Einer wie du. Einer, der genau weiß, was er will. So, nun ist es raus …«

Er rubbelte sich mit den weißen Handschuhen das Gesicht ab, als müsse er sich vergewissern, wach zu sein und nicht zu träumen. »Was willst du?«, fragte er und versuchte, ihr in die Augen zu gucken.

»Dich«, antwortete sie, ohne nachzudenken.

Oh, Tante Elli, hoffentlich reitest du mich nicht nur noch tiefer rein, dachte sie. Was, wenn er das ernst nimmt und als Aufforderung sieht, Sex mit mir zu haben? Das kann alles mächtig nach hinten losgehen.

Doch Tante Elli beruhigte Jasmin: *Keine Sorge, mein Mädchen. Was du ihm gesagt hast, gefällt jedem Mann. Wer wäre nicht gern der große Hecht, der es besser kann als alle anderen? Fabian ist so einfach gestrickt. Schmeichle ihm. Sag ihm, dass er der Größte für dich ist und den Längsten hat. Er wird dich lieben, weil er das Bild mag, das du von ihm hast. Spiegle ihm das, was er von sich glauben möchte. Das ist unsere Chance. Einen Spiegel, in dem er schön aussieht, den wird er nicht zerstören. Er schaut ständig hinein, um sein Idealbild von sich zu sehen.*

Er strich sich mit dem behandschuhten Zeigefinger über die Unterlippe: »Du glaubst ernsthaft, dass ich das alles hier rückgängig mache? Mich von meiner Frau trenne und mit dir dann ein neues Leben beginne?«

Sie strahlte ihn an, als hätte er ihr damit gerade ein Versprechen gegeben: »Ich werde alles für dich sein, was du brauchst. Ich bin verwandlungsfähig. Ich werde deine Träume wahrmachen, Fabian. Ich werde rote High Heels für dich tragen, so oft du willst. Wenn du eine Sklavin möchtest, sollst du sie bekommen. Wenn dir danach ist, selbst dominiert zu werden … bitte, ich kann auch das. Ich mache Sachen, die würde sich deine Carina nie trauen.«

Er goss sich Tee ein. Sein Mund wurde trocken. »Was weißt du denn, was Carina draufhat?«

Jasmin lachte spöttisch: »Sie ist meine beste Freundin … gewesen … Was glaubst du wohl, worüber Frauen reden, wenn sie unter sich sind? Kochrezepte?«

Er leerte seine Teetasse und stellte sie hart zurück. Er ging in die Knie, um mit ihr auf Augenhöhe zu sein.

»Es hat ihr nie Spaß mit dir gemacht. Sie hat sich immer dazu überwinden müssen.«

»Das stimmt nicht«, schimpfte er.

»Oh doch. Ich weiß, das tut weh, aber sie hat es mir erzählt.«

Er wirkte weinerlich. Er gab zu: »Sie macht mir die Hölle heiß.«

»Weil sie von uns weiß?«

»Nein, sie hat meine Videos gefunden.« Er zeigte zu der Kamera an der Decke. Er überlegte kurz, dann stellte er kalt fest: »Du bist nicht die Erste …«

Ein Schauer durchlief ihren Körper. Sie wusste nicht, ob sie kurz davor war, frei zu sein oder zu sterben. Beides schien möglich, ja sogar wahrscheinlich.

Jasmin brach innerlich zusammen. Aber Tante Elli spielte ihr Spiel weiter: »Und sie hat für dein Hobby wenig Verständnis, nehme ich an.«

»Hobby …«, wiederholte er. Es tat ihm gut, dass sie es so verharmlosend sah, doch er traute ihr immer noch nicht. »Keine hat überlebt«, stellte er trocken fest.

»Dann werde ich wohl die Erste sein«, sagte sie selbstbewusst. »Und jetzt mach mich los.« Sie deutete auf die Tortenstückchen. »Ich habe Hunger.«

Er hob sein rechtes Hosenbein hoch und zog einen Dolch hervor. Er näherte sich ihr langsam.

»Sie wird dich über kurz oder lang verraten. Aus ihr kannst du keine Komplizin machen. Wenn du sie tötest, wird die Polizei glauben, dass sich die Mordserie nur fortsetzt. Wenn einer weiß, wie es geht, dann du.«

Er blieb so nah vor ihr stehen, dass sie seinen Atem riechen konnte. Sie starrte auf das Messer.

Mein Gott, Tante Elli, was machst du? Ich kann ihn doch nicht auffordern, jemand anderen umzubringen, nur um mich zu retten!

Jasmin und Oma protestierten gleichzeitig, doch Elli ließ sich die Führungsrolle nicht abnehmen. *Ich hol dich hier raus, Jasmin.*

Die Spitze der Klinge ließ er quer über Jasmins Gesicht wandern, ohne sie zu verletzen. Dann zog er sie von ihrem Hals über ihre Schultern und den rechten Arm bis zu dem Klebeband, mit dem sie an die Stuhllehne gefesselt war.

Er schnitt das Band entzwei.

»Meine Sklavin willst du sein? Weißt du, was die Bibel über Sklaven sagt?«

Sie schüttelte ihre fettigen Haare.

Er zitierte auswendig: »›Wenn du dir einen Sklaven kaufst, soll er sechs Jahre dienen und im siebten Jahr soll er frei ausgehen. Wenn er alleine gekommen ist, soll er alleine gehen. Wenn er der Ehemann einer Frau war, soll seine Frau mit ihm gehen. Wenn sein Herr ihm eine Frau gegeben und sie ihm Söhne oder Töchter geboren hat, so soll die Frau und die Kinder ihrem Herrn gehören und er soll alleine ausgehen. Wenn der Sklave aber etwa sagt: Ich liebe meinen Herrn, meine Frau und meine Kinder, ich will nicht frei ausgehen, so soll sein Herr ihn vor die Richter bringen und ihn an die Tür oder an einen Pfosten stellen und sein Herr soll ihm sein Ohr mit einem Pfriem durchbohren und er soll ihm dienen auf ewig.‹ Buch Moses, Kapitel 21, Vers 1–11.« Er fuhr fort: »›Der Sklave persönlich war frei. Er hatte jeder Forderung genügt und konnte daher in Freiheit nach Belieben fortgehen. Aber es konnte sein, dass er aus Liebe zu seinem Herrn, zu seiner Frau und seinen Kindern sich freiwillig zu einem fortdauernden Dienst verpflichtete und sogar bereit war, an seinem Leib ein bleibendes Kennzeichen dieses Dienstes zu tragen.‹«

Tante Elli hätte ihn dafür am liebsten geohrfeigt, doch Oma Hedwig konnte eine Menge damit anfangen. Die beiden rangen um die Führung in Jasmin.

»Ich wusste gar nicht, dass du so bibelfest bist, Fabian.«

Er grinste: »Ein paar Sachen habe ich mir gemerkt. Willst du, dass ich dich zeichne, und mir dann freiwillig dienen?«

»Am liebsten hätte ich erst ein Stück Kuchen. Die Marzipantulpe da lacht mich unwiderstehlich an.«

Die Insel half ihm, zu vergessen. Oder war es die Nähe des Meeres, das ständige Rauschen der Nordsee?

Jamie dachte nicht mehr an seine Probleme. Sorgen gehörten aufs Festland. Hier auf Wangerooge war er frei davon.

Ja, es war Arbeit. Vielleicht sogar Stress. Aber ihn umgaben Leute in Urlaubslaune. Menschen, die nicht effektiv sein mussten, die sich amüsieren wollten. Die Entspannung suchten. Das war ihnen anzusehen: diese Gier nach einer Auszeit.

Die Naturgewalten spürte er bei jedem Teller, den er draußen abräumte. Der Wind fuhr in seine Haare und in sein Hemd. Mädchen lachten ihn an und halfen ihm dabei, Merle zu vergessen.

Es wird nicht lange dauern, und ich weiß nicht mal mehr, welche Augenfarbe sie hatte, dachte er. Ja, es gab Frauen, die besser aussahen als Merle, freundlicher waren, lebenslustiger. Irgendwie offener. Er hatte das lange nicht gesehen. Hier auf Wangerooge war es wie ein Neustart der Gefühle.

Eine junge Frau saß seit zwei Stunden im Strandkorb, ließ sich die Sonne ins Gesicht scheinen und las einen dicken Roman. Sie hatte ihre leere Kaffeetasse vor sich stehen. Oben am Rand klebte vertrockneter Milchschaum. Immer wenn er in ihre Nähe kam, schielte sie fast sorgenvoll zu ihm rüber. Wahrscheinlich befürchtete sie, ohne weiteren Verzehr von diesem schönen Platz mit dem freien Blick auf die Nordsee vertrieben zu werden. Sicherlich warteten schon andere Gäste darauf, dort Platz nehmen zu können. Es gab viele Tische draußen vor dem *Friesenjung*, und nicht alle waren belegt, aber Plätze in den Strandkörben waren knapp und heiß begehrt.

Jamie ging zu ihr und fragte, ob er die Tasse abräumen dürfe. Sie antwortete wahrheitsgemäß: »Aber dann verliere ich diesen schönen Platz hier.«

Er gab ihr recht: »Das Pärchen da hinten guckt schon ganz sauer. Die würden gerne hier so geschützt sitzen. Bei denen am Tisch ist es richtig zugig.«

»Bitte, kann ich nicht noch ein bisschen bleiben? Mein Roman ist gerade so spannend.«

Er deutete zur Wasserkante: »Da gibt es auch Strandkörbe.«

»Ja, aber ich kann mir gerade keinen leisten. Außerdem sind da unten meine Eltern, mit denen habe ich Krach. Bei uns in der Ferienwohnung ist gerade richtig dicke Luft, und in unseren Strandkorb will ich nicht.« Sie deutete auf einen mit der Nummer 314.

»Verständlich«, sagte er und ging ins Restaurant zurück. Er ließ ein großes Glas voll Leitungswasser laufen und legte zwei vom Frühstücksbüffet übriggebliebene Croissants dazu. Erst wollte er einen Espresso für sie springen lassen, aber dann entschied er sich doch für den Rest Filterkaffee aus der Warmhaltekanne vom Frühstück. Der schmeckte vermutlich nicht mehr ganz so frisch, aber er musste dann wenigstens nichts verbuchen.

Er brachte es ihr. Eigentlich war hier Selbstbedienung. Die Gäste bekamen an der Kasse einen Pager, der brummte, wenn ihre Bestellung fertig war, und sie konnten sie sich dann abholen.

Er servierte ihr. Sie staunte ihn groß an.

»Ist vom Frühstück übriggeblieben«, relativierte er seine Geste und fügte hinzu: »So kann auch ein armer Student Geschenke machen.«

Sie wischte sich die Haare aus der Stirn und blinzelte ihn an. Er amüsierte sich über sich selbst, weil er sich gerade *Student* genannt hatte und doch genau wusste, dass er nie studieren würde. Diese Welt hatte er ja gerade hinter sich gelassen. Aber viele, die hier in der Hauptsaison aushalfen, verdienten sich so ihr Studium. Hier konnte es passieren, dass man von zukünftigen Philosophen, Fremdsprachenkorrespondenten oder Forschern bedient wurde.

Sie klappte ihr Buch zu. Es war der neue Roman von Nele Neuhaus, er hieß *Monster*.

»Ich heiße Nellie. Hast du heute Abend schon was vor?« Sie wartete darauf, dass er nun seinen Namen nennen würde.

Er machte eine Geste, als würde König Lear seiner ältesten Tochter das halbe Königreich schenken: »Such dir einen Namen aus.«

»Okay. Dann nenne ich dich Harry.«

»Harry?«

»Ja, nach Harry Potter, weil du aussiehst, als ob du zaubern könntest, und gleichzeitig ein bisschen verloren in der Welt stehst.«

Er freute sich.

Sie nahm ein Croissant, tunkte es in den Kaffee und biss dann die Spitze ab. Dabei schlürfte sie laut. Ein Kaffeetropfen fiel auf ihr Kinn und leuchtete in der Sonne wie ein schwarzer Diamant.

»Heute Abend werde ich wohl hier sein. Der Laden muss ja laufen.«

»Wie lange?«

»So bis elf, zwölf, schätze ich.«

»Dann müsste Ebbe sein. Wir könnten in Richtung Osten gehen und ein bisschen am Strand abhängen. Ich sehe nachts gerne den Schiffen zu. Ich mag die Lichter. Wie eine Perlenkette am Horizont.«

Der Gedanke gefiel ihm. So, wie sie ihn anlächelte, gab es die Chance, dass sie heute noch miteinander knutschen würden. Er nahm sich vor, gleich keine Zwiebeln mehr zu essen. Das Fischbrötchen heute Mittag hatte ihm zwar geschmeckt, doch jetzt beschloss er, sich in der Pause die Zähne zu putzen oder wenigstens zwei Fisherman's zu lutschen.

Christa und Nora ärgerten sich über die Aktion. Sie fuhren ein Auto des Carsharing-Anbieters MILES. Sie wollten ihre Freundin Ilona Meisenknecht besuchen und wie jedes Jahr ein paar Tage Urlaub bei ihr an der Küste machen.

Nun hatte ein Spaßvogel mit weißer Farbe aus der Aufschrift MILES ein anderes Wort gemacht: *MILFS*. Dazu hatte er bei dem E lediglich einen kleinen Strich übertüncht.

Leider ließ sich das nicht ganz so einfach abwischen. Da musste schon ein Autolackierer ran. Irgendjemand ärgerte die beiden wohl gerne. Im letzten Jahr hatte jemand ihre Eastpak-Rucksäcke in *Asipack* umgewandelt.

Sie wussten nicht, wer der Scherzkeks war, aber sie glaubten nicht mehr an Zufälle.

Nora verdächtigte ihren Ex, der, wie sie gern behauptete, *nicht alle Latten am Zaun hatte,* Christa traute ihm das aber gar nicht zu, denn er sei *dumm wie fünf Meter Feldweg*.

Nora hatte jedenfalls Anzeige erstattet. Wenn er es nicht war, tat es ihm trotzdem gut, ein bisschen Stress zu bekommen, fand sie.

»Der braucht Druck«, sagte sie, »sonst macht der nur Scheiß.«

Jetzt parkten sie vor Ilona Meisenknechts Elternhaus. Sie stiegen aber nicht aus, denn zwei Radfahrer, beide noch keine zwanzig Jahre alt, hatten den Wagen mit der Aufschrift MILFS entdeckt. Sie kurvten jetzt lachend mit ihren Rädern herum, dann positionierten sie sich so, dass sie mit ihren Handys Fotos der aussteigenden Frauen machen konnten.

Nora und Christa fanden sich inzwischen vermutlich attraktiver, als sie in Wirklichkeit waren, denn immer wieder rief irgendein Halbstarker, wenn sie aussteigen wollten: »Mother, I'd like to fuck!«

Es war ein warmer, windstiller Tag. Selbst an der Nordsee fast dreißig Grad. Sie trugen beide leichte Sommerkleidung. Sie liefen keineswegs aufgebitcht und auch nicht betont sexy herum. Doch als sie die lüsternen Blicke der Radfahrer sahen, die mit ihren Handys lauerten, hätte Nora sich am liebsten umgezogen oder eine Decke übergeworfen.

Christa dagegen wurde einfach nur sauer: »Das müssen wir uns nicht gefallen lassen! Die knipsen uns – falls sie uns nicht gleich filmen –, und dann sind kurz danach unsere Bilder schon im Internet unter *Zwei Milfs in Ostfriesland.* Nee! Nicht mit mir!«

Sie sprang aus dem Auto und rannte auf den zu, der keinen Helm trug. Er stand neben seinem Rad. Mit beiden Händen hielt er sein Handy. Er hatte gehofft, eine schöne Frau fotografieren zu können, vielleicht beim Aussteigen mit verrutschtem Rock, der mehr von ihren Beinen preisgab, als sie eigentlich zeigen wollte.

Er kannte solche Paparazzi-Fotos von Film- und Schlagerstars. Einige sahen verdammt inszeniert aus, und er zweifelte daran, dass es sich um Schnappschüsse handelte. Sie sollten wie gejagte Stars wirken, hatten aber in Wirklichkeit viel Arbeit investiert, um dabei gut auszusehen.

Das hier war dagegen echt. Doch mit einem Angriff hatte er überhaupt nicht gerechnet.

Christa schimpfte: »Wenn deine Mutter dich nicht richtig erzogen hat, dann müssen das eben andere Frauen tun!«

Er blickte in ihr wild entschlossenes Gesicht. Er sprang nach hinten und stieß gegen sein Rad. Schon griff sie nach seinem Handy, um es ihm abzunehmen.

»Christa!«, rief Nora besorgt.

Der zweite junge Mann filmte alles.

Christa und der Möchtegern-Paparazzo rangen miteinander. Sie ohrfeigte ihn und stieß ihn zurück. Er fiel mit seinem Fahrrad um. Christa hatte ihm das Handy abgenommen, aber plötzlich wusste sie nicht, wohin damit. Sie warf es im hohen Bogen über eine Hecke in einen Vorgarten. Dohlen und Blaumeisen flatterten auf.

Als Nora ausstieg, rief der mit dem Helm, der gerade filmte: »Ich hab nix gemacht! Ich hab nix gemacht!«

Sein Kumpel jammerte: »Mein Knie! Mein Handy!«

Nora zog Christa weg: »Lass den. Der ist es doch nicht wert.«

»Ich bin es so leid, so behandelt zu werden! Es reicht mir einfach. Ich bin kein Freiwild!«, keifte Christa.

Nora führte Christa in Richtung Haustür. Sie wollte bei Ilona Meisenknecht klingeln, um möglichst schnell im Haus Schutz zu suchen. Nora wunderte sich, warum Ilona nicht längst geöffnet hatte. Sie musste eigentlich gehört haben, was hier draußen abging. Fenster standen auf. Außerdem hatten sie sich angekündigt.

Als Nora Christas Arm losließ, drehte die sich um und fuhr den mit dem Helm an: »Gib mir dein Scheißhandy!«

Er hielt es hoch, als sei es so unerreichbar für sie. Dabei filmte er weiter. Oder versuchte es zumindest.

»Lass ihn«, forderte Nora.

»Wehe, ich sehe das später im Internet! Lösch das!«, keifte Christa.

»Ja«, versprach er, »lösch ich sofort.«

Doch Christa glaubte ihm nicht. Sie wollte trotzdem hin. Nora hielt sie fest: »Lass ihn. Christa!«

Der, dessen Handy sich jetzt in einem Vorgarten befand, schimpfte: »Verdammte Milfs!«

Damit stachelte er Christa noch einmal an. Sie wollte »dem Bengel Manieren beibringen«.

Nora umklammerte sie mit beiden Armen. »Lass es sein, Christa! Das sind doch Kinder!«

Mit dem Satz hatte sie den beiden jungen Männern einen Tiefschlag verpasst. Genau das wollten sie doch nicht sein – Kinder –, sondern die coolen Aufreißer.

Nora bugsierte Christa zur Haustür. Sie hatte den Wagen nicht mal abgeschlossen. Wenn sie sich recht erinnerte, verriegelte der sich nach ein paar Minuten selbst. Aber sie wusste es nicht mehr so genau, denn normalerweise machte sie so etwas selbst. Sie war ordentlich und achtete auf ihre Sachen, besonders wenn sie geliehen waren.

Mit rechts hielt sie Christa, die immer noch in Richtung der beiden Jungs giftete, während sie mit links klingelte. Von fern hörte sie den Ruf: »Ich hab mein Handy! Das Glas ist kaputt!« Er seufzte tief und schimpfte: »Das Display ist voll im Arsch!«

»Das geschieht dir recht!«, brüllte Christa.

Ilona Meisenknecht öffnete nicht. Nora bekam gleich so ein komisches Gefühl. Im Termin konnten sie sich unmöglich geirrt haben. Aber der letzte Kontakt zu Ilona war bereits mehrere Tage her. Irgendwann hatte sie nicht mehr auf WhatsApp-Nachrichten geantwortet. Die letzte Information von ihr lautete: *Prima, ich koche uns was. Wir machen uns eine schöne Zeit.*

Die beiden Jungs verschwanden auf ihren Rädern. Christa zeigte ihnen den erhobenen Mittelfinger und beschwerte sich bei Nora: »Wir hätten ihnen die Handys abnehmen sollen.«

»Mein Gott«, konterte Nora, »was kann da schon drauf sein? Sie haben uns ja nicht auf dem Klo fotografiert.« Nach einer kurzen Pause fügte sie hinzu: »Allerdings dich, wie du auf den Kleinen losgegangen bist. Wenn du Pech hast, würgen die Eltern dir noch eine Strafanzeige rein und sagen, er wollte bloß ein paar Landschaftsaufnahmen machen oder hat mit seiner Mutter telefoniert. Mehr Sorgen mache ich mir um Ilona. Die öffnet nicht. Hat sie sich bei dir in letzter Zeit mal gemeldet?«

»Nein.«

Die beiden gingen ums Haus. Hinten stand die Terrassentür offen.

Als sie ins Wohnzimmer kamen, bot sich ihnen ein Bild der Verwüstung. Es lagen viele Federn herum. Hier hatten Möwen oder Gänse eine Party gefeiert. Es war ihnen sogar gelungen, die Weihnachtskeksdosen zu öffnen, und der vertrocknete Inhalt musste ihnen wohl geschmeckt haben.

Laut Ilonas Namen rufend, rannten die beiden ins Haus. Sie fanden ihre Freundin mit verrenkten Gliedmaßen am Fuß der Treppe.

Sie wählten sofort die Nummer des Notrufs.

Die Rettungssanitäter stellten Ilona Meisenknechts Tod fest. Sie lag schon seit mehreren Tagen hier, was sich unschwer am Zustand ihrer Haut feststellen ließ. Eine Schmeißfliege krabbelte aus ihrem geöffneten Mund heraus.

Es sah ganz so aus, als sei Ilona die Treppe hinuntergestürzt und habe sich dabei das Genick gebrochen.

Nora saß heulend in der Küche, während Christa in einer Art Anfall begann, aufzuräumen. Niemand kam auf die Idee, diese Wohnung als Tatort zu identifizieren.

Da es sich aber um keine natürliche Todesursache handelte, wurde ordnungsgemäß die Polizei eingeschaltet. Rupert fuhr hin und sah, dass eine Frau dabei war, aufzuräumen. Sie wischte den Boden, weil die Möwen eine Blumenvase und die Kaffeemaschine heruntergeworfen hatten. Ein Honigglas war zerschellt, der Honig ausgelaufen.

Rupert musste eigentlich eingreifen. Es konnte ja schließlich sein, dass die Tote das Opfer eines Verbrechens geworden war.

Treppensturz mit Genickbruch, das war für Rupert sehr wahrscheinlich.

»Man sollte glatte Holztreppen nicht auf Socken runterlaufen. Außerdem hat sie wohl einen Stapel Bücher von oben nach unten getragen. So was ist sehr unfallträchtig«, sinnierte er.

Einige Romane lagen noch verstreut auf der Treppe. Daneben ein gesprungener Kaffeebecher.

»Und obendrauf hat sie ihre Kaffeetasse jongliert. Kenn ich! Macht meine Frau Beate auch gerne. Dabei weiß doch jeder, die meisten Unfälle passieren nicht beim Bungee-Jumpen oder beim Autorennen auf der Straße, sondern im Haushalt.«

Nora nahm Christa den Putzlappen weg: »Hör jetzt auf. Wie sieht das denn aus, wenn du hier den Putzteufel raushängen lässt?« Zu Rupert sagte sie dann: »Wir wollten unsere Freundin besuchen. Machen wir jedes Jahr für ein paar Tage ...«

Rupert zeigte sich verständnisvoll.

Ann Kathrin rief bei ihm an. Sein Handy spielte *Born to be wild*.

»Moment«, entschuldigte er sich bei den Frauen. »Ohne mich sind sie im Kommissariat immer völlig kopflos.«

Nora drängelte Christa auf einen Stuhl. Sie sagte nichts, sie drohte ihr nur mit dem erhobenen Zeigefinger.

Christa gab auf. Sie schnaufte noch, doch sie wurde ruhiger. »Ilona war eine so Liebe«, jammerte sie. »Die kann nicht einfach so tot sein, das geht doch gar nicht.«

Rupert ging mit dem Handy am Ohr vor die Tür. »Wie, wo ich bin? Ich kann mich jetzt nicht um irgendwelchen bürokratischen Blödsinn kümmern. Die Sesselpupser sollen mal eine Weile die Luft anhalten. Ich arbeite hier gerade als Todesermittler. Ist aber ein klarer Fall von Unfall im Haushalt. Wird nicht lange dauern. Kein Hinweis auf eine Straftat. Keine Einbruchsspuren ... Die Frau lebte alleine. Eine attraktive Singlefrau, wenn ich das richtig sehe. Sie heißt Ilona Meisenknecht. Sie wurde weder vergewaltigt noch ...«

Ann Kathrin unterbrach ihn und hakte nach: »Wie heißt die Tote?«

»Ilona Meisenknecht – glaube ich. Das steht zumindest auf dem Klingelschild. Sie hatte zwei Freundinnen eingeladen, die sind zu Besuch gekommen und haben sie gefunden ... Damit ist sie ja praktisch auch identifiziert. Die kennen ja wohl ihre Freundin.«

Christa stieß heulende Klagelaute aus.

»Meisenknecht ...«, wiederholte Ann Kathrin, »so hieß doch die Frau, von der Oberdieck gesprochen hat. Er glaubte, sie hätte ihn bei uns angeschwärzt. Unter den Namen *Knutschmaus17* oder *Flittchen13* hat sie angeblich jeden Film verunglimpft, bei dessen Realisierung er mitgewirkt hat.«

»Ja, äh ... und was bedeutet das jetzt?«

Rupert drehte sich um und öffnete die Tür. Aus dieser Perspektive sah es in der Wohnung noch recht verwüstet aus.

Ann Kathrin orakelte: »Dass es möglicherweise kein Unfall war.«

Rupert pfiff leise. »Du meinst, da hat einer nachgeholfen und ihr einen Schubs gegeben?«

»Denkbar.«

»Okay. Ich nehme mir mal ihre beiden Freundinnen vor.«

Auch Nora und Christa kannten den Konflikt zwischen ihrer Freundin Ilona und Fabian Oberdieck. Sie hatte ihnen mehrfach davon erzählt. Im Grunde war sie ihnen damit immer wieder auf die Nerven gegangen. Doch sie konnten sich beide nicht vorstellen, dass er sie ermordet hatte.

Nora formulierte es Rupert gegenüber ganz klar: »Es war wohl eher so, dass sie ihn mit ihrem Hass verfolgt hat. Nicht er sie! Sie hat nie verwunden, dass die zwei Brüder sie mal reingelegt haben. Ziemlich gemein, das muss man schon sagen. Es hat sie irgendwie als Frau tief getroffen und verletzt. Aber dieses Internet-Stalking konnte ich nicht gutheißen. Sie hat sogar versucht, uns beide da mit reinzuziehen.«

»Wie?«, fragte Rupert.

»Nun, sie wollte, dass wir ihre Kritiken an Oberdiecks Filmen liken oder selbst welche verfassen. Sie gönnte ihm den Erfolg nicht. Es waren auch nicht wirklich Kritiken. Es waren unflätige Beschimpfungen. Richtige Verunglimpfungen und Verdächtigungen. Da tropften Hass und Wut aus jeder Zeile.«

Christa protestierte mit verweintem Gesicht. Aus ihrer Nase lief Schnodder, was sie aber nicht bemerkte. Dadurch sah sie mädchenhaft aus, fast wie ein Vorschulkind.

Nora riss ein saugstarkes Blatt von der Küchenrolle ab und reichte es Christa. Die putzte sich die Nase und stellte trotzig klar: »Man redet nicht so über eine tote Freundin.«

Rupert deutete auf den zum größten Teil aufgeräumten und gewischten Raum: »Tja … ähm … Jetzt muss wohl doch die Spusi kommen.« Er übersetzte seine eigenen Worte in allgemeines Deutsch. Krimileserinnen und -gucker verstanden zweifellos die Abkürzung *Spusi*, aber die zwei sahen für ihn mehr nach Liebesromanen und Herz-Schmerz-Kino aus. »Das ist die Spurensicherung.«

Nora erschrak, und Christa bekam ein mieses Gefühl.

»Falls es hier überhaupt noch viele Spuren zu sichern gibt«, ergänzte Rupert.

Nora fragte: »Bekommen wir jetzt Probleme?«

Rupert wollte sie beruhigen: »Wo kein Kläger, da kein Richter.«

»Aber«, fragte Christa entgeistert, »wo sollen wir denn jetzt schlafen?«

»Hier bleibe ich nicht«, entfuhr es Nora und hielt sich beide Hände erschrocken vor den Mund.

»Wenn das ein Tatort ist, geht das auch eigentlich gar nicht«, stellte Rupert klar. »Aber wenn die Jungs von der Spusi hier fertig sind und nichts dagegen haben, können Sie vielleicht hinten im Schlafzimmer ... Wir könnten ja einen Teil des Raumes absperren. Da dürften Sie dann natürlich nicht hin – falls das überhaupt nötig ist.«

»Nein«, riefen beide synchron.

Nora wollte sofort ein Hotelzimmer buchen, doch Rupert dämpfte ihren Optimismus: »Wir haben Hauptsaison.«

In der Dienstbesprechung äußerte Ann Kathrin Zweifel an ihrem eigenen Verdacht: »Herr Oberdieck hat Frau Meisenknecht selbst ins Gespräch gebracht. Bis dahin wussten wir nicht, dass es da eine Frau gibt, die ihn mit ihrem Hass ständig verfolgt. Ganz bestimmt erzählt er uns nicht erst von ihr und bringt sie kurze Zeit später selbst um. Das wäre ja so, als ob er sich selbst ans Messer lieferte. Nein, so dumm ist der nicht.«

»Glaube ich auch nicht«, versicherte Wollenweber.

Frau Schwarz meldete sich laut: »Wenn ich den Namen Oberdieck nur höre, blubbert schon meine Magensäure. Ohne diese hysterische Ehefrau in den Wechseljahren hätten wir nicht mal einen Fall!« Sie klappte ihren Laptop auf und demonstrierte, dass sie Besseres zu tun hatte.

Rupert fragte: »Ja, äh ... können wir den beiden Frauen denn ein Zimmer besorgen?«

Frau Schwarz blickte ihn durchdringend an, als sei er schon vor Jahren schwachsinnig geworden und sie würde es erst jetzt bemerken. »Ja, sind wir der Deutsche Hotel- und Gaststättenverband oder die Kriminalpolizei?«

Rupert zuckte beleidigt mit den Schultern und guckte Ann Kathrin an. »Ja schade«, maulte er. »Vielleicht sollten wir den Verband wechseln. Die Kellner kriegen wenigstens ordentlich Trinkgeld. Wenn unsereins was annimmt, ist das ja gleich Bestechung.«

Ann Kathrin sah ihn scharf an. Sie hatte Angst, dass er sich um Kopf und Kragen reden könnte. Sie wusste, dass er absolut loyal und unbestechlich war, aber er nörgelte natürlich ständig an seinem miesen Gehalt herum, womit er ihrer Meinung nach nicht ganz unrecht hatte.

Sie beschwichtigte: »Wo du recht hast, hast du recht, Rupert. Aber um ein Zimmer müssen sich die beiden Damen schon selbst kümmern.«

»Ich kann sie beim besten Willen nicht mit zu mir nehmen – wegen Beate«, erklärte Rupert.

»Ach«, stichelte die Polizeidirektorin, »ist Ihre Frau nicht zu Hause?«

Sie vermutete, es sei Rupert zu viel Arbeit, die beiden Betten zu beziehen und die Frauen zu versorgen. Doch Rupert erwiderte: »Im Gegenteil, dann wäre es ja kein Problem. Aber Beate ist zu Hause.«

Frau Schwarz verstand und giftete: »Und es passt ihr nicht, wenn Sie Arbeit mit nach Hause bringen?«

»So ähnlich«, gestand Rupert kleinlaut.

Oberdieck saß am Frühstückstisch und blätterte in der Zeitung. »Ich mag das«, sagte er wohlig, »dieses Rascheln von Papier am Morgen. Dazu der Kaffeeduft. Die Druckerschwärze.« Er roch an der Zeitung. »So etwas«, bedauerte er, »wird es bald schon nicht mehr geben. Die Tageszeitungen verschwinden einfach. Alle Welt liest Nachrichten nur noch digital. Mir geht da etwas verloren ...«

Carina gab ihm recht: »Mir auch.«

Sie hatte ihre Füße auf den Stuhl vor ihr hochgelegt. Sie las nicht in der Zeitung. Sie suchte mehr Nachrichten und Erkenntnisse in sich selbst. Es war ein nachdenkliches Kramen, als hätte sie etwas verloren und wüsste nicht so genau, was.

Sie blies immer wieder in ihre Kaffeetasse, trank aber nicht daraus.

War der Mann hinter der Zeitung dort wirklich ihr Ehemann?

Die Zweifel meldeten sich wieder.

Fabian hatte, wie ihre Freundin Jasmin es ausdrückte, *Hummeln im Arsch*. Er war immer auf dem Sprung. Immer neue Projekte, Ideen, Reisen. Carina war das oft zu viel geworden.

Einen Mann wie den, der gerade entspannt die Zeitung las, hatte sie sich gewünscht. Weniger Erfolgsdruck im Leben. Mehr Ruhe und Familienzeit.

Fabian sagte gern: »Ich bin selbständig. Das heißt, ich arbeite selbst und ständig.«

Das Problem war, er arbeitete gern. Er liebte das, was er tat. Er fühlte sich als Entdecker. Wie ein Weltreisender, Nachfolger von Columbus, der die Hoffnung noch nicht aufgegeben hatte, etwas zu finden, das noch niemand kannte. Vielleicht keinen versteckten Kontinent, aber doch wenigstens eine verlassene Fabrikhalle oder einen Turm kurz vor dem Einsturz. Eine herrschaftliche Gruselvilla mit Schlossgespenst.

Er guckte sie an, schnippte gegen die Zeitung und faltete sie zusammen. »Ein Schüler von Florian hat sich aufgehängt. Sein Leichnam ist an der Weser gefunden worden. Hoffentlich findet das keine Nachahmer bei den jungen Leuten.« »So ein junger Mensch, das ist ja schrecklich.«

Er stand auf und ging zur Toilette. Sie nahm sich die Zeitung und suchte den Artikel. Sie wunderte sich. Da stand kein Name. Nur *Ein Schüler aus Bremen.* Nicht einmal die Schule wurde erwähnt.

Als er von der Toilette kam, lag die Zeitung wieder bei seiner Kaffeetasse, als sei sie nicht berührt worden. Carina tat, als hätte sie die ganze Zeit nur so dagesessen und vor sich hingestarrt. Sie hielt ihre Tasse in beiden Händen.

»Schreiben die neuerdings in solchen Fällen die Namen voll aus?«, fragte sie und fügte hinzu: »Das finde ich journalistisch bedenklich.«

Sie hatte ihn erwischt. Er brauchte einen Moment und versuchte, es wegzulächeln. »Es war heute Morgen schon im Radio …«

»Und da nennen sie neuerdings Namen?«

»Nein«, sagte er vorsichtig, »ich weiß es, weil …« Er ging langsam zum Tisch und schnitt mit dem Brotmesser ein Stück vom selbstgebackenen Nussbrot ab. »… weil ich Kontakt zu ein paar Schülern habe. Ich kenne sie von der Trauerfeier. Merle, die die bewegende Rede auf Florian gehalten hat – zum Beispiel …«

»Und sie schreibt dir?«

»Ja«, lachte er und kokettierte damit. »Eifersüchtig?«

Sie rang sich ein verständnisvolles Lächeln ab, doch ihr war gar nicht zum Lachen zumute. Ihr Magen krampfte sich zusammen. Sie kannte das. Als Schülerin hatte sie manchmal Magenschmerzen vor einer Prüfung bekommen, wenn sie genau wusste, dass sie nicht gut vorbereitet war und eine schlechte Note befürchtete. Doch diesmal ging es nicht nur um eine schlechte Note. Diesmal ging es um alles. Ihre Ehe. Ihre ganze Existenz.

Sie musste an ihre Physiklehrerin denken. Sie konnte sich nicht an viel aus dem Unterricht erinnern, aber an diese drei Sätze, die sie zu ihr gesagt hatte: »Die physikalischen Gesetze wirken auch, wenn du sie nicht kennst, Carina. Wenn du darüber Bescheid weißt, kannst du sie dir zunutze machen. Wenn du sie ignorierst, können sie dir schweren Schaden zufügen.«

Ignorierte sie gerade etwas? Wollte sie etwas nicht sehen? Waren die Zeichen nicht eindeutig?

Das Brotmesser in seiner Hand spürte sie jetzt schon an ihrem Hals, obwohl er damit noch Brot schnitt.

Wollenweber legte nicht alle Informationen auf den Tisch. Sollten sie ihn und sein Team ruhig für beschränkte Großstädter halten. Er war die Nahtstelle. Bei ihm lief alles zusammen. Er verglich die verschiedenen Ermittlungsergebnisse und wertete sie für sich aus. Diesmal würde er schneller sein und ihn sich holen. Dieser Gedanke trieb ihn um. Er wollte ihn erledigen. Er musste ihn erledigen!

Er schätzte sein Verhalten selbst als obsessiv ein und wenig professionell. Dabei hatte er selten intensiver gearbeitet. Er konnte an gar nichts anderes mehr denken. Er würde ihn voll Blei pumpen, wie es der Rächer im Western tat.

Er hatte Daten von seiner *Miss Moneypenny* bekommen. Alles nicht ganz legal. Dafür aber sehr effektiv.

Sie hatten Vereinsregister geknackt und miteinander verglichen. Immer wieder tauchte ein *F. Oberdieck* auf. Er hatte sogar mal einen zweiten Preis bei einem Wettbewerb für die schönste Aquariumslandschaft gewonnen.

Auch Fotos hatte *Miss Moneypenny* geschickt. Es waren keine Fische zu sehen, nur Wasserpflanzen und Wurzeln.

Solche Fotos blieben auch noch nach fünfzehn Jahren im Netz. Einmal online, immer online.

Oberdieck war als Jugendlicher Mitglied in einem Kaninchenzüchterverein gewesen. Eigentlich Daten, auf die niemand einen Zugriff hatte. Aber *Miss Moneypenny,* die Hüterin des Tores über das Wissen, blieb nichts verborgen.

Das Ganze war damals aus einer Biertisch-Idee entstanden. Sie hatten vor gut zwanzig Jahren einen Killer nicht stoppen können, weil ihnen viele Daten fehlten, die eine Verhaftung wahrscheinlich gemacht hätten. Damals waren er und seine Kollegen sehr frustriert gewesen. Sie hatten sich zu fünft betrunken und klar entschieden, dass Datenschutz oftmals nicht mehr war als Täterschutz. Zum Beispiel mussten Jugendstrafdaten nach kurzer Zeit gelöscht werden.

Sie wollten das nicht länger mitspielen und gründeten den *Club der Wissenden.* Es gab keine Mitgliedsbeiträge und kein Personenregister. Sie speicherten Daten, die eigentlich hätten gelöscht werden müssen.

Ihre Datenmenge war inzwischen gigantisch und wurde täglich größer.

Hacker arbeiteten ihnen zu. Vereine und ihre Mitglieder sowie Parteien waren das geringste Problem. Sie konnten auch in viele Steuererklärungen schauen, da die meisten Daten inzwischen online übertragen wurden. Das papierfreie Büro, das es in Wirklichkeit nur als Fiktion gab, weil trotzdem alles einmal auf Papier und dann online festgehalten wurde, half ihnen.

Krankenakten waren für sie ein offenes Buch. Wer was in welcher Apotheke abgeholt hatte, konnten sie dank der Rezepte auf Versicherungskarten zeitnah nachvollziehen.

Das alles war in höchstem Maße illegal. Aber sie waren nicht nur ein verschworener *Club der Wissenden*, sie halfen auch manchmal wichtigen Leuten aus Wirtschaft, Industrie und Politik – oder auch aus dem Polizeiapparat selbst – mit Informationen. So schufen sie sich Freunde. So entstanden Abhängigkeiten.

Der Geheimclub war längst zu einem Machtfaktor geworden, und *Miss Moneypenny* war die Schlüsselfigur. Kein hoher Ministerialbeamter, kein Leiter einer Staatsstelle, nein, eine Sekretärin hielt die Fäden in der Hand, und sie wäre – wenn alles hart auf hart kommen sollte – auch das Bauernopfer. Sie wusste es genau. Sie fühlte sich fast wie eine Märtyrerin und gleichzeitig als Auserwählte.

Sie waren in der Lage, Politiker unter Druck zu setzen oder zu entlasten. Nicht alle gaben ihre Nebeneinkünfte korrekt an, und viele verschwiegen ihre Jugendsünden oder gekauften Doktortitel.

Mit ihrem Wissen hätten sie viel Geld verdienen können, doch das interessierte die Gründungsmitglieder nicht. Sie spielten die Karte nur, wenn ihnen jemand ins Handwerk pfuschen wollte. Sie waren rechtschaffene Kripoleute. Sie bereicherten sich nicht – was leicht gewesen wäre. Sie lebten von ihren kargen Gehältern. Sie griffen lediglich auf ihre ungehemmte Datenspeicherung zurück, um Kriminelle zu überführen. Nur das war der Sinn ihres Tuns. Sie empfanden sich als Ehrenmänner, die den Schlüssel zu ihrem Wissen *Miss Moneypenny* überließen.

Sie beantwortete nur Anfragen aus ihrem Kreis. Für alle anderen blieb das Mega-Wissen verborgen.

Es gab immer wieder mal Gerüchte, dass etwas in dieser Art existieren würde, aber sie verwiesen das dann ins Reich der Legenden.

F. Oberdieck – ein Name, der leider bisher in keiner Ermittlungsakte aufgetaucht war, verfing sich aber viermal in ihrem Datennetz:

Aquarium.

Kaninchen.

Schuhe.

Eisenbahn.

Ein F. Oberdieck hatte sich mit sechzehn Jahren in einem Schuhgeschäft in Aurich einschließen lassen und dort in der Nacht wohl Damenschuhe anprobiert. Damals gab es den Verdacht, er sei nicht allein im Geschäft gewesen, sondern mit einer Freundin, deren Name der tapfere Kavalier aber verschwiegen hatte. Angeblich war er versehentlich eingeschlossen worden und hatte erst Stunden später das Geschäft durch ein Toilettenfenster verlassen.

Es war kein Einbruch. Es wurden zwar offene Schuhkartons gefunden, und er hatte einiges Chaos angerichtet, aber da niemand wirklich zu Schaden gekommen war, ließ es der Richter bei einer Ermahnung und ein paar Sozialstunden bewenden.

Diese Information war schon lange für niemanden mehr zugänglich. Nur eben für den Club, denn bei ihnen ging nichts verloren und wurde erst recht nichts gelöscht.

Ein F. Oberdieck war außerdem mehrmals wegen Diebstahls von Gegenständen der Deutschen Bundesbahn angeklagt gewesen. Alles wurde niedergeschlagen. Kleine Vergehen. Schlecht zu beweisen. Gute Sozialprognose. Irrtümliche Festnahme.

Einmal hatte er angeblich versucht, einen Sitz aus einem Personenwagen auszubauen. Er redete sich damit raus, der Sitz sei wacklig gewesen und er wollte ihn nur wieder festmachen.

Als es noch Aschenbecher in der Bahn gab, hatte er einen davon entwendet, angeblich, um gegen das Rauchen in der Bahn zu protestieren. Es hätte nicht viel gefehlt, und die Richterin hätte ihm dafür noch einen Preis verliehen.

Was Wollenweber nachdenklich stimmte, war die Tatsache, wie leicht der Kerl jedes Mal zu erwischen gewesen war. Alles kam Wollenweber so stümperhaft vor. Jugenddelikte eben.

Beim Eisenbahnmörder handelte es sich aber um einen äußerst raffinierten Killer. Zweifellos psychisch gestört, aber vermutlich hochintelligent und gerissen.

Nach welchen Kriterien er sich seine Opfer aussuchte, war

nicht klar. Sie waren alle zwischen zwanzig und fünfunddreißig, hatten lange blonde Haare und galten als lebenslustig.

Wollenweber wollte diesen F. Oberdieck beschatten. Eigentlich brauchte man dafür fünf Beamte. Es gab klare Verhaltensregeln. Einer, der *das Auge* genannt wurde, blieb immer in Sichtkontakt zu der Person. Die anderen folgten nur dem *Auge* und blieben für den Menschen, der beschattet wurde, unsichtbar. *Das Auge* wurde alle paar Minuten ausgetauscht.

Aber Wollenweber wollte es alleine erledigen. Die anderen sollten nichts davon mitbekommen. Das hier war sein ganz persönliches Ding.

Jasmin Bergmann staunte, wie sehr sie Oberdieck mit Tante Ellis Energie in den Griff bekam. Er hatte sie zwar wieder an den Stuhl gefesselt, aber sich dafür mehrfach entschuldigt und sie gefragt, ob es auch nicht zu fest sei.

Fehlt nicht mehr viel, und er wird Plüschhandschellen mitbringen, dachte sie.

Sie hatte Pizza von ihm verlangt.

»Ich kann schlecht beim Pizza-Express anrufen und was hierher liefern lassen«, erklärte er.

Als seien seine Probleme für sie nicht existent, konkretisierte sie ihre Bestellung: »Dünner Boden. Knuspriger Rand. Thunfisch, Zwiebeln, doppelt Käse und ein bisschen Paprika. Wenn du willst, kannst du mich auch wieder füttern. Ich esse gern Pizza aus der Hand. Messer und Gabel und Pizza, das passt doch gar nicht zusammen. Das ist mir viel zu spießig.«

Er verschwand widerspruchslos.

Sie versuchte, sich zu befreien, doch so locker saßen die Fesseln nun doch nicht.

Innerlich bedankte sie sich bei Tante Elli: *Du bist echt ein Phänomen. Ich hätte das im Leben nicht hingekriegt. Du hast ihn an die Leine gelegt.*

Sie hörte Tante Ellis Lachen: *Wenn du Männern erzählst, sie seien im Bett die Größten, lieben sie dich, weil sie es von sich selbst gerne glauben wollen. Es ist eine zärtliche Lüge. Wenn du ihn wieder loswerden willst, sag ihm das Gegenteil.*

Es war, als könnte sie mit Tante Elli reden. Sie hatte sie internalisiert, zu einem Teil ihrer eigenen Persönlichkeit gemacht. Sie war ihr Rettungsanker.

Er kam tatsächlich mit zwei Pizzen in Pappkartons zurück.

Lob ihn, riet Tante Elli. *Zeig ihm, dass du ihn siehst und sein Wohlwollen anerkennst. Aber dann kipp alles wieder um und kritisiere ihn, damit er nicht zu groß wird. Bald schon wird er abhängig sein von deinem Lob oder deinem Tadel.*

»Oh, das duftet ja gut«, rief sie. »Das ist aber lieb von dir!«

Er öffnete die erste Pappschachtel und präsentierte ihr die Pizza: »Thunfisch, Zwiebeln, doppelt Käse und Paprika.«

Mit kritischem Blick beäugte sie die Pizza, sog den Duft ein und sagte dann spitz: »Der Rand ist ja gar nicht richtig knusprig.«

»Ja«, gestand er, »aber ich habe es ihm extra gesagt.«

Die zweite Pizza ließ er noch in der Schachtel, denn Jasmin sagte: »Ich mag es heiß.«

Er wollte die Pizza in Dreiecke teilen, doch sie schüttelte den Kopf: »Nicht doch! Was soll das denn? Eine richtige Pizza rollt man und isst sie dann aus der Hand. So macht man es in Italien.«

Er reagierte wie ein gelehriger Schüler: »Ja, ja klar. Die Türken essen ihre Pizza ja auch so.«

»Das heißt bei denen nicht Pizza, sondern Lahmacun.«

Er rollte die Pizza zusammen. Fett tropfte auf den Boden, auf seine Hose und auf ihre Beine, als er ihr die Rolle hinhielt. Sie knabberte erst daran, dann biss sie gierig zu.

Er mag es, eine gefesselte Frau in seiner Gewalt zu haben, und lässt sich gleichzeitig von ihr rumkommandieren, dachte sie. Wie verrückt ist das denn?

Während sie mit gefesselten Händen die Pizza verschlang, gestand er: »Ich habe Carina noch nicht beseitigt.«

Ihr wurde ganz anders. Sie musste sich gegen einen Würgereflex wehren, gleichzeitig tat sie alles, um ihn nicht merken zu lassen, wie sehr seine Worte sie erschreckten.

Er ließ sie an seinen Überlegungen teilhaben: »Ich bin mir noch nicht sicher, wie ich es machen soll. Sie muss weg, das ist ganz klar. Sie wird uns sonst immer im Weg sein und das Leben zur Hölle machen. Sie weiß zu viel über mich und ... Ich könnte sie auf die Gleise werfen. Es würde dann so aussehen, als sei sie ein Opfer der Serie. Oder ich lasse es wie Selbstmord aussehen. Ich kann beides sehr gut. Was meinst du?«

Sie schluckte. An ihren Lippen baumelte ein halber Zwiebelring, der ihre Kinnspitze berührte: »Du meinst ... sie denken dann ... irgendein Unbekannter hätte ...«

»Na klar. Die Polizei geht immer zunächst davon aus, dass der Mörder aus dem engsten Familienfeld kommt. Im Zweifelsfall der Ehemann oder der Geliebte. Wenn man sie aber auf den Schienen findet, dann sieht es so aus, als hätte der Eisenbahnkiller sie geholt. Und der hatte zu seinen Opfern nie irgendeine Beziehung. Es würde mich eher ent- als belasten.«

Jasmin wusste nicht, ob jetzt Tante Elli sprach, ihre strenge Oma Hedwig oder sie selbst. Sie hörte sich fragen: »Muss das denn sein? Muss sie wirklich sterben?«

»Oh ja. Sie hat weniger Verständnis für mich als du. Nach einer gewissen Trauerzeit, die wir schon einhalten müssen, könntest du dann meine Frau werden. So richtig offiziell, mit allem Drum und Dran. Du musst dir auch keine Sorgen machen. Ich verdiene genug. Wir können ein schönes Leben führen.«

Jasmin rüttelte an ihren Fesseln: »Werde ich dann zu Hause immer an einen Stuhl gebunden sitzen und auf dich warten, bis du von der Arbeit nach Hause kommst, oder was?«

Er versuchte einen Scherz: »Nein, ich werde dir eine Fußkette anlegen, so dass du dich in der Küche frei bewegen kannst.«

Sie rang sich ein Lachen ab.

»Wer sich eine Sklavin hält, muss immer fürchten, dass sie ihm wegläuft. Es sei denn, sie bleibt aus freien Stücken bei ihm«, raunte sie geheimnisvoll.

Das ist Tante Elli, dachte sie, ganz klar Tante Elli.

»Aber wie kann sich der Herr denn sicher sein?«, fragte er.

Sie lachte hysterisch: »Wie kann man nur eine solche Frage stellen? Mit welchen anorgastischen Girlies bist du denn bis jetzt zusammen gewesen?«

Er zuckte zurück.

»Ist Carina wirklich so verklemmt?«, fragte sie. »Könnt ihr euch gar nicht miteinander ausleben? Ich will das Wechselspiel! Ich will von dir beherrscht werden, und dann will ich, dass du dich mir unterwirfst. So werden wir den Kitzel in unserer Beziehung halten. Du kannst auch andere Frauen haben, das stört mich nicht.«

»Aber ich dachte immer, du seist eifersüchtig auf Carina.«

Sie lachte Tante Ellis Lachen: »Ja klar. Das hab ich dir so vorgezaubert, weil ich eine Trumpfkarte in diesem Spiel brauchte. Ich wollte dich nicht länger mit ihr teilen. Ich will deine Hauptfrau sein! Dann kannst du dir neben mir einen ganzen Harem halten.«

»Auf meinen Harem musst du wirklich nicht eifersüchtig sein …« Er zögerte einen Moment, doch dann sagte er: »Ich spiele mit ihnen. Und am Ende töte ich sie.«

Er hielt ihr wieder die Pizza hin. Sie biss rein, um Zeit zu gewinnen. Sie kaute gründlich.

»Es gibt einen Weg. Du musst mir deine Liebe und Treue beweisen. Ich will deiner ganz sicher sein. Du weißt so viel über mich, du könntest mich jederzeit vernichten.«

Jasmin schluckte, bekam aber gar nicht alles runter und sprach mit vollem Mund: »Aber das würde ich doch nie tun.«

»Du wirst sie töten. Und ich sehe zu.«

Es war noch viel schlimmer, als sie befürchtet hatte. *Du reitest uns völlig in die Scheiße, Tante Elli,* schimpfte sie und hoffte gleichzeitig, dass Tante Elli bei ihr bleiben würde und sich nicht beleidigt zurückzog.

»Aber das kann ich nicht!«

Er schmunzelte und machte eine abwertende Handbewegung, als sei das das geringste Problem: »Ach, das zeig ich dir. Man kann es lernen, wie Kuchen backen.«

»Aber … aber … du hast doch gesehen, ich kann noch nicht mal ein Kaninchen …«

»Ja«, bestätigte er, »das war wirklich jämmerlich. So richtig tussihaft. Aber du könntest das auch. Du musst es dir nur selbst erlauben. Du hast das alles in dir. Genau wie ich.«

»Woher weißt du das? Wie kommst du darauf?«

»Ich spüre deine innere Kraft. Du hast eine enorme Stärke. Du löst in mir den Wunsch aus, mich dir zu unterwerfen. So was kenne ich sonst gar nicht. Etwas in dir ringt mich nieder.«

Bleib, Tante Elli! Bitte bleib!

»Du verlangst von mir, dass ich meine beste Freundin töte?«

Vor Lachen wäre ihm fast die zusammengerollte Pizza aus der Hand gefallen. Er biss jetzt selber rein und sprach absichtlich mit vollem Mund, um zu zeigen, wie dämlich er Benimmregeln fand: »Beste Freundin! Ich lach mich schlapp! Wenn sie deine beste Freundin gewesen wäre, wärst du nicht mit mir ins Bett gegangen.«

»Ich ... ich bin deinem Charme erlegen. Du hast so eine ungeheuer erotische Ausstrahlung. Ich konnte nicht mehr anders.«

Er hatte Freude an ihren Sätzen, fühlte sich gebauchpinselt und aß auch den Rest der Pizza.

»Wir könnten eine Menge Spaß zusammen haben«, triumphierte er. »Zeig mir, dass du es ernst meinst und nicht versuchst, mich reinzulegen.«

»Bin ich so eine? Wirke ich auf dich, als wollte ich dich reinlegen?«

»Nun ja, du hast immerhin deine beste Freundin mit mir betrogen. So ganz vertrauenerweckend bist du nicht, meine Süße.«

Er putzte sich die Finger an der Hose ab und öffnete die zweite Pizzaschachtel. Jasmin sah, dass darauf Meeresfrüchte lagen, mehrere große Muscheln und Calamari. Er fasste einen Arm mit den Saugnäpfen an und hielt ihn hoch über sein Gesicht. Er öffnete den Mund, ließ ihn dann aber auf seine Nase fallen, so als sei das Tier noch lebendig und hätte vor, in seine Nase hineinzukrabbeln. Schließlich schaffte er es, seine Zunge so weit herauszustrecken, dass er das tote Tier darauf fallen lassen und verspeisen konnte.

»Tintenfische«, sagte er, »sollen ja sehr intelligent sein. Angeblich haben die mehrere Gehirne. Vielleicht macht uns das Essen ja schlau.«

Er rollte die Pizza zusammen und hielt sie ihr hin. Sie schüttelte den Kopf: »Ich bin satt.«

»Ach komm, probier doch mal. Muscheln und Calamari, das sind kostbare Eiweißlieferanten.«

Sie presste ihre Lippen fest aufeinander.

»Komm, stell dich nicht so an! Probier wenigstens.«

Sie versuchte, ihn mit Blicken niederzuringen. Wenn ich doch nur mit Tante Ellis Augen gucken könnte, dachte sie. Dann überließ sie ihrer Tante wieder das Reden.

»Wir könnten es auch ganz anders machen.«

»Wie?«

»Was hältst du von einer Dreiecksbeziehung?«

Er verzog den Mund. »Hatten wir das nicht lange genug? Ich dachte, das willst du nicht mehr. Du hast mir doch die Hölle heißgemacht, dass ich sie verlassen soll. Aber damit bin ich zu spät. Wenn ich es jetzt tue, lässt sie mich auffliegen.«

Sie hangelte sich immer noch an der Linie *Make love, not war* entlang und startete einen erneuten Versuch: »Vielleicht gefällt es ihr ja, wenn wir es offen machen. Jeder könnte frei seine Bedürfnisse leben. Wir können über alles reden und … Es müsste dir doch auch Spaß machen, mit zwei Frauen im Bett zu liegen, oder?«

Sie sah ihm die Angst vor der Überforderung schon an. Sie war größer als seine Freude. »So einen Hippiekram macht Carina nie mit.«

Jasmin versuchte, ihn zu verunsichern: »Vielleicht kenne

ich sie besser als du. Frauen reden sehr offen miteinander, wenn Männer nicht da sind.«

»Wie meinst du das?«

»Nun, sie hat auch durchaus eine Neigung zum weiblichen Geschlecht.«

Jasmin leckte sich über die Lippen. Sie kam sich albern dabei vor. Sie fand das alles übertrieben, überließ aber weiterhin Tante Elli die Führung.

Er blies heftig aus, lief zur Wand, als könne er dort irgendeine Lösung finden, drehte sich dann wieder um, kam zurück zu ihr und fragte: »Willst du mir ernsthaft einreden, ihr hättet eine lesbische Beziehung gehabt?«

»Nun, so würde ich es nicht nennen«, relativierte Jasmin. »Aber ein bisschen bi war sie schon. Hast du das etwa nie gemerkt?«

Sie erlebte ihn jetzt völlig verunsichert.

»Bi? Carina? Meine Carina? Die ist doch so was von hetero und monogam …«

Jasmin sagte nichts dazu. Sie lächelte ihn nur breit an, als hätte er gerade einen Witz gemacht, und sie würde sich das Lachen verkneifen. Damit vergrößerte sie seine Unsicherheit.

»Wir haben zwei Kinder zusammen!«

»Ja«, bestätigte sie und trieb den Stachel weiter unter seine Haut, »und wenn sie ihren Mädelsabend gemacht hat und du auf die Kinder aufgepasst hast, dann hast du auch immer geglaubt, dass sie zum Bowling gehen, was?«

Sie hatte ihn schon fast so weit. Er setzte sich breitbeinig hin, als würden seine Beine ihn nicht mehr tragen, und stützte seine Ellbogen auf die Knie. Die zusammengerollte Pizza Frutti di Mare lag angebissen und unbeachtet auf der Pappschachtel.

Es war, als würde Jasmin Tante Ellis Stimme hören: *Jetzt nichts übereilen, Süße. Wenn er dich losmacht und ihr in seine Einfamiliengruft fahrt, dann spiel noch eine Weile weiter. Such eine gute Möglichkeit. Gemeinsam könnt ihr ihn überwältigen oder die Polizei rufen. Du schaffst ihn. Er ist dir nicht gewachsen.*

Auch das war typisch für Tante Elli. Sie versuchte nicht, die Lorbeeren für sich zu kassieren, sondern sie gab Jasmin die Ehre, als hätte sie es selbst hingekriegt.

Doch plötzlich stand er auf und bog sich durch. Sein Gesicht veränderte sich. Er sprach klar und hart. Jedes Weinerlich-Kindliche war verschwunden. Kein Staunen mehr. Da sprach jemand, der keine Lust hatte, sich überraschen zu lassen: »Nein, keine Fisimatenten«, tönte er.

Dieses Wort hatte sie lange nicht gehört. Sie kannte es von Oma Hedwig. Damit hatte sie alles abgewertet, was nicht in ihr engmaschiges Konzept passte.

In ihrer Kindheit hatte Jasmin das Wort oft gehört, immer nur von ihrer Oma. Und es bedeutete immer, dass sie irgendetwas nicht durfte.

»Versuch nicht«, warnte er sie, »mich weichzukochen. Es kommt mir vor, als wolltest du in mein Gehirn eindringen und mich zu einem Zombie machen.«

»Was redest du da?«

»Wir machen es so, wie ich es vorgeschlagen habe – oder überhaupt nicht. Denk drüber nach!«

Er riss Klebeband von der Rolle ab und verschloss damit ihre Lippen. Dann ließ er sie allein.

Hab ich mein Blatt jetzt überreizt, fragte sie sich.

Um sich nicht zu verraten, hielt Jamie sich von Facebook und Instagram fern, obwohl er ein paar zauberhafte Aufnahmen mit seinem Handy gemacht hatte. Die Schiffe vor Wangerooge. Der Sonnenuntergang. Nellie von hinten, wie sie nackt ins Meer lief.

Nein, das war kein erotisches Foto. Man sah in dem fahlen Mondlicht nicht einmal, dass sie nackt gewesen war. Doch er wusste es. Der Körper hätte ebenso gut einem zierlichen jungen Mann gehören können.

Sie benahm sich auf eine herrliche Art unbeschwert. Und sie küsste ihn, wie er noch nie geküsst worden war.

Sie fotografierte ihn ständig, erzählte ihm, dass sie ein Porträt von ihm malen wolle. Sie konnte Namen von berühmten Porträtmalern auswendig aufsagen.

Sie beschäftigte sich mit Dingen, um die er sich nie gekümmert hatte. Für ihn waren das alte Schinken gewesen, für sie Dokumente einer vergangenen Epoche.

Sie kannte auch Porträtfotografinnen, die sie verehrte und über die sie ständig sprach. Immer wieder zeigte sie ihm Fotos, wollte von ihm wissen, was er davon hielt.

»Was früher Porträtmaler waren, das leisten heute Fotografen«, behauptete sie. Sie zählte einige auf, an deren Arbeit sie sich orientierte: »Jim Rakete, Gaby Gerster, Christian Thomas oder Wolfgang Weßling.« Mit dem hatte sie auf einer Ausstellung in Nordhorn sogar ein Selfie gemacht.

Sie postete ein paar ihrer Fotos auf Instagram. Jamie wollte das nicht. Sie fand, er kokettiere wohl damit, ein Geheimagent zu sein, lachte darüber und versprach, seinen Namen nicht zu nennen und auch nicht, wo die Bilder gemacht worden waren. Doch Wangerooge-Freunde erkannten die einzigartige Insel sofort.

Schon war alles mit Jamies Kontakten verlinkt, und Oberdieck wusste, wo er ihn zu suchen hatte.

Wollenweber hatte noch in der Nacht drei kleine Mikros an Oberdiecks Haus in Norden angebracht. Bei den gekippten Fenstern war das überhaupt kein Problem.

Er war nicht ins Haus eingestiegen. Dafür war er nicht mehr gelenkig genug. Es gab Möglichkeiten, sie von außen ans Fenster zu kleben, und sie übertrugen die Gespräche glasklar. Doch beim ersten Fensterputzen wären sie vielleicht bemerkt worden.

Durch die gekippten Fenster konnte er greifen und ein Mikro in einer Blumenvase ablegen, eins von innen an die Tapete kleben und ein anderes an den Rahmen des Fensters.

Sie waren nicht größer als ein paar aneinandergepappte Meersalzkristalle oder die blutdrucksenkenden Pillen, die er nahm. Meist hatten sie ihre Energie aufgebraucht, bevor sie gefunden oder vom Staubsauger verschluckt wurden.

In einem Pillendöschen trug er ein paar dutzend davon bei sich. Beim ersten Mal hatte er ein solches Mikrophon in einen Zuckertopf geworfen. Es sendete von dort fast vierzig Stunden lang, bis jemand es in seinem Kaffee versenkte.

Wollenweber fand den Gedanken amüsant, dass irgendein Gangster das Ding verschluckt haben musste. Schön wäre gewesen, wenn es weitergesendet hätte, dachte er damals. Ohne Überwachungstechnik kam man einfach nicht mehr aus.

Er konnte hören, wie Oberdieck versuchte, sich einen Flug nach Wangerooge zu buchen, doch das ging schief. Die Maschinen waren ausgelastet.

Wangerooge? Wieso Wangerooge, fragte Wollenweber sich.

Er hatte Glück. Direkt gegenüber von Oberdiecks Haus sah er ein Schild: Ferienwohnung zu vermieten.

Die Witwe Sabine Krabbe hatte die obere Etage, in der früher ihr Mann sein Büro und die Kinder ihre Zimmer gehabt hatten, zu zwei Ferienwohnungen ausgebaut. Ihre Preise waren bezahlbar und die Nordsee nur wenige Minuten entfernt.

Eigentlich vermietete sie nur an Stammkunden. Ein Rentnerehepaar war wegen Krankheit abgesprungen, und Wollenweber nutzte die Chance.

Sabine Krabbe hatte auf Anhieb Spaß an Wollenweber. Sie war lebenslustig. Sie aß gern, trank gern, liebte Shantychöre und irische Folkmusik. Sie wog knapp hundert Kilo, fühlte sich aber fit. Nur die Knie machten nicht mehr so richtig mit.

Für sie war Wollenweber kein dicker Mann, sondern ein prächtiger, stattlicher Kerl. Zwischen ihnen beiden knisterte es sofort so sehr, dass sie sich fast ein bisschen voreinander schämten. Es hätte nicht viel gefehlt, und sie hätten sich zur Begrüßung, während sie sich noch siezten, umarmt und geküsst.

Gibt es so etwas, dachte Wollenweber, zwei Menschen, die füreinander bestimmt sind und es in der ersten Sekunde wissen, wenn sie sich treffen? Alles andere vorher war ein Irrtum gewesen. Ein langer Weg, genau hierhin. Zu ihr.

Sie ging vor ihm die Treppe hoch. Ihr Hintern wackelte vor seiner Nase herum. Er empfand ihn geradezu als göttlich. Er konnte mit diesen Hunger-Models nichts anfangen. Er liebte Frauen, die etwas auf den Hüften hatten.

Aber er hatte keine Zeit, sich jetzt auf eine Liebesgeschichte einzulassen. Ausgerechnet jetzt, da er vorhatte, das Haus zu beobachten, um Oberdieck zu überführen.

Jetzt saß er oben hinter der Scheibe und versuchte, mit seinem Fernglas durch Oberdiecks Fenster zu schauen.

Sabine Krabbe hatte gerade eine Erdbeertorte selbst gemacht, mit Erdbeeren aus dem eigenen Garten, und natürlich brachte sie ihm zwei große Stücke hoch, dazu selbst geschlagene Sahne, die sie, weil ihr verstorbener Mann Österreicher gewesen war, immer noch Schlagobers nannte.

Sie hatte Wollenweber auch eine Kanne Tee gemacht. Sie zeigte sich von ihrer besten, gastfreundlichsten Seite. Er spürte es genau: Sie hatte nicht vor, ihn wieder gehen zu lassen. Es war nur eine Frage der Zeit, dann würde er von der Ferienwohnung oben nach unten zu ihr ziehen und den Rest seines Lebens in Ostfriesland verbringen. An der Küste. Er würde sie lieben, sich von ihr bekochen lassen, und das BKA, die Kripo, der ganze Polizeidienst, all dies konnte ihm den Buckel runterrutschen. Nur noch diesen einen Fall hier hatte er zu lösen, und dann war endgültig Schluss.

Schmeckte Erdbeertorte noch besser, wenn man verliebt war? Hatte er jemals im Leben bessere Erdbeertorte gegessen? War jemals Sahne so schlonzig auf seiner Zunge zergangen?

Er fühlte sich komisch, weil er gerade erst *Miss Moneypenny* einen Blumenstrauß geschickt hatte. Wurde er jetzt zum Casanova, der es mit zwei Frauen gleichzeitig versuchte? Oder war er einfach nur wieder offen für eine neue Beziehung, weil er ahnte, dass er kurz davor war, sich von dem Trauma zu lösen, das der Eisenbahnmörder ausgelöst hatte, als er die Schüsse auf ihn abgab?

Alles würde rund werden. Ja, so fühlte es sich an: als hätte er tatsächlich noch die Chance, ein glückliches Leben zu führen. Die Sehnsucht nach Normalität trieb ihn. Nur noch dieses Mal, dann würde er sich zurückziehen.

Was musste das für ein Gefühl sein, wenn man mit sich im Reinen war und einfach aufs Meer schauen konnte? Vielleicht noch mit einer liebenden Frau an seiner Seite, Händchen haltend auf einer Bank am Deich.

Seine Gedanken trieben ihm Tränen in die Augen. Er setzte das Fernglas ab und wischte die Tropfen mit der Serviette weg, die Sabine Krabbe ihm aufs Kuchentablett gelegt hatte. Erst jetzt sah er, dass ein Herzchen darauf war und darüber stand: *Mit Liebe gemacht.*

Natürlich war das ein Aufdruck. Wahrscheinlich hatte sie ein ganzes Paket davon. Doch ihm kam es so vor, als hätte sie die Serviette nur für ihn ausgesucht.

Er musste sich jetzt auch die Nase putzen, doch dazu benutzte er nicht die Serviette. Er wollte sie aufbewahren wie einen Liebesbeweis. Darin seine Tränen, ihr Herz und ein roter Fleck von den Erdbeeren.

Er stellte sich vor, wie sie reagiert hätte, damals, als er angeschossen wurde. Vielleicht wäre mit ihr an seiner Seite alles anders gelaufen. Vielleicht hätte sie ihn stabilisiert, ihm Liebe und Anerkennung gegeben.

Was konnten einem Schmerzen anhaben, wenn man doch wusste, dass man geliebt wurde, dass es nicht nur einen Körper gab, sondern auch eine Seele …

Er, der Zielfahnder, ausgerüstet mit Richtmikrophonen und Ferngläsern, mit denen er auf tausend Meter eine Hummel von einer Biene unterscheiden konnte, erkannte fast nichts. Da waren schemenhafte Umrisse, aber er fühlte sich nicht mal in der Lage, sein Fernglas auf die richtige Entfernung einzustellen. Etwas in ihm nahm ihn so sehr in Anspruch. Die Sehnsucht danach, endlich geliebt zu werden und einen Menschen zu haben, mit dem er durch dick und dünn gehen konnte. Mit ihr würde das Leben wieder Spaß machen, das war gar keine Frage.

Sabine – wie wundervoll dieser Name klang! Sabine – so mussten Engel im Himmel heißen …

Er kam sich kindisch vor bei diesen Gedanken, und doch stimmten sie ihn fröhlich. Ja, er würde jetzt etwas nachholen, das er sich lange geklemmt hatte, wonach er sich aber verzehrte …

Es wäre einfach gewesen, Oberdieck von hier oben beim Verlassen des Hauses mit zwei Schüssen zu erledigen. Einen in den Kopf und einen in die Brust. Schüsse, die klarmachten, hier ging es darum, jemanden zu töten, und hier wurde niemand versehentlich verletzt.

Aber genau das würde er nicht tun. Er musste das Duell heraufbeschwören, so, wie es schon einmal in Schwerte passiert war. Nur diesmal würde er gewinnen.

Wie stolz wäre Sabine dann auf ihn! Er sah sich schon mit ihr Sekt darauf trinken.

Ach was, Sekt – Champagner! Er mochte das Zeug eigentlich nicht und bekam davon einen sauren Magen, aber er konnte doch schlecht mit einem Glas Bier auf einen solchen Sieg anstoßen.

Während er seinen Gedanken nachhing und die letzten Reste der Erdbeertorte vom Teller kratzte, kam eine Sprachnachricht von *Miss Moneypenny* auf seinem Handy an.

Eine Sprachnachricht hatte er noch nie von ihr erhalten, sondern immer nur präzise schriftliche Angaben oder direkte Telefongespräche.

Er hörte sich die Nachricht an. *Miss Moneypenny,* die so sachlich sein konnte und so klar, hatte Schmetterlinge in der Stimme und setzte mehrfach von Neuem an, stockte ihren Redefluss mit *Äh* und *Wie soll ich sagen.* Sie bedankte sich für die Blumen und sprach davon, überhaupt nicht zu wissen, wie sie es verdient habe. Gleichzeitig klang sie aber, als würde sie am liebsten in Jubelschreie ausbrechen, und sie machte Vorschläge für ein gutes Lokal, wo man in Ruhe essen und miteinander reden könne. Sie fügte fast verschämt hinzu: »Das ist kein Laden, wo ständig Leute von uns essen gehen, mehr so etwas, wo Schauspieler hingehen, wenn sie in der Stadt sind.«

Er kam sich vor, als sei er zum Casanova geworden. Er wollte eine Sprachnachricht zurückschicken, doch dann hielt er inne. Es war, als würde er damit Sabine betrügen. Was sollte sie von ihm denken, wenn er sich mit anderen Frauen verabredete und dabei ganz klar den beruflichen Rahmen verließ?

Wangerooge – verdammt, was soll ich auf Wangerooge? Ich würde jetzt lieber hierbleiben, in Sabines Nähe.

Aber natürlich würde er erst seine selbst gesteckte Aufgabe erledigen und dann zu Sabine zurückkehren, um ein neues Leben zu beginnen.

Es tat ihm leid für *Miss Moneypenny,* aber er hatte sich für Sabine entschieden, obwohl er noch nichts über sie wusste, sie nicht einmal berührt hatte.

Er wusste nicht, wo sie politisch stand, was für ein Verhältnis sie zur Polizei hatte, er kannte ihre Einstellung zu den Dingen des Lebens nicht, ob sie religiös war oder nicht, ob sie außer Kuchen backen noch andere Hobbys hatte, ob es möglich war, gemeinsam ein Fußballspiel anzuschauen. Vielleicht teilte sie sogar seine Vorliebe für Kriminalfilme. Er fühlte sich immer toll, wenn er vor dem ermittelnden Kommissar wusste, wer der Täter war. Vielleicht konnte er sie damit beeindrucken. Aber vielleicht hasste sie auch Kriminalfilme. Doch was spielte das alles für eine Rolle?

Und wenn er sich nie wieder einen Krimi im Fernsehen anschauen würde oder ein Fußballspiel – na und? Sie könnten immer noch Händchen haltend am Meer sitzen.

Er hätte einen Polizeihubschrauber bekommen können, um nach Wangerooge zu fliegen. Vielleicht hätte ihn sogar die Wasserschutzpolizei rübergebracht. Aber nein, er wollte niemanden einbeziehen. Er würde die nächste Fähre nehmen, und das war's.

Hier auf Wangerooge hatte es niemand eilig. Langsam schlurfte Jamie die Treppe runter. Er bewegte sich eher wie ein alter Mann. Nicht wie ein Jugendlicher. Er war in Gedanken versunken. Wahrscheinlich, vermutete Oberdieck, ist er damit beschäftigt, meinen Ruf zu ruinieren. Aber damit ist jetzt Schluss.

Jamie hatte einen Kopfhörer auf. Oberdieck vermutete, dass er keine Musik hörte, sondern irgendeinen Vortrag oder eine Sprachnachricht. Heute standen ja alle auf Podcasts. Er selbst mochte mehr die Ruhe oder bewegte Bilder.

Jamie öffnete die Tür, blickte Oberdieck an und zuckte zurück. Er versuchte, sich irgendwo in der Luft festzuhalten, als gäbe es dort Sicherungsseile. Er griff aber ins Leere. Der Kopfhörer rutschte von seinen Ohren und hing wie ein Schal um seinen Hals.

»Herr … Herr … Oberdieck?!«

Oberdieck trat ein und schloss die Tür hinter sich. Er rechnete nicht mit Widerstand. Der Junge war ja kurz davor, ohnmächtig zu werden. Er sah ihn leichenblass an. Sein Gesicht zitterte, als sei er tatsächlich schon länger auf Heroin.

Oberdieck hatte auf der Suche nach der richtigen Droge erfahren, dass Heroin eine Droge für Opis geworden war. Inzwischen nahm man Xylazin. Eigentlich war das ein starkes Beruhigungsmittel aus der Tiermedizin. Es schläferte sofort ein. Der neue Trend schwappte gerade von Amerika herüber, und er hatte das begehrte rosa Zeug ergattern können. Dadurch würde der unglückliche Todesfall noch einmal wahrscheinlicher werden. Jamie hatte es halt ausprobiert, wie so viele im Moment. Drogenberatungsstellen aus den USA berichteten von einer fünfzigmal höheren Sterblichkeit verglichen mit Heroin.

Er nahm sich vor, ihn auf keinen Fall zu verletzen. Er stieß ihn mit der offenen Hand vor sich her und sagte: »Hast du wirklich gedacht, ich lasse dich ungestraft davonkommen? Weißt du, was du mir da angetan hast? Wem hast du diese Nachrichten geschickt? Ich will eine Liste. Ich will alle! Du hast nicht nur mir was damit angetan, sondern ihnen auch. Warum, Junge? Warum? Ich muss sie jetzt alle stumm machen. Alle! Ausnahmslos …«

Jamie hatte das Gefühl, schlagartig verblödet zu sein. Teile seines Gehirns funktionierten plötzlich nicht mehr. Ihm fielen Worte nicht mehr ein. Wie nannte man das noch, wenn man darunter litt, dass die Frau, die man liebte, auf jemand anderen stand und ständig von dem redete?

Eifersucht! Na, klar, Eifersucht!

»Ich war«, gestand er, »einfach nur eifersüchtig.« Er hoffte, damit alles herunterspielen zu können. Er verstand immer noch nicht, wieso Oberdieck plötzlich lebend auf Wangerooge auftauchte und ihn herumschubste.

Oberdieck griff sich an die Stirn und stöhnte: »Ein kleiner eifersüchtiger Bengel versaut mir mein Leben?«

»Sie sind doch«, stammelte Jamie, »tot …«

Oberdieck schüttelte den Kopf: »Ich nicht. Aber du bist gleich tot, wenn ich nicht sofort die Liste von dir kriege. Und dann erzählst du mir genau, wie du bei mir reingekommen bist, damit ich die Schotten dichtmachen kann für andere neugierige Pappnasen.«

Jamie drehte sich um und rannte die Treppe hoch. Immerhin, seine Beine funktionierten noch. Aber sein Verstand sagte ihm, dass es idiotisch war, nach oben zu fliehen. Er musste raus aus dem Haus, auf die Straße, um Hilfe schreien! Doch er rannte hoch in sein Zimmer, als könne er sich dort einschließen, wie er es manchmal nach einem Streit mit den Eltern getan hatte. Doch hier war nicht sein Kinderzimmer. Trotzdem wurde etwas in ihm wieder zu einem kleinen Jungen.

Er rutschte auf der Treppe aus, stolperte, knallte hin. Der Kopfhörer fiel herunter und hopste über mehrere Stufen nach unten.

Oberdieck hob ihn auf und folgte Jamie ruhig. Nichts sollte nach einem Kampf aussehen. Er hatte sogar vor, ihm den Kopfhörer wieder auf die Ohren zu klemmen.

In dem Zimmer, zwischen Postern von nichtssagenden Pop-Ikonen, die Oberdieck weder kannte noch vorhatte, kennenzulernen, plauderte Jamie bereitwillig alle Namen aus. Er zitterte dabei, weinte und beteuerte, das alles nicht so gemeint zu haben.

Um sich später an alles gut erinnern zu können und keinen Namen zu verpassen, nahm Oberdieck ihn mit seinem Handy auf.

»Filmen Sie mich jetzt etwa dabei?«

»Na klar. Was schlägst du vor? Soll ich dich malen? Bin ich van Gogh? Wer noch? Ich will alles wissen!«

»Ich … ich weiß nicht, wer dabeistand. Ich habe in der Schule … Das war halt alles so idiotisch von mir … Mein Gott, könnte ich doch den Tag noch mal rückgängig machen! Ich würde ihn am liebsten aus meinem Leben streichen. Ich … ich war halt nur so sauer wegen Merle. Die hat nur immer von Ihnen erzählt, als ob sie total verknallt wäre.«

»Ja, es hat sich noch nie ausgezahlt, ein guter Pädagoge zu sein. Du weißt also gar nicht, wer noch alles Bescheid weiß, hm?«

Oberdieck zog den Füller aus der Tasche: »Guck mal, das ist deiner. Erinnerst du dich? Aus Kindheitstagen. Er war eingetrocknet. Ich habe ihn gereinigt. Jetzt funktioniert er wieder. Schreib damit.«

Er hielt Jamie den Füller hin, doch Jamie nahm ihn nicht.

Oberdieck verpasste ihm eine Ohrfeige. Es war nur ein sanfter Klaps, mehr die Andeutung einer Strafe, die kommen könnte, wenn er sich nicht bald entschloss, zu parieren.

»So, dann setz dich jetzt mal an diesen Scheißtisch, nimm deinen Schülerfüller in dein Patschehändchen und schreib: Es tut mir leid. Ich habe alles nur erfunden. Es sollte ein Gag sein, ist aber aus dem Ruder gelaufen.«

Da Jamie nicht sofort handelte, verpasste Oberdieck ihm eine Kopfnuss: »Los jetzt!«

Jamie setzte sich. Er deutete auf seinen Computer, der auf dem Bett lag: »Eigentlich schreibe ich gar nicht mehr mit dem Füller … ich …«

»Das schreibst du mit dem Füller. Ich will, dass deine Fingerabdrücke da dran sind und dass jeder deine Handschrift identifizieren kann. Nicht irgend so ein Computerquatsch. Das hier wird ein unwiderlegbarer Beweis. Hast du das kapiert?«

Jamie nickte und hoffte immer noch, heil davonzukommen.

Vielleicht war das hier einfach nur ein Lehrer, der sehr streng eine Maßnahme gegen ihn durchsetzte. Vielleicht würde er sich mit diesem Brief an der Schule rehabilitieren und könnte dann wieder unterrichten. Es reichte ja, wenn einer von ihnen sich dort nicht mehr sehen lassen konnte. Jamie war gern bereit, Oberdieck das Feld zu überlassen.

Jamie stammelte: »Alle denken … dass Sie tot sind …«

Oberdieck lachte: »Ja, da kannst du mal sehen, wie dumm die Menschheit ist. Creepy ist tot. Er hat sich aufgehängt. Schreib jetzt!« Oberdieck schob ihm Papier hin. »Schreib!«

Jamies Hand zitterte. Der Füller kleckste.

Noch einmal diktierte Oberdieck den Text: »Es tut mir leid. Ich habe alles nur erfunden. Es sollte ein Gag sein, ist aber aus dem Ruder gelaufen.«

Jamie malte die Buchstaben langsam aufs Papier. Er versuchte, Zeit zu gewinnen, um nachzudenken. Würde Oberdieck den Brief nehmen und ihn dann in Ruhe lassen? Oder würde er ihn umbringen? War das ein Abschiedsbrief? Sollte damit sein Selbstmord untermauert werden? Hatte er Creepy wirklich umgebracht?

Jamie beendete seine Arbeit. Oberdieck sah sich genau an, was er geschrieben hatte. Er kontrollierte das Papier wie eine Klassenarbeit. Laut las er den Text vor. Er fand keine versteckten Hinweise oder Nachrichten darin.

Er lobte Jamie: »Das hast du brav gemacht. Und jetzt drück deine Finger ein paarmal aufs Papier. Ich will, dass man deine Fingerabdrücke darauf findet. Auch auf dem Füller. Schraub ihn ordentlich zu. Die trocknen sonst ein.«

Jamie drückte seinen Daumen aufs Papier und auch mehrfach seinen Zeigefinger. Oberdieck hielt dabei seine Hand fest und presste sie aufs Papier.

»Sie … Sie wollen mich umbringen?«, stammelte Jamie.

Oberdieck verlangte: »So, und jetzt ziehst du deinen Schlafanzug an und legst dich in dein Bettchen.«

»Ich … ich hab vergessen, mir einen Schlafanzug mitzunehmen.«

»Das darf doch nicht wahr sein«, stöhnte Oberdieck. »Na gut. Dann schläfst du eben nackt. Zieh dich aus.«

Jamie tat es und nahm zur Kenntnis, dass Oberdieck ihn dabei nicht filmte. Es war wohl nur um das Geständnis gegangen, wen er alles informiert hatte.

Oberdieck reichte ihm den Kopfhörer. »Setz ihn dir auf. Und jetzt will ich, dass du Musik hörst. Nicht irgendeinen Scheißpodcast oder eine Predigt von einem Guru.«

Jamie lag schon im Bett unter seiner Decke, da verlangte Oberdieck: »So, und jetzt gib mir deinen Arm.«

Jamie versuchte, sich mit der Bettdecke zu schützen. »Nein.«

Oberdieck zeigte ihm die Spritze.

»Aber«, stammelte Jamie, »warum?«

Ich bin ein junger Mann, dachte er. Er ist ein alter Knacker. Warum lasse ich mich von ihm fertigmachen? Warum wehre ich mich nicht wirklich? Warum hau ich ihm nicht in die Fresse? Warum trete ich ihm nicht ins Gesicht? Hat er als Lehrer so viel Autorität über mich?

Jamie lag wie starr. Er gab seinen Fäusten Befehle, doch sie gehorchten nicht. Er sah zu, wie die Nadel in seine Vene stach.

Oberdieck saugte erst ein bisschen Blut an, dann schoss er den Stoff ab. Es war genug, um einen Elefanten zu töten.

Beschwingt verließ Oberdieck das Haus. Er zog sich die Mütze tief in die Stirn, darüber noch die Kapuze vom Hoodie, den er aus Jamies Tasche gefischt hatte. Sie hatten ungefähr die gleiche Statur.

Er machte jetzt sogar Jamies Gang nach. Er liebte es, in andere Rollen zu schlüpfen. War es nicht die Verwandlung, die dem Leben Würze gab? Die Möglichkeit, zu sein, wer man möchte?

Als Kind hatte er gern mit seinem Bruder Hänsel und Gretel gespielt. Sie stritten sich immer darum, wer die Hexe sein durfte. Keiner von ihnen hatte Lust darauf, Hänsel oder Gretel zu sein. Sie fingen sich dann andere Kinder und sperrten sie in vorbereitete Käfige. Mit Brettern und Draht bauten sie kleine Gefängnisse, die eher wie Hühner- oder Kaninchenställe aussahen. Die darin Gefangenen versorgten sie mit Haribo-Konfekt, Hanuta oder Milky Way.

»Streck deinen Finger aus, ich will fühlen, ob du auch schön fett geworden bist«, hatte er gern gesagt.

Wenn sie heulten und flehten, ließ er sie gerne raus. Sein Bruder dagegen liebte genau diese Situationen, wenn sie schworen, niemandem etwas zu erzählen, und Versprechungen machten wie: »Ich lass dich in Zukunft auch immer abschreiben«, oder »Ich erledige deine Hausaufgaben.«

Dann drückte sein Bruder den Bauch raus, stampfte vor dem Käfig auf und ab und spielte den Aufseher: »Da hab ich aber heute schon viel bessere Sachen gehört.«

Wenn sie flehten: »Was soll ich denn tun? Was willst du von mir?«, dann forderte er: »Sag mir, dass du mich liebst bis in alle Ewigkeit und nie einen anderen.«

Sie taten es. Alle. Heulend und mit Schnodder an der Nase.

Sein Bruder trieb die Sache immer zu weit. Und er musste

später dann den Ausputzer machen und versuchen, sie beide rauszuhauen.

Ihr Vorteil war, sie waren immer zu zweit. Wenn es später Schwierigkeiten gab – zweimal hatte ein Mädchen gepetzt –, dann stand immer Aussage gegen Aussage. Zwei gegen eine.

Er hatte dann immer behauptet: »Wir haben Hänsel und Gretel gespielt. Das war alles freiwillig. Sie war Gretel, ich Hänsel. Er die böse Hexe.«

Das klang glaubwürdig. Wenn das Mädchen behauptete: »Ich habe alleine im Käfig gesessen, es war keiner mit mir drin«, dann wurde sie ausgelacht, denn Hänsel und Gretel waren ja nun mal zu zweit, wie sollte man sonst das Märchen nachspielen?

Einmal hatte das Ganze in der Schule zu einem Elternabend geführt, bei dem eine besorgte Mutter sich darüber ausließ, dass Grimms Märchen einfach viel zu gruselig seien, kein Wunder, dass die Kinder versuchten, das nachzuspielen. Die Märchen sollten von solchen *schlimmen Dingen* bereinigt werden.

Die beiden versprachen, keine Märchen mehr nachzuspielen, und damit war die Sache dann erledigt.

Er hatte in der Schule mit seiner Frage, ob sie denn in Zukunft auch kein Krippenspiel mehr aufführen würden, große Heiterkeit ausgelöst.

Beim Krippenspiel waren sie immer dabei. Als zwei von den *Heiligen Drei Königen*. Sein Bruder hätte gerne das Jesuskind gespielt, doch das war immer nur eine Puppe.

Als er auf der Zedeliusstraße stand, vernachlässigte er seine Deckung. Hinter ihm, im toten Winkel, direkt neben der Tür, stand Wollenweber.

Er lud seine Waffe durch, weil er das Geräusch so liebte und wusste, dass es den Gegner panisch machte, weil er sich sofort der Ausweglosigkeit seiner Situation bewusst wurde. Er hatte den langen Schalldämpfer auf die Pistole geschraubt. Mehr als ein Ploppen würde nicht zu hören sein.

»Dumm gelaufen«, stellte Wollenweber fest. »Diesmal bin ich am Zug. Wir gehen jetzt nach Westen. In die Dünen. Zum Ehrenfriedhof. Obwohl du da eigentlich gar nicht hingehörst. Ich werde ja nicht die Opfer des Bombenangriffs beleidigen, indem ich dich zu ihnen lege. Aber ein bisschen abseits davon, in den Dünen, da ist noch Platz für dich. Die Möwen können sich dann die besten Teile von dir holen. Dreh dich nicht um. Geh einfach langsam vorwärts.«

Er wundert sich gar nicht, dass ich ihn nicht abtaste, ihm keine Waffe abnehme. Ahnt er, was ich vorhabe?

Wollenweber war sich ganz sicher, dass Oberdieck spätestens in den Dünen versuchen würde, seine letzte Chance zu nutzen. Genau das wollte er. Sollte der Sauhund doch seine Waffe ziehen und sich umdrehen. Er wäre auf jeden Fall schneller. Diesmal garantiert. Denn er hielt seine Waffe bereits auf ihn gerichtet.

Er wartete auf den Angriff.

Wollenweber überlegte. Sollte er ihm erst in die Schulter oder erst ins Bein schießen? Auf jeden Fall sollte er für den Rest seines Lebens humpeln.

Doch jetzt, wo alles so gut für ihn lief, spielte er sogar mit dem Gedanken, ihm eine Kugel in die Brust zu verpassen, und dann sollte es doch der liebe Gott entscheiden, ob er den Dreckskerl in die Hölle schickte oder ihm noch ein bisschen Zeit auf Erden ließ, indem er einen guten Chirurgen an ihm herumbasteln ließ.

Oberdieck schritt weit aus, als hätte er es eilig, endlich in die Dünen zu kommen.

»Gegen Ende des Zweiten Weltkriegs – eigentlich war alles schon fast vorbei –, im April 45, gab es einen schweren Luftangriff auf Wangerooge. Ein paar hundert Menschen sind getötet worden, unter ihnen Zwangsarbeiter und Bewohner der Insel. Die wenigsten waren Soldaten. Ich glaube, es sind sechstausend Bomben gefallen. Du siehst ja noch jetzt überall die Trichter – was aussieht wie eine Dünenlandschaft, sind in Wirklichkeit zugewucherte Bombentrichter. In einen davon lege ich dich.«

Oberdieck ging vier Meter vor Wollenweber in Richtung Dünenlandschaft. Er kannte den Weg. Er war nicht zum ersten Mal auf der Insel. Ohne sich umzudrehen, fragte er fast reumütig: »Was habe ich falsch gemacht? Wie sind Sie auf mich gekommen? Woher wussten Sie, dass ich hier bin?«

Ich duze ihn, aber er siezt mich. Er erkennt meine Überlegenheit an, freute Wollenweber sich. Nur ganz fern, im professionellen Teil seines Bewusstseins, meldete sich eine warnende Stimme: *Vorsicht, der will dich reinlegen! Der hat noch lange nicht aufgegeben!*

Der private Rächer in Wollenweber antwortete: *Genau das will ich ja. Er soll versuchen, sich aus der Situation zu befreien, und er wird es. Seine Lebensgier ist mindestens so groß wie seine Mordlust.*

»Berufsgeheimnis«, triumphierte Wollenweber. »Ich weiß alles über dich.«

»Einen Scheiß wissen Sie«, brummte Oberdieck.

Ein Pärchen kam ihnen Händchen haltend aus Richtung Bahnhof entgegen. Die zwei waren viel zu sehr mit sich selbst beschäftigt, um sich für die beiden Männer zu interessieren. Sie hielten Abstand. Ansonsten war es still.

Ein paar Möwen stießen ihre *Kiu-Kiu*-Schreie aus, als würden sie ihre Freunde für ein Festmahl zusammenrufen. Ahnten sie schon, dass es gleich Aas zu fressen geben würde?

»Sie sind allein gekommen, ohne Ihre Leute? Warum?«

»Ja, das hast du richtig erkannt, Schlaumeier. Und du weißt auch genau, warum. Ich habe nicht vor, dich einem ordentlichen Gericht zu übergeben. Du hast ja auch nicht erst meinen Anwalt zu Wort kommen lassen, bevor du auf mich geschossen hast. Ich werde es genauso wenig machen. Ich werde alttestamentarisch auf dich reagieren. Sagt dir das überhaupt etwas?«

Die Tiere schienen tatsächlich zu ahnen, dass es gleich etwas zu fressen geben würde. Sie sammelten sich in zwei Rudeln hinter ihnen und verfolgten sie mit ein paar Metern Abstand. Dabei klapperten sie mit den Schnäbeln, als würde sie eine Diskussion darüber führen, wer die besten Leckerbissen bekäme. Vermutlich ging es um die Augen und die Lippen, dachte Wollenweber.

Sie erreichten die Dünen, wo sie auf der Parkbank ein Pärchen aufschreckten, das kurz davor war, den Geschlechtsverkehr zu vollziehen. Sie waren beide verheiratet. Allerdings nicht miteinander. Und die erotisierende Inselluft hatte sie ganz wuschig gemacht.

Sie flohen.

Wollenweber tat es ein bisschen leid, das Pärchen vertrieben zu haben.

Oberdieck rief ihnen hinterher: »Macht ruhig weiter! Uns stört das nicht!«

Wollenweber sah dem Pärchen nach. Der Mann hatte die Hose an den Knien. Er stürzte, zog die Hose hoch. Er strampelte mit den Beinen in der Luft herum. Es sah zu lächerlich aus.

Die Frau rief: »Nun komm schon, nun komm schon!«

Den beiden tat jetzt leid, dass sie versucht hatten, ihre Partner zu betrügen, zumindest würden sie es demnächst nicht mehr im Freien machen.

Es war nur ein kurzer Moment, in seiner Erinnerung höchstens der Bruchteil einer Sekunde, doch als er sich wieder zu Oberdieck umdrehte, sah er ihn nicht mehr.

Der Sternenhimmel war klar. Der Vollmond sah geradezu gütig auf die Insel herab, als hätte er vor, sie und ihre Bewohner zu beschützen, damit sie niemals wieder so einem schrecklichen Luftangriff ausgesetzt werden würden.

Wollenweber richtete seine Waffe nach links, dann nach rechts. Er fuhr panisch herum. Er lauschte in die Nacht.

Die Möwen flatterten hoch.

Nein, dachte er, nein, verdammt! Nicht das.

Wo bist du? Wo?

»Ich kann dich sehen«, rief er. Doch seine Lüge verhallte ohne Reaktion.

Wollenweber blieb jetzt ganz ruhig stehen. Wenn er sich bewegt, muss ich ihn hören. Gras wird rascheln. Zweige werden knacken. Es ist so leise, nachts auf dieser autofreien Insel. Da muss man doch jedes Geräusch hören …

In der Ferne schimpfte das Liebespaar. Sie stritten jetzt miteinander.

Schade für die beiden, dass es so enden musste, dachte Wollenweber. Zwischen ihm und Sabine Krabbe, da sollte es besser laufen. Er musste nur noch Oberdieck wiederfinden und ihm die Kugel verpassen. Er hatte schon viel zu lange gezögert.

Da, im hohen Gras, raschelte etwas. Wollenweber richtete

seine Waffe mit beiden Händen dorthin und feuerte. Ein Rebhuhn flatterte hoch. Oder war es ein Fasan? Jedenfalls nicht Oberdieck.

Der sprang aus dem Dornengestrüpp und hielt Wollenweber eine Klinge an den Hals. »So. Und jetzt lässt du deine Knarre fallen. Aber ganz vorsichtig. So eine Halsschlagader ist schnell durchschnitten.«

Wollenwebers Knie wurden weich.

Habe ich es wirklich versaut? Ein zweites Mal?

»Einer von uns beiden«, sagte Oberdieck, »wird gleich Fisch- oder Möwenfutter werden. Was wäre dir lieber?«

Er musste Wollenweber schon halten, sonst wäre er gestürzt. Sein Kreislauf spielte nicht mehr mit.

»Was ist, Dickerchen? Du wirst doch jetzt nicht schlappmachen, oder?«

Wollenweber ließ die Pistole nicht fallen. Er warf sie nicht weg. Sie entglitt ihm einfach, als hätten seine Finger keine Macht mehr darüber.

»Wenn du nur ein bisschen früher gekommen wärst, hättest du den kleinen Jamie Rottmann retten können. Das wäre doch was gewesen. So etwas macht ihr Bullen doch gerne, oder? Aber jetzt stirbst du einfach nur so. Völlig sinnlos. Weil du ein Idiot bist.«

»Bitte«, flehte Wollenweber, »bitte …«

»Ja klar, jetzt möchtest du auch in einen Käfig, und ich soll dich mit Haribo füttern und Erdnüssen. Aber die Zeiten sind leider vorbei.«

Oberdieck durchschnitt Wollenwebers Hals. Er achtete darauf, den Kehlkopf mitzunehmen, damit Wollenweber nicht mehr in der Lage war, um Hilfe zu rufen.

Er lag zuckend auf dem Boden. Er sah über sich die Sterne

und den Mond. Und er wusste, dass das mit ihm und Sabine Krabbe in diesem Leben nichts mehr werden würde. So gern hätte er sie wenigstens noch einmal umarmt.

Das Letzte, was er sah, war ihr verheißungsvolles Gesicht, das ihn anstrahlte. Dieser Moment, in dem beide wussten, dass sie füreinander bestimmt waren.

Die Möwen warteten anstandshalber noch, bis Oberdieck verschwunden war. Dann genossen sie ihr Festmahl.

Larissa, die Frau mit der erotischen Stimme, die Jamie Rottmann den Weg nach Wangerooge so leicht gemacht hatte, fand ihn tot im Bett.

Eigentlich wollte sie ihn zu einer Party einladen. Die jungen Leute im Team hatten vor, noch ein bisschen am Strand abzuhängen. Es gab da eine einsame Stelle, weit genug weg von den Ferienwohnungen, wo sie Musik hören, im Sand tanzen und Spaß haben konnten. Das war sehr gut, um die Belegschaft zusammenzuschweißen. So wurden die Neuen rasch aufgenommen.

Larissa achtete darauf, dass jeder sein Zeug wieder mitnahm. Sie hinterließen keine Müllhalde aus Flaschen und Zigarettenkippen, sondern nur ihre Fußabdrücke im Sand. Das war ihr wichtig. Sie lebten alle von der Schönheit der Insel, und Larissa wollte sie erhalten.

Sie war zunächst ganz konfus. Sie rüttelte Jamie. War er nur ohnmächtig? Musste sie etwas tun? Sollte sie den Notarzt rufen? Die Polizei?

Was bedeutete das alles für sie und für die anderen Kollegen? Bekamen sie jetzt Schwierigkeiten?

Wie hatte sie sich so in ihm täuschen können? Sie stellte keine Junkies ein oder Leute, die mehr Probleme machten, als sie lösten. Ein funktionierendes Team zusammenzustellen, war wie ein Kunstwerk zu komponieren.

Auch sie malte in ihrer Freizeit. Sie plante eine gemeinsame Ausstellung mit Nellie. Sie legte auf gute Farbkombinationen Wert. Alles wirkte nur im Zusammenspiel.

Sie begriff: Er war ganz klar tot. Das hier war der Super-GAU. Am liebsten hätte sie alles rückgängig gemacht, ihn nicht eingestellt und auf keinen Fall hier tot aufgefunden. Sie war auf vieles vorbereitet gewesen. Sie kam mit schlecht gelaunten Gästen klar, die ihren Frust an Servicekräften ausließen. Sie war spitze darin, Möwen zu verscheuchen, und sie schaffte es, ein Team zu formen, in dem sich jeder gesehen fühlte und als wertvoll empfand.

Aber trotz all ihrer Menschenkenntnis war sie jetzt überfordert.

Sie sah den Abschiedsbrief auf dem Schreibtisch nicht. Ihr Blick war verengt. Sie nahm alles wie durch einen Tunnel wahr, an dessen Ende der tote Jamie im Bett lag. Die Spritze in seinem Arm sah aus, als sei er von einem Giftpfeil getroffen worden.

Sie verließ das Zimmer, schloss die Tür und lehnte sich dagegen.

Ich war nicht hier, dachte sie. Ich war einfach gar nicht hier.

Sie, die so gut kommunizieren konnte, wusste nicht, wie sie es den anderen mitteilen sollte. Ihr fehlten sowohl der Mut als auch die Worte, um das Ungeheuerliche auszusprechen.

Sie hatte noch nie zuvor einen Toten gesehen. Auf der Beerdigung ihrer Oma hatte ihre Mutter verhindert, dass sie einen Blick auf die tote gütige Frau werfen konnte.

»Die Kleine soll ihre Oma so in Erinnerung behalten, wie sie zu Lebzeiten war.«

Mit diesen Worten hatte ihre Mutter die erste kindliche Konfrontation mit einem Leichnam verhindert.

Damals war das vermutlich die richtige Entscheidung gewesen, dachte Larissa, doch jetzt merkte sie, dass ihr eine Erfahrung fehlte.

Ihr war kotzübel. Sie hatte keine Lust mehr auf die Party. Sie konnte jetzt nicht mit den anderen am Strand feiern und so tun, als sei nichts geschehen. Sie hatte sich selten so elend gefühlt.

Marianne Liedtke stand auf, ohne den geringsten Lärm zu machen. Sie hatte das oft geübt. Sie war ein Morgenmensch.

Ihr Mann schnarchte leise, weil er auf der Seite lag. Wenn er sich drehte und auf dem Rücken schlief, wurde er lauter. Dann nutzten selbst ihre Ohrenstöpsel aus Silikon nichts mehr.

Er schlief im Urlaub gerne morgens etwas länger, hieß, gerne auch mal bis elf oder zwölf Uhr. Sie war da ganz anders. Sie liebte Sonnenaufgänge. Kaum einen Satz hörte sie öfter von ihm als den: »Der frühe Vogel kann mich mal.«

Vom Sonnenaufgang war heute nicht viel zu sehen. Dichter Nebel hüllte die Insel ein und machte sie zu einem verwunschenen Ort mitten in der Nordsee.

Sie füllte sich ein wenig Leitungswasser ab. Die morgendlichen Spaziergänge machten sie immer durstig.

Es war so neblig, dass sie von der oberen Strandpromenade nicht mal den Strandkorb sehen konnte, um den ihr Mann in

Kindheitserinnerungen schwelgend einen hohen Wall gebaut hatte, den er *Deich* nannte.

Sie zog es vor, heute in den Dünen spazieren zu gehen. Wenn der Nebel sich in den Gräsern verfing und von dort langsam aufstieg, sah es aus, als würden sich gespenstische Wesen aus dem Boden erheben.

Als Kind hatte sie an Elfen und Feen geglaubt. Sie war sehr enttäuscht, als die Erwachsenen behaupteten, so etwas gäbe es gar nicht. Wenn sie hier morgens früh spazieren ging, schien es, als seien all diese Wesen nur für sie wach geworden. Sie hatten hier auf sie gewartet, versteckt vor den wissenschaftlich verbrämten Blicken einer Erwachsenenwelt, in der Spiritualität und Phantasiefiguren keine Rolle spielten.

So, wie ihr Mann wieder zum Kind wurde, wenn er Sandburgen baute und ihren Strandkorb gegen die Wellen oder gegen Blicke von Nachbarn schützen wollte, so erlaubte sie sich, morgens, ganz allein bei einem Dünenspaziergang, wieder in magische Welten einzutreten. Sie begab sich in eine Zeit voller Unschuld. Sie spürte, was sie als Kind gebraucht hätte und nie bekommen hatte.

So kam immer auch ein bisschen Trauer mit durch, doch sie versuchte, sich als Erwachsene jetzt das zu geben, was ihr als Kind verweigert worden war.

Gab es einen besseren Grund, Urlaub zu machen? Urlaub vom Erwachsensein. Urlaub vom Funktionierenmüssen. Ja, auf Wangerooge konnte sie sich spüren, wie sie als Kind gewesen war. Ihrem Mann ging es ähnlich. Vielleicht hielt sie das trotz vieler Krisen zusammen. Jeder erlaubte dem anderen, hier wieder Kind zu sein. Zumindest für ein paar Wochen im Jahr.

Sie spürte diese kindliche Freiheit in sich. Sollte er ruhig bis mittags schlafen. Sie brauchte jetzt das hier!

Sie hörte die Flügelschläge der Möwen und die *Kiu-Kiu*-Schreie. Eine weiße Feder segelte auf sie herab, und es kam ihr vor, als sei sie von einem Engel berührt worden.

Es waren viele Möwen. Was zunächst wie ein Tanz aussah, wie eine Versammlung, als gäbe es dort eine fröhliche Party, wirkte, je näher sie kam, bedrohlich. Die Möwen stritten. Sie kämpften. Von einer wurde sie sogar attackiert, als sie näher kam.

Sie glaubte zunächst, der Mann sei gestürzt. Aber hungrige Möwen griffen doch keine verletzten Menschen an!

Schreiend versuchte sie, die Tiere zu verjagen. Vergeblich. Zu groß war ihre Gier.

Dann sah sie das Gesicht des Mannes und hörte sich selbst schreien. Lauter als alle Möwen.

Ann Kathrin kannte die Inselpolizistin Femke Poppen recht gut. Wie Ann Kathrin liebte auch sie Bilderbücher. Vor wenigen Monaten noch hatte sie Ann Kathrin ein von Manfred Schlüter signiertes Exemplar von Michael Endes »Tranquilla Trampeltreu, die beharrliche Schildkröte« geschenkt.

Das Buch mit den Illustrationen von Manfred Schlüter gab es schon lange nicht mehr, aber Ann Kathrin hatte sich in seine Bilder verliebt. Sie hatte sogar mehrfach an den Verlag geschrieben und sie aufgefordert, die Schlüter-Ausgabe von Michael Ende wieder lieferbar zu machen. Bibliophile Bilderbuchliebhaberinnen und -sammlerinnen hatten halt eine ganz andere Sicht auf den Buchmarkt.

Im Gegenzug hatte Femke ein von Bettina Göschl signiertes Exemplar »Die Träne des Einhorns« bekommen.

Femke und Ann Kathrin hatten sich verabredet, gemeinsam zur nächsten Leipziger Buchmesse zu fahren, um bei Illustratoren und Bilderbuchmachern zu stöbern.

Normalerweise hatte Femke es mit umgekippten Strandkörben, Ehestreitigkeiten oder Touristen zu tun, die mehr getrunken hatten, als sie vertragen konnten. Jetzt hielt sie zwar die normale Dienstkette für die offizielle Meldung ein, rief dann aber den ehemaligen Kripochef Ubbo Heide an, der auf Wangerooge gemeinsam mit seiner Frau eine Ferienwohnung besaß und dort vom Frühling bis zum Sommer die Zeit genoss.

Er hatte ihr vorgeschlagen, sofort Ann Kathrin zu informieren und den Tatort zu sichern. Dabei wollte er ihr behilflich sein. Er saß zwar im Rollstuhl, hatte aber ein Modell mit wattfähigen Reifen. Seine Frau Carola hatte sich an den Dickkopf des alten Polizeichefs gewöhnt, bestand aber darauf, ihn zu begleiten, obwohl so ein Anblick überhaupt nichts für sie war.

»Du hättest ja auch«, sagte Ubbo Heide, »einen coolen Rechtsanwalt heiraten können. Einen Boutiquebesitzer oder Kunstlehrer. Aber nein, du musstest dich ja auf mich einlassen …«

Ann Kathrin wollte sofort mit einem Inselflieger vom Festland nach Wangerooge starten, doch der Pilot musste sie enttäuschen: »Ann, bei Nebel kann ich nicht fliegen.«

»Es ist doch nur ein Katzensprung!«

»Ich hab kein Radar und sehe nichts. Ich kann keinen Blindflug machen, auch nicht für dich.«

Die Überfahrt mit der Fähre von Harlesiel nach Wangerooge war tideabhängig. Die erste Fähre fuhr um 7.15 Uhr. Ann Kathrin hatte die Zeiten nicht genau im Kopf. Aber sie schätzte, mit der Fähre und der Inselbahn würde sie gut 90 Minuten brauchen. Diese lange Fahrtzeit schien ihr jetzt unmöglich.

Die Kollegen von der Wasserschutzpolizei halfen aus.

Die Nebelwand schien jeden Moment dichter zu werden. Sie rasten mit dem Motorboot direkt darauf zu. Vor ihnen tat sich kurz darauf so etwas wie ein weißes Tor auf. Mit ein bisschen Phantasie konnte es auch ein Maul sein, als hätte die Nebelwand vor, sie zu verschlucken.

Weller saß stumm neben Ann Kathrin. Das Boot wackelte bei jedem Wellenschlag, als sei es nicht wirklich für solche Fahrten gebaut worden.

Weller konzentrierte sich auf seinen Kaffeebecher, aber die heiße, schwarze Brühe platschte zweimal auf seinen rechten Oberschenkel. Er fluchte, weil er sich verbrannt hatte, gleichzeitig sah er aus, als hätte er sich in die Hose gemacht.

Sie waren schon fast auf der Insel, da erhielt Ann Kathrin von Femke Poppen die Nachricht auf ihr Handy: *Toter ist ein Kollege. Hat seine Papiere bei sich. Heißt Wollenweber.*

Im Grunde bereute Ann Kathrin jetzt, auf dem Boot zu sitzen. Was, fragte sie sich, soll ich jetzt bei dem Toten? Es wäre viel wichtiger, in seinem Zimmer im *Reichshof* nachzuschauen, warum er plötzlich nach Wangerooge gefahren ist.

Ann Kathrin versuchte sofort, Rupert zu kontakten. Doch der ging nicht an sein Handy. Er schlummerte noch. Dafür nahm Beate das Gespräch an.

Rupert machte sich einen Spaß daraus, die verschiedenen Kolleginnen oder Freundinnen mit Fotos und mit unterschiedlichen Klingeltönen zu markieren. So wusste er immer gleich, wer dran war.

Für Ann Kathrin hatte er eine schnatternde Ente mit wackelndem Hintern gewählt, ein drei Sekunden langes Filmchen, das er selbst auf dem Deich gedreht hatte. Und er hatte gleich gewusst: Das wird das Symbol für Ann Kathrin.

Beate war natürlich ein Engel. Polizeidirektorin Schwarz, weil sie in seinen Augen so viel Scheiß erzählte, wurde durch eine Toilette symbolisiert. Wenn sie anrief, erklang eine Klospülung.

Beate vermutete hinter der schnatternden Ente mit dem dicken Po irgendeine Affäre ihres Ehemannes. Deswegen meldete sie sich mit den Worten: »Moin. Was wünschen Sie von meinem Ehemann? Kann ich ihm etwas ausrichten?«

»Moin, Beate. Hier Ann Kathrin. Bitte gib ihn mir schnell. Es ist dienstlich.«

Es war Beate sofort peinlich, denn sie vermutete, dass Ann Kathrin genau wusste, warum sie sich so schnippisch gemeldet hatte. Sie hoffte, dass Ann Kathrin das Bild noch nicht gesehen hatte. Sie nahm sich vor, Rupert zu überreden, statt der Ente ein anderes Symbol zu wählen.

Sie scheiterte täglich bei dem Versuch, aus ihm einen besseren Menschen zu machen, aber sie gab nicht auf. Ihr Glaube an die menschliche Entwicklung war grenzenlos.

Rupert reckte sich neben ihr und gähnte. »Och nö … Nicht jetzt!«

»Deine Chefin«, sagte Beate und hielt ihm das Handy hin.

Er verzog die Lippen und brummte noch etwas in Richtung Beate wie: »Sie ist nicht meine Chefin.« Er wischte mit seiner Hand vor seinem Gesicht herum, als brauche er dringend einen Scheibenwischer. »Sie bildet sich das höchstens ein.«

Ann Kathrin kam ohne Umschweife zur Sache: »Fahr sofort in den *Reichshof* und guck dir Wollenwebers Zimmer an. Wenn unsere Informationen korrekt sind, wurde er gerade auf Wangerooge ermordet.«

Rupert setzte sich im Bett anders hin. Beate reichte ihm ihr mit Reiki energetisiertes Zitronenwasser. Er mochte das Zeug nicht, aber er trank es – ihr zuliebe.

»Mo … Moment mal, Moment mal – da stimmt doch was nicht. Wenn der auf Wangerooge ist, dann hat er doch nicht gleichzeitig ein Hotelzimmer im *Reichshof*. Ich meine, verdienen die jetzt so viel beim BKA? Zahlen die zwei Übernachtungen in verschiedenen Hotels? Von so was können wir ja nur träumen … Ich wollte ja schon immer zum BKA … Aber was macht ihr dann ohne mich in Ostfriesland?«

»Rupert! Fahr sofort hin!«, ermahnte Ann Kathrin ihn.

»Weil du denkst, dass er in seinem Zimmer liegt und pennt? Das mit Wangerooge ist doch garantiert eine Ente. Der hätte uns doch darüber informiert, wenn er …«

Weller hörte das Gespräch mit. Es ging ihm tierisch auf die Nerven. Er bekam bei dem Wellengang keinen richtigen Schluck Kaffee in den Mund und war sowieso schon sauer. Er nahm Ann Kathrin das Handy ab und brüllte hinein: »Rupert! Das ist alles reine Spekulation. Tu, was sie sagt, verdammt!«

Ann Kathrin machte eine Geste zu Weller, hielt ihm die offene Hand hin. Er wollte ihr erst den Kaffeebecher reichen. Sie schüttelte den Kopf. Dann gab er ihr das Handy zurück.

»Wahrscheinlich«, sagte Ann Kathrin, »wirst du in seinem Zimmer Hinweise finden, warum er nach Wangerooge ist. Es muss hier auf der Insel zu einer Konfrontation mit dem Täter gekommen sein. Sichere alles! Aufzeichnungen, Computer …«

Rupert pfiff leise. »Du meinst, der Sauhund hat uns was verschwiegen und wollte alleine den großen Zampano spielen? Wir dürfen ermitteln und die Drecksarbeit machen, und das BKA setzt sich dann mal wieder die Siegeskrone auf?«

»Möglicherweise.«

»Na ja«, grinste Rupert, »manche Sünden bestraft der liebe Gott sofort, sagt Beate oft.«

»Nein«, warf Beate ein, »das Universum. Das Universum!«

Rupert wiederholte: »Hörst du? Es ist doch nicht der liebe Gott, sondern das Universum. Da soll noch einer durchblicken!«

»Wir haben«, sagte Ann Kathrin hart, »es hier weder mit einem strafenden Gott noch mit einem Witz des Universums zu tun. Irgendjemand wusste mehr als wir. Nämlich, dass Wollenweber nach Wangerooge gefahren ist. Und dort muss er der Lösung des Falls so nahe gekommen sein, dass er aus dem Weg geräumt wurde.«

Weller kippte den Rest Kaffee über Bord und relativierte: »Angeblich. Noch wissen wir nichts Genaues.«

Gischt spritzte ins Boot und traf Weller. »Heute«, brummte er, »ist nicht mein Tag.«

Weller hörte Beates Stimme, als würde sie es nur sagen, um ihn zu verhöhnen: »Ich mach dir vorher einen Kaffee, Liebling.«

Ann Kathrin drückte das Gespräch weg und wischte Schaum aus Wellers Haaren.

»Ich weiß«, gestand er, »ohne Kaffee bin ich morgens ungenießbar.«

Femke Poppen holte Weller und Ann Kathrin im Hafen ab. Von da aus nahmen sie Räder.

»Wer ist bei dem Toten?«, fragte Weller besorgt.

Femke antwortete: »Ubbo Heide, der Journalist Peter Kuchenbuch-Hanken und zwei Kollegen von der Freiwilligen Feuerwehr.«

Ann Kathrin konnte nicht verhehlen, dass sie es einerseits nicht in Ordnung fand, dass Ubbo Heide sich einmischte, andererseits aber glücklich darüber war und sich darauf freute, ihren alten Chef wiederzusehen.

Weller blickte sich bei der Fahrradtour die ganze Zeit sehr aufmerksam nach allen Seiten um.

Femke fragte: »Glaubst du, der Mörder ist noch auf der Insel?«

Weller antwortete nicht. Ann Kathrin erklärte sein Verhalten: »Ich glaube, er guckt sich einfach nur nach einem Kaffee um. Können wir nicht bei der Bäckerei Kruse vorbeifahren? Die haben doch bestimmt schon offen.«

Femke Poppen ging nicht darauf ein. Stattdessen rückte sie mit der nächsten schlechten Nachricht heraus: »Wir haben noch eine Leiche. Ein junger Mann. Sieht aus, als hätte er sich den goldenen Schuss gesetzt.«

Ann Kathrin wunderte sich: »Wangerooge gilt ja nicht gerade als El Dorado für Junkies. Die fahren doch eher nach …«

Sie stellten die Räder bei einer Parkbank ab und gingen den Rest durch die Dünen zu Fuß. Ubbo Heide saß im Rollstuhl vor einem weißen Zelt, unter dem die Leiche lag. So versuchten sie, den toten Körper vor den Möwen und den Blicken von Touristen zu schützen.

Peter Kuchenbuch-Hanken sprach mit dem ehemaligen Kripochef. Die beiden verstanden sich offensichtlich gut. Sie liebten beide die Insel und waren in puncto Küstenschutz einer Meinung. Die kleine Gemeinde konnte das unmöglich selbst stemmen, da mussten Land und Bund ordentlich mit anfassen.

Ubbo Heides Frau Carola war zwar der Appetit vergangen, aber sie hatte es sich zur Aufgabe gemacht, die helfenden Kräfte und ihren Mann gut zu versorgen. Sie hatte ein paar *Seelen,* wie die auf Wangerooge beliebten Brötchen genannt wurden, mit Frischkäse bestrichen. Außerdem gab es Rosinenstuten mit dick Butter. Sie hatte auch zwei Thermoskannen Kaffee mitgebracht. Weller hätte sie am liebsten dafür geküsst.

Nach ein paar Schlucken fühlte er sich schon anders. Er brauchte heißen Kaffee für die Seele und ab und zu auch mal ein Fischbrötchen. Jetzt biss er in den Rosinenstuten.

»Dass ihr das könnt«, flüsterte Carola. »Da liegt die Leiche, und ihr …«

»Ja, soll ich mich danebenlegen und verhungern?«, fragte Weller.

Ann Kathrin warf nur einen kurzen Blick ins Zelt. Vom Gesicht war zwar nicht mehr viel übrig, aber das war für sie eindeutig Wollenweber. Sie erkannte ihn an seiner Kleidung und an seinem Körperbau.

Ubbo Heide brachte Ann und Weller auf den neuesten Stand, als sei er immer noch der Kripochef und es habe sich nichts geändert. Er sprach auch in dem Tonfall, mit dem er damals Dienstbesprechungen geleitet hatte: »Es hat ein Kampf stattgefunden. Wollenweber war zwar darauf vorbereitet, ist aber wohl an einen echten Profi geraten. Eine Waffe trägt er noch an seiner rechten Wade, er ist nicht dazu gekommen, die Pistole zu ziehen. Die andere haben wir da drüben im Gras gefunden. Mit Schalldämpfer.« Ubbo machte ein vielsagendes Gesicht.

Weller wiederholte ungläubig: »Mit Schalldämpfer? Seine Waffe?«

Von einer merkwürdigen Kauwut ergriffen, biss Weller in ein Seelchen und stopfte sich den Mund voll. Das half ihm manchmal beim Nachdenken. Brötchenkrümel spritzten von seinen Lippen. Er sprach mit vollem Mund: »Moment, Freunde, ganz langsam. Ein Zielfahnder vom BKA, für den Ann Kathrin und ich arbeiten – ja, wir wurden ihm zugeteilt –, fährt ohne unser Wissen, aber mit zwei Schusswaffen, nach Wangerooge und wird dort in den Dünen von einem Killer erledigt?«

Weller sah Ann Kathrin an, dass sie gerade eine Vermutung nicht aussprach, sondern erst sacken ließ.

Ubbo Heide erklärte: »Der Mörder hat Wollenweber mit einem Messer die Kehle durchgeschnitten. Das war ein Profi. Er hat darauf geachtet, den Kehlkopf mitzunehmen, damit Wollenweber auf keinen Fall mehr um Hilfe rufen konnte.«

Peter Kuchenbuch-Hanken fragte: »Das ist für unsere kleine Insel schon etwas sehr Besonderes! Ich würde gerne darüber berichten. Darf ich vielleicht …«

Weller hob abwehrend die Hände.

»Keine Angst«, wiegelte Peter Kuchenbuch-Hanken ab, »ich will ja nicht die Leiche fotografieren. Aber ich würde gerne Interviews machen, zum Beispiel mit den beteiligten Hilfskräften von der Freiwilligen Feuerwehr oder sehr gerne natürlich mit Ubbo Heide oder dir, Ann Kathrin.«

Weller registrierte, dass er nicht besonders gefragt war. Er ließ sich den Kaffee schmecken und bat Carola um ein weiteres Seelchen. Sie gab es ihm gerne.

»Hat Wollenweber«, fragte Weller Peter Kuchenbuch-Hanken, »hier ein Zimmer gebucht?«

Peter zuckte mit den Schultern. »Das weiß ich nicht. Lässt sich aber leicht in Erfahrung bringen. Die Insel ist ja nicht groß.«

»Vielleicht«, orakelte Ubbo Heide, »hatte er sogar vor, mit der letzten Fähre wieder zurückzufahren, hat es dann aber nicht geschafft ...«

»Wir brauchen«, stellte Ann Kathrin klar, »eine Liste aller Personen, die hier gerade Urlaub machen. Das müsste doch über die Kurtaxe funktionieren, oder?«

Ubbo Heide lächelte sie nur an, und sie wusste, er hatte das bereits in die Wege geleitet. Er zwinkerte ihr zu.

Ja, in so etwas war er schon immer gut gewesen. Kurze Dienstwege. Man kannte sich, und man half sich.

Weller war davon nicht so begeistert. Er stellte die Frage in den Raum: »Wieso bin ich mir so sicher, dass wir weder Wollenweber noch den Namen seines Mörders auf irgendwelchen offiziellen Listen finden werden?«

»Da bei dem Nebel weder Flugzeuge landen noch die Insel verlassen können, bin ich mir ziemlich sicher, dass sich der Täter noch auf Wangerooge befindet. Wir brauchen auch von allen, die mit der Fähre die Insel verlassen, die Personalien.«

So, wie Ubbo Heide das sagte, klang es nach einer Anordnung.

»Und jetzt«, sagte Ann Kathrin, »schauen wir uns die zweite Leiche an.«

Femke Poppen nickte. »Ich habe das Zimmer einfach versiegelt, und die Mizzi, eine Freundin von mir, die beim Tourismus-Service für die Kurbeiträge zuständig ist, steht vor der Tür und passt auf.«

»Immer schön, mit Profis zusammenzuarbeiten«, brummte Weller.

An der Tür hing ein *Bitte-nicht-stören*-Schild. Björn Haver öffnete Rupert persönlich die Tür zu Wollenwebers Zimmer.

Rupert registrierte sofort, dass Wollenweber mit Schuhen an den Füßen auf dem Bett gelegen haben musste. Genauso hatte Rupert den Typen auch eingeschätzt: unordentlich und ein bisschen verlottert. Einer, dem alles egal war, weil er ein höheres Ziel verfolgte.

Die Handtücher im Bad sahen unbenutzt aus. Ein Handtuch lag gefaltet auf dem Schreibtisch. Rupert schnupperte daran. Es roch nach Waffenöl.

Für Rupert war sofort klar: Wollenweber hatte eine Waffe auf dem Handtuch auseinandergebaut und gewartet. Damit die Patronen auf der glatten Fläche nicht wegrollten, benutzte man dazu gern ein Handtuch.

Ein Koffer stand offen da, darin getragene Wäsche, achtlos auf die frische Kleidung geworfen.

Aufzeichnungen fand Rupert nicht. Jeden Hinweis darauf, dass Wollenweber nach Wangerooge fahren wollte oder was er dort plante, war sorgfältig von ihm beseitigt worden, als hätte er damit gerechnet, dass eines Tages jemand danach suchen würde.

Neben dem Bett auf dem Boden stand eine halbvolle Flasche Mineralwasser.

Rupert machte ein paar Fotos von dem Raum. Das hier hätte genauso gut das Zimmer eines Touristen sein können. Nichts deutete auf einen Zielfahnder bei der Arbeit hin. Keine Waffen, kein Fernrohr, keine Abhörgeräte. Nicht mal ein Mini-Set, um Fingerabdrücke zu nehmen. Und ein Teil der Zielfahnder-Arbeit war doch immer, über Fingerabdrücke die gesuchte Person klar zu identifizieren.

Björn Haver sagte: »Für morgen Abend hatte Herr Wollenweber einen Tisch in unserem *Restaurant Heimisch* reserviert. Außerdem hat er ein Wellnessprogramm gebucht. Massagen und …«

Rupert grinste: »Na, da vermutete jemand, dass er was zu feiern hätte …«

Er rief Weller an, während Björn Haver noch bei ihm im Zimmer stand.

Der fragte: »Kann ich noch etwas für Sie tun, Herr Kommissar?«

Rupert schüttelte erst den Kopf, nickte dann aber: »Ein doppelter Espresso wäre schön. Und vielleicht ein paar Spiegeleier. Von beiden Seiten gebraten, also blind, wie man in Ostfriesland sagt.«

Wellers Handy spielte *Piraten Ahoi!* Er stand bereits auf der Zedeliusstraße. Ann Kathrin war schon im Gebäude und sprach mit Mizzi, die noch vor der Tür Wache hielt. Sie nahm die Aufgabe sehr ernst und ließ sich von Ann Kathrin sogar den Dienstausweis zeigen, bevor sie der Kommissarin erlaubte, das Siegel an der Tür zu brechen.

»Na, Alter«, fragte Rupert, »hattest du inzwischen Kaffee intravenös?«

»So ähnlich«, konterte Weller.

»Also, dann bist du ja schon aufnahmefähig. Ich sag dir, hier stimmt was nicht. Der Schluderjan von Wollenweber hat sich im *Reichshof* bestimmt auf Spesenkosten einen schönen Lenz gemacht, aber gearbeitet hat der hier nicht. Das sieht alles aus wie Fake.«

»Was willst du mir damit sagen, Rupert?«

»Dass der irgendwo sonst noch ein Büro haben muß. Eine Basisstation, wie man so schön sagt. Hier sind keine Aufzeichnungen. Es gibt hier nicht mal einen Fotoapparat. Der wusste, dass wir hierhinkommen, und wollte nicht, dass wir etwas finden. Der Typ verarscht uns.«

Weller widersprach: »Er ist selbst verarscht worden. Sonst wäre er jetzt nicht tot.«

Rupert trumpfte mit seiner Beobachtung auf: »Ich glaube, er hat sich auf den Wangerooge-Besuch vorbereitet. Er hat hier seinen Ballermann geölt. Die Jungs von der Spusi werden das bestätigen, wenn sie mal Zeit haben, sich um richtige Verbrechen zu kümmern.«

Weller nahm Ruperts Seitenhieb auf die Spurensicherung zur Kenntnis und verlangte: »Du musst feststellen, ob er im *Reichshof* Besuch bekommen hat. Anrufe auf dem Zimmer, oder ob er selbst aus dem Zimmer heraustelefoniert hat.«

»Ja klar. Das kleine Einmaleins. Ich mach das schon länger«, schimpfte Rupert, der sich von Weller bevormundet fühlte. Er beendete das Gespräch eigenmächtig und sah Björn Haver an. »Wenn man nicht alles selber macht, dann läuft überhaupt nichts mehr. Fachpersonal ist heutzutage wirklich schwer zu kriegen!«

»Wem sagen Sie das«, bestätigte Björn Haver.

»Früher«, behauptete Rupert, »kamen nur die Besten der Besten zur Mordkommission. Die absolute Elite. Heute glaubt jeder Pfadfinderlümmel, er könnte bei uns was werden. Bloß weil er mal beim Fernsehkrimi vor dem verblödeten Kommissar wusste, wer der Mörder war.«

Jasmin wusste nicht, wie lange er sie inzwischen in diesem Raum allein gelassen hatte. Es gab nichts, das ihr half, die Zeit abzuschätzen. Sie sah die Sonne nicht. Da war nur die vertrocknende Pizza, der sich langsam wellende Pappkarton, der ihre Blicke wie magisch anzog, als hielte die Schachtel irgendeine Lösung bereit.

Sie hatte die roten Schuhe in die Ecke gekegelt und bekam nun kalte Füße.

Sie musste mehrfach eingeschlafen, vielleicht auch ohnmächtig geworden sein. Sie hörte ihre eigene Atmung wie ein asthmatisches Krächzen.

Sie spürte inzwischen ihre Beine nicht mehr. Vom Bauchnabel abwärts war alles wie Watte.

Aber ihr Rücken schmerzte.

Sie stellte sich ihre Wirbelsäule als brennenden, zerbrochenen Besenstiel vor. Sie bekam dieses Bild nicht aus dem Kopf. Es war stärker als die sie real umgebenden Gegenstände.

Sie sah die übrig gebliebenen Calamari auf der Pizza. Sie hatte Tintenfisch nie gemocht, aber jetzt hätte sie zu gern reingebissen. Sie fühlte sich ausgelaugt und energielos. Ihre Zunge war rissig und pelzig gleichzeitig. Sie lag wie ein dicker, ausgetrockneter Schwamm in ihrem Mund.

Der Tod erschien ihr langsam als etwas durchaus Erstrebenswertes. Als eine Erlösung. Gleichzeitig wehrte sie sich dagegen. So ein Mist konnte doch nur von ihrer Oma kommen, ganz bestimmt nicht von Tante Elli.

Jasmin war innerlich dabei, aufzugeben. Sie sah Tante Elli nur noch wie den sich langsam auflösenden Rauch einer Zigarette. Ihre Stimme wurde leiser. Sie hatte wohl selbst ihre Fröhlichkeit verloren.

Es stimmt nicht, dachte Jasmin, dass die Zeit alle Wunden

heilt. Im Gegenteil. Die Zeit kann es auch viel schlimmer machen. Vorhin, wann war es – vor Stunden, vor Tagen –, da war ich voller Mut, da glaubte ich, ihn besiegen zu können, ihm mental überlegen zu sein. Und jetzt? Einfach nur dadurch, dass er mich hier alleine gelassen hat, bin ich erledigt. Die verstreichende Zeit macht mich fertig.

Was, fragte sie sich, habe ich falsch gemacht? Es sah doch so aus, als würde alles gut laufen.

Sie hörte die Stimme ihrer Oma. Hämisch sagte sie: *Du bist eitel! Du bist überheblich. Der liebe Gott schickt ihn dir, damit du Demut lernst.*

»Der kommt nicht von Gott«, protestierte Jasmin mit einem Rest von Widerstandsgeist. »Gott schickt keine irren Sadisten auf die Welt, um …«

Sie vernahm das Gelächter ihrer längst verstorbenen Oma, die immer an einen strafenden Gott geglaubt hatte.

Er schickt Plagen. Erdbeben. Vulkanausbrüche. Naturkatastrophen. Unheilbare Krankheiten. Um uns Demut zu lehren! Wir haben ihn sehr böse gemacht! Ärzte pfuschen ihm ins Handwerk. Deine grünen Freunde wollen sogar das Klima beeinflussen! Jetzt spüren wir seinen Zorn!

Nein, den Worten ihrer Oma konnte sie sich nicht ergeben. Diese Verbitterung, dieser Hass, der so religiös verkleidet daherkam. Ewig hatte sie darunter gelitten. Ohne Tante Elli, das schwarze Schaf der Familie, wäre es unerträglich für sie gewesen.

Sie hörte den Schlüssel im Schloss. Er kam zurück. Sie freute sich darüber. Nichts war schlimmer als das Alleinsein.

Er hatte eine Sporttasche dabei, die er auf den Boden stellte.

Sie wollte ihn fragen, wo er die ganze Zeit geblieben war,

doch sie bekam kein Wort heraus. Ihre dicke Zunge lag schwer im Mund.

Sie versuchte, in seinem Gesicht zu lesen. Was dachte er? Was hatte er vor?

Wortlos hob er die Schuhe auf, kniete sich vor sie hin und zog sie ihr wieder an. Es war gar nicht leicht. Ihre Füße waren angeschwollen. Sie passten nicht so einfach in die Schuhe.

Er nahm sich Zeit. Er knetete ihre Füße. Seine Hände waren warm. Er sah sie nicht an, während er das tat. Er war ganz auf die Füße konzentriert.

Sie gestand es sich nicht gerne ein, doch die Berührungen taten ihr gut.

»Es fühlt sich wie Liebe an«, sagte er, doch es kam ihr so vor, als würde er gar nicht mit ihr sprechen, sondern mit einer anderen Person oder mit sich selbst. »Aber ich kann das nicht.« Das klang wie ein Geständnis, als würde er einer unsichtbaren Person im Raum beichten.

Er fuhr mit den Händen über ihre Waden. Ein Schauer lief ihr den Rücken herunter, und ihre Wirbelsäule beruhigte sich.

Jetzt sah er sie an, und sie schaffte es, seinem Blick standzuhalten.

»Ich liebe dich wirklich«, sagte er. »Aber ich kann das nicht, verstehst du?«

»Aber«, sagte sie und erkannte ihre eigene Stimme nicht, »Liebe ist ganz einfach.«

Er grinste, als würde er sich verspottet fühlen. »Oh nein«, sagte er, »sie ist das Schwierigste überhaupt. Wirklich verletzen können dich nur die, die du liebst.«

Jasmin schluckte trocken. Sie unterdrückte einen Hustenreiz.

»Und du bist mal sehr verletzt worden und hast deswegen

Angst davor, hm? Ja, so geht es vielen.« Sprach da wieder Tante Elli aus ihr?

»Deswegen lassen sie sich auf keinen Menschen mehr ein, sondern verteilen ihre Liebe großzügig, ja man kann sagen, demokratisch, auf viele Personen. Sie gehen lieber in die Breite als in die Tiefe.«

»Wenn man wirklich liebt«, sagte er, »dann ist man so ausgeliefert …«

»Gib mir etwas zu trinken«, bat Jasmin.

Er stand auf, öffnete die Sporttasche und fischte eine Coladose heraus. Er knackte sie und hielt ihr die Dose hin, als hätte er vergessen, dass sie an den Stuhl gefesselt war.

»Oh, Verzeihung«, lächelte er und brachte die Dose an ihre Lippen.

Es zischte auf der Zunge. Es brannte im Hals. Sie schluckte, hustete und nahm so viel von dem süßen Zeug in sich auf, wie nur möglich.

Wusste er, dass sie Coca-Cola hasste? Wenn es etwas gab, das sie nicht mochte, dann Cola. Aber jetzt fand sie das Getränk köstlich. Es kribbelte in ihrer Nase.

»Trink«, sagte er, »trink ganz ruhig. Es ist genug da.«

Er hob die Dose von ihren Lippen und nahm selbst einen tiefen Schluck.

Sie rülpste und schämte sich dafür, als hätte sie etwas Unanständiges getan, als sei nicht er der Bösewicht in dieser Situation, sondern sie.

In dieser Reaktion spürte sie das Gift ihrer Oma.

Er streichelte ihr übers Gesicht und ordnete mit spitzen Fingern ihre Frisur. »Ich kann nur lieben, wenn ich auch besitzen kann. Ich brauche die Herrschaft. Die Kontrolle. Sonst geht es nicht.«

»Ja«, flüsterte sie, »ich verstehe das gut.«

»Weißt du«, gestand er traurig, »wenn ich dich wirklich besitzen will, dann muss ich dich töten. Es geht nicht anders. Das verstehst du doch …«

»Nein!«, rief sie. »Nein! Das stimmt nicht! Wir könnten so gut zusammenleben. Du, Carina und ich. Wir hätten eine tolle Zeit miteinander. Scheiß auf alle Konventionen, scheiß auf alle Regeln. Lass uns wie in einer Kommune leben oder nein, besser, wie in einem Harem. Ich habe auch nichts dagegen, wenn noch mehr Frauen dazukommen. Das wär's doch, oder? Lass mich Teil deines Harems sein!«

Plötzlich gestikulierte er wütend mit der Coladose in der Hand. Flüssigkeit schwappte heraus und patschte auf den Boden.

Sie erwischte sich bei dem Gedanken, dass sie die Cola gern aufgeleckt hätte.

Ich dehydriere, dachte sie. Ich brauche Flüssigkeit. So viel wie möglich.

»Du wirst mich auch irgendwann verlassen!«, tönte er. »Du spielst doch auch nur ein Spiel mit mir.«

»Ich habe«, stellte sie klar, »meinen Mann verlassen, um ganz für dich da zu sein! Du bist bei deiner Carina geblieben. Du hast dein Wort gebrochen, nicht ich.« Jetzt konnte sie nicht mehr anders. Sie schimpfte los: »Ich habe Hunger! Ich habe Durst! Mir tut alles weh! Behandelt man so einen Menschen, den man liebt? Du sperrst mich hier ein wie einen Kanarienvogel! Das habe ich nicht verdient!«

Er lächelte. Gefiel ihm ihr Widerstand? Es sah so aus, als ob ihre Wut ihm guttäte.

Er sprach leise: »Weißt du, Vögeln stutzt man die Flügel, damit sie nicht abhauen. Und wenn sie nicht mehr fliegen können, dann singen sie umso schöner. Ja, das ist kein Märchen. Es stimmt!«

Er trat hinter sie und legte die Stahlschlinge um ihren Hals wie eine Kette, die er ihr schenken wollte.

Er zog sie ganz langsam zu. Es tat ihm leid, ihre Haut verletzen zu müssen. Er sagte es sogar: »Ich will dir nicht weh tun. Aber wenn wir uns wirklich lieben, dann geht es nicht anders.«

Sie hatte keine Worte mehr. Sie flehte nicht um ihr Leben. Sie ließ einfach ihren Tränen freien Lauf und schluchzte.

Er hatte den Moment verpasst, in dem es ihm möglich gewesen wäre, die Garotte zuzuziehen. Ihr Weinen war eine scharfe Waffe. Dem hatte er nicht viel entgegenzusetzen. Die Tränen seiner Mutter hatten ihn auch immer völlig wehrlos gemacht. Er hatte dann alles getan, damit sie aufhörte.

Er befreite Jasmin von ihren Fesseln. Die Stahlschlinge hing offen an ihrem Hals.

Ich hab's geschafft, dachte sie. Geschafft. Ich hab sein Herz erreicht und ihn erweicht. Danke, Tante Elli! Alles wird gut werden.

Ihr war schwindlig, und erst jetzt bemerkte sie, wie sehr die Fesseln ihr auch einen Halt gegeben hatten. Sie kippte seitlich vom Stuhl.

Er hob sie hoch. Er trug sie sanft. Sie fühlte sich in seinen Armen gut aufgehoben.

Sie hoffte, dass er sie nach draußen tragen würde, an die frische Luft.

Alles wird gut werden, dachte sie wieder. Ich brauche nur Wasser, Nahrung, ein bisschen Ruhe. Und vielleicht ein paar Therapiestunden oder ein Zusammensein mit Tante Elli. Dann bin ich bald schon wieder ganz die Alte. Ich werde mein Leben in den Griff kriegen. Ich habe noch eine lange, glückliche Zeit vor mir. Dies ist eine existenzielle Erfahrung. Sobald ich in Freiheit bin, werde ich die Polizei informieren, damit dieser Irre weggesperrt wird und keinen Schaden mehr anrichten kann.

Gleichzeitig konnte sie sich kaum dagegen wehren, dass er ihr auch leidtat. Welche Höllen musste ein Mensch durchlebt haben, um so zu werden?

»Manche Menschen geben anderen Menschen die Schuld an dem, was sie sich selbst nicht verzeihen können,« hatte Tante Elli ihr einst gesagt. Ein Satz, über den Jasmin lange nachgedacht hatte. Manchmal erschien er ihr richtig. Dann wieder falsch.

Wie so oft bei Tante Ellis Aussagen, waren sie richtig und falsch zugleich, was Tante Elli nur natürlich fand. »Denn von den meisten Wahrheiten«, hatte sie gesagt, »ist auch das Gegenteil richtig.«

Doch er trug sie nicht nach draußen. Er legte sie in den Sarg zurück.

Sie wollte sich hochstemmen und herausspringen, aber er drückte sie wieder hinein. Er lächelte dabei charmant, als würde er ihr etwas Gutes tun.

»Ich will deine Haut nicht verletzen«, sagte er. »So ist es besser. Du sollst friedlich einschlafen.«

»Ich will aber nicht einschlafen«, kreischte sie. »Ich will leben! Ich will leben, mit dir! Ich bin noch nicht bereit, zu sterben! Ich …«

Er presste ihren Kopf nach unten. Sie versuchte es mit einem letzten Aufbäumen: »Ich liebe dich«, beschwor sie ihn, »ich liebe dich!«

»Wer liebt«, sagte er, »muss auch mal Opfer bringen. Das weißt du doch. Eine große Liebe tut immer weh.«

Er schob den Deckel über den Sarg und begann, ihn zu verschrauben. Sie hörte das Geräusch. Es hallte in ihrem dunklen Gefängnis, als würden Schrauben in ihr Gehirn gedreht.

Es kann doch nicht sein, dachte sie, dass ich in roten Pumps sterbe, mit dem Geschmack von klebriger Coca-Cola auf der Zunge.

Sie begann zu hyperventilieren. Sie wusste genau, was ihr geschah, aber hier im Sarg konnte sie an keine Brötchentüte kommen, um hineinzuatmen. Das hatte ihr mehrfach geholfen, in einer Zeit, als sie, von Ängsten geplagt, manchmal Atemprobleme bekommen hatte.

Jasmin verlor in der dunklen Gruft den Kontakt zu ihrer inneren Tante Elli. Nicht einmal ihre Oma war mehr zu spüren. Sie hätte die Augenfarbe ihrer Tochter Jana nicht nennen können. Das Gesicht von Matteo hatte sie vergessen. Ihre Erinnerungen lösten sich in Angst auf. Sie fürchtete, den Verstand zu verlieren, und das war irgendwie erschreckender, als zu sterben.

Wir wussten doch alle, dass unser Leben endlich war. Irgendwann war es halt vorbei. Damit lebten wir. Aber wer rechnete schon damit, verrückt zu werden, alles zu vergessen und in nackter Panik die eigene Persönlichkeit zu verlieren?

Sie sah sich von außen. Sie tat sich leid. Sie weinte, wenn sie sich so sah. Sie wusste, dass die Frau in dem Sarg sie selbst war, aber es fühlte sich nicht mehr so an.

Das war jemand anders.

Etwas in ihr löste sich aus ihrem Körper. Verließ sogar den Sarg. Sie konnte darüber schweben und ihn sehen. War das ihre Seele, die aus dem Körper trat? Oder spielte ihr Verstand ihr einen Streich? Halluzinierte sie?

Sie trommelte mit Fäusten gegen den Deckel und schrie:

»Lass mich hier raus! Ich werde Carina töten! Ja!!! Bitte lass mich frei, dann bringe ich die blöde Kuh für dich um! Ich will doch nur hier raus!«

Das bin nicht ich, stellte sie fest. Nein, das bin ich nicht. Ich würde so etwas nie rufen. Ich doch nicht …

Sie begann jämmerlich zu weinen. Die Tränen taten gut.

Polizeidirektorin Elisabeth Schwarz eröffnete die Dienstbesprechung mit betonter Sachlichkeit. Schmallippig und kalt. Sie hielt Ärger zurück, und jeder im Raum ahnte, dass sie ein Donnerwetter vorbereitete. Es war noch nicht klar, wen ihre Blitze treffen würden, aber sie kochte innerlich. Das sah jeder.

Rupert hatte ein paar von Beates veganen Energiebällchen mitgebracht. Sie waren aus Datteln und Nüssen, ohne Zucker und glutenfrei, wie Beate betont hatte.

Außerdem hatte Beate ihm Gemüsefrikadellen aus Möhren, Zucchini, Kartoffeln und Reis eingepackt. Für Rupert waren das praktisch Gartenabfälle. Er aß lieber Frikadellen aus Rinder- und Schweinehack. Dazu scharfen Senf. Und für eine Deichgrafkugel ließ er sowieso jedes zuckerfreie Energiebällchen gerne in der Verpackung.

Er verteilte Beates Köstlichkeiten auf zwei Tellern und bot den Kollegen davon an.

Ann Kathrin griff bei den Energiebällchen sofort zu. Weller nahm sogar eine Gemüsefrikadelle, biss hinein und raunte dann: »Na gut, Alter. Ich helfe dir. Das Zeug muss ja weg.«

Rupert bedankte sich brav: »Ich war gerade noch bei Gitti und bin schon satt. Ich hatte 'ne Riesencurrywurst mit Pommes.«

»Hm, Manta-Teller«, konkretisierte Weller.

Frau Schwarz hätte am liebsten selbst zugegriffen, aber es passte ihr nicht, dass diese ostfriesische Bande jedes Mal so eine Kaffeehausatmosphäre schuf. Tee wurde aufgesetzt, Kaffee gekocht, oft eine Tortenplatte geholt, und ohne Marzipanseehunde lief hier sowieso nichts. So bekam jede Dienstbesprechung einen gemütlichen Anstrich. Die schlimmsten Verbrechen wirkten harmloser. In so einer Situation fiel es schwer, ein Machtwort zu sprechen oder jemanden plattzubügeln. Dieses ständige Naschen und Probieren nahm allen Dingen die Spitze.

Sie wollte eigentlich nur mit dem *Trio Infernale* sprechen, wie sie hausintern Ann Kathrin, Weller und Rupert nannte. Doch aus Gründen, die sich ihr nicht erschlossen, kamen auch Jessi Jaminski, Marion Wolters und Sylvia Hoppe.

Frau Schwarz dachte kurz darüber nach, die anderen wegzuschicken, doch dann ließ sie es. Sie hatte längst verstanden, dass die hier ihren eigenen *way of life* lebten und sich sowieso alles erzählten. Da war es besser, wenn es aus ihrem Mund zu hören war. So wurden die Fakten wenigstens nicht ausgeschmückt oder mit Vermutungen und Anekdoten vermischt.

Sie wollte gerade loslegen, da kam die Pressesprecherin Rieke Gersema dazu, die einen viel zu großen Laptop vor sich aufbaute. Der Computer fuhr hoch und spielte dabei zuerst die Filmmusik vom Weißen Hai und dann vom Untergang der Titanic. *My heart will go on.*

Weller fand die Gemüsefrikadellen dann doch gar nicht so schlecht und nahm sich noch eine. Marion Wolters aß ein Energiebällchen mit spitzen Fingern und lobte Beates Konfekt: »In puncto Männer greift sie ja gern ins Klo, aber von Pralinen versteht sie wirklich etwas.«

Elisabeth Schwarz räusperte sich und begann. Sie sprach mit tiefer Stimme. Sie klang sehr männlich und hart: »Wir haben ein Problem …«

»Ja. Zwei Leichen auf Wangerooge«, schmatzte Marion Wolters und goss Tee nach.

Ann Kathrin steuerte ihre neuen Erkenntnisse bei: »Jamie Rottmann, ein Schüler des auf Lanzarote tödlich verunglückten Lehrers Florian Oberdieck, hat einen Abschiedsbrief hinterlassen. Er hatte Herrn Oberdieck im Internet beschuldigt, Snuff-Videos gekauft bzw. sogar selbst gedreht zu haben. Doch es soll alles nur ein Scherz gewesen sein …« Ann Kathrin zögerte einen Moment, dann fuhr sie fort: »Das könnte auch Oberdiecks Tod auf Lanzarote in ganz neuem Licht erscheinen lassen. Möglicherweise war es ein Suizid.«

Jessi mischte sich ein: »Ich habe mit vielen seiner Kolleginnen gesprochen. Er war sehr beliebt. Auch bei den Schülern. Aber dann gab es dieses Gerücht und angeblich auch Filme oder Fotos. Sie wurden herumgeschickt und mit ihm in Zusammenhang gebracht.«

»Jamie Rottmanns Eltern sind aus allen Wolken gefallen«, ergänzte Weller. »Sie hatten keine Ahnung, dass ihr Sohn die Schule geschmissen und auf Wangerooge einen Job angenommen hatte …«

Polizeidirektorin Schwarz sah sich sauer um. Es war gar nicht leicht, hier überhaupt zu Wort zu kommen. Die plapperten gleich alle völlig unstrukturiert durcheinander. Sie fuhr dazwischen, indem sie die flache Hand auf den Tisch knallen ließ: »Ich muss doch sehr bitten! Ich habe keinen Startschuss für allgemeines Geschwätz gegeben …«

»Geschwätz?!«, wiederholte Marion Wolters giftig.

»Hören Sie jetzt auf mit diesem Oberdieck-Blödsinn! Es

geht um unseren Kollegen Wollenweber. Er war nicht einfach ein Jäger des BKA. Nicht nur ein berühmter Personenfahnder. Er war …«, sie beugte sich vor und sprach leise, als hätte sie Angst, vor der Tür könne jemand mithören, »also, er gehörte zu einem legendären Club, der bis heute für viele nur ein Gerücht ist. Aber selbst wenn es den Club gar nicht gibt und es nur ein Gerücht ist, dann hat genau das ihn jetzt das Leben gekostet.«

»Club? Was für ein Club?«, fragte Rupert. »Playboy-Club? Club der einsamen Herzen?«

»Der *Club der Wissenden*. Man munkelt, Wollenweber und ein paar seiner Komplizen hätten ungehinderten Zugriff auf illegal gespeicherte Daten gehabt«, erklärte Frau Schwarz und fügte dann hinzu: »Angeblich arbeiten sie auch mit Mitteln der KI. Unter anderem mit illegalen Gesichtserkennungsprogrammen.«

Ann Kathrin nahm das Wort *Komplizen* kritisch auf. Es gefiel ihr nicht. Sie bemerkte: »Ich dachte, das gehört alles in den Bereich der Märchen und Legenden. Diese Gerüchte einer unkontrollierten Vorratsspeicherung von Daten gibt es schon sehr, sehr lange. Ich wusste nicht, dass Wollenweber damit in Verbindung gebracht wurde. Es wäre schön gewesen, wenn wir das gewusst hätten. Immerhin waren wir ihm während der Ermittlungen zugeteilt.«

»Den Club gibt es wirklich?«, fragte Weller konsterniert. »Ich dachte, das sei nur so ein Haufen Nerds und Angeber.«

Rupert ergänzte: »Sammler und Jäger … Dieser Steinzeitmensch Wollenweber hat zu der Truppe gehört?« In Ruperts Worten klang Anerkennung mit. Er lehnte sich breit zurück und führte dann aus: »Allein in Nordrhein-Westfalen gibt es mehr als 24 000 offene Haftbefehle.« Als wisse niemand etwas damit anzufangen, erklärte er: »Leute, derer wir nicht habhaft werden …« Er machte eine große Geste: »Da sind mindestens dreihundert Schwerverbrecher dabei. Mörder … hochgefährliche Typen!«

»Was wollen Sie damit sagen?« fragte Frau Schwarz. »Wir sind in Niedersachsen. Was haben wir mit Nordrhein-Westfalen zu tun?«

»Ich dachte ja nur«, verteidigte Rupert sich. »Wenn wir nicht genug menschlichen Grips haben, warum sollen wir dann nicht die künstliche Intelligenz einsetzen? Ich finde Gesichtserkennungsprogramme super.«

Frau Schwarz bestand darauf: »Wir arbeiten im Rahmen der geltenden Gesetze.«

Ann Kathrin gab ihr recht.

Rupert tippte sich an die Stirn: »Ja klar, darüber lachen sich alle Schwerkriminellen kaputt. Ich möchte nur an den Fall Daniela Klette erinnern. Das Ex-RAF-Mitglied wurde dreißig Jahre vom BKA gejagt. Journalisten haben sie mittels KI in dreißig Minuten gefunden, weil ihr Foto auf einer Homepage von einem Capoeira-Tanzverein auftauchte.«

Ann Kathrin versuchte, Rupert zu stoppen: »Das wissen wir alles.« Sie bat um Konzentration und fasste zusammen: »Zurück zu Wollenweber. Er hat uns über seine Reise nach Wangerooge nicht informiert. Er hat zwei Waffen getragen.«

»Der kluge Mann sorgt vor«, fand Rupert und griff unterm Tisch zu seinem Messer, das er im Winter im Stiefel trug und im Sommer in einem Beinholster.

Ann Kathrin fuhr fort: »Davon eine mit Schalldämpfer. Das sieht für mich so aus, als hätte unser Zivilfahnder vorgehabt, jemanden umzulegen oder«, Ann Kathrin machte einen Fingerzeig durch die Runde, »oder kennt einer von euch andere

Gründe, warum jemand so ein Trümmerteil von Schalldämpfer benutzt?« Sie deutete die Größe an.

»Vielleicht«, grinste Rupert, »wollte er im Weltnaturerbe die Vogelwelt nicht verschrecken.«

Ann Kathrin sprach weiter, als hätte Rupert nichts gesagt. »Er wurde von hinten attackiert, und man hat ihn mit einem Kehlkopfschnitt stumm gemacht.«

»Da wollten dann wohl beide leise sein«, warf Rupert ein.

Frau Schwarz fuhr ihn an: »Ich muss doch sehr bitten!«

Sylvia Hoppe meldete sich: »Wenn an dem Club etwas dran ist und er deswegen getötet wurde, dann könnte es eine Art Hinrichtung gewesen sein, weil unser Kollege Wollenweber etwas über jemanden wusste, das …«

Jessi stimmte ihr zu: »Oder er hat versucht, jemanden mit seinem Wissen zu erpressen. Deshalb der Schalldämpfer. Es könnte eine Art Geldübergabe gewesen sein. Und er ahnte, dass dabei viel schiefgehen könnte. Deshalb kam er bewaffnet und …«

Rupert lobte Jessi: »Ja, das macht durchaus Sinn.«

»Eine Geldübergabe auf Wangerooge.« Weller tippte sich an die Stirn. »Warum sollte einer so etwas machen? Ausgerechnet auf Wooge …«

Ann Kathrin kehrte zu ihrer Ausgangsfrage zurück: »Und wenn da ein Zusammenhang zwischen dem Tod von Jamie Rottmann und dem Kollegen Wollenweber besteht? Was dann? Wir müssen das in Betracht ziehen.«

Frau Schwarz winkte ab. »Ein drogensüchtiger Schüler … und ein hochkarätiger BKAler … Wir haben es hier mit einem Fall für die Innere zu tun, Frau Klaasen. Vom Club wurde eklatant gegen geltendes Recht verstoßen. Der Club hat unsere Gesetze mit Füßen getreten.«

Rupert provozierte: »Die waren dabei aber sehr erfolgreich. Die haben so manchen Typen erwischt, der vom Datenschutz geschützt wurde, wenn die Gerüchte stimmen, die man sich so erzählt.«

Er sah vom Fenster der Ferienwohnung aus auf den Leuchtturm. Er hätte gern im *Café Pudding* gefrühstückt, aber er igelte sich hier besser ein. Es gab genug Vorräte.

Birte Reif sorgte immer gut vor. Sie kochte auf dem Festland Marmeladen ein und stapelte sie in der Speisekammer ihres Rückzugsortes. Hier gab es genug Nudeln und Reis. Selbstgemachte Bolognese, Gulasch, rheinischen Sauerbraten, Snirtjebraa und Grünkohl mit Pinkel. Sie mochte es gern mit viel Fleisch. Sie kochte alles in Weckgläsern ein. Die Gläser waren so geordnet, dass die Zungen der roten Gummiringe nach vorne hingen. Sie standen geradezu militärisch in Reih und Glied, und es wirkte, als würden sie ihm die Zungen herausstrecken, um ihn zu verhöhnen.

In der Wohnung unter ihm wohnte Björn Hausmann. Der begeisterte Flieger besaß eine eigene kleine Cessna. Vielleicht war er deshalb für Frauen so interessant. Praktisch jedes Mal, wenn Oberdieck mit Jasmin dieses Liebesnest genutzt hatte, war ihm Björn mit einer anderen Frau begegnet. Er schlief meistens bei offenem Fenster und grillte gern auf der Terrasse. Er war selten zu überhören, weder beim Liebesspiel noch beim Grillen.

Beim letzten Mal hatte er Oberdieck und Jasmin eingeladen, mit ihm Grillwürstchen vom Highlandrind zu essen. Sie hatten sich dazu hinreißen lassen.

Björn war ein netter Kerl. Fünfundfünfzig, sah aus wie vierzig, ein bärtiger Mann, der die Frauen liebte und das Leben. Außerdem verstand er etwas von guten Weinen und gutem Fleisch.

Er gab ein bisschen viel mit seinem Flugzeug an und redete manchmal, als sei die Welt zu klein für ihn. Trotzdem war er kein Schickimicki-Typ, sondern ein Playboy auf bodenständige Art und Weise.

Er war zum dritten Mal verheiratet und wenn Oberdieck sich nicht irrte, würde er sich auch bald zum vierten Mal trauen lassen. Jeder hatte halt so seine eigenen Hobbys.

Hier in der Ferienwohnung hatte sein Bruder so manche Tage und Nächte mit Jasmin verbracht, wenn seine Frau glaubte, er sei unterwegs, um als Location-Scout neue Filmdrehorte zu erkunden. Auch er hatte sich hier mit Jasmin vergnügt. Die einzige Frau, die sie sich nie geteilt hatten, war Carina. Die heilige Carina. Sie war sakrosankt.

Carina vermutete ihn jetzt auf einer Erkundungstour in Wilhelmshaven und auf Borkum. Angeblich wollte er alte Tunnelsysteme und Bunker aufspüren, die für gruselige Filmszenen gebraucht werden konnten. Dabei hatte er davon längst genügend Aufnahmen in seiner Kartei. Das war für ihn erforschtes Gelände.

Er würde ihr also sogar Bilder zeigen können, um seine Fahrt glaubhafter zu machen. Aber er rechnete nicht damit, dass das nötig werden würde.

Natürlich würden sie die Fähren und Flugzeuge überwachen. Er vermutete, dass sie nicht genug Personal hatten, um gründliche Kontrollen auch nur für drei Tage aufrechtzuerhalten. Falls ihnen das überhaupt gelingen würde.

Er besaß noch mehrere Ausweise, die er sich in Hamburg

auf dem Kiez gekauft hatte. Genauer gesagt, nicht er, sondern sein Bruder hatte die Plastikkarten besorgt. Falls mal etwas schieflaufen sollte, wollten sie vorbereitet sein, um *den Abflug machen zu können*, wie sein Bruder sich ausgedrückt hatte.

Sie besaßen neue Identitäten als Christian Jaschonski und Andreas Edelholz. Personalausweise, Führerscheine und goldene Kreditkarten der Sparkasse inklusive.

Er fand es okay, mit seinem Bruder die Identität zu tauschen. Aber er wollte keinen anderen Namen. Ihm gefiel es, Oberdieck zu heißen. Aber beim Verlassen der Insel würde er – sollte er von der Polizei kontrolliert werden – sich Andreas Edelholz nennen. Dr. Andreas Edelholz, Psychiater mit eigener Praxis in Düsseldorf.

Es gab Berufe, die schüchterten Menschen rasch ein. Staatsanwälte. Richter. Rechtsanwälte. Ärzte. Aber am meisten Psychiater, weil sich jeder gleich erkannt und durchschaut fühlte.

Als Psychiater Dr. Andreas Edelholz rechnete er nicht mit einer Taschenkontrolle. Sie würden ihn rasch durchwinken und hoffen, dass er ihnen nicht ansah, welche sexuellen Neigungen sie hatten.

Er durchsuchte das Internet nach Meldungen zu den zwei Morden auf Wangerooge. Er rechnete nicht damit, dass Jamie Rottmanns Tod überhaupt als Mord wahrgenommen werden würde. Der Suizid war doch zu eindeutig. Aber ein toter Polizist sorgte immer für viel Ärger. Das kannte er aus Filmen. Da fühlte sich gleich die ganze Polizei, ja der Justizapparat oder der Staat herausgefordert.

Die Menschen waren keineswegs gleich. Das wurde bei Ermordeten besonders deutlich. Wen interessierten getötete Drogensüchtige? Prostituierte? Obdachlose? Ein braver Steuerzahler aber rief groß angelegte Ermittlungen auf den Plan. Ein treuer Staatsbeamter umso mehr.

Wollenweber galt einigen als Held. Es liefen schon erste Filmberichte über ihn. Jetzt stilisierten sie ihn zu *einem der besten Polizisten unseres Landes* hoch. Seine Erfolgsliste war lang. Aber auch Schwerte kam immer wieder vor. Sein Kampf gegen den Eisenbahnmörder, den er angeblich *in einem Duell gestellt* hatte, wurde überall groß hervorgehoben.

Diese Gesellschaft, so glaubte Oberdieck, mochte tote Helden besonders gern. Lebende weckten in den Menschen eher die Lust, sie vom Thron zu stürzen. Künstler. Sportler. Politiker. Manager. Wenn sie hoch genug aufgestiegen waren, verspürte die Gesellschaft eine große Lust daran, sie zu zerstören oder ihnen zumindest einen Makel anzudichten. Tote dagegen wurden zunehmend glorifiziert, und man durfte ihnen auch nichts Negatives nachsagen. Vielleicht konnten die Menschen Helden besser betrauern als feiern. Tote Helden waren ungefährlich. Lebende dagegen konnten sich zu Themen äußern und unangepasste Meinungen haben.

Jetzt hatten sie also einen neuen Helden. Einen Mann, der sein ganzes Leben gegen das Böse gekämpft hatte. Dabei war angeblich alles Private auf der Strecke geblieben. So wurden sogar seine persönlichen Niederlagen zu Triumphen. Sie zeichneten jetzt das Bild eines zölibatär lebenden Mönches, der sich dem Kampf gegen schwere Kriminalität verschrieben hatte. In Schwerte hätte ihn das angeblich fast das Leben gekostet. Doch er machte trotzdem weiter, und nun war er selbst zum Opfer geworden.

Für die kleine autofreie Insel wurde das Ganze zur PR-Show, denn der tote Polizist lieferte den perfekten Kontrast zu der malerischen Landschaft, und da man die Leiche nicht zeigen konnte, gab es zumindest tolle Landschaftsaufnahmen. Drohnenflüge über den Strand und Bilder von der bunten Bimmelbahn. Von einem Vogelschutzgebiet war die Rede und davon, dass hier die Zeit stehengeblieben sei. Urlauber sprachen von Wangerooge als: *Meine Insel.* Sie identifizierten sich mit diesem Sandhaufen, obwohl sie aus Bochum, Dortmund oder Bonn kamen.

Er legte sein Handy zur Seite und schaltete den Fernseher aus. Er machte sich das Gulasch warm. Er aß im Stehen am Herd aus der Pfanne. Danach zog er sich den Sessel zum Fenster, öffnete es, legte seine Füße auf die Fensterbank und genoss die Luft.

Im Leuchtturm fand eine Hochzeit statt. Er sah die Braut mit wehendem Kleid. Vielleicht rief er deshalb Carina an.

Er log ihr vor, in einem Bunker auf Borkum zu sein: »Vor mir ist alles eingestürzt. Riesige dicke Betonplatten hängen herab. Aber es ist eine wirklich tolle Atmosphäre. Die haben den Bunker in den Sand gebaut. Sieht von außen aus wie eine Düne. Als Drehort kaum zu toppen. Draußen die Weite, innen die klaustrophobische Enge. Da kann man mit einer Kamerafahrt ganz ohne Schnitte …«

Sie hörte ihm nicht mehr wirklich zu. Darth Vader und Luke Skywalker kämpften im Wohnzimmer gegen irgendwelche Monster, und so, wie sie kreischten, waren sie kurz davor, sie zu besiegen.

Carina klang verhalten, fand er. »Was ist los mit dir?«, fragte er.

»Ach, ich weiß nicht …« Sie suchte mit ihrem Handy einen ruhigen Ort. »Vielleicht werde ich krank. Ich fürchte, ich brüte etwas aus.« Sie wurde leiser: »Und die zwei sind heute echt anstrengend. Sie haben ein Schlachtfeld aus dem Wohnzimmer gemacht. Sie kämpfen gegen einen Imperator und eine Armee von Robotern oder Monstern. Sie flippen heute richtig aus.«

»Die Kids müssen toben. Wenn ich zurück bin, fahre ich mit ihnen in den Kletterwald nach Aurich oder mal wieder zum Bowlen ins Ocean Wave. Die Kinder dürfen nicht nur in der Stube hocken.«

»Hocken ist gut. Die können keine Minute stillsitzen.«

»Ich fürchte«, sagte er mit einem Bedauern in der Stimme, das sich für sie nach Heuchelei anhörte, »ich werde noch zwei, drei Tage brauchen. Höchstens vier.« Er lachte spöttisch. »Nun ja, es ist ja immer alles gleich eine Grundsatzdebatte wert. Erst wollen sie schöne Bilder von ihrer Insel im Fernsehen sehen, aber andererseits knausern sie mit Drehgenehmigungen. Weltnaturerbe! Vogelschutzgebiet! Touristen nicht in ihrer Ruhe stören! Das volle Programm. Und wenn ich nicht vorher alles festklopfe, dann brauche ich die Drehorte den Filmproduktionen erst gar nicht anzubieten. Schwierigkeiten am Drehtag kann sich heutzutage kein Mensch mehr leisten.«

Sie druckste irgendwie herum, fand er. War sie nicht allein mit den Kindern? Hörte noch jemand mit? War da ein anderer Erwachsener bei ihr? Ein Polizist? Dieser Rupert?

»Was ist mit dir, Carina? Du bist so komisch.«

»Ja, sagte ich doch. Ich glaube, ich hab mir einen Virus gefangen oder so was.«

»Bist du sauer auf mich?«

»Nein, ich … ach, das hat gar nichts mit dir zu tun … Ich hatte einen Anruf von Jasmins Tante. Sie macht sich Sorgen, weil Jasmin sich bei ihr nicht mehr meldet und bei mir ja auch nicht. Ich meine, stell dir vor, du hast plötzlich zu deiner ehemals besten Freundin keinen Kontakt mehr …«

»Jasmin! Jasmin! Ich kann den Namen schon nicht mehr hören!«

Carina seufzte: »Du solltest nicht so hart über sie urteilen. Sie hat dich immer verteidigt, wenn …«

»Mich verteidigt? Wer hat mich denn angegriffen? Du?«

»Nein, so meine ich das nicht. Aber ich hab mich schon mal ausgeheult bei ihr … wenn du mal wieder zu lange weg warst und ich mich einsam fühlte. Wozu ist eine beste Freundin denn da? – Manchmal dachte ich, die ist noch verliebter in dich als ich. Die würde im Zweifelsfall mehr zu dir halten als zu mir …«

Sie kicherte unangemessen, fand er.

»Klingt komisch für dich, oder?«

»Ja, Carina, ein bisschen schon. Vielleicht braucht deine Freundin jetzt einfach Ruhe und ist ein bisschen abgetaucht, oder sie hat sich neu verliebt und …«

Carina lachte gekünstelt: »Ach, hör auf! Die hat von Männern die Nase voll, fürchte ich. Ihr Matteo ist doch eine Vollkatastrophe. Ein Typ zum Abgewöhnen.«

Er versuchte, das Gespräch irgendwie rundzukriegen. Er hatte keine Lust mehr, noch länger zu telefonieren. »Wenn sich jemand nicht mehr meldet, dann will die Person vielleicht in Ruhe gelassen werden. Ich würde das respektieren und nicht ständig hinter ihr hertelefonieren. Telefone funktionieren ja in beide Richtungen. Wenn sie wieder was von dir will, wird sie sich schon melden.«

Carina fühlte sich angegriffen und verteidigte sich: »Ich telefoniere doch nicht ständig hinter ihr her! Was denkst du denn von mir? Machst du dir keine Sorgen, wenn ein Freund plötzlich auf Tauchstation geht?«

Seine Antwort kam hart: »Ich habe keine Freunde.«

Sie ließ seine Worte in sich nachklingen. Vielleicht war das ein typisches Zwillingsdrama. Fabian und Florian waren sich selbst immer genug gewesen. Sie waren sich näher als ihren Frauen, Freundinnen und Familien. Freunde brauchten sie eigentlich gar nicht.

Manchmal musste Ann Kathrin mit sich und dem Meer alleine sein. Weller glaubte, dies sogar an ihren Bewegungen zu erkennen. Sie nahm sich plötzlich weniger Raum, als sei sie eingeengt und müsse sich genau kontrollieren, um nicht anzuecken und sich weh zu tun. Manchmal bildete er sich ein, es zu wissen, bevor sie sich selbst im Klaren darüber war. Jetzt zum Beispiel.

Er schlug ihr einen Spaziergang am Deich vor. Sie nickte stumm und lächelte dankbar. Es war schön, einen sensiblen Ehemann zu haben, der so etwas bemerkte. Aber eigentlich wäre es ihr lieber gewesen, alleine am Meer zu sein.

Sie sagte es ihm nicht, um ihn nicht zu verletzen, doch dann kam es von ihm selbst: »Oder möchtest du lieber allein sein?«

Sie dachte, ja, aber sie sagte: »Nein.«

Sie fuhren zur einsamen Stelle, wo sie sich auf der dem Meer zugewandten Seite des Deiches in Gras fallen ließen. Weller sah nach Juist, Ann Kathrin in Richtung Norderney.

Weller pflückte sich ein Gänseblümchen und kaute auf dem Stängel herum. Er nahm sich vor, zu schweigen und nur dem Meer zu lauschen. Die Nordsee war heute laut. Die Wellen schlugen an die Strandbefestigung, als hätten sie vor, die Steine zu zerbrechen. Doch die Steine waren härter.

Eine Möwe gesellte sich zu ihnen wie eine alte Vertraute.

Sie hielt höchstens einen Meter Sicherheitsabstand. Weller sah in ihre gelben Augen. Darin lagen Gier, Misstrauen und Lebensfreude gleichzeitig. Er zeigte ihr seine leeren Hände. Die Möwe verstand, dass sie nicht zum Picknicken gekommen waren, wollte sich aber auch nicht bluffen lassen und drehte auf der Suche nach Essbarem eine Runde um das Pärchen.

Ann Kathrin legte ihre Arme um ihre Beine und ihr Kinn auf die Knie. Sie sah Weller nicht an, sondern sprach in Richtung Nordsee: »Weißt du, was ich glaube?«

Er neigte seinen Kopf zu ihrer Seite, um sie trotz des Wellengetöses gut hören zu können.

Das reichte ihr als Antwort. Sie fuhr fort: »Ich glaube, Wollenweber hat versucht, mich für seinen Club zu gewinnen.«

Weller reagierte erstaunt: »Was?«

Ann drehte ihren Kopf, um Weller anzuschauen: »Ja, Frank. Er hat es nicht direkt gesagt, und ich Idiotin habe nichts mitgekriegt. Aber er hat manchmal so komisch gesprochen, wenn ich mit ihm allein war, so als sei ich die einzige gute Polizistin bei uns.«

»Na ja«, gab Weller zu, »mit der Meinung steht er ja nicht ganz alleine da. Und wenn die wirklich eine Elitetruppe gegründet haben, die sich an keine Regeln hält, dafür aber sehr effektiv ist, dann …«

»Du meinst, da könnte etwas dran sein?«

»Na klar. Wenn ich mir diesen Club so vorstelle. Zielfahnder. Die letzten richtigen Jäger. Sie klemmen sich so lange hinter eine Person, bis sie sie aufspüren. Egal, wo. Und dann müssen sie erleben, dass nach endlosen Gerichtsprozessen die verwertbaren Beweise einfach nicht ausreichen. So, wie der Club an seine Informationen kommt, erkennt die doch keines unserer Gerichte an. Da ist der Freispruch praktisch vorprogrammiert. Eine nicht verwertbare Indizienkette – da wäre so eine Spürnase wie du schon das richtige Aushängeschild für die Jungs.« Er versuchte, es ihr leichter zu machen: »Aber was soll's, Ann. Die Frage ist doch jetzt müßig. Er ist tot und …« Weller schluckte und dachte die Sache zu Ende: »Du meinst, falls er von einem Profi ausgeknipst wurde, weil er zu viel wusste, dann könntest du die Nächste auf der Liste sein, weil die Typen ja gar nicht wissen, ob sein Anwerbeversuch geklappt hat oder nicht?«

»Nein«, sagte Ann, »darüber habe ich gar nicht nachgedacht. Ich frage mich stattdessen, ob ich bei ihnen mitgemacht hätte.«

Dazu sagte Weller lieber nichts.

Sie formulierte den Widerspruch selber: »Natürlich sind wir die Guten und können nicht mit den Mitteln der Bösen … Aber trotzdem frage ich mich manchmal, ob wir uns nicht wehrlos machen, indem wir alle Waffen aus der Hand geben … Eine künstliche Intelligenz, die Personen erkennt und sämtliche Kameras auswerten kann, die im Land verstreut sind, vom Parkhaus bis zur Einkaufszone, die könnte schon sehr effektiv sein, um ein paar Schwerkriminelle einzubuchten, die mit falschem Namen im Land herumreisen, aber wenn ich mir vorstelle, so etwas in den Händen einer Diktatur, dann wissen die alles über uns. Wir wären gläserne Menschen. Sie könnten jede Bewegung ihrer politischen Gegner …«

»Sind wir das nicht allein schon durch die Kartenzahlung und die schleichende Abschaffung des Bargelds?«

Wellers Handy spielte *Piraten Ahoi!* Er ärgerte sich, es nicht lautlos gestellt zu haben. Er ging ran, nur damit ihr Gespräch nicht weiter gestört wurde, aber das funktionierte natürlich nicht.

Er hatte die fröhliche Marion Wolters am Apparat, die verkündete: »Wie immer bei solchen Aktionen: Beifang! Da werden sich die bayrischen Kollegen aber freuen. Ein Trickbetrüger aus Nürnberg, der ihnen seit Jahren durch jedes Netz gegangen ist, wollte mit seiner neuen Freundin von Wangerooge aufs Festland zurück. Sein Ausweis war eine derart plumpe Fälschung, das wäre jeder Praktikantin bei REWE aufgefallen.«

Weller wunderte sich über den Vergleich, doch Marion Wolters fuhr triumphierend fort: »Das ist eine neue Generation. Früher haben Hehler geklaute Waren verkauft. Heute verkaufen die im Internet Sachen, die nicht mal vorher geklaut worden sind. Bei dem kannst du alles gegen Vorkasse bestellen. Kameras, Uhren, die schärfsten Modeartikel. Der hat aber nichts davon.« Sie lachte. »So hält der seine Lagerkosten gering. Dann hat er noch versucht, ein paar Banken auszunehmen, Kreditbetrug, das ganze Programm.«

Weller versuchte, sie zu unterbrechen: »Das freut mich ja alles für die bayrischen Kollegen, aber Ann und ich wollten eigentlich gerade mal durchatmen und …«

»Ach Gott, wie ich euch beneide! Ihr seid ja so ein süßes Pärchen. Liegt ihr etwa gerade zusammen im Bett? Wieso gehst du denn dann ans Telefon?«

»Nein, wir liegen nicht im Bett. Wir sitzen am Deich.«

»Oh, dann will ich nicht länger stören.«

Weller stellte das Handy auf lautlos und steckte es wieder ein. »Beifang«, sagte er spöttisch.

Ann Kathrin legte sich hin und sah in den wolkenlosen Himmel. Grashalme kitzelten sie im Nacken. »Wenn der Täter es auf Wollenweber als Mitglied des Clubs abgesehen hatte, dann müssen wir uns die anderen Figuren seines Clubs vorknöpfen«, sagte sie gegen den Himmel.

Weller hielt das für denkbar unrealistisch. »Aber Ann, wir kennen ihre Namen nicht. Das Wesen dieses Clubs ist doch, dass er geheim ist.«

»Wenn Wollenweber mich gewinnen wollte, dann sicherlich nicht ohne Absprache mit den anderen. Sie werden mich kontaktieren, Frank. Zumal wir jetzt ganz nah an diesem Fall sind.«

Weller glaubte nicht an eine Kontaktaufnahme. Stattdessen vermutete er: »Kann es nicht auch sein, dass Wollenweber den Eisenbahnkiller ausfindig gemacht hat?«

»Und sagt uns nichts?«, warf Ann empört ein.

»Der Typ hat immerhin ein paarmal auf ihn geschossen und ihn ganz schön aus den Schuhen gehauen. Wollenweber wirkte auf mich nicht wie ein glücklicher Mensch, Ann, sondern eher wie einer, der auf Rache sinnt. Der hat nie verwunden, dass der andere schneller war. Das hat der als große persönliche Niederlage erlebt. Ich glaube, er hat eine Chance gesucht, das wettzumachen, und ist dabei auf seinen Meister getroffen.«

Ann Kathrin widersprach: »Auf seinen Meister getroffen – was soll das denn heißen? Er ist seinem Mörder begegnet!«

»Ja, das meine ich ja.«

»Du fängst schon an, wie Rupert zu quatschen.«

Jetzt jaulten die Seehunde in Ann Kathrins Handy. Sie verzog zwar die Lippen, ging aber ebenfalls ran. Polizeidirektorin Elisabeth Schwarz.

»Die Einsatzkräfte, die auf Wangerooge Fähren und Flughäfen kontrollieren müssen, werden abgezogen.«

»Was?«, rief Ann Kathrin ungläubig.

»Wir müssen selber klarkommen. Es gibt Bauernproteste in Aurich, Oldenburg und Leer. Die machen die Autobahnauffahrten dicht und blockieren den innerstädtischen Verkehr. Da scheint sich gerade ein hohes Wutpotenzial zu entladen. Es wird Mist auf die Straßen gekippt und …«

»Und deshalb haben wir leider keine Zeit mehr, einen Mörder zu jagen, der einen Kollegen getötet hat?«

»So zugespitzt würde ich das nicht ausdrücken, Frau Klaasen. Wir müssen einfach mit unseren eigenen Kräften klarkommen. Höre ich da im Hintergrund Möwen und Meeresrauschen? Ist das jetzt wirklich die Zeit, um einen Strandspaziergang zu machen?«

Ann Kathrin wurde sauer: »Das ist eine Unverschämtheit, Frau Schwarz!« Sie warf ihr Handy einfach neben sich ins Gras. »Küss mich«, forderte sie ihren Mann Frank auf. »Sonst schreie ich!«

»Nun, so weit wollen wir es doch nicht kommen lassen«, sagte er und gab ihrem Wunsch nach.

Carina hielt es mit den Kindern nicht länger aus. Sie brauchte eine kleine Auszeit. Zweimal pro Woche kam neuerdings die Gymnasiastin Michelle Weiss, die sich am Ulrichsgymnasium auf ihr Abitur vorbereitete, als Babysitterin vorbei. Michelle hatte sich eigentlich als Nachhilfelehrerin beworben, aber es aufgegeben, den beiden Jungs etwas beibringen zu wollen. Ihr eigener Kinderwunsch war inzwischen der Idee gewichen, doch lieber zunächst ein bisschen von der Welt kennenzulernen. Dazu hatten Finn und Leon einen wesentlichen Beitrag geleistet.

Michelle verklärte Kinder nicht mehr romantisch wie früher, sondern schätzte inzwischen die Situation realistisch ein. So schön, toll und lustig es manchmal auch war, Kinder konnten auch ganz schöne Nervensägen sein.

Während Carina im Lütetsburger Park spazieren ging und sich auf einen Cappuccino mit Hafermilch freute, wurde Michelle mit einem Lasso gefangen.

Luke Skywalker war zu Indiana Jones mutiert, Darth Vader zu Batmans schlimmstem Feind, Joker. Er hatte sich mit Mehl und einer Fettcreme aus Carinas Kulturbeutel das Gesicht weiß geschminkt und mit knallrotem Lippenstift den Mund vergrößert, bis fast zu den Ohren, denn er wusste: Jokers Gesicht war irgendwann mal ganz aufgerissen worden.

Joker war irre. Das gefiel Finn. Wer verrückt war, war frei. Joker konnte gemein lachen. Das hatte Finn geübt, denn für Darth Vader gab es kein Lachen. Der war einfach nur streng und böse. Der Joker machte dagegen viel mehr Spaß. Er erbeutete Geld, stapelte es zu einer Pyramide auf und zündete die dann an. Ein brennender Haufen Geldscheine machte den Menschen mehr Angst als brennende Wohnhäuser, glaubte Finn, der das Böse nur aus Filmen kannte.

Jetzt hatten sie Michelle in der Küche auf einen Stuhl gefesselt. Sie sagte gerade, das sei jetzt alles nicht mehr lustig und sie sollten sie gefälligst wieder losmachen, und zwar ein bisschen plötzlich, als sich der Schlüssel im Türschloss drehte.

Finn versteckte sich unter der Spüle bei den Putzeimern.

Leon wollte den Witz aber komplett machen und stopfte der wehrlosen Michelle ein grün-weißes Geschirrtuch in den Mund. Es war aus Bambus-Viskose, mit einer flauschig weichen Oberfläche. Saugfähig und bestens geeignet, empfindliche Oberflächen streifenfrei zu polieren. Es hing jetzt aus ihrem Mund wie eine viel zu lange Zunge oder eine Schlange, die in sie hineinkriechen wollte.

Dann verkroch Leon sich unter der Sitzbank, wo es staubiger war, als er gedacht hatte.

Oberdieck betrat das Haus. Er rief schon im Flur: »Carina?« Als er keine Antwort erhielt: »Finn? Leon?«

Er ging davon aus, allein zu sein. Er hob kopfschüttelnd im Wohnzimmer ein paar Spielsachen vom Boden auf und warf sie in die Plastikkiste, die eigentlich für Legosteine und andere Bauteile gedacht war. Obendrauf lag ein Gewehr, mit dem Farbkugeln verschossen werden konnten. Carina hatte den Jungs verboten, mit dieser sogenannten Paintball-Munition zu schießen, doch was verboten war, reizte die zwei erst recht. Ihr Vater hatte jedem von ihnen eine Waffe geschenkt, um sich bei ihnen beliebt zu machen. Es war ihm zweifellos gelungen.

Oberdieck ging zum Aquarium, um die Fische zu füttern. Schon als er an die Scheibe trat und den Deckel hob, schossen sie nach oben und freuten sich auf die getrockneten roten Mückenlarven. Zwei Skalare fraßen ihm aus der Hand. Er mochte es, ihre Mäuler an seinen Fingerkuppen zu spüren, wenn sie nach den Mückenlarven schnappten.

»Ja, meine kleinen Lieblinge, ich hab euch nicht vergessen. Ich bringe euch bald auch noch lebende Wasserflöhe mit, damit ihr ein bisschen Spaß bei der Jagd habt und nicht völlig verfettet von diesem gefriergetrockneten Fraß.«

Er entdeckte einen toten Neonfisch, dessen leuchtendes Blau und Rot verblichen war. Sein Schwanz sah angefressen aus. Eine Saugschmerle knabberte an dem toten Neonfisch herum.

Oberdieck nahm den kleinen grünen Kescher mit dem geflochtenen Griff und fischte mit dem feinmaschigen Fangnetz den Neonfisch aus dem Aquarium. Dazu musste er die hartnäckige Saugschmerle vertreiben, die hungrig mit ins Netz schwamm.

Der Neonschwarm verzog sich hinter die Wurzel in den Wasserpestwald.

Er legte den toten Fisch in ein Papiertaschentuch und entsorgte ihn in der Toilette. Er sprach sogar ein paar Abschiedsworte: »Deine Leute haben sich einen Scheiß um dich gekümmert. Da lebst du dein ganzes Leben lang im Schwarm, machst jede Zuckung mit, und sobald es dir mal weniger gut geht und du aus der Reihe tanzt, lassen sie dich verrecken. Mach's gut. Versuch es im nächsten Leben noch einmal. Vielleicht ohne Schwarm. Sicherheit gibt es sowieso nicht. Das war alles nur Heuchelei. Das weißt du ja jetzt hoffentlich.«

Er trocknete sich die Finger ab und ging in die Küche, um sich ein Getränk aus dem Kühlschrank zu holen. Michelle, die bis jetzt starr dagesessen hatte, ruckelte auf ihrem Stuhl herum.

Oberdieck drehte sich zu ihr. Der offene Kühlschrank brummte.

Oberdieck hielt ein Bier mit Bügelverschluss in der Hand. Er sah sie an, als sei es ganz normal für ihn, eine gefesselte Frau mit einem Knebel im Mund in seiner Küche vorzufinden.

Er ließ das Bier ploppen und nahm einen tiefen Schluck. Dann erst schloss er den Kühlschrank. Er ging ohne Eile auf Michelle zu, streichelte ihr sanft über die Wangen und überprüfte ihre Fesseln. Kopfschüttelnd sagte er: »Was für eine stümperhafte Arbeit …«

Er legte den Zeigefinger seiner rechten Hand über seine Lippen und flüsterte: »Pssst!«

Ihre Augen traten hervor. Sie guckte ihn hysterisch an.

Langsam, als würde er es genießen, sie zu befreien, zog er am Geschirrtuch. Sein Gesicht drückte gespieltes Erstaunen darüber aus, wie viel Tuch aus ihrem so kleinen Mund herauskam.

Sie saugte scharf Luft ein.

Er sah sich um, als würde er damit rechnen, dass jemand still und leise im Türrahmen auftauchen könnte. Er war viel zu sehr auf Michelle konzentriert und irgendeinen Erwachsenen, der noch hier sein musste, um zu bemerken, dass Indiana Jones unter dem Tisch seine Schuhriemen zusammenband.

»Bitte machen Sie mich los«, bat Michelle. »Ich spüre schon meine Hände gar nicht mehr. Die Fesseln tun weh. Sie sind viel zu eng.«

»Wo ist Carina?«, fragte er.

Es hörte sich für Michelle an, als würde er eine Antwort erwarten wie: *Ihre Leiche liegt zerhackt im Keller.*

Er wollte einen Schritt auf den Messerblock zu machen, der auf der Arbeitsplatte nahe bei der Kaffeemaschine stand. Er schaffte es nicht bis zu den Messern. Er stürzte vor Michelle auf die Knie.

Diesen Erfolg konnte der Joker nicht Indiana Jones allein überlassen. Er tauchte hinter der Sitzbank auf wie ein Geist und reichte dem gestürzten Mann helfend die Hand. Der griff zu. Schon klickten Handschellen um sein linkes Handgelenk. Die andere Hälfte der silbernen Acht befestigte der Joker am Tischbein.

Er freute sich über den Erfolg und lachte sein Joker-Lachen. Er hatte den Überraschungseffekt voll auf seiner Seite. Nach dem Spaß in der Polizeiinspektion in Norden, wo es beiden gelungen war, die Kommissarin Marion Wolters mit ihren eigenen Handschellen zu fesseln, hatten sie sich Handschellen im Internet frei Haus bestellt. Das ging über Mamas Amazon-Konto sogar kostenlos. Sie hatten gleich vier Paar genommen und noch zwei Lassos, aber nicht diesen zwei Meter langen Kinderkram aus Jute, sondern die echten für die Ranch-Arbeit aus resistentem Nylon mit gewachstem Mantel. Dreißig Feet lang. Original aus den USA, um Rinder einzufangen oder eben Erwachsene.

Oberdieck hatte oft im Leben den Satz gehört, jemand wisse nicht, ob er lachen oder weinen sollte. Gerade Carina hatte es häufig ausgesprochen. Jetzt konnte er endlich etwas damit anfangen und fühlte sich hin- und hergerissen zwischen einem Lachkrampf und einem Wutausbruch. Wirklich zum Weinen war aber höchstens seine eigene Dummheit, weil er in diese Falle getappt war wie der letzte kinderlose Anfänger. Er, der der Polizei seit Jahren ein Schnippchen nach dem anderen schlug, hatte sich von Primarschülern übertölpeln lassen. Ein bisschen war er sogar stolz auf sie.

Vielleicht, dachte er, macht das ja die wahren Vaterfreuden aus: dass man es nicht mehr selbst hinkriegen muss, sondern den Staffelstab an die nächste Generation weitergeben darf.

Ja, in seinem Fall war das durchaus schwierig. Seine beiden Kinder konnten vielleicht in einen recht lukrativen Filmjob wechseln. Da hätte er Möglichkeiten, ihnen mit Rat und Tat zur Seite zu stehen, wenn sie in dem Alter wären. Aber gute Serienkiller aus ihnen zu machen, war eigentlich nicht sein Ziel. Obwohl, wenn er sich jetzt so ansah, wie sie Michelle auf den Stuhl gefesselt hatten, waren darin schon viele seiner Phantasien verwirklicht. Noch zu laienhaft, ein bisschen nachlässig hingestümpert, aber der Ansatz war schon richtig.

Irritiert von seinen eigenen Gedanken verpasste er die

Chance, den Tisch hochzuheben, um die Handschellen vom Tischbein zu ziehen. Stattdessen verfing er sich im Lasso und spürte die Nylonschlinge am Hals. Schön war das nicht und lustig schon mal gar nicht. Zumindest nicht für ihn.

Leon und Finn feixten. Leon gab stolz an: »Hast du das gesehen, Diggah?«

»Voll krass, äi!«

Sie arbeiteten geschickt Hand in Hand.

Oberdieck versuchte, den coolen Vater raushängen zu lassen: »Also gut, Jungs. Respekt. Darauf gebe ich bei Riva ein Eis aus. Ihr habt es echt drauf. Aber jetzt macht mich bitte los.«

Die zwei standen nur stolz da und betrachteten ihr Werk.

Indiana Jones zeigte auf seinen Vater und behauptete: »Du warst voll goofy!«

Der Joker war ganz seiner Meinung: »Aber so was von goofy!«

»Was soll das heißen? Goofy? Das ist doch diese Comicfigur, der Freund von Micky Maus?«, fragte Oberdieck.

Damit brachte er die zwei noch mehr zum Lachen und bewies ihnen einmal mehr, dass Erwachsene eben keine Ahnung hatten, und sobald jemand die Schule verließ, war er im Grunde schon voll vergreist.

Michelle erklärte es ihm mit trockenem Mund: »Goofy sein heißt so viel wie tollpatschig oder leicht verblödet.«

Er lächelte die Kinder an: »Ja. Genauso fühlte ich mich auch. Das beschreibt es ziemlich treffend.«

Der Joker hatte plötzlich keine Lust mehr, böse zu sein, und wechselte ansatzlos vom gruseligen Clown zum kleinen Jungen Finn mit Schmollmund.

»Ich habe Hunger.« Er stellte sich vor Michelle und meckerte: »Hast du nicht versprochen, uns Apfelpfannkuchen zu machen?«

Sie deutete mit der Nase auf ihre Fesseln. »Ja, wie denn?«

Indiana Jones ließ den Großzügigen raushängen: »Na gut. Befreien wir die Prinzessin.«

Er ging zum Messerblock und zog ein breites Fleischmesser heraus. Das Santoku. Ihr Vater hatte die beiden Jungs vor dem Messer gewarnt und versucht, ihnen Respekt davor beizubringen. Siebenundsechzig Lagen japanischer Damaststahl mit Edelstahlkern. Rasiermesserscharf. Der Griff aus Wurzelholz und blauem Kunstharz. Ein goldener Ring trennte Griff und Klinge. Sie besaß ein Muster, das zu leuchten schien.

Das Messer wirkte vertrauenerweckend und gefährlich zugleich. Deshalb wählte der kleine Indiana Jones es. Er hielt es wie ein Beil, als er sich Michelle näherte.

Sie schrie: »Bist du verrückt? Wehe, du schneidest mich damit!«

Oberdieck bat ihn: »Sei vorsichtig. Nimm lieber eine Schere, Leon.«

»Ich bin Indiana Jones«, antwortete der, als sei damit alles gesagt und jedes Argument sinnlos geworden.

Er durchtrennte Michelles Fesseln und sah ihr dabei in die Augen, statt auf seine Hände oder die Klinge. Oberdieck registrierte das. Genoss Leon Michelles Angst, oder wollte er nur cool rüberkommen? War das noch Spiel, oder was passierte hier?

Michelle fauchte den Kleinen an: »Guck auf deine Finger!«

Als würde er wach werden, tat er, wie ihm befohlen, und konzentrierte sich auf den nächsten guten Schnitt.

Michelle saß stocksteif da. Sie presste ihre Lippen aufeinander, als würde sie einen Schmerz erwarten und sich wappnen, um ihn auszuhalten. Aber zu ihrem Erstaunen tat Leon ihr nicht weh. Stattdessen fiel der Druck von ihr ab.

Sie war frei.

Sie betrachtete ihre Hände, als seien sie ihr gerade erst gewachsen, und sie wüsste noch nicht, welche Möglichkeiten es gab, die Finger zu bewegen.

Finn verlangte: »Aber die Pfannkuchen mit ganz viel Zimt!«

»Und Vanilleeis«, ergänzte Leon.

Finn setzte noch einen drauf: »Nein, lieber Schoko, und natürlich Sahne. Aber nicht aus der Scheißsprühdose, sondern frisch geschlagen.«

Damit zitierte er seine Mutter fast richtig. Nur hätte Carina nicht *Scheißsprühdose* gesagt.

Michelle stand jetzt ganz gerade. Sie räusperte sich und strich ihre Kleidung glatt. Sie reckte ihr Kinn vor.

»Machen Sie mich los«, forderte Oberdieck. Doch sie wirkte, als hätte sie ihn gar nicht gehört oder würde nicht seine Sprache sprechen.

Sie ging wie auf Stelzen in Richtung Herd, als hätte sie wirklich vor, Pfannekuchen zu backen, bog dann aber ab und wollte zur Tür.

»Machen Sie mich los, verdammt!«, rief Oberdieck.

Joker schimpfte enttäuscht: »Äi! Unsere Pfannkuchen!«

Michelle drehte sich im Türrahmen um und sprach zu Oberdieck: »Ich kündige. Sie sehen mich nie wieder. Das sind keine Kinder. Das sind verzogene Monster. Sie können Ihre Brut in Zukunft selbst erziehen. Ich will damit nichts mehr zu tun haben.«

Sie wollte das Haus verlassen und stolzierte durchs Wohnzimmer.

Joker schrie: »Die Gefangene will fliehen!«

Oberdieck meckerte: »Sie können doch jetzt nicht so einfach gehen!« Er zerrte an seinem Lasso.

Michelle guckte sich noch einmal um. Die Haustür war schon in greifbarer Nähe. »Andere lassen sich von einem Sugar-Daddy verwöhnen, und ich blöde Kuh werde hier für einen Hungerlohn von dieser Bande verarscht!«

»Deine Pfannkuchen schmecken sowieso nicht!«, schimpfte Indiana Jones.

Joker griff zum vollautomatischen Paintball-Markierer aus der Lego-Kiste und zielte auf Michelle. »Stopp! Bleib stehen!«

Sie zeigte ihm den Stinkefinger und ging.

Er schoss seine ökologisch abbaubare Munition auf Wasserbasis ab. Drei Gelkügelchen trafen Michelle in den Rücken, bevor sie die Tür hinter sich zuknallen konnte. Zwei weitere zerplatzten am Holz.

Ann Kathrin Klaasen verbrachte bei diesem Wetter nur so wenig Zeit wie möglich im Büro. Viel ließ sich auch in der freien Natur erledigen. Dort war nicht nur die Luft besser, sondern sie fühlte sich auch freier und ungestörter. Im Grunde war es effektiver, bei einem Spaziergang am Deich zu arbeiten, als an ihrem Schreibtisch in der Polizeiinspektion.

Sie trug ein Headset, das Weller ihr geschenkt hatte. Eigentlich mochte sie die Idee nicht. Sie fühlte sich dann als Teil einer Maschine, doch inzwischen hatte sie es lieben gelernt. Ihr Handy baumelte in ihrer Jackentasche, zählte ihre Schritte am Deich und übertrug kabellos das Gespräch.

Sie telefonierte alte BKA-Kontakte durch. Kollegen, denen sie mal geholfen hatte und die möglicherweise jetzt bereit waren, ihr einen Tipp zu geben. Sie war lange nicht so gut vernetzt wie ihr ehemaliger Chef Ubbo Heide, doch auch den hatte sie für sich eingespannt. Er empfand es als Ehre, Ann Kathrin helfen zu dürfen.

»Du warst, mein Mädchen«, sagte er fast zärtlich, »meine beste Schülerin.« Er sprach voller väterlichem Stolz mit ihr. Ja, er wäre gerne ihr Vater gewesen, aber da er nie etwas mit ihrer Mutter gehabt hatte, musste er sich mit der Stellung des ehemaligen Chefs zufriedengeben.

Jetzt, bei Ebbe, war das Watt für viele Kinder zu einem idealen Spielplatz geworden. Endlich durften sie herummatschen, niemand forderte sie auf, sich nicht dreckig zu machen oder ihr Zimmer aufzuräumen. Teilweise kreischten die Kinder lauter als die Möwen.

Besonders freute Ann Kathrin sich, wenn sie junge Väter sah, die sich mit ihren Kindern auf dem Meeresboden wälzten und dabei ihren Büroalltag vergaßen. Alle, die schwarz und klebrig aus dem Watt kamen, hatten glückliche Gesichter.

Aber es gab auch das Gegenteil. Sie sah ein junges Pärchen mit ihrem höchstens drei Jahre alten Jungen zwischen sich. Mama hielt die rechte Hand, Papa die linke. Sie wollten mit dem Kind ins Watt gehen, doch der Kleine zog die nackten Füße hoch und wollte auf keinen Fall den Boden berühren. Er weinte und schrie, als hätte er Angst, vom Meeresboden verschluckt zu werden.

Sie hatten ihr Kind zu äußerster Reinlichkeit erzogen. Es war in einem fast sterilen Umfeld aufgewachsen. Und plötzlich sollte es so etwas gut finden?

Die Eltern mussten verrückt geworden sein. Am liebsten hätte der Kleine sie gegen neue Eltern umgetauscht. Saubere.

Das Meer, die Naturgewalten, konfrontieren jeden mit sich

selbst, dachte Ann. Vielleicht suche ich deshalb immer die Nähe.

Sie atmete tief durch. Hier auf dem Deich, bei Ebbe, konnte sie den Meeresboden einatmen. Ja, so fühlte es sich für sie an. Sie schmeckte ihn. Die Luft roch und schmeckte bei Ebbe anders als bei Flut. Metallischer.

Ubbo Heide wusste, dass es die legendäre *Miss Moneypenny* wirklich gab. Er hatte sie nie gesehen, und er kannte ihren wirklichen Namen nicht. Aber in einer schwierigen Situation, als er mit seinen Ermittlungen von einer Sackgasse des Datenschutzes in die nächste lief, hatte er vom *Club der Wissenden* den entscheidenden Hinweis bekommen. Es war um eine Einbrecherbande gegangen, organisierte Kriminalität, verbunden mit Geldwäsche im großen Stil.

Normalerweise wären sie unentdeckt geblieben, falls man sie nicht irgendwann auf frischer Tat erwischt hätte, doch dafür waren sie zu clever und zu gut organisiert. Aber bei Streitigkeiten war es zum Mord gekommen, und in dieser Liga wurde mit anderen Bandagen gekämpft.

Von *Miss Moneypenny* kam der Hinweis, dass Leute, die Sozialhilfe bezogen, dicke Autos fuhren, die sich Normalverdiener nicht leisten konnten, und Ferienwohnungen auf den Inseln besaßen. Alles bestens über Strohmänner – in dem Fall eher Strohfrauen – geregelt.

Mit dem Wissen war er weitergekommen. Bei einer Hausdurchsuchung hatte er 712 000 Euro und 42 Cent in einer blauweißen Schalke-Sporttasche gefunden. Für einen Sozialhilfe-Empfänger – so hieß das damals noch – eine erstaunlich hohe Summe.

Seitdem wusste er, dass es *Miss Moneypenny* wirklich gab. Er hatte dieses Wissen immer für sich behalten. Jetzt sprach er mit Ann Kathrin darüber, während im Hintergrund Kinder und Möwen kreischten.

»Wollenweber gehörte also zum Club«, sagte Ubbo Heide. »Weißt du, Ann, wenn sie mich gefragt hätten – ich glaube, ich hätte mich ihnen damals auch angeschlossen. Nicht ohne Bedenken, aber ich hätte es getan. Zu oft fühlte ich mich ausgebremst.«

Ein zweiter Anruf klopfte an. Ann Kathrin verabschiedete sich von Ubbo und nahm das Gespräch an. Sie bereute es sofort. Es war ihre Chefin Elisabeth Schwarz, die eine großartige Schachspielerin war, aber ihre menschlichen Umgangsformen ließen zu wünschen übrig.

In harschem Ton sagte sie: »Frau Klaasen, was machen Sie denn da wieder? Sind Sie völlig verrückt geworden? Glauben Sie, dass Ihre ostfriesische Schnarchtruppe hier den Mordanschlag auf einen BKA-Personenfahnder aufklären wird? Sie bringen sich in heftige Schwierigkeiten und machen uns alle lächerlich. Erstens ist die Innere da dran, und zweitens ist soeben ein hoch qualifiziertes Team aus Wiesbaden hier eingetroffen. Sie sind mit der Arbeit von Herrn Wollenweber bestens vertraut und …«

Ann Kathrin ärgerte sich, noch während sie den Satz aussprach, doch sie konnte sich nicht bremsen: »Und möglicherweise ist unter denen sogar der Täter.«

»Frau Klaasen, ich muss doch sehr bitten! Mäßigen Sie sich. Mit solchen Verdächtigungen können Sie uns alle in Teufels Küche bringen.«

»Ein BKA-Ermittler, der mit Schalldämpfer auf der Waffe in den Dünen spazieren geht, ist sicherlich nicht ein paar jugendlichen Rowdies zum Opfer gefallen, die er beim Kiffen erwischt hat.«

»Das ist heute sowieso nicht mehr strafbar, Frau Klaasen. Sie befinden sich nicht auf der Höhe der Zeit. Rühren Sie nicht in dieser Suppe herum! Es ist nicht Ihre Suppe!«

Manchmal bekam die Stimme von Frau Schwarz einen keifenden Ton, der Ann Kathrins Gehör beleidigte. Bei Dienstbesprechungen hielt sie sich dann demonstrativ die Hände an die Ohren, wenn sie mit ihr telefonierte, hielt sie das Handy weiter weg. Doch jetzt, mit dem Headset, ging das nicht. Alles kam ungefiltert bei ihr an.

Sie ging in Richtung Westen zu den Salzwiesen, um ein bisschen weiter weg von den Touristen zu sein. Für einen Moment wurde sie abgelenkt, weil sie zwei Löfflern zusah. Die stolzen Tiere suchten nach Nahrung und klapperten dabei mit ihren langen Schnäbeln, als könnten sie so Lebendfutter anlocken.

»Was ist, Frau Klaasen? Haben Sie dazu gar nichts zu sagen?«

»Doch, habe ich. Ich lasse mich nur nicht gerne so anfahren. Sie haben mich und Frank Weller Herrn Wollenweber zugeteilt. Natürlich versuche ich, alte Kontakte spielen zu lassen, um …«

»Hören Sie auf damit! Sie machen nur die Pferde scheu! Das Ganze geht weit über Ihren Horizont hinaus! Sie leiten dieses Ermittlungsverfahren nicht, Frau Klaasen!«

»Natürlich nicht, ich bin doch keine Staatsanwältin. Ich untersuche lediglich einen Fall.«

»Ach, machen Sie mir doch nichts vor!«, drohte Polizeidirektorin Schwarz. »Sie würden am liebsten den Beweis erbringen, dass er zum Club der Wissenden gehörte und deswegen getötet wurde. Ahnen Sie überhaupt, welchen Flurschaden Sie damit hinterlassen könnten? Wie würden wir als Polizei dastehen?« Sie beantwortete ihre Frage selbst: »Als eine Bande von Typen, die sich genauso wenig an die Gesetze hält wie die Kriminellen!«

Ann Kathrin war empört: »Sie haben doch selber gesagt, dass …«

»Ja, das habe ich intern als Möglichkeit geäußert. Aber ich will nicht, dass das jemand an die große Glocke hängt. Haben Sie schon mit Ihrem Spezi Holger Bloem telefoniert? Muss ich als Nächstes damit rechnen, dass die Sache in der Nordwest-Zeitung breitgetreten wird?«

Ann Kathrin hatte keine Lust mehr, dieses Gespräch weiterzuführen. Sie rief: »Hallo? Hallo? Ich kann Sie nicht verstehen. Hallo? Sprechen Sie bitte lauter! Frau Schwarz? Sind Sie mit Ihrem Handy in einem Funkloch? Ich habe hier guten Empfang. Hallo? Sind Sie noch da?«

Ann Kathrin klickte das Gespräch weg, setzte sich ins Gras und sah den Löfflern zu. Es kam ihr ein bisschen so vor, als würden die zwei sie verstehen und über ihre Probleme lächeln. Da war das Meer. Über ihnen der Himmel. Und dazwischen so viel Schönes.

Die suchen nur Nahrung, dachte Ann Kathrin. Wir Menschen manchmal Probleme.

Sie hatten noch einen Marzipanseehund in der Handtasche, den ihre Freundin Monika Tapper ihr neulich zugesteckt hatte. »Wenn's mal kompliziert wird, Ann, einfach reinbeißen«, hatte sie gesagt, und genau das tat Ann Kathrin jetzt. Sie biss dem Seehund den Kopf ab. Der Geschmack mallorquinischer Mandeln explodierte unter ihrem Gaumen und erzählte ihr davon, wie schön diese Welt war.

Ann Kathrin saß ganz ruhig im Gras. Die scheuen Löffler kamen näher. Fast wäre sie geneigt gewesen, ihnen ein bisschen vom Marzipanseehund abzugeben, doch dann entschied sie sich, ihn selbst aufzuessen. Sie brauchte jetzt einen Energiespender. Es war, als würde der Seehund sie mit Ubbo Heide verbinden, der bei Dienstbesprechungen gern einen Seehund geschlachtet und jedem mit der Aufforderung angeboten hatte: »Greift zu. Marzipan macht intelligent. Und genau das brauchen wir jetzt, Leute.«

Ihr Handy meldete sich erneut. Sie nahm das Gespräch an: »Ja, Ubbo?«

»Gute Nachrichten, Ann Kathrin. *Miss Moneypenny* hat mich gerade angerufen. Sie hat sich ziemlich fertig angehört. Wollenwebers Tod geht ihr sehr nahe. Hörte sich für mich so an, als hätten die zwei mehr als eine kollegiale Beziehung gehabt. Sie will dir alle Mittel zur Verfügung stellen, die du zur Aufklärung brauchst. Sie will dich treffen.«

»Mich? Aber sie kennt mich doch gar nicht.«

Ubbo Heide lachte: »Jeder kennt dich, Ann. Und sie wusste natürlich, dass Wollenweber mit dir zusammenarbeitet.«

»Sie hat ihn die ganze Zeit über mit Informationen gefüttert, während wir …«

»Ja. Natürlich.« Ubbo Heide sprach jetzt fast so wie früher als Chef. Sehr zugewandt, aber gleichzeitig klar in seinen Anweisungen: »Sie ist schon unterwegs, Ann. Sie will nicht in die Polizeiinspektion. Sie will überhaupt keinen deiner Kollegen sehen. Nur dich. Ich glaube, sie wäre nicht mal bereit, mit mir zu sprechen. Sie hat mich nur genutzt, um den Kontakt zu dir zu herzustellen. Sie weiß, dass ich ihr noch etwas schuldig bin wegen damals …«

»Wie ist ihr richtiger Name?«

»Keine Ahnung.«

»Wie kann ich sie treffen?«

»Ich hab den Termin für dich schon klargemacht.«

»Wann und wo?«

»In einer halben Stunde bei *ten Cate.*«

»Danke, Ubbo.« Sie wollte das Gespräch schon beenden und aufbrechen, doch dann fragte sie schnell: »Wie erkenne ich sie denn?«

»Sie wird dich ansprechen.«

Ann Kathrin erhob sich wohl zu rasch. Die Löffler erschraken und flogen weg. Ann Kathrin winkte ihnen hinterher. Am liebsten hätte sie sich bei ihnen entschuldigt.

Der Joker und Indiana Jones hatten keineswegs vor, ihren Vater freizulassen. Im Gegenteil. Sie fanden es klasse, ihn so an den Tisch gefesselt zu haben. Sie verstärkten das Ganze noch mit Teppichklebeband und einer weiteren Handschelle.

Damit es nicht zu unbequem für ihn wurde, brachten sie ihm zwei Kissen und eine Wolldecke.

Er tat, als würde er das alles immer noch witzig finden. Er wollte ja kein Spielverderber sein, sondern ein gutes Verhältnis zu den Kindern, obwohl sie ihm langsam ein bisschen spooky vorkamen.

Spooky – das war auch so ein Wort, das er von ihnen gelernt hatte. Sie befanden sich jetzt wohl in der Phase, in der sie ihm mindestens genauso viel beibrachten wie er ihnen.

Die zwei hatten sich inzwischen entschlossen, selber Pfannkuchen zu backen. Sie rührten einen Teig an und verlangten von ihm klare Anweisungen, was man alles für so einen Pfannkuchenteig brauchte und wo es in der Küche zu finden war.

Fast hätten sie ihn losgemacht, weil sie das Glas mit dem

Apfelmus nicht aufbekamen, doch der Joker suchte nach einem YouTube-Lernvideo und fand schnell heraus, dass es ausreichte, das Vakuum zu zerstören. Und sobald Luft ins Glas schoss, ließ sich auch der Deckel ganz leicht abdrehen. Ein kleiner Piks in den Deckel, und alles war erledigt.

Da sie schon einmal bei YouTube waren, fand der Joker nun auch Lernvideos, wie man einen Pfannkuchen in der Luft wendet. Er fand das großartig und versuchte es. Der erste Pfannkuchen landete auf dem Boden, der zweite klebte jetzt an der Küchenlampe, aber beim dritten hätte es fast geklappt. Fast.

Sie entschieden sich dann, den nächsten Pfannkuchen mit Gabeln in der Pfanne zu wenden. Als er ihnen kaputtging, freute Joker sich: »Jetzt sieht es aus wie Kaiserschmarrn. Das sind ja im Grunde auch nur heruntergefallene Pfannkuchen.«

Sie aßen dann direkt aus der Pfanne. Sie gaben noch Apfelmus und viel Zimt dazu. Sie stellten die Pfanne vor ihrem Vater auf den Boden, setzten sich zu ihm, und das Ganze hatte etwas von Lagerfeueratmosphäre.

Den Jungs ging es richtig gut. Sie fütterten ihren Pa auch. Dabei tropfte zwar Apfelmus auf seinen Hals und sein Hemd, aber das sollte heute sein geringstes Problem bleiben.

Der erkaltete Pfannkuchen rutschte jetzt von der Lampe, klatschte auf die Tischkante und von da auf den Boden.

»Oh«, lachte Joker, »hier fallen Pfannkuchen vom Himmel!«

»So ist das im Schlaraffenland«, behauptete Indiana Jones.

Als Carina nach ihrem Besuch im Lütetsburger Park relativ entspannt nach Hause zurückkam, ahnte sie Schlimmes, als sie die Farbspuren vor der Haustür auf dem Boden sah. Hatten die Kinder wieder mit diesen schrecklichen Paintball-Waffen geschossen? Sie verstand ihren Mann einfach nicht. Wie konnte man Kindern so etwas schenken!

Sie schloss die Tür auf und sah die Spritzer auf dem Teppichboden. Von der Haustür war die Farbe heruntergelaufen und zog jetzt Schlieren auf dem Teppich im Eingangsbereich.

Sie konnte von hier aus nur einen kleinen Teil der Küche überblicken. Unter anderem sah sie den Herd. Sie stöhnte und rief: »Michelle!!!«

Ihr an den Tisch gefesselter Mann antwortete: »Die hat gekündigt!«

Carina lief in die Küche, um sich die ganze Katastrophe anzusehen. Sie war von ihren Kindern einiges gewöhnt. Aber jetzt musste sie doch schlucken.

Die Küche sah aus wie Sau, und genau das sagte Carina auch.

Komischerweise wunderte sie sich gar nicht darüber, ihren Mann angebunden zu sehen. Sie suchte lediglich ihre Kinder.

Finn hatte sich schon wieder unter der Spüle verkrochen und Leon unter der Sitzbank.

Carina stand in der Küche, verschränkte die Arme vor der Brust und rief: »Finn! Leon! Kommt sofort raus!«

Leon hob seinen Kopf und zeigte eine dicke Wollmaus vor, die er unter der Sitzbank gefunden hatte. »Guck mal, wie das hier aussieht, Mama ...«

»Lenk jetzt nicht ab!«, fuhr sie ihn an.

Oberdieck guckte wie beim Pingpong zwischen Mutter und Sohn hin und her und fragte sich: Wieso macht sie mich nicht los?

Carina rief noch einmal: »Finn!«

Finn öffnete die Spüle und warf dabei aus Versehen die Waschmaschinentabs um. Sie kegelten auf den Küchenboden.

»Wir haben«, sagte der Joker strahlend, »Pfannkuchen gemacht, Mama.«

»Ja«, kommentierte sie sarkastisch, »das sehe ich.«

»Willst du auch einen?«

Manchmal wurde Carina anfallartig streng. Jetzt war so eine Situation: »Ihr werdet mir jetzt helfen, hier sauber zu machen!« Für ihre Verhältnisse hatte sie das schon fast gebrüllt.

Joker standen bereits Tränen in den Augen, weil seine Mutter so scharf mit ihnen sprach. Er bückte sich, um das Lasso zusammenzurollen, mit dem sie Michelle eingefangen hatten.

Oberdieck warnte Carina: »Besser, du machst mich los, bevor sie dich auch anbinden und wir ihnen hier völlig ausgeliefert sind.«

Joker guckte, als hätte er ihn damit erst auf eine Idee gebracht.

»Wehe«, sagte Carina und hob drohend den Zeigefinger.

»Bleib so«, bat Joker und schwang das Lasso. Weil die Küche eigentlich für einen richtigen Lassowurf zu klein war, fegte er, noch bevor sich die Schlinge wirklich weit genug geöffnet hatte, die Gläser von der Anrichte.

Carina griff ins Lasso und riss es ihrem Sohn aus der Hand. Dabei sauste das Nylonseil scharf durch seine Handflächen. »Aua«, rief er, »das hat weh getan, Mama!«

»Macht jetzt sofort euren Vater los«, befahl sie, und zu seinem großen Erstaunen taten die Kinder, was die Mutter verlangte.

Vielleicht, dachte er, ist es das, was ihnen manchmal fehlt: eine klare Ansage.

»Wieso«, fragte sie ihn, »hast du das hier nicht verhindert?«

»Hätte ich ja gerne«, gestand er, »aber ich war froh, dass ich nicht am Marterpfahl gefoltert wurde.«

Jasmin wurde in ihrem Sarg wach. Sie war nassgeschwitzt. Gleichzeitig waren ihre Zunge und ihr Hals ausgetrocknet. Sie leckte sich über die Handinnenflächen und die Arme, in der Hoffnung, etwas Feuchtigkeit aufsaugen zu können. Ihre Zunge fühlte sich auf der Haut an wie ein vertrockneter Spüllappen.

Bei dem Versuch, tiefer zu atmen, geriet sie in einen Hust- und Niesreiz, der so heftig wurde, dass ihr Körper davon geschüttelt wurde und sie mehrfach mit dem Kopf gegen das Holz stieß. Sie nieste und hustete, bis Tränen aus ihren Augen liefen. Sie hätte sie gern aufgesaugt. Sie bedauerte den Flüssigkeitsverlust.

Sie kam wieder zur Ruhe. Sie atmete nur flach. Sie lauschte. Sie konnte nur Geräusche hören, die sie selbst verursachte. Das Rasseln der Lunge, das Rascheln ihrer Kleidung. Das Knarren des Holzes, wenn sie sich bewegte.

Stille konnte etwas Furchtbares sein. Wie oft hatte sie sich nach Stille und Ruhe gesehnt? Aber jetzt bedeutete es nur, dass sie mit ihrer Todesangst alleine war. Ohne jede Hoffnung auf Hilfe.

Wenn er wenigstens da gewesen wäre … Ja, sie sehnte sich sogar nach seiner Gegenwart. Manchmal, in guten Momenten, war es ihr ja gelungen, ihn zu erreichen. Zumindest hatte es sich so angefühlt. Wenn Tante Elli die Gesprächsführung für sie übernommen hatte, dann war Hoffnung aufgekeimt. Sie konnte ihn erreichen und auch ein bisschen beeinflussen.

Was, fragte Jasmin sich, würde Tante Elli jetzt tun, in dieser Scheißsituation? Würde sie sich in ihr Schicksal ergeben?

Von ihr hatte sie den Gelassenheitsspruch gelernt. Tante Elli hatte gesagt: »Das ist der Weg zum Glück, Jasmin: *Gott, gib mir die Gelassenheit, Dinge hinzunehmen, die ich nicht ändern kann, den Mut, Dinge zu ändern, die ich ändern kann, und die Weisheit, das eine vom anderen zu unterscheiden.*

Diese Weisheit stammte nicht von Tante Elli selbst. Sie hatte ihre Schwierigkeiten mit dem Gottesbegriff, aber sie zitierte ja nur. Sie hatte den Spruch von einem ihrer Lover gelernt, der trockener Alkoholiker war und noch regelmäßig zu den *AA*-Gruppen ging. Sie war schon lange nicht mehr mit ihm zusammen. Es war, wie meist bei ihr, nur eine kurze und intensive Affäre gewesen. Doch diese Sätze prägten sie noch immer.

Der Knackpunkt war, man musste wissen, was sich ändern ließ. Konnte sie versuchen, diesen Sarg noch einmal zu verlassen? War sie in der Lage, ihn zu zerschlagen? Oder tat sie sich einfach nur unnötig weh, wenn sie versuchte, sich mit ihren Fäusten einen Weg durch das Holz zu bahnen?

Tante Elli hatte ihr mal einen Gürtel geschenkt. Einen, den sie selbst angeblich lange getragen hatte, mit einer Riesenschnalle vorne dran: Zwei Drachenköpfe und zwei Dornen.

Wenn ich jetzt diesen Gürtel tragen würde, dachte sie, könnte ich mich damit befreien. Mit den Metallköpfen und den Dornen wäre es mir bestimmt möglich, das Holz zu durchstoßen oder so lange daran zu kratzen, bis die Schicht dünn genug geworden ist …

Sie schwor sich: Wenn ich hier lebend rauskomme, dann werde ich diesen Gürtel für den Rest meines Lebens tragen. Ich werde meine Klamotten danach aussuchen, ob sie zu dem Gürtel passen oder nicht.

Tante Elli hatte ihr erzählt, dass sie bei einem *Love Camp* – was immer man sich darunter vorzustellen hatte –, von einem besoffenen eifersüchtigen Ehemann angegriffen worden war, der dort nach seiner Frau suchte.

»Der war gar nicht mehr zu bremsen«, hatte Tante Elli gesagt. »Der benahm sich wie ein Gorilla, packte seine Frau bei den Haaren und zerrte sie aus der Gruppe raus.«

Sie habe damals ihren Gürtel abgemacht und ihm damit eine verpasst.

Irgendwie passte das gar nicht zu ihr, fand Jasmin. Tante Elli, die *Make-love-not-war*-Frau, Tante Elli, die zur Begrüßung gern ein Peace-Zeichen zeigte, hatte jemanden mit einem Gürtel niedergeschlagen und war wohl auch noch stolz darauf.

Sie hatte ihr den Gürtel geschenkt, als Symbol dafür, dass Frauen sich wehren mussten, wenn es drauf ankam.

Jasmin hörte jetzt wieder ihre strenge Oma: »Siehst du, und nicht mal auf deine verrückte Tante hast du gehört! Sonst wärst du jetzt nicht in dieser schlimmen Situation. Aber du warst ja immer schon beratungsresistent. Das hast du jetzt von deinem Dickkopf!«

Um ihre Oma loszuwerden, begann Jasmin zu beten: »Lieber Gott, wenn es dich gibt, schick mir jetzt einen Engel. Bitte lass mich nicht hier drin sterben …«

Heute war für Ann Kathrin der Tag der Gerüche. Erst dieser intensive Spaziergang am Watt und nun das *Café ten Cate*. Kaffee, Tee, Mandeln, die frischen Erdbeeren, der Baumkuchen und die Krapfen ergaben ein berauschendes Geruchserlebnis. Sie glaubte sogar, die Sahne riechen zu können.

Monika Tapper schnitt gerade eine Eierlikörtorte an. Ann Kathrin musste sie nicht bestellen. Ein Blick zwischen den beiden reichte aus.

Miss Moneypenny, die in Wirklichkeit Helga Bornemann hieß, wirkte gar nicht so, als sei sie gerade einem James-Bond-Film entstiegen, sondern sehr bodenständig. Sie trug Kleidung von der Stange, gedeckte Farben, nichts Auffälliges. Einen knielangen Rock und eine Jacke, die vermutlich zu einem Kostüm gehörte, aber das hatte sie heute nicht angezogen.

Sie stellte ihre stylische Handtasche, die älter aussah als sie selbst, neben sich auf den Stuhl.

So, wie sie sich bewegte, hielt Ann Kathrin es für möglich, dass sie starke Psychopharmaka nahm. Vielleicht hatte sie Angst vor einer Depression oder war schon mittendrin. Sie hatte sich stark geschminkt, aber nicht, um schön auszusehen, sondern um irgendetwas zu verbergen. Sie war voller Kummer und Leid, und das ließ sich nicht wegschminken.

Sie hatte feine Manieren und setzte sich zu Ann Kathrin, als seien sie alte Bekannte, die sich nach langer Zeit endlich wiedergetroffen hatten. Mit Blick auf Ann Kathrins Eierlikörtorte sagte sie: »Ich fürchte, ich kann noch gar nichts essen. Ich hätte am liebsten einen Tee. Pfefferminztee.« Sie griff sich an den Magen. »Und ein Glas Wasser. Kann gerne auch Leitungswasser sein. Ich muss … eine Tablette nehmen.«

Sie legte ein Pillendöschen vor sich auf den Tisch und kam ohne Umschweife zur Sache: »Sind Sie sicher, Frau Klaasen, dass der Tote unser Kollege Wollenweber ist?«

Ann Kathrin nickte. »Ganz sicher. Wenn Sie ihn noch mal sehen wollen oder auch zur Identifizierung beitragen möchten, dann …« Ann Kathrin schluckte: »Ich würde mir das an Ihrer Stelle aber lieber ersparen.«

»Er hat mir einen Blumenstrauß geschickt. Zum ersten Mal, seit wir uns kennen. Rosen, Gerbera, Chrysanthemen … und jetzt ist er tot.« Sie sah auf ihr Pillendöschen und ließ es aufklappen.

Das Schweigen zwischen ihnen war keineswegs peinlich oder bedrückend, sondern hatte etwas sehr Natürliches.

Monika brachte den Tee und das Glas Wasser. Sie hatte ein Gespür für die Schwierigkeit der Situation. Sie stellte einen kleinen Teller mit Deichgrafkugeln und Gebäck auf den Tisch. »Etwas zum Knabbern«, sagte sie und verabschiedete sich mit einem Blick, der Ann Kathrin andeutete: *Wenn du irgendwas brauchst, ein Wink, und ich bin da.*

Draußen waren alle Tische besetzt, doch wenn Gäste ins Café kamen, wies Monika ihnen jeweils einen Tisch zu, der ein Stückchen von Ann Kathrin und *Miss Moneypenny* entfernt war. Sie versuchte, den beiden eine ruhige Situation zu verschaffen. Zwischen ihnen und dem Rest des Publikums befand sich noch ein leerer Tisch, und Monika achtete darauf, dass das auch so blieb.

»Sie sind also die legendäre *Miss Moneypenny?*«, fragte Ann Kathrin, um so das Gespräch noch einmal neu zu öffnen.

Helga Bornemann bemühte sich um ein Lächeln: »Ja, so nennen sie mich wohl. Jeder hat einen Decknamen. Ich fand das eigentlich albern.«

»Und wie hieß Wollenweber? 007?«

»Er wurde *Big Daddy* genannt, was ihm wahrscheinlich lieber war als *Dickerchen.* Sie werden aber verstehen, Frau Klaasen, dass ich Ihnen die Namen der anderen nicht nennen kann. Es wäre wie …« Sie sprach es nicht aus, darum tat Ann Kathrin es: »Verrat?«

Sie nickte.

»Möglicherweise wurde er getötet, eben weil er *Big Daddy* war und zum Club dazugehörte«, gab Ann Kathrin zu bedenken. »Vielleicht brauchen die anderen Schutz.«

Helga Bornemann vermutete. »Ja, den brauchen sie ganz sicher. Aber sie sterben auch, wenn ich ihre Namen preisgebe. Diese Schuld will ich nicht auf mich laden. Irgendwie wusste ich immer, dass das nicht gut enden wird, Frau Klaasen. Und ich glaube, alle haben gedacht, im Zweifelsfall trifft es mich. Sie nannten mich ja nicht nur *Miss Moneypenny*, sondern auch *Die Hüterin des Tores*. Von den anderen hatte niemand Außenkontakte. Wenn wir Informationen brauchten oder weitergegeben haben, kam das immer von mir. So wurden die anderen geschützt. Und trotzdem ist *Big Daddy* jetzt tot.«

»Es muss nicht unbedingt mit seiner Mitgliedschaft im Club zusammenhängen oder seiner Arbeit für den Club.«

Helga Bornemann sah Ann Kathrin ungläubig an: »Wir haben uns viele Feinde gemacht, Frau Klaasen. Wer so viel weiß wie wir, ist mächtiger als der Staat.«

Ann Kathrin nahm ein Stück von ihrer Eierlikörtorte. Sie liebte die eigentlich sehr, doch plötzlich war es, als hätte sie ihre Fähigkeit zu schmecken verloren. Das lag ganz sicher nicht an der Torte, sondern ihre gesamte Energie ging in eine andere Richtung. Sie hatte für nichts sonst mehr Aufmerksamkeit. Sie war vollkommen auf Frau Bornemann fokussiert, nahm weder Monika wahr noch die anderen Leute im Café.

Weller machte sie manchmal darauf aufmerksam, dass es Momente gab, in denen er das Gefühl hatte, sie würde nicht versuchen, einen Fall zu lösen, sondern sie würde von dem Fall förmlich aufgesaugt werden. Spätestens dann schlug er immer eine Kaffeepause vor.

»Ich fürchte, Frau Klaasen«, sagte Helga Bornemann leise, »ich werde das nächste Opfer sein.«

Ann Kathrin konnte dieser Schlussfolgerung durchaus zustimmen. Daraus ergab sich für sie eine Frage: »Und dann sitzen Sie hier mit mir im Café?«

»Es gibt nicht nur über mich viele Gerüchte, Frau Klaasen, sondern auch über Sie.«

»Welche?«

»Angeblich haben Sie mal den Innenminister versteckt, als er seinen eigenen Leuten nicht mehr trauen konnte und befürchten musste, von denen …«

»Oh ja«, sagte Ann Kathrin, »das ist keine Legende. Ich habe ihn hier versteckt.« Sie zeigte zur Decke.

»Es stimmt also doch.«

»Oh ja. Und jetzt wollen Sie …«

»Natürlich. An wen soll ich mich denn wenden?« Helga Bornemann trank von dem Wasser, setzte das Glas vorsichtig, geräuschlos ab und fuhr dann fort: »Sie werden versuchen, die Namen aus mir herauszukriegen. Ich habe Angst vor …«, sie sprach es nicht aus.

»Folter?«

Sie nickte, und ihre Augen wurden feucht. »Ich bin ein sehr loyaler Mensch, Frau Klaasen. Deswegen haben sie mich wohl auch zu *Miss Moneypenny* gemacht. Aber ich glaube nicht, dass ich viele Schmerzen ertragen könnte. Ich habe sogar eine Zahnarztphobie. Ich schaffe das nur unter Vollnarkose … das ist mein Schwachpunkt. Wenn sie mir nur drohen, werde ich schon alles ausplaudern.«

»Es hat doch bestimmt Befragungen gegeben. Man ist den Gerüchten auf den Grund gegangen, oder?«

»Natürlich. Von der Inneren waren sie ein paarmal bei mir,

aber das war doch alles Kinderkram. Sie haben mir Fragen gestellt, und ich habe sie belogen, ohne mit der Wimper zu zucken. Dabei beschleunigt sich nicht mal mein Puls. Aber wenn sie mir weh tun, dann …«

Am liebsten hätte Ann Kathrin die Hand der Frau genommen und gehalten. Sie registrierte diesen Wunsch bei sich selbst, tat es aber nicht, weil sie es zwar liebevoll, aber gleichzeitig auch übergriffig fand. Immerhin hatten sie sich gerade erst kennengelernt.

»Ich kann Ihnen eine anonymisierte Wohnung anbieten oder …«

Helga Bornemann schüttelte den Kopf. »Kein Zeugenschutzprogramm, nichts, Frau Klaasen. Wenn die hinter mir her sind, dann haben sie alle polizeilichen Möglichkeiten, um mich …«

»Und deshalb sind Sie hier – weil Sie wissen, dass mir das schon einmal gelungen ist.«

»Natürlich. Bringen Sie mich genau dahin, wo der Innenminister war.«

Monika Tapper hatte ein feines Gespür für Menschen. Sie bekam aus der Entfernung mit, was los war, und in ihr wuchs das Bedürfnis, die bedrückende Situation aufzulockern. Sie ging zu den beiden, als wolle sie nur nachsehen, ob sie noch ein Getränk bringen könnte oder ein paar Naschereien. Sie fragte: »Kann ich euch irgendwie … helfen?«

»Wir haben hier möglicherweise ein Innenminister-Problem«, sagte Ann Kathrin.

Monika lächelte: »Ich glaube, ich wüsste da was.«

»Setz dich doch zu uns«, schlug Ann Kathrin vor.

Carina hatte die Kinder in ihre Zimmer geschickt: »Und ich will kein Wort von euch hören!

Auch wenn das pädagogisch sicherlich nicht der klügste Schachzug gewesen war, hatte sie die Küche inzwischen alleine geputzt. Dabei saß der erschöpfte Vater auf dem Stuhl, stützte seine Arme auf die Tischplatte und hörte sich ihre Predigt an.

»Seit du aus Lanzarote zurück bist, geht das so! Am Anfang habe ich dir das alles ja noch durchgehen lassen. Ich dachte, du stehst unter Schock und willst den Kindern ein guter Vater sein. Da hast du ja früher viel versäumt, weil du ständig unterwegs warst ... Apropos unterwegs – wieso bist du nicht mehr auf Borkum?«

Er machte nur eine abwehrende Handbewegung, als sei das nicht der Rede wert und der Job eben schon erledigt.

»Ich dachte, das ist so schwierig mit den Genehmigungen?«

Er verzog den Mund. »Ja, aber das geht auch schriftlich. Die meisten sind sowieso im Home-Office. Heute erreichst du doch kaum noch jemanden an seinem Platz. Die Zeiten, als ich an einer Tür klopfen konnte, wo ein Namensschild dranhing, und der Mensch saß dann auch wirklich in dem Büro, die sind lange vorbei. Das war schon vor Corona nicht mehr immer so. Inzwischen ...«, er winkte noch einmal ab.

»Na ja, jedenfalls geht das so nicht weiter. Das ist jetzt die dritte Babysitterin, die gekündigt hat. Ich hab es bis hier!« Sie zeigte mit der Hand ihre Oberlippe an.

»In meiner Firma«, sagte er, »arbeitet eine neue Praktikantin. Die hat gesagt, sie würde auch gerne mal auf die Kinder aufpassen. Sie liebt Kinder ...

»Finn und Leon werden das als Belohnung empfinden. Aber bitte. Mir ist alles recht«, stimmte Carina zu. Sie schränkte nur ein: »Solange du es organisierst.«

Er ließ sie in der Küche herumfuhrwerken und war froh, sich einer anderen Aufgabe widmen zu können. Er telefonierte und bemühte sich dann, alles selbständig hinzubiegen. Er ließ die Kinder sogar den Koffer für eine Nacht selber packen. Er fühlte sich wie ein Held der neuen Pädagogik.

Carina freute sich darüber, wie sehr er die Sache in die Hand nahm. Kaum waren die drei aus dem Haus, ließ sie sich aufs Sofa fallen und atmete tief durch.

Da klingelte ihr Telefon. »Hier ist Fabian.«

Sie glaubte zunächst, dass es mit den Kindern irgendwelche Probleme gegeben hätte. Waren sie doch nicht bereit, die Nacht woanders zu schlafen? Doch dann verschlug es ihr die Sprache.

»Ich glaube, ich komme heute Abend von Borkum mit der letzten Fähre schon zurück.«

Sie versuchte durchzuatmen, aber es gelang ihr nicht, als würde ihr jemand den Hals zudrücken.

»Fabian?«, fragte sie, als müsse sie sich vergewissern, dass sie seinen Namen richtig verstanden hatte.

»Ja? Ich bin's. Hörst du mich nicht? Haben die mal wieder so eine schlechte Verbindung hier auf der Insel?«

Sie sah ihre Füße, die auf dem Boden herumzuckten, als sei er für ihre Sohlen zu heiß geworden.

»Was ist mit dir?«

»Ich ... ich ... ich freue mich! Ich hatte gar nicht damit gerechnet. Ich dachte, du bleibst noch länger ...«

»Ja, dachte ich auch ... Aber ich habe Sehnsucht. Ich will zurück zu dir. Tschüs, Süße!«

Carina war wie betäubt. Sie streckte die Beine von sich. Gleichzeitig hatte sie den Impuls, einfach nur zu fliehen. Sie sah sich die Handynummer an. Das war ganz klar die Nummer von Fabians Firmenhandy. Damit wickelte er all die Gespräche ab, die mit den Filmproduktionen zusammenhingen. Er hatte nach Lanzarote den Anbieter gewechselt.

Wenn Fabian sie gerade von Borkum aus angerufen hatte, wer war dann der Mann, der von den Kindern an den Tisch gefesselt worden war? Der Mann, der gerade ihre Söhne für eine Übernachtung wegbrachte? Florian?

Was lief hier? Hatte es den Selbstmord auf Lanzarote gar nicht gegeben? War auch das nur ein Fake?

Sie wusste es jetzt. Was sie die ganze Zeit über gespürt hatte, wurde zur Gewissheit – sie lebten alle beide.

Was spielten sie für ein schreckliches Spiel?

Wussten sie voneinander?

Wer war der Mann, den ihre Kinder gefesselt hatten? Florian oder Fabian?

Mit wem schlief sie die ganze Zeit?

Worum ging es überhaupt?

Lebten die zwei Leben?

Im Moment hätte sie nicht mal sagen können, wer der Vater ihrer Kinder war. Vielleicht wechselten sie sich ja schon all die Jahre ab.

Es hatte mal eine ganz kurze Phase gegeben, in der sie in der Lage war, die beiden voneinander zu unterscheiden. Es war an einem Weihnachten gewesen, kurz vor Finns Geburt. Florian hatte sich morgens beim Rasieren geschnitten und eine Wunde auf dem linken Wangenknochen. Fabian fand es dann witzig, sich am anderen Tag die gleiche Verletzung zuzufügen. Nein, nicht aus Versehen. Absichtlich.

Wenn ich jetzt wieder die Kripo anrufe und denen meine Geschichte erzähle, dann stecken die mich in die Psychiatrie. Ist es das, was die beiden wollen? Wollen sie mich verrückt machen? Ist es eine Art Gaslighting? Aber warum?

Sie versuchte, ihren Kreislauf zu stabilisieren, indem sie ein Glas Wasser trank und eine IBU 600 einwarf, obwohl sie gar keine Kopfschmerzen hatte. Aber sie musste einfach irgendetwas tun.

Sie wollte abhauen. Fliehen. Einfach so weit wie möglich weg. Zu gerne wäre sie jetzt bei ihrer Freundin Jasmin gewesen.

Sie kam sich fremd vor in ihrem Körper. Sie sah ihre Finger an. Sie bewegte ihre Finger und wunderte sich, dass die Finger taten, was sie wollte.

Bin ich das wirklich? Was ist das überhaupt, eine Identität? Bin ich meine Erinnerungen? Meine Erfahrungen?

Weg! Weg! Einfach nur weg, dachte sie. Gab es irgendjemanden, mit dem sie reden konnte?

Sie wollte sich ein paar Sachen zusammenpacken und verschwinden. Vielleicht in ein Hotel. Sie brauchte Geld. Sie besaß 121 Euro 30 in bar, hatte eine Kontokarte der Sparkasse und eine TUI-Kreditkarte. Das sollte reichen.

Sie hatte in ihrem Leben schon einige Sorgen gehabt. Finanzielle gehörten nicht dazu. Die Filmfirma lief hervorragend. Selbst durch die Coronazeit waren sie gut gekommen. Sie brauchte jetzt den Gedanken an finanzielle Sicherheit, denn alles andere schien sich in Nebel aufzulösen.

Einerseits wäre sie am liebsten aus dem Haus gerannt, andererseits brauchte sie ein paar vertraute Dinge. Sie wollte sich einen Koffer packen. Das ließ alles so harmlos erscheinen, als würde es sich um einen Urlaub handeln. Doch das war es nicht. Hier ging es um einen Ausstieg aus dem eigenen Leben, um es dann eines Tages vielleicht wieder zurückzugewinnen.

Sie stand schon vor ihrem Kleiderschrank, da spielte ihr Magen verrückt. Heftiger Durchfall kündigte sich an. Sie kniff die Pobacken zusammen, um es noch bis zur Toilette zu schaffen.

Als sie geschwächt und mit wackligen Knien aus dem Badezimmer kam, stand Oberdieck strahlend im Wohnzimmer. Er rieb sich die Hände, als hätte er eine schwere Arbeit erledigt und müsse nun die Finger vom Staub befreien.

»Ist alles ganz friedlich abgelaufen«, sagte er. »Die Kids dürfen übers Wochenende dableiben. Woanders benehmen sie sich wahrscheinlich. Manchmal würde ich sie am liebsten in ein Heim geben«, grinste er.

»Das hast du ihnen doch hoffentlich nicht gesagt?!«

»Doch, als ich angebunden am Boden saß und sie mich schminken wollten.«

»Du kannst den Kindern doch nicht solche Angst machen!«

»Angst? Die gucken gerade irgend so eine coole Serie, die in einem Internat spielt. Die können sich gar nichts Tolleres vorstellen. Leon hat mich sofort gefragt, ob es da auch sprechende magische Tiere gibt.« Er verdrehte die Augen. »Es gibt nicht viel, womit man denen drohen kann, außer dass du das WLAN-Passwort veränderst, ihnen die Handys wegnimmst oder …«

»Ich habe dir mal erzählt«, sagte sie, »dass ich meinen Lehrer Begall umbringen wollte, weil ich solche Angst vor ihm hatte, und dann habe ich mich ewig wegen meiner Gedanken geschämt.«

Er nickte verständnisvoll.

Sie fuhr fort: »So geht es mir manchmal mit den Kindern. Ja, sogar dir gegenüber habe ich manchmal solche Gefühle. Ich weiß dann gar nicht, wohin mit mir …«

Er nahm sie in den Arm. Sie lehnte ihren Kopf zwar an seine Schulter, wurde aber stocksteif dabei.

»Es ist gut, wenn man so etwas einfach ausspricht«, sagte er. »Okay, bei deinem Lehrer Begall wäre es vielleicht keine so gute Idee gewesen, und auch den Kindern würde ich es ersparen. Aber wir, miteinander – lass uns doch ruhig über alles sprechen. Man kann einen Menschen lieben und trotzdem mal das Gefühl haben, ihn am liebsten an die Wand zu klatschen, das ist schon völlig in Ordnung. Ich kann ja auch ein Arsch sein. Dann kann ich mich selbst nicht leiden.«

Sie löste sich aus seiner Umarmung und ging in Richtung Küche. Er folgte ihr auf dem Fuß. Sie suchte die Nähe des Messerblocks.

»Willst du verreisen?«, fragte er. »Du hast den Koffer gepackt.« Er zeigte auf die offene Schlafzimmertür.

Um ihn abzulenken, führte sie das Gespräch in eine andere Richtung: »In letzter Zeit«, sagte sie, »ist unser Sex wieder wie …«, sie hielt sich eine Hand vors Gesicht, als würde sie sich schämen, es ihrem Ehemann gegenüber auszusprechen, »wie ganz am Anfang. Irgendwie so frisch. So neu.«

Er reagierte verhalten darauf, lächelte verkrampft. Es tat ihm keineswegs gut. Er bestätigte ihre Erfahrung nicht fröhlich.

Sie zog das gezackte Brotmesser aus dem Block, hielt es mit beiden Händen und richtete die Spitze gegen ihn. »Ich habe nie einen Lehrer namens Begall gehabt. Wer bist du, verflucht nochmal?«

Er wich zurück, hob beide Hände, als würde er sich ergeben, wirkte dabei aber lauernd und kampfbereit. »Ich bin dein Ehemann Fabian. Und du hast mir gerade erzählt, wie toll du es findest, mit meinem Bruder Florian zu vögeln. Das freut mich sehr, wie du dir vorstellen kannst. Ein ausgeglichenes Sexualleben ist wichtig für eine Ehe.«

Sie fuchtelte mit dem Messer herum. »Ich verstehe das alles nicht. Vielleicht will ich es auch gar nicht mehr verstehen. Mach mir den Weg frei. Ich hab keine Lust mehr auf den ganzen Scheiß!«

Er bewegte sich nicht vom Fleck. »Wo willst du denn hin? Zur Polizei?«

»Ihr wollt mich verrückt machen, stimmt's? Aber warum? Was ist der Sinn? Was habe ich euch getan?«

Er schnauzte sie an: »Es geht nicht immer nur um dich!«

Sie sprach es aus: »Ich habe also seit eurem Lanzarote-Urlaub die ganze Zeit mit deinem Bruder zusammengelebt? Der hat so getan, als ob er mein Ehemann wäre, und mir erzählt, sein Bruder Florian sei in einen Vulkan gefallen?«

»Auf dem Timanfaya. Ja, du hast es geschnallt, und du hast ja wohl auch deinen Spaß dabei gehabt. Dann kannst du dich also nicht beschweren.«

»Warum?«, fragte sie. »Warum? Verdammt, ich habe ein Recht darauf, es zu erfahren!«

Er lächelte: »Ich habe Frauen getötet. Ich bin der, den sie den Eisenbahnkiller nennen. Am Anfang habe ich es alleine gemacht, aber das war nur halb so lustig. Es geht ja auch darum, eine Erfahrung zu teilen. Es alleine zu machen, das ist wie Selbstbefriedigung. Ein Partner bringt doch erst den Zauber! Der kleine Idiot, der es dir so gut besorgt hat, ist ziemlich ins Kreuzfeuer seiner Schüler geraten. Mir ist nie einer draufgekommen! Ich bin der brave Familienvater mit zwei Kindern und einer treusorgenden Ehefrau. Er war der beliebte Junggeselle. Aber ganz so einfach haben wir es uns nicht gemacht. Es war ein Gottesurteil.«

»Ein Gottesurteil?«

Er trommelte mit den Händen auf die Tischplatte, als

wollte er eine Filmmusik einspielen, um die Spannung zu steigern. »Wir haben es oft so gemacht. So, wie wir zwei Menschen sind, so hat jede Münze auch zwei Seiten. Wir haben immer eine Münze geworfen. Wenn der Adler oben war, war er dran, bei Zahl ich. Aber nicht irgendeine Münze, sondern«, er fischte sein Portemonnaie aus der Tasche und zeigte sie ihr: »Diese hier. Ein Markstück. Damit haben wir es zum ersten Mal gemacht. Damals ging es noch um Freundinnen. Ilona Meisenknecht, Jutta Kiesel ... Irgendwelche netten Mädchen. Wir haben immer hiermit entschieden, wer wann dran war. Nicht nur die schönen Sachen, sondern auch den Rest. Wenn man schon zu zweit Scheiß macht, müssen ja nicht beide bestraft werden. Es reicht, wenn einer die Sache auf sich nimmt, findest du nicht?«

Sie hatte Mühe, sich auf den Beinen zu halten. Die Hände mit dem Messer wirkten schon nicht mehr so kraftvoll. Die Spannung wich aus der Armmuskulatur. »Und wer stand mit mir vor dem Traualtar?«

Er klopfte sich auf die Brust. »Ich. Während wir geheiratet haben, hatten wir eine schöne Blondine – sie sah dir ziemlich ähnlich – in einen Turm gesperrt. Wir haben sie sogar mit Hochzeitstorte und dem Hochzeitsessen gefüttert.«

Sie erinnerte sich: »Ja, es hatte auf deinen Wunsch hin Kaninchen gegeben.« Sie schüttelte sich: »Ihr habt während unserer Hochzeit eine Frau irgendwo gefangen gehalten?«

Er lachte: »Ist eine Hochzeit nicht auch nur eine andere Art von Gefängnis? Die Menschen wollen gefangen sein und versorgt werden. Unsere Auserwählten konnten sich nur nicht von uns scheiden lassen, uns nicht betrügen und uns nicht enttäuschen.«

»Du bist völlig verrückt! Ihr seid beide völlig verrückt!«

Ohne großen Kraftaufwand hob er einen Küchenstuhl hoch und hielt dessen Beine in ihre Richtung. Ein Messerangriff war damit praktisch unmöglich geworden.

Sie versuchte es trotzdem.

Er stieß den Stuhl ein paarmal in ihre Richtung, aber er machte es halbherzig, mehr, um sie zu erschrecken. Sie sollte sich der Ausweglosigkeit ihrer Lage bewusst werden. Sie hatte keine Chance.

»Ich kann dich nicht am Leben lassen«, sagte er, und es klang sachlich, als würde er den Wetterbericht vorlesen oder die Börsenkurse. »Über kurz oder lang würdest du uns verpfeifen.«

»Ja«, schrie sie, »das würde ich! Ihr Schweine, ihr gottverdammten Schweine!«

Mit dem Mut der Verzweiflung machte sie einen Ausfallschritt nach links, rannte einmal um den Tisch herum und versuchte, ihn von der Seite anzugreifen.

Ein Stuhlbein traf sie an der Schulter, eins an der Stirn.

Sie stürzte. Das Messer flog gegen den Hängeschrank und knallte in die Spüle.

Er klemmte sie zwischen den Stuhlbeinen ein und setzte sich rittlings auf den Küchenstuhl.

»Dann werden deine missratenen Söhne wohl doch im Heim landen«, spottete er. »Ich kann sie ja schlecht mitnehmen. Ich werde auf der Flucht sein – und auf der Jagd. Ich habe vor, dieses Leben noch eine Weile zu genießen. Wir haben alles. Falsche Papiere. Geld.«

»Warum«, fragte sie, auf dem Rücken liegend, »seid ihr dann nicht einfach abgehauen? Ihr hättet doch irgendwo ein neues Leben anfangen können.«

»Ja, da sagst du was Richtiges. Das ist genau meine Rede

gewesen. Die ganze Zeit. Aber nein, Florian wollte unbedingt noch eine Weile an meine Stelle treten. Du musst ihn sehr beeindruckt haben. Ich glaube, es ging um dich. Er wollte hier lieber noch ein bisschen den Papa und Ehemann spielen.«

Sie umklammerte mit ihren Händen jeweils ein Stuhlbein, aber egal, wie heftig sie dagegendrückte, sie war weder in der Lage, es zu brechen, noch den Stuhl anzuheben. Er saß gemütlich darauf und sah von oben auf sie herab.

Sie versuchte, unter dem Stuhl hervorzukriechen. Sie war zwar schlank, aber dafür nicht schlank genug. Trotzdem drückte er mit der Hacke ihre linke Schulter zurück. Sie nutzte die Chance und biss ihn in die Wade. Er jaulte vor Schmerz.

Damit hatte sie gleichzeitig seine Angriffslust und Zerstörungswut angestachelt. Er stand auf, hüpfte durch die Küche, sah nach seiner Wunde.

Sie befreite sich von dem Stuhl, doch noch bevor sie das Messer aus der Spüle nehmen konnte, drehte er ihr den rechten Arm auf den Rücken, bis es knackte.

»Sieh es doch mal so«, sagte er. »Dein Hochzeitsmenü wird auch deine Henkersmahlzeit sein. Das nenne ich mal einen guten Abgang. Was meinst du? Mit dem Spielzeug deiner Söhne werde ich dich jetzt fesseln, so, wie sie es vorher mit ihrer Babysitterin gemacht haben. Ich bin schon ein bisschen stolz auf die beiden.«

»Meine Kinder sind nicht wie du!«, schrie sie.

Er lächelte. »Noch nicht.«

»Sie werden auch nie wie du werden! Es gibt einen freien menschlichen Willen! Ich habe sie zu guten Menschen erzogen!«

Er hustete. »Bla, bla, bla.«

Er fesselte sie mit den Handschellen, die Finn und Leon auf

Carinas Namen bei Amazon gekauft hatten. Dann nahm er das Lasso, schlug sie damit und trieb sie nach oben ins Kinderzimmer. Dort hatte er an der Decke zwei Haken für einen Hängesessel angebracht. In dem Sessel lag eine Darth-Vader-Maske.

Er nahm den Sessel ab und warf ihn achtlos in die Ecke. Er zog das Lasso durch den Haken.

Sie starrte ihn an. Hatte er vor, sie hier aufzuhängen? Mit dem Lasso ihrer Kinder?

Doch er legte es nicht um ihren Hals, sondern band es um ihre Füße. Dann zog er sie hoch.

»Wenn du schreist«, sagte er, »kneble ich dich. Und glaub mir, dann fällt dir das Atmen wesentlich schwerer.«

Er hatte Mühe, sie hochzuziehen. Er brauchte seine gesamte Körperkraft und musste sein Gewicht reinhängen, aber er schaffte es. Sie baumelte nun kopfüber im Zimmer ihrer Kinder. Ihre langen blonden Haare berührten den Spielteppich.

»Warum tust du das?«, fragte sie. »Hasst du mich so sehr?«

Er bückte sich und küsste sie zärtlich auf die Lippen. Er raunte in ihr linkes Ohr: »Das tue ich, weil ich dich liebe. Es ist meine Art, es dir zu zeigen.«

Die Fesseln an den Knöcheln schmerzten, und sie spürte, wie ihr Blut langsam in den Oberkörper sackte. Vielleicht war es doch ganz gut, eine IBU gegen Kopfschmerzen genommen zu haben.

Ich habe die ganze Zeit mit einem Monster zusammengelebt, dachte sie. Warum habe ich es nicht bemerkt?

Fabian stieß sie an. Er fand es witzig, sie ein bisschen hin und her schaukeln zu lassen. Dann stieg er nach oben und legte sich ins Stockbett der Kinder. Dort schlief eigentlich

Finn. Er klemmte sich ein Kopfkissen unter die Ohren und sah ihr zu. Er hatte das Gefühl, Herr der Lage zu sein. Als würde dieses Haus ihm erst jetzt wirklich gehören.

Er sprang plötzlich auf und lief nach oben zum Dachboden, wo seine alte Eisenbahn stand, mit der er so oft mit seinem Bruder gespielt hatte. Jeder hatte seine eigene Lok, und oft ließen sie die Züge gegeneinanderfahren. Verursachten absichtlich einen Unfall.

Spielt der jetzt wirklich mit der Eisenbahn da oben? Was wird Florian tun, wenn er zurückkommt, fragte Carina sich.

Jetzt war sie ganz sicher: Der Mann da oben auf dem Dachboden war Fabian. Und der auf der Insel Borkum, das war Florian. Sie hoffte, dass Florian sich auf ihre Seite schlagen würde. Oder hätte sie die Teufeleien von beiden zu ertragen, und sie würden gemeinsam zugucken, wie sie nach dem Hochzeitsmahl starb?

Er ging auf den Wangerooger Inselbahnhof zu. Das imposante Backsteingebäude im Jugendstil mit dem Schild *Kehre wieder* über der Uhr hätte er am liebsten fotografiert. Es war ein bisschen aus der Zeit gefallen.

Gegenüber am Kiosk holte er sich noch einen Kaffee und zwei Postkarten. Er wollte sich benehmen wie ein ganz normaler Tourist. Aber etwas hielt ihn zurück. Es gab eine provisorische Absperrung. Dort stand eine freundliche junge Frau, vermutlich vom Tourismus-Service, und kontrollierte die Wangerooge-Kurkarten der Fahrgäste. Er hatte seinen Kurbeitrag brav am Automaten bezahlt und hatte nicht mit Problemen zu rechnen. Trotzdem empfand er es als Warnung.

Er setzte sich auf eine Bank, stellte den Kaffee neben sich ab und suchte noch einmal im Internet die entsprechenden Seiten auf. Es gab Wangerooge-Gruppen im Internet, und Peter Kuchenbuch-Hanken bat auf seiner Seite die abreisenden Touristen um Geduld und Verständnis dafür, dass die Polizei alle Personalien von Leuten, die die Insel verließen, aufnehmen müsse.

Bei Facebook wurde ein Interview gepostet, das Holger Bloem mit Polizeidirektorin Elisabeth Schwarz geführt hatte. Sie stand in Harlesiel am Fährhafen. Im Hintergrund waren drei Polizeifahrzeuge zu sehen.

»Das können wir alleine nicht mehr bewältigen«, sagte sie, »aber wir haben Verstärkung aus Oldenburg bekommen.«

»Wäre es nicht sinnvoller«, fragte Bloem, »auf Wangerooge selbst Kontrollen durchzuführen, statt hier zu warten? Möglicherweise versteckt sich der Täter ja einfach auf der Insel oder hat sie schon längst verlassen.«

»Aus polizeitaktischen Gründen kann ich Ihnen dazu leider nichts sagen«, antwortete Frau Schwarz.

Oberdieck entschied sich, umzukehren und noch abzuwarten. Was hatte er schon zu verlieren?

Plötzlich erschrak er und fragte sich, ob er sich verplappert hatte. Carina glaubte doch, er sei auf Borkum, während er in Wirklichkeit in Jasmins Liebesnest auf Wangerooge untergekrochen war. Hatte er im Gespräch von Borkum oder von Wangerooge gesprochen? Er wusste es nicht mehr.

Diese Verunsicherung irritierte ihn. Wer viel log, musste sich immer an das Gesagte erinnern. Da hatten es Menschen, die die Wahrheit sagten, einfacher.

Er spürte in sich das Verlangen, mit Carina wahrhaftiger umzugehen. Ihr die Wahrheit zu sagen. Vielleicht nicht immer und ständig, aber doch wesentlich öfter. Warum habe ich ihr erzählt, ich sei auf Borkum? Ich hätte doch genauso gut sagen können, ich sei auf Wangerooge. Ist Lügen so sehr ein Teil von mir geworden, dass ich es deshalb mache, nur um nicht die Wahrheit zu sagen?

Er gestand sich ein, dass er Sehnsucht nach Carina hatte. Es war ein verwirrendes Gefühl. Er war gern mit ihr zusammen. Er hatte auch Angst davor. Mit ihr war es so intensiv. Er hatte jetzt eine ganze Weile als Ehemann mit ihr verbracht, und zum ersten Mal im Leben war er wirklich neidisch auf Fabian gewesen.

So wie mit ihr war es für ihn nie zuvor gewesen. Mit seiner Kollegin Ingrid Silje hatte es Spaß gemacht, aber sobald eine Frau anhänglich wurde, sprang er ab. Ihm wurde es gleich zu eng. Er fühlte sich sofort vereinnahmt. Er wollte mehr die Hummel sein, die von Blume zu Blume fliegt und Nektar saugt.

Die radikalste Art, eine Beziehung zu beenden, hatte Fabian gefunden. Er kannte viele geschiedene Männer und Frauen. Dieses hassige Gerede über den Ex-Partner hatte er immer fürchterlich gefunden. Da war es ihm gegangen wie Fabian. Doch Fabian hatte daraus klare Schlüsse gezogen: Keine Ex sollte je so über ihn sprechen können. Keine wäre in der Lage, ihn der Lächerlichkeit preiszugeben oder zu erpressen. Nein, sie starben vorher. Er entschied, wann es begann. Er entschied, wie es lief, und er entschied, wann es vorbei war.

Florian hatte sich immer mehr von Fabian treiben lassen. Er war fasziniert von seinem Bruder. Eine Weile hatte er versucht, so zu sein wie er. Manchmal hatte er sich für die Taten seines Bruders bestrafen lassen, damit ein bisschen von dem Ruhm des bösen Buben auf ihn abfiel. Dann wieder war es umgekehrt. Sie versuchten, sich gegenseitig mit Heldentaten zu beeindrucken.

Er wollte eigentlich aufhören damit. Er hatte seinen Bruder angefleht, es endlich sein zu lassen. Es war schon viel zu lange so gegangen.

Doch Fabian glaubte, nach dem Gesetz der Serie wäre das Glück ihnen weiterhin hold, während er fürchtete, dass sie bald für ihre Taten zur Rechenschaft gezogen werden würden. Er machte in letzter Zeit nur noch den Ausputzer, wie Fabian das nannte, brachte Leute um, die drohten, ihnen gefährlich zu werden. Das eigentliche Vergnügen an den ursprünglichen Taten hatte für ihn inzwischen einen schalen Beigeschmack bekommen.

»Einer von uns muss verschwinden«, hatte Fabian gesagt, »damit der andere ein freies, bürgerliches Leben führen kann. So werden wir beide frei. Es wird nur noch einen Oberdieck geben.«

Er hatte gleich die Chance ergriffen, anstelle seines Bruders in Norden bei Carina einzuziehen. Und jetzt fühlte er sich, als sei er wirklich ihr Ehemann. Ja, er scheute den Gedanken nicht – er liebte sie. Er hätte gern an Fabians Stelle weitergelebt. So schwierig die beiden Jungs auch waren, er traute sich zu, das in den Griff zu kriegen.

Aber Fabian musste ja zurückkommen, ihr Glück stören. Annalena Walchum in Norden auf die Gleise werfen. Das war ein reines Störmanöver gewesen, weil er nicht aushielt, wie glücklich er und Carina miteinander waren.

Florian war sich sicher, dass Fabian das aus Eifersucht getan hatte. Er wollte die Ermittlungen nach Norden ziehen. Er wollte das Glück der beiden stören. Er ertrug es nicht, dass sein Bruder mit seiner Frau zusammenlebte.

»Wieso«, hatte er ihn angeschrien, »mordest du nicht in Lateinamerika weiter oder sonst wo auf der Welt? Ich lebe hier an deiner Stelle weiter, und du kannst tun, was immer du willst. Und wenn irgendein alter Fall auf den Tisch kommt und die verrückte Kommissarin Klaasen oder dieser wahnsinnige Wollenweber versuchen, mit einem Cold Case berühmt zu werden, dann könnte ich sagen, ja, das war damals mein Bruder Florian, aber der ist ja auf dem Timanfaya in den Vulkan gefallen.«

Während er hier vor dem Kiosk saß, hinter sich den Zeitungsständer mit den Blättern, die über den Mord auf Wangerooge auf Seite 1 berichteten, geriet er wieder in diese komische Verwirrung. Manchmal wusste er nicht mehr, wer er war. Florian oder Fabian. Fühlte er seine Gefühle oder die von Fabian?

Wenn es geniale Verbrecherpaare gab, dann waren sie beide es. So etwas endete immer tödlich für die Paare. Sie hatten die Hoffnung, ihrem Leben durch den Coup auf Lanzarote eine neue Richtung zu geben. Einen Schlussstrich zu ziehen und ihr Leben wie normale Bürger weiterzuführen. Doch Fabian musste ja weitermachen. Er hatte etwas Zerstörerisches in sich, etwas, das gute Situationen nicht aushielt. Wenn sich alle gut verstanden, wenn bei einer Feier alle fröhlich waren, wenn die Geschäfte rundliefen, dann neigte Fabian dazu, Streit zu beginnen, so lange zu sticheln, bis irgendjemand explodierte. Er fühlte sich erst rundum wohl, wenn es einen Schuldigen gab. Dabei verschonte er seinen Bruder Florian immer. Aber er ließ ihn auch spüren, dass er ihn jederzeit zum Opfer machen konnte.

Er ging gegen den Strom der abreisenden Touristen in seine Ferienwohnung zurück. Verließen einige die Insel, weil sie

Angst hatten? Weil der Mord an Wollenweber sie erschreckt hatte? Sie sahen nicht so aus. Wenn er in ihre Gesichter blickte, sah er entspannte Menschen, die die Insel mit einem anderen Gefühl für Zeit verließen als bei ihrer Ankunft. Etwas Alltagshektik war von ihnen abgefallen und einer Gelassenheit gewichen, die die Nähe zum Meer mit sich brachte.

So gern ich jetzt bei Carina wäre, dachte er, ich werde das Risiko, mit falschen Papieren die Insel zu verlassen, nicht eingehen. Auch wenn ich als Psychiater Dr. Andreas Edelholz sicherlich gute Chancen hätte, durchzukommen. Ich werde das Risiko minimieren gemäß dem Wahlspruch der Insel: *Gott schuf die Zeit, von Eile hat er nichts gesagt.*

Ann Kathrin saß mit *Miss Moneypenny* und Monika Tapper in deren Privatwohnung am Tisch.

»Für ein paar Nächte ist das kein Problem«, sagte Monika.

Helga Bornemann war dankbar. Sie hatte den beiden bereits das Du angeboten.

»Ich fühle mich bei euch so sicher«, sagte sie, »als würden wir uns schon ewig kennen.«

Monika hatte eine Teezeremonie vorbereitet. Man sagte dem schwarzen Tee zwar eine aufputschende Wirkung nach, auf ostfriesische Art genossen, beruhigte er aber die aufgeregten Seelen.

Jörg Tapper kam dazu und schnitt einen Rosinenstuten auf, den er wortlos mit Butter auf den Tisch stellte.

»Wer weiß«, fragte Ann Kathrin, »dass du hier bist, Helga?«

»Niemand natürlich. Ich bin einfach los und …«

Jörg mischte sich ein: »Mit dem Zug?«

»Nein, mit meinem Auto.«

»Und wo steht das jetzt?«, wollte Jörg wissen.

»An der Post.«

Ann verstand Jörg sofort. Er sagte nichts, sondern guckte nur kritisch.

»Das ist keine so gute Idee«, warf Ann Kathrin ein. »Ja, der Wagen muss weg.«

»Aber wo soll ich denn …« *Miss Moneypenny* wollte aufstehen, doch Ann Kathrin legte eine Hand auf ihren Unterarm und deutete ihr an, sie solle sitzen bleiben.

»Du solltest besser hierbleiben«, sagte Monika. »Hier bist du sicher.«

»Solange niemand weiß, dass du hier bist«, schränkte Jörg mahnend ein.

»Ja, aber …« *Miss Moneypenny* holte den Autoschlüssel aus ihrer Handtasche, dabei konnte Jörg einen Blick in ihre Tasche werfen. Etwas Schwarzes, das sehr nach Revolver aussah, unterstrich die Gefährlichkeit der Situation.

Miss Moneypenny hatte Jörgs Blick bemerkt und sagte: »Ich bin eigentlich so etwas wie eine Büromaus. Den ganzen Tag am Computer. Ich habe zwar regelmäßig am Schießtraining teilgenommen, aber ich weiß nicht, ob ich im Zweifelsfall abdrücken könnte. Eigentlich hasse ich Schusswaffen.«

Jörg suchte per Blick Ann Kathrins Einverständnis. »Mein Sohn Christian könnte den Wagen in unsere Garage fahren, und ich parke dann davor. Dann ist er wenigstens nicht so offen sichtbar.«

Der Gedanke gefiel Ann Kathrin, und Helga Bornemann fügte sich sofort. Sie reichte Jörg den Schlüssel und bedankte sich: »Ich weiß nicht, ob ich das jemals wiedergutmachen kann. Ich bringe Sie und Ihre ganze Familie in Gefahr.«

Monika legte einen Arm um Ann Kathrin und drückte sie. »Seitdem wir diese Frau kennen«, sagte sie, »sind wir so was wie Hilfssheriffs geworden und eine Außenstelle der Kriminalpolizei. Aber das muss ja nicht jeder wissen.«

Jörg verschwand mit dem Schlüssel, und Ann Kathrin bat: »Auch wenn dir das jetzt schwerfällt und du aufgeregt bist, ich würde die Zeit gerne nutzen. Ich möchte alle Informationen haben, die Wollenweber in den letzten Tagen bei dir angefordert hat, Helga. Möglicherweise liegt darin der Schlüssel für seinen Tod. Er muss auf irgendetwas gestoßen sein, das …«

»Ich mache das gerne, Ann Kathrin. Du kannst alles von mir haben. Aber ich glaube, du befindest dich auf einem Irrweg. Wollenweber wurde nicht umgebracht, weil er aktuell etwas herausgefunden hat. Das ist eine grundsätzliche Sache. Die wollen den Club liquidieren. Wir sind zu mächtig geworden. Jeder hat Angst vor einem neuen Julian Assange.«

Monika horchte auf.

Helga Bornemann erklärte: »Er hat geheime Papiere und Filmaufnahmen ins Internet gestellt, auf denen Kriegsverbrechen amerikanischer Soldaten dokumentiert waren.«

Monika nickte: »Ich weiß, wer Julian Assange ist.«

»Die einen«, sagte Ann Kathrin, »nennen es Journalismus, die anderen Verrat oder Spionage.«

»Wer über genügend Wissen verfügt, kann jede Regierung stürzen«, behauptete *Miss Moneypenny.* »Wir hätten das alles nie anfangen dürfen, obwohl … manchmal bereue ich es wirklich, aber dann denke ich wieder, wie viele gottverdammte Schwerkriminelle haben wir hoppnehmen können …«

Monika kündigte an: »Ich lasse euch jetzt besser alleine. Ihr wollt bestimmt ungestört arbeiten. Wenn ihr noch irgendetwas braucht, dann …«

Ann Kathrin schenkte sich Tee ein. »Danke, Monika, für deine Gastfreundschaft. Wir haben hier wirklich alles.«

»Wir könnten heute Abend Pizza holen«, schlug Monika vor, »und dann gemeinsam …«

Ann Kathrin lächelte zustimmend.

Oberdieck hatte Carinas Hände mit Gaffaband an ihren Körper geklebt und ihr einen roten Knebelball in den Mund gestopft. Hinter ihrem Kopf war das Ding mit einer Schnalle befestigt. Er stieß sie an, so dass sie mit den Füßen an der Decke hin und her wippte. Er nahm sie dabei auf.

Sie fürchtete, sich übergeben zu müssen. Sie wollte nicht an ihrem eigenen Erbrochenen ersticken. Ihre Speiseröhre brannte. Etwas Saures wollte raus.

Wenn man kopfüber aufgehängt war, fiel es nicht gerade leicht, etwas runterzuschlucken, schon mal gar nicht, wenn man dabei einen Ball zwischen den Zähnen hatte.

Er lud das Video sofort hoch. Sie zu töten, wäre wie eine Befreiung. War die ganze Zeit alles darauf hinausgelaufen?

Er hatte noch vier Schwellennägel bei sich, und jetzt, als er Carina so hängen sah, stellte er sich vor, sie damit zu kreuzigen. Nägel in den Händen und Füßen – diese rostigen Dinger waren dafür lang genug.

Er baute seinen Computer im Kinderzimmer auf. Er konnte nicht anders. Er musste es hochladen. Sein zweites Ich sollte es wissen. Ein Kommentar wäre dazu nicht nötig.

Wahrscheinlich würde er dabei sein wollen. Oder wäre es

besser für ihn, aus der Entfernung zuzugucken, und später, wenn er zurückkam von der Insel, würde er seine Frau suchen, den besorgten Familienpapi spielen, bis sie schließlich an den Gleisen gefunden werden würde.

Doch diesmal war es anders. Die Morde waren viel zu nah dran. Als er noch mit Carina zusammengelebt hatte, hätte er das niemals riskiert. Je weiter weg, je besser, war damals seine Theorie gewesen.

Sie hatten es oft gemeinsam genossen. Es war schön, ein gemeinsames Hobby zu haben. Eine Leidenschaft, die einen verband. Andere sammelten Briefmarken oder Münzen. Trotzdem schlich sich diesmal ein neues Gefühl ein. Eine Konkurrenz, von der er dachte, sie hätten sie lange schon begraben. Doch irgendwie hatte es ein Gerangel um Carina gegeben. Wie sehr er sich danach gedrängt hatte, als Ehemann zurückzukommen und mit ihr zusammenzuleben ... Mit welcher Begeisterung er in Fabians Rolle geschlüpft war ... Das hatte Fabian zunächst geschmeichelt. War sein Leben einfach besser gelungen? Er hatte es seinem Bruder gegönnt, doch dann, mit der Zeit, war etwas anderes in ihm aufgestiegen: Eifersucht.

Ja. Es kam ihm lächerlich vor, das Wort auszusprechen, aber genau so war es. Plötzlich ging es darum, wer der bessere Ehemann war. Wirklich lächerlich, so was!!

Carinas flehende Blicke waren nicht in der Lage, ihn zu erweichen. Ganz im Gegenteil. Sie gaben ihm das Gefühl von Macht. Ein Gefühl, das ihm Größe vermittelte. War es das, was Feldherren empfanden, wenn sie ihre Truppen in die Schlacht schickten?

»Tante Elli!«, schrie Jasmin. »Tante Elli! Ich sterbe hier! Tante Elli!«

Wenn jemand in der Lage war, einen fernen Hilferuf zu hören, dann sie.

»Tante Elli, du musst es doch spüren! Ich sterbe hier! Ich brauche dich! Du hast doch immer gesagt, an was soll ich denn glauben außer an das, was ich spüre? Also! Ich verrecke hier ganz elendiglich! Tante Elli, hol mich hier raus!«

Er ging auf Wangerooge am Strand entlang. Er hielt seine Schuhe in der Hand und hatte sich die Hosenbeine aufgekrempelt bis zum Knie. Er spürte den feuchten Sand zwischen den Zehen und dachte über sein Leben nach.

Er ging ein paar Schritte und blieb bei einer Gruppe kleiner Strandkrabben stehen, die ihm ihre Scheren kampfbereit entgegenreckten. Er musste grinsen. Er machte vorsichtig einen großen Schritt, um auf keine Krabbe zu treten.

Komisch, dachte er. Ich vermisse meine Schüler nicht, nicht das Leben als Lehrer. Das alles hatte manchmal sogar Spaß gemacht, aber keine wirkliche Bedeutung für ihn gehabt.

Carina dagegen ... Er hatte seinen Bruder immer um diese Frau beneidet. Mehrfach hatte er ihm vorgeschlagen: »Wenn sie dir die Hölle heißmacht, weil du mal wieder ein paar Wochen unterwegs bist, ich vertrete dich gerne.«

Doch das hatte Fabian abgelehnt. Sie hatten sich alle Frauen geteilt, nur Carina nicht. Vielleicht war dadurch seine Sehnsucht nach ihr immer größer geworden. Es sollte nichts geben, was einer alleine für sich hatte. Das widersprach ihrem Schwur, alles zu teilen. Alles!

Jetzt hatte er sie sogar für sich alleine. Oder plante Fabian, wieder zu ihr zurückzukehren?

Florian hatte Angst vor Fabians Forderung: »Verschwinde wieder aus meinem Leben. Ich will es zurückhaben. Immerhin bist du auf Lanzarote offiziell gestorben und nicht ich.«

Gedankenverloren war er stehen geblieben und langsam immer tiefer in den feuchten Matsch gesunken. Das Wasser floss zurück.

Dieses Gefühl, dass sich der Boden unter einem auflöst, war ihm nicht neu. Dieses langsame Einsinken, das Wissen, nicht auf festem Grund zu stehen.

Vom Meer her zog Nebel auf. Seine Kleidung wurde feucht.

Er ging zurück zu seiner Ferienwohnung. Er würde sich ein Glas öffnen, irgendetwas heiß machen. Vielleicht Snirtjebraa.

Er fragte sich, ob Jasmin schon tot war. Sie machte zu viel Ärger. Sie musste sowieso sterben.

In der Wohnung angekommen, öffnete er ein Glas und kippte das Fleisch in die Pfanne.

Während das Fleisch heiß wurde, öffnete er das Fenster. Er hörte Björn Hausmann im Flur kichern, offensichtlich wieder mit einer neuen Freundin.

Wangerooge hatte etwas, so behauptete Björn, das gut für die Libido war. Dem konnte Florian voll zustimmen.

Er ging ins Internet, weil er so ein Gefühl hatte, als würde dort eine Nachricht auf ihn warten. Ja, genau so war es. Er wusste sofort, dass es Carina war. Er hatte noch eine innere Hoffnung, es könne sich um jemand anderen handeln. Er zog das Bild größer, aber damit wuchs nur die Gewissheit.

Zum ersten Mal war er wirklich sauer auf seinen Bruder.

Nein, das durfte nicht sein. Carina wollte er sich nicht wegnehmen lassen. Nicht so. Das war gegen alle Absprachen!

Auf seinem Handy hatte er ihn als Dr. Jekyll gespeichert, doch sie hatten vereinbart, nicht über diese Nummern zu telefonieren. Aber was spielte das jetzt noch für eine Rolle?

Er schickte keine verschlüsselte Nachricht übers Darknet, nein, er drückte einfach auf *Anrufen.*

Fabian ging sofort ran: »Hallo, Kleiner.« Weil Fabian der Erstgeborene war, nahm er es sich manchmal heraus, den Zweitgeborenen spöttisch *Kleiner* zu nennen. Dabei waren sie exakt gleich groß.

»Bist du wahnsinnig?«, fragte Florian. »Lass das! Mach sie sofort los!«

»Bist du Vegetarier geworden?«, fragte Fabian mit einem Grinsen im Gesicht. »Ich habe das Kaninchen gepflegt und gefüttert. Jetzt ist es reif, um geschlachtet zu werden. Ich lade dich ein zu dem Fest. Ich hörte, du bist auf Borkum? Dann können wir uns wohl frühestens morgen sehen, wenn die erste Fähre geht. Hast du immer noch Flugangst, du kleiner Schisser?«

»Bitte, schlachte das Kaninchen nicht. Ich ... ich besorg dir ein anderes.«

Falls die Polizei so weit war, ihre Gespräche abzuhören, so würde jeder Idiot verstehen, worüber sie redeten. Trotzdem blieben sie dabei, es nicht direkt auszusprechen.

»Vielleicht kannst du ein paar frische Kräuter von der Insel mitbringen?«, schlug Fabian vor. »Ich bereite hier schon alles für ein Festmahl vor.«

»Ich habe gesagt, nein!«, brüllte Florian. »Ich will das nicht!«

»Komm, stell dich nicht so an. Du bist genauso ein Fleischfresser wie ich. Dies ist ein besonders schönes Stück. Kein Fett dran, alles Muskeln.«

»Bitte ... Ich bitte dich! Lass das!«

»Zu spät, mein Freund, zu spät. Du rettest dein Kaninchen nicht mehr. Ich habe ihm schon das Schlachtermesser gezeigt.«

Auf dem Herd briet der Snirtjebraa an. Es roch nach verbranntem Fleisch.

Er musste zurück aufs Festland, das war klar. Er musste seinen Bruder stoppen. Aber wie? Es fuhr keine Fähre mehr.

Er nahm die Pfanne vom Herd und warf sie in die Spüle. Er musste hin. Sofort.

Er schraubte den Schalldämpfer auf seine Glock 17 mit den 9-mm-Vollmantelgeschossen und steckte sie sich hinten in den Hosenbund.

Er lief die Treppe runter und klopfte. Ein gut gelaunter Björn öffnete. Sein Hemd gab die Brusthaare frei, und das Goldkettchen darauf wippte. Im Hintergrund öffnete eine Frau eine Flasche Prosecco.

»Entschuldige, dass ich störe«, sagte Florian, »aber du musst mich sofort zum Festland rüberbringen. Bitte. Ich zahle auch gut.«

Björn lachte: »Ich brauche dein Geld nicht. Aber ich kann dich nicht zum Festland rüberbringen. Es ist schon spät, es ist neblig, und der Tower ist nicht mehr besetzt.«

»Es ist doch höchstens ein Flug von fünf Minuten. Lass es uns eben machen.«

Die Frau ließ enttäuscht die Proseccoflasche sinken. »Du willst doch jetzt nicht mehr weg ...«

Florian sprach zu ihr: »Es geht ganz schnell. Er kann in fünfzehn Minuten wieder hier sein. Das ist die kürzeste Fluglinie der Welt, zwischen Wangerooge und Harlesiel.«

»Och nee«, sagte sie. »Wir haben uns so auf den Abend gefreut. Muss das denn jetzt sein, Björn?«

Björn machte eine abwehrende Geste: »Ich hab ja schon gesagt, das geht überhaupt nicht. Die Polizei ist abgezogen, der Tower ist zu.«

»Ja, aber du hast doch ein eigenes Flugzeug!«

»Ja klar, aber ich kann doch nicht einfach so …«

»Schon klar.« So kam er nicht weiter.

Jetzt meckerte sie auch noch los: »Du hast mir ein schönes Wochenende zu zweit versprochen!«

»Es wird nicht lange dauern«, zischte Florian jetzt schon etwas aggressiver.

Zu Björn drang er damit aber nicht durch. Der schüttelte nur den Kopf, zog den Bauch ein, drückte die Brust raus und sagte: »Heute nicht. Sonst gerne.«

Florian griff nach hinten, zog seine Glock und richtete sie auf Björn: »Du wirst mich jetzt sofort zum Festland fliegen.«

Seine Freundin ließ die Flasche fallen. Prosecco spritzte durchs Zimmer. »Das darf doch nicht wahr sein!«, schrie sie. »Ich dachte, wir hätten hier …«

»Halt die Fresse«, forderte Florian und richtete die Waffe auf sie.

Damit schüchterte er sie keineswegs ein. Sie nahm das alles nicht wirklich ernst und war noch im Amüsiermodus. »Ja, wir sind doch hier nicht im Wilden Westen!«, rief sie.

»Okay, okay, ich flieg dich«, versprach Björn, der die Waffe wesentlich ernster nahm als seine neue Freundin. In ihre Richtung zischte er: »Bitte sei ruhig, Helga.«

Sie reagierte beleidigt: »Ich heiße Heike, nicht Helga!«

Florian dauerte das alles zu lange. Er schwenkte die Waffe von Heike auf Björn und wieder zurück. »Was ist jetzt? Fliegst du mich oder nicht?«

Sie rief: »Du willst doch jetzt nicht ernsthaft bei dem Nebel …«

Florian schoss ihr zwischen die Augen. Es machte Plopp, und sie fiel um.

»Ich hab dir gesagt, du sollst die Fresse halten!«, rief er der Sterbenden wie eine Entschuldigung zu.

Björn griff sich ans Herz. Er konnte sich nicht mehr auf den Beinen halten. Er taumelte. »Du … du hast sie …«

»Ja, ich hab sie stumm gemacht. Und du fliegst mich jetzt aufs Festland.«

»Mir ist schlecht.«

»Das interessiert mich einen Scheiß! Glaubst du, mir geht's gut? Ich bin in einer Notlage! Wir müssen eine Frau retten!«

Björn zeigte auf Heike, die mit einer Kugel im Kopf rücklings auf dem Boden lag: »Retten? Du hast gerade eine …«

»Genug gequatscht«, knurrte Florian grimmig.

Sie verließen gemeinsam das Haus. Es war nicht mal mehr nötig, die Waffe auf Björn zu richten. Er ging auch so mit.

»Selbst wenn ich hier einfach so starten kann und wegkomme und wenn wir es durch den Nebel schaffen, dann … Ich brauch doch eine Landegenehmigung! Ich …«

»Wir fliegen nach Norddeich. Du landest da auf der Tunnelstraße … oder im Nordbrooksweg.«

»Auf der Straße?«

»Ja. Jetzt stell dich nicht so dämlich an. Du hast mir lang und breit erzählt, mit deiner Cessna könntest du sogar auf 'ner Grasnarbe landen. Wie hast du das Ding noch genannt? Dschungelflieger?«

»Ja, aber ich … ich bin nur ein Freizeitpilot, kein Profi. Ich …«

»Halt die Fresse.«

Björn erinnerte sich daran, dass Florian nach diesem Ausspruch Heike erschossen hatte, und schwieg lieber.

Sie saßen schon im Flugzeug, da fragte Björn: »Wenn ich Sie rüberbringe, werden Sie mich dann auch erschießen?«

»Warum siezt du mich auf einmal?«, fragte Florian zurück. »Ich denke, wir duzen uns. Oder hat sich unsere Beziehung verschlechtert?«

»Offen gestanden, in den letzten Minuten schon. Sie haben eine supernette Frau umgebracht, mit der ich eigentlich ein schönes Wochenende verbringen wollte.«

»Ja, manchmal durchkreuzt das Schicksal einfach unsere Pläne. Glauben Sie, ich hab mir das hier so vorgestellt?«

Die Maschine hob ab und wurde vom Nebel verschluckt.

Björn fragte noch mal nach: »Also nicht nach Harle, sondern ...«

»Nein, nach Norddeich!«

Der Nebel schien an der Insel zu kleben. Je weiter sie in Richtung Festland flogen, umso mehr klarte es auf. Der Blick auf die Landschaft hatte jetzt etwas Friedliches, ja fast Idyllisches. Die Landschaft sah gelbgrün aus.

Björn zitterte, steuerte die Maschine aber trotzdem sicher. Florian lobte ihn sogar deswegen.

Die Landung auf dem Nordbrooksweg bekam er ohne Schwierigkeiten hin. Sie schreckten lediglich ein paar Dohlen auf.

Die Maschine stand jetzt zwischen zwei Sonnenblumenfeldern. Björn wischte sich den kalten Schweiß von der Stirn.

Florian stieg aus. Björn blieb hinterm Steuer sitzen.

»Danke«, sagte Florian, und es klang ehrlich. Dann schoss er Björn ins Gesicht.

Obwohl er schon draußen gestanden hatte, erwischten ihn

noch einige Blutspritzer im Gesicht und auf dem Hemd. Doch darum kümmerte er sich jetzt nicht. Er joggte los. Zum Haus seines Bruders war es nicht mehr weit.

Rupert hasste die Abendessen mit seiner Schwiegermutter. Mit Beate hätte es ja noch ganz schön werden können. Er mochte selbst das vegane Essen, das sie auftischte. Sie nahm Rücksicht darauf, dass er gerne scharf aß, und dieses Gemüsecurry mit viel Reis war wirklich scharf. Seiner Schwiegermutter standen die Tränen in den Augen. Er würzte trotzdem noch mit Sambal Oelek nach.

Ohne Rücksicht auf seine Schwiegermutter trank er ein Bier dazu. Sie war ja der Meinung, dass gebildete Menschen kein Bier tranken, sondern Wein oder Sekt.

Allein weil sie kein Bier mochte, schmeckte es Rupert noch besser. Er hatte sich eine Literflasche Ostfriesenbräu auf den Tisch gestellt. Sie fand das protzig, er war der Meinung, das reiche so gerade fürs Essen.

Nun ging es wieder los. Sie nörgelte an ihm herum und stichelte, was er wieder alles falsch gemacht hatte. Beate verteidigte ihn. Da war sie durchaus loyal.

Er hörte gar nicht zu. Wenn ihn irgendetwas nicht interessierte, dann die Meinung seiner Schwiegermutter.

Sie war gerade dabei, seine Aussprache zu rügen: »Wie gut, dass ihr keine Kinder habt. Von deinem Mann könnten sie sowieso nur Mist lernen. Wenn man den reden hört, das ist ja furchtbar. Diese ordinäre Sprache … Das kommt nur von dem schrecklichen Beruf, weil er ständig mit Kriminellen zu tun hat, mit leichten Mädchen und schweren Jungs.«

In dem Moment sah Rupert alle Zusammenhänge. Er knallte seine Handflächen rechts und links neben dem Teller auf den Tisch. Currygemüse spritzte durch die Gegend. Seine Schwiegermutter blickte ihn empört an. Auch Beate zuckte zusammen.

»Scheiße«, schrie Rupert, »Scheiße, Scheiße, Scheiße! Ich hab's!«

»Was ist denn, Liebster?«, fragte Beate.

»Alle Frauen wurden immer an einsamen Plätzen festgehalten. Lost Places. Alte Fabrikhallen, abbruchreife Häuser ... Irgendwelche Rattenlöcher.«

»Na und?«, fragte Beate.

»Na, das ist ja ein tolles Gesprächsthema bei Tisch«, stöhnte Edeltraut. »Da vergeht einem ja sofort der Appetit!«

Rupert beachtete sie gar nicht: »Er ist doch Location-Scout. Er hat diese Dinger gesucht. Er hat es mir erzählt, als wir uns bei Wolbergs ein paar Whisky genehmigt haben!«

»Whisky genehmigt? Ihr habt euch richtig besoffen«, korrigierte Beate ihn. »Du bist in einem völlig desolaten Zustand nach Hause ...«

»Ja. Ich hab halt Einsatz gezeigt, mich richtig aufgeopfert für meinen Beruf. Herrje, wir hatten die Lösung die ganze Zeit auf dem Tisch! Bei Wolbergs wusste ich es schon ... Der kleine Drecksack hat ganz professionell die Orte gesucht und dann ... Ich muss los!«

Rupert rannte raus.

»Ja, und das soll jetzt das gemütliche Abendessen gewesen sein?«, fragte Edeltraut.

Rupert drehte sich in der Tür noch einmal um und sagte: »Genau, das war's.«

Sie schimpfte hinter ihm her: »Du glaubst doch nicht, dass

der jetzt zur Arbeit fährt? Der Prolet holt sich irgendwo eine Currywurst, wahrscheinlich bei *Gittis Grill*. Bei *Pronto Pronto* ist er auch schon gesehen worden, mit einem Riesendöner in der Hand, kurz bevor es bei mir Grünkohl gab!«

Die Auswertung aller Daten, die *Miss Moneypenny* an Wollenweber geschickt hatte, führte für Ann Kathrin zu einem klaren Ergebnis. Nur fünf Namen tauchten in allen Bereichen auf, vier davon sagten ihr nichts. Der fünfte lautete Oberdieck.

Ann Kathrin stand auf. »Ich muss dich«, sagte sie, »jetzt hier alleine lassen.«

Helga Bornemann nickte. »Kein Problem. Ich fühle mich hier sicher. Ich gehe aber auch gerne mit dir mit, wenn du Hilfe brauchst, Ann.«

»Du hast mir schon sehr geholfen«, sagte Ann Kathrin und ging mit schnellen Schritten zur Tür.

»Was wir hier gemacht haben, war absolut illegal«, rief *Miss Moneypenny* hinter ihr her.

»Ich weiß«, sagte Ann Kathrin, »ich weiß.« Aber da war sie schon auf der Treppe nach unten.

Marion Wolters in der Einsatzzentrale glaubte zunächst, jemand würde sich einen Scherz erlauben. Eine Flugzeugentführung in Ostfriesland? Angeblich war ein kleines Sportflugzeug in Norddeich auf dem Nordbrooksweg gelandet. Urlauber hatten es vom Deich aus beobachtet und meldeten nun, der Pilot im Flugzeug sei tot. Vermutlich erschossen worden.

Marion ging zunächst davon aus, dass es sich hier, wenn es schon kein Scherz war, so doch um eine laienhafte Meinung handelte. Vielleicht war einem Piloten schlecht geworden, er hatte eine Notlandung auf der Straße hingelegt und war dann überm Lenkrad zusammengebrochen. Seine Verletzungen im Gesicht und das Blut, von dem die Touristen sprachen, waren vielleicht darauf zurückzuführen, dass er sich bei der Bruchlandung den Kopf gestoßen hatte.

Polizeidirektorin Schwarz trommelte sofort die ganze Truppe zusammen. Sie hatte Angst. Dass Ostfriesland im Chaos versinken könnte, während sie dafür zuständig war, Recht und Ordnung durchzusetzen.

Doch Rupert erschien nicht zum Einsatz, sondern rief Frau Schwarz an, weil er Ann Kathrin nicht erreichte, und posaunte ins Telefon: »Oberdieck ist der Eisenbahnmörder! Oberdieck! Wir brauchen das ganz große Besteck!«

»Wenn ich noch einmal den Namen Oberdieck höre, raste ich aus!«, fauchte Frau Schwarz. »Im Nordbrooksweg ist ein Flugzeug notgelandet. Möglicherweise eine bewaffnete Entführung!«

»Ja, sind wir von der Luftwaffe?«, konterte Rupert.

»Sie werden sich jetzt augenblicklich zum Nordbrooksweg begeben und den Tatort sichern.«

Rupert kombinierte: »Oberdieck hat, darauf wette ich, ein mickriges Monatsgehalt. Er hat Wollenweber auf Wangerooge erschossen. Jetzt ist er von Wangerooge abgehauen. Der hatte Angst, unseren Leuten bei den Kontrollen in die Fänge zu laufen, und hat nach Feierabend eine Maschine entführt ... Das war für ihn die einzige Möglichkeit, von der Insel zu kommen!«

»Das ist reine Spekulation«, konterte Frau Schwarz.

Sie erinnerte ihn an seine Schwiegermutter. Da hätte er gleich beim Abendessen sitzen bleiben können. Frauen, die an ihm herumnörgelten, gingen ihm so was von auf den Sack …

Kommissarin Jessi Jaminski stand alleine am Flugzeug. Sie zog sich die Gummihandschuhe an, traute sich aber trotzdem nicht, etwas zu berühren.

Sie genierte sich ein wenig deswegen, aber während sie hier so alleine herumstand, machte sie ein Selfie von sich mit dem Flugzeug.

Fabian fand Spaß daran, seine Frau hin und her wippen zu lassen, so dass ihre Haare den Boden fegten. Ihr Gesicht war rot, als hätte sie einen Sonnenbrand bekommen. Die Farbe kam von innen.

Er hatte ihren Mund von dem roten Knebelball befreit und dieses Sexspielzeug aus dem Orion-Shop unter ihrem Kopf auf den Boden gelegt, so dass ihre Haare jedes Mal darüberstrichen und sie es als eine drohende Möglichkeit sehen musste. Er hoffte, sie damit einzuschüchtern.

»Es hat dir Spaß gemacht, mit meinem Bruder zu leben, stimmt's?«, fragte er selbstquälerisch. »Du hast es natürlich gemerkt. Du bist doch nicht blöd! Du bist doch nicht wie die anderen, oder?« Er stieß sie fester an.

Sie hustete und spuckte Magensäure aus.

Er wedelte sich Luft zu und schnupperte: »Kannst du es riechen? Das Kaninchen aus dem Dutch Oven … Ich finde, aus dem gusseisernen Topf schmeckt es am besten. Ich habe ja immer genug eingeweckt. Ich finde allerdings, in eurer schönen, kleinen spießigen Ehe hättet ihr ruhig besser einkaufen können. Ich habe weder frischen Estragon gefunden noch Crème fraîche. Immerhin, Cidre gab's und Dijonsenf, aber, herrje, was ist so ein Kaninchen ohne frische Kräuter? So richtig verwöhnt hat er dich nicht, oder? Und ist er dir nicht auf den Keks gegangen?« Bei jeder Frage stupste er sie an. »Der hängt doch immer zu Hause rum, am Rockzipfel, und will bespaßt werden, oder? Kann ich ja verstehen, dass er mal gerne den Ehemann spielen wollte, der was Festes hat. Seine ständigen Freundinnen wurden ja auch immer jünger. Aber man will doch auch ein bisschen reden, braucht ein Gegenüber.«

»Lass mich runter«, bat sie, »wir können doch über alles sprechen.«

»Na klar. Tun wir doch. Aber so gefällst du mir besser. Von wem würdest du denn gerne erwürgt werden? Von ihm oder von mir? Ich meine, du willst doch nicht ewig so hier hängen, das macht doch auch keinen Spaß. Wir haben noch nie einer Frau die Entscheidung überlassen. Klar«, lachte er über seinen eigenen Witz, »die meisten konnten uns ja eh nicht voneinander unterscheiden. Aber du, du bist ja etwas ganz Besonderes, das wissen wir alle«, spottete er. »Du darfst es dir natürlich aussuchen.«

Sie weinte. Ihre Tränen liefen über ihre Stirn und tropften in ihren Haaransatz. Dort klebte auch bereits ihr Speichel.

»Warum«, fragte sie. »Warum?«

Er antwortete nicht. Sie sah aber, dass er mit den Schultern zuckte, so als hätte er sich diese Frage selbst oft gestellt und sie schließlich für belanglos erklärt. War da auch ein bisschen

Verzweiflung in seinem Gesicht zu sehen? Oder machte sie sich nur selbst etwas vor, um die Hoffnung nicht vollständig zu verlieren?

Sie wiederholte ihre Frage noch einmal: »Warum?«

Er reagierte jetzt mit einer Gegenfrage und stieß sie erneut an, um ihr Wippen zu beschleunigen: »Warum essen wir? Warum trinken wir? Warum träumen wir davon, ein Eigenheim zu bauen, zu heiraten und Kinder großzuziehen? Wir wissen doch, wie grauenhaft das alles schiefgeht. Warum wollen wir berufliche Karrieren machen?« Er beantwortete seine Fragen selbst: »Weil wir uns spüren wollen, Carina. Weil wir uns spüren wollen! Du, zum Beispiel, spürst dich jetzt. Die Angst hat deinen ganzen Körper ergriffen. Und ich erlebe Macht. Ich bin nicht mehr in der Position des Ehemanns, der benörgelt wird, weil er zu viel arbeitet, zu wenig zu Hause ist, beim Einkaufen das Klopapier vergisst oder die Scheißsuppe versalzen hat … Und ich, ich spüre mich jetzt! Ich kann gar nicht genug kriegen von dieser Situation.«

Mit Blick auf den Mundknebel sagte sie: »Aber wir hätten das spielen können. Andere Paare machen das doch auch. Ich wäre da offen für gewesen.«

Er hielt sich den Bauch vor Lachen. Es war viel zu herausgestellt, um echt zu sein. »Na klar! Glaubst du, dass ich darauf stehe? So harmlose SM-Spielchen? Oh, mein Schatz, heute darfst du mich mal dominieren! Aber nicht zu fest, tu mir nicht weh … Nein, Süße, echte Immobilienhaie spielen nicht Monopoly. Sie schmeißen wirklich Leute raus. Sie kassieren wirklich ab und haben nur ein Ziel: Dass ihnen die ganze Stadt gehört. Es ist völlig sinnlos. Das tun sie auch nur, weil sie sich dann spüren. Ob du hundert Millionen hast oder zweihundert, das macht doch sonst keinen Sinn mehr. Aber für sie ist es besser, gehasst und beneidet zu werden, als sich nicht zu spüren. Und ich, ich habe das alles mit dir gehabt, weißt du – dieses spießige Leben, und gleichzeitig konnte ich mich ausleben. Nur so habe ich unsere Ehe überhaupt ausgehalten. Ich war mehr als der Typ«, er zeigte mit dem Finger nach draußen, als sei da irgendetwas, »der schöne Locations für dämliche Filme aussucht. Sie wollten immer etwas besonders Gruseliges, etwas ganz Abgefahrenes. Ja. Und ich habe die besten dieser Plätze mit Sinn erfüllt. Mal fürs Fernsehen, mal in echt.«

»Wir haben zwei gemeinsame Kinder!« Sie erschrak selbst darüber, dass sie ihn daran erinnert hatte. Vielleicht war das eine Chance, vielleicht würde ihn das zur Umkehr bewegen – oder gefährdete sie dadurch erst recht die Kinder?

Überhaupt, sie zuckte innerlich zusammen. Sie schaffte es sogar, mit einer großen Kraftanstrengung ihren Kopf bis fast zu ihren Knien zu heben. Sie wusste nicht, ob es der Wirbelsäule guttat oder den Schmerz nur vergrößerte. Aber das alles spielte überhaupt keine Rolle. Sie musste etwas tun. Irgendetwas.

Ein Gedanke schüttelte sie: Lebten die Kinder überhaupt noch? Oder hatte er Finn und Leon längst umgebracht?

»Was soll aus ihnen werden«, fragte sie.

»Ja, ja … was wird aus ihnen werden?«, sinnierte er. »Irgendjemand muss den kleinen Monstern die Krallen stutzen. Wir haben ihnen doch beide nur im Wettbewerb darum, wer der bessere Elternteil ist, alles erlaubt und immer alles entschuldigt. Sie haben keine Grenzen kennengelernt.«

»Du kennst keine Grenzen!«, rief sie. »Du!«

»Oh doch. Ich weiß, wann es reicht. Zum Beispiel reichte es mir schon lange, dein Ehemann Fabian Oberdieck zu sein.

Da habe ich doch lieber meinen Bruder aus seiner schwierigen Situation rausgehauen und bin für ihn als Florian gestorben. Leider hat er es sich in meinem Leben etwas zu bequem gemacht. Ich werde jetzt zu…«, er griff in seine Hosentasche und zog mehrere Personalausweise heraus. Er guckte auf die Ausweise, als hätte er sich noch nicht entschieden, welchen er als Nächstes benutzen sollte.

»Leben unsere Kinder überhaupt noch?«, fragte sie.

Er bückte sich zu ihr, so dass ihre Nasenspitze beim Wippen in die Nähe seiner Nase kam. »Du hast Angst, dass ich die kleinen Scheißerchen umgebracht habe, was? Vielleicht leben sie ja auch noch, und ich erledige den Job erst später. Ich werde sie jedenfalls nicht Florian überlassen. Der würde sie zu eiskalten Killern erziehen. In den beiden steckt Großes. Sie haben echt Talent, die Menschheit zu terrorisieren.«

»Bitte, mach mit mir, was du willst, aber tu den Kindern nichts! Du bist ihr Vater!«

Im Parterre schloss Florian die Tür auf. Er schnupperte: »Hmm, hier riecht es aber schön nach Kaninchen! Fehlt noch eine Spur Knoblauch, finde ich!«

»Oh, mein Bruder! Welch Glanz in dieser Hütte! Komm hoch zu uns, die Party hat gerade begonnen!«

»Ich bin hier oben!«, rief Carina. »Er ist völlig durchgedreht! Ich bin hier!«

Florian stürmte die Treppe hoch.

Fabian wollte seinen Bruder mit weit geöffneten Armen empfangen, doch der beachtete ihn überhaupt nicht, sondern begann sofort, Carina zu befreien.

»Vorsicht, nicht, dass sie sich noch das Genick bricht! Nichts überstürzen«, mahnte Fabian. Er lehnte sich mit dem Rücken an die Wand und sah den beiden zu. »Was seid ihr für ein süßes Pärchen! Da kommen einem ja die Tränen vor Rührung.« Seine Stimme wechselte und bekam einen anderen Klang, so als würde eine andere Person sprechen: »Ich weiß, du magst es nicht, sie kopfüber aufzuhängen. Du stehst ja mehr auf Käfighaltung. Aber ich dachte, man könnte auch mal wieder …«

Florian sah den Knebelball. Er hob das Ding hoch und blickte Fabian vorwurfsvoll an. Dann warf er ihm den Ball an den Kopf.

Fabian wich aus, doch die Lederschnalle traf noch sein Gesicht.

»Schön, dass du Wollenweber ausgeknipst hast«, sagte Fabian sachlich. »Der hätte uns über kurz oder lang am Arsch gehabt. Jetzt muss sie dran glauben. Sie verpfeift uns sonst in den ersten Minuten.«

»Warum nur«, fauchte Florian, »hast du diese Annalena Walchum umgebracht und in Norden auf die Gleise gelegt? Das wäre nicht nötig gewesen! Damit hast du uns unheimlich viele Schwierigkeiten gemacht und die Ermittlungen in Ostfriesland angekurbelt. Bist du völlig bescheuert?« Er klatschte sich mit der flachen Hand gegen die Stirn.

Carina wälzte sich auf dem Boden und versuchte, sich von einigen Klebebändern selbst zu befreien, aber es funktionierte nicht. Jetzt, da das Blut wieder in ihre Füße schoss, schmerzten sie umso mehr.

»Sei nicht naiv, Flo. Wir können sie nicht leben lassen.«

»Das mit Annalena Walchum hast du nur gemacht, um uns hier zu schaden.«

»Ja«, lachte Fabian, »ich wollte dem jungen Paar das Leben ein bisschen schwerer machen und dir zeigen, worum es wirklich geht. Meine Güte! Wie verknallt kann man denn sein? Dir hat sie echt im wahrsten Sinne des Wortes den Kopf verdreht. Dafür darfst du es jetzt selber machen. Du hast die Ehre, und ich werde dabei zugucken und ein kleines Filmchen drehen.«

»Wir werden sie nicht töten! Ich will sie für mich!«

»Erst wenn sie tot ist, gehört sie dir richtig. Das war doch immer auch deine Meinung, oder? So haben wir es immer gemacht, Flo. Du verrätst alles, was wir aufgebaut haben, jetzt wegen dieser Frau? Nenn mir drei Gründe, warum es sich lohnt, sie am Leben zu lassen.« Da Florian nicht antwortete, setzte er grinsend nach: »Na gut – nenn mir zwei.«

Florian zog seine Glock und feuerte in Fabians Brust. »Eins«, kommentierte Florian.

Die Wucht des Treffers hatte Fabian gegen die Wand geworfen. Er rutschte daran herunter. Auf seiner Brust breitete sich ein großer Blutfleck aus.

»Zwei«, sagte Florian und feuerte erneut. Diesmal schlug das 9-mm-Geschoss ein kreisrundes Loch zwischen Fabians Augen.

Carina stieß einen kurzen Schrei aus. Sie wusste nicht, ob das jetzt ihre Rettung war oder ob nun nur eine neue Form ihres Martyriums beginnen würde.

Ann Kathrin Klaasen saß in ihrem froschgrünen Twingo, direkt vor Oberdiecks Haus. Ziemlich genau an der Stelle, an der Rupert bei seiner Abfahrt die Biomülltonne hinter sich hergezogen hatte.

Sie telefonierte Verstärkung herbei. Weller machte sich sofort auf den Weg, Jessi war aber im Nordbrooksweg geblieben und fühlte sich verpflichtet, das Flugzeug mit dem Toten darin zu sichern.

Ann Kathrin forderte ein Mobiles Einsatzkommando an. In Aurich gab es hervorragend geschulte Kräfte, gut ausgerüstet, um einen schnellen Zugriff durchzuführen.

Einige der jungen Kollegen verplemperten ihre Zeit gerade am Fähranleger.

Ann Kathrin wollte jetzt kein Risiko eingehen. Dieser Mann schoss sich skrupellos den Weg frei, das hatte er bereits in Schwerte bewiesen.

»Mach keinen Mist, Ann«, forderte Weller besorgt. »Ich bin gleich da.«

Sie verspürte eine enorme innere Unruhe. Am liebsten hätte sie die Mauern eingerissen und wäre ins Haus gestürmt, statt zu klingeln oder, schlimmer noch, im Auto zu sitzen und zu warten. Etwas Dunkles ging von dem Gebäude aus.

Sind es die Mauern selbst, oder sind wir es, die sie mit unseren Gedanken aufladen?, fragte sie sich. Noch vor kurzem war ich dort, habe mit Oberdieck gesprochen. Aber jetzt empfinde ich eine bedrohliche Kraft.

Die ausgebildete Kommissarin in ihr sagte: Na klar, dein Gehirn kombiniert all die Informationen und wandelt sie in ein Gefühl um.

Eine andere Stimme in ihr sagte: Du hast ein Gefühl, und dein Verstand rationalisiert das nun und versucht, es auf Fakten zurückzuführen.

Während sie über sich selbst nachdachte, ja mit sich in den Konflikt ging, krampften sich ihre Hände ums Lenkrad, als müsse sie sich daran festhalten, als könne der Körper sich jeden Moment von der Seele trennen, keine Anweisungen des Gehirns mehr entgegennehmen und einfach losstürmen.

Sie fühlte sich zwei-, ja dreigeteilt, in Körper, Geist und Seele. Und die drei waren nicht einer Meinung.

Vielleicht hätte sie es geschafft, abzuwarten, doch dann erschien oben am Fenster Carina Oberdieck. Sie versuchte, das Fenster zu öffnen. Aus ihrem Gesicht sprach Todesangst.

Es gelang Carina, die Verriegelung zu öffnen. Sie streckte den Kopf nach draußen und schrie um Hilfe. Eine Hand griff ihr von hinten in die Haare und riss sie zurück.

Jetzt gab es für Ann Kathrin kein Abwarten mehr. Da war Gefahr im Verzug. Möglicherweise ging es um eine lebensrettende Maßnahme.

Ann Kathrin drückte auf *An alle* und brüllte: »Ich geh rein!«

Sie ließ die Twingotür offen stehen. Sie nahm sich die Zeit nicht, den Wagen abzuschließen.

»Er ist drin! Er hat Carina Oberdieck in seiner Gewalt«, schrie sie.

Sie klingelte vorne, lief dann aber ums Haus herum und schlug mit dem Griff ihrer Dienstwaffe die Glastür ein, die zum Wohnzimmer führte. Sie klopfte die herausragenden Splitter nicht heraus, um sicher hindurchzusteigen. Dafür war keine Zeit. Sie hatte das Gefühl, es gehe um Sekunden und um Leben und Tod.

Sie rief: »Das Haus ist umstellt! Jeder Widerstand ist sinnlos! Kommen Sie mit erhobenen Armen runter, Herr Oberdieck!«

Es war, als würde sie Ubbo Heides Stimme hören: *Im Bluffen bist du gut, Ann Kathrin. Hoffentlich fällt er drauf rein. Das Gebäude ist umstellt – der war gut! Das hätte ich nicht besser machen können. Alte Schule.*

Ann Kathrin hielt ihre Heckler & Koch in beiden Händen,

die Arme ausgestreckt. Es war, als würde sie die Kommandos, die sie während ihrer Ausbildung gelernt hatte, hören: *Links hinter dir! Toter Winkel! Sichern! Hinter der Tür könnte jemand stehen!*

Sie trat mit voller Wucht gegen die Tür. Etwas fiel um, aber das war kein Mensch.

Sie lauschte. Wo war er?

Jetzt stand sie im Flur.

Er kam tatsächlich die Treppe runter, doch er schob Carina vor sich her. Sie rang hechelnd nach Luft. Mit der linken Hand riss er an ihren Haaren, mit der rechten hatte er seine Waffe auf ihre Schulter gelegt. Der Lauf zeigte auf ihr Kinn.

»Eine falsche Bewegung, Frau Kommissarin, und sie stirbt.«

»Wie darf ich Sie ansprechen«, fragte Ann Kathrin, »mit Florian oder mit Fabian?«

Sie senkte ihre Heckler & Koch nicht, was sinnlos war, denn er wusste natürlich, dass sie nicht riskieren würde, Carina zu treffen. Das war der Vorteil, den die Rücksichtslosen hatten. Ihm war es egal, ob Unschuldige leiden mussten. Für Ann Kathrin war es wichtig, jedes Leben zu schützen.

»Na, raten Sie doch mal. Selbst unsere Eltern hatten Mühe, uns auseinanderzuhalten. Und«, er lachte, »wir selbst manchmal auch. Es ist viel schöner, zwei zu sein, als immer nur alleine durchs Leben zu gehen, so wie Sie und all die anderen einsamen Normalos.«

»Sie machen«, sagte Ann Kathrin so sachlich wie möglich, »alles nur noch schlimmer. Lassen Sie Carina frei …«

Seine Stimme überschlug sich. Er wollte demonstrieren, wie lächerlich er den Vorschlag fand, ja wie beleidigend. »Und dann? Wollen Sie ein gutes Wort für mich einlegen, damit der Richter Gnade walten lässt? Wissen Sie, wie viele Frauen wir auf dem Gewissen haben?« Er begann zu philosophieren: »Man nennt das heute Femizid, stimmt's? Aber wir haben nicht nur Frauen umgebracht. Auch Euren Wollenweber habe ich gerade auf Wangerooge ausgeknipst.«

Ann Kathrin senkte ihre Waffe, hielt sie aber immer noch in beiden Händen. Sie hoffte, dadurch die Lage ein bisschen zu entspannen, gleichzeitig sah sie darin eine Chance, seine Aufmerksamkeit von Carina abzulenken. Sie fürchtete, in der nervösen Situation könne sich versehentlich ein Schuss lösen.

»Ihre Frau oder Ihre Schwägerin – wie immer Sie zu Carina stehen – hat genug gelitten. Sie hyperventiliert ja schon. Was halten Sie davon, die Geisel gehen zu lassen und stattdessen mich zu nehmen?«

»Warum sollte ich?«, fragte er. »Jetzt habe ich zwei Geiseln. Sie und Carina.«

»Ich bin keine Geisel«, stellte Ann Kathrin klar und hob die Heckler & Koch wieder.

»Doch«, sagte er. »Sobald Sie Ihre Pistole fallen gelassen haben. Und genau das werden Sie jetzt tun, sonst haben Sie diese Frau hier«, er schüttelte Carinas Kopf, die vor Schmerz stöhnte, »auf dem Gewissen.«

»Sie haben sie auf dem Gewissen, nicht ich.«

»Ja«, grinste er, »und mir macht es nichts aus. Im Gegensatz zu Ihnen. Stimmt's?«

Carina hielt es nicht länger aus. Sie versuchte, aus der Situation herauszukommen. Sie machte eine Bewegung, als wolle sie in ihre Haare greifen, weil sein Gezerre daran so schmerzte. Sie trat ihm auf den Fuß, schaffte es, gegen den Schalldämpfer zu schlagen, und wollte sich losreißen, doch er stoppte ihren Fluchtversuch, indem er ihren Kopf nach hinten zog und sie aus dem Gleichgewicht brachte.

Die Situation war zu unübersichtlich für Ann Kathrin, um einen Schuss zu riskieren, doch sie sprang nach links, um sich in eine bessere Position zu bringen.

Er feuerte und erwischte Ann Kathrin.

Sie wusste, dass sie getroffen war, aber nicht wo. Eine Schmerzwelle flutete durch ihren Körper.

Rupert war am Rosengitter hochgeklettert und durchs offene Fenster eingestiegen. Jetzt tauchte er oben auf der Treppe auf.

War er eine Erscheinung? Zeigte Ann Kathrins Seele ihr ein hoffnungsvolles Bild, oder war das Realität?

Rupert war früher mal Mittelstürmer in der Schülermannschaft gewesen. Oberdiecks Hinterkopf lag vor Rupert wie eine Einladung zum Elfmeterschießen. Mit dem Außenrist hatte Rupert damals einen richtigen Bums und mehrere Elfmeter unhaltbar im Tor versenkt.

Rupert erwischte Oberdieck, allerdings nicht mit dem Außenrist, sondern mit der Picke. Das war weder gut für seinen rechten Fuß noch für sein Iliosakralgelenk.

Oberdieck stürzte nach vorne und brach vor der Treppe zusammen. Rupert krachte auf die Stufen.

Rupert fürchtete, sich den dicken Zeh bei dem missglückten Tritt gebrochen zu haben. Der Schmerz jagte vom Fuß hoch bis in seine Ohrläppchen.

Rupert hatte beim Schuss seine Waffe verloren. Sie lag auf der Treppe. Oberdieck rappelte sich hoch. Er schüttelte den Kopf und richtete seine Glock auf Rupert.

Carina versteckte sich hinter der verletzten Ann Kathrin. Die suchte ihre Waffe, doch vor ihren Augen verschwamm alles. Ihr war schwindlig.

Rupert sah seine Heckler & Koch vor sich auf der Treppe

liegen, aber mit den Schmerzen im Iliosakralgelenk wäre er nicht schnell genug. Oberdieck würde ihm zweifellos vorher eine Kugel verpassen.

Rupert sagte: »Ja, wie lösen wir jetzt dieses Problem? Wir könnten zum Beispiel einen runden Tisch einberufen, natürlich divers und weltoffen, um dann mit Hilfe einer Mediatorin unsere Probleme zu diskutieren – auf Augenhöhe, versteht sich. Aber …«

Oberdieck sah Rupert an, als hätte er es mit einem völlig Irren zu tun. »Häh? Was?«

Ann Kathrin befand sich wie in einem Nebel, doch sie wollte Oberdiecks Aufmerksamkeit auf sich lenken, um Rupert eine Chance zu geben. Sie rief: »Hände hoch! Lassen Sie die Waffe fallen!«

Hinter ihr kreischte jetzt Carina: »Ja, Hände hoch, oder sie knallt dich eiskalt ab!«

Oberdieck blickte zu Ann Kathrin und Carina. Diesen Moment nutzte Rupert, um ihm die Glock aus der Hand zu schlagen. Dabei brach er ihm den rechten Zeigefinger.

»Das mit der Mediatorin und dem runden Tisch versuchen wir dann beim nächsten Mal«, versprach Rupert und verpasste Oberdieck eine rechte Gerade direkt auf die Nase.

Oberdieck fiel um und knallte mit dem Kopf gegen das Treppengeländer.

Weller stürmte durch die Wohnzimmertür herein. Die Glassplitter knirschten unter seinen Füßen. Es sah Ann Kathrin und erschrak.

Rupert hatte bereits sein Handy am Ohr, um den Notarzt zu rufen.

»Oh mein Gott, Ann!«, schrie Weller und kniete sich zu ihr.

Oberdieck versuchte, aufzustehen.

Rupert zeigte drohend auf ihn und pflaumte ihn an: »An deiner Stelle wäre ich jetzt ganz schön vorsichtig. Das ist ihr Ehemann, und der kann verdammt sauer werden, wenn einer seine Frau verletzt.«

»Einen Arzt«, rief Weller. »Wir brauchen einen Arzt!«

»Längst angerufen, Mensch«, verteidigte Rupert sich, der Wellers Bemerkung als Angriff auf sich empfand.

»Wie lange dauert das denn?«, schimpfte Weller.

»Früher«, sagte Rupert, »hätten wir sie in zwei Minuten im Norder Krankenhaus gehabt. Aber nachdem die Sparschweine den Laden geschlossen haben, muss sie nach Aurich, wenn nicht sogar bis zur Ammerland-Klinik. Die Fahrt ist zu lang. Da müssen lebenserhaltende Maßnahmen durchgeführt werden …«

Das Wort brachte Weller noch mehr in Panik.

Ann Kathrin beruhigte die beiden: »Ich werde nicht sterben, Jungs. Aber es tut verflucht weh. Das Ding steckt in meiner Schulter.«

Weller wurde von Angst getrieben. »Er hat sie in der Brust erwischt!«

»In der Schulter«, relativierte Ann. »In der Schulter!«

Rupert hatte offensichtlich einen Rettungssanitäter am Telefon und sagte: »Am besten bringt ihr auch ein paar Beruhigungspillen für ihren Ehemann mit.«

»Handtücher, wir brauchen Handtücher«, sagte Weller.

Carina stand auf und stolperte ins Badezimmer.

Oberdieck versuchte zu türmen. Er war schon bei der Haustür.

»Lasst ihn nicht entkommen!«, rief Ann Kathrin.

»Willst du, oder darf ich?«, fragte Rupert.

»Der gehört mir«, bestimmte Weller und lief hinter Oberdieck her.

Der hatte durch Ruperts Tritt gegen seinen Kopf und die gebrochene Nase Schwierigkeiten, sich zu orientieren. Er lief draußen in die kurzgeschorene Hecke.

Als Weller mit ihm fertig war, hielt gerade der Rettungswagen. Die Rettungskräfte sahen als Erstes den lädierten Oberdieck und glaubten, es ginge um ihn. Doch Weller schickte sie ins Haus zu Ann Kathrin und Carina: »Ann Kathrin Klaasen hat eine Kugel abbekommen. Aber Sie sollten sich auch Frau Oberdieck angucken. Sie war in den Händen eines Wahnsinnigen.«

Er hatte es mit zwei Rettungssanitäterinnen zu tun. »Wo bringt ihr meine Frau hin?«, fragte Weller.

»So, wie die Wunde aussieht«, sagte die, die bei Ann Kathrin kniete, »am besten gleich zu Dr. Hopf oder in die Unfallchirurgie nach Aurich.«

Ann Kathrin wollte alles herunterspielen: »Halb so wild. Hauptsache, wir haben Oberdieck.«

Weller zeigte auf Rupert: »Den übernimmst du jetzt, Alter. Ich fahre mit Ann Kathrin.«

»Klar«, grinste Rupert. »Du hältst bei den Mädels Händchen, und ich darf mich um diesen Klapsmann kümmern. Oder besser gesagt, um das, was du von ihm übrig gelassen hast.«

Oberdieck wischte sich Blut von der Oberlippe. Es lief aus seiner Nase. Der Zeigefinger seiner rechten Hand stand merkwürdig ab.

»Du hast Glück«, sagte Rupert zu ihm, »dass mein Kollege heute gute Laune hat. Normalerweise reißt er Typen wie dir die Eier ab und verfüttert sie an die Möwen.«

Rupert fand, dass die Rettungssanitäterinnen scharf aussahen in ihren Uniformen. Von denen, dachte er, würde ich mich auch gerne mal retten lassen.

Aber das sagte er nicht. Er wusste ja, dass solche Sprüche nicht gut ankamen.

Tante Elli, die ein eher kritisches Verhältnis zu Staat und Polizei hatte, was damit zusammenhing, dass nicht alles, was sie in ihrer Jugend konsumiert und getan hatte, legal gewesen war, wusste nicht mehr weiter und suchte jetzt Hilfe in der Polizeiinspektion. In ihrem bunten Kleid mit den vielen Tüchern und Rüschen, den klimpernden Ketten am Hals und den selbstgemachten Muschelohrringen sah sie aus, als sei einer Schauspielerin des Musicals *Hair* die Wasserpfeife gestohlen worden oder die Wandergitarre, und jetzt ging sie in die Polizeiinspektion, um eine Anzeige aufzugeben.

Ihre Haare standen wie elektrisch ab. Sie duftete nach Mango, Moschus und verbranntem Hanf.

Für Marion Wolters wirkte sie völlig aus der Zeit gefallen. Sie versuchte, sie abzuwimmeln: »Wir haben jetzt wirklich keine Zeit. Hier brennt gerade die Hütte.«

Elfriede Jepsen ließ sich nicht abwimmeln: »Man darf das Wesentliche«, sagte sie, »nicht aus den Augen verlieren.«

»Das machen wir auch nicht«, behauptete Marion, »aber wir sind einfach im Moment überlastet. Ein Pilot ist erschossen worden, unsere Kommissarin wurde angeschossen – ich komme mir vor, als würde ich im Wilden Westen wohnen und nicht im beschaulichen Ostfriesland.«

Tante Elli griff sich mit beiden Händen an die Brust und

sagte: »Ich spüre es. Hier. In mir drin. Jasmin ist in größter Not. Sie braucht uns. Sie braucht Hilfe!«

»Bei allem Respekt – wir müssen einfach zur Kenntnis nehmen, dass Jasmin Bergmann ein erwachsener Mensch ist. Sie ist nicht verpflichtet, uns ihren Aufenthaltsort mitzuteilen. Vielleicht ist ihr alles zu viel geworden, und sie braucht nur ein bisschen Ruhe ...«

Tante Elli beugte sich zu Marion Wolters vor, als versuche sie, mit ihren Blicken in sie einzudringen. »Kennen Sie das wirklich nicht, Frau Wolters?«

Marion wunderte sich darüber, dass sie mit ihrem Namen angesprochen wurde. Tante Elli zeigte auf das Namensschild, als müsse sie sich erklären. Es kam Marion fast so vor, als wisse diese Frau Dinge über andere, als bekäme sie Informationen aus einer anderen Sphäre. Genau diesen Eindruck wollte Tante Elli auch vermitteln. Sie fragte: »Sind Sie wirklich ein so armer Mensch, dass Sie keiner anderen Seele verbunden sind?«

»Wie meinen Sie das – keiner anderen Seele verbunden? Verheiratet bin ich jedenfalls nicht, und ich habe aktuell auch keinen Lover.«

Mein Gott, was erzähle ich der alles, dachte Marion. Das ist ja völlig unprofessionell.

»Das meine ich nicht, Frau Wolters. Oder darf ich Marion sagen? Ich sieze eigentliche nur Leute, die ich nicht leiden kann.«

Marion stimmte mit einem Nicken zu.

Tante Elli fuhr fort: »Jeder hat doch ein, zwei Menschen, zu denen eine innere Verbindung besteht. Man spürt, wenn es ihnen gut geht, man fühlt, wenn es ihnen schlecht geht. Man weiß genau, was mit ihnen ist. Man fühlt ihre Nähe, und man empfindet auch die Entfernung. Aber es gibt nichts wirklich Trennendes.« Sie zeigte auf Marions Computer und das Handy, das daneben lag: »Nicht jeder braucht dafür Internet. Es gibt doch noch mehr. Man fühlt doch!«

»Ja, und was sollen wir jetzt machen?«, fragte Marion. »Eine Sekte gründen?«

Die Tür flog auf, und Rupert brachte mit triumphierendem Lächeln Florian Oberdieck herein.

»So sieht Polizeiarbeit aus!« rief Rupert Marion zu. »Wir ziehen die bösen Jungs aus dem Verkehr! Schöne Grüße an die Pfeifen vom BKA! Die ostfriesische Gurkentruppe hat den Fall mal wieder gelöst und für sie die Kohlen aus dem Feuer geholt. Das ist Fabian Oberdieck, oder Florian, mir völlig egal. Jedenfalls ist der Spuk vorbei!«

Tante Elli sah den verletzten Mann, dessen Hände mit Handschellen auf den Rücken gefesselt waren. Sie wunderte sich über ihre Reaktion. Normalerweise rührten verletzte oder kranke Menschen sie. Sie kam sofort in Kontakt mit der Helferin und Heilerin in ihr, die sich gefordert fühlte. Sie hatte Menschen liebevoll durch spirituelle Krisen begleitet, die für viele zu gesundheitlichen Problemen geführt hatten.

Bei diesem Oberdieck vermisste sie ihr Helfersyndrom. Sie verspürte weder den Drang, ihm das Blut abzuwischen, noch ihm gut zuzureden oder mit beruhigenden Händen seine Aufgeregtheit zu behandeln.

Er sah für sie aus wie ein Mann, dessen Seele gleich aus dem Körper springen würde und nur noch mit wenigen Fäden daran festhing. Wie ein böser Mann, der Abgründe in sich trug. Höllen.

Warum, fragte sie sich, empfinde ich kein Mitgefühl? Ist mir meine Empathie verlorengegangen?

Erst jetzt nahm Rupert sie zur Kenntnis. »Das Hippiemädchen«, grinste er. Es machte ihm Spaß, vor ihr gut dazustehen.

Habe ich mich verändert, oder ist der Mensch vor mir das Böse? Gibt es das überhaupt? Habe ich ihm jemals in die Augen gesehen? Ist das Böse nicht eine Erfindung der Kirche, weil sie den Teufel brauchen, damit wir von Gott die Erlösung erhoffen?

Hin und her geworfen von ihren Gedanken und Gefühlen stand sie merkwürdig stumm da, sah aber aus, als ob sie etwas sagen wolle.

Marion Wolters kniff sich in den Unterarm.

»Ja, Mariönchen«, lachte Rupert, der es bemerkt hatte, »du kannst es gar nicht glauben, was?«

Doch es hatte nichts mit ihm zu tun, sondern Marion wollte sich aus diesem Traum wecken, diesem Realitätsverlust, den Tante Elli in ihr auslöste. Wenn die behauptet hätte, sie könne Gegenstände mit ihren Gedanken bewegen oder Blitz und Donner beherrschen, in Marion gab es da etwas, das bereit war, ihr zu glauben. Eine Mischung aus kindlichem Wunschdenken und gleichzeitig Angst. So ähnlich, wie es ihr als Kind mit dem Weihnachtsmann gegangen war, als sie noch an ihn geglaubt hatte.

»So«, stellte Rupert klar, »wir beide gehen jetzt in den Verhörraum.« Er schob Oberdieck unsanft vor sich her. Es gefiel Rupert, vor Tante Elli den Helden zu spielen.

Die mischte sich ein: »Wo ist Jasmin?«

Oberdieck fragte Rupert: »Hat die hier irgendwas zu sagen?«

Rupert wollte eine scharfe Antwort geben, doch er litt plötzlich an dem Weller-Syndrom. Dem fielen die passenden

Antworten meistens erst am anderen Tag ein. Dann wusste er, was er am besten gesagt hätte.

Rupert trat mit dem rechten Fuß fest auf, um sich wieder in die eigene Kraft zurückzubringen, doch sein Gehirn kam ihm merkwürdig leer vor. So etwas kannte er sonst nur kurz vor und während des Geschlechtsverkehrs, wenn er zum Denken zu blöd war und auch gar nicht mehr einsah, warum man über jeden Mist nachdenken musste.

Marion hörte sich sagen: »Sie arbeitet bei uns als Hellseherin.« Innerlich schalt sie sich selbst dafür. Was rede ich für einen Unsinn?

Doch ausnahmsweise gab Rupert ihr recht: »Ja, da staunst du, was, Oberdickerchen. Wir haben hier so unsere eigenen Methoden.«

Rupert legte einen Finger quer über seine Lippen und machte den Scherz mit: »Aber pscht, Oberdieck. Jetzt weißt du, warum unsere Aufklärungsquote bei hundertfünfzig Prozent liegt.«

»Na ja«, gab Marion Wolters elegant zu, »jetzt übertreibt er ein bisschen. Bei hundert machen wir meist Schluss. Man will ja auch mal Feierabend haben.«

Tante Elli richtete den Zeigefinger ihrer linken Hand auf Oberdieck. Das hatte nichts von einer Drohung an sich. Dem fehlte alles Oberlehrerhafte, sondern es sah aus, als würde sie eine Antenne nach ihm ausstrecken, ja damit in ihn eindringen, obwohl sie noch gut drei Meter Abstand zu ihm hatte.

Sie war sich ihrer Wirkung durchaus bewusst. Das drückte sich auch im Ton ihrer Worte aus: »Was hast du mit Jasmin gemacht?«, fragte sie.

Später würde Jasmin behaupten, sie habe den Kampf ihrer Tante um ihr Leben gespürt und die ganze Zeit gewusst, dass die Rettung von ihr ausging. Vielleicht war an dem Ganzen etwas dran, auch wenn es mit der Zeit zur Legende verklärt wurde.

Jetzt legte Jasmin alle Hoffnung in ihren Schrei: »Tante Elli!!! Tante Elli!!! Ich bin hier! Hol mich hier raus!«

Rupert bugsierte Oberdieck in den Verhörraum und bestellte bei Marion Wolters: »Einen Kaffee, schwarz. Aber nicht aus unserem Scheißautomaten. Kann nicht mal jemand zu *ten Cate* rüberlaufen und den holen? Ein Marzipanseehund wäre auch nicht schlecht. Ubbo Heide hat immer behauptet, die helfen beim Denken.«

»Ich bin doch hier nicht deine persönliche Assistentin!«, schimpfte Marion. Sie hatte sich vorgenommen, nie wieder in ihrem Leben für Typen zu kochen, zu waschen oder Kaffee zu holen.

»Ich hole dir alles, was du willst, Rupert«, sagte Tante Elli, »wenn du mich einmal mit ihm reden lässt.«

Oberdieck brüllte: »Ich will nicht mit der blöden Fotze sprechen! Ich habe ein Recht auf einen Anwalt, und ich …«

»Solche Sachen hören wir hier in der Inspektion gar nicht gerne, weißt du. Wir mögen es nicht, wenn Leute beleidigt werden. Du hast jetzt zwei Möglichkeiten: Entweder, du entschuldigst dich sofort bei ihr, oder ich werde deinen Kopf zweimal auf die Tischplatte knallen. Beim letzten Mal hat einer dabei alle Schneidezähne verloren.«

Marion Wolters wusste, dass Rupert bluffte. Sie stellte sich trotzdem so hin, dass sie sofort die Möglichkeit hatte, ihn daran zu hindern. Wenn das hier das Spiel *Böser Bulle, guter Bulle* werden sollte, dann überzog Rupert gerade.

Er nahm erfreut zur Kenntnis, dass Marion bereit war, ihn aufzuhalten. Sie verständigten sich mit einem Blick.

Rupert ging auf Oberdieck los, Marion stoppte ihn, genau, wie Rupert gehofft hatte, nur leider ein bisschen zu fest. Er fing sich dabei von ihr eine heftige Ohrfeige ein.

Es tat Marion gut, ihm eine runtergehauen zu haben. Sie kommentierte jetzt in Richtung Oberdieck: »Wissen Sie, wenn Rupert noch keinen Kaffee hatte, ist er einfach ungenießbar.«

»Ja, soll ich jetzt für euch Kaffee holen gehen oder was?«, schrie Oberdieck. Er rechnete sich immer noch eine Chance aus, hier heil rauszukommen. Er spielte jetzt seinen entscheidenden Trumpf aus. Er versuchte, auf Tante Elli zu zeigen, doch sein zweimal gebrochener Finger stand so merkwürdig ab, dass er sie verfehlte: »Eure Wahrsagerin hier hat völlig recht. Ich habe Jasmin Bergmann in meiner Gewalt. Sie liegt in einem Sarg. Sie wird dort verhungern. Ihr bleibt nicht mehr viel Zeit. Wie lange schafft man es ohne Wasser und ohne Essen? Luft hat sie genug … na ja, sagen wir mal, vielleicht nicht genug, aber doch ausreichend.«

Rupert wollte ein zweites Mal auf Oberdieck los. Diesmal war es nicht mit Marion abgesprochen. Sie warf sich mit ihrem ganzen Körper dazwischen. Das tat sie nicht für Oberdieck, sondern für Rupert. Sosehr sie sich manchmal über ihn ärgerte, wäre die Welt ohne diesen Kollegen nicht mehr so schön bunt.

»Nicht für den, Rupi«, sagte sie. »Der ist es nicht wert. Willst du deine ganze Karriere aufs Spiel setzen, nur weil diese Arschgeige dich provoziert?«

»Karriere? Was für eine Karriere?«, fragte Rupert. »Wenn ich hier rausfliege, dann kann meine Karriere endlich beginnen …«

Tante Elli fragte: »Was verlangen Sie?«

Rupert wollte gerade sagen, *Ich führe hier das Verhör,* und Tante Elli rausschicken, doch Marion war dagegen. Noch war das hier kein Verhör, sondern mehr ein Gespräch, bevor der Anwalt eintraf, den sie noch gar nicht gerufen hatten.

»Ich will ein Fluchtauto. Vollgetankt. Mindestens hunderttausend in bar, frische Klamotten und freies Geleit.«

Rupert spottete: »Unsereins würde sich schon über eine Tasse Kaffee freuen, aber der …«

»Warum nicht zweihunderttausend?«, fragte Marion Wolters. »Und ist die Farbe des Fluchtautos Ihnen völlig egal, oder bevorzugen Sie bestimmte Modelle?«

»Er will bestimmt ein E-Auto, wegen der Umwelt«, grinste Rupert.

Oberdieck zog sich einen Stuhl heran, setzte sich darauf und lehnte sich zurück. Das musste sehr unbequem sein, oder etwas tat ihm weh. Er verzog den Mund. Trotzdem bemühte er sich, es gemütlich aussehen zu lassen, als würde er sich zu Hause ins Wohnzimmer fläzen. So wollte er ihnen demonstrieren, dass die Situation gerade gekippt war und er hier die Macht hatte: »Ihre Uhr tickt. Ticktack, ticktack, ticktack …«

»Wir brauchen Ann Kathrin«, sagte Marion Wolters.

»Ja«, betonte Rupert in Richtung Oberdieck, »unsere Verhörspezialistin würde jetzt bestimmt mit feinen manipulativen Tricks alles aus dem kleinen Arschloch herauskitzeln. Ich bin da nicht ganz so gut geschult.« Rupert knallte beide Fäuste auf den Tisch und stemmte sich damit gegen die Tischplatte, an der Oberdieck saß. Rupert brüllte ihn an: »Du hast Ann

Kathrin in die Intensivstation geschickt. Jetzt musst du mit mir vorliebnehmen. Und meine Methoden sind nicht ganz so zartfühlend wie die unserer beliebten Kommissarin.«

»Ich hab auch keine Lust, mit ihm Händchen zu halten«, zischte Marion Wolters. Ihre Hand war immer noch an Ruperts Wange abgebildet. Irgendwie hatte es ihr auch gutgetan, ihm eine zu kleben.

Oberdieck sagte hart: »Ich habe Ihnen meine Forderungen mitgeteilt, Herr Kommissar.«

»Einen Scheiß kriegst du von uns!«, tönte Rupert.

Tante Elli schob ihn zur Seite. »So geht das nicht, Rupi. Er macht völlig zu, merkst du das nicht?«

Oberdieck rief: »Ticktack, ticktack, ticktack!«

»Lassen Sie mich mit ihm alleine«, bat Tante Elli.

»Sie dürften nicht mal hier im Raum sein«, beteuerte Marion, »geschweige denn …«

Im Augenblick war es nicht so, aber Rupert hatte durchaus schon mal gespürt, welche Macht diese Frau über Menschen hatte. Man versuchte unwillkürlich, ihr zu gefallen.

»Je schneller ihr meine Wünsche erfüllt, umso größer ist die Chance, dass sie gerettet wird. Du könntest ein Held sein, Rupert! Für mich spielt es keine Rolle mehr, ob sie draufgeht oder nicht. Ich komme sowieso nicht mehr lebend aus dem Gefängnis, egal, ob ich sie verrecken lasse oder nicht.«

Rupert blickte Marion Wolters an und zitierte Ann Kathrin Klaasen: »Ungewöhnliche Situationen erfordern manchmal ungewöhnliche Maßnahmen.«

Rupert bog Oberdieck die Arme auf den Rücken und legte ihm Handschellen an. Er begleitete Marion aus dem Verhörraum und schloss die Tür.

»Du willst die beiden doch da jetzt nicht alleine lassen?

Sie ist eine alte Frau und er ein Serienkiller! Ein sadistisches Arschloch, das gerne Frauen quält.«

Rupert gestand ihr den Wutausbruch zu: »Ja, das stimmt wohl. Aber erstens stecken seine Hände in der silbernen Acht, zweitens habe ich ihm mächtig eins gegen seinen dämlichen Schädel verpasst, und drittens bin ich in einer Sekunde wieder drin und prügele ihm die Seele aus dem Leib, wenn er versucht, unserem Hippiemädchen etwas zu tun. Er weiß das genau.«

»Bist du dir da sicher?«

»Oh ja.«

»Verstehe ich nicht.«

Rupert warf sich in die Brust: »Das ist was unter Männern, weißt du.«

Er sah sie mit einem Blick an, der ihr durch und durch ging, und sagte: »Pack meinen Engel nicht an, sonst kriegst du … dermaßen was in die Schnauze … «

Sie drehte Rupert den Rücken zu und sagte zu dem verkümmerten Gummibäumchen in der Ecke: »Männer!!«

Rupert beobachtete das Gespräch durch die Scheibe. Er konnte über den Lautsprecher mithören.

Tante Elli war viel zu nah an Oberdieck dran. Rupert kannte das von Beate. Sie wollte in seine Aura. Beate sagte manchmal Sätze wie: »Der hat eine ganz enge Aura, nur um sich rum. Die hört schon zwanzig Zentimeter vor seinem Körper auf. Wenn man ihn erreichen will, muss man in die Aura eindringen.«

Für Rupert war das alles Hokuspokus. Dummes Zeug oder zumindest Frauenkram. Für Männer völlig unverständlich. Manchmal, wenn seine Aura besonders weich war oder farbig, das wusste er nicht mehr so genau, hatten sie großartigen

Sex miteinander. Beate sagte dann, es sei, als würde alles im Universum wieder eins werden.

Tante Elli hatte sicherlich nicht vor, den Typen zu vernaschen. Aber sie wollte in seine Aura eindringen. Das war Rupert ganz klar.

Er hörte ihre Worte und bekam eine Gänsehaut.

»Ihr Bruder und Sie, Sie waren Seelenverwandte, stimmt's? Wie fühlt sich das jetzt für Sie an? Er ist tot, hm... Plötzlich ist man dann ganz alleine in der Welt. Wenn man einen Seelenverwandten verliert, dann ist das, als würde ein Teil von einem selbst beerdigt werden oder verbrannt.«

Oberdieck nickte. »Manchmal habe ich gefühlt, was er fühlte. Manchmal wusste ich gar nicht, bin ich er oder bin ich ich?« Als müsse er sich gegen seine eigenen Worte wehren, schüttelte er sich und versuchte, höhnisch zu klingen: »Na ja, Zwillingskram halt. Kennt im Grunde jeder, der mit seinem eigenen Ebenbild auf die Welt gekommen ist.«

Sie schüttelte den Kopf. »Oh nein. Das hat mit Zwilling nichts zu tun. Manche Seelen gehören einfach zusammen. Das ist zum Beispiel bei mir und Jasmin so. Wir sind Dualseelen. Ja, lachen Sie ruhig. Ich bin eine alte Frau und sie eine junge. Aber das spielt überhaupt keine Rolle. Manche rennen ein Leben lang desperat herum, weil sie spüren, dass sie nur halb sind. Sie suchen ihre andere Hälfte, um endlich wieder ganz zu werden. Wir alle haben so einen Seelenpartner. Manche finden ihn nie. Andere heiraten gleich ein paarmal hintereinander, weil sie immer wieder glauben, ihn gefunden zu haben, und dann doch erkennen müssen, nein, es ist der Falsche. Sie hatten das große Glück, mit Ihrem Seelenpartner gleich geboren zu werden. Ich habe ewig gesucht. Ich dachte immer, es sei ein Mann und ich würde nur durch einen Mann ganz werden – dafür habe ich in der richtigen Zeit gelebt. *Fucking around*, das war meine Methode der Seelensuche. Bis ich dann Jasmin gefunden habe. Sie repräsentiert all das, was ich aus mir ausgegliedert habe.« Sie lachte. »Ihre ganze Spießigkeit zum Beispiel. Das tut ja manchmal richtig gut. Ich hätte mir das nie erlaubt. Ich musste immer in Wohnwagen übernachten oder in Zelten Urlaub machen, auf gut Glück verreisen. Ihr machte es gar nichts aus, eine Pauschalreise zu buchen oder sich eine schöne Ferienwohnung auszusuchen. Darum habe ich sie manchmal beneidet. Sie hat sich mit dieser Gesellschaft viel mehr identifiziert als ich. Ich hatte immer ein Aber, wollte nicht wirklich mitmachen und Teil davon sein, war es aber trotzdem.«

»Mein Bruder«, sagte Oberdieck mit trockener Stimme, »war immer die treibende Kraft. Und ich, ich wollte sein wie er. Ich habe ihn im Grunde bewundert. Aber er hatte die Dinge nicht unter Kontrolle. Ich musste dann die Probleme aus dem Weg räumen, um die er sich einen Scheißdreck gekümmert hat. Während er schon auf der Suche nach der nächsten Frau und dem nächsten schönen Ort war, habe ich den Mist der vorherigen Tat beseitigt. Ich habe mir jedes Mal geschworen, jetzt ist Schluss, aber dann, dann wollte ich wieder mit dabei sein. Wir haben das geteilt. Es hat uns so sehr zusammengeschweißt. Wenn wir die Frauen im Käfig hatten, dann haben wir uns eins gefühlt.«

»Ja«, sagte sie, »so, wie Sie sich verbunden gefühlt haben, als Sie gemeinsam ein Aquarium eingerichtet haben oder einen Kaninchenstall und einen Vogelkäfig.«

Er fühlte sich verstanden und nickte.

»Das«, sagte sie, »wird es für Sie nie wieder geben.«

»Ja«, antwortete er. »Ich habe meinen Bruder erschossen.«

»Sie haben einen Teil von sich selbst töten wollen. Den bösen Teil. Warum?«

»Weil ich ... weil ich ... Carina retten wollte. Ich habe es nicht ausgehalten, dass er ihr was zuleide tut. Jede, jede, ich hätte jede mit ihm genommen, aber nicht Carina!«

»Geht es Ihnen mit Carina wie mir mit Jasmin?«, fragte sie.

Er antwortete nicht darauf.

Hinter der Scheibe stand Marion Wolters ganz nah bei Rupert. Sie fasste mit beiden Händen seinen rechten Oberarm und drückte ihn. »Sie knackt ihn«, flüsterte sie. »Sie kann ihn schaffen. Die Frau ist einfach großartig.«

»Ja, von Tante Elli kann Ann Kathrin sich eine Scheibe abschneiden«, raunte Rupert zurück.

»Ihre Zwillingsseele ist tot, und ich fürchte, Carina wird Sie hassen für das, was Sie getan haben.«

»Ich habe sie gerettet!«

»Ja, aber das ist nur eine Seite der Medaille. Wenn Sie im Gefängnis sind, werden Sie jemanden brauchen, der zu Ihnen hält. Jemanden, der Sie versteht. Der Sie besuchen kommt. Der Verlust der Zwillingsseele ist ein höllischer Schmerz. Es hört nie auf zu brennen.«

Noch einmal bäumte er sich gegen ihren Einfluss auf. Sein Gesicht veränderte sich. Er spottete: »Und Sie wollen mir jetzt Ihre heilenden Kräfte anbieten, oder was?«

»Nein. Aber mein Mitgefühl. Meine Freundschaft. Mein Verständnis. Sehen Sie, ich habe auch eine Zwillingsseele. Jasmin. Und es würde mich zerreißen, wenn ihr etwas zustößt. Ich möchte vor ihr ins Universum gehen, nicht umgekehrt.«

»Guck mal«, sagte Rupert zu Marion, »heult der Typ, oder sieht das nur so aus?«

Polizeidirektorin Schwarz kam herein und staunte: »Was ist denn hier los? Was macht die Frau da mit dem Mann?«

Marion Wolters und Rupert standen jetzt mit dem Rücken zur Scheibe und redeten mit ihrer Chefin. Rupert hätte am liebsten einen Knopf gehabt, um Frau Schwarz leise zu drehen, weil ihre Stimme ihm ungeheuer auf den Keks ging. Stattdessen drehte er den Lautsprecher runter, der das Gespräch aus dem Verhörraum nach draußen übertrug.

»Man soll seinen Namen ja hier nicht mehr nennen, habe ich gehört. Ist das so ähnlich wie bei Harry Potter? Man darf den Namen von Lord Voldemort nicht aussprechen?«

Marion verstand das Wortgefecht nicht. Sie sagte: »Das ist Florian Oberdieck – der angeblich auf Lanzarote in den Vulkan gefallen ist. Vielleicht ist er es auch nicht ... was weiß ich.« Sie hob und senkte ihre Schultern und sah aus, als würde sie am liebsten kündigen und statt ein Protokoll zu schreiben, ein großes Stück Sahnetorte essen.

Im Verhörraum brachte Tante Elli ihren Mund ganz nah an Oberdiecks Ohr. Sie hätte es ihm problemlos abbeißen können. Sie flüsterte: »Sagen Sie mir, wo sie ist. Erleichtern Sie sich. Damit helfen Sie mir und Jasmin. Dann haben Sie wenigstens einen Menschen, der Ihnen gegenüber immer positive Gefühle hat, ja dankbar ist.«

Er vergab seinen letzten Trumpf. Es war, als könnte er sich selbst dabei zusehen. Es fühlte sich an wie ein Sieg über sich selbst. Er raunte: »In der alten Ziegelei in der Krummhörn.«

Sie streichelte über seine Wange und sagte: »Danke.«

»Ich meine nicht diesen Oberdieck«, zischte Frau Schwarz. »Was macht die Frau da drin? Das ist doch keine Kommissarin! Und wenn, dann wäre die längst pensioniert. Wie sieht die überhaupt aus?«

»Das ist«, sagte Rupert, »unsere Geheimwaffe. Man hat hier«, flüsterte er geheimniskrämerisch, »damals längst nicht alle Hexen verbrannt. Ein paar haben überlebt. Sie hören gerne Oldies aus den Siebzigern, stehen auf Joe Cocker, Bob Dylan, Leonard Cohen, Marianne Faithfull und Led Zeppelin.«

Hinter Ruperts und Marions Rücken stand nun Tante Elli vor der Scheibe und wedelte mit den Händen, aber nur die Polizeidirektorin nahm sie wahr.

»Ich glaube, sie will, dass wir sie rauslassen«, sagte Frau Schwarz.

Rupert drehte sich um. »Haben wir irgendwas nicht mitgekriegt?«

Rupert und Marion liefen zur Tür und öffneten sie. Tante Elli fiel Marion Wolters in die Arme. »Bitte, drücken Sie mich mal. Ich muss jetzt umarmt werden. Ich brauche das gerade.«

Rupert sah in Ellis Gesicht. »Und?«

»Die Ziegelei in der Krummhörn«, antwortete sie.

Schon hatte Rupert sein Handy am Ohr. »Ich brauch die Kavallerie!«

»Wie haben Sie das denn hingekriegt?«, fragte Elisabeth Schwarz verdattert.

»Das«, grinste Rupert, »wollen Sie gar nicht wissen. Voodoo. Die ostfriesische Art.«

Dann ließ er Frau Schwarz einfach stehen und sprach erneut in sein Handy: »Kommando zurück. Kavallerie brauchen wir nicht. Aber einen Rettungswagen bestimmt.«

»Bitte nehmen Sie mich mit«, rief Tante Elli.

»Na klar«, sagte Rupert.

Frau Schwarz versuchte einen Einwand: »Sie können doch jetzt nicht …«

»Doch«, sagte Marion Wolters, »kann er.«

Rupert zeigte auf Oberdieck. »Passen Sie gut auf ihn auf, Frau Schwarz. Am besten schließen Sie die Tür ab. Weller ist bei Ann Kathrin im Krankenhaus. Keine Ahnung, wo Jessi sich gerade rumtreibt, aber wir fahren jetzt in die Krummhörn.«

»Ich bin hier die Chefin«, stellte Elisabeth Schwarz klar.

»Stimmt«, sagte Rupert. »Gut zu wissen!«

»Ja«, gab Marion ihm recht, »das musste doch mal gesagt werden!« Sie lief gemeinsam mit Rupert die Treppe hoch. Sie staunte, wie schnell Elli Jepsen mit dabei war. Von gebrechlicher alter Dame konnte keine Rede sein.

Weller saß im Flur vor dem OP und wartete auf die erlösende Nachricht. Er, der so gerne Romane las, versuchte, sich in *Maigret und der geheimnisvolle Kapitän* von Simenon festzulesen. Aber wenn er jetzt gefragt worden wäre, hätte er nicht mal sagen können, ob er gerade einen Simenon las, einen Nele Neuhaus oder einen Fantasyroman. Die Sätze führten normalerweise in seinem Gehirn zu Bildern, die er sah. Ein Film lief in ihm ab. Aber jetzt waren das nur Buchstaben. Worte. Irgendwie sinnlos. Sein Gehirn war mit etwas anderem beschäftigt. Die Angst um seine Frau Ann Kathrin lähmte seine Fähigkeit, das Gelesene wirklich in sich aufzunehmen.

Nein, es war nicht lebensbedrohend, aber so eine Kugel im Körper war auch nicht gerade vergnügungssteuerpflichtig.

Als sie aus dem OP an ihm vorbei zur Intensivstation geschoben wurde, hatte sie eine weiße, spitze Nase, wie Weller es von Toten kannte. Sein Atem stockte.

Er hörte die Stimme der Ärztin von sehr weit weg: »Wir

haben die Kugel herausoperieren können. Es wurden keine lebenswichtigen Organe verletzt. Ihre Frau hatte wirklich Glück. Zwei, drei Zentimeter tiefer, und …«

Während der Fahrt redeten sie fast nichts. Elli saß hinten, Rupert lenkte, Marion Wolters tippte auf dem Beifahrersitz etwas in ihr Handy. Sie wollte alle informieren.

Elli hatte die linke Hand auf Ruperts Schulter und die rechte auf Marions gelegt. Sie versuchte, die Energien miteinander zu verbinden. Die beiden bekamen davon nichts mit.

Obwohl Rupert nicht damit rechnete, auf irgendeine Gegenwehr zu stoßen, wollte er jetzt den ganz großen Auftritt. Er stürmte, die Waffe im Anschlag, in die Ziegelei und rief Marion zu: »Du deckst mir den Rückzug!«

»Wieso? Wer soll denn da drin sein?«, fragte sie. »Hast du Angst, dass das Opfer auf dich schießt?«

Fast gleichzeitig mit ihnen trafen zwei Rettungswagen ein. In einem saß Dr. Anika Scholle. »Ihr haltet uns heute ganz schön auf Trab«, grinste sie.

Rupert sah den Sarg auf dem Holzgestell, den Tisch, die Beleuchtung. »Sie ist«, sagte er, »da drin«, als ob daran irgendjemand gezweifelt hätte.

Marion und er versuchten gleichzeitig, den Sarg loszuschrauben.

Tante Elli rief: »Wir sind da, Jasmin! Alles wird gut«

Das Erste, was Jasmin dann sah, war Tante Ellis Gesicht. Sie wollte sich aus dem Sarg hochdrücken, doch Tante Elli stürzte sich fast hinein. Sie riss Jasmin an sich. Die beiden drückten sich und weinten.

Marion Wolters war gerührt. Sie zögerte einen Moment, doch dann nahm sie Rupert in den Arm und sagte: »Guck dir das an. Mensch, das fasst mich gerade so richtig an. Da weiß man doch wieder, wofür man das alles macht.«

Rupert nickte. »Ja. Der Rest ist Papierkram. Und dann müssen wir wieder allen möglichen Leuten erklären, warum wir das so und nicht anders gemacht haben. Aber daran haben wir uns ja längst gewöhnt.«

Ann Kathrin erwachte drei Stunden später in einem Blumenmeer. Sie sah Weller, der ihre Hand hielt und schon fast wund gestreichelt hatte.

Carina Oberdieck stand bei ihr, zusammen mit ihren Kindern. Die beiden Jungs sahen total brav aus, als könnte sie kein Wässerchen trüben. Sie hatten sogar Blumen samt Vase aus einem anderen Krankenzimmer geklaut und zu Ann Kathrin gestellt.

Es klopfte zaghaft an der Tür.

Elisabeth Schwarz lugte herein. Sie sprach mit einer Stimme, als würde sie keine Polizeiinspektion mehr leiten, sondern einen Kindergarten: »Ich glaube, ich muss mich bei Ihnen entschuldigen … bei Ihnen allen.«

Hinter ihr hörten sie Ruperts Stimme im Flur. Sie konnten ihn noch nicht sehen, doch sie hörten, wie er schimpfte: »Wenn ich nicht bald einen Kaffee kriege, werde ich zum Tier! Reicht es nicht, wenn ich die Falle für euch löse? Muss ich auch noch den Kaffee selbst kochen?«

ENDE

Leseprobe

Klaus-Peter Wolf
OstfriesenERBE

Der neue Fall
für Ann Kathrin Klaasen

Dieser Band erscheint
am 28. Januar 2026

Es war die erste Beerdigung, an der Dana Kleinlein teilnahm. Es sollte nicht die letzte bleiben.

Sie hatte sich so etwas ganz anders vorgestellt. Sie dachte, es würde regnen. Stattdessen lockte ein sonniger Tag die Touristen in die Eiscafés. Die Straßen waren voller Lachen und Vogelgezwitscher.

Sie hatte noch nie eine Leiche gesehen. Der Mann im Sarg hatte mit ihrem Onkel nicht mehr viel gemeinsam. Wie eine Puppe sah er aus. Kleiner, mit einem merkwürdig spitzen Gesicht. Sie hatte ihn sehr gemocht. Besonders sein Lachen. Sie vermisste es schon jetzt.

Er konnte Probleme weglachen. Von ihm ausgelacht zu werden, kam einer Vernichtung gleich. Sein Lachen war eine mächtige Kraft, um die sie ihn immer beneidet hatte. Er lachte dem Leben und allen Problemen, die auf ihn zukamen, mal fröhlich, mal höhnisch, ins Gesicht.

Davon war jetzt nichts mehr zu sehen. Sogar die Lachfalten schienen verschwunden, als hätte es sie nie gegeben. Das von Wind und Sonne gegerbte Gesicht war maskenhaft.

Ihm, der weder an einen Gott noch an einen Teufel geglaubt hatte, wohl aber an Schiffsgeister und den Klabautermann, hatte der Bestatter die Hände brav auf der Brust gefaltet.

Dana Kleinlein lehnte sich an ihren Verlobten. Sein Arm um ihre Schulter tat gut. Ja, sie hatten sich ganz traditionell verlobt. Onkel Heinz hatte die Feier bezahlt. Es hatte Snirtjebraa gegeben und natürlich selbst gefangenen Fisch, den er gemeinsam mit Justus über Buchenholz geräuchert hatte.

Sie hatte die halbe Nacht mit ihrem Onkel getanzt. Sie war ihm von allen Verwandten die liebste, und das hatte er auch gern und oft laut herausposaunt. Es war ihm zwar nicht gelungen, aus Justus einen guten Segler zu machen, aber er hatte ihn fürs Fischen begeistert und fürs Räuchern.

Bei einer gemeinsamen Angeltour war ihr Boot gekentert. Nur Justus hatte überlebt. Sie war an dem Abend nicht dabei gewesen, doch sie konnte sich gut vorstellen, welch selbstquälerische Schuldgefühle an Justus fraßen. Er zeigte es nicht.

Man konnte selten sehen, wie Justus drauf war. Am Anfang hatte Onkel Heinz über ihn gesprochen als *dein Freund mit der Gesichtslähmung*, später dann, als er ihn ins Herz geschlossen hatte, nannte er ihn *Pokerface.*

Onkel Heinz hatte, da waren sich alle Verwandten einig, *einen Narren an Dana gefressen.* Diesen Satz hatte sie schon als Kind oft gehört. Vielleicht lag es daran, dass sie ihrer Mutter so ähnlich sah. Seiner geliebten, viel zu früh verstorbenen Schwester. Sie hatte zu ihm immer eine bessere Beziehung gehabt als zu ihrem Vater, vermutlich weil Onkel Heinz sie nicht einengte, sondern ihr manchmal Luft unter die Flügel pustete, sie zu jedem Flug ermunterte und lächelnd wieder auffing, wenn sie fiel. Alles, was sie machte, fand er großartig. Nie hatte er sich abfällig über sie geäußert.

Ganz anders ging es ihm mit dem Rest der Verwandtschaft. An Tante Lotte, die jetzt ein Taschentuch nach dem anderen vollheulte, hatte er kein gutes Haar gelassen. Er hatte gesagt, sie sähe aus, wie Sumoringer gerne aussehen würden, wenn sie nur genug zu essen bekämen.

Ja, er konnte gemein sein. Wenn er jemanden nicht mochte, dann war die Person bei ihm *richtig unten durch*, wie er es ausdrückte.

Tante Lotte stützte sich auf ihren Rollator. Sie ächzte. Ihr Atem klang mehr nach Ersticken als nach Luft holen. Ihr Rollator quietschte. Sie verbreitete in dieser Leichenhalle um sich herum eine Lärm-Aura, die sie vor zu viel Nähe schützte. Alle hielten gebührenden Abstand zu ihr, sogar Onkel Meyers, der mit seinem Militärschnitt und seiner zackigen Haltung alle daran erinnern wollte, dass der Dritte Weltkrieg kurz bevorstand. Seit Jahrzehnten sagte er ihn schon voraus. Er löste die Horrorszenarien vom atomaren Krieg und der totalen Zerstörung gern auf, indem er seinen selbst gebrannten Birnenschnaps anbot. Während er einschenkte, sagte er jedes Mal: »Lasst uns noch schnell einen verlöten, wer weiß, ob wir morgen noch flöten.« Sobald er das Glas erhob, kam der Spruch, den alle gemeinsam aufsagten: »Nicht lang schnacken, Kopp in Nacken.«

Sein Jackett roch fast immer nach kalter Zigarrenasche, und auf seiner Schulter lagen silberne Schuppen. Sie rieselten aus seinem Kopfhaar.

Finn war natürlich nicht gekommen. Damit hatte auch kaum jemand gerechnet. Seit ein paar Jahren hatte ihn niemand mehr gesehen. Er hatte mit der Familie völlig gebrochen und machte sein eigenes Ding.

Sören, Onkel Heinz' spindeldürrer jüngerer Sohn, stand, obwohl es warm war, frierend in der Leichenhalle. Er wirkte oft wie ein Junkie, der auf den nächsten Schuss wartete, hatte in Wirklichkeit aber mit Drogen nichts zu tun, lebte vegan, rauchte nicht, trank keinen Alkohol und wäre nie, wie Justus, mit seinem Vater nachts zum Fischen rausgefahren. Er studierte Germanistik und Philosophie an der Uni Oldenburg auf Lehramt.

Schon zu Lebzeiten hatte Onkel Heinz festgelegt, dass an seinem Grab kein Pfaffe sprechen sollte, sondern sein Freund Klaas.

Justus führte jetzt seine Verlobte Dana nach draußen an die frische Luft. Sie sah kaum noch etwas. Ein Tränenschleier verklebte ihre Augen. Aus ihrer Nase lief Schnodder. Sie hatte etwas von einem kleinen Mädchen an sich.

Irgendwo hämmerte ein Specht. Spatzen stritten sich lautstark.

Tante Lotte nahm eins ihrer Papiertaschentücher und fuhr damit ungefragt in Danas Gesicht. Sie wollte ihr die Nase putzen, verschmierte aber alles nur, denn Dana schlug in einer reflexhaften Bewegung Tante Lottes Hand weg. »Sei doch nicht immer so übergriffig«, kritisierte Onkel Meyers sie.

Lotte fuhr ihn an: »Ich bin nicht übergriffig. Ich will nur helfen!«

Justus flüsterte Dana zu: »Du schaffst das, Dana. Du schaffst das.«

»Bleib bei mir. Halt mich ganz fest.«

Zwei Amseln übertrafen sich gegenseitig mit ihrem fröhlichen Gesang.

Am Grab sprach Klaas nicht zur Trauergemeinde, sondern zu seinem alten Freund Heinz: »Du hast keine hohe Schule besucht. Deine Universität war das Leben und die christliche Seefahrt. Wir haben zusammen Wohnungen renoviert und

Häuser gebaut! Dabei lernt man sich kennen. Du warst ein Macher, Heinz! Von dir können die jungen Leute eine Menge lernen. Du hast keine Luftschlösser gebaut, sondern solide Ferienwohnungen und Einfamilienhäuser.«

Der Sarg wartete über dem offenen Grab darauf, herabgelassen zu werden. Eine Dohle mit blauschwarzem Gefieder landete darauf. Alle Gäste hielten den Atem an. Die Dohle sah sich um, als müsse sie sich die Beerdigungsgesellschaft in Ruhe anschauen. Sie stieß einen Laut aus, der etwas Spöttisches an sich hatte. Sie ging ein paar Schritte über den Sarg. Ihre Krallen kratzten auf dem Holz. Der Hohlraum des Sarges war ein guter Resonanzboden dafür.

Sie sah sich das Blumengebinde auf dem Sargdeckel an und pickte einmal in eine rote Nelke. Dann flatterte sie davon.

Dana schien es, als würde die Seele ihres Onkels mit dem Vogel davonfliegen, weil sie keine Lust hatte, unter der Erde zu landen.

Können Seelen Vögel rufen? Onkel Heinz hätte die Frage sicherlich bejaht. Das wusste Dana genau.

Roberta Nagold kam natürlich wie immer zu spät. Sie brauchte die Auftritte. Im Grunde war sie schon allein deshalb beleidigt, weil Heinz gestorben war, während sie sich im Urlaub auf den Malediven befand, und jetzt hatte Klaas nicht mal mit seiner Rede gewartet, bis sie sich die Ehre gegeben hatte, zu erscheinen.

Sie war zweiundsechzig, machte aber auf Mitte dreißig. Onkel Heinz hatte über sie gesagt, sie sähe immer so aus, als ob sie gerade vom Nymphomaninnen-Kongress zuruckkame, wo man sie zur Vorsitzenden gewählt hätte.

Sie nieste zweimal laut, so dass auch jeder zur Kenntnis genommen haben musste, dass sie angekommen war.

Klaas unterbrach seine Rede und warf einen tadelnden Blick in ihre Richtung. Einige behaupteten, die zwei hätten früher mal was miteinander gehabt.

Mit einer lässigen Handbewegung gab sie ihm zu verstehen, er solle ruhig weitermachen. Gleichgültig, wo sie hinkam, sie schaffte es immer, den Eindruck zu vermitteln, sie sei die Chefin, die heimlich im Hintergrund alle Fäden zog.

»Nun mach schon«, stöhnte sie genervt, »quatsch ihn unter die Erde.«

Klaas fuhr fort, tat aber, als hätte er ihre Aufforderung nicht gehört.

Schöner konnte ein freier Tag kaum sein, dachte Hauptkommissarin Ann Kathrin Klaasen. Nur ein paar Schäfchenwolken am Himmel. Fast windstill. Vogelgezwitscher überall, als sei Ostfriesland ein Konzertsaal.

Frank Weller, der beste Ehemann von allen, die sie bisher kannte, hatte ihr ein Frühstück ans Bett gebracht. Frisch gepressten Orangensaft, Erdbeeren mit ein wenig Pfeffer, Schwarzbrot von *ten Cate*, darauf Rührei und ein paar Krabben. Zu guter Letzt hatte er Schnittlauch aus dem eigenen Garten darübergeschnitten.

Neuerdings trank sie gern Kaffee mit Hafermilch. Das hatte sie von ihrem Freund, dem Konditormeister Jörg Tapper gelernt. Auch daran hatte Weller gedacht.

Eigentlich fand sie es unbequem, im Bett zu frühstücken. Sie tat es ihm zuliebe, weil er sich so viel Mühe gab, ein netter Kerl zu sein. Die Locken klebten ihr im Gesicht. Er blies sie an, um sie wegzupusten.

»Wir könnten«, schlug er vor, »eine Radtour nach Greetsiel machen, da dann schön zu Mittag essen und …«

Ann Kathrin sah ihn verliebt an, schüttelte aber den Kopf. »Daraus wird nichts, Frank. Wir bekommen Besuch von Helga Bornemann.«

Frank guckte kritisch. Sie tat, als würde sie vermuten, er könne mit dem Namen nichts anfangen. Dem war aber nicht so.

Sie ergänzte: »*Miss Moneypenny* – du erinnerst dich?«

»Ja klar … Sie kommt uns besuchen?«

»Hm. Hatte ich dir das nicht erzählt?«

»Nee, ich glaube nicht.« Weller hakte nach. Er wollte es genau wissen: »Dich oder uns?«

Ann zuckte mit den Schultern und biss in ihr Rührei-Schwarzbrot. »Das ist«, lobte sie Weller, »wirklich gut.«

»Es kommt auf die Eier an«, sagte er. »Das sind Freilandeier vom *Hof Coldinne*. Da holt auch Jörg die Eier fürs Café, und das schmeckt man.«

»Ja«, bestätigte Ann Kathrin, »sie sind so … gelb …«

Weller kam zum Ausgangspunkt zurück: »Also, ich meine, ist das mehr so ein Frauending? Trefft ihr beide euch, um über Mädchensachen zu reden, und ein Typ stört da eher, oder …«

Es gefiel ihr, wenn er *Mädchensachen* sagte. Er wollte auf keinen Fall lästig sein oder im Weg, und er überspielte seine Enttäuschung, dass er eigentlich vorhatte, mit Ann Kathrin alleine einen schönen Tag zu verbringen.

»Eigentlich«, sagte Ann Kathrin, »wollte ich sie zu *ten Cate* einladen. Ich kam da nicht raus. Sie will mich unbedingt sprechen, und es musste auch alles sofort sein … Ich wollte sie abwimmeln, aber sie war so hartnäckig.«

»Hört sich nach Schwierigkeiten an«, sagte Weller.

Ann Kathrin nickte. »Kann schon sein. Ich habe ihr zunächst vorgeschlagen, zu *ten Cate* zu gehen, aber sie wollte hierhin zu uns nach Hause kommen.«

»Sie will nicht gesehen werden«, folgerte Weller. »Ein Vieraugengespräch.«

»Vermutlich«, gestand Ann Kathrin und ahnte, dass dieser freie Tag gerade zusammenschmolz wie ein Schneeball in der heißen Pfanne. Sie nippte am Orangensaft, dann am Kaffee. Sie hatte jetzt einen süßen Milchschaumbart. Weller hätte ihn am liebsten abgeleckt.

Ann fragte: »Wie spät ist es?« Sie sah zum Fenster. Dort waren nur ein paar Äste vom Kirschbaum zu sehen und dahinter blauer Himmel.

»Was schätzt du?«, fragte Weller und hielt ihr die Augen zu.

»Acht Uhr?«

Er lachte: »Viertel nach elf. Für wann«, fragte er, »seid ihr denn verabredet?«

»Für elf.«

In dem Moment klingelte es auch schon an der Tür.

Ann Kathrin sah sich hektisch um. Weller deutete ihr an: Alles gut. Ruhig Blut.

Er stellte das Tablett ans Fußende und schlug vor: »Mach dich in Ruhe fertig. Ich serviere ihr erst mal auf der Terrasse einen Kaffee.«

Weller war barfuß und trug nur eine helle Leinenhose. Er verschwand aus dem Schlafzimmer, ging zur Haustür, legte ein strahlendes Lächeln auf und öffnete schwungvoll.

Miss Moneypenny war viel zu warm angezogen. Sie trug ein beige-braunes Kostüm und sah ein bisschen trutschig aus, fand Weller. Er hatte sie ganz anders, flotter, in Erinnerung.

Es kam ihm vor, als hätte sie absichtlich versucht, sich unattraktiv zu machen. Sie trug Wildlederschuhe mit breitem Absatz, farblich abgestimmt auf ihr Kostüm.

Sie sah nach unten auf Wellers Füße, hatte die Schultern hochgezogen, wie es Menschen tun, die einen Nackenschlag erwarten, und sprach geradezu unterwürfig: »Ich fürchte, ich komme zu spät ... tut mir leid, aber ich ...«

Weller lachte: »Nein, Sie kommen nicht zu spät. Alles in Ordnung. Ich habe Ann auch gerade erst geweckt. Welch herrlicher Tag an der Küste! Ostfriesland zeigt sich von seiner schönsten Seite. Haben Sie schon gefrühstückt, Frau Bornemann? Oder soll ich Sie *Miss Moneypenny* nennen?«

Sie winkte ab und betrat das Haus. Sie blickte sich noch schnell nach hinten um, so als würde sie befürchten, von jemandem verfolgt zu werden. Weller registrierte das alles sehr genau.

»Sie können ruhig Helga zu mir sagen.«

Drinnen fischte Weller sich ein Oberhemd von dem Stuhl, über den er es gestern Abend gehängt hatte, und schlüpfte hinein. Er schloss die Knöpfe nicht. Es hing an ihm, als würde es ihm nicht gehören.

Auf der Terrasse setzte *Miss Moneypenny* sich in den Strandkorb. Es war der am besten geschützte Ort. Dorthin zog Weller sich gern zurück, wenn er ungestört in einem seiner Romane lesen wollte.

»Was darf ich Ihnen anbieten? Rühreier, Schwarzbrot, frisch gepressten Orangensaft, Kaffee, Tee, Latte macchiato? Sie haben die freie Auswahl.«

»Ein Glas ostfriesisches Leitungswasser würde mir reichen«, sagte sie bescheiden.

»Wollen Sie mich beleidigen? Sie haben wohl noch nie

meine Rühreier gegessen, was? Die können mit denen bei *ten Cate* konkurrieren.«

»Ich fürchte, ich kann gar nichts essen«, sagte sie und griff sich an den Magen. »Wenn überhaupt, dann vielleicht ein Pfefferminztee.«

Weller ließ sie auf der Terrasse allein und verschwand in die Küche. Als er mit dem Tee auf die Terrasse zurückkam, saßen Ann Kathrin und *Miss Moneypenny* bereits dicht beieinander. Ann Kathrin hatte ihr Frühstückstablett mitgebracht und hörte mampfend zu.

Miss Moneypenny schwieg sofort, als Weller hinzutrat.

»Ich bin sofort wieder weg«, sagte er und stellte ihren Pfefferminztee auf das kleine Brettchen, das genau dafür am Strandkorb angebracht worden war.

»So«, stellte Frank klar«, ich lasse euch jetzt allein.« Er hatte schon heute Morgen einen neuen Roman von Anna Schneider begonnen, und die ersten Seiten hatten Lust auf mehr gemacht. So ein Tag auf dem Sofa oder im Gartensessel mit einem Buch in der Hand hatte für Weller immer etwas Verlockendes. Der Roman *Grenzfall – Ihre Spur in den Flammen* lag neben der Kaffeemaschine. Auf Seite 121 ein Fleck von der Hafermilch. Ein klebriges Lesezeichen.

Er schnappte sich den Roman, ging zur anderen Seite der Terrasse, fläzte sich unterm Kirschbaum in seinen Lieblingskorbsessel und legte die Beine hoch. Ein ruhiges, schattiges Plätzchen an einem sonnigen Tag, dazu ein guter Roman – so gelang es ihm immer wieder, zwischen sich und der Welt die Vorhänge zuzuziehen. Er versank sofort in der Geschichte.

Miss Moneypenny nahm Ann Kathrins Hand. »Ann«, sagte sie, »ich vertraue dir zutiefst, und ich weiß wirklich nicht mehr weiter. Ich will nicht mehr *Miss Moneypenny* sein. Ich kann nicht mehr, und ich will nicht mehr. Ich werde die Stafette jetzt an dich weitergeben.«

»Wie? Was?«

»Ich habe die Verantwortung seit zwanzig Jahren getragen. Ich kann nicht mehr.«

Für Ann Kathrin sah sie jetzt tatsächlich aus wie eine überlastete Frau kurz vor dem Zusammenbruch.

Vor mehr als zwanzig Jahren hatten fünf frustrierte Kripobeamte nach einer schlimmen Niederlage am Biertisch entschieden, dass Datenschutz oftmals nicht mehr war als Täterschutz. Wenn sie alles gewusst hätten, wäre es ihrer Meinung nach nicht so weit gekommen. Sie hätten ein Menschenleben retten können. Doch ihnen fehlten entscheidende Fakten und das Wissen über verschiedene Personen.

All dies hatte es mal gegeben. Es war aber aus rechtlichen Gründen gelöscht worden.

Die fünf entschieden, dabei nicht mehr mitzumachen, sondern so viel Wissen wie möglich anzuhäufen und immer dann, wenn etwas vernichtet werden musste, digitale Kopien davon anzufertigen. Das Ganze hatte sich zunächst auf sie und ihr eigenes Arbeitsfeld bezogen. Doch zunehmend weitete sich dieses Vorgehen krakenhaft aus. Sie verwirklichten die Vorratsdatenspeicherung, fischten illegale Daten im Darknet ab. Es wurde wie ein Hobby, eine Leidenschaft. Andere sammelten Briefmarken, sie Informationen.

Bald schon konnten sie Kollegen mit Tipps und Hinweisen bei der Ermittlungsarbeit helfen. Als Dankeschön erhielten sie von denen Passwörter, Zugänge, Informationen. Sie wussten mehr über Kontobewegungen als das Finanzamt. Es gab kaum ein System, in das sie nicht hineinkamen. Krankenkassen, Gerichtsakten, jede Information, die einmal digitalisiert worden war, ließ sich für sie abrufen. Jugendsünden von Politikern und Wirtschaftsmanagern sammelten sie mit Vorliebe.

Der *Club der Wissenden* war legendär. Man sprach oft in Kripo- und Justizkreisen darüber, jedoch schien das alles aus dem Bereich der Märchen zu kommen. Ann Kathrin wusste aber längst, dass er Realität war.

Die Namen der fünf Kripoleute, die den Club gegründet hatten, waren bis jetzt geheim geblieben. Ann Kathrin kannte lediglich einen von ihnen: Wollenweber. Und der war auf Wangerooge ermordet worden.

»Vier«, sagte *Miss Moneypenny* und zeigte die Zahl mit den Fingern, als könne Ann Kathrin sich sonst verzählen, »vier sind noch übrig. Und ich. Ich werde dir die Namen nicht nennen, Ann, denn damit würde ich sie verraten. Sie sind inzwischen alte Männer geworden, und sie wollen nicht mehr. Ich übergebe dir den Schlüssel, den ich bis jetzt innehatte. Meinetwegen ändere das Codewort – nein, ich bitte dich, es zu ändern. Und ab dann liegt die Verantwortung bei dir.«

Ann Kathrin schüttelte sich und machte mit den Händen eine abweisende Geste: »Aber um Himmels willen, ich will das nicht! Ich habe nie darum gebeten! Das alles ist doch in höchstem Maße illegal!«

»Ja«, lächelte *Miss Moneypenny*, »das ist es. Aber einige der schlimmsten Schwerverbrecher dieses Landes konnten durch diese Männer überführt werden. Wir können auch mittels Gesichtserkennung nicht nur über Facebook oder Instagram suchen, sondern auf sämtlichen Webseiten im Netz. In allen Fotoalben, die irgendwie zugänglich sind. Die KI erkennt Gesichter, die wir beide nicht mehr in einen Zusammenhang bringen würden. Aber die künstliche Intelligenz sagt ganz klar: Das ist ein- und dieselbe Person. So haben wir zig Leute gefunden.«

»Ich weiß, ich weiß«, sagte Ann Kathrin. »Nichtsdestotrotz ist es illegal.«

Ann Kathrin wusste nicht, wo sie hingucken sollte. Das Gesicht von Helga Bornemann machte sie nervös. Sie fixierte *Miss Moneypennys* Schuhe. Die sahen zwar äußerst bequem aus, doch Ann Kathrin vermutete, dass sie es nicht waren, ebenso wenig wie *Miss Moneypenny* eine einfache Sekretärin beziehungsweise Sachbearbeiterin im Bundeskriminalamt war.

Miss Moneypenny schrieb etwas auf und reichte den Zettel Ann Kathrin: »Dieses Wissen verleiht jedem Menschen eine unglaubliche Macht. Deshalb ist es verboten. Du kannst damit umgehen. Dir gebe ich es.«

Ann Kathrin weigerte sich, den Zettel zu nehmen.

»Meinetwegen wirf ihn danach weg. Dann überlassen wir diese Welt den Gangstern.« *Miss Moneypenny* wedelte mit den Fingern herum, als wolle sie Fliegen vertreiben. »Huh, huh, huh, wir hätten ja so gerne den terroristischen Anschlag verhindert! Nichts wäre uns lieber gewesen, als den Mörder zu verhaften! Aber das geht leider nicht, es verstößt gegen geltende Gesetze, weil wir dafür auch Daten Unschuldiger ausspähen müssten.«

Ann Kathrin setzte sich gerade hin und strich sich die Haare aus der Stirn. Sie suchte eine Haltung zu der ganzen Sache. »Und plötzlich wird dir das alles zu viel? Oder steckt da mehr dahinter? Wirst du bedroht?«

Miss Moneypenny sank tiefer in den Strandkorb, so dass ihr Gesicht jetzt im Schatten war. »Ich kann seit Jahren nicht mehr richtig schlafen. Mich quälen Gewissensbisse, und ich habe Angst. Viel zu viele Leute wissen davon, dass es den Club wirklich gibt. Sie wollen Zugriff darauf. Sie wollen das hier.« Sie tippte auf den Zettel. »Und es sind nicht alles gute Menschen, die danach jagen. Dies hier kann Menschen zu Königen machen und zu Sklaven. Es hat die Sprengkraft einer Atombombe.«

Ann Kathrin mochte den Vergleich nicht.

»Mach damit, was du willst, Ann. Ich bin jedenfalls draußen.«

Miss Moneypenny reichte ihr einen zweiten Zettel.

Ann Kathrin blickte flüchtig darauf: »Was sind das für Namen?«

»Kollegen, die eine informelle Anfrage an uns gestellt haben. Sie brauchen das Wissen, um in ihren Fällen weiterzukommen. Aber ich will das nicht mehr entscheiden. Jetzt bist du dran.«

Miss Moneypenny stand auf und ging in Richtung Tür. Ann Kathrin lief hinter ihr her: »Hey, hey, hey! Wieso ich? Du kannst jetzt nicht einfach gehen!«

Helga Bornemann drehte sich um und blickte Ann Kathrin in die Augen. »Du bist der beste Mensch, den ich kenne. Wer soll die Verfügungsgewalt haben, wenn nicht du?«

Miss Moneypenny verließ das Haus, so schnell sie nur konnte. Sie hatte nicht im Distelkamp geparkt, sondern ihr Auto auf dem Parkplatz des *Hotels Reichshof* gelassen. Dort hatte sie sich ein Fahrrad geliehen. Sie hatte es im Stiekelkamp am Briefkasten abgestellt und war den Rest zu Fuß gegangen. Beim Radfahren war ihr schwindlig geworden. Die ganze Sache regte sie zu sehr auf.

Ihr Fahrrad stand noch da, obwohl sie vergessen hatte, es abzuschließen. Daneben parkte ein silbergrauer Mitsubishi.

Der Fahrer stieg aus und ging zum Briefkasten. Er hielt in der Hand aber keine Postkarte mit lieben Urlaubsgrüßen, sondern ein Taschentuch mit Chloroform. Er presste es *Miss Moneypenny* auf die Nase. Sie machte nicht einmal den Versuch, sich zu wehren. Sie sackte zusammen.

Er warf sie auf die Rückbank. Sie verlor einen ihrer braunen Wildlederschuhe. Er schlug die Wagentür zu, sah sich nach rechts und links um und fuhr über die Umgehungsstraße davon.

Leseprobe

Klaus-Peter Wolf
EIN MÖRDERISCHES PAAR

DER STURZ

Ostfriesenkrimi

Der dritte Band der Trilogie erscheint am 21.05.2025

Andere verbrachten die Flitterwochen vielleicht in St. Moritz oder Südtirol. In der Karibik oder bei einer romantischen Städtetour. Paris. London. New York.

Dr. Bernhard Sommerfeldt und seine Ehefrau Frauke fuhren über die A 31 ins Ruhrgebiet, nach Gelsenkirchen-Ückendorf.

Sie schlichen wie zwei Grabschänder bei Dunkelheit über den Südfriedhof. Ihr Fluchtauto parkte in der Günnigfelder Straße, Ecke Aschenbruch.

Sie huschten im Schutz der Finsternis den Hauptweg lang bis zum zweiten Rondell. Nicht weit davon, bei der Christusfigur, begann er zu graben.

In Gelsenkirchen hatte er Verstecke angelegt. Nein, keine Schließfächer in Sparkassen. Er wollte auf der Flucht nicht gern gefilmt werden.

Friedhöfe, Parkanlagen, selbst der Zoo, waren dagegen gute Plätze für Stahlkassetten mit Bargeld, Ausweisen und Kreditkarten. In jeder Box ein sicheres Handy. An den Modellen sah er, wie viel Zeit vergangen war.

Er hatte gemeinsam mit Frauke ein gutes Leben in Norddeich geführt. Sie waren anerkannte Mitglieder der Gesellschaft gewesen. Er, als Leiter der *Klinik hinterm Deich*, sie als Immobilienmaklerin. Für viele ein Glamourpaar, auch wenn sie sich weigerten, zu strahlen und zu glitzern.

Er hasste Schusswaffen. Trotzdem lag in jeder Kassette eine Pistole mit Ersatzmagazin. Für Frauke war das ein romantischer Liebesbeweis. Er hatte also damals schon, als er seine Verstecke vorbereitet hatte, um für alle Eventualitäten gewappnet zu sein, an sie gedacht. Er glaubte wirklich an ihre Beziehung!

Für sie, die mit Handfeuerwaffen umgehen konnte, als würde sie planen, damit im Zirkus aufzutreten, hatte er, ihren Fähigkeiten entsprechend, einen Ballermann vergraben. Natürlich mit Schalldämpfer und Reservemagazin.

Sie war gerührt. Er hatte also nie vorgehabt, alleine zu fliehen.

Wir gehören halt zusammen, dachte sie. Auf Gedeih und Verderb!

Der Sternenhimmel über dem Südfriedhof in Ückendorf erinnerte sie an klare Nächte auf Spiekeroog, Wangerooge oder Langeoog, weil so viele Sterne zu sehen waren, denn die Lichtverschmutzung durch Leuchtreklame und Autoscheinwerfer existierte auf den Inseln praktisch nicht.

Hier war es ähnlich. Es fehlten ihr nur das Rauschen der Nordseewellen und die Möwenschreie. Dafür gab es hier Nil- und Kanadagänse. Sie sahen Sommerfeldt aufgeregt bei der Arbeit zu, als hätte er vor, für sie Futter auszugraben.

Sommerfeldt sprach mit den Tieren: »Na, man sagt ja, ihr schmeckt bitter. Anders als domestizierte Zuchtgänse seid ihr halt wild und nicht nur für die Bratröhre geboren … Wir haben viel gemeinsam … Wir sind Überlebenskünstler und gehören eigentlich gar nicht hierhin.«

Die Wildgänse schienen ihm zu antworten. Fast wirkte es, als würden sie miteinander flüstern. Eine Gruppe von fünf Gänsen umringte ihn inzwischen.

Er rief zu Frauke: »Ich glaube, in einer Knoblauch-Sahnesoße könnten sie gut schmecken. Man sollte eine lange Garzeit bei niedriger Temperatur wählen … Sie sind gut genährt. Die schmoren leicht im eigenen Fett. Mit Kichererbsen, Orangenstückchen und Datteltomaten könnte das eine Köstlichkeit werden.«

Er fächerte sich Luft zu, als würde er es schon riechen.

»Gänsebrust mit Kurkuma – nicht zu viel Chili, Kreuzkümmel, Harissa und Sternanis!« Er überlegte kurz und entschied dann: »Ein paar Nüsse gehören auch dazu. Mandeln auf alle Fälle.«

Er küsste seine Fingerspitzen.

Eine Gans reckte den Hals und schnatterte laut los. Es klang wie ein Schimpfen oder eine Warnung. Es kam Frauke so vor, als hätte die Gans seine Worte genau verstanden und würde sie jetzt für die anderen übersetzen. Sekunden später verschwanden die Wildgänse nämlich in der Dunkelheit, aus der sie gekommen waren. In der Ferne hörte Frauke sie noch palavern.

Sommerfeldt schloss die Ausgrabung wieder und trat die Erde fest.

Er packte die leere Kassette und den Spaten in den Kofferraum des weißen Mercedes. Die Pistole und das Magazin gab er Frauke, wie andere Männer ihrer Frau einen Blumenstrauß überreichten.

Ohne nachzuzählen, erhielt sie auch die Hälfte des Bargelds. Es waren ein Stapel grüner Hunderter und gelbe Zweihunderter. Vielleicht fünfzigtausend pro Nase, eher mehr als weniger.

Wichtiger waren die Kreditkarten und Ausweise. Er gab ihr gleich drei mit ihrem Foto. Einmal hatte sie lange blonde Haare, einmal kurze schwarze, einmal einen roten Wuschelkopf.

Das alles hatte hier gelagert und nur darauf gewartet, gebraucht zu werden. Sie fühlte sich unendlich geliebt und wertgeschätzt.

Sie fuhren weiter Richtung Dinslaken. In der Nähe der sogenannten *Dinslakener Elbphilharmonie* gab es eine moderne Fünfzimmerwohnung, für die Frauke einen Schlüssel besaß. Als Immobilienmaklerin sollte sie die Eigentumswohnung verkaufen. Sie war ihr von einem schnöseligen Jungerben im Paket mit vier Einfamilienhäusern angeboten worden. Er wollte sich um nichts kümmern. Er hatte eine Freundin und mehrere Weinberge – oder einen Weinberg und mehrere Freundinnen, das wusste sie nicht mehr so genau. Jedenfalls lebte er in der Nähe von Rom.

Frauke schlug Sommerfeldt vor, in der Eigentumswohnung zu übernachten. Er wollte eigentlich gleich weiter nach Groß-Zimmern in Hessen. Im Boardinghouse der Golf-Akademie fühlte er sich sicher und wohl. Dort hatte er sich schon einmal eine Zeitlang versteckt gehalten, bevor er Klinikleiter in Ostfriesland geworden war.

Nur weil sie sich auf der Flucht vor ein paar Profikillern befanden, die scharf auf die zehn Millionen waren, die Willi Klempmann auf seinen Kopf ausgesetzt hatte, wollte er nicht auf seinen geliebten Sport verzichten.

Achtzehn Loch, mit einem phantastischen Panorama, lag

der Platz eingebettet in die Ausläufer zwischen Odenwald und Spessart! Da konnte er einfach nicht widerstehen.

»Zweihundert Meter über dem Meeresspiegel«, erklärte er, »fliegen die Bälle ganz anders als in Lütetsburg oder auf Langeoog.«

Sie konterte: »Vielleicht ist die Luft da dünner.«

Er wollte am liebsten die Nacht durchfahren und morgens in Groß-Zimmern mit ihr frühstücken. Er behauptete, ein herrlicher Tag würde sich ankündigen und sie könnten erst mal eine Runde Golf spielen.

»Das beruhigt«, versprach er, »dabei kann ich meine Gedanken am besten sortieren, komme wieder in meine Mitte, und dann überlegen wir uns genau, wie es weitergeht.«

Sie bestand auf einer Ruhepause in Dinslaken.

»Meinetwegen kannst du eine Gans mitnehmen. Es gibt da eine große Einbauküche, darin ein extragroßer Bräter, und die Boxspringbetten werden dir auch gefallen.«

Er holte sich keine Gans, aber er gab den Wünschen seiner Frauke sofort nach.

Arm in Arm, wie ein frisch verliebtes Pärchen, das eine einsame Stelle zum Knutschen sucht, schlenderten sie noch ein paar Meter am Friedhof vorbei, bevor sie den Wagen bestiegen und nach Dinslaken aufbrachen.

Die Spezialistin für Plastisch-Rekonstruktive und Ästhetische Chirurgie, Dr. Sibylle Birk, sah die kaputte Scheibe und die Scherben. Sie musste die Kugel im Buchregal gar nicht suchen und konnte sich lebhaft vorstellen, was geschehen war. Damit hatten sie jederzeit rechnen müssen.

Es war alles vorbereitet. Die Papiere lagen unterschrieben in ihrem Schrank. Dr. Bernhard Sommerfeldt übertrug ihr die Leitung der Klinik, falls er einmal *für längere Zeit verreisen müsste.*

Sie hatte Zugriff auf die Konten und durfte schalten und walten, wie sie wollte. Er vertraute ihr. Es gab einen Code zwischen ihnen: *Ich lese gerade Hape Kerkelings »Ich bin dann mal weg«.*

Sollte dieser Spruch abgefangen und interpretiert werden, würde man ihn vermutlich auf dem Jakobsweg suchen, doch dort war er garantiert nicht.

Sie war aufgeregt. Er vertraute ihr vollkommen. Kein Wunder – sie hatte ihn operiert. Sein Gesicht war ein Meisterwerk, auf das sie stolz war.

Auch eine Ironie des Schicksals ... Sie hätte zu gern damit angegeben, aber niemand durfte wissen, dass sie es war, die aus einem gesuchten Killer einen angesehenen Klinikleiter gemacht hatte – zumindest äußerlich. Er würde sie garantiert nicht verraten.

Sie spürte einen Schmerz in sich, weil er nicht mit ihr, sondern mit Frauke geflohen war. Ja, wenn er sie gefragt hätte, wäre sie vermutlich bereit gewesen, alles stehen und liegen zu lassen, um mit ihm durchzubrennen. Sie wunderte sich selbst über ihre Gefühle. Sie hatten nie etwas miteinander gehabt, außer einer professionellen und zutiefst menschlichen Basis.

Wahrscheinlich hatte niemand in ihrem Leben mehr für sie getan als er. Ihm konnte sie alles sagen. Ihren Eltern und ihren wechselnden Lebenspartnern nicht.

Als sie durch einen Vermögensberater in Schwierigkeiten geraten war und befürchten musste, wegen Steuerhinterziehung ins Gefängnis zu gehen, hatte Sommerfeldt das Problem für sie erledigt und den Vermögensberater ebenfalls.

Er hatte sie mit zwei Millionen und einer Bürgschaft gerettet. Der Vermögensberater war zu Fischfutter geworden, wie Sommerfeldt es ausdrückte.

Seitdem arbeitete sie für ihn.

Sie hatte nie ganz begriffen, warum er es getan hatte. Eine Weile fühlte sie sich gesehen, ja geliebt. Einen besseren Menschen als ihn kannte sie nicht. Und sie wusste, dass er wegen sechs Morden gesucht wurde, von denen er keinen bereute.

Einmal von ihr darauf angesprochen, hatte er gescherzt: »Ach Gott, sechs ... Es waren viel mehr.« So wie er es aussprach, kokettierte er damit, nicht mehr mitzuzählen.

Sie fragte ihn: »Weißt du wirklich nicht mehr, wie viele es waren?«

Er zuckte mit den Schultern und grinste: »Wusste Picasso, wie viele Bilder er gemalt hat?«

Ja, er konnte überheblich sein. Auch arrogant. Aber das war nur ein Anzug, den er trug, eine äußere Schale. In Wirklichkeit war er eine Seele von Mensch.

Er hatte nie von ihr verlangt, die zwei Millionen zurückzuzahlen. Im Gegenteil. Für ihn war das einfach erledigt, und er sprach nicht mehr darüber. In ihrer Phantasie hatte er das Geld dem Vermögensberater abgenommen und ihn dann abgestochen.

Wie kalt er gegen Verbrecher sein konnte und wie liebevoll er mit den Patienten und dem Klinikpersonal umging, hatte sie am Anfang sehr irritiert. Sie erinnerte sich an ein Gespräch: »Bist du eine gespaltene Persönlichkeit?«, hatte sie ihn gefragt.

Er, der Liebhaber russischer Literatur, stand da, mit Dostojewskis *Schuld und Sühne* unterm Arm, ein Roman, in dem er immer wieder las, und fragte zurück: »Sind wir das nicht alle? Jeder von uns ist viele andere. Es beginnt ganz früh. Wenn du mit deinen Freundinnen alleine warst, dann warst du doch anders, als wenn du mit deinen Eltern zusammen warst. Wenn du mit dem Chirurgenmesser arbeitest und deine Kunstwerke vollbringst, bist du doch nicht dieselbe, die abends heult, weil ihr Lover eine andere hat.«

Sie erinnerte sich noch genau. Damals hatte sie sich ins Gesicht gegriffen und sich gefragt, woher er wusste, dass sie gerade in einer schrecklichen Beziehung lebte und eine große Enttäuschung durchmachte. Sie hatte sich gedemütigt und ausgenutzt gefühlt, von dem Vermögensberater finanziell, von dem Lover sexuell.

Sie hatte sich bei ihm ausgeweint, und das tat gut. Doch danach gruselte sie sich vor ihm, denn sie fragte sich, ob er dieses Problem nun auch auf seine Weise lösen würde.

Sie hatte sich kurz an ihn gekuschelt und ihn gebeten: »Bitte tu ihm nichts. Er ist zwar ein Arsch, aber …«

Sommerfeldt hatte ihr über den Kopf gestrichen und gespottet: »Soll sich doch jetzt eine andere mit ihm herumärgern.«

Sie nahm das als sein Versprechen, ihn leben zu lassen.

Und jetzt übergab er ihr die Leitung der Klinik.

Wie wäre mein Leben verlaufen, hätte ich ihn nicht kennengelernt? Würde ich wegen Steuerhinterziehung im Knast sitzen, oder wäre ich zur Bewährung herausgekommen und dürfte jetzt in irgendeinem Krankenhaus Überstunden schieben, um meine Schulden abzuzahlen?

Sie saß hinter ihrem Schreibtisch und erwischte sich selbst dabei, dass sie auf ihrem Block mit spitzem Bleistift ein neues

Gesicht für ihn entwarf. Es tat ihr in der Seele weh, aber auf dem Papier machte sie einen hässlichen Menschen aus ihm. Mit dicker, großporiger Rotweintrinkernase, pausbäckig, mit wulstiger Stirn.

Sie hörte Schritte im Flur. Mit heftigen Strichen versuchte sie, das Gesicht unkenntlich zu machen, so als hätte sie sich an ihm versündigt. Sie riss das Blatt vom Block, zerknüllte es und warf es in den Papierkorb.

Anders, als sie erwartet hatte, gingen die Schritte weiter. Man wollte nicht zu ihr. Das würde sich in dem Moment ändern, wenn alle wussten, wer die Geschicke der Klinik jetzt leitete.

Sie fischte das zerknüllte Blatt aus dem Papierkorb und glättete es. Sie schämte sich ein bisschen, so als hätte sie Sommerfeldt etwas angetan.

Johann Baptist Reichhart fühlte sich nicht im Geringsten liebenswert. Er hatte für Zuwendung immer bezahlen müssen – mit Leistung oder mit Geld.

Er glaubte, die drei Frauen im Griff zu haben. Sie waren abhängig von ihm. Die beiden spindeldürren Schwestern Claudia und Samantha wurden von der Polizei gesucht, und er gab ihnen die Möglichkeit, ihren Lebenstraum von Freiheit und Unabhängigkeit zu verwirklichen. Dafür waren sie aber eine Weile seine Sklavinnen.

Ja, genau so sah er es. Auch wenn er es nicht aussprach, ließ er sie es spüren. Er war hier der Chef im Ring!

Die mollige Desiree hatte er einst, so oft es nur ging, als Stammkunde besucht. Es war eine schöne Zeit gewesen, doch dann begann er, eifersüchtig auf die anderen Freier zu werden. Er wollte sie ganz für sich allein.

Er liebte sie auf eine verrückte, verzweifelte Art und traute sich doch nicht, es zuzugeben. Liebe machte so verdammt abhängig.

So gut wie sein Vorbild, der Nazi-Henker Johann Baptist Reichhart, nach dem er sich benannt hatte, konnte er sowieso nicht mehr werden. Johann Baptist hatte nach dem Krieg für die Alliierten weitergearbeitet und dann die Leute aufgehängt, von denen er vorher Mordaufträge erhalten hatte.

So wollte er selbst auch sein: Nur auf seinen eigenen Vorteil bedacht. Kaltblütig. Hochprofessionell. Moral war etwas für die anderen.

In diesem abgelegenen Haus hinter den Hecken und hohen Bäumen bildete er die Schwestern aus und genoss es, wie sie untereinander in Konkurrenz gerieten. Er bildete sich sogar ein, dass sie um ihn und seine Gunst buhlten.

War Desiree, die alte Hure, eifersüchtig auf ihre schmalhüftigen Konkurrentinnen? Er konnte mit so dünnen Frauen nichts anfangen. Er wühlte sich lieber durch Fleischberge.

Als ihn die Nachricht *Sommerfeldt nennt sich jetzt Dr. Ernest Simmel und leitet die Klinik hinterm Deich in Norddeich* von Annika erreichte, befürchtete er sofort, dass dieses gemeine Luder andere Hitmen früher informiert hatte als ihn. Fairness oder Chancengleichheit gab es in dem Job nicht. Jeder wollte beim Run auf die zehn Millionen am Ende der Sieger sein.

Er schlug mit der rechten Faust in die linke und ärgerte sich: »Die Klinik hinterm Deich! Das hätte ich mir denken können.«

Man munkelte in der Szene schon lange, dies sei ein Rückzugsort für Leute, die sich nicht gern in einem offiziellen Krankenhaus behandeln ließen. Entweder weil sie in der Öffentlichkeit standen oder weil sie gesucht wurden.

Er war ein Einzelgänger. Er gab nichts auf solche Gerüchte. Es gab überall Ärzte, die gegen eine Cash-Zahlung bereit waren, von Meldungen an die Behörden abzusehen.

Er übte gerade mit Claudia und Samantha das lautlose Töten mit der Garotte. Um nicht verletzt zu werden, wickelten sie sich Handtücher um die Hälse, denn sie sollten auch in die Situation des Opfers kommen. Sie mussten dieses Zappeln spüren, wie sich die Bewegungsfreiheit langsam einengte und wie es war, wenn jemand verzweifelt um sich schlug.

Er machte es ihnen vor. Desiree saß im Sessel und beobachtete alles, als sei dies eine Theaterprobe und sie hätte lediglich eine Statistenrolle. Sie rauchte dabei ihre verbotenen Menthol-Zigaretten, die, seitdem sie nicht mehr legal waren, noch besser schmeckten.

Er mochte diesen Moment, wenn sie ihm völlig ausgeliefert waren, wenn er die Garotte um ihren Hals zuzog. Ja, die Haut war durch das Handtuch geschützt, doch sie spürten: *Ich kann nichts mehr machen, bin völlig in seiner Hand, und wenn das jetzt keine Übung ist, sondern er ernst macht, werde ich sterben.*

Wahrscheinlich war das der Moment tiefsten Vertrauens und größter Angst.

Er ließ sie jeweils eine Weile zappeln, bevor er die Schlinge löste.

Sie probierten es auch miteinander. Zunächst Claudia bei Samantha, aber sie machte es sehr zaghaft. Unentschlossen. Er packte ihre Hände und zog die Stahlschlinge zwischen ihren Fingern straffer.

Er unterbrach die Übungen. »Wir wissen jetzt, wie er aussieht und wie er heißt.«

Die beiden waren froh, dass die Übungsstunde damit beendet war. Sie rieben sich die Hälse, und auch die Hände taten ihnen weh.

»Ich fürchte«, sagte Johann Baptist Reichhart zu Desiree, »die beiden sind noch nicht so weit.«

Desiree war anderer Meinung: »Die beiden haben einen Polizisten vergiftet, den sie für Sommerfeldt hielten.«

»Zwei«, korrigierte Samantha.

»Sie haben also bewiesen, dass sie töten können«, lobte Desiree die zwei.

Er sprach es verächtlich aus: »Ja. Mit Gift. Aber ich will ihn nach Luft japsen sehen. Wenn wir ihn in der Klinik hinterm Deich besuchen, dann brauchen wir einen guten Grund.« Er zeigte auf Desiree. »Entweder gehst du dorthin, um dir den Magen verkleinern zu lassen oder …«

Sie erschrak, sah aber in seinem Gesicht, dass er das nicht ernst meinte. Dafür liebte er ihre Pfunde doch viel zu sehr.

Er drehte sich zu Samantha und Claudia um: »Oder eine von euch beiden lässt sich das Gesicht verschönern.«

»Das haben wir nicht nötig«, bellte Samantha zornig.

»Das sehe ich anders, Mädels«, konterte er. »Erstens werdet ihr von der Polizei gesucht – ihr braucht nicht nur neue Gesichter, sondern auch neue Fingerabdrücke, weil der Tatort nicht vernünftig gereinigt wurde, und zweitens fürchte ich, dass es so weit gar nicht kommen wird, weil Sommerfeldt vorher stirbt.«

Er stupste gegen Claudias Nase: »Oder willst du dir vorher das Näschen operieren lassen und ihn dann strangulieren?«

Claudia wünschte sich ihr altes, langweiliges Leben zurück,

das sie so öde gefunden hatte, bevor sie wusste, wie anstrengend Abenteuer sein konnten.

In Samanthas Augen dagegen entdeckte Johann Baptist die Entschlossenheit, es hinter sich zu bringen.

Dorothee Schluck beschloss, sich an Rupert zu hängen. Sie hatte durch ihr Zielfernrohr gesehen, wie dieser Kommissar mit der Taxifahrerin geflirtet hatte. Das war ein Schwerenöter. Ein Windhund. Solche Typen kannte sie. Einen wie den ins Bett zu bekommen, war nicht schwer, und sie stellte sich vor, ihn für ihre Pläne einzuspannen.

Er war ganz klar ein Sommerfeldt-Freund. Sie hatte ihn mit der Waffe herumlaufen sehen. Er suchte den Deich nach dem Schützen ab.

Im Internet hatte sie einiges über ihn gefunden. Gemeinsam mit Ann Kathrin Klaasen und Frank Weller hatte er ein großes Drogen-Depot in Norddeich ausgehoben. Der Tipp musste ja irgendwoher gekommen sein. Den Rest reimte sie sich zusammen.

Er, so war sie sich sicher, wird mich zu Sommerfeldt führen. Und dann kann ich leider nicht nur Sommerfeldt töten, sondern ihn auch, denn er wäre die Verbindung zu mir, und – so hatte sie gelernt – jede Verbindung zur Tat musste verwischt werden.

Frauke bekam kein Auge zu. In der Wohnung in Dinslaken hörte sie jedes Geräusch. Eine Stechmücke. Eine Fliege. Ein

Knarren im Treppenhaus. Sang da draußen jemand Seemannslieder von Freddy Quinn? Oder war sie doch eingenickt und hatte geträumt?

Zum vierten Mal in dieser Nacht ging sie zur Toilette.

Zu viel ging ihr durch den Kopf. Wären sie in der Lage, ins Ausland zu fliehen? War es möglich, irgendwo ein neues Leben zu beginnen? Hatte man an den Flughäfen bereits die neuen Fotos? Wusste die Polizei Bescheid? Liefen sie nur vor Berufskillern davon oder auch vor der Polizei?

Sie bekam Kopfschmerzen und überlegte sogar, eine Tablette zu nehmen, um endlich einschlafen zu können. Gleichzeitig wollte sie in dieser schwierigen Situation alle Sinne ganz klar zur Verfügung haben.

Sie wusste nicht, ob sie Bernhard beneiden sollte oder bedauern. Jedenfalls lag er auf dem Rücken im Bett und schlief tief und fest.

Mache ich mir so viele Sorgen, weil er sich keine macht? Überträgt sich das? Kann man das einfach jemand anderem rüberschieben? Wer weiß, dachte sie, was morgen geschieht. Ich sollte ausgeschlafen sein …

Als die Sonne durch die Gardinen hereinschien, wurde Sommerfeldt wach. Er ließ sich aus dem Boxspringbett auf den Boden rollen und machte seine morgendlichen Liegestütze.

Dann lud er Frauke zum Frühstück ein. Er klatschte sich auf den Bauch und lachte: »Jetzt einen guten Kaffee und ein Käsebrötchen.«

»Soll ich uns«, fragte sie, »etwas hochholen?«

Er winkte ab: »Ach was. Lass uns frühstücken gehen und dann ab zur Golf-Akademie.«

Redet er nur so, um mich zu beruhigen? Tut er so, als sei

er sorglos oder will er draußen testen, ob er bereits von der Polizei gesucht wird?

Sie sprach ihn darauf an: »Wenn du nur herausfinden willst, ob es bereits eine öffentliche Fahndung gibt, dann müssen wir dafür nicht frühstücken gehen. Du könntest auch im Internet …«

»Ach Süße, mach doch nicht alles so kompliziert. Lass uns eine kleine Stärkung zu uns nehmen, und dann gibt es auch schon ein gutes Mittagessen in Groß-Zimmern.«

Sie frühstückten in *Chrissis Kostbar* auf der Duisburger Straße. Sie saßen an einem Tisch im Außenbereich im Schatten eines großen Baumes mit Blick auf die *Dinslakener Elbphilharmonie*. Die beiden bestellten ein Frühstück für zwei, Sommerfeldt ließ sich dazu Apfelküchlein und Rührei schmecken. Es gab zwar keinen Ostfriesentee, aber einen wirklich guten Milchkaffee für Sommerfeldt und Früchtetee für Frauke.

Frauke war müde, setzte sich aber trotzdem gern für die Fahrt nach Hessen hinters Steuer. Sie hatte das Gefühl, es könnte sie beruhigen, ein Lenkrad in der Hand zu haben.

Nach einem kurzen Regenschauer hellte es auf. Als sie in Groß-Zimmern ankamen, gab es nur noch drei Schäfchenwolken am Himmel, die um die Wette zu fliegen schienen. Es sah aus wie Papa, Mama, Kind in einer Linie.

Die fröhliche Hochzeitsgesellschaft im wunderschön festlich dekorierten Innenhof der Golf-Akademie machte Frauke klar, was ihre eigentliche Sehnsucht war. Die, dachte sie und sah sich das junge Brautpaar an, werden bestimmt nicht mit gefälschten Papieren und einem Sack voller Bargeld und Goldmünzen versuchen, ihre Verfolger abzuhängen. Die haben sich irgendwo eine romantische Suite gemietet und starten nach der Feier in die Flitterwochen.

Unter dem weißen Hochzeitskleid der Braut bildete sich ein kleines Bäuchlein ab. Frauke vermutete, dass sie im vierten Monat war.

Sie waren zwar nicht passend gekleidet, wurden aber sofort eingeladen, mitzumachen. Sehr konventionell ging es hier nicht ab. Sie durften sich am Büfett bedienen, und es wurden ihnen Getränke gereicht.

Sie brachten ihre Koffer ins Boardinghouse. Die Hochzeitsfeier fand praktisch vor ihrer Tür statt. Links und rechts neben ihnen waren Gäste einquartiert.

Die Eltern der Braut wohnten links neben ihnen. Der Vater der Braut war ein bekannter Golfspieler. Sommerfeldt nickte ihm zu.

»Kennst du den etwa?«, flüsterte Frauke.

»Ja«, erwiderte Sommerfeldt, »aber er mich nicht. Ich war mal dabei, als er ein Turnier gewonnen hat.«

Obwohl draußen die lebhafte Hochzeitsfeier stattfand, mit Geschirr geklappert wurde und Leute fröhlich lachten, schlief Frauke auf dem Sofa ein.

Sommerfeldt deckte sie zu und überlegte, was jetzt zu tun war. Aber er konnte nicht anders. Er musste jetzt erst ein paar Bälle schlagen.

Er stellte ein Glas Wasser neben Frauke und dazu einen Zettel. Darauf stand: *Bin auf der Range. Ruh dich aus, Liebste. Alles ist gut.*

KLAUS-PETER WOLF

»Romanfigur Rupert rettet Leben«

Wöchentlich verfasst Klaus-Peter Wolf Kolumnen unter dem Titel »Leben und Schreiben in Ostfriesland«. Sie erscheinen in der Nordwest Zeitung, der Emder Zeitung, der Wilhelmshavener Zeitung, dem Jeverschen Wochenblatt und dem Anzeiger für das Harlinger Land. Es gibt bisher zwei Sammlungen, die man nur gegen eine Spende ans »Hospiz am Meer« erhalten kann, dessen Schirmherr Klaus-Peter Wolf ist. Diese Kolumne erschien am 1. Juni 2024.

Zum Glück sind Romane meist klüger als ihr Autor, denn es kommen die Erfahrung und die Phantasie der Leserinnen und Leser hinzu. Sie sind der Resonanzboden für den Text. Sie verstärken ihn. Die eigentliche Literatur entsteht erst im Kontakt zwischen Leser und Buch. Dies ist ein spannender Prozess.

Wer einen meiner Ostfriesenkrimis liest, bringt halt seine Ostfrieslanderlebnisse mit. Den schönen Tag am Meer. Den Mückenstich beim Eisessen. Den Sonnenbrand und die Ohrenschmerzen nach einem Spaziergang am Deich ohne Mütze bei Nordwestwind. Das zu weiche Bett in der Frühstückspension oder den Geschmack des besten Fischbrötchens an der Wasserkante. Mit all diesen persönlichen Erlebnissen und Erinnerungen reichert man beim Lesen den Text unwillkürlich an.

Ich spiele bewusst damit, indem ich phantasieanregend schreibe. So entsteht beim Lesen ein für jeden Menschen anderes Universum. Es existiert jeweils nur zwischen einer Person und einem Roman. Es ist wie eine Liebesgeschichte.

Jede ist anders.

Auch all die zwischenmenschlichen Erfahrungen und Verletzungen bringt man beim Lesen ein. So entsteht ein flirrendes Verständnis zwischen Autor und Leser.

Nach einer Lesung im Ruhrgebiet signierte ich noch Bücher. Eine junge Frau bat um ein Erinnerungsfoto. Ihre Mutter sollte es machen. Beide waren sehr aufgeregt. Die Mutter sagte: »Rupert ist der absolute Held meiner Tochter.«

Ausgerechnet der Macho, dachte ich. Da bestätigte die Tochter: »Er hat mir sehr geholfen. Ich war in der Klinik wegen Magersucht.« Die Mutter ließ das Fotografieren. Sie nahm ihre Tochter in den Arm. Die beiden standen bei mir, als gäbe es die Schlange hinter ihnen nicht. Niemand drängelte. Es wurde mucksmäuschenstill in der Buchhandlung.

»Es ging auf Leben und Tod. Das war existenziell.«

Ich war ein bisschen verlegen und fragte ungläubig: »Und da hat Rupert Ihnen geholfen?«

»Ja«, sagte sie mit Glanz in den Augen. »Sein Satz: *Man muss die Schuld auch mal bei den anderen suchen* … hat bei mir den Schalter umgelegt. Es hat klick gemacht in meinem Kopf. Ich habe mich immer selber fertiggemacht und kritisiert. Rupi hat mir geholfen, wieder zu mir zu stehen und zu essen.«

Ich war bewegt. Ich konnte nichts sagen. Dem Dichter fehlten die Worte. Wir haben uns nur kurz umarmt.

Manchmal geschieht beim Lesen auch Heilung. Das kann ein Autor nicht planen. Solche Wunder können bei der Begegnung zwischen Literatur und Leben passieren. Was für die einen ein dummer Spruch ist, rettet einem anderen Menschen vielleicht das Leben. Ja, Romane sind wirklich klüger als ihre Autoren.

Klaus-Peter Wolf

Ein mörderisches Paar

Das Versprechen

Er ist ein Mann mit Prinzipien. Und er scheut vor Mord nicht zurück. Sie ist eine Frau mit Hintergrund. Und äußerst schlagfertig. Gemeinsam spielen sie nicht nur Golf!
Der Drogentod eines Schülers bringt Dr. Ernest Simmel alias Dr. Bernhard Sommerfeldt auf den Plan. Er weiß, wem er einen Besuch abstatten muss und welche Strafe der Dealer verdient hat. Sommerfeldt und Frauke, seine zukünftige Ehefrau, sind ein mörderisches Paar und das neue Dream-Team in der Spannung.

Die neue Serie von Nummer-1-Bestsellerautor Klaus-Peter Wolf ab Mai 2023!

Ostfriesenkrimi
464 Seiten, Klappenbroschur

Weitere Informationen finden Sie auf
www.fischerverlage.de

Krabbenkutter

»Den Krabbenkutter im Muschelweg
gibt es wirklich.
Genau wie Ann Kathrin Klaasen,
Rupert oder Frank Weller
gehe ich auch dort gerne essen.
Ich bin dort sogar schon dem
Weihnachtsmannkiller begegnet ...«

Herzlich

Euer
Klaus-Peter

Krabbenkutter Evers
Fischfachgeschäft mit Imbiss
Muschelweg 3, Norddeich, Germany

Klaus-Peter Wolf

Ein mörderisches Paar – Der Verdacht

Ostfriesenkrimi

Ein Kopfgeld von 10 Millionen ist auf Dr. Bernhard Sommerfeldt ausgesetzt, eine Summe, die die Profikiller reihenweise nach Ostfriesland lockt. Doch zwei Tote stellen nicht nur Ann Kathrin Klaasen vor eine große Aufgabe, auch der echte Sommerfeldt muss seine Flitterwochen mit Ehefrau Frauke unterbrechen, um die Drahtzieher zu entlarven.

464 Seiten, Klappenbroschur

978-3-596-70864-2

Jeder Mensch sollte ein selbstbestimmtes und würdevolles Leben bis zum letzten Augenblick führen können. Sterben ist ein Teil des Lebens.

Unser Hospiz am Meer steht. Es war ein weiter Weg von der Idee – wir hatten noch nicht einmal ein Grundstück – bis jetzt. Ich bedanke mich bei den vielen Menschen, die uns mit ihren Spenden geholfen haben. Es macht mich stolz und glücklich, dass so viele meiner Fans dabei mitgeholfen haben. Natürlich sind wir auch weiterhin auf Spenden angewiesen.

Hier unser Spendenkonto:

FÖRDERVEREIN HOSPIZ AM MEER

Förderverein Stationäres Hospiz Norden e.V.
Spendenkonto: IBAN DE 04 2835 0000 0145 4027 98
BIC BRLADE21ANO Sparkasse Aurich-Norden